黑金

张成功／著

作家出版社

千淘万漉虽辛苦，
吹尽狂沙始到金。
———〔唐〕刘禹锡

目
录

第一章　两起枪击案

一

　　暮色苍茫，烟雨迷蒙。海州高铁站站台上亮起灯光，和谐号动车穿过雨雾，缓缓驶进站台。格外醒目的"海州东"电子站牌高高悬在廊台上方，旅客如潮涌动，川流不息。

　　列车停稳，旅客下车。一位衣着考究、仪容不凡、气度超然的中年男子从商务车厢稳步而出，他就是海州市天石集团董事长刘天石。助理束建设拖着旅行箱紧跟在刘天石身后，随着人流拥向手扶电梯口。突然，一个身着米黄色风衣、帽子遮住脸部的男子迎面走来，对着刘天石开枪。刘天石一个趔趄，单膝跪地。束建设一声惊呼："董事长！"急忙丢下旅行箱，扑上去保护刘天石。

　　电梯口的旅客人潮如炸开的蜂巢，嗡地四散奔逃，杀手裹挟在人流里不慌不忙地走着。鲜血顺着刘天石裤脚流出，染红了地上的雨水。刘天石沉声吩咐束建设："不要管我！去抓凶手！"束建设起身猛冲，却又骤然顿步，茫然地看着四散奔逃的旅客，满脸无奈。杀手经过一个垃圾桶旁，将手枪扔进去，然后消失在人流中。车站警察闻警出动，迅速封锁车站，对出站旅客进行逐人搜查。

　　搜查无果，凶手显然是预谋作案，已经逃之夭夭。车站派出所田所长和几个车站警察在值勤室回看监控录像。海州市公安局刑侦支队大案队大队长魏晋和队员房勇、尹颖快步走进值勤室。

田所长起身迎接，魏晋向田所长介绍："田所，这是我们队房勇和尹颖。"田所长说："认识认识，都是老熟人了，坐吧。"魏晋走近监控器，边看录像视频回放边问："有线索吗？"

屏幕上，刘天石正走向手扶电梯口，杀手迎面走来，开枪。田所长指着屏幕说："你看，凶手穿着连帽风衣。帽子挡住了脸的上半部。整个竖起的衣领遮住了脸的下半部。加上光线昏暗，还下着雨，根本看不清楚面孔。"魏晋说："隐藏得挺专业嘛！挑选的也正是时候，显然有预谋。看样子，不是个一般的混混啊！"田所长点点头："是的。使用的也是真家伙，我们在垃圾桶里搜到了。"说着把装着手枪的塑料袋递给魏晋。魏晋思忖片刻，然后说："走，我们再去现场看看。"

魏晋勘查枪击现场后，回队向顶头上司、刑侦支队长温松华作了汇报。温松华决定先访问受害人刘天石，了解一下情况，看能不能从他那儿查找出一些线索。

位于东南沿海的海州市是新一线城市，闻名遐迩的天石集团则是海州的大型龙头企业，旗下公司数十家，涉及建筑、物流、房地产、金融等行业，拥有数百亿资产。而天石集团董事长刘天石更不是一般人物，有"海州首富"之称，名列福布斯国内富豪榜，同时亦有"海州首善"之美誉，其捐建的养老院、孤儿院、希望小学不计其数，被媒体冠为"民营企业家的楷模"。在海州，书记、市长可能有人不知道是谁，但提起刘天石，那可是家喻户晓，无人不知。所以，温松华和魏晋都不敢有丝毫的懈怠。加之温松华和刘天石还有另一层关系，他们是发小，用刘天石的话说，是从小一起撒尿和泥巴长大的。在之后的人生之途上他们也是相互扶持，共同成长。可以说二人虽不是同胞兄弟，但胜似同胞兄弟。而魏晋也沾温松华的光搭上了神通广大的刘老板，他被提拔为大案队大队长刘天石没少出力，在市领导面前帮他说了不少好话。因此，无论于公于私，温松华和魏晋都必须全力以赴尽快查出凶手。

市立医院最高级的病房区，以前叫"高干病房"。有领导批评说这称呼影响干部形象，要与时俱进，改个更能体现时代特色的名称，所以现在名称改为"贵宾VIP"了。可有人觉得在医院这地儿叫贵宾有些不合适，还是习惯地称之为高干病房。束建设和毛焰坐在病房门口，警惕地巡视四周。

温松华和魏晋走过来，束建设和毛焰连忙起身。束建设恭敬地招呼："温支队您好！"温松华朝病房里瞥一眼问："刘总还好吧？"束建设点点头，陪着温松华和魏晋走进病房。刘天石腿上裹着绷带，斜倚在床头，面前摆着笔记本电脑，边扫视屏幕边手机贴在耳边打电话："中欧班列的车皮落实了吗？嗯，要抓紧呐……"温松华走向床前笑着说："刘老板，就这，还没能让你休息啊！"刘天石抬起头，放下手机，翻翻眼："温大支队长，我这都被枪击三个多小时了，你老兄够神速啊！"温松华说："你看，我们总得做一些外围调查嘛。还得勘查现场，这不紧赶慢赶着过来了嘛！"说着俯下身，关切地问："没伤着骨头吧？"刘天石拍拍大腿："没啥大事，也就擦破了点皮。"

魏晋察看刘天石大腿伤情，一惊一乍地："哎呀！离命根子就差那么一点点，真够悬的啊！"刘天石瞪魏晋："你小子是不是特失望啊？"魏晋笑："我是看到石哥还有希望！"刘天石扬起巴掌要打魏晋，魏晋忙闪身躲开。刘天石扬起的手指向墙边的椅子："我说魏晋，难怪你到现在还只是个队长，还不赶快给你们领导搬椅子。"魏晋把椅子挪到温松华面前，眼睛却看着刘天石："刘董事长没出大事就好，不然以后咱就喝不上茅台酒了。"

刘天石无奈苦笑："你小子，就从来没个正经。"温松华坐下，脸上变严肃："好！咱谈正事！"魏晋掏出笔记本，准备记录。温松华说："天石，你尽可能把当时的情况说详细些。还有，你认为的嫌疑对象也不妨谈谈。"刘天石点点头说："当时事情发生得很突然，没有丝毫防备，所以没看清凶手长啥样。可是想害我的人，我心里还是有数的。"温松华忙问："谁？"刘天石欠欠身子："这个我会查清的，等有了证据我再跟你们交底。"魏晋插话："你查？这不合适吧？这可是我们公安刑警的事儿，你不能抢我们的饭碗呀！"刘天石说："你放心。别忘了我是省政协委员，最起码的法律观念还是有的，不会越权的。"温松华说："也行吧，省了我们的力气，我可等着你的消息了。"刘天石伸出巴掌："好，就像咱哥俩小时候玩抓坏蛋的游戏。来，击个掌！"

二

　　枪击案在海州引起了强烈震动。当然，这和刘天石非同一般的身份有很大的关系。

　　枪击案发生后，恰逢市两会召开，身为市政协常委的刘天石带伤参加政协会议。他吊着绷带，走上主席台，台下的政协委员们的目光齐聚到刘天石身上。刘天石发言道："主席，副主席及各位委员，我之所以请求带伤参加这次会议并申请发言，是要代表十七位企业家委员向本次大会提交关于切实保护企业家人身安全的提案。党中央号召依法治国，建设一个民主、法治、富强的国家，是说到了我们民营企业家的心坎上。法治是经济发展的保障，是社会安定的基石，只有企业家的人身安全得到充分保护，才能激发出我们更大的责任感和奉献回报社会的积极能量，才能勇于承担、乐于承担。当然，我们海州在法治建设方面，总体是令人满意的，但我们也不能不清醒地看到阳光下的斑点，还存在着一些打击伤害民营企业家的现象，我被枪击就是一个活生生的例子。为了以后不再发生类似不幸事件，我希望公安机关能尽快破案，将凶手绳之以法。并倡议政府应尽快制定一个保护民营企业家安全的法规条例，只有这样，才能构建一个繁荣美好、法治环境优良、文明进步的和谐社会。"台下掌声四起，刘天石鞠躬致谢。

　　压力如大山般压到公安机关的头顶，市公安局局长关山亲自主持召开了侦破会议。分管刑侦的副局长彭光武和温松华、魏晋、房勇、尹颖等十几位刑警参加会议。

关山首先说:"这次枪击事件,产生十分恶劣的影响。一是发生在高铁站这样的开放性场所,对社会和人民群众造成的恐慌情绪可想而知。二是受害人的身份大家都清楚,是天石集团董事长,政协委员,海州的优秀企业家代表,企业名列全国五百强,影响力可以说超过我这个公安局长。省市领导都做出了严肃批示,这个案子必须要破。"坐在关山旁边,年过半百的彭光武手捧茶杯,身子微微前倾,接上关山的话说:"废话就不多说了,四个字,必须破案。作为分管刑侦的副局长,我责无旁贷,我已经向市委市政府立了军令状。丑话说在前面,破不了案,我先砸你们的饭碗。"说着目光定在温松华身上:"松华,你说说情况吧。"

温松华清了清嗓子:"枪手没有抓住。他之所以选择在高铁站行凶,就是为了浑水摸鱼,便于逃逸。同时,也不排除其扩大影响力,制造轰动效应的意图。好在铁路警方反应较快,及时封锁了出口,迫使凶手弃枪躲避搜查。我们已经对枪支和站台上遗留的弹壳进行了核检鉴定,有个重大发现,就是和前年的那次重大持枪行凶,杀害郝达,积压未破案子的枪支型号是相同的,都是来自境外的黑枪。这就有可能是同一凶手,当然也有可能是不同的枪手,但黑枪来源是同一处,这为我们下一步的侦破提供了突破方向。另外,刘天石也愿意提供嫌疑对象。"

关山露出欣然之色:"你们前边的侦查还是蛮有成果的嘛!就照着这条路走下去!"彭光武点点头:"那好,我就倚老卖老不谦虚了,作点指示。松华你和刘天石是发小,沟通起来应该顺畅些,要让他尽可能多地提供些线索。"温松华忍不住摇头:"我这个哥们不够意思啊!我们案发后就连轴转,他还在政协会上给我们上眼药!"彭光武说:"嘻!这么大的老板,海州的风云人物,挨了枪子,能不憋气吗?可以理解。"魏晋开口发言:"依我说,咱不能光指望刘天石,鉴于这个案子与两年前的那个枪杀郝达的案子是同一型号黑枪所为，我建议两案并案侦查，简单地说，就是以枪找人。"温松华说："我也是这个思路。关局，您看这个侦查方案可行吗？"关山敲敲桌子："我只看结果，不问过程。"彭光武茶杯一蹾："就这么定了。两案合并，以枪找人。不查出枪支来源，以后还会发生类似枪击案，追本溯源，才是根治之途。"

三

市立医院病房里，刘天石的妻子杨冰坐在病床前削苹果。刚满十岁在上小学的儿子点点把一片片苹果塞进刘天石嘴里。刘天石慢慢咀嚼着嘴里的苹果，若有所思。杨冰叹口气说："原以为打打杀杀的日子过去了，没想到这又回来了！"刘天石没有搭话，仍入定了般沉思。杨冰接着感慨："也真是应了那句话，树欲静而风不止。现在都什么时代了，还玩枪耍刀的，咋就不能好好做生意呢？"

刘天石终于移动了目光，满是柔情地看着杨冰和儿子。杨冰和刘天石相识相恋，其实还是蛮有点传奇色彩的。十年前，杨冰高考落榜后在海州做白酒推销员，奔波于大小饭馆酒店便成了她的日常工作。那时的杨冰可是出了名的美人，不然也很难能应聘做上白酒推销员。十八岁的豆蔻年华，正如含苞待放的花蕾，用冰清玉洁沉鱼落雁形容，一点也不为过。当年的刘天石还只是个小老板，在饭店吃饭时被杨冰吸引住，惊为天人，于是向她展开了猛烈的攻势。但杨冰丝毫不为所动，别说刘天石只是个小老板，而且年龄比她大一倍，就是那些腰缠万贯的大富豪打她的主意都难以得逞。因为她家境贫寒，打工的目的是为多挣些钱继续复读圆考大学的梦。

刘天石是个认定目标就绝不放弃的角色。他使尽浑身解数，对杨冰死缠烂打，甚至不惜掏出家底，把杨冰推销的白酒全部买下。但杨冰仍是坚守底线，对刘天石的追求坚决拒绝。刘天石感情受挫，生意上也遇到了麻烦，竞争对手使用黑恶手段将他打伤住进了医院，一时陷入绝境之中。可让他没想到的是，杨冰竟然逆流而上，不惧黑恶势力的威胁，到医院照顾刘天石，颇有点侠女风范。刘天石对杨冰更加死心塌地了，出院后与在社会上很能混得开的宗林、高强结盟，并得到当时任派出所所长的温松华的帮助支持。他发愤图强，终于将生意越做越大，成立了名扬天下的天石集团公司，杨冰也就顺理成章地成了刘天石的妻子。

杨冰被刘天石看得有些发窘，用水果刀敲敲刘天石的腿。刘天石突然冒出一句："面对面开枪，为啥只打伤了腿呢？"杨冰一愣："咋着？你还不庆幸啊？想让人家打中你的脑壳，一命呜呼？"刘天石自语："这事儿有些奇怪。"杨冰瞪刘天石："有啥奇怪的？也许是个生手，当时紧张了。"刘天石喃喃："好像没这么简单……"

夫妻俩正说着，宗林和高强匆匆走进。宗林和高强正是当年与刘天石共同创办天石集团的合伙人。宗林现在是集团总经理，高强是副总兼保安部长。宗林、高强向杨冰打招呼，杨冰对宗林和高林点点头，把削好的苹果递给刘天石，起身让座。宗林对刘天石说："大哥，你在政协会上的呼吁作用很大。市公安局成立了专案组，彭光武这个老将也亲自出马了。"刘天石啃了口苹果："彭老将军出山，应该是马到成功喽！"高强接上话："听我公安局的哥们说，他们制订了侦查计划，说是以枪找人。"刘天石囫囵吞下嘴里的苹果："以枪找人？"高强点点头："说是经过鉴定，高铁站凶手使用的手枪和两年前枪击郝达的枪型号相同，要并案侦查。"刘天石送到嘴边的苹果停住，片刻后，他将剩下的半个苹果扔进床边垃圾桶，翻身坐起："我该出院了。"杨冰摁住刘天石："你这还没好利索，哪能出院啊！"刘天石拿开杨冰的手，下床："这点小伤，比不过公司的事大，出院！"

西天的晚霞如火，似在展示着海滨之城最后也是最艳丽的景色。蓝白相间的警车在洒满霞光的街道上行驶，俨如一幅美轮美奂的油画。

魏晋开车，副驾驶座上的温松华用手机拍车窗外的景色。坐在后排的彭光武有些纳闷地询问："你们这是要拉我去哪儿呀？"魏晋很豪爽的样子，说："师傅，你咋忘了今天是个特殊的日子，带你去吃大餐！"彭光武似有省悟，不无欣慰地说："还算你们两个有良心，没忘了今天是我的生日。"魏晋爽气道："老爷子您说吧，想吃啥？"温松华放下手机，转过脸来："师傅你可别客气，魏晋为给你过生日，攒着钱呢！"魏晋潇洒地转动方向盘："是的，老规矩，我做东，师兄买单。"彭光武哭笑不得："咋摊上你们两个小气鬼啊！别争了，老太婆在家已经把菜做好了。你们俩呀！是以给我过生日为名，行蹭饭之实哟！"温松华和魏晋都笑了。

原来，彭光武既是温松华和魏晋的领导，更是他们的师傅。二人都毕业于公安大学刑侦系，温松华比魏晋早了几届是学兄，也就比魏晋早几年进入公安刑侦队伍。他们都是彭光武这个老刑警手把手带出来的，所以也由学兄学弟升格为名副其实的师兄弟。由此可见，这师徒三人的感情大不一般。

彭光武把话题转到枪击案上，问魏晋："对了，晋子，你刚才说刘天石出院了？"魏晋答道："可不是吗，我到医院扑了个空，去公司找的他。"彭光武有些惊讶："这么快就出院了，他提供嫌疑人了吗？"魏晋摇摇头："没有。他开始说有重点嫌疑对象，现在又说经过摸查猜错人了。我问他是不是有不良竞争对手对他怀恨在心，他也基本否认了，说没有得罪过什么人。"温松华道："这个刘天石，从小做生意，生意做得越大，说话越没有准头。"彭光武思忖着说："依我看啊，不是没得罪什么人，而是想置他于死地的人太多了。天石集团跨物流、建筑、房地产等很多行业，实力强大，在海州无人匹敌，很多中小公司根本竞争不过他们，也就等于是抢了人家的饭碗嘛。我推测问题很可能就出在这方面。"温松华说："别指望他能提供什么线索，咱还按照咱的以枪找人计划来。"正说着，彭光武的手机突然响起。彭光武接听，边"嗯嗯"着，边表情变得严肃，他啪地合上手机，拍拍驾驶座椅后背："晋子！快掉头，去码头！"

魏晋有些愕然："去码头？"彭光武收起手机："我布置的眼线传来消息，有条走私船。"魏晋减慢车速说："查走私是海关的事，跟咱没关系呀！"彭光武加重语气说："如果我告诉你，走私品里夹有黑枪呢？"魏晋顿时来了劲，猛打方向盘，警车急转，发出一声尖啸。温松华也振奋起来，连忙问彭光武："师傅，我们不能打无准备无把握之仗，你看要不要安排和布置些警力？"彭光武摇头道："时间来不及了。再说，这事最好还是隐秘些好，不能因为泄密功亏一篑，疏忽大意不得！"温松华忽然盯住彭光武抱怨说："哎！我说老爷子，你嘴上说这次案子具体交我们来办，你只起指导作用，背地里却使暗劲抢在我们前面闷声发大财，连我都瞒着，这有点不大地道吧？"彭光武呵呵一笑："我这个秋后的老蚂蚱，蹦跶不了几天啦！这也许是我退休前办的最后一个大案了，我得画上一个圆满的句号，你们可别跟我抢功啊！"魏晋忍不住感慨："姜还是老的辣啊！"

四

夜幕笼罩下的大海深邃而又辽阔，一派苍茫，无边无际，如同一只巨兽，似乎要吞噬一切。海风呼啸，波翻浪涌，气势慑人心魄。一艘货轮在海面上行驶，浪涛击打船舷发出轰然巨响。阿岩、阿东站在舵盘前注视着前方。熊雄从舱门进来，身后跟着两个马仔。阿东和阿岩连忙向熊雄恭敬地点头。熊雄问："怎么样？没什么情况吧？"阿东回道："放心吧，老大，一切正常。"

与此同时，一艘巡逻艇也正在波峰浪谷间穿行，雪亮的灯柱劈开沉沉夜幕，蓝白相间的艇身上标有"公安巡警"几个大字。

驾驶室里，魏晋手握舵盘，目光炯炯地注视着前方。彭光武和温松华站在魏晋身后。温松华有些不放心地问彭光武："师傅，情报可靠吗？"彭光武声音坚定地回答："我安插的眼线，绝对可靠！"正说着，彭光武的手机响起信息提示音。他打开手机，边看边说："眼线发来定位！"命令魏晋，"方位北纬31.7度，东经121.63度。目前航速三十节。快！赶过去！"

货轮上，几个马仔在甲板上巡游，警惕地观察着四周海面。熊雄沿通道走来，拐进船底部一个难以发现的秘密暗舱门。暗舱内设施优雅：红木茶几，可升降的席梦思床，壁上垂挂着金丝绒帷幔，面向舱门的玻璃框里贴着几张美女图。熊雄斜倚在沙发上，打开电视机，屏幕上出现劲爆的三级片，熊雄嘴角流出涎水。突然，舱门"砰"一声被撞开。熊雄一惊，从沙发上跳起。阿岩闯进，结结巴巴地说："老大……不好了！"熊雄强作镇定，板着脸沉声训斥："妈巴子的，慌张什么，说，怎么回事？"阿岩往外面一指："碰上公安巡逻艇了！"熊雄连忙拿起遥控器，摁下转换键，启动监控装置，电视画面上切换成一条正向货轮靠近的巡逻艇。

巡逻艇靠向货轮，魏晋手持电喇叭，高声喊道："船上的人听着，我们是执法巡警，请你们马上停船，接受检查！"

暗舱里，熊雄死死盯着屏幕。阿岩声音哆嗦着问："老大，你看怎么办才好呀？"熊雄恼火地质问："怎么回事？电台难道没监听到情况？"阿岩苦着脸说："条子越来越狡猾了，他们的通信设备全部关了！"熊雄眼珠转了转，对阿岩一挥手："快去，启动应急程序！"阿岩答应一声，飞步蹿出舱门。熊雄转身摁下旁边的传话器，对着话筒吩咐："阿东，停船做好一切应急准备！"货轮缓缓停住，阿岩率领十几个马仔冲进货舱，从暗柜里取出枪支，掖进衣服里。

巡逻艇靠上货轮船舷，彭光武和温松华、魏晋顺着软梯攀上货轮。

此时，阿东正紧张地在后甲板急匆匆转动绞盘，一个密封箱慢慢坠入海里。阿东抹把脸上的汗水，长长出了口气，快步走回舱舱。

彭光武和温松华、魏晋登上前甲板。阿东从舱室里走出，彭光武问："你是负责人吗？"阿东点着头："是是，请问你们……"彭光武严肃道："我们要检查这条船，希望你们能配合！"说着从衣兜里掏出警官证递给阿东。阿东看了证件，忙赔上笑脸："噢，原来是彭局长亲自光临，欢迎欢迎！"魏晋跟随着阿东走向货舱。

暗舱里，熊雄紧张地盯着监视屏，阿岩快步走进来。熊雄问："准备好了吗？"阿岩点点头："好了！"熊雄稍稍松口气，然后加重语调："看样子消息泄露了，他们是有备而来，不能大意！"阿岩看着屏幕上搜查货舱的魏晋，声音有些发抖："我认识他，是刑侦大案队长，看样子是真有大麻烦了！"熊雄恶狠狠道："密切注意他们的动向，今天要是过不了关，就跟他们刺刀见红！"

魏晋走出货舱，阿东跟在魏晋身后。魏晋对彭光武和温松华摇摇头，然后不无失望地低声问彭光武："怎么搞的，什么也没查到，会不会情报有误？"彭光武皱起眉："应该不会，我看其中说不定有诈！"阿东忙走上前来："警官同志，我们是遵纪守法的，绝对不会干违规违法的活！"就在这时，站在船口的一条黑影趁人不备向彭光武示意后甲板。彭光武双唇紧闭，不发一言，大步向后甲板走去。阿东顿时紧张起来。

躲在暗舱里观察的熊雄的眼顿时瞪大了，额上渗出汗珠。只见监视屏上，彭光武正在绞盘旁躬身检查着。熊雄一把抓起茶几上的卫星电话，快速摁了几个号，然后焦灼道："老板，不好了，就怕要露馅，怎么办？"电话机里传出阴沉的声音："干掉他们！"熊雄腰一挺，大声道："是！"阿岩悄声问："老大，这老板是谁呀？"熊雄眼一瞪："嗯？"阿岩脖子一缩："是是，不该问的不问……"熊雄一挥手："去，让弟兄们做好战斗准备！"阿岩答应一声，快步走出暗舱。

后甲板上，彭光武仔细查看绞盘。温松华和魏晋走到绞盘旁，脸上露出振奋的表情。旁边的阿东，只见脸上的肌肉在一阵阵抽搐。彭光武一声断喝："就是这儿！"说着用力转动绞盘，吊索收紧，一个密封的铁箱从海水里提了上来。彭光武打开铁箱，铁箱里赫然露出用油纸包着的几支手枪和几十盒子弹。突然，一声枪响，彭光武腿部中弹，一个趔趄倒在甲板上。魏晋大吃一惊，急速地伏在绞盘旁，抽出手枪还击。彭光武和温松华也迅速地拔出枪来，阿东和阿岩率领十几个马仔隐蔽在船舱旁，向彭光武、温松华和魏晋射击。魏晋身手敏捷地就地卧倒，滚到彭光武身旁，伸出胳膊护住他，急切地问："师傅，你没事吧？"彭光武咬着牙点点头，指了指腿部。魏晋连忙扯下脖子上的领带，包扎彭光武腿部的伤口。温松华一边举枪还击，一边命令魏晋："快！撤到快艇上去，我掩护你们！"魏晋搀扶着彭光武，退向巡逻艇。

阿东对着马仔狂叫："快，干掉他们！老板发话了，一个人头奖二十万！"一个马仔顿时来了劲，探出身子向魏晋、彭光武射击。温松华抬手一枪，马仔应声倒地。其他的马仔赶忙缩回身子。魏晋抓住机会，扶着彭光武跳到快艇上。温松华见魏晋和彭光武回到了艇上，也边还击边向船舷旁边退。阿东吩咐阿岩："用火力压制住他们，我去发动船，把快艇撞了！"阿岩心领神会地点点头，和马仔们频频向温松华射击，试图阻止他靠近快艇。温松华被密集的子弹压得抬不起头来，不得不伏在甲板上。

巡逻艇上，魏晋安顿好彭光武，说："师傅，你把巡逻艇发动着，我去接应温支！"说罢，纵身跃上货轮。阿东启动货轮，透过窗口寻找巡逻艇的位置。魏晋再次登上货轮，举枪向阿岩和马仔们射击，大声对着温松华呼喊："温支，快撤！"温松华纵身跳进巡逻艇。魏晋也随后跳上巡逻艇，从彭光武手上接过方向舵。货轮舵舱里的阿东瞄准巡逻艇，猛打舵。货轮尾部向巡逻艇扫过去。只听"砰"的一声巨响，巡逻艇被货轮撞翻。彭光武和温松华、魏晋坠落海水中。子弹在他们四周溅起一个个水花。阿东、阿岩和马仔们持枪对海里巡视着。巡逻艇被撞得支离破碎，倒扣在海面上，四周水面上静悄悄的。熊雄从暗舱里慢慢踱出，走到阿东、阿岩身边，望着海面问："情况怎么样？"阿东回答："好半天没露头了，肯定去见龙王爷啦！"熊雄一摆头："快走！"说着掏出卫星电话。

货轮快速驶向大海深处。温松华和魏晋架着彭光武从巡逻艇下面探出头来。彭光武脸色苍白，呼吸已有些艰难。温松华焦灼地吩咐魏晋："快，把巡逻艇掀过来！"魏晋放开彭光武，奋力掀动巡逻艇。温松华一只胳膊挟着彭光武，另一只胳膊帮助魏晋掀巡逻艇。一番努力，巡逻艇终于掀了过来。温松华和魏晋一齐发力，把彭光武推到艇舱里。彭光武仰面朝天，大口大口地喘着粗气，腿上的伤口又渗出一片殷红的血迹。温松华和魏晋推着巡逻艇向灯火依稀的岸边奋力游去。

第二章 灭 口

一

石寨村是海州市为数不多的重点扶贫村。从一片片用石块垒起的一幢幢简陋低矮的平房可以看出这是一个贫穷的山村。

在村子的最东头，一座校舍正在建造中。盖了一半的楼房上挂着"保质保量建希望小学，一砖一瓦为子孙造福"的标语。一群衣衫褴褛的孩子在欢快地跑来跑去，建筑工人在脚手架上忙碌着。

刘天石身着工装，头戴安全帽，正在对一个工头模样的男子训话："汪队长啊，百年树人，咱这学校就要能经受千年的风雨，可不能马虎。水泥、钢材都要用最好的。学校建好后，你的孩子要在这里上学。你说，行不行？"汪队长连连点头："行！行！刘总的话就是圣旨，坚决执行！"

一辆奔驰从远处缓缓驶过来停下。车门开处，身着整洁西服、脸上架着眼镜的宗林从车上走下。他走到戴着安全帽、满身泥浆、正在训话的刘天石面前。刘天石问："有事儿？"宗林点了点头："董事长，海州自贸港项目国家发改委批下来了，最近可能就要公开招标。"刘天石"嗯"了一声，然后说："这是头等大事，必须中标。我让你们做的竞标预案落实了吗？"宗林把手里的文件夹往刘天石面前一递："这是竞标文本，您是不是审定一下？"刘天石推回文件夹："我就不用看了，你安排吧。"说着眼光眺望远处，神色似乎也变得意味深长："建希望小学和自贸港竞标都是在打造特殊的名片，必须全力以赴。"宗林连忙应和："是的，一个是对内的名片，一个是对外的名片，我会勉力为之。"

这时，几名工人和技术人员走过来。刘天石提高声音："应该是国家的名片！天石集团要有这样的胸怀，没有国哪有家，党的政策、国家的关心才是民营企业发展壮大的源泉，其实竞标自贸港就是为国争光，是向世界展现中华的风采和坚持改革开放不动摇的决心。你作为总经理应该具备这样的高度，尤其是在公众场合，别老是把天石挂在嘴上，国家的发展进步才是我们努力奋斗的方向。"宗林忙恭维道："董事长说得对，要有大格局。"刘天石一字一句："天石称雄海州算不得本事，那是有天时地利人和。走出去、立得住才算牛。"旁边施工的建筑工人和技术人员都不由得向刘天石投去敬佩的目光。宗林转开话题，对刘天石说："听说公安局的彭副局长在海上缉查黑枪时受伤了。"刘天石目光一凝："是吗？这些犯罪分子真是太猖狂了。你抽时间代表我去探望一下彭局长，不论咋说，人家也是为破我的案子受了伤。"

彭光武仰靠在病床上，腿上打着绷带。温松华和魏晋床前床后殷勤地伺候着彭光武，又是削水果，又是泡参茶。彭光武不耐烦地说："我说松华、晋子，不是跟你们讲了吗？不要老是来陪我。不就是破了点皮肉嘛，又没伤着骨头。医生说最多一周就可以出院了，去忙你们的正事吧，要尽快查出那条走私船。"

魏晋把剥好的香蕉递给彭光武："师傅您光荣负伤在这儿躺着，我们能安心做事吗？"彭光武咬一口香蕉："你小子心不安稳，不是因为我在这儿躺着吧？"魏晋嘻嘻一笑："知徒莫若师。师傅，您既然知道我的小心思，就帮帮咱呗！"彭光武眯着眼只顾着吃香蕉，不语。温松华抽出床头柜上的纸巾，为彭光武擦拭嘴角的香蕉糊屑："师傅，向您汇报，晋子他们经过调查，这条船是黑船，希望您能给指指方向。"彭光武自语般地说："使用黑船，就是为了不留后患马脚。"魏晋殷切地看着彭光武："是的，是的。师傅，现在只能依靠你那个内线了。他有没有提供什么线索？"彭光武沉吟不语。魏晋发急："师傅啊！你别老想着亲自出马啊！难道你连我和温支都信不过吗？"彭光武语调深沉："说实话，我连自己都信不过。"他指指嘴，"是信不过它。上下两片肉一碰，就全白费劲喽！"魏晋急得直挠头。

门一声响，彭光武的老伴韩玲拎着食品袋走进病房，温松华和魏晋忙亲热地打招呼。

韩玲从食品袋里拿出保温壶，往床头柜一放，说："老彭，这是我给你煲的黑鱼汤，说是吃这个伤口好得快。"魏晋连忙打开壶盖："鱼汤要趁热吃。来来，师傅，我喂您！"韩玲一把推开魏晋："去去，没你的事儿！"

温松华不无歉疚的样子说："师母，我知道你生我和晋子的气，没保护好师傅。"韩玲幽幽地叹了口气。彭光武瞪韩玲："我说老太婆，你怎么能怪罪他们？这枪子儿它又不长眼睛，要是松华和晋子受了伤，你就不心疼？"魏晋接上话："师母您不知道，师傅都这么大岁数了还非要亲力亲为，您说我们这些身强力壮的爷们，能让老头子冲锋陷阵吗？可师傅他就是不听劝啊！"

彭光武赶紧摸出一张纸条，往魏晋手里一塞："去！去！别在这儿烦我！"魏晋扫一眼纸条，顿时激动，忍不住"啪"地在彭光武脸颊上亲了一口，兴冲冲地跑出门去。韩玲看着魏晋的背影，嘴一噘说："肉麻！"

一片倚山临海的别墅群，红瓦蓝墙，显得格外富丽堂皇。这便是有"海州富人区"之称的蓝庭御景湾。

一辆大路虎车在一幢别墅前停下，熊雄下车，匆匆走向院门，按动门铃。"嘀嘀"两声响后，铝合金自动电子门缓缓打开，熊雄快步走进。

室内装饰豪华，两个长得一模一样、显然是双胞胎的男孩在给一位身着黑色绸衫的中年男子按摩。男子是个对眼，眼球白多黑少，看人时，总像是看着别处。他坐在宽大的欧式沙发上怡然自得地享受着天伦之乐。熊雄毕恭毕敬地喊了声"罗总"。此人便是海州阿波罗船务公司老板罗北方。因为在海州呼风唤雨，能量很大，江湖上人称"罗大拿"。罗北方从衣兜里摸出两张百元大钞，分给双胞胎。双胞胎一边一个亲了亲罗北方的脸颊，脆脆地说了声"谢谢老爸"，便蹦跳着跑上了楼。

罗北方对熊雄挥挥手："坐吧。"熊雄屁股刚挨着沙发边又站了起来，有些着急地说："大哥，刑警队在查船的事儿了，你看怎么办才好呀？"罗北方泰然自若，慢悠悠道："天塌有个高的顶着，你着什么急？"熊雄这才稍稍定下心来，在沙发上坐下："哥，你不知道，这次事情闹大了，一个副局长，一个刑侦支队长，还有那个魏晋又是生瓜蛋子，没他不敢干的事儿！"罗北方眉一耸："副局长咋啦？支队长又咋啦？不到省部级，别在我面前说是官！至于那个姓魏的生瓜蛋子，那就拍熟了，吃了他！"熊雄听得一愣一愣的。罗北方拿起雪茄在鼻尖轻摩，"放心吧，他们查不到的！即使查到那些干活的船工，也没人敢指证我们！在海州，和我作对，他们知道会是什么下场！"熊雄终于舒了口气，忙为罗北方点烟。

<h2 style="text-align:center">二</h2>

一幢形如帆船的摩天大楼矗立在海湾，楼厦顶端镂金镀银的"天石集团"四个大字在阳光下闪闪发光。一弯蜿蜒的海岸线在大楼旁延展，海风习习吹来，温顺的海浪轻轻拍打着大楼脚下的海滩。

一辆分外亮眼的劳斯莱斯轿车缓缓驶上大楼桥廊，在玻璃门前停住。束建设下车，拉开后车门。刘天石身着休闲装，抬步下车。他走进大厅，热情地与进出的员工打着招呼。员工们和刘天石似乎并没有距离感，显得亲热而又随意。他踏进电梯，向穿着暗红制服负责开电梯的小伙子颔首致意。电梯工按下顶楼的按钮，关切地问："董事长，您的伤好了吗？"

刘天石做个舒展动作："好了，就是被蚊子咬了一口。对了，小唐，你爸爸的病怎样了？"小唐忙说："好多了董事长，多亏您，给医院院长打招呼才住进了院，我老爸说病好后要亲自感谢您呢！"刘天石揽住小唐的肩膀："不用，不用，咱们本来就是一家人嘛，别外气。"小唐感动得快要哭了。电梯到达顶层。刘天石挥手和小唐道了声再见，步出电梯。

董事长室位于大厦的最顶层，刘天石要的就是俯视天下一览众山小的感觉。

室内的装饰自不必说，他是让设计师拿着白宫总统办公室的图片精心布置的，风格布局有过之而无不及。宽大的红木写字台上一溜放着好几部电话，电脑、文件盒、古色古香的笔架，可以说是一应俱全，尤其是写字台一角的国旗和公司标志更是格外醒目。他走进董事长室，打开衣柜，里面是几排衣服，一排是不同品牌不同款式的西装，一排是不同颜色的衬衣，还有一排是宽窄不同的领带。他脱下休闲装，抽出一件鱼白色衬衣穿上，挑选了一条格子领带系好，然后穿上一件深色西服。可以看出，他对衣着的细节特别讲究。在什么场合面对什么人要穿什么衣服，他都缜密而又细致，准备得丝滑无痕。

门铃声响起，刘天石整整衣装，对着镜子照照，在宽阔的红木大班桌后稳稳坐下，这才对着门外用颇带威严的音调说了声："请进！"

秘书王琳推门走进，美艳妩媚，柔声说："董事长好！"刘天石低头看电脑屏幕上的报表，应付般地"嗯"了一声。王琳款款走到大班桌前，打开笔记本，口齿伶俐道："董事长，您的工作流程安排是，上午十点召开董事会，中午和滕长青副市长共进午餐，下午公司例会。其他都是些日常安排，没有什么别的事情。"

刘天石抬起了头，王琳的穿着似乎引起了他的注意。王琳上着低领的白色花边真丝衫，下着大红色的短裙，不论从哪个角度看，都是美丽性感。刘天石打量着王琳，若有所思。王琳有些激动，故意微微弯腰，露出若隐若现的雪白乳沟，轻声问："那董事长您看，还有别的事儿要安排吗？"刘天石注视着王琳。王琳长长的眼睫微垂，眼角微吊，眼中如秋水一般荡漾，令人陶醉。

刘天石将目光移到电脑屏幕上："怎么？公司的工作服不合你的身？"王琳一愣。刘天石微微仰起脸："哦，我劝你还是换上工作服吧。我不想下次看到的是一张陌生的脸。"王琳脸上甜甜的笑顷刻间僵住，接着涨得通红，低下头嗫嚅着："是……董事长……"

刘天石过了好大一会儿才说道："你可以走了。"尴尬地站在桌前的王琳惊惶地从董事长室里退出。刘天石在海州有良好的口碑，不仅仅是为富有仁，在创造财富的同时不忘回报社会，为海州的经济发展做出了巨大贡献。关键是感情专一，对杨冰初心不改，可以说破了"男人有钱就变坏"的怪圈。

随着门铃声，宗林推门走进。他向刘天石简要汇报了投标海州自贸港的准备情况，刘天石表示满意。宗林接着介绍了竞标对手，不仅有海州的名牌企业，而且有央企、国企和省内外的大公司，甚至国际上的有关企业也参与了进来。刘天石信心满满地说："强龙不压地头蛇，自贸港是海州的地方项目，自然是以海州的企业为主。天石集团的实力摆在那儿，硬关系方面我们也有优势。市里现在时兴工作午餐，我已经约了滕市长，重点就是要聊聊这个事。"

宗林神情顿时轻松了许多。刘天石接着说："当然，关系只是外因，关键还是内因，我们要有独特的东西才行。现在是高科技时代，我们的竞标一定要建立在科技元素之上，要体现出立于世界前沿。简单地说，就是要大力推广人工智能，要具有前瞻性，把自贸港建成世界瞩目的明星港！"宗林说："这样一来资金量将是个庞大的数目，可是我们的盘子，没那么大的资金量啊……"

刘天石不耐烦地打断："我们还有更大的金主嘛！再说了，银行的钱也可以用嘛。我们这么多年来，哪一次不是用小钱办大事？哪一次没有创造奇迹？我们没钱，但别人有，我们不是最擅长用别人的钱办自己的事吗？这眼界的高低决定着格局，省长书记和乡长村长的境界能一样吗？"宗林被刘天石的话镇住了，点点头说："好吧，我马上对竞标书进行补充修改，尽量体现出你的指示精神。"刘天石转开话题："还有，你要对高强那边多关注些，现在是天石公司更上一层楼的关键时候，绝不能出丝毫差错！"宗林回道："明白了大哥，你放心，阴沟里翻不了船。"

三

浅水湾灯火通明，亮如白昼。码头停靠着许多艘大型油轮和各种吨位的货轮，远处的大型客轮、崭新的远洋轮船、锈迹斑斑的小型货轮以及摞得满满的集装箱船，都在等待进港指令。

远处，巨大的集装箱开始起运，停泊在港口货轮上的工人正在劳作，一派忙碌景象。近处，一艘货轮在引航员的指引下缓缓停靠在码头上。一个个写有"阿波罗"字样的巨型集装箱被巨型吊车稳稳地从货轮上卸下，熊雄和阿东、阿岩从货轮上走出。一辆警车疾速驶来，在码头戛然停住。魏晋、房勇和尹颖从警车上跳下，直奔货轮。阿东发现了冲过来的魏晋，顿时惊慌紧张起来，手一指对熊雄说："哥！不好了！你看……"熊雄强作镇定，吩咐阿东阿岩："你们回避一下，姓魏的见过你俩，我来应付他们！"阿东和阿岩连忙躲开。

魏晋、房勇和尹颖踏上货轮，熊雄迎上去，热情地招呼。魏晋问："你是船主？"熊雄连忙躬身递烟："是是，我是船长熊雄。请问警官同志有事吗？"魏晋把警官证递到熊雄眼前，熊雄看警官证："哦，是魏大队长啊！有什么指示您说！"魏晋收回警官证：

"我们找你，你应该明白是为什么事。熊船长，你看咱们能进里面谈谈吗？"熊雄忙点头："当然！当然！魏大队长您请！"说着引领魏晋走向船舱。

魏晋向房勇、尹颖使个眼色，房勇和尹颖开始检查搜索货轮，熊雄有些紧张起来。房勇和尹颖对货轮的搜查果然取得了重大收获，不仅从暗舱里搜出了疑似交易黑枪和毒品的账单，而且在甲板缝隙发现了未冲洗干净的血迹。魏晋暂时没有惊动熊雄，决定待请示彭光武、温松华后再对熊雄采取措施。

罗北方其实对熊雄并不放心，派出心腹手下老四、老六监视着熊雄。老四和老六发现魏晋搜查黑船后，迅速向罗北方报告。恰在这时，罗北方也从幕后老板处获悉公安刑侦部门将要拘捕熊雄的消息。他向老板请示如何处置，老板明确指示必须采取最终措施。罗北方自然明白"最终措施"是什么意思，他当即命令老四、老六对熊雄杀人灭口。老四觉得这样做是不是动静大了点，罗北方说，你还能有什么办法拔出萝卜不带出泥？要是咱们都进去了，动静会更大，必须要让熊雄消失，人间蒸发。老四说他明白了，不给公安留下任何痕迹。罗北方叮嘱说只有大海能掩埋一切，跑船的人，大海就是老家。他最后交代老四、老六要把熊雄送远点。

这天夜里，阿东陪着熊雄在一个地下毒吧吸食毒品。老四和老六突然冲进来，摁住熊雄。熊雄惊恐尖叫："你……你们要干什么？"老四恶声恶气道："对不起了兄弟，这也是为了大家的安全！"熊雄魂飞魄散，颤抖着说："你们要卸磨杀驴……"老六堵住熊雄的嘴，老四双手紧卡熊雄的喉咙，熊雄双腿直蹬，已经归顺老四、老六的阿东连忙压住熊雄的双腿，熊雄不一会儿便没有了声息。

夜黑风高，一条小型货轮驶出海湾。

阿东在舵舱里掌着舵，老六站在阿东身旁，手举红外线望远镜巡视周围。船驶出海湾，浪越来越大，撞击船舷，发出轰然巨响。老六望了望渐行渐远的海岸线，舒口气，把望远镜放在舵轮旁边，点上香烟，悠然地抽着。老四从船舱里扛出熊雄的尸体，丢在船舷边，然后快步走进舵舱，问道："怎么样，还正常吧？"阿东担心道："从风浪看，十有八九要刮台风。四哥，还是抓紧时间动手吧！"老四环顾海面，摇摇头："不行，还没到达安全海域。老大有交代，要送远点。"阿东摇头晃脑说："开可以开，只是别回不去就成！这台风一刮，船非翻不可，那熊哥就有陪葬的伴了！"老四眼一瞪："你他妈少危言耸听！"阿东耸耸肩："四哥，我说的可都是实话，不信你问问六哥！"老六吸口烟："是的，咱船太小，就怕顶不住这么大的风浪。"老四不敢坚持了，吩咐阿东："停船，马上动手！"

四

阳光灿烂，矗立在阳光下的公安局办公大楼显得明亮而又威严。

温松华沿着楼道走到标有"副局长室"门前，见门虚掩着，便推开了门。彭光武在整理办公用具，温松华不无埋怨地说："你啊你，到底还是出院了。我就不信，这枪伤几天就能痊愈。你不会是偷跑回来的吧？"彭光武认真地说："我可是有出院证明的，要不要我拿给你看看？"温松华撇撇嘴："还用看，你这个老刑警吓唬人家医生还不是小菜一碟呀！"彭光武笑了："案子压在心上，我实在憋不了啦！"温松华鼻子一哼："瞧瞧，说实话了吧。说来说去，还是对我和晋子不放心。"

彭光武道："也不全是为案子。我跟你说吧，局党委准备充实二级班子，关局长的意思要大力培养年轻人，准备提拔魏晋当副支队长，想听听你这个支队长的意见。"温松华做出不置可否的样子说："这还用问我？我听师傅你的。"彭光武沉吟："魏晋虽说成长很快，在刑警的岗位上也干了七八年了，但我觉得他还需要锻炼……"

温松华着急："哎哎，我说师傅，晋子鞍前马后可没少干活，早该提拔了！你不能只叫马儿跑，不给马儿……"彭光武瞪眼打断："你看看，原形毕露了吧！以后少在我面前装！"温松华忍不住笑了起来。

彭光武在办公桌后坐下，摆出领导的姿势："好了，说正事。对熊雄采取行动了吗？"温松华也在桌对面坐下，回道："晋子带人去抓捕了……"正说着，魏晋急匆匆冲了进来，气喘吁吁道："妈的，熊雄跑啦！"

彭光武和温松华闻言，吃惊之余又有些失望。魏晋平定一下喘息："估计是走漏风声了，真是防不胜防啊！"彭光武生气："我反复交代你们，保密！保密！你以为犯罪分子都是吃素的啊？"魏晋低头垂目："是我的责任，我检讨……"彭光武一拍桌子："检讨有屁用！马上给我发协查通报！抓不住熊雄，你这大案队长就不要干了！"

蓝天，白云，丽日，海面上风平浪静。捕鱼船来往穿梭，一派繁忙景象。

一条机动渔船上，两个赤裸着上身的小伙子正奋臂拉扯拖网。光头小伙子说："这一晚上台风可把咱们刮惨了！"另一个留着长发的小伙子说："台风过后有大鱼，得加油干呀！"光头小伙子手中网纲一沉，他激动地喊："快，用把力，是条大个的！"长发小伙子的眼里倏地亮起来，拼命扯网。渔网渐渐露出水面，光头小伙子突然跳了起来，惊骇地大叫："妈呀！是人！是死人……"

警车鸣着警报器疾驰到海滩，彭光武和温松华跳下警车，魏晋大步迎上去。彭光武问："什么情况？"魏晋汇报说："死者是熊雄，从表面看，是溺水死亡。需要进一步解剖，才能做出更详细的尸检报告！"彭光武点点头，挥手命令魏晋："把尸体运回法医室！"魏晋和队员们七手八脚把尸体抬上警车。

罗北方神情沮丧地靠在落地窗前，老四和老六从门外走进，罗北方阴沉的目光在老四、老六脸上扫来扫去。老四被罗北方盯得有些发毛："哥，怎么了？"罗北方突然歇斯底里大爆发，对老四拳打脚踢，咆哮："蠢货！笨蛋！傻×！"老四抱着头："哥，到底咋的了吗？"罗北方打累了，停住，呼呼喘着粗气："你给我说，你们把熊雄丢在哪里了？"老四一怔，不由得心虚地低下了头，吭哧着："昨天……夜里突然刮起了台风，阿东个狗日的说不能走远……老六也说……"

罗北方铁青着脸，转向老六："我就知道是你的事！成事不足，败事有余！"老六怕挨揍，吓得直往后退。老四小心翼翼问："怎么，尸体漂回来了？"罗北方没好气地眼一翻："已经漂到市公安局刑警队了！"老四脸上陡然变色，冷汗冒了出来。罗北方板着脸，气咻咻地训斥："我交代得清清楚楚，不能把这事当儿戏，马马虎虎就对付了，要把人扔到远海去，可你们就是当耳旁风！"老四抹把脸上的汗，喃喃自语："这人死后是有魂的，不会是熊雄这个狗日的讨债来了吧？"罗北方对着老四的后脑勺又扫了一巴掌："去你妈的，别在这找借口！你丢得太近，恰巧又遇上刮台风，还有不漂回来的道理？我看你现在就没魂了，还死后呢！"说着不耐烦地摆摆手，"好了，别不咸不淡地扯废话了，现在谈正事！"老四胸一挺："哥，您下命令吧！赴汤蹈火，在所不辞！"罗北方皱眉："少你妈吹牛×！我怀疑咱们内部有鬼，你们眼睛都给我睁大点，组织里不纯洁，这倒霉的事儿还在后面呢！"老四和老六连连点头。

刑侦支队会议室里，彭光武和温松华主持召开侦破会议。魏晋用投影仪播放法医解剖画面，讲解："经解剖认定，熊雄并非溺水窒息而亡。你们看，他的脖颈处有掐痕，咽喉有两处软骨折断，且无呛水痕迹，显然是死后投入水中，所以结论是他杀。"温松华分析说："熊雄被杀，说明他背后还有黑手，在发现熊雄暴露后，杀人灭口。"彭光武发布指令："马上围绕熊雄被杀找凶手，深挖细查！"

午后的阳光格外明亮，浅水湾里泊满了大大小小货轮。货场里，装卸工穿梭往来搬运货物，显得繁忙而又嘈杂。

老四倚在货轮的舵舱旁，举着手机接听电话，嘴里不时地"嗯嗯"着，眼睛却警觉地巡视四周。阿岩在船舱门前转悠，阿东在舵舱里检查机器，油汗顺着脸颊流下。老四接听完电话，"啪"地合上手机，对舵舱里的阿东大声吩咐："抓紧时间，天一黑我们就出海！"阿东抬起头回应："放心吧四哥，不会误事的！"老四扫阿东一眼："每次都说不会误事，一到深海你他妈就晕菜，这次再出问题，老子敲断你的腿！"边说边走向后面的船舱。

阿岩走进舵舱，扭着脸看老四的背影问阿东："这人谁呀，咋这么狂？"阿东擦擦手上的油泥："这次出货的船长。"阿岩眨眨眼："噢，明白了。和上次那个熊老大一样……"阿东紧张："你他妈小点声，不要命了啊！"阿岩有些不放心地说："东哥，这次的货不会再出问题了吧？咱也不能为几个钱把命都丢了……"

阿东不耐烦："你他娘的爱干不干，没有钱还要命屁用。没有我，你还上不了这船呢！"阿岩忙说："那是那是，咱不就是跟着你东哥混吗？对了，上次熊老大出事时向老板报告，那个老板不会就是这个老四吧？"阿东撇撇嘴角："他还没到那个层级。刚才不是跟你说了？他和熊雄一样，只是干事的！"

阿岩盯着船舷上的"阿波罗"三个字思忖着说："老板不会是罗北方罗总吧？"阿东翻个白眼："你他妈又来了！乱打听什么呀！好奇害死猫懂不懂？不该操心的别他妈瞎操心，咱就是干活的命！"阿岩连忙点头称是。

彭光武坐在办公桌后翻阅卷宗，温松华和魏晋走进。彭光武连忙合上手机，摆摆下巴示意二人坐。

温松华和魏晋在办公桌前坐下，彭光武道："说说情况吧。"温松华不无失望地说："我们用大数据对熊雄所有的关系人进行了筛查，没有发现可疑对象。"彭光武看魏晋："我让你以船找人，还是没线索吗？"魏晋摇摇头。

彭光武不高兴了，敲敲桌子："我说你们俩能不能给我争口气！这么个大活人被谋杀了，你们竟然查不出一点线索？这个案子关系到我们能不能破获枪案，我可是向关局、市领导立了军令状的！"魏晋说："我总觉得这个案子不一般，做得严丝合缝，滴水不漏。师傅，你说这后面会不会有大家伙？"彭光武瞪眼："我要的是答案，不是提问！"温松华道："我也是这么觉得，咱们一定要深挖下去。"

彭光武身子前倾，压低嗓门："我可以告诉你们，据我摸查，这的确不仅仅是一个单纯的涉枪案了，而是一种具有某种典型意义的社会病症。金钱和权力一旦融为一体，互相催生，就会快速膨胀成为一个庞然大物，再被涂上红粉，堂而皇之地成为整个社会一部分。"

魏晋挠挠头："师傅，你能不能说得明白一点，太深奥了。"温松华教训魏晋："你呀！只知道破案不学习。师傅已经说得很明白了，这不是一个简单的个案，而是一个血腥的毒瘤。毒瘤你应该知道吧，是毛细血管最丰富，癌细胞最猖獗、爆炸力最强的组织系统。"魏晋豁然开朗："哦，明白了，这是个有组织有能量有计划的犯罪集团！"

彭光武沉思着说："说实话，这个案子，可能就是我从警生涯的收官之作。所以，我不怕自己给自己挖坑，再大的坑都不怕。我跟你们年轻人不同，你们，将来有的是机会。而这，可能是我最后一次折腾的机会，我要给我自己画一个圆满的句号。"

温松华郑重表态："明白了师傅！无论如何，我们都会坚定地支持您！"这时，彭光武的手机响起。他看看来电显示，连忙接听："嗯，你说……"他的神情严肃起来，压低嗓门："嗯嗯，知道了。你要继续往深里打探……"温松华和魏晋都露出关切的表情。彭光武合上手机："熊雄背后的老板有可能是阿波罗船务公司总经理罗北方！"温松华和魏晋顿时振奋起来。彭光武指示："你们马上抓住罗北方这条线索，进行侦查！"

第三章　钓　鱼

一

这是位于浅水湾的一个小岛，岛小名气可不小，这便是名闻海州的八卦洲岛，与海岸只隔着一条浅浅的海湾。入夜时分，岛上灯光灿烂，与市区的灯光几乎连成一片。不时有船只来往，鸣响着嘹亮的汽笛声。岛的林荫遮掩处矗立着一座造型古朴而又不失雅致的奶油色五层小楼。从楼外形浪漫的设计到楼内温馨的布置，都显示着这是一个高档又具有私密性的会所。楼房的幕墙上是霓虹灯组成的天石集团标徽。

宴会厅里，灯火璀璨，欢声笑语，舞步绚丽多姿。这里正举行小型的派对，大厅四周摆放着美酒佳肴。各色人等有的交谈，有的跳舞，好不热闹。几个人围在海州市常务副市长滕长青旁边，听他侃侃而谈，他一副志得意满的模样。王琳在滕长青的身边专职服务，宗林站在不显眼的角落里，端着酒杯扫视人群。

杨冰挽着刘天石的胳膊从里面出来，穿过人群走到滕长青面前，刘天石笑吟吟道："滕市长精神真好，老远就听到您爽朗的笑声。"滕长青不无调侃道："刘总在笑话我呢！你这个当主人的真不像话，甩下大家不陪，和冰妹躲到何处亲热去了？"众人笑了起来。

刘天石示意王琳，王琳送上两杯酒，刘天石举起酒杯："滕市长，天石公司的发展壮大离不开您的关心支持，我敬您一杯！"滕长青也举起酒杯："刘总客气了，你们天石公司为海州的经济发展是做出了很大贡献的，再说支持也是相互的嘛！来，互敬，互敬！"说罢和刘天石碰杯。刘天石喝干杯中酒，感慨道："有您这样开明的市长，真是海州之福，天石之幸啊！"

滕长青轻啜一口酒，放下酒杯："刘总你又说错了不是？你这市长前面应该加个副字才对！这一字之漏，可是天壤之别哟！"刘天石笑道："去掉这个副字，应该为时不远了，前天在省城听说，你可是下届市长的热门人选哩！"滕长青顿时两眼放光，连忙又端起酒杯举向刘天石："这我可要谢刘总了，为官一任，总要为老百姓办点实事嘛！邢省长的公子向阳老弟多次在我面前提起你，说你是重感情的仁义侠士，那是赞不绝口呀！还望你以后在邢省长面前多多美言几句呐！"

刘天石道："向阳已经去北京任我们驻京联络办主任了。邢省长也去了人大，就怕我是心有余而力不足啊！"滕长青不以为然道："邢省长不论去了哪儿，都是一言九鼎，你刘总可不能推托找借口哟！来来，我敬老兄一杯！"刘天石爽快地举起杯："为滕市长效劳是我的荣幸，来，干！"二人碰杯，一饮而尽。

这时，宗林走到刘天石身边耳语。刘天石随着宗林走出宴会厅，来到阳台上。刘天石凭栏远眺大海，夜色下的海湾雾气迷蒙，或行或停的船只时隐时现，给人一种神秘莫测的感觉。

刘天石自语般道："果然是暗流涌动啊……"宗林宽慰说："大哥你放心，强子应该能摆平这事儿。"刘天石突然转脸，逼视着宗林，沉声问："你告诉我，怎么摆平？现在的情况是风雨欲来！"他口气变得凌厉："我早就提醒过你，眼下正是竞标自贸港的关键时候，绝不能出任何纰漏！可是，我的总经理，我的保安部长，这点小事也处理不好！窟窿却越戳越大！是不是什么事儿都要我亲自去解决！"

宗林嗫嚅着不敢再回话。刘天石缓和一下口气，对宗林道："竞标的事你先放一放，千里之堤溃于蚁穴，这事儿绝不能掉以轻心……"

滕长青这时从大厅里面走出,刘天石连忙住口。滕长青走过来拍拍刘天石肩膀:"我说天石,你怎么老待在外面啊?"刘天石揉揉太阳穴:"噢,酒喝多了,出来吹吹风。"滕长青盯着刘天石:"你好像有什么心事吧?"刘天石忙说:"自贸港竞标的事不能落实,我这心里着急啊!"滕长青:"哦,明白了。说吧,还有什么需要我效力的。"刘天石道:"我们的竞争对手都很强,我这心里还真是没底啊!"

滕长青道:"我已经在市长办公会上重点推荐了你们公司。当然,这是个大项目,上上下下方方面面都盯着,招投标只能是透明公开的。但我相信你们公司的实力,应该没有问题。为了保险起见,我给你们提点建议,首先要有超越对手的建设方案;其次省里和北京你还要跑一下,因为这个项目是中央'一带一路'宏伟蓝图的一部分,各级领导都很重视。上面发话了,我也就好配合协调了。"刘天石点头。滕长青接着道:"你们应该有信心,你刘天石挂在嘴边的一句话不就是天石公司只会赢吗?况且你们拿下这个项目,也是为海州争光嘛!我一定全力支持!至于方方面面,你不用担心,我来协调。你天石尽管放开手脚。"刘天石露出振作的表情:"有滕市长这话,我这心里就踏实了。走,咱们进去吧,边喝边聊。"

二

魏晋对罗北方的侦查有了重大收获。他从电信部门查出了罗北方在他和彭光武、温松华海上拦截熊雄的时间段内有可疑的通话记录。对方显示是境外电话,估计是用加密的卫星电话打的,无法记录通话内容。但罗北方的通话内容却非常清晰,是"一个都不留,全给我干掉他们"。魏晋推测是罗北方在给熊雄下达命令。

魏晋向彭光武、温松华汇报，彭光武指示魏晋，可以对罗北方动手了。并告诉魏晋晚上罗北方会去御品大酒店赴宴，就在那时候动手，顺便看看他都有哪些朋友。魏晋试探着问彭光武情报又是他那个眼线提供的吧，能不能透露透露。彭光武断然拒绝，问魏晋是不是又要抢功。

魏晋说是怕彭光武万一有什么意外，说完发觉失言，连忙掩口。彭光武瞪眼说你小子抢功不成又咒老头子呀，不过他说魏晋提醒得也在理儿。他告诉魏晋，这个眼线曾是走私船上的工头，因为劳务纠纷被船工绑架，是他从刀口下将其救出。等时机成熟时，他会告诉魏晋这位卧底眼线是谁的。

御品大酒店门前停车场，酒店经理正招呼保安拿着几个"禁止停放"的标牌摆放在空着的车位上，预占几个车位。

一辆轿车驶来。经理做手势让车往前，车主不解地摇下车窗，老板解释，车主不满地往前驶去。又一辆车驶来，老板对着车窗赔笑摇手。不大一会儿，几辆豪车陆续驶来，一群气势不凡的人从各自的车上下来，互相点头打招呼。经理迎上去，躬身施礼。趾高气扬的罗北方跨下车门，跟经理握手，微笑点头，经理连忙在前引路进门。

此时的魏晋和房勇、尹颖正坐在灯光璀璨的酒店大厅里，周围的餐桌已坐满了吃客。房勇贪婪地吃着盘中菜，边吃边津津有味地吧唧着嘴。

尹颖用筷子敲打菜盘："就知道吃！"房勇用餐巾擦擦油腻的嘴，嬉笑："能让魏队请吃大餐可不容易……"魏晋向酒店外抬抬眼，房勇和尹颖眼望向窗外，只见罗北方正和几位气度不凡的人互相指指点点，向店门走来。

房勇啧啧有声："嗬！果然是豪门盛宴啊！"魏晋轻声介绍说："看到左边那个穿灰大衣的了吗？那是检察院的郭副检察长。右边那个，看到了吗？穿蓝西服的，是法院的齐庭长。"房勇吸溜一口气："开眼界了！"魏晋用筷子轻敲桌沿："饭店档次，得看请客的是谁，更要看谁来吃。"尹颖叹口气："我就纳闷了，咋没咱公安的，看来老警混得是不行，不够档次呀！"魏晋点点房勇和尹颖，又指指自己："咱不就是吗？"房勇和尹颖愣了愣，马上反应过来，笑了。

楼上贵宾包房，除了豪华、气派、精致的摆设，缓缓转动的水晶桌面上，是美酒佳肴。罗北方把郭副检察长往主宾席上推："郭检，您请！"郭也不谦让，理所当然地笑着在主位上坐下。罗北方又向齐庭长抬抬下巴："齐庭长就不用我招呼了吧？"齐庭长谦恭地对罗北方躬躬身，然后在另一侧坐下，罗北方在东道主位置坐下。

楼下大厅里，魏晋悠然地喝茶。房勇指指吃得溜光的空盘子："魏队，你看这菜……"魏晋鄙视："我说房勇同志，你一辈子也发不了财。"往上指指，"走吧，上面有大餐，让你吃个够！"

贵宾包房里，酒酣耳热，气氛热烈，众人互相敬酒。门突然开了，魏晋和房勇、尹颖大步走进。众人惊诧。罗北方最先反应过来："哟！是魏大队长呀……欢迎光临，三位请坐，喝一杯！"魏晋拿起酒瓶："1915年的拉菲，一辆奥迪啊！"房勇端起一杯酒，一口干了，对罗北方嬉笑道："不好意思罗老板，你四个轮子没了。"

魏晋陡然严肃，吩咐房勇、尹颖："执行吧！"房勇和尹颖一步跨到罗北方面前，"咔嚓"给他戴上了手铐。罗北方愣怔了片刻才反应过来，挣扎："你们这是干什么？怎么回事？"魏晋微笑着对郭副检察长和齐庭长道："你看，巧了，检察官、法官都在这儿，一条龙服务，在这儿就可以走完法律程序了。"郭副检察长和齐庭长面面相觑，尴尬无比。魏晋一声断喝："带走！"

魏晋把罗北方关进看守所，并没有马上审讯。当警车驶出看守所大门，房勇开着车，忍不住问魏晋为什么不趁热打铁，突审罗北方。魏晋斜倚靠背，闭眼假寐，随口说："给他点时间做准备，不然咱胜之不武。"房勇脸一歪说："得了吧魏队，你这是采取谅的战术，反而让他心里恐慌……"魏晋眼一睁："你可以当我这个队长！"房勇头一缩，不敢吱声了。尹颖笑说："要是魏队高升了，我倒是有这个奢望哩！"魏晋严肃道："别扯淡了，说正事。赶快回队里，把阿波罗公司的大数据再认真捋捋。"

房勇一声哀鸣："又加班啊！"尹颖也不无怨言："冰姐约我晚上去看电影，又要食言了。"房勇道："对了尹美女，我一直纳闷，你和刘天石刘老板的特殊关系咱都知道，是他资助你完成了从小学到大学的学业，情同兄妹。有这棵大树乘凉，你咋还干咱这苦巴巴的穷警察呀？"

尹颖白房勇一眼："狗嘴里吐不出象牙！你这个问题应该问问魏队！"魏晋挺挺腰："你怎么扯我身上了？"尹颖眼波流转，看着魏晋说："咱们魏队当年是深圳的高考状元，北大清华那是随便挑的，却偏偏上了公安大学。还有，人家老爸在深圳开厂子，可他就是不遵从老爸要他继承家业的要求，非得干警察，你说这是为了啥？"

魏晋自然能看出尹颖眼神里的意思，连忙脸转向窗外。房勇道："这我知道。魏队打小就爱看警察抓坏人的小说电影，立下的志向就是当警察，除暴安良。"尹颖拍拍手："这就对了。咱不就是立志惩恶扬善，维护公平正义嘛！"房勇不无钦佩的语气道："榜样的力量是无穷的！你们二位真是高山仰止啊！"魏晋不耐烦："我说别再扯淡了行吗？快回队里干正事！"房勇扮了个鬼脸，加快了车速。

看守所号房里，早晨明媚的阳光透过铁窗，投射在倚墙而坐的身影上。罗北方苦巴巴的脸在阳光的闪烁下显得阴晴不定，呆滞的双眼透着茫然和忧虑。

"吱呀"一声脆响，罗北方一惊，抬眼望去，铁门望风孔打开了。看守所副所长马飞一声喊："55号，开饭！"罗北方连忙起身，凑到望风孔前。一个又黑又小干巴巴的馒头和清得能见到碗底的稀饭从望风孔递了进来，马飞一声断喝："接着！"罗北方不情愿地伸出手，露出嫌弃的表情。

马飞讥讽道："进了这儿，能给你八大两吃就不错了。想过回老板的日子，那就争取早点出去。"突然压低嗓门，"外面有句话带给你，嘴就是命！"罗北方一愣，似有所悟，精神一振，急忙接过饭盘。马飞提高音调："快吃，马上要提审！"望风孔"咚"的一声关上了。罗北方愁容尽扫，大口大口地吃起馒头来。

魏晋和尹颖坐在审讯台后，魏晋主审，尹颖担任记录，面前摆着笔录纸。房勇押着罗北方走进，魏晋指指对面的受讯夹板椅子对罗北方说："坐吧。"罗北方一副淡定的样子，慢慢坐下。尹颖拿起笔，魏晋道："罗总，号房里条件有限，你还得多担待啊！"罗北方仰着脸："魏大队长，我怎么觉得这话有点扎耳朵。"魏晋依然是平缓的语调："你别误会，我说的是真心话。你这么大的老板，锦衣玉食，一下子掉进黑屋里，肯定不是个滋味。可话说回来，犯了事，你就必须得承担。监狱里的条件可能还不如这儿，能少待一天还是尽量少待，你说是不是啊罗老板？"

罗北方有节奏地抖着腿："可问题是，我到现在也没弄明白我究竟犯了啥事。魏大队长，你能不能给咱说道说道？"魏晋道："我说和你说，那结果可就不一样了。从轻还是从重，就看你怎么选择了。比如贪官，数额和罪行差不多，为什么有的重刑，有的轻判？"罗北方不为所动："魏队长的意思我明白，可我总得有我犯的事交代啊！该说的能说的我全都说，可我不知道的事总不能瞎说吧？"

魏晋突然加重语气："你的意思是有不该说的不能说的了？"罗北方一愣，尹颖加把火："奉劝你别有侥幸心理，一切涉案的罪犯，我们都要一查到底，绳之以法！"罗北方镇定下来："你看你们，越说我越糊涂了。犯罪？我犯了啥罪？越扯越远了嘛！哎，你们能不能说个敞亮话，咱在这儿摆龙门阵有意思吗？"

魏晋注视着罗北方，久久。罗北方也看着魏晋，四目相对，较量着，对峙着，相持着。罗北方终于避开魏晋的目光，垂下眼睑，有些心虚。魏晋突然发问："元月一号晚上七点到九点，你在干什么？"罗北方一惊："元月一号？"魏晋不给罗北方喘息的机会："元旦新年，你不会不知道吧？"

罗北方定定神："都过去这么多天了，谁还会记着……"房勇摇着电警棍一声断喝："说！记不住就好好想！"罗北方看着电警棍有些犯怵，赶紧做回忆状："嗯，元旦放假嘛！我在家陪老婆孩子。"魏晋追问："在这个时间段内，你和谁通过电话？"罗北方又是一愣："这……这个……我们做物流生意的，这电话太多了，具体的我还真想不起来。"魏晋提示："境外电话不会忘了吧？"

罗北方有些慌乱起来："境外电话？境外电话……你看，我刚才说了，做物流行当，境外电话也老多了，很难说得清和哪个客户通话。"魏晋盯着罗北方："八点时，你通话中要对方动手，把他们全都干掉，这不应该是和客户说的话吧？"

罗北方紧张了，额上开始冒汗，结结巴巴："这……这……"眼珠转动着，"哦，我想起来了。是个赌友从拉斯维加斯赌场给我打电话，说赢了钱，我让他把那些黄头毛通吃，为咱祖国争光……"罗北方突然停住，看向魏晋。魏晋冷笑："编，接着编！"罗北方信誓旦旦的样子："真是这么回事！我真没瞎说！"魏晋讥讽："罗北方，你当阿波罗的老板真是屈才了，应该去当作家，一定能得诺贝尔奖。"罗北方耍起了赖："反正就是这么回事，信不信由你。"魏晋起身："我看你是不见棺材不掉泪。那好，你就等着吧！"罗北方大叫："你们关人是有期限的，我要见我的律师！"

三

自贸港建设项目落地海州，招投标进程紧张有序地展开，国际国内包括海州本地的老板云集海州，争抢这块大肥肉。国际公司的老板们在宾馆酒店莫名地不是被盗就是被抢，很快便纷纷逃之夭夭。国内公司的老板天天被宗林好酒好菜招待，并且有市领导作陪，聪明的老板们赶紧脚底抹油溜之大吉。至于海州的老板们也只是在招投标会上象征性地配合一下天石公司。果然正如刘天石所言：天石公司永远只会赢。

万事俱备，只欠东风，最后一道关卡就是等着国家有关部委审批了。刘天石决定偕夫人杨冰和宗林飞赴京城。

灿烂明媚的阳光照耀着首都机场。机场出闸口，西装革履、戴着眼镜的天石公司驻京联络办主任邢向阳站在最显眼的地方，神情专注地向里面张望。一位公司人员挨过来，小心地问："邢主任，我们做了牌子，要不要拿出来？"邢向阳瞪眼："你蠢啊？还是公司的老员工！你让董事长来看牌子，还是我们主动发现董事长？"公司人员低下头，嗫嚅着："对不起。"说着退到邢向阳背后，所有人都眼巴巴注视着出口出来的乘客。

不大一会儿，他们都突然一齐激动地举手。只见刘天石和杨冰、宗林走过来，束建设拖着行李箱跟在后面，邢向阳带着众人上前迎接。刘天石旁若无人，挥挥手，毫不停留地一直前行。邢向阳连忙上前引路，走到停车场，趋步上前打开豪华奔驰旅行车车门，刘天石先搀着杨冰上车，然后才跨进车门。

机场高速路上，奔驰车在如潮水般的车流中缓缓而行。

束建设感叹："还是咱海州好，从来没这么堵过，你看这儿，奔驰就像拖拉机。"刘天石正色警告束建设："注意言行！要维护首都的形象。"束建设脖子一缩，不敢吱声了。刘天石看着窗外说："你们知道我为什么每天都看《新闻联播》吗？那是要跟随首都的步伐，才能踩准点儿。"

邢向阳应和："是的，我们遵照董事长的指示，工作重点就是研究中央的大政方针。当然，具体就是领导们的兴趣点……"刘天石打断："听说安徽人在北京开了家四季民福烤鸭店，超过了全聚德和便宜坊，一座难求。说是没在四季民福门口排过队，就不算真正来过北京，是不是呀？"邢向阳一愣，思维似乎跟不上刘天石的跳跃，回了回神说："这阵子都在忙自贸港的事，还没来得及顾得上吃。"

刘天石往椅背上一靠："那你这个联络办主任可不合格啊！"邢向阳忙说："是，是！这次一定陪董事长去品尝品尝！"刘天石咂咂嘴，突然转回主题："负责自贸港审批的领导，你了解情况了吗？"邢向阳又是一怔，反应过来后忙递上文件夹："都在这上面。背景、家庭，包括爱好。"刘天石扫一眼资料，目光再次移向窗外，感慨道："首都风景真不错。"邢向阳再次愣住，呆呆地看着刘天石，不知该配合着说些什么。

刘天石最看重的工作作风就是雷厉风行，用他的话说，就是速度决定效率，效率决定一个企业的生存、发展和未来。所以下榻大酒店之后，他就吩咐邢向阳马上安排与有关部委具体办事的官员会面洽谈。因为他很明白，在北京那些大领导不会轻易表态，具体办事人员的配合才是最关键的。好在邢向阳不辱使命，靠着父亲的面子和他这几年公司上不封顶的经费输送经营起来的关系，已经有了卓有成效的铺垫，所以进展十分顺利。

宗林巨资购买的名人字画、玉石、钻戒、金表等全部都派上了用场。作业已经做好，就等着老师批阅了，这位老师便是赵部长，而最后上场显示才华的是杨冰。杨冰的确是位贤妻良母，她从不过问公司的事务，除了在家伺候婆婆带孩子，唯一的爱好是打麻将。她的麻将技能是很高的，被刘天石赞为炉火纯青。真正的麻将高手并不是在赢，而是知道怎么输。

杨冰靠着这独特的功力为刘天石立下了赫赫战功，可以说是攻城拔寨，无坚不摧。当年正是杨冰依此技能与邢向阳的母亲成为牌友，最后帮着刘天石拿下当时任海州市委书记的邢旭东。这次刘天石之所以带杨冰来京，就是听邢向阳说赵部长的夫人也是个麻将迷，于是杨冰便有了用武之地。

杨冰在邢向阳的引荐下，很快便和赵夫人成了亲密无间的牌友，在牌桌上奉献了大把的钞票，赵部长自然也就很愉快地在报告上签下了"同意"二字。

邢向阳把庆功宴设在了四季民福烤鸭店，服务员端上主菜烤鸭和几样配菜。刘天石眼里顿时放光，却不动筷子。邢向阳欲为刘天石夹菜，宗林悄悄阻止他。只见杨冰纤纤玉指轻拈烤鸭片，熟练地卷进面皮，然后塞进刘天石的嘴里。

刘天石深情地凝视杨冰，慢慢咀嚼着咽下。杨冰拿起纸巾，揩刘天石嘴角。刘天石突然发问："对了，提个小问题，你们知道北京最好吃的是什么？"宗林和邢向阳面面相觑，杨冰只顾笑。邢向阳不得不有所表现，瞎蒙说："是羊蝎子吧？听说古代这羊蝎子骨膜只有皇帝才能吃到……"刘天石摇头。宗林瞎猜："要说最美味可口的还应该是东来顺的涮羊肉……"

刘天石嗤之以鼻："只有穷光蛋才离不开羊肉。"杨冰说话了："笨蛋！还是烤鸭！"刘天石点头。杨冰自得地说："告诉你们，以后不论到了哪里，凡没有海州菜的地儿，只要你们说烤鸭，保准没错！"刘天石笑了："我还要提醒你们，外面的美食再刺激，也不能忘了家里菜的原汁原味。"说着瞥杨冰一眼。杨冰自然听得懂刘天石的话中之意，很受用，忙又为刘天石卷烤鸭。

宗林转移话题说："大哥，我还是担心自贸港盘子太大……"刘天石摆手打断："失败和成功，不在于行动，而是在于脑子。你的脑瓜有多大，世界就有多大。我跟你讲过，一个乡长想扩张和一个省长想扩张能一样吗？"杨冰崇拜地看着刘天石，把烤鸭喂进他嘴里。

刘天石半真半假批评宗林："作为公司的总经理，你得时刻跟我步调一致，不然用领导的一句话来说，叫什么来着？不换思想就换人！"宗林立刻说："向阳可以接我的位置。"刘天石笑："跟你开玩笑呢！这世上我谁都可以不要，只有你别想离开我！"杨冰噘嘴，邢向阳忙拍马屁："还有冰姐！还有冰姐！"刘天石感慨："知道世上让我最累的是什么吗？"随后他自问自答："应酬。无聊的应酬。"邢向阳端起酒杯："董事长，我敬您！您做了一件空前的壮举！建设自贸港，可以征服世界，还是国家层面的战略规划，对咱们天石公司，意义非凡啊！"

刘天石拿起酒杯轻啜一口，问："向阳啊，下面是什么项目？"邢向阳又晕了，不明所以地直发愣。刘天石点破："我说的是玩，看你紧张的。"邢向阳顿时轻松下来，忙回应："这个不是我能决策的，董事长您定。"刘天石一摆酒杯："我现在授权给你，即兴发挥吧！"邢向阳心领神会："去天上人间吧，那里可是当代北京最美的风景了。"刘天石笑："好！我现在关心的只有一件事，玩！彻底放松，也算是犒赏一下自己！"这时，宗林的手机响起。他看了看来电号码，连忙接听，神情渐渐严峻。宗林接听完电话，对刘天石道："强子说公司出了点事，要你赶紧回去。"刘天石酒杯一蹾："扫兴！这个高强，啥时候才能让我省点心啊！回去！明天就打道回府！"

四

魏晋审讯罗北方没有取得任何进展。罗北方仗着有后台撑腰，当然也顾及老婆孩子的安全，守口如瓶，抗拒着魏晋的进攻。魏晋向彭光武汇报，彭光武说这在预料之中，罗北方是不会轻易招供的。魏晋请示彭光武下一步怎么走，彭光武说正在让眼线深入摸查，只要抓住罗北方的尾巴，应该很快就会现形。

魏晋有了信心，说从审讯中看得出，罗北方心里很虚，只要再加把劲，应该能撬开他的嘴。彭光武却摇头指示魏晋放了罗北方，魏晋有些不理解，问为什么要放了他。彭光武说抓罗北方是为了钓大鱼，如果线绷得太紧，会断的，现在敲山震虎的目的和效果已经达到。魏晋问是不是要采取欲擒故纵的策略，彭光武说不错，侦查的目标不只是一个罗北方，而是要顺藤摸瓜查出枪击案的凶手和幕后老板，最终将涉枪犯罪的团伙一网打尽。这戏要一出出演，才精彩，才有看头。

海浪冲击着礁石，发出轰然巨响。迷蒙的夜色下，彭光武和一个年轻男子在海滩上边走边低声交谈。此人正是阿岩，彭光武问阿岩有什么新情况，阿岩说他已经打探清楚了，罗北方的确是熊雄的老板。

彭光武让阿岩说具体些，阿岩说他从和他搭伙计的阿东那里了解到，熊雄就是罗北方谋杀的。而且，这很可能是个涉枪犯罪团伙。彭光武要阿岩抓紧时间把底摸清楚了，这对能不能将犯罪集团一网打尽很关键。阿岩告诉彭光武，这几天他发现，犯罪团伙可能怀疑内部有问题，查得很紧，所以他不能不谨慎小心些。

彭光武顿时有些紧张起来，叮嘱阿岩一定要安全第一，如果发觉不对头，就赶紧撤出来。阿岩向彭光武表示，是彭光武从绑匪手里救了他，不然早没命了，他让彭光武放心，说他一定能完成任务。

魏晋遵照彭光武放长线钓大鱼的指示，释放了罗北方。老四和老六开车到看守所接罗北方，黑色的大路虎沿街道行驶，老四关心地问罗北方："哥，在里面没受罪吧？"罗北方不敢再吹牛×，抹把脸说："妈的，不是人待的地儿。你就是再有钱，当再大的官，黑屋子一关，就啥也不是了！"老四说："是啊！再有能耐的人，进了里边就是孙子，这滋味咱都尝过！"

罗北方心有余悸地说："这辈子，我是不能再进去了。刑警队不会就这么善罢甘休，尤其是温松华和魏晋，都是狠人，咱得琢磨个万全之策啊！"老四说："大哥，您说，我们听您的。"罗北方道："咱能不能在彭光武身上打打主意，他是海州的刑警大统领，要是能把他搞定，这满天的乌云就散了。"老四用手做个捻钱的动作："用这个？"罗北方道："不是不可以考虑。"

开车的老六斜了老四一眼说："你净出馊主意！温松华和魏晋都是彭老头带出来的，能好到哪里去？最好别干这种偷鸡不成蚀把米的傻×事！"老四说："但据我了解，彭光武的闺女在上大学，他手头很紧，不是不可以试试。还有，他的小舅子韩彪是个混世败家子，做生意亏了上百万，是我一个移民国外的哥们帮他扛着。咱们从这方面下手，就是万一出了岔子，也追不到咱头上来。"老六点头："嗯，要是这样的话，倒不妨试试。"罗北方欣然道："好，那咱就试试！"

这天午后，彭光武和温松华、魏晋在办公室里研究案情。敲门声响起，彭光武对着门外道："请进。"一个大脑袋油光锃亮、脖子上挂着一个粗大金项链的男子走进。魏晋打招呼："哟！这不是彪子吗！你胆子不小，蹚进公安局了！"韩彪嬉笑："晋子好！华哥好！我是顺路，顺路！"温松华对彭光武说："看来彪子有事，师傅你们聊，我和晋子去忙了。"说罢和魏晋起身离去。

韩彪大大咧咧往椅子上一坐，彭光武瞪韩彪："我跟你说过，别有事没事儿往这跑，现在是上班时间知不知道？"韩彪涎着脸道："姐夫，我这不是有急事嘛。"彭光武不耐烦："有屁就放，放完快滚！"

韩彪神秘兮兮地往前一俯身子，小声说："姐夫，有件小事，你必须得帮我办了。"彭光武瞪眼。韩彪说："你先别发火嘛，找我办事的是生意上的哥们，他也是受朋友之托……"彭光武警觉："少啰唆！说，什么事？"韩彪往前凑凑："是这样的，你们不是办了个贩枪的案子吗？船主叫熊雄，你看能不能就别再发叉了，熊雄也死了，就结在他身上行不行？"

彭光武双眼一凝，套韩彪的话："托你说情的是谁？那个托你朋友的又是谁？"韩彪忙说："我朋友移民国外了，那个托我朋友的人是谁我就更不知道了。"彭光武往后一仰："你连帮忙的对象是谁都不知道，我怎么帮？"韩彪道："人家说你知道。对了，人家还送了点小意思……"

彭光武耐着性子问："什么小意思？"韩彪不得不说实话，拨弄着金项链："就是这，十条黄鱼，五百克的，还有上百万大票子。"他小心翼翼地凑近彭光武，"姐夫，你看……"

彭光武盯着韩彪，眼神如要杀人。韩彪打个冷战，哭丧着脸道："姐夫，我……我欠那个朋友一百多万，他说要是事办成了，也一笔勾销……姐夫啊，你这也是救我……"彭光武气冲斗牛，扬起巴掌，韩彪光头一缩，彭光武长叹一声："你这个不争气的东西，做个破生意，给我惹了多少事啊！"

韩彪连忙说："这是最后一次了姐夫，我对天起誓！再说，有这个把柄攥着，他们以后也不敢再欺负我！"彭光武眼珠转了转，心想，这不正是将计就计的好机会吗？何不剑走偏锋，达到查出幕后黑手的目的？于是缓和下口气，问道："你说做生意是向他借的钱？"

韩彪一看有转机，忙不迭地说："是的是的，人家连个奔都没打，是雪中送炭呐！"彭光武做出无奈的样子道："好吧，我这也快退休了，就冒一次险吧。你告诉你朋友，这事我办了，但嘴要严实点。"韩彪喜不自胜地点头："姐夫你放心，天知地知的事儿，那我这就给回话了。"起身欲走。彭光武加重语气："还有，事主必须告诉我是谁，最好能见个面。不然，一拍两散，你马上把东西给我还回去。"韩彪不得不勉强答应："好的姐夫，我试试……"

老四迅速向罗北方报告拿下彭光武的好消息。罗北方有些不相信，老四说彭老头开初不愿意，一听说小孩舅欠了朋友一百多万，才软了下来。老六补充说，还有咱送去的百万现金加黄鱼。老四说在这么大一笔财富面前，没有不动心的。再者说，彭老头也快退休了，临退前捞一把，是官场上的潜规则。

罗北方终于信了，忍不住骂道，妈的，人为财死，鸟为食亡。有钱能使鬼推磨，这些个老话，永远都不会过时。老四告诉罗北方，彭光武提出要和他见面才放心，问罗北方能否答应。罗北方皱起了眉头，说这不是个小事，得向上面请示。

彭光武在韩彪离开后坐在办公桌后，若有所思。温松华和魏晋推门走进，彭光武问道："案子有没有进展？"温松华道："前面有个影子，可就是抓不住，这个案子有些难度。"魏晋接着说：

"是的，发现一些线索，可一拎起来，就断了，看来只能依靠你那个线人了。"彭光武道："我那个眼线已经查清，熊雄并不是罗北方杀害的，他们只是私交比较好的朋友关系，这个案子先搁置一下吧。"

温松华和魏晋不敢相信自己的耳朵，没想到彭光武会说出这样的话，愣在了那里。彭光武继续说道："我们手上的案子太多，不能老吊在一棵树上打转转。也许通过其他案件的侦破，可以把这个案子给带出来。"温松华和魏晋吃惊而又满脸狐疑地看着彭光武。

魏晋终于回过神来，质疑道："哎，我说师傅，你不是一直说要以熊雄和罗北方为契机，深挖线索，争取将犯罪团伙一网打尽吗？"彭光武没好气地说："罗北方的疑点已经排除，还谈什么契机不契机？好了，就这么定了！"

魏晋试图再据理力争："可我们是掌握了重要线索的……"彭光武打断："别再强词夺理了！有什么想法，以后再沟通！松华，你把眼下急需要办的案子说一下吧！"温松华露出无奈、狐疑、难以理解的表情。魏晋盯着彭光武道："师傅，你说句实话，是不是遇到了什么干扰？"彭光武瞪眼："你什么意思？"

魏晋往上指指："比如来自上面的阻力。"彭光武不耐烦："扯！你成天胡思乱想些什么！"魏晋不退让，鼓着腮帮子道："那你为什么停止对这个案件的侦查？明摆着不正常嘛！"彭光武有些生气："怎么不正常了？我刚才已经说得很清楚了，你是不是要我再重复一遍？"魏晋也气冲冲道："你给出的理由根本就站不住脚。连你自己都不相信的借口怎么能让别人相信？温支，你信吗？"

温松华尴尬地搓着手说："这个……这个……"然后向彭光武倾倾身子，恳切地说："师傅，你是不是有什么难言之隐？你说出来不会有事的，我和晋子又不是外人，帮你出出主意……"彭光武火了，一拍桌子训斥道："胡说！你们两个小子合起伙来对付我呀！还轮不到你们教训我！我再强调一次，理解要执行，不理解也要执行！好了，走走，赶快滚蛋，我下面还有个会！"温松华和魏晋无奈地叹气，只得起身离去。

第四章　黑白局

一

　　省城机场，刘天石一行人步出机场闸口。束建设和毛焰迎上去，接过行李箱，抢先向停车场走去。二人分别打开各自车的后备厢，放行李箱。刘天石对宗林说："宗林，你坐我的车，你的车送阿冰回海州。"杨冰没有松开挽刘天石胳膊的手，看得出她并不想离开刘天石。

　　刘天石拍拍杨冰的手背说："明天十五，妈要去庙里上香。我陪不了，你替我去陪她老人家。"杨冰有些不甘地盯着刘天石。宗林看看杨冰，对刘天石说："石哥，要不我们都先回海州？"刘天石摇头："忠孝不能两全，先办正事。"宗林只好转脸吩咐自己的司机毛焰："毛子，路上小心点，负责把嫂子安全送到家。"毛焰唯唯诺诺地应着，杨冰有些不情愿地跟着毛焰走向奔驰车，毛焰为杨冰拉开车门。刘天石笑着向杨冰挥手，看到杨冰上车后才转头，束建设打开劳斯莱斯车门。

　　劳斯莱斯在机场通往市区的高速公路上疾驰。刘天石和宗林坐在车后排，宗林对刘天石说："其实，我也有段时间没陪阿姨去烧香了。"刘天石明白宗林要说什么，半是认真半是调侃的口气道："宗林你别劝我，融资是头等大事，耽搁不得。别忘了，海州还等着我们扬名立万呢！"宗林笑得有些勉强："一想到上千亿这么大的盘子，就头痛。"刘天石道："所以我要赶着拜这人间的佛。

今天就见邢省长和老葛、老孙吧！人你联系了吗？晚上一起吃个饭。"宗林回道："打过招呼了。听说是你请客，他们都会按时、准点。"

刘天石嘴角掠过一丝不屑。其实，对这些权贵，他是看不起的，可他又不得不利用他们手中的权力，在他们面前降低身段说着言不由衷的话，所以他也很看不起自己。如果有公平竞争的环境，一切依法而行，他自信以自己的能力绝对能纵横天下，无往不胜。然而他必须面对现实，不得不像所有的路径依赖者一样——既然社会不适应你，你只能去适应社会，进而主宰这个社会。宗林看看若有所思的刘天石，附在他的耳边低声说："强子按照你的指示，进行得很顺利……"刘天石似乎不想听，眉头微蹙，闭眼假寐。

罗北方这几天都是在烦躁不安中度过的，内部不纯洁，对彭光武的糖衣炮弹也迟迟不见有回响。这天老四终于带来了好消息，他向罗北方报告对内鬼的排查有眉目了。罗北方忙问是谁，老四说那个阿岩有很大的疑点，他让阿东盯着呢！罗北方让老四在手机上面做做文章，阿岩要通风报信只能靠这个。老四点点头说现在手机上可以下载监听软件了，他让阿东试试。罗北方接着问彭光武那边有没有动静，老四说他让老六去打探了。

正说着，罗北方的手机响起，他看来电显示的号码，连忙接听："老大，我是北方……"手机里传出一声怒骂："猪！猪都比你聪明！为什么不向我报告？啊！为什么擅作主张？"

罗北方苦着脸回话："大哥，上回给你打电话，你一顿训，说不要什么事都烦你。我也是觉得治标要治本，又没有多大风险才做的。"对方的声音几乎震破了通话孔："荒唐！胡闹！彭光武是个什么人你还不清楚？三十多年的老刑警，从来没下过水，油盐不进啊！你用几个臭钱就能把他摆平了，痴心妄想！"罗北方说："上百万呐，可不是小钱，还有十条黄鱼。而且他还答应收了……"对方道："你知道他是不是设的局，编个请君入瓮的套让你钻进去。"

罗北方不由得打个寒战："有这么阴险，不会吧……"对方警告："这些老刑警，哪个不是千年的狐狸万年的妖，跟他们斗，不多长几个心眼，行吗？"正通着话，老六匆匆走了进来。罗北方捂住手机通话孔，忙问老六："什么情况？"老六凑到罗北方耳边低语。

罗北方渐露振奋之色，兴冲冲地对着手机通话孔说："大哥，我刚得到消息，彭光武已经给刑警支队下命令停止侦查这个案子了。"对方似乎有些不相信："哦？"罗北方道："是公安局的哥们亲口说的，还说温松华和魏晋情绪很大。"对方有些疑惑："这个老狐狸精，难道真是下到了凡间？"罗北方道："也许彭光武想开了，在退休前大捞一把，官场上都是这样。"对方沉默。罗北方问："大哥，您看和彭光武见面的事儿……"对方回道："先别动，我要核实一下。"罗北方说："好的大哥，我等您的信……"

货轮在海上航行。阿岩躲在船舱的角落里，悄声打电话："……是的，查清了，罗北方后面还有更大的。详细情况我发给您。"说罢发送信息。突然，一支冰凉的枪口顶住了阿岩的后脑勺。阿岩一哆嗦，慢慢回头。

阿东凶神恶煞地瞪着阿岩，手一伸，示意阿岩把手机交给他。阿岩只好乖乖把手机交给阿东。阿东检查手机，怒斥阿岩："阿岩，你他妈太不哥们了，竟然当上了密探，干起吃里爬外的事儿！是我引荐了你，你让我以后怎么在江湖上混？"

阿岩劝阿东："东哥，这条路不能再走下去了，早晚得去吃八大两，只要你像我这样弃暗投明，我保证……"手机里传出彭光武的呼叫："喂！喂！阿岩，说话呀……"阿东挂掉手机，扬起手枪柄猛击阿岩头部，阿岩昏倒在地，阿东手脚麻利地将阿岩捆绑起来。

老四迅速向罗北方报告抓住了内鬼阿岩，说幸亏彭光武被咱策反了，不然还真是可怕哩！罗北方说这也正是他对彭光武怀疑的地方，既然他答应了结案，为什么还要搞咱的情报？老四说那还不是想抓住咱更多的把柄，讹更多的钱。他请示罗北方，怎么处置阿岩。

罗北方突然冒出一句："听天气预报说今天晚上有台风。"老四不明所以："台风？这跟台风有什么关系？"老六瞥一眼老四说话了："四哥你真笨！大哥的意思是制造一起海难，让大海抹去一切！"老四说："那船上可是有几十万的货啊！"

罗北方眼一瞪："是钱重要，还是安全重要？"老四又道："还有，船上其他人咋办？七八条人命呢！"罗北方咬牙切齿："全世界几十亿条人命，你顾得过来吗？"老六接话："对头！咱的命最重要。四哥，你快打电话通知阿东吧！"

这时，罗北方的手机急速响起，他连忙接听。他突然将手机贴紧耳朵："大哥，您说什么？"听完对方的话，他满面惊骇，嘴角抽搐，"嗯、嗯，明白了……好……好的，我这就按大哥您的部署办……"他慢慢挂掉手机，表情变得阴沉，僵硬着弯下腰，准备把手机放在茶几上，突然又直起身，把手机狠狠砸向老四。

老四蒙了，怔怔地瞪着罗北方："哥，你这是……"罗北方咆哮："傻×！你这个天下第一大傻×！咱让人玩了，让人玩了你知不知道！"老四似乎反应了过来，口中喃喃："彭光武……"罗北方吼："假象！全是假的！请君入瓮，挖个坑让咱跳，咱他妈竟然还真就跳了！"老六感慨："够阴险的，来个假受贿，然后顺藤摸瓜，把咱们全撸了。"老四仍心存侥幸："这消息可靠吗？"罗北方："内部消息！内部消息你还不信？！"

老四额上冒出了冷汗。老六忧心忡忡："还好阿岩没把证据发出去，可是他在电话里已经向彭光武密报了我们，这个老狐狸很难对付，后果不堪设想啊！"罗北方眼露凶光："刚才老大已经发话，灭了他！"老四吃惊："哥，他可是公安局副局长啊！这动静有点太大了吧？"

罗北方一副胸有成竹的样子："老大已经做了周密的计划，就是以其人之道，还治其人之身。他设局，咱就给他下套。他不是要见我罗北方吗？那就通知姓彭的，我可以见他。"老四问："那见到他之后呢？"罗北方瞪眼："刚才不是说了吗？咱按老大指示的办就行了，后面的事用不着咱操心。"

二

省城的黄昏不知是因为光线昏暗还是雾霾的作用，显得迷蒙混沌，却也平添一种神秘莫测的感觉来。

刘天石将宴请地点定在了闻名遐迩的明记酒楼。这是一家香港开在内地的独家分店，招牌菜是濑尿虾。刘天石认为，粤菜里唯一能吃的就是这里的濑尿虾。刘德华等名流明星喜欢去吃的喜记太腻，他不爱吃，至于号称米其林三星的都爹利，简直就是屎。酒楼最大也是最隐蔽的包房显然是为"特殊贵宾"设定的。刘天石、宗林陪着原省长现省人大常委会主任邢旭东和分管金融副省长葛远祥，以及省开发银行行长孙茂生等一行人走进包间，纷纷脱掉外套，亲自迎客的明记老板为他们一一挂好。

刘天石对老板说："老明，你忙去吧。这里没你的事，等会儿就看你的手艺了。"老板点头哈腰道："刘总放心，早就安排好了，那我先下去了！"说罢对每个人谄笑点头，识相地离开。刘天石恭敬地让座，邢旭东理所当然地在主位上坐下，葛远祥和孙茂生分别坐在邢旭东两侧，刘天石在东道主位置坐下，宗林坐在主陪位置。

随即服务员上菜上酒，邢旭东开口说："濑尿虾是明记的招牌名菜，馆子小，名气大，老板亲自下厨，不是轻易能吃的。刘总是我们省企业家的招牌，刘总的饭也不是轻易能吃的。"葛远祥以调侃的口气道："邢主任是说刘总安排的鸿门宴？"孙茂生歪头看刘天石："我看有可能。"刘天石笑道："领导说笑了，我是孙行者拜佛，搬救兵来了，主要想向领导汇报一下工作。"

孙茂生自然明了刘天石请客的意图，岔开话："咦？怎么小杨没来？"刘天石回道："她先走了，要陪我老母亲去上香。"宗林顺势敲边鼓："我们董事长是个孝子，父亲去世得早，是母亲靠摆地摊卖针头线脑把他们兄妹俩拉扯大。所以，每年七月十五，他都要陪着老母亲上香。"孙茂生恭维："百善孝为先。难得，真是难得啊！"宗林继续抬轿子："董事长肩上压着几万人，几十万张嘴，的确是鞠躬尽瘁，我本无我。"邢旭东肃然举杯："刘总是个孝子，早有耳闻，自古忠孝难以两全。刘总为了大我，牺牲小我，为国家、为社会贡献巨大，是我们省企业家的表率！我要敬一杯！"众人举杯，喝下杯中酒。

刘天石放下酒杯："宗林言过其实了，各位领导也过奖了。其实，说实话我是来请求各位领导关心帮助的。海州的自贸港建设已经压在我身上了，深感责任重大啊！邢主任，您看能汇报了吗？"

邢旭东呵呵一笑："从来没见刘总这么着急过，看来事情是不小。酒过三巡，才能敞开胸襟水到渠成。来，喝酒！"刘天石也笑："邢主任说的是，一饮一斗心浩然，酣畅淋漓，才值得信任和托付！来，我和宗林敬各位领导！"邢旭东喝干杯中酒，对刘天石道："刘总，说说你的宏伟规划吧！"

刘天石侃侃而谈道："海州自贸港建设的意义各位领导想必比我认识得要高，我就不赘述了。这是海州申报的地方性项目，资金来源主要是面向社会融资。我们天石集团拿下这个项目，主要就是为政府减轻负担。当然，我们投资就可以边基建边开发边进行各方面的经营业务。融资、拓展、合作等，使海州进入快速发展的阳光大道。"邢旭东鼓掌："了不起，了不起，这是一件壮举，也是我省民营企业天大的一件事！在全国，也是首屈一指，影响巨大！"

葛远祥顺着邢旭东的话道："战略构思宏伟，气魄格局都没的说，配合了国家的'一带一路'倡议，从经济和政治上，都是极具眼光和非凡的行动！"刘天石道："这次动作的确有点大，所以天石公司不能单打独斗，首先要得到你们的支持，其次要寻求有志于此的各方面帮助。"邢旭东表态："刘总胸怀大志，很了不起。众人拾柴火焰高，一个好汉三个帮，三个臭皮匠，赛过诸葛亮！我和远祥省长，愿意当好这个臭皮匠的角色！"葛远祥自然是热烈响应："邢主任说得好！我们就在后面摇旗呐喊，添砖加瓦，做好后勤保障工作！"刘天石拱手："有两位领导这话，我就放心了。"

孙茂生一直在为邢旭东、葛远祥剥濑尿虾，只是笑着点头。刘天石看向孙茂生："上下齐动，左右逢源，有了邢主任和葛省长的主持，还需要孙行长的扶助啊！"孙茂生笑道："就知道刘总要点将，我没有问题。但是现在金额稍大一点，都要上会，更大的，需要层层签字，最后还有问责制，呆账坏账要具体到个人……"刘天石问："孙行长是对这个项目没有信心？"孙茂生仍笑："怎么可能，我已经表过态支持了啊！超过 10 亿就要报总行，刘总你这个项目盘子实在太大了。"刘天石摇头："孙行长你啊，避重就轻。我肯定需要您的支持，但更需要上边的支持啊！"

邢旭东侧脸瞅着孙茂生发话了："对，茂生你要说服上边，争取对我们资金倾斜。沿海大开发，说到底还是需要中央和相关的资金注入，而资金必须跟项目对接，才能够落地。海州自贸港这个项目正是最好的选择，我看就这样定了，你立即做上边的工作，需要我们这边配合的，我们全力配合！要政策给政策，要资源配资源！必要的时候，可以请总行来海州走一趟，实地考察一下，如何？"刘天石鼓掌："谢谢邢主任，民营企业就需要这样的关心和扶持。"孙茂生也鼓掌，苦笑："邢主任这是把我架在火上烤了。好吧，我尽快向上边汇报。"葛远祥拍拍孙茂生肩膀："不是汇报，是推荐，是说服。"刘天石忙不迭地又端起了酒杯。

三

　　彭光武终于接到了韩彪的电话。韩彪告诉彭光武，事主已经答应和他见面，问他什么时间在哪儿见合适，彭光武回话说让事主定，他随时恭候。彭光武结束通话后，心中凝重，又有些许的亢奋。

　　此时在刑侦支队长办公室里，温松华正坐在办公桌后整理案卷。魏晋无精打采地走进来，往桌前一趴，问道："温支，你真要往别的案件上转移？"温松华无奈道："师傅的话，你敢不听？"魏晋腾地站起："敢！对的听，这错的咱就不能听！手下的兄弟都闹翻天了，说什么的都有，你受得了我可受不了！"温松华敲敲桌子："我说晋子，你可不能闹情绪，这对下面的兄弟有影响。你是大案队长，不能乱了军心，明白不？"

　　魏晋一屁股跌坐在椅子上："师傅这个熊样子，还干什么干，憋屈啊！我正想辞职……"温松华一拍桌子："你敢！你要敢撂挑子，看我不一枪毙了你！"魏晋唉声叹气："这样下去，穿着警服，丢人！"温松华耐心劝导："晋子啊！我这心里比你还堵得慌。可越是这种时候，越不能冲动。再说了，谁有咱哥俩了解师傅，我总觉得，这其中有些蹊跷。咱得耐下心观察观察，这弯到底在哪里，到底是驴不走还是磨不转。"魏晋突然问："温支，要是师傅真被人拉下了水呢？"温松华凛然道："他要是敢背叛初心，我也会一枪毙了他！"

　　罗北方按照大老板指示的以其人之道，还治其人之身策略，掐准时间，开始了紧锣密鼓的行动。

　　韩玲在家里打扫卫生，韩彪抱着两个大纸箱子进门。韩玲问："彪子，你又带什么东西啊？"韩彪说："刚上市的水蜜桃，给你和姐夫尝尝鲜。"韩玲说："你看你，家里有水果，你又浪费钱。"韩彪道:"这是弟弟的一点心意嘛!"韩玲说:"好好,那放阳台上去吧!"韩彪道:"那咋成,这水蜜桃怕热怕光,要放阴凉地儿。"韩玲:"说的也是,去放储藏室里。"韩彪抱着大纸箱走进储藏室。

与此同时,罗北方在酒吧约见名记者庄稼和网络大V司马,这两位都是拿钱办事的主,他们边品酒边低声交谈。罗北方道:"庄老师,司马老师,这个事就拜托二位了,还望多费心。"庄稼道:"能为大哥效力,是我们的荣幸!"罗北方说:"咱们一向合作愉快,相信二位大咖这次也不会让我失望。"司马道:"这是个爆炸性新闻,我这个网络大V有上千万粉丝,会在网上大造声势的。"庄稼跟着表态:"我会紧紧跟上,写出深度报道。"罗北方把几张纸推到庄稼和司马面前:"你们就照着这上面发就行了,要快!"庄稼和司马点头。罗北方把两个鼓鼓囊囊的大红包分别推到庄稼和司马面前,二人也不客气,熟练地拿起红包,往随身包里一塞。

浅水湾一艘豪华游艇静静泊在岸边。艇身上,"阿波罗"几个龙飞凤舞的大字在夕阳的映照下格外醒目。一辆出租车驶来,在海边停下。彭光武推开车门下了车,走向游艇。老四和老六迎上前来,谦恭地在前面带路。彭光武眯着眼打量一下游艇,步伐沉稳地踏上舷梯。

游艇客舱内,欧式装饰精致典雅,一张大理石餐台上摆着美酒佳肴。

罗北方跷着二郎腿,坐在餐桌旁笑眯眯地看着彭光武。彭光武并无惊讶之色,平静地说:"果然是你。"罗北方起身让座,彭光武在罗北方对面坐下。罗北方摇晃着二郎腿说:"彭局长不会奇怪吧?"彭光武转动酒杯:"这还用得着猜吗?"罗北方鸡啄碎米般点头:"当然,当然,您是老刑警了,啥人能逃过您的火眼金睛。这人啊,真有意思,昨天还剑拔弩张,今天就成了朋友。"彭光武不动声色回应:"在利益面前,没有永远的敌人,也没有永远的朋友。"罗北方拍巴掌:"精辟!精辟!"老四走过来,问罗北方:

"罗总，可以起航了吗？"罗北方发令："开船吧。游艇游艇，这游起来才能名副其实，才有情致嘛！彭局长，我带您去观赏一个您从未去过的地方，那是胜过天堂啊！您看可以吗？"彭光武往椅背上一靠："客随主便。"

老四走出客舱。不一会儿，游艇启动，哗哗的水声隐隐传来。罗北方举起酒杯："彭局长，我敬您，祝合作愉快！"彭光武也举杯，二人相碰，啜饮。彭光武咂摸着嘴，似在品味美酒，余味悠悠地对罗北方说："罗总，如果我没猜错的话，这应该是1812年法国波旁庄园窖藏的绝世佳酿。"

罗北方用赞赏的口气说："彭局长果然鉴赏力非凡，不愧是刑侦专家，竟然连这红酒都能品出年代和产地来，佩服！"彭光武道："品酒靠的是舌蕾，鉴物则要靠眼力了。"目光转向舱壁上的油画，"可你这几幅世界名画就没有一张是真的喽。"罗北方气恼："真的吗？这些个骗子，太可恨了！您知道吗，我这辈子最恨的就是骗子！"彭光武突然问："那你也恨自己吗？"

罗北方一愣："彭局长，您这话是什么意思？"彭光武诱导："咱们已经是一条船上的人了，就不要再藏着掖着了。这信任，才是咱们能共同走下去的基础，你说是不是？"罗北方眨巴眨巴眼："我还是没明白彭局长的意思，不妨直说。"彭光武加重语气："你的后台老板是谁？"罗北方呵呵："真是服了，什么也逃不过你彭局长的火眼金睛。直说了吧，我的老板就是……"附在彭光武耳边低语。

彭光武强压着心中的激动："哦，原来是他啊！"罗北方岔话："我知道，您有眼线，他是阿岩对吧？"彭光武警觉，忙问："他在哪儿？"罗北方皮笑肉不笑："你们一会儿就能见面了。"随即举起酒杯，"来，为了合作愉快！"彭光武也微微一笑："嗯，这才是合作的样子，能和精英做伙计，才不枉我这个堂堂的公安局副局长。"

罗北方奸笑："当然当然，珠联璧合，相映生辉！我代表我们老板，来，干一杯！"彭光武若有所思，慢慢举起了杯。

就在彭光武和罗北方在游艇上交锋之时，一艘货轮也在深海区行驶着。海风渐大，海浪冲击着船舷，发出轰然巨响。

阿东凿穿船底后悄悄溜到船尾，放下救生艇，然后跳上去，加足马力开向堤岸方向。货轮慢慢沉陷，阿岩被绑在舵轮上，只能眼睁睁看着船倾斜、侧翻。船舱内，正在酣睡的船员们被哗哗的水声惊醒，他们翻身而起，发现水已漫到床沿。有几个船员冲过去开舱门，但门已被阿东从外面锁上。船员们发出惊恐绝望的呼号，不大一会儿，海水便吞没了一切。

游艇上，彭光武和罗北方对饮。彭光武对罗北方道："罗总，你把什么都告诉了我，就不怕我反悔吗？"罗北方道："彭局长，您的小舅子给你送去了黄鱼和红太阳，您不知道？"彭光武微微一怔，但马上便明白了，说道："那些钱和黄金我是可以上交澄清的。"罗北方轻啜一口红酒："遗憾啊！你已经没有这个机会了！"彭光武放下酒杯，不无警觉地问："你什么意思？"

这时，站在旁边看手机的老四突然开口嚷嚷："大新闻！重大新闻！公安局副局长收受贿赂，而且数额不小啊！"老六也边看手机边语带讥讽："不会吧？这位副局长是警界的英模，很有原则立场的。这网上的新闻，不太可信。"老四道："你看，这写得有鼻子有眼的，连小舅子拉皮条的事都写这么具体，不像是瞎编的。再说了，这人啊，是会变的。"老六附和："倒也是，没有哪个官员一上来就贪的……"

彭光武闻言有些吃惊，忙掏出手机查看，脸渐渐绷紧。罗北方轻轻摇晃着酒杯，幸灾乐祸地看着彭光武。彭光武怒声喝问："你们在玩花招？"罗北方阴笑："这不是向你彭局长学习吗？"

彭光武突然用餐刀顶住罗北方的咽喉，命令："把游艇开回去！"罗北方并无惧色："彭先生，我奉劝你最好把这吃饭的家伙什放下。不然我叫你肚子开花！"彭光武眼角一扫，发现罗北方手中的枪口正在餐桌下对着他。老四和老六也举枪对准彭光武。

彭光武慢慢放下刀叉。罗北方一摆头，老四和老六冲上去摁住彭光武。彭光武骤然发力，以迅雷不及掩耳之势，一个倒背，将老四和老六掼飞，然后一脚蹬翻餐桌。大理石桌面重重地砸在罗北方身上，手里的枪掉落在地。彭光武电光石火般拾枪在手，指向罗北方和老四老六。整套动作一气呵成，让人看得眼花缭乱，老四和老六怔怔地发呆。彭光武喝令："把枪放下！"老四和老六乖乖地把枪丢在地上。

罗北方捂着砸破的头："姓彭的，回去你也是个受贿的贪官污吏，还是赶快认输吧！"彭光武冷笑："我会向组织上汇报解释，这盆脏水你们泼不到我身上来！"罗北方目光阴鸷地盯着彭光武，然后打开手机，递给彭光武："你可以自己看看。"

彭光武看手机，只见屏幕上，彭家一片狼藉，纪委胡主任带着两名纪检员在搜查。韩玲胆战心惊地在旁边看着，胡主任从储藏间里搜出两个水果箱，韩玲告诉胡主任这是弟弟下午才送来的水果。胡主任打开水果箱，水果箱里露出崭新的百元大钞和十几根黄澄澄的金条。

罗北方用手指点点手机屏幕，阴阳怪气地对彭光武道："彭大局长，这纪委的胡凯主任你不会不认识吧？另外，我还可以告诉你，这可是市领导批示搜查的。你咋也不想想，我是怎么知道你在玩请君入瓮的把戏。你应该明白，在海州，是我们老板说了算！"

彭光武脸上变色，顿时天旋地转，瘫坐在椅子上。老四和老六猛扑上去，将彭光武摁住。彭光武已昏昏沉沉，毫无还手之力。罗北方命令："快！抬出去，扔到海里！"老四问："要上绳吧？"罗北方道："这老小子不会游泳你不知道啊？再说了，身上不能留下任何痕迹！"

四

温松华在办公室声嘶力竭地打电话："给我找，我就不信，难道人间蒸发了不成!"魏晋推门走进,满脸悲哀。温松华击打桌子,对着电话听筒怒吼:"发协查通报!发到各派出所……"魏晋伸手摁下通话键:"不用找了,老爷子的尸体已经在海边找到了。"温松华大惊:"什么?你说什么?"

魏晋把一张《海州晨报》往温松华面前一丢:"那些记者比我们的消息还灵通,这么快报道就出来了。"温松华忙看报纸,只见报纸头版是黑体字的通栏标题《市公安局副局长受贿,家中掩藏大量现钞黄金,被查属实后畏罪自杀而亡!》,文章中配有现场搜出实物的图片。温松华一掌拍在报纸上:"全他妈胡说八道!这还没下结论,就敢报道?垃圾!"

魏晋有气无力地说:"昨天晚上纪监委确实在师傅家里搜出了赃物,老爷子也的确是溺水而亡。"温松华喃喃自语:"师傅中止案件的侦破,我就觉得有蹊跷。没想到弯子还真出在这儿。"魏晋神情颓丧。温松华突然一拳砸在办公桌上:"反正我不信!这里面肯定有文章!"魏晋一愣:"文章?什么文章?"温松华道:"我觉得现在还不能轻易下结论,得好好查查……"魏晋叹口气:"还查个屁呀!事实物证都在那儿摆着!"温松华逼向魏晋,冷着脸问:"你真认为师傅是贪腐分子?"魏晋:"可是……"温松华加重语气:"我就问你信不信?"魏晋一脸茫然。

温松华一字一顿:"我告诉你魏晋,没查出行贿的人,这事就不能算结!"魏晋无奈地:"可那个行贿的人远在海外,就是个隐形人,怎么查啊?"温松华似乎也有些无措起来,看着桌上的镜框。镜框里是他和魏晋站在彭光武两侧的合影。他轻抚着照片里彭光武的脸庞,眼圈发红:"师傅啊!你走了,留下这么大个谜团,你叫我咋破解啊?"这时,桌上的电话铃声响起。温松华接听:"喂?嗯,我是。"面容渐渐阴郁,声音也变得沉重,"好的,知道了……"他慢慢放下电话听筒,神情呆滞。

魏晋忙问:"怎么回事?"温松华叹口气:"好了,上面通知,暂停一切业务工作,配合纪委监委的调查。"魏晋吃惊:"什么意思？"温松华突然提高音调："还用问？就是变相停职！怀疑咱们和师傅是一伙的，是贪腐共犯！你明白了吗？"魏晋脸渐渐涨得通红，猛地跳起来："这他妈的还有天理吗？简直太荒唐了！"温松华面露绝望："看来，我这个支队长和你这个大队长帽子能保住就不错了。"魏晋一屁股坐在椅子上。温松华在办公桌前转着圈子，突然一把扯起魏晋："不行！我们不能就这么缴械投降！走，我们去找关局！"

关山站在办公室窗前，满是沧桑的脸上凝重而又冷峻。敲门声响起，关山转身："请进。"温松华和魏晋走进办公室。温松华道："关局，我们想向您汇报一下关于彭局非正常死亡的事儿。"关山走向办公桌后："我也正要找你们谈谈，坐吧！"魏晋急不可待："关局，您是一把手，彭局的事，只有您能做主了。"关山坐下，指指办公桌前的椅子："坐下谈。"温松华边在办公桌前坐下，边目光殷殷地看着关山道："关局，彭局他不能就这么不明不白地死了，希望您能让我们查查！"

关山手指轻叩桌面，说话也是慢条斯理："出了这种事，我作为一把手，比你们更想弄个明明白白。可是我不得不告诉你们，纪委监委已经作了深入细致的调查，托韩彪送礼的人已经移民海外，且居无定所，根本寻查不到这个人。这条线断了，你们怎么查？"温松华道："这更说明其中有鬼，我怀疑是有人故意设的局，要陷害彭局，咱不能就这么轻易罢休。"关山深吸一口气，陷入了沉思。温松华近乎哀求："关局，您是知道的，我和晋子一进公安，就是彭局带出来的，我们不能就这么眼睁睁地看着师傅不明不白地死去。"关山点点头："这我知道，你们情同父子。"魏晋说："再说，师傅是您的得力助手，您也不能就这么……"

关山摆手打断："不谈私情，只论公理。现在就算是我想让你们查，也很困难啊！纪委监委已经通知，要求你们配合调查老彭贪腐受贿的事，暂停侦查工作。你们不知道？"魏晋道："我知道，而且我的副支队长也泡汤了，所以我才和温支来找您。"说着声音变得悲凉，"您要是再不管不问，我也只能去陪师傅了！"关山严肃地说道："我说魏晋同志，别意气用事啊！"说着脸转向温松华，"对了松华，你那个同学江宁上任省厅打黑办主任了。你能不能请他来咱海州指导指导啊？"温松华怔住，不明所以地直瞪关山。关山起身："好了，就这样吧！我要去市里开会。别看我在你们面前吆五喝六的，这上面一个电话，我就得屁颠屁颠地跑过去。"温松华这才似乎听出关山的弦外之音，与魏晋心领神会地对望了一眼。

第五章　密闯海州

一

省公安厅厅长周民坐在办公桌后翻阅材料，刑侦总队二级巡视员、打黑办主任江宁走进来，周民朝办公桌前的椅子抬抬下巴，江宁在桌前坐下。

周民敲敲面前的材料说："你报来的情况反映我看了，海州的社会治安状况堪忧啊！"江宁点点头："是的。黑恶势力猖獗，枪击案频频发生，而且分管刑侦的副局长也非正常死亡。说是畏罪自杀，但存在很多疑点。"周民道："前些日子，海州著名企业家刘天石遭枪击，省领导曾作了严肃批示，我也责成海州市公安局必须破案，没想到会是这种结果。"

江宁补充说："还有两年前那起枪击案，受害人也是民营企业家。"周民道："经过了解，海州和你汇报的情况基本一致，问题的确很严重。社会生态被异化破坏，法治环境遭到严重污染，黑恶势力已经到了肆无忌惮的地步。真是触目惊心啊！你说得不错，除枪击刘天石大案外，两年前的枪击郝达案竟然也是至今未破，负责案件侦破的副局长更是非正常死去。由此可见，海州的治安状况糟糕到何种地步！"

江宁试探着问："周厅长，从您对海州了解的情况看，问题究竟出在哪里呢？"周民正色："这个答案应该是我问你。准备一下吧，马上去海州！"江宁精神一振："让我去海州？"

周民肯定的口气："是的。派你去海州，就是要揭开这个谜底。枪击案应该和海州黑恶势力猖獗有关系，而彭光武副局长的非正常死亡更说明问题的严重。你到了海州后，要配合海州市公安局把这些案子合并起来侦查，力争有个大的突破！"说着起身踱步，"这已经不是简简单单的刑事案件！你要善于思考，多提几个为什么。这些毒瘤已经严重危害到海州的经济发展和人民群众的生命安全。如果任由这种毒瘤发展下去，癌细胞就会扩散到全省甚至全国！"

他在江宁面前站定，加重语气，一字一顿："现在，卧伏在你面前的很可能就是一只老虎！不！是一群老虎！"江宁悚然动容。周民按按江宁的肩膀："什么样的将打什么样的仗。我派你去海州，是因为你是打黑办主任，责无旁贷！还有听说海州的刑侦支队长温松华是你的老同学，这次情况反映也是他秘密送给你的吧？这样你们配合起来可能会更合适。刚才我已经说了，海州发生的这些案子，是有着深刻社会原因的，那就是黑恶势力已在海州形成了气候，而且其关系网也是上下纵横交错，所以才造成带有黑社会性质犯罪的猖獗！你们肩负的是关系到人民群众生命安全的重大使命，务必要全力以赴！"

江宁坚定有力地点点头。周民接着说："鉴于这个案件的重大和复杂性，要专案专办，专案组人员由你挑选，可以使用一切可以使用的侦查手段！但有个条件，你必须给我立军令状！"江宁有点蒙："立军令状？"周民斩钉截铁："杀不了罪犯，我就杀你！"

江宁接受赴海州的任务后，挑选出打黑办最得力的探员钟慧敏、陈晓辉和徐铁军成立专案组，并召集他们开了个小会。

江宁介绍了去海州执行任务的内容，然后说："这几天熟悉案情，酝酿思路。大家应该对这次任务有个初步的了解。简单地说，就是通过枪击案查出涉黑案。海州的黑恶势力大家都很清楚，堂堂公安局副局长都稀里糊涂没了命，所以这次办案不比往常，其艰巨性，尤其是危险系数要比以往的其他案件大得多，说难听点就是生死难料！要退出的赶紧提出来，我绝不会责怪！有困难的请举手吧！"

见无人举手，江宁点名："晓辉，你先开个头，谈谈想法吧！"陈晓辉发言："我觉得这活儿太过瘾了，求之不得。江头儿你不就是明知山有虎，偏往虎山行吗？不就是知其不可为而为之吗？我早习惯了，对我胃口，我就是一个字：信。再加一个字，那就是：服。还加一个字：干！"说罢看徐铁军，"铁军，该你了。"徐铁军道："别看我，我是三无人员，无意见，无困难，也无疑问。你们看慧敏姐，挺深沉的，一定有什么问题。"

钟慧敏开口道："是的，我是有几个问题，请江主任解惑。彭光武不是一般的身份，是公安局的副局长，死了之后就轻易定性是畏罪自杀，这是为什么？还有枪击企业家郝达的案子，为什么将近三年不破？还有枪击刘天石的案子，这个案子是怎么搁置下的？"江宁道："我们去海州，不就是要揭开这些谜底吗？"

钟慧敏放慢了语速，一字一顿："这些谜团的背后，你知道是刀山还是火海。"陈晓辉说："那又怎样？我吧，有个毛病，就爱找硬柿子捏。哪个柿子不熟，我就给他捏熟了。"钟慧敏不以为然："又扯。那是柿子吗？是烧红了的铁疙瘩。"陈晓辉说："这事吧，是江主任考虑的，我们还用得着瞎操那个心东想西想？我就直接把自己想成一台电脑，给我什么指令我就如何运行。真干不成，咱就当度假了呗。"徐铁军附和："对，就跟电脑宕机一样，大不了重启一次。"

陈晓辉慢条斯理地说："铁军同志的思想虽然有点消极，但起码一半正确，就是服从命令听指挥。理解要执行，不理解也要执行，在执行中理解。"钟慧敏不满地说："我也可以做到，但不想做无用功。电脑可以重启，甚至系统崩溃可以重装，但人不行。"

江宁发话了："钟慧敏的意思我明白，那就是要充分考虑到案件背后的复杂因素，做好应付一切的准备。也正因为如此，我们到了海州后，要先期进行秘密侦查。因为案情复杂，所以保密就格外重要，不仅关系到我们的生命安全，也关系到能否完成任务！好了，就这样吧，大家准备一下，明天早上出发。我在这里有个要求，大家今天都必须回家，结了婚的和老公老婆聚聚，有女朋友的亲热亲热。"大家都欢乐起来。徐铁军嚷嚷说："那我这个光棍只能被窝里打拳，自己揍自己了！"江宁一瞪眼："那就回家好好给老爸老妈做顿好吃的。对了，我还要再强调一次，大家要注意保密！"

二

刘天石坐在老板桌后舒展着腰身。这些天他轻松了许多，一个个难题都被他巧妙地化解了，从自贸港的竞标成功到融资的顺利进行，以及公司内部问题的圆满处置，无不显示着他运筹帷幄、纵横捭阖的超凡能力。他有时感觉海州这片天地太小，应该有更广阔的舞台让他施展，他期望通过自贸港的建设能走向全国，走向世界。

宗林和一个留着络腮胡须、皮肤黝黑的男子走进董事长室，后面跟着一个身着猎装、留着短发、浓妆艳抹的女子。这位男子便是公司副总兼保安部长高强，那位女子则是刘天石的妹妹刘天羿，而高强和刘天羿也是一对恋人。

遥想当年，刘天石的父亲是教师，因病早逝，生活的重担压在了母亲身上，是母亲靠着摆地摊把他和妹妹养大。他从身为教师的父亲那里学到了如何做人，更是从小便遗传了母亲做生意的机灵头脑，他在母亲年老体衰后接过摊位经营的同时，也继承了母亲诚信、不诈、不假不骗的经商真经。诚信使他赢得了顾客，尤其是借着改革开放的春风，更是让他的经营如芝麻开花般节节高，由日杂小百货的摊位上升到租了门面房，并且发展到经营电器、建材等大宗商品。但随着经商规模越来越大，生意越做越好，新的矛盾也随之而来。

市场经济便意味着竞争，有些人便走上了不良行为的歪路。有的贩卖假货走私货；有的靠黑恶势力开道；有的则攀上权贵政商勾结强取豪夺。在强敌环伺夹击欺负下，刘天石的生意走向了下坡路，日渐没落。走投无路之下，他只得也念起了歪经。先是结识了走私贩子宗林，联手贩卖走私物品；随后又将混社会的发小高强纳入麾下，冲锋陷阵，大杀四方；接着又和管理部门建立了良好的关系。天时地利人和皆已俱备的刘天石，不发达都难，于是天石公司横空出世。

随着海州成为东南沿海的物流中心，以航运业务为主的天石公司也如日中天，发展成海州民企的航母。而其妹妹刘天羿也从一个自小胆小怕事的柔弱女孩变成了一个骄横刁蛮的女魔头，她在哥哥的资助下开了家海州最大的夜总会，依仗着哥哥的名头在社会上呼风唤雨。

宗林和高强走进董事长室后在老板桌前的沙发上坐下，刘天羿察看哥哥腿上的枪伤好了没有，刘天石面无表情，盯着高强。高强有些心虚地低下头，嘟囔着说："我知道，要开我的批斗会……"

刘天石语气严厉："我绝不允许，我们天石公司出现违规违法的现象！你应该明白，我们已站在高山之巅，要有更广阔的境界，更要有远大的理想和抱负，遵纪守法是我们能不能更加壮大并受到社会承认赢得口碑的基础！你管着法务和保安这一块，可以说是公司的生命线！我建议你进行一次守法大检查，对违法违章的行为进行整改，不论是谁，该处分的处分，该开除的开除，该切割的切割，彻底消除一切隐患！"

刘天羿开口道："哥，你别老说大的。我现在最关心的是你挨的那一枪！"刘天石的激情一下子消失了大半。刘天羿往刘天石跟前凑了凑："哥，我已经有了嫌疑人的线索。你看，是不是……"刘天石脸一拉："胡闹！"刘天羿兜头挨了一盆凉水，瞪着眼：

"哥，你这是？"刘天石训斥："这是公安机关的事儿，你少掺和，私自侦查是违法的你明白不？赶快给我停下！"刘天羿不服气："可是……"

刘天石打断："没什么可是！小羿，你啥时候才能正儿八经干点事？你开的夜总会马上给我关了，不然会影响天石集团的形象懂不懂？我们现在是在国内外都有影响的上市公司，绝不能再干那些鸡鸣狗盗的破事！"刘天羿顶撞："你是你，我是我！你能干大事业，我咋就不能做点小生意了？"宗林连忙劝导："小羿，石哥说得对，你也要多为大哥想想。在海州，提起书记市长，可能没人晓得，说到大哥，谁不知道啊！"

刘天羿喘着粗气，不睬。刘天石语气也变得和缓，苦口婆心道："小羿啊，我三番五次跟你讲，多学点知识，做个知书达理的现代女性，也给你哥长长脸。你咋就不听劝呢？"刘天羿勃然站起："我配不上你这个哥哥是吧？那好！你走你的阳关道，我走我的独木桥！"

刘天石直摇头："你看，你在社会上学到的就是这些东西！"脸转向高强，"你也给我听着，别整天跟那些不三不四的人混在一起，小羿成这样，你这个男朋友有很大责任！"高强耸耸肩："嘻，怎么扯我头上了？"宗林道："强子，你的确要注意一下自己的形象，天石公司可已经不是以前的小作坊了，你要有个副总的样子。"刘天石突然一声吼："滚！都给我滚蛋！"高强边起身边嘟囔："你看这事闹的……"

王琳这时从门外探进头来，提醒刘天石："董事长，例会时间到了。"

魏晋召集房勇、尹颖和大案队员开会。大家围坐在会议桌旁，气氛凝重。魏晋说："开个小会。大家这几天都在议论彭局去世的事，心里都不是个滋味，在座的没有一个不是彭局教出来的。彭局在去世前的几天，说过这样一段话，说他不怕给自己挖坑，再大的坑都不怕，只要能把犯罪团伙一网打尽。他说要在退休前给自己画一个圆满的句号，就凭这些话，我就不信彭局会受贿贪腐。现在想想，这会不会就是彭局的遗言，在向我们暗示着什么？"

房勇发言："不错！这几天我一直在琢磨，彭局为什么会死得这么突然？行贿的人为什么神龙见首不见尾？"尹颖接话："就是，这明显有蹊跷嘛！也许彭局从一开始就发现这个案子不简单，不然不会说这样的话！"房勇道："水是够深的。要是彭局贪腐，咱公安局就没几个好人了。问题会不会是贼喊捉贼，上面有更大的贪官？"

魏晋提醒道："大胆想象，小心求证。即便是澄清这件事，咱也必须查出个娘娘爷爷来。不瞒大家，上面发话暂停侦查工作，配合纪委监委调查彭局贪腐的事儿，我和温支也成了嫌疑对象，所以我只能仰仗各位了。"房勇气愤："真是岂有此理！不能明着来，咱就暗度陈仓！我就不信了，他们能捆住咱的手脚！"尹颖说："对，活人还能被尿憋死！魏队你发命令吧，我们听你的，怎么干？"魏晋道："解铃还须系铃人，找到韩彪！"

大案队迅速展开了寻找韩彪的行动。但韩彪显然躲起来了，家里、公司都找不到。据韩妻说，他有好多天没回家了，怕纪委再找他。魏晋查看了韩彪的资料，发现他办了个只亏不赚的公司，只好干些走私和套路贷之类的不法勾当，交往的也都是社会上的灰色人物，于是指示尹颖，用大数据查出韩彪的所有关系人，列出重点对象，一个一个地查！

尹颖很快便筛查出与韩彪交往密切的重点人员，其中有个汽配厂的老板李明与韩彪是拜把子。于是魏晋和尹颖、房勇前往汽配厂访问李明，魏晋向李明说明来意，李明说自韩彪出事后，就再也没跟他联系过。

魏晋告诉李明韩彪牵涉的是个重案，不然他这个大案队长不会来找他，希望李明能支持侦查工作，提供些找到韩彪的信息，这么老是在外面藏着躲着也不是个事儿。李明说是，越跑罪越大。他想起前些天刘三到他这儿要了三万块钱，估摸着是给韩彪的。

他们哥俩最臭味相投，走得近些，要不去找找他，兴许有希望。

魏晋按照李明提供的线索，查找到了刘三的踪迹。夜晚时分，魏晋和房勇追踪刘三来到天羿夜总会。夜总会大厅里正放着节奏激昂的乐曲，闪烁变幻的电脑灯、干冰烟雾营造出一种天旋地转的氛围。舞台上衣着暴露的女郎在疯狂地表演艳舞，做着挑逗的动作。台下，迷离躁动的男男女女目不转睛地盯着，醉生梦死地拿着茶杯、酒瓶和烟灰缸敲打着桌子大声号叫。整个大厅一片嘈杂，几乎震破耳膜。

身穿便装的魏晋和房勇、尹颖从外面径直冲进来，一旁的服务员吓得不敢吭声儿。魏晋锐利的目光扫视了一圈，往楼上的KTV包房走去。一个包间里，交错的歌声中，一个体态肥胖的醉酒男人正搂着性感妖艳的小姐耳鬓厮磨，动手动脚，不时传出打情骂俏的嬉笑声。

突然，门被一脚踹开，男人吓得酒醒了一半，小姐一溜烟窜出门。男人醉眼迷蒙，问魏晋："干……干……干什么？"魏晋顺手拿起茶几上的啤酒往男人脸上一泼："刘三，认识我吗？"刘三哆嗦着，欲起身："这不是魏……魏队长吗！这又是怎么了啊？我没犯……"魏晋一把抓住男人的衣领拎起来："说，彪子在哪里？"刘三不敢反抗，挣扎着扭动："彪子是谁啊？我咋知道……"魏晋用力一搡，更大声地问："我再问一次，韩彪在哪里？"刘三转动着眼珠："魏大哥，我真的不知道啊！"魏晋目光喷火："刘三！你上次诈骗的事我还没跟你算账哩，现在又要犯包庇罪，真想去吃八大两啊？"刘三蔫了，忙道："哥，您别急啊，我听说……"说着凑到魏晋耳边耳语。

市郊公路上，猛踩油门的轰鸣声中，一辆丰田车飞驰而过，一辆警车在后面紧追不舍。房勇在警车里手握方向盘，铆足了劲儿追前面的丰田车。坐在副驾驶座上的魏晋吩咐房勇："逼停他！"房勇狠踩油门，方向盘向左一滑，警车猛地蹿到了丰田车的左前侧。丰田车躲闪不及，警车又擦着丰田车左前侧向右一贴，丰田车被逼得不得不停住。

魏晋跳下警车，火冒三丈地冲到丰田车前门，把司机从车里拉出来，此人正是韩彪。韩彪挣扎着想挣脱魏晋的拉扯，魏晋一顿拳打脚踢，房勇拉都拉不住。魏晋边打边骂："你他妈的跑，跑！我叫你跑！"

韩彪捂着大光脑袋，哭丧着脸哀求："晋子，别打了，别打了，我不跑了还不行吗……你要比着我姐夫，还得喊我舅呢！"魏晋怒斥："放屁！你这个孬种！你这个人渣！师母怎么会有你这样的弟弟！"韩彪停住了挣扎，一动不动任由魏晋拳打脚踢："晋子，你使劲揍！把我揍死拉倒！反正我他妈也不想活了……"说着往地上一蹲，呜呜哭开了。

魏晋停住手："你还有脸哭？你这个害人精！"韩彪边哭边说："我是祸害，害死了我姐夫……晋子，你一枪毙了我吧！"尹颖拉了拉韩彪的衣领："起来吧，现在哭还顶个啥用！"韩彪更是哭得稀里哗啦了。魏晋命令道："去车上！"尹颖拉起韩彪，韩彪边抹眼泪边跟着魏晋上了警车。

魏晋待韩彪坐定后，问道："说吧，托你说情送礼的人是谁？"韩彪说："这个我已经都向纪委交代了，是杨毛孩，哦，大名叫杨阳。他是我的拜把子，不久前移民了，也和我断了联系。"魏晋问："你是说他等于人间蒸发了？"韩彪点头："差不多就是这个意思。明摆着他是要做我姐夫的活，还敢露头吗？要是叫我找到，我非生吞活剥了他不可！"魏晋又问："杨阳不会就是事主吧？他背后还有人吗？"韩彪摇头："没有啊！要是杨阳后面有事主，我还会躲着纪委吗？再说，不用你们查，我也不会放过他啊！"

魏晋疑惑："那和师傅见面的人是谁？"韩彪回答："杨阳说是他的全权代表。"魏晋道："你是说熊雄是杨阳的手下？人也是他做掉的？"韩彪点头。魏晋道："这不合逻辑啊！既然杨阳移民国外，还用得着送礼给师傅摆平这件事吗？你再好好想想，杨阳除你之外，还有哪些比较铁的哥们或是说有利益牵扯的特殊关系人？"韩彪说："这个我真不清楚。但我姐夫死前曾要和事主见面，是杨阳打电话通知我有人代表他和姐夫见面，虽然具体是谁不清楚，但约会场所我知道，是在一艘游艇上。"魏晋精神一振："游艇？那上游艇的地点呢？"韩彪想了想说："记得好像是在浅水湾的三号码头。"魏晋忙催问："时间？"韩彪回答："下午五点半。"魏晋终于舒了口气。

三

天石大厦。刘天石推门走进会议室，宗林和十几个部门主管经理已经坐定。刘天石坐到主位，低头看手机。宗林宣布："好了，时间差不多了，例会开始。"房地产部经理首先发言："从目前我们房地产行业板块看，布局三四线城市的基本面还是能够认可的，具体说，当地政府支持，拆迁安置顺利，预售资金回笼快。"刘天石面前摆着两部手机，一部手机屏幕上显示着市场的行情图，另一部显示的是实时新闻。刘天石熟稔地滑动手机屏幕，丝毫没受到发言经理的影响。物流部经理接着汇报说："我们航运船务这一块最近不是太理想。公安部门和海关核查检验严格，船只经常被扣，物品积压，使我们的业务受到很大影响……"刘天石开口打断："这是你们把关不严。我在这里重申，以后不准夹带走私品，尤其是违法禁运物品！要加强监管，出了问题，后果自负！"物流部经理忙点头称是。

刘天石手指一位秃顶的男子："费经理，说说你们证券部的情况吧！"金融证券部经理费礼坐在不显眼的位置，连忙打开文件夹，手指捻着文件夹中的纸，脸涨得通红，口中喃喃："我……我……"房产部经理语带讥诮："老费，你该不会是什么都没准备吧？"物流部经理也不无埋汰地说："这次又想当观众？"费礼紧张得额上冒汗，低着头说："遵照董事长的指示，我们证券部的专家……"

刘天石打断他的话："在我的眼里没有什么专家，只有赢家与输家！"费礼更加紧张了，说话也不再利索："是……是……我们……我们全体员工进行了认真学习，深刻领会……"刘天石皱起了眉头。

宗林提醒费礼："说具体的。"费礼擦拭额上的汗，定了定神："我们经过考察论证，拟定了一些投资项目，请董事长过目审定。"说着，从公文包里掏出一沓材料，递给刘天石。刘天石接过，浏览，然后拍拍打打说："你们选的这些项目，我可以明确告诉你，我没有一个感兴趣。这都是一些陈旧保守的庸常之道，我需要的是具有前沿价值有发展未来并且有战略意义的项目！"费礼有些蒙圈，汗又冒了出来。

刘天石接着道："做项目首先考虑的不是规避风险，而是能冒多大的风险！风险和收益是成正比的，你懂不懂？"费礼这时想到了实习生梅青在他开例会前交给他上报的一个项目，似乎与刘天石所要求的有些合拍，于是急促之下死马当作活马医。他低声说："我认为新能源行业中的太阳门不错。"宗林瞪着费礼："太阳门？你没有搞错吧！这个公司我知道，去年底就出了年报预亏的公告。现在的股价就像死猪一样，你用开水浇一下都不会动弹。"宗林这样一提醒，所有与会者目光都看向费礼。

费礼脸涨得通红，心中暗暗骂梅青这回玩笑可真是开大了，他几乎把头低到了桌底下。刘天石却在这时突然发话了："太阳门？你说说为什么看好这只股票？"刘天石在提问时，他的手机图像正停留在太阳门的股价走势图上。其实刘天石对期货和股票是有很深的造诣的，当年创业之初，投身股市是他积累财富的手段之一。眼下很快就要进行自贸港的基建工程，解决资金是当务之急，而房地产以及物流等行业陷入低迷，只有股市尚有搏一把的余地。而且来钱最快，所以他格外重视这一块。

面对刘天石的提问，费礼有些手足无措起来。刘天石加重语气又问："这份研究报告真的是你的？"费礼不得不如实回答："是我们部门实习生的。因为我还没有看好的股票，开会前她才把她写的一篇研究报告交给了我。"刘天石认真道："把这个实习生叫来。"

费礼连忙给梅青打电话。不大一会儿，面容清秀、身材高挑、戴着眼镜的梅青便带着一个文件夹出现在会议室。她毫无拘谨怯意地向刘天石问好，刘天石注视着梅青："说吧，你为什么看好太阳门？"梅青从文件夹里取出一摞照片，递给刘天石："刘总，请您看看照片。"

这是一组百度卫星照片，从照片上可以看出，拍摄的是一个地方。不过从照片右下角的时间来看，这是连续几个月来不同时段的高清卫星照片。

刘天石问道："就这么几张卫星图片能够说明什么？"梅青指着照片说道："这是太阳门存货仓库的卫星图。您看，这是去年底的，上面没有几辆车。这是上个月的，车辆已经水泄不通了。"刘天石问："你的意思是太阳门的业绩有改善？"梅青说："不光如此，刘总您看。"说着又从文件夹里取出几张财务报表递到刘天石手中，指着上面的预收账款一栏，"去年三季度，太阳门的财务报表显示仅预收账款就增加了好几倍。按照我国现行的企业会计准则，他们在今年实现销售后应该将这些确认为收入。"刘天石质疑："照你这么说，他们的业绩这么好，那还发亏损的业绩预告，难道他们的老板失心疯了不成？"

梅青将一张打印的上市公司公告摆放在刘天石面前："不，他们可精明着呢。你看他们去年年底的时候发布的公告，董事、监事以及高级管理人员将在最近的六个月内对公司股票进行增持。"刘天石深深看了一眼梅青，不由得对这个金融硕士实习生产生了兴趣。果然是同道易寻，知音难求。他脸上有了笑意，问道："你真的认为这个股票会涨？"梅青用肯定的口吻说道："是的！"刘天石道："好吧，我允许你操盘！如果涨了，你不仅可以正式入职公司，而且我会升职你为金融证券部副经理！如果不涨，你自己离开。你敢赌吗？"梅青斩钉截铁："敢！"

刘天石被梅青的胆魄征服了，她很有点像当年的自己。年轻时的男人，可能是被女人的美貌吸引，而进入成熟期的成功男士，更看重的是女人的内涵、气质和才华。他从梅青的身上感受到了一种知识和才华的魅力，在这方面，中学毕业的杨冰显然无法和梅青相比。他不得不承认，面对眼前的梅青，他似乎有了一种心动的感觉。

魏晋和房勇、尹颖根据韩彪提供的线索，来到了港务局船舶监管处，船舶监管处的吴处长接待了他们，他们调看了彭光武约见事主并在出事当天黄昏的游艇出港记录。出港日志记录上记载，在这个时间段内共有七条游艇出海。魏晋向吴处长了解，当时从浅水湾三号码头出港的游艇是否有详细记录。吴处长搜索后说从三号码头出港的只有一条游艇，是"阿波罗号"。

魏晋不由得大喜过望，果然正如他所预料的那样，终于抓住了罗北方的狐狸尾巴。魏晋立刻向温松华汇报，虽然查出游艇正是罗北方名下的"阿波罗号"，但无法证实师傅曾在游艇上与罗北方见面。在目前没有直接证据的情况下，无法对罗北方采取进一步措施。下面如何进行，他请温松华拿个主意。

温松华结合以前对罗北方的侦查情况，其涉案已是毋庸置疑，获取确凿的让其无法抵赖的证据便成了接下来要做的事。温松华指示魏晋，暂时不要惊动罗北方，继续采取迂回的战术，从外围剥洋葱，搜集线索。一旦凿实证据，然后再一举将其拿下。他最后提醒魏晋，要悄悄进行侦查，千万不能让上面知道他们违反禁令，否则后果不堪设想。

四

海州市高楼大厦的夹缝里有一条僻静的街巷，巷子深处是一幢简陋的青灰色小楼。在小楼门顶，隐藏镶嵌着不显眼的 360 度全覆盖广角电子探头，这儿就是江宁临时租借的办公兼住宿地点，对外以贸易公司的名义作为掩护。

他率领陈晓辉、钟慧敏和徐铁军秘密潜入海州后，为了防止走漏风声而引起犯罪团伙的警觉，并没有与海州市公安局联系，也没有和温松华见面。他决定待摸清基本情况，有了大致的侦查方向后再公开身份。侦查工作有条不紊地展开，江宁结合温松华提供的材料，用网络和大数据查清有关线索，列出重点人。他很清楚，他侦办的这些案子只是大系统中的局部，不能孤立地看待它，最重要的是要搞清楚它输入和输出的途径。要由表及里，顺藤摸瓜，彻底清除海州的犯罪毒瘤。

先期调查工作完成后，江宁开始分配任务：他和徐铁军负责走访受害者的关系人，接触了解商圈企业界的与案件有牵涉的人员；陈晓辉从黑道入手，争取潜伏进去，搜集有关涉黑的情报；钟慧敏以记者的身份，深入各行业各部门各阶层，以采访的名义进行了解。

魏晋对罗北方的侦查有了重大进展。从调查阿波罗公司的情况看，其公司股东组成很复杂也很混乱，经大数据查出的结果，有好几位都是化名和挂名。而通过对电信部门的查访也取得了很大收获，彭光武出事当天，与罗北方通电话最多的是一个查不到机主的号，换句话说，就是用过即弃的号。通话内容虽是含糊其词话语极简，但联系到当天发生的事仍有诸多疑点。由此推测，罗北方的身后好像有一个神秘的影子。而查出这个影子，让他露出原形，便成了重中之重。

手眼通天的神秘大老板很快便获悉魏晋仍在进行偷偷侦查的信息。于是一边密令罗北方进行防范，一边动用上层关系对公安机关施加压力。

纪委胡凯主任约谈魏晋，对其违反纪律擅自侦查提出严厉批评。要求魏晋停止侦查工作，配合纪委监委对彭光武受贿、畏罪自杀一案进行调查，同时鉴于魏晋与彭光武的特殊关系，要对涉及自身的问题进行说明。

魏晋被彻底激怒了，怒斥胡凯放着犯罪分子不让查，净干些不着调的事儿！声明不仅自己没有任何问题，连师傅也是被人陷害的！胡凯何曾受过如此的冒犯，声称如果魏晋冥顽不化，那就只能采取特殊措施了！胡凯的威胁，无异于火上浇油。魏晋抄起凳子就要砸胡凯，说老子现在就给你上措施。

魏晋的不冷静行为自然是招致严重后果，市领导做出"严肃处理，调离公安岗位"的严厉批示。

关山不得不召来魏晋谈话。魏晋自然明白自己将面临的是什么，沉默地等待着。关山道："魏晋，你应该知道找你谈什么吧？"魏晋闷声说："知道。"关山有些恼火地看着魏晋："说说吧，你有什么想法？"魏晋眼皮一耷拉，关山提高声音："你怎么不说话？"魏晋翻翻眼皮："我是个等待宣判的戴罪之人，能有什么说的？"关山恨铁不成钢的样子道："你干刑警也有快十年了，怎么就改不掉冲动的毛病呢！你说吧，你叫我怎么办？"魏晋抹把脸："我知道，关于我所犯错误的严重性，我心里很清楚。关局，上面和纪委监委这么对待这个案子，我是忍无可忍！老鼠变成了猫，猫却成了老鼠。岂有此理嘛！"

关山语重心长地说："你的心情，我能够理解，但是很多时候我们必须首先学会承受，感情用事是成不了大事的。"魏晋道："关局，通过这个事，我也作了反思，我现在才觉得水很深。师傅的死绝对有蹊跷，这案子的背后肯定大有文章！"关山不露声色："也许是的。你这么想才更要求稳求准，不然就会付出现在这样的代价！"魏晋点头："是的，我现在才明白，这是一场生死较量。"关山以劝诫的口气说："越是遇到强敌，越要沉着冷静！切不可莽撞行事，希望你能接受这个教训。"魏晋苦笑笑："现在说这些还有什么意义？我知道，对我的处理不会轻。"关山道："我不能不如实告诉你，市领导作了严肃处理的批示。我们不能不给你纪律处分。你是知道的，不然不好向上边交代。"魏晋爽快地说："我理解关局的难处，我接受。"

关山拿出一份文件递给魏晋："经局党委研究决定，给予你行政记过处分，并调离刑侦部门，去警训基地任后勤管理员。你尽快办理移交手续，去警训基地吧！"魏晋恳求："关局，处分我接受，可能把我留在刑侦支队吗？干队员都行。"关山叹口气："魏晋啊，你以为我想让你离开刑警岗位吗？市里领导明确指示你已经不适合在公安机关工作，是我和松华做了很多工作，才保住你这身警服的。"魏晋不甘心地道："办不了这个案子，我死不瞑目！"关山无奈地叹口气。

大案队办公室里，魏晋在整理自己私人的东西，一一放进纸箱。房勇、尹颖等队员个个垂头丧气，无精打采。魏晋生气："瞧瞧你们，像给我开追悼会似的。能不能别这样？我可就全指望你们了，接着把这案子办下去！"房勇嘟囔："还办个屁啊！群龙无首……"魏晋训斥："胡说！我走了，还有温支在！只要还有一个人在，就得守住阵地，就不能趴下当孬种！"

尹颖满脸哀伤地说："这不分青红皂白的就处分了，还让我们怎么干？我真怕……"她说不下去了。魏晋脖子一拧："怕什么怕，怕就别当刑警！你以为那些王八蛋都是吃素的？干咱们这一行，什么不测都可能发生，什么代价都得付出！想想咱们的彭局吧！"队员们黯然神伤，全都垂下了头。魏晋最后一声大吼："都给我挺起腰杆来！坚持下去！彭局在看着你们！"吼罢，抱着纸箱，大步走出。

秋风萧瑟，枯草在风中挣扎。温松华和魏晋站在彭光武的坟墓前，魏晋突然双膝跪下，号啕大哭："师傅啊！您把我也带走吧……"温松华眼圈发红，训魏晋："胡说什么！起来，我送你去警训基地！"

第六章　解　谜

一

江宁和陈晓辉、钟慧敏、徐铁军按照既定的侦查分工，开始付诸行动。江宁将首先接触的对象定在郝通身上，因为郝通正是第一个枪击案受害人郝达的哥哥，目前仍在经营物流生意。其创办的通达物流运输公司在海州也是小有名气，但近期可能是公司运行不佳，正向外融资。

江宁便以省城投资商的身份上门拜访。江宁和徐铁军走进公司董事长室，室内不大却很雅致，玻璃壁柜里摆满了玉器，或白或绿或红，玲珑剔透，晶莹照人。郝通年纪虽然只是五十出头，却已是满头银发。他举止儒雅，戴着秀琅眼镜，热情地迎上前来，向江宁伸出手："江总光临，有失远迎，还望乞谅！"江宁与郝通握手："冒昧打扰，不胜惶恐。"郝通道："接到江总的电话，在下十分感动，谢谢您对通达公司的关注。江总请坐！"

江宁和徐铁军在沙发上坐下，郝通为江宁、徐铁军泡茶，然后在对面坐下，说道："江总来敝公司考察投资，有什么需要了解的，请尽管吩咐。"江宁说："我已经详细看了贵公司的融资书，就不劳郝总费心了。早就耳闻郝总是海州著名的企业家，我是如雷贯耳啊！今日谋面，果然是仙风道骨，鹤发童颜，财气逼人呐！"

郝通双手一摊说："徒有其名，虚有其表。你瞧我这偏居一隅之陋室，哪里谈得上财气，江总见笑喽！"江宁道："大隐于市，郝总这是低调。"说着抬眼四顾，"郝总这一房玉器，集天地之精华啊！黄金有价玉无价，有此雅好，足见郝总超凡脱俗之境界！"郝通苦笑："我倒是欲求黄金，无奈没那个福分，只好以赏石聊以自慰了。想必江总也清楚，眼下敝公司只能勉强糊口，掰着指头过日子，不然也不会寻求合作伙伴！"江宁道："据我所知，贵公司经营有道，是实力雄厚的物流翘楚，借海州这个滨海之城，应该更加兴旺发达，前程无量才是啊！"

郝通在江宁的刺激下，终于吐露怨气，脱口而出道："有天石公司这个航空母舰在，我们就只有吃点小鱼虾的份儿！"江宁露出探究的目光："哦？"

郝通察觉失言，连忙遮掩："我只是随便说说，市场竞争嘛！"江宁道："天石集团的确声名显赫，听说资产已超过五百亿，董事长刘天石名列福布斯中国富豪榜前十位，应该说是海州民营企业的一面旗帜了。当然，我只是在媒体和网上了解一些，他究竟是一个什么样的人，我很好奇，郝总应该对他很了解吧？"郝通回避："同行之间，不便评价。"江宁道："他有海州首善之称，捐建的希望小学在地震中屹立不倒，那可是举世闻名呐！"郝通依然含糊其词："不识庐山真面目，只缘身在此山中。人太熟了，反而是种障碍。你要知道梨子的滋味，最好自己去品尝。"

江宁突然调转话题："据说郝总的弟弟也是海州商界的名流，两年前遭遇不幸，这到底是怎么回事啊？"郝通一愣，忙摇手："不谈这个，不谈这个！"江宁解释："请郝总不要误会。因为最近刘天石也遭到了枪击，而且也是商界名流，所以我对海州的治安状况有点担心，想多了解一些这方面的情况。"

郝通一时间不知该如何回应江宁，似乎有些勉强地说："江总不必多虑，公安机关会解决这些问题的。邪不压正，我坚信这一点。对了，我准备了薄宴，还望江总不吝赏脸。"江宁见郝通不愿多谈枪击案，只好作罢。

位于市中心繁华闹市区的天羿夜总会是海州市规模最大的娱乐场所。面上是歌舞，内里还有地下赌场、毒吧等，说是个五毒俱全之地，一点都不为过。从夜总会的名称就可以看出，老板正是刘天石的妹妹刘天羿。

深夜时分，也正是生意火爆之时。夜总会大厅里，镭射灯如五彩银蛇，流泻蹿跳。只见劲歌曼舞，激情四溢。此时，刘天羿坐在靠近舞台的老板席，边喝酒边观赏舞台上的钢管舞，保镖老五和几个随从围站在刘天羿身后。年轻帅气的服务生陈晓辉在不停地为刘天羿斟酒，刘天羿不经意地瞟一眼陈晓辉问："叫什么？"

陈晓辉故作紧张的手有些发抖，怯怯地嗫嚅："我……我叫……"老五躬躬身介绍："羿姐，他叫陈毛弟，今天专职为您服务。"刘天羿心不在焉地"哦"了一声，目光又移向舞台。一个随从急匆匆走到刘天羿身旁，附耳低语。刘天羿一下子跳了起来："走，去看看！"

包厢里装饰富丽堂皇。鲍黑子和几个流里流气的伙伴斜倚在宽大的沙发上，每人搂拥着一个浓妆艳抹的坐台小姐。有的在唱歌，有的在玩掷骰子，有的在亲热，大理石茶几上摆放着洋酒、果盘、点心等。

刘天羿在老五、陈晓辉和几个随从的簇拥下走进包房，鲍黑子视而不见，拿起话筒和怀中的小姐对唱："妹妹你坐船头，哥哥在岸上走……"另外几个小姐忙起身恭恭敬敬地向刘天羿打招呼："羿姐！"刘天羿几步跨到鲍黑子面前，冷冷道："鲍老黑，算你有种，竟敢到我的地盘撒野！"鲍黑子翻翻眼皮："哟，这不是刘总吗！怎么，亲自来坐台？好，哥给你双倍的小费！"

刘天羿一把掀翻茶几，怒斥："滚！"鲍黑子岿然不动："老子花钱消费，你这样对待上帝，小心我去告你！"刘天羿杏眼圆睁："谁告谁还不知道呢！别以为老娘不知道你这个自诩为第一杀手干的坏事！怎么？真想敬酒不吃吃罚酒？"鲍黑子冷笑："妈的，老子从来都是在娘们的上面，今天就领教领教在下面的滋味！"

刘天羿一摆下巴，几个随从纵身直扑鲍黑子。鲍黑子身不动，肩不摇，只腿上发力，便将几个随从踢出几米开外，显然是个高手。老五突然掏枪对准鲍黑子，鲍黑子起身，抚着胸口慢慢走向老五："开枪啊！朝这里打！"

老五有些犹豫，鲍黑子一声骂："孬种！"话音未落，如变魔术似的，老五的枪已到了鲍黑子手里。鲍黑子用枪顶住老五的脑门，恶狠狠道："信不信？老子一枪崩了你！"老五吓得直哆嗦，尿液从裤管里流了出来。

鲍黑子陡地转身，将枪对准了刘天羿的太阳穴："看来你这上面还缺个洞眼！"刘天羿脸色煞白，冷汗从鬓角渗出。突然，一只脚凌空飞来，正中鲍黑子手腕，手枪飞起。鲍黑子"哎哟"一声，抱着手腕转脸。"砰"的一声闷响，鲍黑子的脸又遭重重一脚。鲍黑子原地转了两圈，刘天羿终于回过神来，惊喜地看着虎虎生威的陈晓辉。鲍黑子这才看清对手是陈晓辉，拉开架势反击。

一场恶斗，双方棋逢对手，打得天昏地暗。陈晓辉施出擒拿绝招，鲍黑子渐渐落于下风，只有招架之功，没有还手之力。陈晓辉一招回头望月杀手锏，将鲍黑子彻底击倒。鲍黑子突然从腰后抽出手枪，顶住陈晓辉的头，众人惊呼。陈晓辉疾如电光石火般扭住鲍黑子手腕，调转枪口对准了鲍黑子的头。

鲍黑子拼命转手腕，却纹丝不动，握枪的手指不由自主松开，哀叹一声："今天死在好汉手里，也算值了，开枪吧！"陈晓辉慢慢从鲍黑子手里拿下枪，随即快如闪电般唰唰几下将枪拆卸，然后扔进垃圾桶，众人看得目瞪口呆。鲍黑子诧愕："你……不杀我？"陈晓辉往刘天羿身侧一站。

刘天羿又恢复了霸道总裁的威仪，呵斥道："别以为你干的破事老娘不知道，今天就饶过你一次！你要明白，谁才是海州的老大！滚！"鲍黑子悻悻地转身离去。

刘天羿上下审视着陈晓辉，陈晓辉做出卑怯的样子不敢和刘天羿对视，局促不安地低下头。刘天羿问："你是哪儿的？"陈晓辉连忙用不太纯正的普通话回答："河南……周口的……来这儿打工……"刘天羿道："你身手不错嘛！"陈晓辉受到夸奖，抬起了头，说话也顺溜多了："俺小时候在少林寺学过，后来又当了几年特种兵。"刘天羿来了兴趣："哦？还当过特种兵？"陈晓辉回道："是的，今年复员了，只会这几下三脚猫功夫，也没学啥技术，只能来这儿打工当个服务员。"刘天羿突然以命令的口吻："把衣服脱了！"陈晓辉吃惊："啥？"刘天羿加重语气："脱！"陈晓辉不敢再问，犹豫着脱下服务员礼服。刘天羿转脸命令老五："你也可以脱了。"老五"啊"了一声，疑惑地看着刘天羿。刘天羿眼里倏地冒出凶光，老五赶忙脱下笔挺的黑西服。刘天羿指着西服吩咐陈晓辉："穿上吧，从现在起，你就是老五！"

二

海边，一片荒凉的滩涂。几排低矮破旧的清灰色平顶楼，楼门旁挂着一个油漆剥落的牌子：海州市公安局警训基地。楼的后面是几间平房，房门旁是两个歪歪扭扭的红字：食堂。食堂外面停着一辆破旧的农用车，几个农民模样的汉子从车上卸菜，食堂里传出争吵声。

魏晋和一个脸上浸满油汗的光头胖子讨价还价："我说何胖，你这菜价涨得也太邪乎了。上次三毛五，这次一下子就蹦到了四毛，抢钱呀？"何胖子抹了把脸，用力甩甩手，苦笑着道："我的魏大管理员，前几天黑妹台风刮得天昏地暗，这菜价每天都是三级跳，我这可都是持平给你的！"魏晋一指何胖子斥道："你少来这一套！每次都是持平，你喝西北风呀！今天的菜最多给你三毛八！"何胖子"这……这"地试图争辩。

这时，警训基地金主任走了进来，对魏晋说："魏晋，有记者要采访你，在我办公室呢，你完事后过来一下。"魏晋一愣："记者采访我？稀罕！不过金主任您放心，我会把功劳都归结到您的英明领导上！"金主任瞪眼："贫嘴！抓紧时间，别让人家记者等急了！"说完转身走出食堂。魏晋歪头瞅瞅何胖子，笑眯眯道："何胖，你如果晚上请客，我就给你每斤四毛，咋样？"何胖子连连摆手："得得，我这一车菜还不够一桌酒钱，三毛八就三毛八吧！"魏晋哈哈笑着甩手而出。

他不无好奇地来到了主任办公室，看看记者要采访他什么。钟慧敏已恭候在办公室，待魏晋来到后，便向他递上名片。魏晋边看名片边道："钟记者，您是不是找错人了？"钟慧敏问："你不是魏晋？"魏晋嘟囔："嗯呐……名字倒是不错，可是……"

钟慧敏不等魏晋说完，抢先道："原任市刑侦支队大案队队长，一个月前调警训基地任后勤管理员。我没安错位吧？"魏晋疑惑地看着钟慧敏："错倒是没错，不过你大记者来采访我这个食堂买菜的，还真让我整不明白。"钟慧敏反问："久闻魏警官是破案高手，这以前的英雄业绩就不能采访了？"

魏晋一愣："你的意思是采访以前的案子？"钟慧敏用力点点头："是的。政法机关最近在进行清理积案的集中行动。所以想请你这位曾经的大案队长，谈谈海州市没能侦破的大要案。"魏晋顿时警觉起来："这么多案子，你让我说哪个？"钟慧敏提示："那些比较典型的有影响的案子，比如枪击案。"魏晋又是一惊："枪击案？"钟慧敏肯定的语气："对。三年前的那个枪击郝达案，还有不久前发生的刘天石高铁站枪击案，据说是你主办的对吧？"

魏晋已是神态不定，他弄不清钟慧敏采访他的目的何在，于是回避道："嗯，是有些印象，可时间这么久了，一时半会儿还真想不起来。"钟慧敏不无揶揄地说："光天化日之下，开枪杀人，你竟然想不起来了？不会是食堂的油烟呛的吧？"

魏晋用探究的目光看着钟慧敏："说实话钟记者，不在其位，不谋其政。我现在只是个围着锅台转的司务长，案件的事我不想谈。再说了，谈也没有用。"钟慧敏道："魏警官，你有顾虑我可以理解，但我也要告诉你，依法治国惩治腐败现在可不是一句空话，你应该相信法律的力量，正义必能战胜邪恶！"

魏晋不以为然地耸耸肩："这些豪言壮语我也对别人说过，可咱不能不食人间烟火对吧？你是满天飞的记者，我可是在海州扎着根呢！好了，我能说的就这么多！"说罢起身要走。

钟慧敏一番苦口婆心，没想到竟然白费口舌，不由得有些气恼，火气很冲地说："真是一朝被蛇咬，十年怕井绳！调职发配，还真管用啊！"

魏晋听着直向钟慧敏摇手，然后忙巡视四周，一脸紧张地阻止："哎，我说钟记者，你别听人瞎说，我调这儿当后勤管理员，跟那些案子没有丝毫的关系，完全是工作需要。革命的螺丝钉，在哪儿都能闪光。好好，你看我还有事……"钟慧敏恨铁不成钢，情急之下声音便提高了八度："魏警官，你可以甘心被发配流放，永远做个灰溜溜的孙子，但你别忘了头顶的警徽！别忘了沉冤的亡灵！别忘了那些邪恶势力还会制造更多的冤案！"魏晋如遭电击，逃也似的离去。钟慧敏失望地看着魏晋的背影发呆。

一辆皮卡车驶进狭窄的巷子，在一幢青灰色的民居楼房前停下，车门开处，魏晋从驾驶室里跳下。

原来，钟慧敏离开警训基地后，他便悄悄跟踪了她，弄清楚了她所在的这幢楼房。钟慧敏的到来，让本已绝望的魏晋心里又燃起了希望之光。其实，他每时每刻都在期盼着铁树开花的那一天，法律终将战胜邪恶的信念他从未动摇过，他之所以拒绝向钟慧敏坦露心迹，是他还无法相信耍笔头的一介书生。只因为对方的势力太大，可以说在海州一手遮天，但他又不甘心失去盼了这么久的机会，于是经过一番思想斗争，最终还是决定尝试尝试。

魏晋悄悄走到楼门前，忽然发现门旁悬挂着一块匾牌，上面镌刻着"金源投资公司"的镏金大字。他不由得愣住，有些犹豫不决起来。楼门前，魏晋犹豫再三，终于还是摁响了门铃。他要一探究竟，看看钟慧敏这个神秘的女子到底是何方神圣。而此时此刻，魏晋在门前的一举一动全都通过电子眼摄入钟慧敏和徐铁军的眼中。为了防止出现意外，钟慧敏亲自去开门，惊讶地问魏晋怎么来了。魏晋也不搭理，闷着头往里冲，钟慧敏也不阻拦。魏晋警惕地巡视房内，钟慧敏和徐铁军微笑着看魏晋。魏晋侦察一番后见没有什么异常，脸转向钟慧敏，满是狐疑地审视着她。

钟慧敏神态自若地问道："你是怎么找到这儿的？"魏晋淡淡地说："你别忘了，我曾经是个刑警。"钟慧敏不无歉意地说："魏警官，对不起。我采访你时有些不冷静，说了过激的话，请你谅解。"魏晋冷眼相对："你不是记者！"突然逼视，声音也猛地提高，"说！你到底是什么人？"

这时屋内传来一个坚定有力的声音："和你一样！"魏晋一惊，转脸。江宁一步跨进："聪明人寻找机会，高明人创造机会。所以你魏晋才来到了这里。"魏晋立刻摆出防备的姿势："你们到底是什么人？"钟慧敏莞尔一笑："魏晋同志，刚才省公安厅巡视员、打黑办主任江宁同志不是告诉你了吗？我们是一家人。"

魏晋怔住，过了好大一会儿才结结巴巴问："你……你就是江主任？"江宁微笑："如假包换。"魏晋眼圈渐渐发红，江宁轻抚魏晋的肩膀："魏晋同志，你应该能理解我们采取的秘密侦查方式，就不用我再作过多的解释了吧？"魏晋激动地点头，江宁接着说："也希望你能体谅打黑办调研员钟慧敏以记者的身份接触你。"

魏晋向江宁、钟慧敏、徐铁军敬礼，然后说道："其实我见到钟大姐第一眼就知道她不是记者，这也是我来一探究竟的原因。咱们警察之间是心有灵犀的，眼神里都有特殊的密码！"江宁道："不错！这密码就是法律与正义！"魏晋感慨："能等来这一天不容易，我是天天食不甘味睡不着觉啊！可是我坚信，我会等来这一天的。因为正义还在，法律就不会沉默！"钟慧敏问魏晋："现在可以说说你知道的情况了吧？"魏晋不好意思地笑了。

三

阳光明媚，高尔夫球场上，绿草如茵。只见刘天石扬臂起杆，白色的球划过一道银光闪闪的优美弧线，落在洞窝不远处。

刘天石缓步走过去，宗林跟在刘天石身边。刘天石边走边感慨："手生了，竟然十几杆还没摸到边。俗话说得好，拳不离手曲不离口，不管干什么，熟才能生巧。"宗林附和："是的，大哥你这阵子没少操心本不该操心的事。"刘天石挥挥球杆："树欲静而风不止啊！我说宗总，咱是不是该务务正业了？"宗林道："我也正这么想。外患已基本清除，是该考虑一下内忧了。"

刘天石眯起眼望向远处："内力决定一切。只有你强大了，才能高枕无忧。好了，说说自贸港的进展情况吧！"宗林蹙眉："现在最大的问题还是资金。梅青虽然在股市上收获颇丰，但也只是杯水车薪。还有那个孙茂生，答应给的钱迟迟不能兑现，我催他几次了，他总是今天推明天，明天推后天。现在的人啊，真都进化成变色龙了，说的做的不在一个频道上。"

刘天石慢条斯理："这事大，自然不会简单，应该再给你找几个助手，找几个懂融资业务又具有战略眼光的专家。"宗林一激灵，自然能听出刘天石的弦外之音，忙检讨："弟弟惭愧。马上就过年了，公司事多，过罢年我就落实。"刘天石忽然加重语气："不行！别的事无所谓，钱的事必须抓紧！钱这个东西，它不等人的。开年之前，银行有计划，上市公司也有计划，我们得抢先一步！"宗林无奈点头："好吧，我们自己这边，物流那块能够回来九个亿，金融证券能再挤三个亿，地产那边回款加点劲能抽五个亿……"

刘天石不满地看着宗林："宗林你是不是不在状态？靠我们自己，哪里撑得起自贸港？我要的是融资！"宗林解释："融资的办法说起来很多，但是这次金额巨大，说来说去只有两条用得上，一是利用集团下面的几个上市公司发行新股圈钱；二是靠银行贷款。"刘天石沉思片刻："还有一条。"宗林有些惊讶："哦？"

刘天石吩咐："你约一下曾伟民，我们聊聊。"宗林明白过来："好的。说实话，也只有咱们这个合作伙伴有这个实力。"说着，走到了洞窝不远处，刘天石对准球轻轻推杆，球滚进了洞口。刘天石笑道："嗯，兆头不错。"

这是一座三层小楼，在高楼大厦之间并不显眼，楼门两边几个高高挂起的大红宫灯将小楼衬托得古色古香。门楣上挂着一个黑底绿字的匾额，上面镌刻着：春茗茶楼。刘天石来茶楼拜访的曾伟民是海州东南船业公司的老板，实力雄厚，是天石公司经常合作的商业伙伴。他有个特殊的癖好，就是从不在公司办公，所有事项都在茶室处理。刘天石和宗林来到茶楼门口，刘天石问宗林："哪个包房？"宗林回道："春雨轩，是曾伟民常年包下的。"刘天石道："嗯，咱们这位伙伴只有两个爱好，泡妞和品茶。"宗林前面引路，刘天石慢悠悠跟着。

曾伟民坐在红木太师椅上，把玩着茶盏，偶尔抬头看看门外。刘天石和宗林进门，曾伟民向刘天石和宗林拱手："有些日子没聚了，二位请坐。"刘天石在曾伟民对面坐下："早就听说伟民兄一日不可无茶，今天算是领教喽。"曾伟民补充："还有女人。"

刘天石呵呵一笑："真佩服老哥，春心不老，精力无限。兄弟我这辈子是白活了。"曾伟民也呵呵一笑："天石老弟清心寡欲，不抽烟不喝酒不泡妞，才是真正的三好男人。我有时候就纳了闷了，你说你要那么多钱干吗呀？"刘天石道："我爱钱啊！我要不数数钞票，就心里不安，就像老哥哥你一天不来茶楼坐坐，就空落落的发慌。"

曾伟民真乐了："你这个刘天石啊！真不知你是夸我呢还是损我。好了，你约我见面，不会是为茶和女人，说正事吧！"刘天石做个捻钞票动作："为钱啊！"曾伟民愣了愣："你这家伙，又开玩笑。"刘天石郑重道："不是玩笑，真是为钱。你知道的，我们在做自贸港项目，想和曾兄讨论一下，看能不能合作一把。"

曾伟民"哦"了一声，然后说："当然，我对这个项目是很有兴趣的，可你刘总对我没兴趣啊！不是听说你找了银行吗？"刘天石连忙解释："曾兄误会了，不是我不拉你入伙，是这个项目的确是有风险的，而且投资也很大。所以就先找了银行。"曾伟民问："银行的路走不通？"刘天石道："也不是走不通，是提供的数额太少。"曾伟民又问："总体预算大概要多少？"

刘天石伸出一只手："怎么也得这个数。"曾伟民眨眨眼："五十个亿？"刘天石手一翻："是百亿，我这说的还只是前期。"曾伟民脸上紧了紧："这的确不是个小数目。"刘天石道："大投入才有大回报，这个就用不着我在伟民兄面前班门弄斧了。另外，它的价值也不仅仅限于财富，还有重大的战略意义，也就是说有国家效应。"

曾伟民若有所思："嗯，这的确是个卓尔不凡的伟大工程。"刘天石道："所以，我希望能和伟民兄携起手来，为海州争光，为国家争光！"曾伟民终于露出微笑："还有为天石公司，为我们东南船业公司带来丰硕的收获。"刘天石一看曾伟民表情，便知有戏，于是道："当然，我们合作，什么时候做过亏本的买卖。"

曾伟民沉吟，刘天石欲擒故纵："伟民兄慎重考虑，我绝不会勉强你。我可以等你胸有成竹，引而再发。"曾伟民笑了："有你天石这条劈波斩浪的船，还用得着我老曾伐木编舟？说吧，需要我配资多少？"刘天石舒了口气："我刚才说过，五十亿的开发权，后期应不少于两百亿。至于配资多少，这个只能由老兄你来决定了。"

曾伟民再次沉吟，刘天石加火："五十亿我会想办法从银行和信托获得，就如戏院的包场费，最终拿钱的是观众。而东南公司拿下了自贸港的造船权，不亚于朝鲜拥有了核武器。"曾伟民："噢，明白了，我相信你在金融市场融资的能力。我看还是你来定我们之间的比例比较合适。"

刘天石以商量的口气道："我不会让伟民兄为难，虽说没什么大风险，但同舟共济也是必需的。你看二八分如何？由你来控股。"曾伟民略作思忖："我看还是五五开吧，我不能让你天石只吃那么一小块肥肉。"宗林有些担心地看看刘天石，刘天石举起茶盏，一口答应："好，就这么定了！"曾伟民轻啜茶水："不过这不是件小事，要上一下股东会，你等一下我的消息。"刘天石送到嘴边的茶盏僵住，但又不得不说："好的，可以理解。希望我能很快等来好的消息。"

刘天石和宗林辞别曾伟民，走出茶楼。宗林愤愤道："这个老狐狸，磨了半天嘴皮子，最后来这么一出！"刘天石缓声说："他这是要我们给他一根保险绳呢。"宗林有些不明白："保险绳？"刘天石伸出手指，往上指指："就是要上面的市领导给他做个担保。"宗林省悟："这就叫什么，不见兔子不撒鹰？"刘天石信心满满道："只要有我在，他曾伟民永远做不了鹰，只能是个兔子。"随即转开话题，"对了，你说有家省城投资公司很想和咱们合作？"宗林点头："是的，老板几次提出要拜访你了。"刘天石道："那就见见。虱子多了不咬人，你约吧。"

四

夜幕降临，城市成了灯光的海洋，真正浪漫丰富的夜生活才更能体现一个城市的繁华和活力。位于商业中心闹市区的拿破仑酒吧便代表了这一切，可以毫不夸张地说，这儿便是都市夜生活的缩影。

刘天石与江宁坐在雅座，刘天石拿起桌上的拿破仑洋酒，为江宁斟上："江总您能来海州发展，着实令人钦佩，这可是要有一定的胆量啊！"江宁有些惊讶："敢问刘总，此话怎讲？"刘天石道："海州毕竟比不得省城，商机有限啊！"江宁调侃："刘总不会是怕我抢了饭碗吧？"刘天石拱拱手："江总误会了，天石公司还不至于脆弱到如此程度。海州虽说是东南沿海的新兴城市，但基础建设、城市发展还有待完善，投资风险还是很大的。"

江宁不以为然："风险和收益永远都是成正比的，正因为是片处女地，才更需要耕耘和播种。长远看，这儿的商业价值和发展前景是一线城市所无法比拟的。刘总，不知我说得是否有道理？"

刘天石举起酒杯："倒也是，倒也是。风物长宜放眼量嘛！江总有此雄心壮志，难得呀！来，我敬您一杯！"江宁也举起酒杯："天石集团是海州的龙头企业，实力雄厚，影响力亦是遍及各行各业，又占尽天时地利人和之优势，以后还要多多仰仗啊！"刘天石爽快地一口应承下来："好说，好说。"

刘天石用探究的目光在江宁脸上游动，突然问："江总对海州有兴趣，想必一定对这儿有所研究，不知何评价？"江宁道："海州常住人口四百八十万，加上流动人员，应不少于千万。不仅有滨海黄金航道，而且是南北铁路干线的枢纽，交通十分便利。它的经济优势主要体现在物流航运上，在国家提出的'一带一路'大背景下，在这方面加大投入，比如自贸港建设，收益将是无可限量的。"

刘天石赞赏："看来江总果然是大有眼光，你这个朋友我是交定了。"江宁做出欣然状："很高兴能得到刘总的认可。天石公司执海州之牛耳，在企业界举足轻重，有您这句话，我是信心大增啊！"刘天石受到恭维，心情大好，双眉扬起道："现在是资本运营的时代，天石集团不仅有雄厚的资金，更兼有与政府部门的无缝对接。说句不客气的话，能和我们成为战略合作伙伴，那你就成功了一大半！"

江宁故作激动状："名不虚传，刘总果然是一派豪侠风度。有您这棵大树遮风挡雨，我们外来的和尚就敢念经了。对了刘总，听说您在高铁站遭遇到了不应该发生的事，这谁有这么大的胆子，敢太岁头上动土？"刘天石有些尴尬，不堪回首的样子道："一言难尽，一言难尽啊！"

江宁试探："是嫉妒，还是别有用心？"刘天石道："我刘天石向来与人为善，合作共赢才是经商之道。可有的人仍然崇尚暴力，让人遗憾啊！"江宁问："刘总的意思是商界同道不良竞争，采取了暴力手段？"刘天石显然不想深谈，打着哈哈道："人在江湖漂，哪有不挨刀。不过江总放心，我可以保证您的安全。来，喝酒！"

江宁接触刘天石，似乎才真正认识这位在海州叱咤风云的大老板。从正面说，自信有魄力，从反面说，膨胀或是说有点狂妄。不正不反，那他就是一个拥有秘密法宝的魔术师。他的语气，还有用词，完全不是一个普通商人的话，而是具有强烈的江湖气。

他有一个开着这座城市最大黄赌毒窝点的妹妹刘天羿，两个亲兄妹，走上两条截然不同的道路，这种情况有没有？有，但并不是常情。毕竟是一根藤上结出的瓜，很难不让人产生怀疑。据陈晓辉卧底侦查，野蛮生长的刘天羿，就是黑道上的大姐大。而清白守法的刘天石却建立了一个商业帝国，他们兄妹之间就没有什么瓜葛？他们兄妹有没有可能一个是里子，一个是面子？这是个谜，他必须解开这个谜！

第七章　剥洋葱

一

　　魏晋终于又有了希望。他决定暗度陈仓，悄悄进行侦查，为江宁他们提供助力。罗北方毫无疑问是解局的钥匙，只要剥开他的画皮获取其犯罪证据，一切也就迎刃而解了。魏晋想到了彭光武安插的那位神秘线人，只要查出这个人，就能顺藤摸瓜，揪出幕后黑手。

　　确定侦查方向后，魏晋开始了行动。他从警务通数据库里搜索出彭光武经办的绑架案，查出被船工绑架的事主名叫王岩，船工都叫他阿岩。寻踪觅迹，他很快便查到阿岩家的住址，于是登门寻访。阿岩的妻子张燕接待了魏晋，魏晋自我介绍是律师事务所的，以前阿岩聘用过他，有些后续的事情要处理一下。张燕自然是积极配合，问魏晋要了解些什么情况。魏晋说最好能和阿岩当面谈，因为阿岩有很长时间没和他联系了，有些亟须解决的事情。张燕说阿岩失踪一个多月了，到现在也找不着人。

　　魏晋心中一沉，说难怪阿岩这么长时间不联系。张燕说阿岩做水路生意，失踪这么长时间，她总觉得是遇到海难了，说着忍不住流下了泪水。魏晋连忙问张燕报警了没有，张燕说居委会和派出所她都去了，他们把阿岩列为失踪人口了，到现在也没有个结果。魏晋又问阿岩是否有生意上的合伙人或是说交往比较密切的同行，张燕马上说有，叫阿东，阿岩一直和他一块儿跑船。魏晋问张燕是否找过这个阿东，张燕说当然找过，可阿东说有一段时间没和阿岩合作了，所以并不了解阿岩的情况，更不知道阿岩的下落。魏晋问在哪儿能找到阿东，张燕爽快地提供了阿东的地址。

魏晋的暗查取得了重大收获。阿岩失踪的时间和彭光武死的时间基本吻合，由此推断，师傅的死和阿岩的消失是有关联的。也就是说阿岩有可能就是师傅的线人，犯罪分子发现了阿岩的卧底身份后，将他灭口。再进一步推断，如果阿岩是卧底遭灭口，那师傅的死就不可能是自杀，而是被犯罪分子谋害。如果继续沿着这条线查下去，就能把真凶挖出来。

事不宜迟，魏晋按照张燕提供的线索马不停蹄地来到了浅水湾码头。码头停满了大大小小的船只，阿东正在一条货轮上指挥卸货。魏晋立刻便认出阿东正是那个在走私黑船上与他和彭光武、温松华交火的人，心中不由得大喜过望。他走到阿东面前，冷冷地打量着他。阿东突然看到魏晋，顿时魂飞魄散，僵在了那里。

魏晋像欣赏猎物似的用玩味的目光盯着阿东："你还认得我吗？"阿东结结巴巴："认……认识……魏队长……"说着伸出双手，做出被铐的样子。魏晋淡淡道："哦，我现在不是刑警了，没有权力拘捕你。"阿东有些不明所以地呆呆看着魏晋，魏晋朝集装箱后摆摆头："能借个地儿说话吗？"阿东弄不清楚魏晋究竟要干什么，想问又不敢问，乖乖地跟着魏晋走到集装箱后面的隐蔽处。魏晋附在阿东耳边小声低语，阿东不敢相信自己的耳朵，吃惊地看着魏晋："你要和我一块做走私生意？"魏晋点点头，说自己被处理后已心灰意冷，现在对一切都看透了，除了发财，别的都是扯淡。

阿东半信半疑，经一番试探后见魏晋的确有发财的欲望，便满口答应下来。阿东与魏晋联手做了两次水货，发现魏晋没有什么疑问，终于放下心来。可此事很快便被罗北方知晓，他召来阿东，一顿训斥。原来，罗北方从幕后老板处得知，魏晋根本就没有停止对案件的侦查，只是从明转暗而已，是个十足的危险分子。罗北方遵从幕后老板的授意，让阿东稳住魏晋，再和他见面商量走私时，录他的音，能拍视频更好，然后向纪委监委举报，把魏晋彻底打趴下。阿东依计而行，将魏晋走私的录音视频举报到市纪委监委，纪委监委当即对魏晋进行调查。

关山找魏晋谈话，魏晋将从阿岩查到阿东的事原原本本向关山作了汇报，解释自己是为了利用阿东查到罗北方的犯罪证据。关山要求魏晋立刻停手，因为他已不是刑警，没有侦查办案的权力，同时向纪委监委说明。纪委监委在对阿东进行调查的同时，规定魏晋在调查没有结论之前，不得擅自离开海州市，并随叫随到。罗北方紧急安排阿东躲藏起来，而魏晋背负罪名，只有找到阿东，才能洗脱自己的不白之冤。于是他利用社会上的一切关系，包括以前用过的灰色眼线，到处寻找阿东的下落。这天他突然接到一个眼线的密报，告诉了他阿东的藏身之所，但殊不知这是罗北方按照幕后老板的设计布下的陷阱。在魏晋携带护身的匕首潜往阿东藏身之处的同时，罗北方指使那个眼线报了警。魏晋潜入阿东住所，展现在眼前的却是血腥场景：阿东已被刺身亡，胸口还在冒着血，血流满地。魏晋情知不妙，但为时已晚，外面响起警笛声，他已被团团包围。特警突击，将魏晋当场擒获。

魏晋因故意杀人罪被捕，在具有完整证据链和警察犯罪的情况下，检察机关提前介入此案便成了顺理成章的事。而犯罪集团在检察院的那个代理人，也就是和罗北方称兄道弟的郭副检察长到了显露身手的时候。他对魏晋的申诉置若罔闻，从精神到肉体竭尽折磨之能事，使用各种手段逼迫魏晋认罪。

二

魏晋身陷囹圄，江宁担心的事情终于还是发生了，他不能不公开身份了。温松华正在为魏晋的事焦虑不安时，接到了江宁的电话。得知老同学没有辜负他的期望，已秘密进驻海州多日。说起温松华与江宁的关系，他们并不仅仅是公安大学同学，而且是生死兄弟。当年在毕业实习时共同经历了一场歹徒抢劫银行的生死战，温松华在歹徒的枪口下舍身救了江宁，自己肩部中弹受伤，可谓是鲜血凝成的情谊。

温松华陪同江宁与关山见面，关山自然是热情欢迎。不无责怪地说，好你个江主任，保密工作做得不错嘛。来海州几天了，我们竟然不知道。江宁说没有调查就没有发言权，我们也是想先摸摸底，再向关局您汇报，还请关局谅解。谈话很快进入主题，江宁介绍了他们初步调查的情况，分析认为海州发生的这些案件说明很可能存在着一个涉黑犯罪集团，必须全力以赴，查深查透，绝不能让黑恶势力横行。关山完全同意江宁的判断，表示一定全力配合。省厅重视派来专案组，他们就有主心骨了。

江宁说应该是他们配合海州警方，二人互相谦虚一番后，商讨决定合力共同向犯罪堡垒发起进攻。接着对下一步如何开展侦查工作进行讨论，温松华提出应把魏晋涉嫌故意杀人作为头等大事，眼下已经非常危险，检察院就要起诉到法院。江宁提出能否对死者阿东的尸体进行复检，钟慧敏就是法医出身，因为常年尸检，眼睛受到感染，才不得不放弃热爱的法医专业，改行到了打黑办。关山当即表示没问题，阿东的尸体还存放在法医室冷库。于是钟慧敏冒着眼睛再次被感染的风险，对阿东的尸体进行复检，结果得出阿东胸部的刀伤与魏晋所带匕首相差 0.5 毫米的结论。魏晋无罪释放，并在江宁的建议下，重回刑侦队伍。

陈晓辉在天羿夜总会混得风生水起，成为刘天羿的心腹爱将。这天，他应召来到刘天羿的总经理室。刘天羿坐在老板桌后，嘴角叼着细细的摩尔香烟，对着手机的镜面描眉。陈晓辉走进来，躬身问："刘总，您找我？"刘天羿放下手机和眉笔，娇嗔："喊姐！"陈晓辉嘻嘻一笑："是，羿姐，羿姐！"刘天羿起身，一指老板桌旁的沙发："坐吧！"

陈晓辉连忙在沙发上坐下，刘天羿在陈晓辉身边坐下，大大咧咧地拥住他的肩膀："好样的帅哥，自你来后，生意翻倍。在你的武功威名和火眼金睛下，没人敢再来捣蛋，我要给你奖励大大的！"陈晓辉耳红脸臊，不由自主地往旁边挪挪屁股，局促不安地说："谢……谢谢羿姐……厚爱……"

刘天羿瞪陈晓辉："瞧你那熊样，我是白骨精呀？你还真把自己当孙猴子了！"陈晓辉定定神，嘿嘿一笑："不是不是，羿姐是女儿国美丽的国王……"刘天羿心情大爽，摸摸陈晓辉的脸说："咋了老五，你想当唐僧？"陈晓辉往后缩缩，连声说："不敢，不敢。"赶紧岔开话，"对了羿姐，我一直想问问你。你为啥老叫我老五？"刘天羿神秘道："这老五可不是谁想当就能当的。"陈晓辉做出惊讶的表情。刘天羿接着道："你知道老大是谁吗？"

陈晓辉露出探究的目光，刘天羿往上一指："就是总公司的副总高强！"陈晓辉惊讶地"啊"了一声，说："原来是姐夫呀！那我上面还有谁？"刘天羿掰着手指头："老二是阿波罗的老板，这老三嘛是熊雄，死了。老四和老六也都是海州响当当的人物，咋样？你这个老五的身份不低吧？"陈晓辉心中狂喜，没想到不费吹灰之力便获取了如此重要的秘密，嘴上却说："能和姐夫为伍，真是太荣幸了！"刘天羿又瞪眼："你别一口一个姐夫好不好，我们还没结婚呢！说不定哪天我就蹬了他。对了老五，你谈女朋友了吗？"陈晓辉一怔，眼皮一耷拉说："谈了，俺河南老家的。"刘天羿顿时失望，有些气恼地吩咐陈晓辉："来，给姐捶捶背。"

江宁接到陈晓辉的密报，立即布置魏晋采取行动，对罗北方进行监控，排查其和高强的关系。他之所以没有直接对高强上侦查手段，一是高强不是一般人物，毕竟是天石公司的副总；二是有暴露陈晓辉身份的危险。魏晋接受任务后，颇感震惊。他从来也没想到高强会牵涉其中，而他后面还有刘天石、宗林，会不会也涉案？真是细思极恐。但他又一想，刘天石是枪击案的受害人，不可能涉嫌犯罪，这在逻辑上说不通。要解开这些谜团，只有靠侦查来得出结论了。

警车沿着海滨大道行驶，很快便来到蓝庭御景湾。魏晋和房勇、尹颖坐在车里，魏晋问房勇："那边情况确切吗？"房勇回道："确切。罗北方正在赌场拼搏哩，老婆孩子也不在家。"

夜色深沉，星光迷离。警车在罗北方的别墅门前停下，魏晋和房勇下车，尹颖将车驶向隐蔽处。

魏晋和房勇轻手轻脚走到门前，抬眼观察，别墅静悄悄的无声无息。魏晋朝门旁密码盘上喷撒显影粉，数字盘上显示出深浅不同的印痕，魏晋试着摁下印痕深的几个数字，此招果然灵验，大门缓缓打开。魏晋和房勇疾步走进大门，突然，一条狼狗扑了上来。魏晋紧张，急忙掏出手枪，房勇却迎向狼狗，几声口哨后，狼狗竟然朝他摇起了尾巴。

魏晋惊讶："你小子，还有这一招！"房勇嘻嘻一笑："你别忘了，我在警犬基地干了快两年呢！"边说边抚弄狼狗，拍拍狗的脑袋，狼狗乖乖地跑回狗窝。魏晋和房勇迅速潜进别墅，他们走进房内客厅，魏晋对房勇道："快搜！"房勇走进内室，魏晋踩着椅子，在客厅吊灯的流苏上安装针孔摄像头。房勇从里屋走出，魏晋问他："有收获吗？"房勇摇头："这家伙坚壁清野，还挺谨慎的，蛛丝马迹都没留。"这时，魏晋兜里的手机突然响起，魏晋掏出手机接听："尹颖，什么情况？哦，明白。"房勇问："是不是罗北方回来了？"魏晋点点头："是的，撤！"

三

梅青在股市大显身手，彻底征服了刘天石。刘天石在欣赏梅青才华的同时，似乎有了异样的情愫。他和杨冰结婚以后，还从来没对别的异性动过心。他不得不承认，男人对异性的追求的确是永无止境的，这似乎才是天下男人共有的本性。此时此刻，他就站在董事长室落地窗前，眺望着波光粼粼的海湾，心里不由得涌起层层涟漪。

梅青走进，刘天石转过身子。梅青问："董事长，您找我？"刘天石向沙发做了个手势，亲切地说："坐，坐！"梅青待刘天石坐定后，这才在对面沙发上坐下。刘天石微笑着说："梅小姐，今天请你来就是要兑现我的承诺，你可以正式办理入职手续了。"梅青脸上永远挂着平静的神态，说话也是不疾不徐："这个我还真没有考虑。我来贵公司只是学习的，至于以后的事现在还不在计划之内。"

刘天石显然有些出乎意料，诧愕地"哦"了一声。梅青继续道："真的感谢董事长厚爱，我眼下只想把实习工作做好，为以后的就职打下良好基础。"刘天石问："你对公司不满意？"梅青回答："不不，我不是这个意思。因为我父母的意见是实习后进入银行或别的国营企业。"刘天石明白过来，点点头说："嗯，可以理解，国营企事业单位毕竟更安全稳定。不过，我还是想听听你的想法。"梅青道："说实话董事长，我还没有拿定主意，既不想违背父母的意愿，又想在更自由的天地做一番事业。还是先观察观察再说吧。"

梅青的回答让刘天石有了希望，连忙抛出橄榄枝："梅小姐你知道的，我们公司正在做自贸港项目，以后肯定是要上市的，正需要你这样的人才。"梅青表现出有兴趣的样子，踌躇思忖。刘天石见有了效果，于是身子往前倾了倾道："自贸港可不是一般的项目，在国际国内都有重大影响。如果你参与进来，那是有非凡意义的。不夸张地说，很有可能会成为你人生第一步的里程碑。"

梅青沉吟，刘天石再加一把火："这少说也是个上百亿的项目，按照公司的奖励规定，只要完成任务，你获得的酬劳将以千万计算，这可是事业利益双丰收哟！"梅青犹豫片刻，终于松口："这的确是个很大的诱惑。这样吧董事长，我再考虑一下，也还要征求一下我父母的意见。我会尽快给您一个明确的答复。"刘天石对梅青基本放下心来，并对留下她来也有了足够的信心，马上说："没问题，希望我得到的是一个满意的答复。"

魏晋在罗家安装监控摄像探头后，开始了敲山震虎、引蛇出洞的行动。

夜幕降临，日光灯将海滨泳场照得亮如白昼。碧波荡漾，细软的黄沙闪烁着诱人的光斑。一位面容姣好、风姿绰约、身着比基尼泳装的女士在海湾内畅游，凹凸有致的完美曲线透着成熟女人特有的魅力。罗北方半躺在海边伞状草棚的竹椅上，边品酒边悠然自得地吸着粗大的雪茄。

魏晋和房勇、尹颖忽然出现在罗北方面前，罗北方惊得雪茄差点掉在地上。魏晋扫了一眼四周："在这儿和罗总见面，比在游艇上更有情调。"罗北方吃惊中又增添了慌乱："你……你什么意思？"魏晋指指旁边的竹椅："请问罗老板，我能坐下吧？"罗北方竭力镇定自己："当然，魏队长请坐。"泳池里的女士似乎发觉不对劲，浑身湿漉漉地走过来。罗北方介绍："这是我太太……"

魏晋不等罗北方说完，马上向罗妻自我介绍："我是魏晋，公安局刑侦支队的。"故意加重"刑侦"这两个字的语气。罗妻有些紧张，问罗北方："怎么回事？"魏晋代罗北方回答："罗总牵扯到一个案子，是大案。要不，咱们分开聊？"说着向尹颖使个眼色。尹颖对罗妻道："咱们去更衣室那边吧，正好你也要换换衣服。"罗北方真的慌了："魏队长，你们怎么把我太太也搅和进来了，关她什么事呀？"魏晋道："就因为是你太太，才要谈一谈。至于有没有她的事，谁知道呢？"

尹颖带着罗妻离开，罗北方慌张中夹带着气恼："我说魏队长，你这不是故意拆我的台吗？我讨个老婆容易吗我！"魏晋揶揄："你这么大的老板，还缺女人？"罗北方做出放松的样子说："那倒也是，一朵大鲜花，不招来蜂飞蝶舞也难。"魏晋接上话："茅厕里苍蝇也不少。"罗北方苦着脸道："我说魏队长，我没得罪你什么呀，你何必老是这么埋汰我，我……"

魏晋陡地板起脸打断："少扯淡，说正事。"罗北方一哆嗦，赶紧点上雪茄，摆出悠然的姿态："洗耳恭听。"魏晋盯着他的眼睛道："你上个月 13 号下午五点半以后在干什么？"罗北方呵呵一笑："你看你，又来了。这么多天了，我不能拉屎撒尿的事都记着吧？"魏晋直视着罗北方："不就相隔个把月嘛。好好想想，必须想起来，不然咱就到刑侦支队去想。"

罗北方叹气："魏队长你能别吓唬我嘛！我是真的想不起来，要不你提示一下？"魏晋问："上个月 13 号下午，你是不是出海了？"罗北方故作回忆状："嗯，那天下午好像是坐自家游艇去海湾兜了个风。"魏晋加重语气："是见重要客人吧？"罗北方一口否认："没有，没有，我很少在游艇上见客户。"魏晋点破："这不是一般的客户，你以为我们会随随便便来找你？"罗北方顿时又有些紧张起来："魏队长你什么意思？你又诈我？"魏晋警告："别忘了，出港码头是有监控电子眼的。"

罗北方额上开始冒汗，但旋即镇定自己，决心抵赖到底，虚张声势地双手一伸："如果你有我违法的证据，你现在就把我铐走好了！"魏晋"砰"地一拍茶台："你以为我不敢！"罗北方吓得雪茄掉在地上。魏晋捡起雪茄，在罗北方面前拧灭："进了监狱，你连烟头都捡不到，你好好想想吧！"罗北方顽抗："我听不懂你的意思，没什么好想的……"魏晋把雪茄揉碎，抛撒到罗北方的脸上："那好！你就等着去号房里捡烟头吧！"

罗北方果然被魏晋吓住了，在他们离开后，便赶紧打电话向幕后老板报警，说魏晋知道他与彭光武见面那天乘游艇出海的事。至于魏晋查没查到彭光武和他见面，现在还弄不清楚。幕后老板说形势的确很严峻，据上面透露，省公安厅已派专案组来海州了。罗北方听了更加紧张慌乱，连忙问怎么办。老板说电话里不安全，见面再谈。

四

天石大厦会议室里，刘天石主持召开公司部门经理会议，宣布梅青正式加入天石集团，出任金融证券部副经理，并进入自贸港项目筹备组。梅青向与会人员躬身致意，然后致辞说："董事长好！宗总好！各位同行好！能加入天石集团，是我的荣幸。天石集团享誉海内外……"费礼不无嫉妒地看着梅青，旁边的房地产部门经理悄声对费礼说："这是不是踩着你这个巨人的肩膀上位啊？"费礼用鼻腔哼了哼："这个小女子的确聪明。"房地产经理酸溜溜地说："不是聪明，是阴险。她摆了你一道，你这还得给她鼓掌。"费礼无奈地叹口气。

梅青的声音响起："总而言之，我是初来乍到，还望各位前辈多多关照，共同为天石公司的发展壮大尽心尽力！"掌声再度响起。梅青踌躇满志地扫视会场，按照拟订的计划，她终于向着目标迈出了卓有成效的一步。原来，她进入天石集团是早就盘算好的。先是借助费礼靠近刘天石并引起他的关注，然后略施手腕让刘天石对她产生兴趣，当她从刘天石的眼神中看到异样的只有男女之间才能领会的特殊含义后，便有了即将大功告成的欣然。对刘天石她是做了功课的，放眼海州，只有刘天石能入她的法眼，也只有她能配得上刘天石这位天石帝国的国王。取代杨冰成为王后，是她最终的目的。

此时的罗北方却如同热锅上的蚂蚁，在别墅里转着圈子。老四和老六也是惊魂不定地看着罗北方，罗北方边走边闷头抽着雪茄。老四说："妈的！魏晋这条警犬是咬住咱不放了！"老六恶狠狠道："得给他点颜色看看，让他知道马王爷长几只眼！"罗北方烦躁："你他妈的发狠有用吗？别瞎嚷嚷，让我静一静！"

门铃响，罗北方示意老四开门。老四打开门后，只见高强风风火火走向罗北方，粗喉大嗓道："骡子，你他妈是在这儿推磨啊？"罗北方连忙停住脚步，苦歪歪地说："哥，驴走磨不转啊！只能靠你了。"高强仰仰脸："没那么严重，要举重若轻嘛！"罗北方凑近高强："哥，魏晋那小子这几天像打了鸡血，死盯着我不放，你得帮我……"高强挥手打断："走，去楼上棋牌室摸两把，咱们边打牌边聊。"罗北方连忙点头："好！好……"老四和老六前边引路，高强和罗北方紧随其后登上楼梯。

高强和罗北方当然不会知道，此时魏晋和房勇、尹颖正在监视器前紧盯着他们的一举一动。房勇看着屏幕一声惊呼："高强！"魏晋并不惊讶，他按照江宁的部署守株待兔，这只兔子果然就是高强。房勇道："看来高强和罗北方关系不一般啊！"魏晋说："也许就是酒肉朋友。"房勇道："从他们的言谈举止上，我总觉得有些不大一样。"尹颖发表意见："你别瞎怀疑。高强我了解，因为管公司保安这一块，和三教九流交往比较多些，生活小节也不是太注意，就是比较江湖吧。"房勇说："反正我觉得应该查查。魏队，你看呢？"魏晋道："我们请示江主任和温支后再定吧！"

魏晋即刻将监控罗北方发现高强和其交往的情况向江宁、温松华汇报，温松华忙问高强去罗北方那儿干什么。魏晋说虽然是去打牌，但言语上有些疑问。江宁印证了陈晓辉递送的情报，指示魏晋下一步可以对高强进行调查了。温松华提出，高强是天石公司的副总，身份不同一般，所以不能不慎重。他认为高强和罗北方应该就是酒肉朋友，常在一起喝酒打牌。当然如果有疑点，也可以查一下。但最好和刘天石沟通沟通，以免引起误会。

魏晋和房勇、尹颖来到了天石大厦。正坐在大班桌后看自贸港规划图的刘天石起身迎接："晋子老弟，什么风把你吹来了？"魏晋环顾四周，啧啧叹道："石哥，你这办公室比我们局长室阔多了啊！"刘天石笑道："在商言商，装点门面而已，你们是廉政为民，办公面积是有规定的，没有可比性。"尹颖则像到了自己家里，招呼魏晋和房勇在沙发上坐下，又问他们要喝点什么。房勇推辞："不用，不用……"魏晋打断："哎！到了石哥这儿，不享受享受，石哥会不高兴的，来两杯最好的咖啡。"

刘天石笑着指点魏晋："你这小子，就会揩我的油。不过这个比松华强，我喜欢！"说着摁下传唤器，"王秘书，泡三杯蓝山咖啡。"然后在沙发上坐下，"晋子，你还是第一次来这儿吧？"魏晋点点头："是的，想来看看又不敢来。"刘天石眼一凝："什么意思？"魏晋道："怕来了动摇军心，不想走了嘛。哎，石哥，说真的，如果我来这儿，你能给我个啥职位？"刘天石笑了："你这家伙，最会忽悠，每次喝酒，都是我和松华先醉。平时邀请你你不来，这不请自来，一定是有什么事吧？"

魏晋正了正身子："好，说正事。石哥，我们来主要是想了解一下高强副总的情况。"刘天石一惊，坐起身子："哦？什么情况？"魏晋简要地介绍了高强和罗北方的关系，然后说道："情况就是这样，高总和罗北方的交往有些不太正常。您知道的，罗北方是我们重点侦查的对象。不知石哥有什么想法？"

刘天石很严肃地说："强子的确一身的毛病，所以我平时管他管得很严。小错也许有，但违法的事他还不至于敢做吧。"魏晋道："当然，我们也不希望高总有问题，可有必要澄清一下。因为他是你的副总，又是关系很好的兄弟，所以才来和你沟通一下，听听你的意见。"刘天石向魏晋俯俯身："晋子你说得不错，是应该弄个明白，我这就让他过来。"正说着，王琳端着咖啡走进。刘天石吩咐王琳："王秘书，你通知高副总，到我这儿来一下。"

不大一会儿，高强便像跳迪斯科似的一颠一颠地来到了董事长室。当他得知魏晋的来意后，一副满不在乎的样子道："嗨！我以为是什么大不了的事呢，不就是一块喝个酒打个牌嘛，我昨天晚上的确去罗北方那儿了，但就是打了几圈麻将，没搞什么阴谋诡计。你晋弟也是，打个电话问明一下不就行了嘛，还亲自跑来一趟，小题大做嘛！"

刘天石瞪眼："强子你这么大大咧咧可不行。罗北方是涉案的嫌疑人你又不是不知道，你怎么还和罗北方交往？"魏晋问："罗北方要你帮他是怎么回事？"高强怔了怔，然后回道："哦，是的，他知道咱们熟悉，就求我给说说情，让你们别查他了。这是牵扯到法律的事，我哪能帮他这个忙，晋弟你说是不是？"

刘天石教训高强："强子，你是公司的副总，要注意自己形象，别老是讲哥们义气，和社会上不三不四的人搅和在一起。你要马上和罗北方做个切割，不然出了问题，让晋子也难做。"高强连忙应诺："好好，以后是得注意一下，现在社会上的确太复杂了。"魏晋笑笑："因为都是兄弟，所以过来询问一下，要是有什么唐突的地儿，两位老兄还要多包涵。"刘天石道："应该感谢你晋子才对，如果不是关心强子，还会过来通气？直接查就齐了。"

高强也连声说："是的是的，这说明晋弟没把我当外人，谢谢！谢谢！"魏晋起身向刘天石、高强告辞，走到门口又转身对高强道："你在社会上交际面比较广，要是有案子方面的线索，给多留留心。"高强爽快地说："行！你晋弟信得过我，一定照办。有什么需要我协助的，尽管吩咐！"刘天石挥挥手："那晋子我就不送了，你慢走啊！"魏晋伸手挡住刘天石和高强："二位老兄请留步，别客气得我们以后不敢来了，再见！"

魏晋上门调查让高强真的有些紧张起来，忙不迭地在酒吧约见罗北方。罗北方一坐下，高强就问："没有尾巴吧？"罗北方道："我观察过了，安全！"高强眉头紧皱："魏晋个狗日的逼得很紧，这枪口快顶到脑门上了。"罗北方道："是呀！听说都打上门去了。"高强思忖着说："我一直都在纳闷，我去你那儿，魏晋是咋发现的？"罗北方猜测："十有八九是对我的别墅进行了监视，派人蹲坑。"高强问："那我们在屋里的谈话，他是怎么听到的？"罗北方挠挠头："是呀！难道他长了千里眼、顺风耳？"

高强一拍桌台："摄像头！在你屋里装了针孔摄像头！你个傻×，赶紧回家好好查一下！"罗北方一拍脑门："对呀！我咋把这茬给忘了？我太粗心大意了！"高强训斥："你该死！该死知道吗？你看你惹了多少麻烦！"罗北方直点头："是是，哥你不知道，我小时候，头的确被驴踢过，您大人别计小人过。"高强眼一立棱："你他妈再出事，我把你的头割了！"罗北方缩了缩脖子："哥，你看，咱们不能老是被动防守，由着魏晋折腾啊！"高强补上一句："还有省公安厅来的专案组。"罗北方脸现惶然之色："是啊！这回咱是真的遇上对手了！"高强突然道："老板要见你。"罗北方瞪大了眼睛。

第八章　大鳄浮出水面

一

刘天石正是披着企业家外衣的犯罪集团老板，其经营之道就是以黑护商，以商养黑。他之所以敢肆无忌惮挑战法律和市场秩序，就是用金钱开道编织了一张强大无比的关系网，上至省、市领导，下至基层干部，无处不在。并且豢养着以高强为首的黑队伍，正是由于有强权的庇护和黑金帝国的不断强大，使得其恶性膨胀。暴力压制竞争对手，巧取豪夺，走私贩私等，并在发现受到威胁后一手制造了灭口熊雄、谋杀彭光武、迫害魏晋等一系列阴谋。

但让他始料不及的是就在他以为可以在海州一手遮天时，高铁站枪声的余波并未平息。其实当公安机关将三年前枪击郝达的案子和枪击他的案子并案侦查时，他便意识到背后有阴谋。面对面开枪只击伤腿部，而且故意把抢丢弃在站台，足以说明有人企图以此来引起公安机关对郝达案的侦查，从而揭开真相，将他置于法网之内。

而这个处心积虑的人他怀疑很可能就是郝通。他之所以没有对郝通进行查证，是明白当此敏感之时，此举只会招来更大的麻烦。因此一改高调举动，没向公安机关提供嫌疑人线索，而是试图进行冷处理，想待风平浪静后再行报复之举。但事态并没有按照他设计的发展，彭光武无惧生死毁誉和温松华、魏晋坚持不懈撞到南墙也不回头的勇往直前让他始料不及。尤其是省公安厅派员进驻海州成立专案组更是让他不得不全力以赴应对，否则天石王国将面临崩塌的危险。

刘天石在八卦洲岛会所建有他专用的密室，闲暇时在这儿休憩，而更多的是在这儿处理内部隐秘事务。此刻，他正用卡剪修剪着室内的盆景。

高强带着罗北方走进，罗北方一见到刘天石，便噤若寒蝉，垂首而立，不敢看刘天石，颤着声："刘……刘总……"刘天石并不答理罗北方，仍在专心地修剪花木。罗北方只得往前凑近，刘天石突然一把抓住罗北方的手，用卡剪套住他的手指。罗北方魂飞魄散，想抽出手却又不敢动。刘天石手上用力，罗北方的手指被切开，鲜血直流。罗北方痛得汗水直冒，哀求："刘总，我知道错了……"刘天石并不正眼看罗北方，卡剪仍慢慢收缩，罗北方向高强投去求救的目光，高强视若无睹。

刘天石终于开口了，慢悠悠地说："这筋连着骨啊！"罗北方似乎明白了刘天石的意思，连忙强忍着疼痛说："是是，我出了事，会连累刘总高总……"刘天石微微摇头。罗北方嘴角抽搐，不知如何回应。

高强瞪罗北方："刘总是要你进行切割，抹平所有与天石公司联系的痕迹，你这个笨蛋！"罗北方似有省悟："明白了！断筋保骨！"刘天石终于松开卡剪，罗北方忙不迭抽出血淋淋的手指，用另一只手紧紧捂住。

刘天石面无表情："马上给我掐断导火索，不然我就掐断你的脖子。"罗北方哭丧着脸："要丢卒保车？"刘天石眼里凶光毕露，盯着罗北方的手。罗北方吓得赶紧把手缩进怀里，硬撑着表决心："刘总放心，北方愿为天石集团死而后已，大不了把一切都承担下来！"高强给罗北方打气："听刘总的话没错，刘总在，天石公司就在，天石公司在，你就在。你应当清楚，在海州谁说了算，我们从来不会输，只会赢！"罗北方赶紧点头："是是……"刘天石一声暴吼："滚！"

刘天石在罗北方走后，并没有放下心来。他很明白，一旦罗北方这道防线崩溃，那紧接着的便是高强，而后无疑便是宗林和自己。他虽然用淫威镇住罗北方，掐断了阿波罗公司隶属天石集团的一切线索。但他心里清楚，这些只能治标并不能治本，从根子上解决的唯一办法，就是能争取把温松华拉下水，虽然此途已在彭光武身上试验以失败告终，但他又不能不重蹈覆辙，因为这是唯一行之有效的利器。作为发小，他对温松华是了解的。从小的理想就是当一个行侠仗义的英雄，用物质金钱砸糖衣炮弹肯定行不通，不仅达不到目的，而且很有可能造成偷鸡不成蚀把米，增加温松华怀疑天石公司的不良后果。但他相信人都是有软肋的，他苦苦寻思着如何才能抓住温松华的软肋。

二

魏晋发现对罗北方的监控失效，推测可能是安装在罗家的摄像头暴露了，于是前往支队长室，想和温松华商量一下后面如何开展侦查工作。他走进办公室时，温松华正在打电话，有些不耐烦地"嗯嗯"着。魏晋走到办公桌前坐下等待，温松华手执话筒，皱着眉头说："我不是给你解释了吗？这段时间太忙，实在抽不出时间管他的事儿，你就体谅体谅……什么？要出国留学？需要多少？"他倒吸一口凉气，"要这么多！我又不是印钞机，上哪儿给他弄这么大的一笔钱去！"他的脸渐渐涨红，有气无力地，"好了好了，我这有事呢，这事就这样……"对方没等温松华说完，"咔嚓"一声挂了。

温松华慢慢放下话筒，皱着双眉，闷闷地抽烟。魏晋问："温支，到底怎么回事？"温松华有气无力地说："我那个儿子要去英国留学，需要钱，你那个以前的嫂子就找我呗！"魏晋劝慰："嫂子也是没法子才找你，这也是为了儿子的前途。可咱干警察的，也的确没那个财力。"温松华表情痛苦："不然她会跟我离婚吗？干刑警顾不了家，又他妈穷得叮当响。"

魏晋有些局促不安地看着温松华，不知该如何安慰他，随口问："需要多少钱？"温松华说："四年本科，以后要是再考研，怎么也得有个上百万。你说，难不成让我去抢银行？"魏晋道："温支你先别着急，看能不能想想别的办法。"温松华摇头："能有什么办法想，这不是个小数目！"

魏晋也不由得为难地皱起了眉头："要不你就去跟嫂子好好沟通，看能不能缓一缓，然后再……"温松华打断："真能沟通就什么问题都不存在了。英国那边的大学已经发了录取通知书，你别看我这个支队长在这儿人五人六的，在他们娘俩面前连瘪三都不如，人穷气短啊！唉！"魏晋也叹了口气。温松华挺挺身子："说正事吧，案子查得咋样了？"

魏晋说对罗北方的监控已被他察觉，下面如何进行，想听听温松华的指示。温松华说现在已经成立了专案组，还是征求一下江宁的意见，大家在一块讨论讨论为好。

江宁和温松华召集专案组成员和大案队干警开了第一次案情分析会。经商量后决定兵分两路，海州大案队这边查高铁枪击案，省厅专案组查三年前的郝达枪击案。双管齐下，争取有个大的突破。

分工明确后，魏晋以调查阿波罗公司股东为突破口，对挂名、化名人员进行深入摸排，其中一个化名雷鸣的股东，高强的疑点最大。于是魏晋和房勇、尹颖再次对罗北方和高强的关系进行全面调查，得出他们并非只是酒肉朋友的结论。

魏晋将调查情况向温松华汇报，请示能否对高强采取侦查措施。温松华不再坚持原来的看法，同意对高强进行调查。魏晋向温松华提出对刘天石、宗林的担忧，毕竟他们和高强是天石公司的开创者，被社会上称为"天石三剑客"，关系非同一般，会不会也牵涉其中。

温松华说魏晋这是想得太多了，高强是混社会出身，有可能犯老毛病，但刘天石绝无可能涉案。他现在是省政协常委，著名的企业家，再说天石公司不同于一般的公司，是海州的金牌企业，产业遍及省内外，不可能去做非法的生意。刘天石是他的发小，他非常了解，身家亿万的富豪会涉案犯罪，根本是无稽之谈。魏晋也毫无顾忌地谈了自己的看法，他说因为天石公司的特殊性，当然要谨慎行事。在没有证据之前，不宜对外披露，但对其调查还是必要的，哪怕是澄清这些疑问也是对天石公司和刘天石有利无害。

二人争执不下，最后征求江宁的意见。江宁认为应该深入侦查，以事实和证据为依据，简单地说，就是大胆假设，小心求证。但目前在没有证据和事实的前提下对天石公司调查草率了些，毕竟天石公司不是一般的企业。刘天石也不是一般的身份，而且又是高铁枪击案的受害者。他同意温松华的做法，先把高强和罗北方查清了再说。魏晋遵照江宁、温松华的指示，带领房勇、尹颖等队员向罗北方和高强展开了全方位的调查。随着侦查的一步步深入，尹颖的思想却引起了波动。

原来，尹颖正是刘天石资助的无数贫穷学子中的一个。她出身农村一个贫困的家庭，是在刘天石的资助下完成了从中学到大学的学业，而且大学毕业后也是在刘天石的帮助下进入公安部门。当侦查中嫌疑目标涉及高强时，她吃惊的同时也有了纠结，因为高强毕竟是天石的副总，而且和刘天石是铁杆兄弟。但目前对高强只是怀疑，她希望能尽快查出结果来，她最担心的就是刘天石也牵涉其中。

三

江宁和钟慧敏、徐铁军对枪击郝达案也开始了侦查，他们调出前期案卷，对案子进行回顾。此案发生在三年前，也就是2020

年5月1日劳动节，简称为"5·1枪击案"。当时郝达正在海滨旅游景区梅沙海滩与合伙人商谈生意上的事，三名杀手突然出现，向郝达开枪。郝达当场被击中头部死亡，另外两位合伙人被击伤。

海州警方对此案进行侦破，但久侦未破，主要原因是现场目击者无人提供线索，不知是不愿惹麻烦还是受到犯罪分子的恐吓胁迫。卷宗上有枪击案现场目击者的详细资料，他们一位是东方红电影院门前广场小吃摊主年广亮，人称年老三；一位是海滨旅游景区三轮车车主陈小平，住在沿河巷三弄27号；还有一位是市农委基建办公室副主任冯伯韬。江宁指示钟慧敏、徐铁军围绕这些线索展开侦查工作。

夜幕下的海州城灯火斑斓，流光溢彩。闪烁的激光霓虹广告灯箱遍布大街小巷，车流人潮，喧动不息。这一切，都显示着这座改革开放后的沿海城市充满着无限生机。而此时的钟慧敏和徐铁军正辗转在幽静昏暗的环城河边，在一片低矮的民居里穿梭寻找。他们走到一个四合院门前，徐铁军凑上去看门牌号，蓝色的铭牌上清晰地显示：沿江巷三弄27号。

徐铁军对钟慧敏点点头说："是这儿，不会错。"钟慧敏摁响门铃。不一会儿，一位老太太便打开了院门，疑惑地问："你们找谁？"徐铁军掏出警官证递到老人眼前："我们是警察，想找陈小平同志了解些情况。"老太太的表情轻松下来："你这一称呼同志，就说明我儿子没出事，请进吧！"边说边引领着钟慧敏和徐铁军进屋。

进屋后，老太太边热情让座边说："警官同志你们请坐，我去叫儿子。"钟慧敏和徐铁军坐在客厅沙发上等，少顷，一小伙子便趿拉着拖鞋从卧室慢腾腾走出来。徐铁军客气地招呼："你就是陈小平先生吧？我们是……"陈小平皱皱眉头："你不用自我介绍，我妈给我说了。我没犯什么事啊！"

钟慧敏笑着说："你误会了，我们来是要向你了解些情况。"陈小平不无戒备地问："什么情况？"徐铁军说："想找你了解一下三年前'5·1枪击案'的情况。"

陈小平一愣，然后愈加警觉地问："你是说那个路桥公司郝老板被枪杀的大案？"徐铁军忙道："对，对，据受害人家属申诉反映，你当时就在现场是吧？"陈小平沉默片刻，忽然仰起脸："胡扯！我什么时候在现场了？"

徐铁军怔了怔，没料到陈小平会一口否认，说道："当时办案的刑警在现场询问过你，你怎么说你不在现场呢？"陈小平一脸的不耐烦，依然是硬邦邦的口气："离有八丈远，算不上现场！"

徐铁军心里不由得有些恼火，可他明白现在是有求于对方，必须注意把控情绪，只能耐着性子劝导："小平兄弟，希望你能配合我们，把知道的情况讲出来。"陈小平还是一口回绝："我什么都不知道。"徐铁军已经有些失望，有些无奈地说："据说当时你在现场，曾告诉刑警凶手的情况，为什么现在又说不知道？"

陈小平翻翻眼："道听途说的事你也信？"徐铁军作最后的努力："你看，受害人家破人亡，犯罪分子至今还逍遥法外，咱别的大道理不说，这最起码的同情心……"陈小平打断反问："那你也想让我家破人亡？"

徐铁军言辞恳切："我知道你有顾虑，现在是依法治国，所以希望你能相信法律，相信我们能依法办案。"陈小平揉脑门，下逐客令："我什么都不知道。我头痛，我要休息。"徐铁军和钟慧敏没辙了。

钟慧敏和徐铁军在陈小平那儿碰了钉子，出了陈家后一脸的晦气。徐铁军有些颓丧地说："我现在明白这案子为啥久侦不破了。"钟慧敏给徐铁军打气："这样的事多了去了，咱们把希望寄托在下一个吧，现场目击者又不止他一个人。"徐铁军振作起精神："对，东方不亮西方亮。走，去找年老三。"二人打的，很快便来到了小吃一条街。

只见一盏盏昏黄的灯光下，顺着街边人行道摆着一个个小吃摊。一个雨布棚前立着一个木牌，上书"年老三烧烤"几个歪歪扭扭的字。

钟慧敏和徐铁军走进棚子，在油渍斑斑的桌边坐下。年老三瘸着腿颠颠地走过来，笑容可掬地招呼："两位老板，这儿有牛犍子肉、猪后座、羊腿狗肚，喜欢吃啥尽管吩咐！"徐铁军大方地敲敲饭桌，吩咐道："都上一份，再弄两瓶啤酒。"年老三笑得合不拢嘴："靓妹帅哥稍等，马上就好！"片刻后，桌上便摆满了烧烤和两瓶啤酒。

徐铁军递给年老三一根香烟："年广亮老板，能坐下聊聊吗？"年老三欣然道："当然当然，你来捧场，谢还来不及哩！"年老三点烟，突然停住，面露诧异："咦？你咋知道我的名字？除了家里人和街坊邻居，没几个人知道我的名字呀！"

徐铁军热情地说："坐下聊，坐下聊。"年老三有些惴惴不安地在条凳上坐下。徐铁军指指年老三的伤腿，漫不经心的样子问："你这腿是被枪打的吧？"年老三顺口答："可不是吗！前些年……"似乎察觉到不对劲，忽然刹住，"这位大哥，你咋知道是枪打的？"

徐铁军掏出证件亮在年老三眼前，年老三看了看证件，目光渐渐发呆："你……你们是……警察……"钟慧敏做出轻松的样子说："年老板，我们就是想找你了解一下枪击案，就是郝达被枪杀的那个案子。"

年老三反应过来，霍地从凳子上站起："我不知道什么枪杀案，也不晓得什么郝达！"徐铁军指指年老三的瘸腿："那你这腿不会是绊倒摔的吧？"年老三语塞。钟慧敏趁热打铁："年老板，听说你受伤住院后，死者的家人曾到医院探访过你，你说其中有个凶手面熟是不是？"年老三惊慌："没有的事！当时流弹击中我的腿，早吓晕了，没看清楚！"

徐铁军又掏出一根烟递给年老三："我说年老板，你也是受害者，可不能帮犯罪分子打掩护。这知情不报，也是要负法律责任……"年老三回绝香烟，不等徐铁军说完，就着急拉扯着往棚外推，以哀求的语调说："你行行好，这烧烤算我请你了，求你给我留条好腿吧！"

钟慧敏和徐铁军被年老三驱逐，大为失望，不得不接受再次受挫的结果。徐铁军叹息着说："三个目击证人，现在只剩一个冯伯韬了。姐，你看还去不去？"钟慧敏柳眉一拧："当然去！事不过三，我就不信全是孬包软蛋！"徐铁军说："这个冯伯韬是退休的国家干部，思想觉悟应该高些。姐，这次你主问，我配合。这询问男的活儿，还是美女灵验。"钟慧敏仰仰脸："那当然，以后别在姐面前逞能吹牛，好好学着点！"

钟慧敏和徐铁军愈挫愈勇，又马不停蹄地赶到了市农委宿舍楼。他们走到楼门前，只见一群老人在跳广场舞。

钟慧敏询问一老太太："请问阿姨，冯伯韬先生住几楼？"老太太一指领舞的老人："那不就是老冯吗？"然后转脸喊，"老冯，有人找！"满头银发的冯伯韬停住舞步走过来，钟慧敏自我介绍是省公安厅的。冯伯韬很谦和地问钟慧敏有什么事，钟慧敏似乎有了希望，说道："冯主任，是这样的，咱们海州有起凶杀大案，死者是路桥公司总经理郝达，案子到现在都没破，我们来就是想找您了解一下情况。"

冯伯韬热情的笑容瞬时消失，警惕地看着钟慧敏："你是说5·1大案？"钟慧敏心里有些发凉："是的，冯主任。"冯伯韬的语调已有些生硬："对不起，我已经退休了，不再是什么主任。"钟慧敏强挤出笑，试图用调侃的语气缓和气氛："最美莫过夕阳红嘛！冯老虽说不在职了，肯定还会发挥余热的对不对？"冯伯韬板着脸问："你们是怎么知道我的？"

钟慧敏只好挑明："哦，是这样的，受害人亲属向我们提供了您当初在案发现场。冯老，希望您能支持我们的工作。"冯伯韬毫不客气地回应："对不起，他们一定是弄错了，我从来没去过什么案发现场！"钟慧敏有些着急："冯老，据受害人亲属反映，您当初案发时就在现场，而且离凶手最近。咱们都是受党培养多年的国家干部和公务员，您就忍心看着法律被践踏，无辜的生命被任意屠戮吗？如果一个社会正义都不能伸张，邪恶横行无忌，老百姓会怎么说我们？"

冯伯韬闻听此言，反而来了气："我倒是想伸张正义！公安局第一次找我，我丢了乌纱帽，从副处降为科级，还被发配到葫芦沟乡农机站！公安局第二次找我，我被提前退休，天天在这儿跳广场舞！你们现在又来找我，是不是要让我退休的日子也过不安稳啊？"钟慧敏有些发愣。

徐铁军似乎从冯伯韬的话里听出点门道，忙就势追问："可是冯老，我们以前没找过你呀！对了冯老，你能告诉我们，以前是谁打击报复你吗？"冯伯韬一跺脚："你们去问市领导吧！"然后怒冲冲转身走回广场舞队列，将钟慧敏和徐铁军晾在了那里。

钟慧敏和徐铁军向江宁汇报了侦查情况，要么吃闭门羹，要么兜头一盆冷水，连一丝丝希望都没有。看得出他们有难言之隐，回避的意思是显而易见的，由此也证明海州黑恶势力的确太强大了。可以说是无孔不入，叫你枪上不了膛，刀出不了鞘。

江宁陷入困局之中，虽说有了线索，可他能明显感觉到有一只无形的黑手将这些线索牢牢控制着，使他无法向纵深发展。毫无疑问，只要攻下罗北方，一切也就迎刃而解了。但不解开背后的谜团，就根本抓不住罗北方的证据。比如假设刘天石是幕后主使抑或即便是有意袒护高强和罗北方，案子的阻力都可想而知。所以甄别查清刘天石究竟是什么角色，是主谋或袒护还是无辜或并不知情，这才是解开死结的最根本之途。接触刘天石，了解刘天石，最终确定刘天石是人是魔也就理所当然成了江宁下一步努力的方向。

四

不知是谁征服了谁，反正他们都达到了目的。刘天石和梅青终于睡到了八卦洲那个密室里的柔软席梦思上。刘天石没有料到，梅青不仅在学术专业上出类拔萃，而且床上功夫也如此了得。不同的招数，不同的套路，不同的姿势，让刘天石领略到了什么才是真正的男女之欢。比起杨冰像个木偶似的任他摆弄，简直是天壤之别。

可是情场得意，商场失意。就在他尽情享受男欢女爱之时，宗林向他报告了魏晋再查高强和罗北方的关系以及江宁重拾5·1案寻访现场目击者的信息，尤其可怕的是专案组的触角已伸向天石公司。

刘天石不得不在热恋中抽身，集中精力应对专案组的挑战，指示宗林即刻上马自贸港工程。自贸港是"一带一路"倡议的重要组成部分，只要上升到国家利益层面，刘天石自信就有了对抗专案组的本钱。如同披上了护身的盔甲，上层保护伞就有了为他障目的理由。

自贸港动工启动仪式场面宏大，彩旗飘飘，爆竹阵阵，鼓乐声声。国家有关部委领导和省、市主要负责人全部出席，邢旭东和从北京赶来的赵部长亲自剪彩。滕长青代表市委、市政府致辞，对天石公司给予了极高的褒扬和评价。刘天石在做足自贸港文章的同时，开始琢磨如何才能把发小温松华拉到同一条船上。

温松华除侦查破案外，唯一的爱好是越剧。每年局里组织的春节联欢晚会，他都要献上一段越剧，赢得满堂喝彩，是个名副其实的越剧迷。他最崇拜的偶像便是市越剧团的头牌花旦柳云，只要有她的演出，他是每场必到，并且演出结束后给柳云送上鲜花的人。一来二去，二人便成了高山遇流水的知音。枯萎的草木遇到一点水花都会盛开，何况人乎。

温松华离婚后从未和异性接触，也不打算再结婚，免得因为刑警职业重蹈覆辙。可爱乌及乌，对越剧没有抵抗力的他，对柳云的魅力同样无法抗拒，一见到柳云便心跳加速。而柳云是个爱情受挫后发誓独身的老姑娘，但自从遇到温松华这位英雄警察后就春心再度荡漾。但二人从没有挑开这层薄纱，只是相互欣赏，谈相同志趣的越剧话题。

这天晚上，温松华在看完柳云的演出后，依惯例请柳云吃消夜。灯光迷蒙，人流如潮，街道两边酒楼门面上闪烁着色彩斑斓的霓虹招牌。

出租车在一个小饭馆前停下，门楣上的霓虹灯闪烁着"一条腿食府"几个大字。温松华从出租车前门下车，一步跨到后车门，打开。柳云从车里款款步下，姿态优雅，如风摆杨柳。二人走进饭馆，显然是熟客，老板上前热情地招呼，引领他们来到预留的雅座。

柳云坐下后就忍不住掩着嘴笑，温松华连忙打量自己，有些窘迫地问："柳老师，我是不是有什么不得体……"柳云摆手："没有没有！是每次看到饭店这个名字就想笑！一条腿食府，嘿嘿，太好玩啦！"温松华松了口气，也笑了："饭店起名，总是想着法子别出心裁，吸引眼球。不过这个招牌倒是挺贴合这个蘑菇菜馆的，也算是名副其实吧！"

柳云眼波流转，柔声说："难得你这么用心，知道我最爱吃蘑菇，找到了全海州唯一的这家蘑菇菜馆。真是谢谢你啦！"温松华不敢看柳云热辣辣的眼睛，用调侃的语气遮掩窘态："柳老师这是为我省钱呢，知道我请不起山珍海味，该我谢谢你才对嘛！"柳云又笑了，向温松华投去深情的一瞥。

温松华避开柳云的目光，继续道："都说能吃两条腿不吃四条腿，能吃一条腿不吃两条腿。柳老师你这绿色食品观念不仅有益健康，而且对环保也是莫大的贡献哩！"柳云也用戏谑的语调附和助兴："我知道你最爱吃的是无腿食品。"温松华有些诧异："无腿？"柳云笑道："就是鱼嘛！"温松华省悟，哈哈大笑。柳云忽然放低声音："真希望以后天天能做给你吃……"

温松华的笑卡在了喉咙里，一时间不知该如何回应。就在这时，服务员递上菜单。温松华对服务员道："还是那几样柳老师爱吃的蘑菇菜。"服务员应诺一声："好嘞!"转身离去。柳云见温松华对她的主动撩拨没有回应，不禁有些失望。赶紧正襟危坐，客气地说："温支队长，每次演出后您都请我吃消夜，真不好意思。"温松华道："柳老师能赏光，是我的荣幸嘛。"柳云白温松华一眼："温支队长，您能别喊老师吗?"温松华道："您看您不也老喊支队长吗?"

柳云再度放下架子主动进攻，她朱唇轻启，柔声说："那我从今天起，就喊你温大哥，可以吗?"温松华面对柳云的表白，再也坚持不住了，激动地说："当然可以，那我怎么喊你才合适?"柳云尽显妩媚："妹妹呀!入耳又入心!"

温松华激动得几乎无法自持了。服务员这时送上菜来，温松华为掩饰窘迫，忙微颤着手从菜盘里夹起鲜嫩的蘑菇，欲放在柳云的口盏里。柳云正色，摇手拒绝。温松华像从火炉里一下掉进冰窟，脸腾地红了。柳云笑脸顿绽，手指指嘴，示意把蘑菇喂到她嘴里，温松华彻底晕了。柳云提议上酒，说今天特别想喝两杯。温松华自然是热烈响应，此情此景，不喝酒真是对不起这美好时光。

夜深人静，出租车在柳云住处门前停下，柳云扶着温松华开门进屋。温松华显然是激动之中喝多了，脚步踉跄，神志迷糊。柳云顺手把门关上，温松华晕晕乎乎地往沙发上一倒。柳云在温松华身边坐下，心疼地扶起他的头，放在自己的腿上，抚摸着他的头发，不觉看得出神，目光中透出无限温柔。温松华酒力发作，突然如猛兽般将柳云压在身下，疯狂剥下柳云的衣服，柳云发出快乐的呻吟。

清晨，柳云穿着透明的薄纱睡衣，在张罗早餐。即使在家里，她的身姿脚步也带着职业性的罗曼蒂克台步的优雅，在薄纱睡衣的衬托下更显妖娆性感。

温松华从卫生间里洗漱出来，柳云把早餐放在餐桌上，满面娇羞地说："松华，快来吃点东西吧!"温松华在餐桌旁坐下，有些尴尬不安地道:"柳……老师,我不该喝那么多酒……"柳云声如燕喃:"你看你呀,又喊老师?"温松华不无愧疚道:"我这是酒后无德,玷污了心目中的女神……"

柳云忽然垂泪:"温大哥,你不能这么说,是我主动的。其实,我这辈子是打算独身的。不瞒你说,以前追我的人很多,有大官,也有大款,可他们全都是逢场作戏。对爱情婚姻我已经失去了兴趣,更没有了信心,直到遇见了你……我怕,真怕又是个错误……"温松华感动:"你说的话也正是我想说的。你知道的,我是个刑警,老婆说希望她是个罪犯,这样就能经常和我见面在一起了。因为这个,我们离了婚。柳老师,我真怕连累了你。"

柳云嘟起了嘴:"如果你没离婚,我是不会跟你上床的。我不是个苟且的人。"温松华恳切地说:"可我是个刑警,一上案子,就是没日没夜,而且还有危险。这种危险不仅仅来自犯罪分子,还有社会上的方方面面。跟我在一起,我真怕你承受不了。"

柳云含情脉脉地看着温松华:"我这辈子最大的遗憾就是没能成为英姿飒爽的军人,更大的愿望是做一个惩恶扬善的警察。说心里话,最应该崇拜的是你们警察。你在我的心目中就是降妖伏魔的大英雄!"温松华情不自禁地拉住柳云的手,轻轻捧起,像欣赏一件无价的宝贝,口中喃喃道:"你是上天送给我的天使!"

柳云显出一种从没有过的娇媚:"我爱你,真的很爱你!"温松华一字一顿:"希望我们能永远在一起!"柳云用小拇指钩住温松华的小拇指:"永不分离!永不后悔!"温松华一把将柳云拉进怀里,柳云陶醉地闭上眼睛。

对于上班族,周一是最忙碌的。机关单位里更是如此,要处理上周遗留的事项,布置本周的工作,也是各种会议最集中的时间。可能是和心上人折腾了一个晚上的缘故,温松华到办公室后便疲惫慵懒地坐在办公桌后打哈欠。

魏晋推门走进,温松华把桌上的茶杯往魏晋面前推了推道:"刚泡的明前茶,喝吧!"魏晋也不客气,揭开茶杯盖,拂了拂浮在杯口的茶叶，然后定定地注视着温松华。温松华摸摸脸："看什么呢？我这老脸上又长不出花来！"

魏晋不无疑惑地问："你昨天晚上没睡好吧？"他吸了吸鼻子，"这宿酒味还在往外冒哩！你这做领导的，可不能带头违反禁酒令！"温松华瞪眼："狗嘴里吐不出象牙！你忘了昨天是周末啊！"

魏晋歪头盯着温松华："哎，是不是有了相好了？我最大的特长就是能观察出酒色之相。"温松华有点心虚，强打起精神："扯！说正事！"魏晋正了正身子，音调也变得郑重其事起来："这几天对罗北方的侦查有进展，收效显著，罗北方开始慌乱了。"温松华神情一振："嗯，很好。那就趁热打铁，不给他喘息的时间。"魏晋来了劲头："好的，温支你看能不能对罗北方上手段了？"

温松华自然明白魏晋所说的手段是指什么，沉吟片刻后道："行吧，但要掌握尺度，循序渐进。现在执法督察很严格，你千万不能再犯冲动的毛病。"魏晋点点头："明白了温支。"温松华谆谆教诲："晋子，还是那句话，以侦查结果为准，现在不能下任何结论。关局和江主任都看着咱们呢！胜负在此一举，就看你的临门一脚了！"

魏晋向温松华表决心："温支你放心，我已经抓住了罗北方的马脚，会给你还有关局、江主任一个满意答复的。对了温支，师傅去世后，这分管刑侦的副局长位子一直空着，不会是给你留着吧？不过无论是能力、功绩，还是资历，也真是非你莫属了。"温松华脸上顿时有了光彩，挺挺腰身说："那就看你能不能把这个案子给我漂漂亮亮办好了，你不给我挎刀，我咋往上爬？"魏晋一拍大腿："好嘞！看我的吧！"

第九章 暗 箱

一

　　自贸港工程上马，用钱就像涨潮的海水，可天石公司的合作伙伴东南船业公司资金却迟迟不能到位。刘天石不得不约见曾伟民。为了制造更和谐的气氛，当然更是为了满足曾伟民的喜好，刘天石将会面地点定在了海滨茶楼，而且带上了王琳做服务工作。

　　冬阳下的海湾似美女妖娆柔滑的玉臂，环抱着高耸入云如魁梧帅哥般的楼房厦宇。茶楼、棋牌室、网吧等休闲娱乐场所顺着海堤依次排开。这儿便是名闻海州的滨海休闲一条街。品茗摆龙门阵的茶客，打麻将掼蛋斗地主的闲人，还有来这儿边放松心情边谈生意的商贾阔佬，鱼龙混杂，该热闹的地儿热闹，该清静的地儿清静，果然是各得其乐。

　　曾伟民走到一幢古色古香的门楼前驻足，抬头看看门楣上的匾额招牌，上面镌刻着四个龙飞凤舞的金字：海滨茶楼。他抬步进门，穿过长长的甬道，走进一个僻静角落的雅间。雅间的确雅致，一张古色古香的紫檀木茶台，几把红木太师椅，墙上三两幅字画，几盆花木，营造出盎然春意。

　　王琳迎上来引导，曾伟民见到王琳，顿觉眼前一亮。王琳今天的穿着正是当初在办公室受到刘天石训斥的红薄纱短裙和透明的低开领白色花边真丝衫，且这是刘天石特意叮嘱她必须要穿的。她对刘天石的出尔反尔很惊讶也颇为困惑，又不敢多问，直到看见曾伟民的眼珠在她身上打转，方才明白过来。

曾伟民和刘天石心不在焉地谈着自贸港的事儿，目光却一直盯着在旁边斟茶服务的王琳。刘天石不得不向王琳使个暂时回避的眼神，王琳离开茶室。曾伟民笑了，对刘天石说资金会很快到位，具体事项落实，让王琳直接和他联系就行了。刘天石自然明白曾伟民的意图，像吃了个苍蝇，但同时又为达到目的而放下心来，用一个爱慕虚荣的女孩套住曾伟民对他来说无足轻重。

刘天石与曾伟民会面后，便吩咐宗林与王琳谈话，许诺只要摆平曾伟民，就奖励她一笔丰厚的奖金，并提升她为八卦洲会所的经理。享受公司高管待遇，分到一套公司的住房。王琳面对巨大的诱惑，根本就没有抵抗的能力，尤其是攀上管理层的高座，更是她做梦都不敢想的。还有在海州这个寸土寸金房价昂贵的海滨城市，从穷乡僻壤来这儿打工能拥有一套住房对王琳来说是何等不易。当然她在刘天石身边工作，也非常清楚老板的威势熏天，如果拒绝，很明白将会是何种下场。

曾伟民泡上王琳后，很快便将第一笔资金转到了自贸港账户上。但显然曾伟民对刘天石留有后手，转账的钱数只有原预算的三分之一，远远不够工程的支出。刘天石对曾伟民是了解的，如果逼得太紧引起他的警觉会把事情弄僵，只要先钓住他，刘天石自信能从这个老狐狸的兜里掏出白花花的银子。

陈晓辉潜入天羿夜总会后，已经成了刘天羿的心腹爱将，不仅是她的贴身护卫，而且还担任地下赌场的总管。刘天羿把这个油水很大的肥缺给了陈晓辉，足见她对陈晓辉的一片真情。

周末，宗林来赌场散心。刘天羿让陈晓辉多加照应，要让宗林玩得快活些。并介绍宗林是总公司的总经理，是她哥哥的左膀右臂。陈晓辉不敢怠慢，来到赌场贵宾房，只见宗林和另外几个老板模样的男子坐在牌桌旁，在赌二十一点。宗林在陈晓辉的暗示下，连局连赢，心情大好，直到几个老板输得精光赌局才结束。宗林不由得对陈晓辉有了兴趣，简单地问了他些个人情况后，便来到了刘天羿的经理室。宗林春风得意地坐在沙发上，刘天羿调侃道："宗总，你发了财，可得发红包啊！"宗林从包里抽出一沓钞票，大方地往陈晓辉怀里一拍："今天有你一半的功劳，拿去！"陈晓辉一副诚惶诚恐的样子将钱推还给宗林："不敢！不敢！我也只是帮宗总做做参谋……"刘天羿拿起钱，往陈晓辉兜里一塞："跟宗总还客气个啥嘛！不拿白不拿，拿了也白拿！"

宗林摇晃着二郎腿："白拿可不行啊！"刘天羿一怔，睁大眼问："宗哥，你什么意思？"宗林道："老五这么优秀，这资源可要共享啊！"刘天羿一瞪眼："你要挖我的墙脚？"宗林道："小羿你别忘了，这个场子是我背着董事长批给你的钱。大河无水小河干，总公司才是龙头。再说了，小陈应该到更广阔的舞台施展，这才是真正对他好！"

刘天羿想了想，问陈晓辉："你怎么想？"陈晓辉心中暗喜，这可是他朝思暮想的目标，但嘴上却说："我听羿姐的。"刘天羿又问宗林："你打算让老五干什么？"宗林答："兼职做我的生活秘书，随叫随到。"刘天羿放下心来，说道："行！为宗总服务理所应当。"其实，宗林的心里是打着小九九的，他来赌场消遣只是个幌子，笼络刘天羿才是真正的目的。

近些日子，他能明显感觉到危机。融资迟迟没有进展，5·1案的威胁再起，刘天石对他的不满已经是表露无遗。想想当年公司初创，作为刘天石的发小铁哥们，他是冒着危险走私赚钱铺的底，怎么说也算是合伙人。可是随着公司的发展壮大，尤其是刘天石与上层关系的搭建融合，金钱和权势使刘天石膨胀起来，可以说是目空一切，唯我独尊，昔日的伙伴成了颐指气使的老板，而他则沦为马仔式的总经理。每每想到这些，宗林便伤心、不平而又无奈，因为刘天石已是通天的人物，别说他一个小小的跟班，省长、市长见了他都要恭敬三分。

当命运掌握在别人手里时，他唯一的选择只能是逆来顺受俯首听命。可他又不甘心，当然这种不甘心并不是挑战或推翻刘天石的统治和权威，他既没有那个贼胆也没有那个能量，他祈求的就是能保全目前的地位，尤其是能让老婆孩子平平安安。而要实现这些愿望，他就不能被动等待，就要主动为自己铸起坚硬的铠甲。他与刘天石是发小，又共事了几十年，对他可以说是了如指掌，他清楚刘天石最在乎的就是相依为命的妹妹，于是决定在她身上下下功夫，这就是他来赌场的缘由所在。

当他看到刘天羿对陈晓辉有暧昧之情时，便打起了陈晓辉的主意，控制住这个流浪打工仔，就等于控制住了刘天羿。而有了刘天羿这个盾牌，刘天石的利刃也就失去了效力。这，就是宗林盘算的小九九，但令他万万料想不到的是这么做成全了陈晓辉的秘密侦查工作，用他后来的话说，就是引"狼"入室。

在宗林豪赌笼络刘天羿招揽陈晓辉之时，刘天石的老母亲正在准备家宴。刘天石是个孝子，每到周末，刘天石夫妻只要没有特殊情况或是外出，都要带着孩子来到母亲家团聚。可今天饭菜上桌很久，刘天石迟迟未到。刘母和杨冰以及儿子点点坐在餐桌旁，桌上摆着精致的饭菜。

杨冰劝刘母："妈，咱们先吃吧！天石太忙，就别等他了。"刘母气呼呼地："等！"正说着，刘天石匆匆走进，不无歉意地说："你们还没吃啊？"刘母责怪："你是董事长，忙，一年就没有在家里看见过你几次。"刘天石赶紧给母亲夹菜，刘母仍不停地絮叨："家不回，你那小窝总得回吧？点点都不认识爹喽！"

刘天石瞥了杨冰一眼，又忙着给母亲盛饭，解释说："没办法，现在摊子大了，几千人靠着公司吃饭，我不能不管他们啊！"刘母翻眼："娘不管，媳妇不顾，儿子总得要吧？"刘天石一只胳膊把点点抱在怀里，另一只手亲热地揽住杨冰："又告状了？"杨冰忙帮着刘天石开脱："石哥在忙一个大项目，得四处去找钱。"

杨冰一直都是称呼刘天石"石哥"，倒不是称呼惯了或是更显亲热，而是因为刘天石最受用的就是这个显示他高高在上地位的称呼。所以无论上下左右，要么叫他"石哥"，要么称他"刘总"，否则就不高兴。

刘母听了杨冰的话，瞪刘天石："你还缺钱？"刘天石笑道："为了赚更多的钱。"刘母叹口气："你什么都好，就是心太大。"刘天石岔开话："妈，天凉了，什么时候去海南？"刘母说："过两天就走，今年冬天就不用阿冰陪我了。"刘天石一怔："那怎么行，阿冰不去，我不放心。"刘母用筷子敲敲刘天石的手背："我不放心的是你！阿冰哪儿都不去，陪你！我告诉你阿石，外面的花再香，不如家里菜园子的菜好吃，明白不？"刘天石也用手指轻叩杨冰的头："你这脑袋瓜，又往歪了想。"

宗林从赌场回到家里，精神清爽了许多，于是便想到了那事，钻进被窝后搂住了老婆夏露就往身上爬。夏露有些日子没享受到鱼水之欢了，欢喜地努力配合着。可宗林气喘吁吁，满脸虚汗，折腾了半天也没做成，干着急。夏露一脚把宗林蹬开："你怎么回事，老是不在状态？"宗林像泄气的皮球，瘫软在床边，颓丧无比地哼哼："唉……都说我不在状态……"

夏露一把揪住宗林的耳朵："啊？你在外面找小三了？"宗林痛得龇牙咧嘴："胡说什么呢？你一个老大我都应付不来……"夏露厉声质问："那你啥意思？"宗林闷声说："我想辞职。"夏露恍然，问道："刘天石又拿捏你了？你不也是公司的老板吗！"宗林没好气道："屁！说白了，就是一高级打工仔，还是卖命的打工仔。"夏露审视宗林："不对！你一直都是这样吗？快给我老实交代，到底咋了？"

宗林撸把脸上的汗水："现在我感觉，已经不是当初打天下的交情了，刘天石好像对我不大放心，又说要给我配助手。"夏露狐疑："以前也有过，怎么没听你说要辞职？"宗林只得说实话："这一次他的胃口太大了，要投几百个亿去赌自贸港，我吓得裤裆都湿了。这样赌下去，迟早让公司崩盘。我不想跟着他这样玩下去，趁着现在公司势头还好，我想激流勇退，趁早离开。"但他还是没全都说出来，把5·1案和公安已经查到天石公司头上的事咽了回去。

　　夏露终于相信了，说："你这么多年汗马功劳，即使离开，也应该要求刘天石给一些回报，兑现当初他对你的承诺，至少也要拿到那些股份权益才是。"宗林苦笑："你还是不了解他。我离开公司，他不向我要钱就谢天谢地了。"夏露再起疑云："听你的意思，还有更深的原因吧？"宗林赶紧打住："瞎猜疑什么？睡觉！"夏露秀眉微蹙："看样子，事情还不小……"宗林训斥："女人就是长舌头，别八婆啊！什么事在刘天石那里大得了，上到中央下到地方，通吃全和，你瞎操什么心？"重又搂住夏露，"及时行乐，把咱自己弄快活了才是……"夏露推开宗林："去，我也不在状态了！"

二

　　如久旱遇甘露，温松华与柳云如胶似漆，在热恋的幸福海洋里畅游。

　　这天，柳云告诉温松华，她们越剧团要改制。温松华关切地问怎么个改法，柳云说和一些国营企业差不多，政府不再兜底。其实就是砸铁饭碗走向市场，自负盈亏自己养活自己。

　　温松华认为国家应该扶持越剧这样的国粹，不能当包袱甩了。柳云说文化单位改制已经是大势所趋，剧团要走在前面。并告诉温松华，团里的同事都鼓动她承包，可她心里没底，想让温松华给拿个主意。温松华马上表态，说这是难得的机遇，柳云本来就是剧团的台柱子，更要把越剧这个国宝传承下去，打起这面旗帜。

　　柳云面露难色说可她只是个演员，没有一点行政管理经验，这可是关系到百十号人吃饭问题的大事。温松华口出豪言，让柳云放心大胆地干，他会全力支持她。柳云顿时有了自信，说那好吧，她就听温松华的试试看。

魏晋对罗北方上了技侦手段后立见成效，获取了罗北方与高强秘密联系的电话记录和不同寻常的交往，以及密谋对付公安机关侦查的蛛丝马迹。由此推断，高强极有可能就是罗北方背后的黑手。于是魏晋加强对罗北方的侦查力度，同时把高强纳入侦查范围。

陈晓辉接近宗林，获取了天石公司很多内部秘密，于是约见江宁。

位于海州市郊的汤池温泉是远近闻名的胜地，江宁便把他和陈晓辉见面的地点安排在这里。陈晓辉的潜伏计划正在向预期的目标一步步挺进，在这种时候，保密和安全以及完成任务就环环相扣紧密地连在一块，其中一环出了问题，就将前功尽弃，后果不堪设想。而温泉洗浴场所是最理想的接头地点，人多且杂，掩人耳目就容易得多了。

温泉洗浴城大门前，陈晓辉从出租车上走下，沿着彩色鹅卵石甬道漫步而进。一扇扇玻璃幕墙呈海浪形状，镶嵌在幕墙上的"汤池温泉胜地"几个大字格外耀眼。陈晓辉走到贵宾区门前，服务员迎上前来，躬身热情地招呼："先生您好！有预订吗？"陈晓辉回答："五号贵宾房。"服务员连忙拉开蓝色水晶门，陈晓辉走进五号贵宾房，只见浴池里，热气蒸腾弥漫。

陈晓辉脱衣，趿拉着拖鞋，晃晃悠悠下到池子里。蒸汽水雾里，隐约可见江宁水淋淋的面庞。陈晓辉道："江主任，你可真会挑地方，约我在这儿见面！"江宁道："你在虎穴狼窝里摸爬折腾，我总不能不为你洗洗臊腥臭气吧？"陈晓辉嬉笑着："谢谢领导关心！"江宁挥舞着胳膊，驱散水汽。陈晓辉说："领导想得可真是周到，这地儿是接头对暗号的绝佳场所，脱了衣服，大家都一个样。"江宁道："这也是为了你的安全，无奈之举啊！"陈晓辉挨近江宁："彼此彼此。我正要告诉你，你江主任已经上了人家的黑名单，他们正在查你的背景呢，包括家庭甚至兴趣爱好。"

江宁神情淡定："这早在我的预料之中，树大招风嘛！好了，说说你侦查的情况吧！听说你已经升官做了宗林的兼职秘书？"陈晓辉不无自得地说："夜总会老板保镖，地下赌场总管，还有大老板生活秘书，身兼三职呢！我现在进入了天石公司的核心部位，终于是如鱼得水，有了一定的收获。"说着神情变严肃，"江主任，咱们说正事。你让我摸查的线索已经有了些眉目。"他贴在江宁耳边，声音渐低，"从刘天羿那里我听出5·1枪击案跟他们脱不了干系，而且她好像也知道是谁在高铁站开枪击伤了刘天石。"

江宁忙问："具体是谁摸清了吗？"陈晓辉摇摇头："反正据说是海州的黑道人物，和他们有私仇。"江宁说："你要尽快弄清这个人的身份和具体情况，这样我们才能有的放矢，将两起枪击案结合来侦查。"

陈晓辉点点头，江宁接着问："从你摸查的情况看，罗北方的阿波罗公司和天石公司有没有联系？"陈晓辉说："这个我倒没发现什么，因为和罗北方没啥接触。刘天羿也从来没带我见过高强，但刘天羿曾对我说在他们内部，高强是老大，罗北方排老二，老三就是那个被灭口的熊雄。我现在是老五了，显然高强有极大的嫌疑是在秘密遥控指挥他那帮'小弟'的老大。"江宁道："这个很重要，查明他们的关系，摸清高强的底细，才能彻底揭开刘天石究竟是否涉案的谜团。"陈晓辉郑重地说："对了，还有个重要的信息要向你报告。虽然我没能查清楚刘天石是否涉案的情况，但我可以肯定地告诉你，他的确有庞大的关系网，而且身份相当显赫！"

江宁表情凝重："说具体些。"陈晓辉说："刘天羿向我吹嘘，说有个大红伞是省里的领导。有一次我陪宗林去给市里的领导送年礼，听他说还要去北京给一位大老板拜年，这位大老板在高层位置，是部委级别的！"江宁不由得打了个冷战，嘴角抽搐："果然是一群大老虎啊！"陈晓辉抹把脸："查出这条线索时，我都不敢相信，这可是捅天了呀！江主任，如果刘天石真涉案，我总担心咱不是人家的对手啊！"

江宁定了定神，他心里很清楚，在这种时候，自己的一举一动都会影响到部下，绝对不能露出丝毫的动摇和畏难情绪，尽管他现在身处滚热的温泉之中已是周身冰凉，但他必须咬牙挺住。于是坚定地说："天塌有个高的顶着，用不着你担心。还是那句话，我现在要你做的就是凿实刘天石是否涉案的证据。"

　　陈晓辉安定下来，说："种种迹象表明，刘天石并非仅仅是枪击案受害人，更不是个旁观者。这个你江主任心里早就有数了，对不对？其实我已经从刘天羿那里听说天石公司就是靠着关系网和不良竞争发展起来的。宗林和高强是刘天石的左膀右臂，文武二将。公司事务由宗林打理，打打杀杀的事都是高强去干，高强自己也经常吹嘘自己是天石公司的消防队长。"江宁问："你的意思，是宗林和高强都唯刘天石马首是瞻是吗？从资料上看，他们是创业伙伴，应该是平等关系才对嘛。"陈晓辉道："那是创业之初，公司强大后，刘天石就靠着手腕降伏了宗林和高强，还他妹妹刘天羿。刘天石不仅在公司像皇帝，在家里也有绝对的权威，吃饭时他不张嘴没人敢动筷子。以前家境贫穷时，有好吃好喝的也得先供着他。"

　　江宁若有所思："嗯，这样一切就都好解释了。但说一千道一万，最终还得靠证据和事实说话。你应该清楚，如果我们查不出证据，就会很被动，结果会不堪设想。"

　　陈晓辉甩甩脸上的水："明白了江主任！妈的，大不了玉石俱焚，做一块法治建设的铺路石！"江宁叮嘱说："你的任务最艰巨，也最危险。了解天石集团内部情况，孤身一人在虎穴狼窝里周旋，压力可想而知，可我又爱莫能助，自己多加小心吧！不过我警告你啊，别再给我说什么玉石俱焚铺路石的屁话，不然我马上把你撤回来！"

　　陈晓辉扮个鬼脸："我这不是向你表忠心嘛，哪能不顾自己的死活。主任你放心，又不是第一次做卧底了。再说，跟你学了这么多年，这次也是考试，看能不能出师。我说领导，其实你才要多加小心，他们肯定会打你这个专案组长的主意，这些人是什么事都干得出来的，你可不能大意啊！"江宁用力拍拍陈晓辉的肩膀："老师虽说身手已比不过你这个学生了，但对付妖魔鬼怪还是绰绰有余的！记住了，到什么时候都是邪不压正！"

三

自贸港工程上马后，花钱如流水，曾伟民打过来的款子很快便用完了，刘天石捉襟见肘。恰在这时海州石化厂从中东地区进口石油，公开向社会船运公司和物流公司招标。这是个众人皆知的大单，所以竞争十分激烈。而最有实力接下这个大单的只有天石集团和通达物流运输公司。刘天石吩咐宗林，必须吃下这块肥肉，以解自贸港资金的燃眉之急。

但宗林告诉刘天石，通达公司和中石化有过良好的合作关系，竞标的赢面很大。结果果然如宗林所言，最后中标的是通达公司。刘天石还从来没失过手，不由得大为光火，严令宗林必须把标夺回来。宗林解释通达公司的老板郝通是通过正当的竞标程序得到这个项目的，很难虎口夺食。刘天石一听到郝通的名字，便气不打一处来，满脸不屑地说什么"虎"，你也把他郝通看得太高了，他就是一条落水的老鼠。刘天石让宗林邀约滕长青来八卦洲一聚。

八卦洲会所在明媚阳光的照耀下格外美丽，如同沐浴在海湾里的妖娆女郎。郁郁葱葱的绿树似披肩的秀发，古色古香的红瓦白墙宛若荡人心魄的胴体，而那高翘的楼檐、碧波如镜的湖池、九曲回廊的榭亭以及各种奇石异花更是把它打扮得凹凸有致、曲线玲珑。

一艘豪华意大利游船缓缓停在会所前的泊位上，滕长青从船上走下。刘天石和宗林、王琳迎上前去，已升任会所经理的王琳上前挽住滕长青的胳膊，一行人边说笑着边漫步走进宴会厅。

宴会厅里，笑声喧哗，喜气洋洋。几个美女服务员如风摆杨柳般摆酒传菜，刘天石向滕长青做了个请入主宾座的手势，滕长青也不客气推让，春风满面地拉着王琳在餐桌首席坐下。刘天石举起酒杯道："来，我们共同敬滕市长一杯！"滕长青礼让说："我敬大家！我敬大家！"众人一齐举起杯来，欢笑着喝了杯中酒。滕长青一只手举杯喝酒，另一只手也没闲着，在王琳雪白的大腿上揉摸。

酒过三巡后，刘天石向宗林使个眼色。宗林心领神会，向滕长青恭敬地探探身道："向滕市长汇报，自贸港工程在您的重视关心下很顺利。"王琳配合默契地把一块鲍鱼夹到滕长青的口盏里，然后按刘天石教的鹦鹉学舌："这可是滕市长主导的海州第一大世纪工程！"宗林紧跟而上："当然，也有些困难还要滕市长费心。"滕长青爽快地说："说吧，什么问题？只要是我的权限范围之内都不是问题。对天石公司的事我向来是全力以赴。"宗林道："主要还是资金问题。前期工程没有上百亿拿不下来，后期配套设施按董事长的要求上高科技，那就需要更大的投入了。"

滕长青的手在王琳腿上停住，有些为难地说："这就超出我的能力范围了。市政府如果有这个财力，也就不会面向市场了。"刘天石开口了："滕市长误会了，天石公司的实力您也清楚，不然也不敢接这么大的盘子。我们的水电项目、股市、新能源，还有房地产这块，资金很快就能回笼，只是眼下救救急而已。"滕长青道："在目前经济滑坡的大环境下，政府财政很紧，的确是无能为力啊！"刘天石道："滕市长又误会了。我们不会要政府一分钱，只是希望在别的方面给些支持。"滕长青有些疑惑："别的方面？"宗林接上话："我们很想把石化厂运输石油的单接下来。"滕长青一怔。刘天石微笑道："市长大人，你看如何？"滕长青摇头："石化厂已经有人中标，很难更改呀！"刘天石仍是笑意盎然："在滕市长这里，还有改不成的事？"滕长青沉吟。刘天石向王琳使个眼色，王琳纤纤玉指伸向滕长青腹部，滕长青沉吟变成了呻吟。

宴会后，王琳陪滕长青打网球。网球场上，阳光格外明媚，小鸟在绿树的枝叶间雀跃啼鸣。滕长青和王琳你来我往，打得兴致勃勃。王琳打着打着故意挥拍连连击空，然后娇喘吁吁呼求滕长青："你过来教教人家嘛！"滕长青过来做示范，言传身教说："你看，腿脚要快，腰要弓，胸要挺。要大臂带动小臂，眼要看球，球到人到。最主要的是不能紧张，要精神集中。来，你再试试。"说罢把球拍交给王琳。王琳再次挥拍击球，一个趔趄，球又没过网。她叹口气说："太难打了！"说着抹把脸上的汗。滕长青给王琳递了张纸巾："其实这网球玩起来是最锻炼人的，并不难打，主要是你得掌握住动作要领。"王琳往滕长青怀里一歪，哼哼唧唧说："我累了……"

此时，刘天石和宗林正站在网球场休息室窗前，看着球场上滕长青和王琳卿卿我我的场景。宗林喜不自胜地说："大哥，我们终于如愿以偿了！"刘天石志得意满地冒出他的口头禅："天石公司永远是赢家，天石公司从来不失手。"宗林指指窗外说："王琳功不可没呀！用你的话说，就是物有所值。不过，曾伟民那边就怕会有反应。"刘天石耸耸肩："这就是市场竞争嘛！"

四

江宁接到郝通求见的电话有些惊讶，自他初来海州与郝通有过接触后，就再没联系过。现在主动约他见面，想必一定有事。

海滨风景游览带每天都是游人如织。海滩上布满了露天茶排档和咖啡座，一个个阳伞，像一朵朵五彩斑斓的蘑菇盛开在海边。游泳的、晒日光浴的、在沙滩上嬉闹的，热闹非凡。郝通此时正坐在一茶摊上品茗等待，江宁快步走过来，对郝通说："郝总，真没想到，您会主动约我。"

郝通有些不满地说："江主任，您不该骗我。"江宁不无歉意道："因为对海州的情况不太了解，刚来时不得已才采取了隐蔽的方式，还望郝总给予理解。"

郝通望着海滩说："您知道我为什么约你来这儿吗？"江宁说："这个我还真不太清楚。"郝通面露悲伤："因为我们坐的这地方，埋着我弟弟的冤魂。"江宁明白过来："哦，你说的是5·1枪击案吧？我们正在办这个案子，会查出结果的。"

郝通诚恳地说："我早就想找您谈谈这个案子，说实话我现在才请求见您，是我看到你们确实在真心实意认认真真办这个案子。海州这地儿是乌云压城啊！我担心的是你们抗不住邪恶势力。现在我放心了，也有信心了，你们不愧是法律的卫士。江主任，我向您致敬！"

江宁摆摆手道："郝总你过誉了，现在说这些还为时尚早。我们能不能破案，关键还得靠你们知情者提供线索。"郝通道："我今天约您见面，就是要跟您说说这个案子的来龙去脉。我向您保证，我说的每句话每一个字都是真实的，我可以为我的话负法律责任！"

江宁掏出笔记本，郝通回忆道："我弟弟郝达原来是市公路局二级机构路桥公司的副总，改制后在我的资助下购下了这个公司。他们的业务主要就是路桥设计和施工，现在是市场经济，所有的基建项目都是公开招标。因为路桥公司是海州唯一一家甲级路桥企业，所以中标的面就比较大。路桥交通基建这一块利润还是比较可观的，于是天石公司就盯上了这块肥肉，采取了他们惯用的暴力手段，逼迫我弟弟郝达弃标把工程让给他们。我弟弟郝达也是个性格火暴的人，与他们针锋相对寸步不让，导致双方发生了斗殴，他们动用关系网，不仅没有处理寻衅滋事的一方，反而把我弟弟拘留了十五天并处罚款。我弟弟咽不下这口气，发誓要报复他们，结果就命丧在了这片海滩上。"

江宁听了郝通的叙述，问道："你的意思凶手是天石公司的人？"郝通点头："这不是秃子头上的虱子明摆着吗？"江宁又问：

"那你当初向公安机关提供这些线索了吗？"郝通道："如果我说出这些，今天可能就不能和您相见了。"江宁吃惊地注视着郝达："有这么严重？"

其实，江宁对郝通和刘天石的过往恩怨是了解得很清楚的，不然他也不会到了海州后第一个便寻访他。江宁之所以故作不知，是要从郝通口中更深入地了解刘天石。

郝通接着说："江主任，海州的现实比我说的还要严重。十年前，我就领教过那位刘大老板的无边法力。事情并不复杂，当时政府托管的金桥国际公司资不抵债，市政府为了保住亏损的上市公司金桥国际，邀请天石公司参股，刘天石提出条件，第一是免税，第二是捆绑收购市天然气公司。达成协议后，他找到了我，因为那时候天石公司的实力远在我之下，吃不下这个胖子。我以通达公司出面用十个亿收购金桥国际，他在股市暗中吸纳股份。收购消息传出来，股价从五元多涨到二十元，他从股市大赚特赚。后来，他利用官场关系，以莫须有的罪名将我囚禁审查，然后拿着跟我以前签订的秘密协议，诱骗逼迫我妻子签字，把我在金桥国际的股份进行拍卖，以超低价格拍下这些股份，钱最终落入刘天石的腰包。奸商一旦和权力勾搭上，结果也就可想而知了。"

江宁感叹："心是够黑的。"郝通敲敲太阳穴，"庆幸的是我这脑壳还在，可我弟弟就没那么幸运了。他们早年创业就是靠着打打杀杀起家的，据说杀人伤人不在少数。当然，这些是传说，咱不敢妄下结论。但我可以告诉你，我弟弟的死，绝对和他们有关系！"江宁突然问："那刘天石在高铁站被枪击又该作何解释呢？"郝通怔了怔，然后道："也许这就是报应。他欺压的人太多了，这兔子急了还咬人呢！"他调转话题，"其实江主任，我今天约你见面还有个原因。"江宁说："你请讲。"

郝通满脸痛苦："就在不久前，我中标的中石化项目又被刘天石抢走了。他们这是把我往死里逼啊！我也只能鱼死网破，把希望寄托在你江主任身上了。"江宁忙问："到底怎么回事，你能说详细点吗？"郝通道："海州石化厂要从中东进口一批石油，向社会招标运输，我们公司通过正常程序竞投标，经过方方面面论证中了标。可是天石公司通过上层关系推翻了这次招投标，说是违规操作，重新进行招标会，硬生生从我们手中抢走了这个大单。"江宁有些难以置信地说："你的意思是说他们出尔反尔？这不大可能吧？那市场规则何在？法律不就成了摆设吗？"郝通愤然道："在海州，市场规则就是由刘天石制定的，刘天石就是法律啊！"

　　江宁从郝通的检举揭发和陈晓辉提供的情报得出结论，天石公司有可能涉案，而刘天石自然是难逃干系。他觉得对天石公司应该有所动作了，恶性夺标就是个很好的切入口。顺着这根藤摸出郝达被枪杀的瓜，然后就能揭开彭光武死亡的真相，继而彻底铲除海州的邪恶势力。当然他也很明白，天石公司不是一般的公司，刘天石更不是一般的人物。对手的能量就摆在那里，所以必须在犯罪团伙察觉之前，有个实质性的突破。否则，结果就难料了，谁胜谁负还真难说。

第十章　陷　落

一

八卦洲会所的密室里，刘天石在和梅青颠鸾倒凤。就在二人缠在一块进入高潮时，门铃声却不合时宜地突然急促响了起来。刘天石有些恼火，但他知道敢在这时候上门的只有宗林和高强二人，而且必有非常重大的事情报告。于是他不得不停止动作，示意梅青回避。梅青起身走向隔门外的室内游泳池，刘天石摁下门禁遥控器，房门缓缓打开，进门的果然是宗林和高强。

刘天石拿起窗台边的喷壶，边为盆景花草浇水边不耐烦地问："什么事？"高强耷拉着眼皮："也没什么，说大不大……"刘天石恼火，恨不得上去咬高强："没大事你这时过来干什么？神经病啊！"高强掀了掀眼皮："说小也不小……"刘天石气得不再理睬高强。宗林开口了："石哥，公安厅来的专案组在查石化厂竞标的事。而且走访了5·1案的几个现场目击者，明显是冲着我们来的。"

刘天石手里的喷壶一抖，水洒到花盆外："该来的终于还是来了。"高强道："要不给他们点颜色看，让他们知道马王爷长几只眼？"刘天石稳定住喷壶，轻轻拨弄花盆中翠绿欲滴的叶片，问高强："你知道这是什么吗？"高强没想到刘天石会提出这个问题，不由得愣住。

刘天石自问自答："这是一株产于沙漠边缘的马蹄莲，耐热耐旱，生命力极强。你知道在大沙漠极端恶劣的条件下，它是靠着什么活下来的吗？"高强根本就听不懂，只能茫然地摇头。刘天石加重语气："第一适应环境，第二适应环境，第三还是适应环境！"高强瞪着眼发傻，刘天石又问："你知道它是怎么适应环境的吗？白天是带刺的藤，躲避开了马牛骆驼的啃食，而到了夜里，它才绽开美丽的叶花。"

高强跟不上刘天石的思路，嘟囔："哥，你老是对牛弹琴……"宗林道："石哥的意思是现在不是硬碰硬的时候，他们毕竟是省公安厅下来的。如果莽撞行事，那不是自我暴露吗？他们在明处，咱在暗处，要用谋略战胜他们！明白不？"高强这才明白过来，挠挠头说："搞阴谋诡计，那就是你们哥俩的事了。"

刘天石又冒出一句："堡垒往往是从内部攻破的。"高强这次没再犯糊涂，马上接话："哥是说用蒋总统所言，攘外必先安内吧？你放心，我会清理公司内部，保证我们队伍纯洁的。"刘天石摇头，高强又丈二和尚摸不着头脑了。刘天石道："听说我那个发小在和越剧明星热恋，咱要给他助把力，成人之美嘛！"高强似乎听明白了，又似乎没听明白。他茫然地看宗林，宗林马上说："知道了，我会密切关注。"

柳云在承包越剧团后，虽然全身心投入，但状况并不理想。在多维文化的围剿下，戏曲市场已十分窘迫，几乎到了发不起工资的程度。柳云无奈之下，只好东挪西借，欠下了巨额外债。温松华只能眼睁睁看着柳云整天唉声叹气愁眉不展，却爱莫能助。他对当初力挺柳云承包越剧团既后悔，又愧疚不安。

其实脱离体制后的文艺团体大都面临着相同的处境，于是政府号召企业扶持文化团体，刘天石借此机会向柳云的越剧团伸出了援手。身处绝境的柳云如久旱逢甘霖，很快便和天石公司达成了共建意向，而温松华在柳云和刘天石的交往中自然是起到了桥梁作用。天石公司很快便和越剧团共同组建了文化艺术中心，集戏剧、歌舞、影视等为一体，中心就建在八卦洲。

刘天石不仅帮助柳云还清了债务，而且给了柳云干股，使其成为天石公司的股东。柳云一夜之间成了富婆，当然她很明白，这些都是托了温松华的福。当她得知温松华在为儿子留学费用犯愁后，便以温松华之名给其前妻转去了百万巨款。温松华当然明白这些钱来自何处，他给柳云打了借条，申明绝不会和刘天石有金钱上的往来，以后会慢慢还清这笔债务，这是他的原则和底线。

刘天石的第一板斧没能砍倒温松华，于是施出了第二个大招。彭光武去世后，市公安局分管刑侦副局长的位子一直空缺，因为刑侦工作的重要性，市委一直在考查合适的人选，最后确定为温松华。刘天石找到滕长青，让他阻止对温松华的任命。滕长青原以为刘天石是托他关照提拔发小，没想到却是相反，有些无法理解。刘天石只对滕长青说了四个字：欲纵故擒。滕长青马上便明白了刘天石的意图，说提拔人他没有把握，但不让人提拔还是能做到的。

市公安局召开副科级以上干部大会。关山主持会议，他传达了市委关于充实公安局领导班子的指示精神，接着宣布民主评议的规定和要求。

坐在温松华旁边的魏晋侧过脸来悄声说："温支，以后要叫你温局了。"温松华呵斥："就你话多！别瞎嘀咕，好好开会！"魏晋撇撇嘴："这刚升官，说话口气就不一样了。"温松华不再理睬魏晋，看着市委组织部杨副部长走到话筒前。魏晋忍不住，用肘捣捣温松华："哎，温支，你可不能耍赖，这升官酒不能不请吧？"温松华终于装不下去，无法掩饰内心的喜悦了，爽快地说："好好，你定，饭店随你挑！"杨副部长代表市委宣布副局长公示名单，但并不是温松华，而是后勤装备科的苗科长。温松华蒙了，身子晃了几晃。

温松华不知是何时散的会，也不知道自己是怎么回到办公室的，这种状况只有在离婚时喝醉酒才体验过一次。他坐在办公桌后发呆，只是一口接一口地抽烟。

魏晋冲了进来，气呼呼地嚷嚷："怎么会这样？那个苗莆一直做后勤工作，不熟悉刑侦业务不说，还越级提拔，让人不服嘛！"温松华闷闷地哼哼着："说你行你就行，不行也行。"魏晋抱不平："我打听过了，不就是省里的一个领导帮着姓苗的打了招呼吗！论资历论业务能力，他能跟你相比吗？"

温松华脸上的苦笑比哭还难看："说你不行就不行，行也不行。"魏晋叹口气："不是我说你温支，你早该找找关系的。现在的社会风气，你不做工作还真就不管用！"温松华终于发火了，一拍桌子吼道："老子就是脱了这身警服，也不决干这种丑事！"魏晋脖子一拧："不行，不能受这窝囊气，得找关局说道说道去！"温松华颓丧地往椅子上一窝："这能是关局说了算的吗？木已成舟，还是顺其自然吧！"魏晋无奈地垂下了头。

柳云得知温松华临门一脚却闪了腿后，劝他去找刘天石帮忙。因为她知道刘天石和市领导的关系很好，温松华自然是不愿意走这种歪门邪道。柳云不顾温松华的反对，邀请刘天石到酒吧一聚。

酒吧里，灯光迷离，轻柔的音乐在怡静的氛围中回响缭绕。温松华坐在雅座的桌台旁，一杯接一杯地喝酒。柳云劝阻："松华，刘总还没来呢，你少喝点好吗？"这时刘天石的声音响起："没关系，让他喝吧！有我在，保他没事！"柳云转脸，只见刘天石走过来，笑着说："抱歉来迟了一步，麻烦你柳老师，再上一瓶 XO。"柳云无奈地摇摇头，只好按照刘天石的吩咐又上了一瓶洋酒。

温松华与刘天石对饮，此时的温松华已有几分酒意，斜眼瞅着刘天石说："是来安慰我的吧？"刘天石举举高脚酒杯："我也是才听柳老师说。"温松华自斟自饮："少来！什么事能瞒过你？"刘天石晃晃酒杯："说实话，这副局长也不算多大的官，但对你的确不公平。"

温松华点上烟，狠狠吸一口："公平？公平在人情关系面前值钱吗？"刘天石悠悠道："这就是现实，你又不能不面对。论能力、论业绩，你在公安局有口皆碑，可就是不管用啊！"温松华不由得伤感："兄弟，你哥就是这个命……想当个英雄，天天泡在案子里，拼命地干啊，干啊，一直干到支队长。不容易……我知道自己当不上副局长的原因，只拉车不看路……我谁都不怨，就怨我自己。可我不甘心，不甘心呐！"说着端起酒杯一口干了。

刘天石一副愤愤不平的样子，他一蹾酒杯："松华，咱不能受这窝囊气！你的事就是我的事，这事我管定了！"温松华瞪着醉意蒙眬的眼："你管？你怎么管？"刘天石拍拍胸口："我在市领导面前说话还是有点分量的。听尹颖说，公示就是民主评议，并不是最后的决定，应该还是有回旋余地的。"温松华摇摇头："这体制内的事你就不懂了，所谓的公示其实就是走过场，形式形式，说到底最终还是上面说了算。"刘天石大包大揽："那咱就把更改过去的人选再更改过来，你就等着坐副局长的位子吧！"温松华不敢相信地看着刘天石。柳云连忙举起酒杯，笑着对刘天石说："还是发小的情义深啊！几句话就拨云见日了，我敬刘总一杯！"

二

当江宁从魏晋口中得知市公安局分管刑侦副局长人选由温松华变更为别人之后颇有些惊讶，因为从各方面得来的信息，温松华接任副局长都是板上钉钉的事，怎么突然就变了。魏晋说无论是从工作能力、业务水平，还是论资排辈都应该是非温松华莫属，民主评议中也是他得票最高，而且市委组织部也找温松华谈了话，但结果却事与愿违。也正因为如此，这次突然变更公示人选对温松华打击很大，散会后他拒绝了领导和他谈心，把自己关在办公室里抽了半天的烟，不接电话，也不见任何人。

江宁问魏晋这对温松华办案的积极性会不会有影响，魏晋说这是肯定的，这种事谁都无法接受。江宁又问魏晋会不会有人在这件事上做文章，魏晋说他也是这么想，因为太有点不可理喻了，很有可能和枪击案有关系。江宁似乎意识到对手开始对公安内部动手了，他嘱咐魏晋这几天多留意观察与温松华接触的人。

魏晋点点头说他明白江宁的意思，问下一步如何开展侦查工作。江宁向魏晋介绍了查5·1枪击郝达案的情况，他们根据原卷宗上记录的线索，走访了几位现场目击者，但都无功而返。看来由当地的侦查人员询问可能效果会更好些，希望魏晋能承担这个艰巨任务。魏晋马上表示没问题，虽然当年他还不在大案队工作，但对这个案子还是有所了解的。他会想办法打消目击者的顾虑，争取从他们那里获取有价值的线索。江宁并没有向魏晋说出郝通提供的案由和对天石公司的指控，一切依据只能靠事实和证据得出结论，他相信魏晋会有自己的鉴别能力，并相信经过考验的魏晋一定能坚守法律的阵地。

温松华接到关山约谈的电话后便匆匆赶到局长办公室。关山在看一份红头文件，顶头是"市委组织部"字样的红字，正文是"关于温松华同志任市公安局副局长决定"的正楷黑色字体。

关山见温松华来了，示意他坐下，然后说："松华，这次充实局领导班子……"温松华听到这个就来了气，皱起眉头，不耐烦打断："关局，你用不着给我做思想工作。我文化水平不高，工作能力有限，能当好支队长，知足了！"关山抬抬下巴："哟！怨气不小啊！"

温松华跷起二郎腿，叼上一根烟，话随烟出："在你关局面前，我敢有怨气吗？我温松华从警二十多年，别的能耐没有，服从组织安排还是做得到的！"关山慢声细语："嗯，把你的怨气都吐出来吧，我今天就当一回你的出气筒。"温松华深吸一口烟："关局，你放心，我会正确对待，绝对不会闹情绪。作为人民警察，这点觉悟还是具备的……"温松华突然顿住，关山瞥一眼温松华："说啊，怎么不说了？我看你这狗嘴里能不能吐出象牙来！"

温松华弹弹烟灰："关局，我有个请求。你看，我在刑侦战线

137

干了半辈子了，组织上能不能给我挪挪窝？"关山沉吟着："哦，想撂挑子。"他抖抖手里的任职文件，"看来就不用向你宣布组织部的任命决定了。"温松华惊诧："组织部的任命决定？"关山把文件推到温松华面前，温松华拿起浏览，惊得叼在嘴角的烟掉了下来。关山笑吟吟地问："还要挪挪窝吗？"温松华定定神，嗫嚅："对不起……关局，你看……这事闹的！"

关山陡然严肃："不过我要向你申明，当上当不上副局长，跟我这个局长屁关系没有，因为副处以上的干部任免权都在市里。我现在能关心的，是枪击案！"温松华有了精气神，马上道："我会尽快和江宁商量，开个专案会，争取尽快查出个眉目来！"关山冷冷地说："不过我得提醒你一句，假如——我说的是假设啊——假如这些案子涉及天石集团，你还能继续把这个案子办下去吗？"

温松华怔住，然后惴惴不安地问关山："关局，你认为天石公司和刘天石有问题？"关山表情淡然："不是我认为或是你认为怎么样怎么样，是什么事都可能发生！咱们都是老公安了，方方面面都要考虑到，最终还是要靠证据和事实说话，你说是不是？"温松华点点头，又摇了摇头，说道："我认为天石公司和刘天石涉案的可能性不大。且不说刘天石是著名企业家和政协委员的身份，就枪击案受害人这一点，足以证明他的清白。"

关山并不以为然，提醒道："真相往往掩盖在虚假表象之下，谎言往往都以真实面目出现。作为资深刑警，你可以怀疑一切，但不能相信一切。"温松华对关山的提醒觉得有些离谱，苦笑笑没再接话。

温松华终于如愿以偿当上了副局长，他心里当然明白，这全是刘天石的"功劳"。虽说他对刘天石在海州政商两界的能量有所了解，但如此包打天下还是让他惊着了，不由得对这个发小刮目相看。同时他也想到了另外一层，刘天石对他如此尽心尽力，以及对柳云如此关照，并帮助解决了儿子的留学费用。是不是别有所图，或是说醉翁之意不在酒？因为这些举动都是发生在罗北方成为重大涉案嫌疑人并牵涉到高强之际。

尽管他从来就不认为身家几百亿且有着社会地位如省政协常委之类光环的刘天石会涉嫌此案，他和高强有着云泥之别，可关山的提醒警示不能不让他多打几个问号。带着这些疑惑，他不由自主地便来到了天石大厦，他觉得有必要和刘天石开诚布公地谈一谈了。什么事都好办，唯有拿法律和职责做交易是他万万不可逾越的，这也是他从穿上警服的那一天就立下的誓言，可以说是他的底线。

温松华来到天石大厦，从电梯里走出，沿楼道走向董事长室。刘天石的保镖兼司机束建设守卫在董事长室的外间屋。温松华问束建设："刘总在吗？"束建设忙用手掀起休闲帽长长的帽檐道："是温支队长啊！刘总在，您请！"温松华扫束建设一眼，不经意间看到他帽檐下额上的痦子。

董事长室里，刘天石正坐在老板桌后，在看一本黄色封面的小册子，封面标题是《二十大文件汇编》。刘天石边认真阅读边用红笔勾勾画画，温松华走进，刘天石有些吃惊地站起："松华？"温松华扫一眼刘天石手上的书："真不愧是政协委员，跟形势跟得够紧的。没打扰刘总学习吧？"刘天石合上小册子："国家的政策就是我们企业的翅膀，认真学习深刻领会才能飞得更高嘛！"

温松华往老板桌前一坐："飞错了方向，可就摔得惨喽！"刘天石打量着温松华："咦？你这口气不对，咋像来讨债似的！"温松华道："是我欠你的债！说吧，我该怎么偿还？"刘天石捂着脑门："我说你到底什么意思啊？让人丈二和尚摸不着头脑嘛！"温松华嗤之以鼻："别在我面前装，打小你就会玩心眼，不过你这肚子里的肠子拐几道弯我都清清楚楚，明白人面前没必要装傻。说个亮堂话，帮我提拔，关照柳云，要我怎么回报你？"

刘天石做出忍俊不禁的样子笑了："我说松华，你真是扯。你这是干什么？咋还像咱小时候打架斗气似的。再说了，我没得罪你什么呀！"温松华认真道："你真把我当傻子？"刘天石摊开手很是无辜状："你看你，咋老往歪了想，把我说得像个阴谋家似的！屁大的事，值得大惊小怪吗？你也太神经过敏了吧！你说我找你办过什么事？我也是省政协常委，知法守法这一条还是做得到的。这完全是看在咱们兄弟的情分上，表达一点心意嘛！难怪说你们干公安的都患有多疑病，把所有人都当成罪犯。我这个枪击案受害人反倒成了嫌疑对象，这不太荒唐了吗？"

温松华盯着刘天石："既然你提到这茬，我也正想问你，你给我说实话，你到底和枪郝达案有没有牵连？"刘天石没想到温松华会如此直截了当，不由得愣住。温松华审视刘天石："你说啊！还有，高强和罗北方到底是什么关系？有没有牵连到你？"刘天石终于反应过来，气愤道："莫名其妙！简直不可思议！"温松华往椅背上一靠："我只是问问，你发哪门子火呀？"刘天石痛心疾首："你本来就不该提这样的问题！你还怪我发火？要是小时候，我早两个巴掌扇过去了！"温松华加重语气："真的和你没关系？"刘天石拔拳相向："你真的想让我揍你？"温松华半信半疑，慢慢从兜里摸出一支烟来。

三

魏晋按照江宁的安排，首先走访了陈小平。陈小平对魏晋在办案中历经磨难不屈不挠的事迹有所耳闻，加上经过观察发现省、市公安机关成立专案组，确确实实在下决心办案，于是有了信心，便向魏晋提供了他当年在枪击郝达现场发现有个枪手额上长着瘊子。

魏晋立刻布置房勇、尹颖用大数据进行筛查，力求打开突破口。可是额上长瘊子的人太多了，很难确定嫌疑对象。魏晋缩小范围，以罗北方、高强为中心，在与他们二人接触密切的关系人内查找。与此同时，江宁指示陈晓辉，看能不能从天石公司内部尤其是核心骨干人员里摸排出线索来。

而此时的温松华却不安起来。他本来就对刘天石信誓旦旦地自证清白抱有疑虑，现在又得知嫌疑人额上长着痦子，马上便想到了刘天石的贴身保镖束建设。在天石公司，他非常清楚地看到了束建设额上的痦子，放在别人身上也许只是巧合，可长在天石公司员工而且是刘天石身边的人身上，就不能用偶然和巧合来解释了。他心烦意乱之下，决定先和柳云谈谈。

八卦洲会所挂上了"文化艺术中心"的招牌，会所的美女员工们在王琳的带领下列队等候。宗林带着柳云走过来，王琳和员工们鼓掌。宗林高声说："我向大家隆重宣布，这位是著名表演艺术家柳云女士，从今天起，就是你们的主任了。"王琳愣住，宗林接着说："下面请柳主任讲话！"说罢带头鼓掌。

柳云春风满面地走到队列前，王琳发着呆，脑袋里一片空白。柳云说了什么她一句也没听进去，耳朵里全是嗡嗡之声。好不容易熬到结束，王琳便找到宗林，满脸怨气地问他是怎么回事，自己是这儿的总管，怎么突然之间就被人顶掉成了主任助理了。宗林也不解释，只说了一句："你知道她是谁吗？董事长都像菩萨一样供着她，你要是不听她的话，别说助理，妓女你都做不成！"王琳闻言打了个冷战，不敢再吭声了。

八卦洲会所的经理室已改成了主任室，里面布置一新，十分豪华。意大利真皮沙发，大理石地面，墙上镶着名贵的字画。此时的柳云正坐在宽大的楠木写字台后，乌黑锃亮的皮转椅衬着红红的西装职业裙，显得端庄而又格外华贵。写字台上，电脑、电话机、传唤器、对讲机和纸笔文档盒一应俱全。

柳云环顾四周，一副春风得意踌躇满志的样子。这时门铃响起，柳云理理鬓发、正正衣襟，轻柔而又不失威严地对着门外道："请进！"温松华推门走进，柳云一愣，继而惊喜："松华！"温松华回手关上门。柳云如一只轻盈的燕子，飞向温松华怀里，呢喃："你这么快就来看我了……"温松华拥着柳云在沙发上坐下，柳云仰起脸，双眼微闭，颤动着长长的睫毛，嘟着饱满红唇，等待温松华的亲吻。

温松华并没有吻她，却涩涩地说："柳云，这主任咱不干行吗？"温松华的话如一盆冷水当头浇下，柳云吃惊地睁大眼："你说什么？"温松华苦着脸加重语气："我说这文化艺术中心的主任能不能不干？"柳云紧张，忙问："松华，怎么了？是不是出了什么问题？"温松华吞吞吐吐："哦……问题……倒没什么大问题……"柳云立刻表态："我听你的。本来我来这儿，也是你牵的线搭的桥。"温松华松了口气。

柳云坐正身子，接着说："不过，人家帮着我还了那么多债务，还给了我公司百分之一的股份……"温松华道："那钱咱以后慢慢还，股份退掉吧！"柳云秀眉蹙起："几百万呐！咱还得起吗？"温松华也不由得皱起眉头。柳云又说："你知道吗？天石集团资产已经超过五百亿，这百分之一的股份就是五个亿！"温松华吃惊："五亿？"柳云不无激动地说："这还是少说呢！刘天石说，到2030年，公司的资产将达到一千个亿，而且公司将根据贡献的大小增持股份！"温松华晕了。

柳云轻声问："对了松华，你还没告诉我，为什么要我离开天石公司呢？"温松华显然被这巨额财富镇住了，同时也想到了自己的副局长职位是怎么得到的，还有柳云的债务和儿子的留学费用根本就没有能力偿还。想到这些，他只能打消原来让柳云退出天石公司自己从而摆脱刘天石的想法。于是定定神道："哦，我是觉得在这里压力太大，怕你承受不了。"柳云释然："噢，你是怕我重蹈承包越剧团的覆辙啊！你让我干一段时间，如果我真没那个能力，我会主动辞职的，好吗？"温松华强作笑颜，说："好！好！"

四

温松华的心里从来没像现在这样纠结过，就如同一句俗话所讲，老鼠钻进了风箱里。他再次约见了刘天石，为了避人耳目，他把地点定在海滩。夜色阑珊，海水波澜不惊，刘天石和温松华隐身在礁石丛中。

温松华一直阴沉着脸，默然不语，与刘天石之间保持着距离。刘天石笑问："我说兄弟，你把我约到这儿来，不理不睬，还目露凶光，不会是要绑架我吧？"温松华终于开口了，语气冷飕飕的："你以为你很有钱是吗？你以为有钱就可以为所欲为是不是？你想过没有，有一天你那些钞票会成为你坟头的纸钱！"刘天石依然面带微笑，语调平缓："一咒十年旺。只是我有点弄不清楚，我到底又怎么得罪你了？"温松华冷笑："刘天石，从小到大，没人比我了解你。你成是成在胆大上，你毁，是毁在太胆大上！"刘天石摇头叹息："我说松华，你今天是怎么了，有话能不能明说啊！"温松华逼视刘天石："那好吧！我问你，你究竟杀了多少人？"

刘天石像被蝎子蜇了似的，笑容倏地无影无踪："温松华，你说话要注意分寸！"温松华跺跺脚："不错，是要注意分寸，不然也会像郝达一样死在这沙滩上！"刘天石看了看海滩，有所省悟："哦，你约我到这儿来，原来是这个意思啊！"温松华依然是咄咄逼人："我知道你接下来会矢口否认。所以咱不用废话，给我一句实在的，做，还是没做！"

刘天石转动眼珠："哦，明白了，你还是在怀疑我。"温松华口气生硬："我可以明确告诉你，现在已不仅仅是怀疑！"刘天石眼珠定住，瞪着温松华："你的意思是定在我头上了。既然这样，你还有必要问我？咔嚓，铐上得了。你们刑警审讯犯人，是不是都像你这样连唬带诈？"温松华双眉一耸："装！你就装吧！"说罢忽然转身就走。

刘天石愣住，他没料到温松华会突然离去，有些手足无措。但温松华走了几步，又停住了，缓缓回身，一字一顿："我最后再问你一次，做还是没做？"刘天石舒了口气，走近温松华："你这是干什么？像吃了枪药！"温松华面无表情："回答我的问题！"刘天石语气坚定："我真的没做。"温松华横眉冷对："看来你是非要见到棺材才落泪了。好，我成全你！"转身又走。刘天石真有些心虚了，一把拉住温松华："你等我把话说完行吗？"温松华定定地注视着刘天石。

刘天石幽幽叹息一声，然后装出恳切坦诚的样子说："松华，既然你把我约到这儿米，问这件事，说明你是念兄弟之情，是要帮我并不是要害我，不然也不会脱了裤子放屁多此一举，直接抓了省心省事。可我再次对天起誓，我真的没杀郝达。但高强知道这件事，他让几个小弟去教训一下郝达，不知是他们立功心切还是误解了强子的意思，下手太重导致的。情况就是这样。"温松华撇着嘴角："欲盖弥彰。刘天石，我提醒你，不管是不是你拍的板，但至少你是在纵容包庇高强！"

刘天石无奈地一摊手："他是我的兄弟，又是为了公司的安全，你要我怎么办？"温松华怒道："这也不能成为你草菅人命的借口！"刘天石也突然激动起来："我不否认，当年是做了些过分的事。我早期创业时受尽欺负，黑帮天天去收保护费，这你最清楚！我能怎么办？我只能奋起反抗，以暴制暴！当我的产业越做越大后，发现靠自己的能力一样能实现梦想，决心与打打杀杀彻底告别。可是有些人依旧把我当作对手，将商业上竞争失败的怨气和罪责归结到我头上，欲置我于死地，罔顾优胜劣汰的自然法则。但我并没有恃强凌弱，要求天石集团的管理层拿起法律的武器维护权益。可强子的性格你是知道的，头脑简单，感情冲动，不计后果，以至于造成不堪的结局。情况我都如实告诉你了，你看着办吧！要把我抓起来，我二话不说，现在就跟你去看守所！"

温松华眼一瞪：“别以为我不敢！”刘天石笑了：“你不是不敢，是不想，因为我们是兄弟。”温松华突然道：“据现场目击者指认，为首的凶手额上有个瘊子。”说罢转身扬长而去。

刘天石火速在八卦洲的密室里召见宗林和高强，刘天石摆弄着挂在墙上的弓箭，宗林和高强站在旁边。刘天石口气严厉：“这么严重的事情，你们竟然丝毫都不知情！我绝不容许小小的疏忽毁了天石公司！”宗林赶紧说：“石哥放心，我马上安排束建设去清除瘊子。”刘天石缓缓转身道：“你们喜欢射箭吗？”宗林和高强被刘天石突如其来的提问弄蒙了，二人愕然相顾。

刘天石走向矗立在桌柜上展翅的鹰隼标本：“我打猎从不用枪，喜欢用箭。而且你们也知道，我应该称得上是个优秀的射手。”宗林和高强晕了，迷迷糊糊地瞪着刘天石。刘天石抚摸着鹰隼标本，继续不疾不徐地说：“我一直用自己做的箭。你们想知道弓箭正中靶心的诀窍吗？要有坚韧的羽毛，所以我去买了这只猎鹰，取名阿波罗，意思是射手之神。它美丽可爱而又高傲，因为天生就长有高贵的羽毛。有一天，它在这儿飞呀飞，自由地飞，让人惊艳羡慕。随后我举起弓箭射向它，正中它的心脏，即刻毙命。知道我为什么要这样做吗？”

宗林似乎听懂了刘天石话中的含义，额上沁出冷汗。高强懵懵懂懂地问：“这么好的鹰，你为什么要射死它？”刘天石猛地转身：“我要提醒身边的人，我可以成就一个人，也可以毁灭他，就像这只高傲的猎鹰一样！这你总能听明白了吧？”宗林噤若寒蝉，赶紧点头说：“石哥，明白了……”刘天石突然提高声音：“去最好的医院，找最好的医生，不准留下丝毫疤痕！”

第十一章 反 水

一

江宁在魏晋排查额上长瘊子的嫌疑人无果后，决定对天石公司进行调查。果然如郝通所言，天石公司的发达史就是野蛮生长史，伴随着欺诈、暴力等非法行为。因为隐藏伪装，加之有保护伞的作用，所以一直凌驾于法律之上。

在对刘天石家庭背景的调查中发现他和妻子杨冰最近并不融洽，杨冰可能是怀疑刘天石有外遇，情绪低落，甚至有了轻生的迹象。结合他们结婚是在刘天石发达之前，没有什么权势财富的作用，江宁分析认为杨冰还是有争取可能的，至少可以利用一下。他向钟慧敏、徐铁军布置了这项任务，徐铁军问江宁怎么做，江宁说题目给你们出了，你们是不是也该发挥主观能动性做点文章，不能什么都让我教你们。徐铁军似有所悟，说明白了，走夫人路线。女人是感情动物，从其脆弱处入手，利用杨冰的嫉妒心理，也许能收到奇效。

刘天石在摆平温松华后轻松了许多，带着梅青在高尔夫球场里潇洒。刘天石向梅青宣布，如果她要是赢了他，他这套价值二十万的球杆就送给她了，梅青欢呼雀跃。此时在球场拦网外，钟慧敏和徐铁军正窥探着球场内的刘天石和梅青。钟慧敏不屑地撇撇嘴说："果然是招嫔纳妃啊！"徐铁军道："她叫梅青，研究生毕业，在天石公司实习时被刘天石泡上的。"钟慧敏鼻子一哼：

"不定谁泡谁呢!"徐铁军摇头晃脑:"这就叫男人有钱就变坏,女人变坏就有钱。哎,姐,咱们是不是该给他们添个乐子啦?"钟慧敏掏出手机,拨号。

刘家别墅的客厅里,杨冰在监督儿子点点练钢琴。电话铃声响起,杨冰接听电话,问是哪里。钟慧敏问杨冰是不是刘太太,杨冰回答说是,钟慧敏说她是绿野高尔夫球场的工作人员,刘先生打球时脚扭伤了,她让杨冰赶快过来一下。杨冰有些紧张,问钟慧敏伤得重不重。钟慧敏说伤得不轻,都没法走路了。杨冰连忙放下听筒,赶往高尔夫球场。

高尔夫球场上,梅青正挥杆轻轻击球,球滚进洞里。赶到球场的杨冰躲在树后,冷冷地看着。只见梅青扑进刘天石怀里,娇声呼叫:"我赢了!我赢了!"刘天石情不自禁地热吻梅青,杨冰恼火地扭身离开。

刘天石从高尔夫球场回到家,便发现不对劲。杨冰正斜倚在沙发上默默流泪,点点边为杨冰擦眼泪边质问刘天石:"爸爸,你为什么要欺负妈妈?"刘天石一副若无其事的样子教训儿子:"别听你妈瞎说,你老爸从不欺负女人。"杨冰一下子跳了起来,尖叫:"你是不欺负女人!什么破女人烂女人在你眼里都像宝贝!走,点点,咱们离开这个家!"刘天石往沙发上一靠:"你真要走?那好,我给你准备车,说吧,去哪儿?"刘天石的话出乎杨冰意料,她一下子愣住了。

刘天石依然是慢条斯理:"你不是一直说自己孤独吗?给你找了个妹妹做伴,你应该高兴才是。"杨冰气得嘴唇直抖:"你……你也好意思当着孩子的面说出这种混账话!"刘天石正色:"我说的是正经话。在这个世界上,还没有束缚我的东西存在。你想离开我可以,但我不得不提醒你,只要出了这个门,你就什么都不是!"说着弯腰抱起点点,"走,老爸去给你买变形金刚。"杨冰跌坐在沙发上,看着刘天石大摇大摆地走出门去。

钟慧敏和徐铁军发现杨冰在刘天石离开家不久便独自出了门。

不仅情绪有些不对，还是乘出租车没开自己的保时捷跑车，表现很反常，他们连忙驱车跟随。杨冰来到海边，精神恍惚跌跌撞撞，径直走进水中，看着海水漫过她的腰际、肩膀、脑袋……钟慧敏和徐铁军明白了杨冰要干什么，急忙纵身跃入海里，游向杨冰。杨冰已被海浪卷向深水区，徐铁军飞速游到她身边，双手托举起杨冰。杨冰挣扎，拒绝救援，眼看又要沉入海底。钟慧敏游到，与徐铁军合力控制住杨冰。他俩劈波斩浪，一番惊险艰难的努力后，终于将杨冰救出，然后紧急送往医院。

市人民医院急诊室里，杨冰斜倚在病床上，钟慧敏和徐铁军坐在旁边。杨冰眼帘低垂，向钟慧敏、徐铁军表示谢意后又突然冒出一句："你们不该救我……"钟慧敏劝慰说："你看你，有什么大不了的，非要走上绝路。对了，医生刚才还在问你家里的情况，要通知你的家人。"杨冰听了顿时慌乱起来，阻止说："别……千万别！"她定定神后，又询问钟慧敏："谢谢你们救了我，还在医院照料我，我还没请教你们的尊姓大名呢？"

钟慧敏轻描淡写地说："你不必客气，每个人都不会见死不救的。我姓钟，是报社的记者。这位先生姓徐，是我的助手，我们正巧去海边游泳，碰上了……"杨冰听钟慧敏说是记者，顿时有点激动："你们是记者？"钟慧敏点点头。杨冰马上坐起来，说："如果你们有兴趣，我倒是能给你们提供点猛料。是关于我丈夫的，他可是海州的名人呢！"钟慧敏故作吃惊地问："请问你是？"

杨冰一字一顿："我丈夫是刘天石！"钟慧敏瞪大眼："啊！原来你是刘总的夫人呀？"杨冰仰仰脸："是的，我叫杨冰！"钟慧敏忙道："知道知道！我采访过刘总，他介绍过你，你们可是模范夫妻啊！"杨冰突然变脸，爆粗口道："狗屁！那是他做表面文章！"说着突然抓住钟慧敏的手，"钟记者，您敢爆他的料吗？"钟慧敏疑惑地瞪着杨冰问："这……这是从何说起？"杨冰抽回手，理理纷乱的鬓发，咬牙切齿地说："他是个道德败坏、不齿于人类的臭狗屎！"

钟慧敏故作惊讶状:"不会吧?刘总是很绅士的嘛!"杨冰眼里冒火:"那是他演出来的,伪君子!"钟慧敏就势问道:"你能告诉我,刘总到底对你怎么了?听说刘总还是很爱你的呀。"杨冰面露悲伤:"你根本就不了解,他爱的是他自己!他一直都把征服女人作为乐趣,显示他多有男人魅力。为了保住这个家,我退让迁就,忍气吞声。可是,没想到还是没能抵挡住洪水猛兽。"钟慧敏明知故问:"他真的出轨了?"杨冰点点头:"在外面养了小的,还是本公司的职员!"钟慧敏道:"这怎么行,刘总是有头有脸的人,可不敢胡来。适当的时候,我得劝劝他,给他提个醒。"杨冰又一次紧张:"别!千万别!他要是知道我给你说这些,非杀了我不可!"

钟慧敏故作不以为然状:"瞧你说的,哪有这么严重。"杨冰脱口道:"他不是没杀过人!"钟慧敏震惊:"啊?"杨冰接着说:"天石公司做这么大,他的仇人能少吗?"钟慧敏诱导:"这种事可不能乱说。要是真有,问题就严重了,你不为自己着想,也要为孩子着想。"杨冰叹口气:"唉!本来我不该告诉外人,我对他真是彻底绝望了。而且一看你就是个好记者。我奉劝你以后最好别再写吹捧他的文章,他其实就是个外面光的驴屎蛋子!"钟慧敏往深里引:"他真的干了违法的事?"杨冰回答说:"我也只是听说,天石集团的大小事务他一概不让我知道。说白了我就是个家庭保姆,他唯一能用得着我的地方就是陪高官要员的太太们打麻将,而且只能输。"

钟慧敏继续迂回试探:"我说杨女士,你最好先别往绝路上走,如果刘总没做违法犯罪的事,能和你说的小三一刀两断,你应该给他个机会才是。"杨冰咬咬嘴唇:"我看难!不然我也不会走上绝路!"钟慧敏就势启发杨冰:"我说杨大姐,你也太傻了,你走了绝路,不正称那些小三的意吗?你要打败她们,才是正确的选择。这男人啊,一味忍让采取绥靖政策可不行,你得学会控制他,抓住他的把柄,他就老实了。"杨冰眼睛一亮,一副茅塞顿开的样子道："钟记者你说得对，我不能再傻下去了！"

二

魏晋排查长瘩子嫌疑人没有取得进展，只得暂时搁置，接着率房勇和尹颖去走访另一位现场目击者年老三。年老三和陈小平的心理是一样的，就是要看看公安机关是不是真的在下决心办案。所以魏晋他们的走访就顺利多了，年老三如实讲述了他所看到的枪击现场情况，当时枪手是开着一辆无牌照面包车突然冲到海滩的，总共四人，一人开车，三人下车向郝达开枪。郝达当场丧命，与郝达坐在一起的两个老板模样的人被击伤。因为他的烧烤摊位离郝达他们喝茶的茶摊很近，他的腿也被流弹击中。

魏晋问年老三当时有没有注意到枪手长相、身材之类的特征。年老三说当时只有他离得最近，不然也不会被打伤腿。他是看到凶手最清楚的人，冲在最前面的枪手额上长个很显眼的瘩子，还听到他喊后面的枪手"骡子"。

魏晋大喜，这和陈小平提供的就吻合了，而且罗北方的外号正是"骡子"。年老三接着说，后来他还见到过那个额上长瘩子的人。魏晋又是一阵惊喜，催年老三快说。年老三说那个额上长瘩子的人曾和几个朋友到他的烧烤店来吃烧烤，他看着眼熟，想起就是海滩上的枪手，于是格外注意他，从他们的言谈中听出他们是天石公司的。

不啻一声炸雷，魏晋直眨巴眼，急切地追问年老三真的听出他是天石公司的。年老三郑重地点头说千真万确，绝对不会有错。此时的尹颖却有些不淡定了，一副忧心忡忡的样子。

魏晋结合天石公司和郝达的路桥公司曾是竞争对手，而且到了水火不容的程度。郝达曾扬言要灭了刘天石，推测会不会是刘天石感觉受到威胁而断然先灭了郝达。可他想想又觉得不太可能，天石集团是何等的企业，会因为郝达几句狂言就草菅人命？做出如此简单低级的鲁莽之举，在众所周知的情况下犯案，这无异于自讨灾祸。

他觉得刘天石身为著名企业家，不会置身家性命与如日中天的光环于不顾铤而走险。他对刘天石是很敬佩的，甚至可以说是他的偶像。加上温松华是刘天石的发小，他们相处融洽，如兄弟一般，而且在他提拔大案队队长上也帮了忙。在他的眼里，刘天石是个很有智慧，有着成熟思想和沉稳风格的达人，不可能愚蠢到如此程度，在光天化日之下行凶杀人。魏晋越分析越感觉不可思议，在拿不准主意的情况下，决定先和温松华通个气。

温松华听取了魏晋和房勇、尹颖的汇报后，问魏晋是什么想法，魏晋毫不隐瞒地说了自己的推测。温松华听后显出很吃惊的样子，说你怎么能怀疑天石集团，这绝对不可能，简直是天方夜谭嘛。你不能乱来啊，这可不是开玩笑的事。

魏晋辩解说这也是根据调查的情况所作的推测，尹颖不等魏晋说完，就气恼地说魏晋本来就不该胡乱推测。天石集团是海州数一数二的企业，刘天石不仅是海州首富也是全省首善，捐出的善款数以亿计，是个胸怀天下、有责任感有良知的企业家，还是省政协常委，怎么可能干出这种伤天害理的事。

其实，魏晋和尹颖一直互相暗恋着对方。因为在一个队里，也许是太熟悉了，反而都不好意思表白。几天前才在温松华的撮合和房勇等队员的起哄下明确了恋人关系，所以二人说话比以前就随便直接多了。魏晋反驳尹颖说当初调查高强不也是没人相信吗？尹颖强调说刘天石和高强根本就不是一个层次的人。再说了，高强并不能代表天石公司，况且他只是嫌疑人。

见俩人争执不下，温松华最后表了态，说不用再争执了，年老三提供的信息只能作为参考，即使嫌疑人是天石公司的，也不能认定天石公司和刘天石涉案。总之在没有确凿证据前，不可无端猜测，应考虑天石集团不同于一般的企业，刘天石不仅是著名的企业家，还是海州的名片，而且眼下正在做事关国家利益的自贸港工程，以免造成不良影响。

魏晋对温松华和尹颖的态度不满，又犯起了牛脾气。他拍案而起，说，你们这是怎么了？我们在侦办案件中不应受任何外在因素的干扰影响，谁都可能是嫌疑对象！刘天石不是特殊公民，为什么就不能怀疑？真相就是在侦查中慢慢浮出水面的。他最后声明会按他的思路查案，谁也吓不住他，说完拂袖而去。

魏晋围绕郝达与天石公司的矛盾，进行深入细致的调查。结果，所有的线索都指向了天石公司，他不得不越过温松华向江宁直接汇报。江宁这时才毫不隐瞒地告诉魏晋他们已经开展了对天石公司的调查，也发现了诸多疑点。他说现在可以形成合力，将天石公司列为重点调查对象了。魏晋向江宁倾诉苦恼，谈了温松华和尹颖的态度。江宁说这可以理解，毕竟温松华和刘天石是发小哥们，尹颖与刘天石更是有一层特殊关系，而且刘天石的身份也的确让人无法想象会涉案犯罪。魏晋说一个是他的顶头上司，一个是他的部下，没有他们的支持很难开展工作。江宁语重心长对魏晋说，人都是有认知误区的。随着侦查的深入，他们应该会在事实面前改变看法的，当然前提是他们的立场不出任何问题。

魏晋自然能听出江宁话中的含义，马上信誓旦旦地说，他可以保证温松华绝不会徇私枉法。没有人比他更了解温松华，在坚守正义维护法律的底线上，温松华还是有的。至于尹颖，他们是战友、同事，虽然现在发展到恋人关系，根据他了解，她本质还是好的。尤其是在大是大非面前还是有原则的，现在只是因为感恩思想在作怪罢了。江宁也说他和温松华是同学，对温松华也是了解的。他是个有正义感，一直保持着人民警察的本色的好刑警。但他提醒魏晋，人都是在变化的，千万不要为任何人打保票，甚至包括他江宁在内。魏晋希望江宁能和温松华深入地谈谈，江宁说他也有这个想法，是时候该和老同学谈谈心了。

三

高尔夫球场绿树成荫,芳草萋萋。刘天石和滕长青拎着球杆,漫步在草地上。滕长青抬头看了看西天的斜阳,感叹道:"这球我是打一次少一次了!"刘天石有些惊讶:"此话怎讲?"滕长青道:"现在反腐倡廉之风劲吹,中央规定,官员不得出入豪华场所,高尔夫这一条是专门做了规定的。"刘天石不以为然:"这未免有些矫枉过正了吧?党政干部也是人,也应该享受改革开放的红利嘛!"滕长青感慨:"还是你这样好,名利双收,还能逍遥快活,不受任何限制。"

刘天石乘势引入正题:"可事实并非如此,打我主意的人和势力可不在少数哇!"滕长青问:"怎么回事?"刘天石扬扬球杆:"公安局把我列为调查对象了。"滕长青一怔:"不会吧?"刘天石扫了一眼周围:"说不定现在就监视着咱们呢。"滕长青被惊着了,急停脚步,环顾四周。刘天石有些愤慨:"真是莫名其妙岂有此理!我这个受害人竟然成了嫌疑犯,你说怪不怪?"

滕长青移动脚步,若有所思地说:"是啊,我也纳闷着呢。这不是颠倒黑白吗!"刘天石道:"我受点委屈倒也罢了,只是闹得公司人心惶惶,严重影响了自贸港建设。我是怕不好向你交差啊!"滕长青有些生气:"这个事我来处理,不会由着他们胡来,你放心吧!"

魏晋走访年老三,查出枪击郝达的凶手是天石公司的人,这让江宁踏实了许多。由此可见,对天石公司的调查方向没有错。但温松华的态度不得不让他担心,虽然他也和魏晋一样认为温松华不会变质,只是缘于私人感情和刘天石的身份地位在认知上出现了误区,可温松华作为海州的刑侦统领,对案件的侦破将起到至关重要的作用。虽然他答应魏晋与老同学谈谈,可后来想想觉得马上就谈可能起不到想达到的效果，甚至会适得其反。因为他很了解这个情同兄弟的老同学的脾性。

温松华不仅是个固执的人，而且一旦犯起拧来谁也拉不回头。为了保险起见，所以只能等有了大致的眉目和基本的事实之后再与他谈更有说服力。

于是，他询问钟慧敏和徐铁军对杨冰的进展情况，钟慧敏说："江主任，看来你对杨冰的激将法起作用了。"徐铁军接上话："这女人啊！就是感情动物，只要抓住这个软肋，一掐一个准！"钟慧敏眼一瞪，对徐铁军扬起巴掌："你再说一遍！"徐铁军头一缩："你钟姐排除在外，排除在外！"钟慧敏忍不住笑了。江宁若有所思地道："正因为女人感性大于理性，我们才要谨慎行事。况且杨冰毕竟和刘天石还是夫妻，又有共同的孩子，咱们才更要循序渐进，对杨冰多观察，千万不可操之过急。"

仨人正说着，江宁手机响起，是魏晋打来的。他告诉江宁，市领导已指示公安局说天石集团是海州民营企业的旗帜，纳税大户，对全市的经济发展起到重要作用，而且承担着自贸港建设的重任，绝不允许任何人擅用公权打击诋毁，责成公安局立即停止对天石公司的侦查。温松华本来就不认为天石公司会涉案，接到市领导的指示后找魏晋严肃地谈了话。对他的一意孤行很生气，批评他撞到南墙不回头的同时，警告他如果再盲人摸象无端揣测，就把他调出刑侦部门。温松华还警告他说，因为天石集团是海州乃至全省民营企业的旗帜，上级绝不会允许在无事实证据的情况下擅作侦查，造成不良的社会影响，损害天石公司的形象。

魏晋最后无奈地对江宁说，他真是顶不住了，只能指望他这位省厅领导了。江宁终于领教到来自刘天石关系网的威力了。他很清楚，没有海州公安机关的配合支持，就等于失去了眼睛和双腿。但他又不能不顶住来势汹汹的逆流孤军奋战，否则就是承认失败，灰溜溜地返回省城。

钟慧敏听完魏晋的电话，口中讷讷地说："果然邪门，海州的水是很深啊！"徐铁军道："我现在才明白，为什么海州的黑恶势力会如此猖獗，那个罗北方为何会至今逍遥法外，这个狗屁案子有得办了！"江宁面容冷峻，沉声道："我早就说过，这是一场生死较量。从现在起，一切都要靠我们自己了。还是那句话，要做好打硬仗打恶仗的准备，下面要抓紧做杨冰的工作，争取有所突破。"

杨冰投海被钟慧敏救起，尤其是受到她一番开导后，有一种茅塞顿开的感觉，思想上产生了变化。她深刻认识到自己的确是太傻了，忍让就是纵容，而自寻短见只能是成全了自私膨胀的刘天石，丝毫影响不了他继续风花雪月为所欲为。钟慧敏开导得太对了，只有奋起抗争才能掌控自己的命运！而对刘天石这种目空一切的男人，抗争取得主动权的最好方式就是拿住他的把柄，只有掐住他的命门，他才能乖下来不再胡作非为寻花问柳。

经过这几天的秘密探查，她终于发现了刘天石的一些私货，她琢磨着是不是该给钟慧敏沟通一下，让她给出出主意，同时万一自己的行为被刘天石发现遭遇不测也能有个证人。她现在也只有钟慧敏这个救命恩人可以相信了，也只有这位大记者有能力为她做主。就在杨冰考虑着怎么控制住刘天石而煞费苦心时，尹颖来刘家做客了。

尹颖和杨冰母子坐在餐桌边，刘天石腰系围裙，乐呵呵地上菜。他对尹颖说："小颖，尝尝哥的厨艺有没有进步！"尹颖笑眼看杨冰："这得冰姐说好才行。"杨冰忍不住冷言冷语："只要不下药就行了。"刘天石装没听见，解下围裙在桌边坐下，给尹颖夹菜："来，快尝尝！"尹颖察觉出不对劲，问刘天石："石哥，你欺负冰姐了？"刘天石敷衍："我从不欺负女人。来呀！吃菜、吃菜！"

点点突然嚷嚷："老爸吃着碗里看着锅里的！又给我找了小妈……"刘天石一筷子敲在点点头上："满嘴跑火车，胡说什么！"杨冰眼含泪水，抱起点点走了出去。尹颖见状，沉下脸严肃地对刘天石说："石哥,这就是你的不对了。现在有那么多人打你的主意,你得注意小节才是。"刘天石翻眼:"比如那个魏晋,对吧?"

尹颖有些内疚,不知该怎么回答刘天石。刘天石摇晃着手里的筷子:"说说吧,你那个白马王子查出了我什么证据?"尹颖不得不为魏晋解释:"其实魏晋对你一直是很敬重的,并不是想整你,他只是想查明问题,为你澄清而已。"刘天石不无讥讽地说:"那看来我是错怪他了。要不要我请他吃顿答谢宴啊!他可没少喝我的茅台酒!"尹颖现在想做的就是弥补魏晋和刘天石之间的裂缝,一个是有恩于己情同兄妹的大哥,一个是深深相爱的恋人。她希望他们能和好如初,这也是她来见刘天石的目的。

于是她恳切地说:"石哥,你对魏晋是了解的。人品很好,不然我也不会和他成为恋人。他这人就是脾气拗了些,对你并没有什么不可告人的居心和险恶目的。"刘天石问:"你能保证他不是对着我来的?"尹颖用肯定的口吻说:"绝无可能!他只是有刑警共同的职业病,就是怀疑一切,哪有你想得那么复杂。"刘天石自然不会相信尹颖为魏晋所说的开脱之词,他深知现在并不是与魏晋翻脸的时候,更不想失去以后能用得着的尹颖。

于是他吁口气,说:"其实我倒希望他能查个明明白白。灯不点不亮,天石集团就是在一次次无端攻击中发展壮大的。"尹颖说:"魏晋可能已经意识到自己做得有些不妥,现在停止了对天石公司的调查,你就多包涵些他吧!"刘天石恢复了轻松的表情,道:"我怎么会和这个愣小子计较。我一直是把他当兄弟,他有才华,讲正义,是个名副其实的好警察。你找他算是找对了,我可就等着喝你们的喜酒了!"尹颖嗔刘天石:"你就别管什么魏晋了,还是先灭掉后院的火吧!你要是不把冰姐请回来,我可要走了!"

四

钟慧敏突然接到杨冰约见的电话，这无疑是个不错的消息，说明对她的策反奏效了。由此可见，女人的感情的确是高于一切，也许能从这方面打开一个缺口。钟慧敏向江宁汇报后，便匆匆赶到了与杨冰约定的半岛咖啡馆。

半岛咖啡馆里，钟慧敏和杨冰面对面坐在咖啡桌前。钟慧敏用关心的口吻问道："刘太太，几天没见，你可憔悴多了。别想那么多，船到桥头自然直，多注意自己的身体才是最重要的。"杨冰眼帘低垂："方向歪了，船到哪儿都直不了，只要那个小妖精在！"说着她抬起脸，殷切地看着钟慧敏，"钟记者，您可要帮帮我啊！"钟慧敏忙回应："能帮上刘太太的，我一定尽力。"

杨冰不无怨尤地说："钟记者，求你别再喊我刘太太行吗？"随即她压低嗓门："钟记者，我已经抓到了刘天石的把柄。你知道吗？天石公司发达都是用银行的钱，这是在挖国家的墙脚啊！"钟慧敏故作不以为然状："这是公司的正常运作，并没有违法嘛！"杨冰怫然："那他行贿银行高管算不算违法？他操纵市场算不算违法？他偷税漏税算不算违法？还有他打压竞争对手，控制海州的经济命脉，甚至左右海州的官场格局被人称为第二组织部长，罄竹难书啊！他指使祖护手下违法犯罪的行径我也会查出来的！"

钟慧敏心中一阵暗喜，脸上却做出惊诧状："你别说气话啊！哪有这么严重。"杨冰蹙着眉头说："你不相信是吧？好，我会让你看到的！瞅个机会，我把他电脑里的资料拷下来给你看看你就信了！"钟慧敏做出忧虑的样子道："要真像你说的那样，问题就严重了，那就超出了把柄的范围了。"杨冰恨恨地说："我的心已经被他寒透了！十八岁就跟了他啊，落得这个下场！钟记者，我现在最怕的就是哪天自己突然像水蒸气一样蒸发了，你可得为我做证啊！"

钟慧敏两手一摊："我怎么给你做证，就这么两手空空？"杨冰说："等把他的罪状搜集好了，我会做个备份交给你的！钟记者，你是无冕之王，刘天石他管不着你，所以我才把希望寄托在你身上。别的我不求你，只求你能把刘天石的丑行公之于众！在我遭遇不幸时能为我做个证！你能答应我吗？"钟慧敏适时向杨冰表态："是非好坏我还是分得清的。如果刘天石真像你说的那样，我会尽全力帮你，这一点你完全可以放心！"

杨冰闻言感动不已，声音有些微微颤抖着说："钟记者，谢谢您……"钟慧敏给杨冰吃定心丸："你不用跟我客气，我也是个女人，最见不得男人仗着有几个钱就胡作非为欺负老婆。当然刘总现在也不能就说坏得不可收拾了，咱还是要一齐努力把他拉回到正道上来！做出这么大的事业尤其是有这么个幸福的家庭不易啊，别就这么给毁了，你说是不是？咱们还是本着治病救人的原则，你们毕竟有个共同的儿子和后半生要过。"杨冰听了钟慧敏的话，愈加感动起来，眼泪竟不知不觉流了出来。而钟慧敏透过杨冰婆娑的泪眼，似乎也看到了一线希望。

刘天石从尹颖那里得知魏晋已经停止对天石公司的侦查后放下心来，决定把主要精力放到公司经营上去。于是召来了宗林，他告诉宗林可以解除对魏晋的警报了，至于省公安厅来的那几个人，外来的和尚念不了啥真经。没有海州警方的帮助，就是聋子瞎子，闹不出啥大浪花来。现在外部的威胁已经基本解除，形势正朝好的方面发展，尤其是把温松华拉到他们的船上，才是最大的战果。如果有他保驾护航，天石公司将更加乘风破浪，无往而不胜。下面该把精力转移到公司业务上了。

宗林向刘天石汇报说公司的业务还是比较顺利，内蒙古的风电项目资金已经回收；云南的矿山收购在省委白书记的关照下低于实际价值近一半，转手就能获得丰厚的利润；还有中石化的石油运输也在进行中……

刘天石打断宗林，说这些他都了解，他说的是海州。他提醒宗林别忘了，海州才是他们的根据地大本营，以往发生的铁的事实说明，必须巩固再巩固，控制了海州的经济，就控制了一切，才能确保天石公司这艘航母平安无事，顺利航行。宗林自然明白刘天石的意思是自贸港工程，于是不得不报告说目前最大的问题还是资金不能到位，影响了工程的进度。

　　刘天石说他再联系一下邢旭东，让他催催孙茂生行长，宗林马上没好气地说他那个宝贝儿子可没少联系。刘天石问宗林怎么了，宗林说邢向阳在北京无所事事，唯一的业务就是赌博，不断地向总公司要钱。昨天又打来电话，张口就是一千万。刘天石挥挥手说别那么小家子气，给他。邢老头的价值，不是钱能衡量的。他让宗林记住，付出和收益是成正比的。宗林不敢再说三道四，只能默默点头。

第十二章　短兵相接

一

魏晋并没有停止侦查工作，他是个从不言败决不认输的人。从发配警训基地到身陷冤狱，历经磨难都没能压垮他挺直的脊梁。而且他也非常清楚，江宁他们需要他配合帮助，他决不能让他们孤军作战。

既然上面不让查天石公司，那就迂回进攻，重新捡起对罗北方的侦查，再由梢头摸起，从而达到寻根究底的目的。查罗北方，当初就是温松华主持的，自然没有理由阻止。尹颖也不反对，因为她一直认为罗北方是有问题的。甚至高强她也不排除有嫌疑，只是坚定不移地认为刘天石不会涉案。魏晋再次走访阿岩的妻子张燕，终于查知阿岩服务的遇难船只是"青云号"，于是决定从"青云号"查起。

魏晋和房勇、尹颖来到市港务局船舶监管处，监管处齐处长接待了他们。魏晋向齐处长说明他们此行是要查一条叫"青云号"的船，齐处长表示没问题，然后根据魏晋提供的线索从档案架上搬下一摞卷宗翻阅查找。不一会儿，他对魏晋说："找到了！看，就在这儿！"魏晋和房勇、尹颖忙凑过去看。齐处长指着卷宗："你们看，大港船务代理公司有条'青云号'的货轮！"尹颖兴奋地说："咱这功夫到底没有白费！"魏晋问齐处长："齐处长，这家大港船务代理公司你了解吗？"齐处长马上说："当然了解，这家公司三年前还是小有名气的，是一家菲律宾设在中国的船务代理公司，他们在海州设立了办事处，代表好像叫朱辉！"魏晋追问："齐处长，这个办事处在哪儿？"齐处长道："据我所知，大港船务代理公司已经倒闭了，那个办事处也就随之消失了。"

魏晋像被兜头浇了一盆冷水，仍不甘心地问："那个叫朱辉的你了解吗？"齐处长摇摇头："其实这种办事处大多都是干走私的营生，他们是不会用真名注册的，所以我怎么可能了解呢！"魏晋惊诧："你的意思是说这个朱辉是化名？"齐处长点点头："对，确切地说就是一个符号，没有任何实际价值！"听完齐处长的话，魏晋有些失望。

齐处长挠挠头，像想起了什么似的突然说道："一提这个大港公司，我倒是想起一件事！"魏晋重又燃起希望之光，紧盯着齐处长。齐处长道："记得他们有条船在台风中触礁沉没，好像就叫'青云号'！"魏晋忙说："你能给我们详细说说吗？"齐处长道："如果你们要详细调查这件事，要到海事部门去，他们那儿有事故报告，这就不归我们管了。"

魏晋和房勇、尹颖马不停蹄地赶到海事局事故调查处，事故调查处的常科长接待了他们。魏晋说明来意后，常科长便去资料库查找。魏晋和房勇、尹颖坐在沙发上等待，不大一会儿，常科长从门外走进。魏晋连忙站起问："常科长，怎么样，还能找到吗？"常科长笑着说："当然没问题，我们事故调查处对存档备查工作是做得最细的，凡有记录的事故调查报告，在我们这儿都可能找到！"说着把一套卷宗递给魏晋。

魏晋打开卷宗阅看，常科长殷勤地把茶杯递给尹颖："挺惨的，船上九名船员有八人当场死亡，只有船长下落不明，估计也是凶多吉少啊！"他说的船长显然就是阿东。魏晋看完事故调查报告，问常科长："常科长，这份事故调查报告我们可以复印一份吗？"常科长看看尹颖，爽快地说："可以可以，海事公安是一家嘛！"

尹颖显然看出头发稀疏的常科长荷尔蒙充沛，对她另眼相看，于是用嫣然一笑回报了常科长。常科长顿时激动，忙不迭地从魏晋手里接过卷宗说："你们在这儿稍等，我去给你们复印！"说罢屁颠屁颠地走出门去。房勇调侃尹颖："只给你递茶，对我们两个老爷们连客气话都没有。我说尹大美女，如果你不穿这身警服换上时尚的衣服，我们的侦查工作肯定会更顺利！"尹颖眼瞅着房勇，身体却向旁边的魏晋靠近，说："我在别人眼里可没有那么大魅力。"魏晋不敢回应，忙向旁边挪了挪身子。房勇忍不住笑了。

自从是否对天石公司和刘天石进行侦查闹别扭后，魏晋便和尹颖互相都有了距离感。这种心存芥蒂的状态二人都很明白，只能靠以后侦查的最终结果才有可能修复，他们都希望尽快以事实和证据说服对方。

魏晋和房勇、尹颖结束在海事局的调查后，驱车回队。房勇开车，魏晋和尹颖坐在后排。尹颖专心致志看调查报告，魏晋问她："怎么样？看出点门道没有？"尹颖皱皱眉说："我已经能背下来了，看不出什么有价值的线索呀！"魏晋伸伸腰道："这个报告虽然很简单，只是记录了死亡人数和沉船的大概情况，但如果仔细分析，还是有很多疑点的。"尹颖抬起头，充满期待地说："那你就快分析分析呗！"魏晋道："比如当时的台风级数只是6级，沉没的区域又是内海，像'青云号'这种质量和吨位的货轮完全有能力避免灭顶之灾。"

尹颖似有所悟："你的意思是有人为的可能性，对吗？"魏晋点点头："还有就是海难发生之后，那个船长失踪的情况也没有详细的记录，我怀疑那个船长就是曾经诬陷我后来被杀的阿东。最重要的一点就是时间，从推算的结果看，船难是发生在彭局出事的当天。由此看来，认为仅仅只是巧合有点说不过去。"尹颖说："我明白了，你是说这背后隐藏着罪恶的勾当和阴谋。"魏晋道："不错，我就是这个意思！"

尹颖面色凝重："如果这几名船员像阿岩一样，是遭人灭口，那就太可怕了！"魏晋若有所思道："也许更可怕的事情还在后面，这背后显然有黑手！"尹颖问："你是说罗北方吧？"魏晋道："也许不仅仅是罗北方，还是那句话，一切靠证据说话。"尹颖明白魏晋所指，不再往深里探究，问道："那你准备下一步怎么办？"魏晋目光坚定地看着前方："寻找遇难船员的亲属，通过他们查明那个失踪的船长是不是阿东，然后由这些线索追查那个名叫朱辉的神秘人物，揭开他的真实面目。只要查出这个朱辉的真实身份，案子就能势如破竹，取得最终的突破！"

二

罗北方很快便发现魏晋又开始了对他的侦查，连忙向高强报告。高强不敢怠慢，告知宗林。因为刘天石把八卦洲密室当作了秘密行宫，整日和梅青寻欢作乐，既不回家也不去公司，宗林和高强只能去那儿向刘天石汇报。

刘天石对宗林和高强来打扰他大为光火，说小小的魏晋你们都对付不了，总经理和保安部长是咋当的！高强说这个魏晋是打不死的小强，拿他没办法啊！刘天石训斥宗林、高强不要什么事都找他，自己屁股上的屎自己擦！

宗林受不住了，壮起胆子，对刘天石说："石哥，有句话不知当说不当说？"刘天石翻翻眼："宗总，你是不是要我把董事长的位置让给你？"宗林笑笑说："冰姐近来状态不是太好，像丢了魂似的。你一直倡导喜新不厌旧，说锅里碗里都是菜，可你不能老是只吃碗里的，不顾锅里啊！"刘天石闻言想发火，但又忍住了，问道："你是怕我后院起火？"高强也开口道："听说都跳海了，这人要是连命都不要了，不定能出啥么蛾子呢！"刘天石挑了挑眉毛。宗林劝道："这碗里的菜总有吃完的时候，锅里的菜才取之不尽。石哥，我这也是随便说说，你要听着不入耳，全当我放了个闷屁。"

刘天石终于难得地听进了宗林的劝告，在这种危机四伏的时候必须稳定后方，不能让后院起火。就像俗话说的攘外先安内，所以他也就很难得地开始在家过夜，对杨冰也不像以前那样淡漠，变得关心和温存起来。

杨冰对刘天石太了解了，对他的突然转变并不相信。在与刘天石十几年的夫妻生活中，她对丈夫总结出一个最大特点，就是会演戏。可以说是具有非凡的表演天赋，每每看到他把各级官员玩弄于股掌之中，对商业竞争对手和公司内部职员恩威并施的游刃有余手段，她又不得不佩服他这方面的高超能力。

这天晚上，刘天石吃过饭看完《新闻联播》带了会儿儿子，便像个模范丈夫早早上了床。他斜倚床头，手捧笔记本电脑浏览。杨冰在旁边检查点点的作业本，眼睛却不时地瞟向刘天石。这时刘天石的手机响起，他看看来电显示的号码，忙放下电脑接听，"嗯嗯"两声后，走出了卧室。

杨冰麻利地拿起刘天石的电脑，偷偷搜索。就在她紧张地搜索电脑上的资料信息时，不大一会儿，门外便传来刘天石的脚步声。杨冰连忙将电脑界面复原，放回原处。刘天石坐到床边，见杨冰有些慌张，疑惑地审视着杨冰。杨冰连忙拉过被子，假装睡觉。

魏晋将侦查罗北方的最新进展向温松华汇报，从师傅遭遇不幸到"青云号"海难阿岩被灭口，甚至三年前枪杀郝达，这些罗北方都脱不了干系。温松华不由得担心起来，他很清楚罗北方的后面是高强，高强的后面就是刘天石。拔起萝卜带出泥，结果是显而易见的。

果然正如他所担心的一样，魏晋接着汇报说他们下一步准备顺着"青云号"这条线进行侦查，只要顺藤摸瓜查出"青云号"的老板，一切也就能迎刃而解了。温松华心乱如麻，但嘴上却肯定了魏晋的侦查工作，指示他就按着这个思路查下去，希望能有所突破。

魏晋对温松华的态度颇感欣慰，终于放下心来。正如他所想的那样，温松华之所以反对他对刘天石进行侦查，还是基于哥们义气和对刘天石身份地位的偏信。只要他拿出事实和证据，他相信最信任的领导兼师兄一定会转变态度，支持他沿着正确的方向走下去。

温松华听取魏晋的汇报后，感觉到事态的严重，于是立刻去见刘天石。刘天石接受宗林的劝告，在回家的同时也开始到公司办公。他正在签发堆积的报表，见温松华走进，忙抬头笑脸相迎："是松华呀！我正要找你，快请坐！"温松华淡淡地问："找我什么事？"刘天石从大班桌后起身，拉着温松华在沙发上坐下。然后说："你那个手下魏晋又在翻陈芝麻烂谷子，这是醉翁之意不在酒，你得管管啊！"温松华突然翻脸，从牙缝里挤出一句话："刘天石，你果然是个人物，是个了不起的人物！"

刘天石怔了怔，马上换上一副笑脸，拿起茶几上的熊猫烟，抽出一根递给温松华："你这是怎么了，发哪门子邪火呀？"温松华一把拨开刘天石的烟，脸罩寒霜："从来还没有人敢做我的活，你竟然挖坑让我跳，算你有种！"刘天石耸耸肩说："我说松华，你打上门来，一顿横炮冷枪，把我都给轰晕了。到底咋回事嘛？"温松华依然是冷冷的语气："你刚才不是说得很清楚了吗？我问你，我师傅的死和你是不是有关系？"刘天石眼珠转了转，反问："松华，你这话是什么意思？"温松华眼一瞪："你少给我装蒜，你应该明白这是什么意思！还有'青云号'货轮上的八条人命，是不是你指使做的？"

刘天石瞬间明白了温松华的来意和怒火，他慢悠悠地点上烟，轻吸一口，然后徐徐吐出："哦，罗北方做事莽撞，我一再交代高强……"温松华勃然大怒，厉声打断："又是你不知情，他们下手太重？好你个刘天石，竟然还敢玩自欺欺人的把戏！罗北方的所作所为，还有那个脑门上长瘩子的束建设，明摆着你就是罪魁祸首！"刘天石依然面露微笑："那还不是人家枪顶到了我的脑门上，我总不能束手待毙吧！"

温松华气得浑身直抖，手指刘天石："你……"刘天石弹弹烟灰，轻描淡写地说："你看你看，你说我不告诉你实情，你帮不了我，我这说实话了吧，你又不相信，奈何？"温松华仰天长叹："没想到我温松华一世清白堂堂正正，竟然一时糊涂，落得如此下场。真是一失足成千古恨啊！"刘天石依然是慢条斯理："松华，你这么说可就谬之千里了。难道我的天石集团就不是事业？你下一步就是海州公安局长，再往后说不定能成为省公安厅的最高首长，甚至会高升到公安部。我和上面的关系你是清楚的，而且我们有雄厚的资本支持你，这不是大话吧？倒也是，你失足成了局长厅长部长，你糊涂得芝麻开花节节高，你落得名利双收的下场，你为得到心爱的女人成千古恨！"温松华颓然跌坐在沙发上，呆呆自语："我是有底线的，不能杀人害命……"

刘天石忽然提高了声音，变得慷慨激昂起来："我不是疯子，更不是嗜血狂。我有几百亿的资产，我有老婆孩子，我和你一样，想做个好人，做个英雄！可是丛林法则永远都将存在，就是弱肉强食，不会依你我和任何人的意志为转移！这就是现实！这就是谁都改变不了的活生生血淋淋的现实！"温松华拿起茶几上的熊猫烟，抽出一支点上火，手直哆嗦，狠狠地吸着。刘天石往温松华身边一挨，语调也温和起来："松华啊，这不是什么大不了的事。经济纠纷，打架斗殴，误伤人命，这事处理起来并不难。对了，还有一点，我可以保证，即使罗北方他们出了事，也不会承认和天石公司有一毛钱关系。"温松华斜斜眼讥讽："你很聪明。"刘天石面不改色："彼此，彼此。"

三

魏晋和房勇、尹颖对"青云号"货轮上遇难的家属进行逐个走访，终于获取了重大线索。一位轮舵手的妻子提供"青云号"发生海难后，船上管事的阿东曾带着船运公司的老板来慰问过，给了补偿金五万元。并让她不要再声张，以免影响船运公司的声誉。后来那个叫阿东的再没见到过，但她和阿东的妻子阿红是船舶修理厂的同事，她发现阿红和那个老板有联系，同时她把阿红的住址告诉了魏晋。

魏晋按照那位遇难者家属提供的地址找到了阿东的家。尹颖摁响门铃，一个长得颇有几分姿色、风韵犹存的少妇探出身子，隔着防盗门问："你们找谁？"尹颖笑脸相迎："请问这是陈东家吗？"少妇用警觉的目光上下打量着尹颖和旁边的魏晋、房勇："你们是……"魏晋从衣兜里掏出警官证，贴在防盗门上让少妇看，然后说："我们是公安局的，想找陈东的家属了解些情况，你就是他爱人李红吧？"少妇微微点点头。

尹颖忙亲切地说："希望你能给予支持！"李红犹豫片刻，低声说："人都死了，还有啥可了解的？"边说边很勉强地打开防盗门。魏晋和房勇、尹颖走进屋，魏晋和颜悦色地说："对不起，打扰你了！"尹颖也很关心的样子："听说你有个可爱的儿子，他还好吧？怎么，儿子不在家？"李红改变了些许态度，脸上露出微笑："谢谢你！儿子去上学了。你们坐，我给你们泡茶！"说着走进厨房。魏晋他们在沙发上坐下，不一会儿李红便把泡好的茶放在他们面前的茶几上。

魏晋欠身道谢，李红在旁边坐下，对魏晋说："有什么事请你们尽管问，只要我知道的，我一定如实相告！"尹颖打开记录本，魏晋问李红："你丈夫陈东以前做过'青云号'货轮的船长对吗？"李红点点头："是的，刚升为船长，船就遇上台风撞到礁石上沉了。他死里逃生回来后就再也不愿上船了，在码头管装卸，没想到后来还是遭到不测，这就是他的命！"魏晋又问道："他在'青云号'期间的情况你是否了解？"

李红摇摇头："不了解，他很少着家，有时候出远海，十天半月都难得回家一次。"魏晋接着问："'青云号'出事后，他有没有跟你谈过有关这方面的事情？"李红说："没有，他从来没在我面前提过这方面的事。不过，船务公司给的补偿还可以。"魏晋快速在笔记本上记下，然后抬起脸："能否请你详细谈谈补偿的情况？"李红说："可以。第一次他们给了二十万，后来又给了两次，一次是十万，一次是十五万。"

魏晋不无惊讶地："这的确不是小数目，船务公司挺够意思的！陈东的这些补偿应该说对你们家庭支持不小哇！"李红愤然道："嘻，别提这事了，一提我就来气！阿东已经死了，本不该再作践他，可他的确太过分，是个没心肝的败家子！死了也是活该，是上天对他的报应！"

魏晋忙体贴关心地问："哦，这到底是怎么回事？"李红道："他这些钱我一毛也没见到，全被他扔进赌窟了！你不知道，阿东是个见了牌局就走不动的赌鬼，只要有了钱，他就没了家！这最后一次他要来的十五万，我求他丢下五万，孩子连牛奶都喝不上，可他愣是一个子都没给，又全输进去了！"魏晋提示李红："阿东输完这些钱后，有没有提起再去要钱？看来他要钱还是挺灵的！"李红点点头："他提起过，说最后再去要一次，要多敲一些来，不给一百万不罢休。他还说要来这些钱再也不赌了，全给儿子留着。我说他是发梦吃，他说他们不敢不给，如果来硬的，他就让他们吃不了兜着走。"

魏晋紧盯着李红："阿东说没说他们为啥不敢不给？"李红摇摇头："没有，还不就是遭遇海难的事！"魏晋有些失望，紧接着又问："那阿东去要钱了吗？"李红撇撇嘴："要个屁，没过几天就出事了，先是说被一个警官杀的，后来又说是冤枉人家的。依我看，他十有八九是被赌博的债主杀的。本来我就对他没什么指望，就是能要来钱，他也还是去赌，狗改不了吃屎的！"

魏晋见李红提到自己，忙岔开话试探着问李红："听说你和阿东的老板挺熟悉是吧？"李红没有丝毫迟疑地脱口而出："你说的是罗北方吧？当然认识！他和阿东是把兄弟，常来我们家，你们是不是要找他？"魏晋喜出望外，忙说："是的，我们也想找他了解些情况！"

李红一提到罗北方，露出激动之情："北方是个好人，比阿东强多了！"声音也变得温柔起来，"阿东死后，这个家里里外外全靠他照应。如果没有北方，我真不知该怎么活下去！"

魏晋和尹颖对视一眼，然后引导李红说："陈东有这么个老板兄弟，真是难得啊！"李红说："其实北方只是个二老板，他们的大老板姓朱。"魏晋问："是叫朱辉吧？"李红点头："对对，就叫朱辉！"魏晋心中兴奋，追问："你认识朱辉吗？"

李红摇头："不认识，我从来没见过他。"魏晋有些失望。李红接着说："如果你们要找他了解情况，我可以让北方帮你们引见。"说罢欲拿电话机，魏晋赶紧阻止李红："这事就不麻烦你了，我们直接去找罗总，我们跟他很熟悉！"李红说："那好，阿波罗可是海州有名的企业，北方常跟我聊起他们的辉煌业绩！"

魏晋向房勇、尹颖使个眼色，然后站起身对李红说："谢谢你李红，给我们介绍了这么多情况，我们就不打扰了！"李红很热情地说："没关系，以后有什么需要找我了解的尽管来，我现在也不上班，基本都在家！"魏晋再次表示谢意，然后和房勇、尹颖告辞李红出门。

四

夕阳西下，温松华在见过刘天石之后，无精打采心事重重地回到家里。

柳云正在做晚饭，自从她和温松华的关系确定之后，她就成了这个家未公开的主妇。温松华进屋后往沙发上一仰，公文包随便往旁边一扔，便闷着头抽起烟来。柳云发觉有些不对劲，便关切地问温松华怎么了。温松华有气无力地哼了一句："杀人了。"柳云吓了一跳，忙问谁杀人了。温松华牙缝里迸出"刘天石"三个字，柳云面露惊惧，瞪着温松华："你说刘天石杀了人？"

温松华捂着脑门长吁短叹。柳云惊疑地说："你是不是搞错了，刘总怎么可能去干杀人害命的事！"温松华摇头道："你根本就不了解他，你以为天石大厦能轻轻松松盖起来啊！"柳云有所省悟，在温松华身边坐下，拥住他的肩膀，满脸悲伤地说："松华，对不起……我知道你是个正直、正派、重情重义的人，为了我，你付出太多太多了。这是以你的前程和人格为代价的啊！"说着禁不住泪眼婆娑。

其实，柳云从一开始与天石公司合作就隐隐有了一种不安的感觉，她能察觉到刘天石不惜付出全是因为温松华，虽然他们是发小哥们，但在商言商，赢利赚钱才是先决条件。而养着越剧团，明摆着是个只赔不赚的无底洞。她担心刘天石是醉翁之意不在酒，是对温松华有所图，可是为了越剧团的生存尤其是她背负的巨额债务，她没有别的选择，不得不依靠刘天石。苦果是自己种下的，因此她才对温松华总有深深的歉疚。但现在弥补显然来不及了，以后究竟该怎么办，她也是无奈又彷徨。

这时温松华叹了口气，说道："凡事都是有代价的呀！"柳云一把抓住温松华："要不我们把欠刘天石的钱都还了，股份我也退给他。只要能和你安安稳稳地过日子，我什么都不要！"温松华苦笑道："还？能还得清吗？"柳云发愣，眼里露出绝望。温松华幽幽道："现在说什么都晚了。"柳云着急："那我们该怎么办啊？"温松华茫然地抚摸着柳云的秀发，陷入沉思。

柳云似乎下了决心，忽然变得坚定起来，对温松华说："松华，我这就向刘天石提出辞职，咱不能蹚这个浑水！"温松华摇摇头说："柳云，我问你一个问题。"柳云目光中透出疑惑，温松华道："你说，在一个亮着红灯的十字路口，你开的车闯过警示线，你该怎么办？"柳云想了想回答："当然是停车，或者倒回去。"

温松华道："停车，后面的车会催促你不得不朝着也许和既定方向背道而驰的方向开去；倒车？如果你还只是在绿灯变红灯的瞬间过的线，这时候其实你只要停住不动，就没事儿。但是如果你倒回去的话，即便排除你可能会和后车相撞的危险不说，这张罚单你是收定了！你，明白吗？"

柳云体味着温松华的话，若有所悟地说："那关键是我并不知道那是红灯啊！"温松华意味深长地说："交警会听你的解释吗？你违规的事实已经构成。"柳云咬着牙道："那也是在刘天石的引诱和蛊惑下我们才闯了红灯。"温松华摇头："关键是很多人也是和你一样在不知情的情况下闯了红灯的啊！如果退回去就能免除罪责，谁不愿意呢？"柳云仰起脸："你的意思是说刘天石他们当初也是在不知不觉中偏离了方向的？"温松华点点头："是的，没有谁愿意往邪道上走啊！"

柳云喃喃道："那就只有一条道走到黑了？"温松华满脸惆怅地望着窗口："谁不想回头呢？可是回头不是岸啊！你知道吗？上了这条船，往前开兴许还能有个希望，往下跳，那是必死无疑！"柳云紧张地双手抱臂，痛苦地闭上了眼睛，她明白，温松华所言，的确就是他们要面临的严酷现实，没有别的路可走。

此时的刘家，也在进行着一场不见刀光剑影却是殊死的较量。杨冰走出浴室，边用浴巾擦着湿淋淋的秀发边走到床边坐下，刘天石定定地注视着杨冰。杨冰有些心虚地避开刘天石的目光，拿起遥控器，打开电视机。

刘天石夺过遥控器，将电视关上，杨冰有些恼恼地瞪着刘天石。刘天石从公文包里取出自己的手提电脑，往杨冰面前一放，说，你好像对这个更有兴趣。杨冰一怔，说她不明白刘天石在说什么。刘天石示意杨冰打开电脑，杨冰似乎隐隐感到了不妙，说话时已经有些发颤："我……我从不窥探别人的隐私……"

刘天石以命令的口吻："打开它！"杨冰一哆嗦，只得乖乖打开电脑。刘天石提示说："密码是你的生日。"杨冰犹豫了一下，还是输入了。刘天石又提示："搜索天石公司股份分配文件夹。"杨冰搜索，刘天石扫视电脑屏幕："可能这是你没查到的秘密，好好看一看吧！"杨冰眼睛慢慢瞪大："你给了我百分之十的股份？"刘天石轻描淡写地说："你本来就是天石公司的第二大股东，是名副其实的老板娘。"杨冰惊讶得有些手足无措。刘天石接着说："妻子和丈夫之间不应该有秘密，更不应该有阴谋。从公司的角度来说，也是我应该防着你，而不是你防着我。"

杨冰一时无语，默默发呆。刘天石搂住杨冰："其实，公司发展壮大，你是最大的受益者。没有了天石公司，你我什么都不是。你还想回到从前，去推销白酒？"杨冰如遭电击，浑身猛地一抖。

刘天石声音变得温柔："告诉我，你有没有把公司的秘密泄露给别的人？"杨冰喃喃："我对钟记者说了……"刘天石警觉："哪个钟记者？"杨冰拿出名片交给刘天石："她叫钟慧敏，是法制报驻海州记者站的。"刘天石看着名片，嘴角抽搐："她不是记者，她是省公安厅专案组的。你这个傻娘们！"杨冰吓一跳，喏嚅着说："我只是跟她说了，并没把东西给她，算不得真凭实据的。"刘天石翻翻眼："那我得谢谢你，没把我全卖了。"杨冰已经彻底崩溃。

天石大厦董事长室里，刘天石站在巨大的全景落地窗前，凝立不动。早晨的阳光透过玻璃窗在他冷峭的脸颊上变幻闪烁。宗林急匆匆从门外走进，在刘天石旁边站定，向刘天石报告说："石哥，魏晋他们在查'青云号'，已经查到了阿岩和阿东，现在正调查遇难船工的家属呢。"刘天石悠悠道："这个魏晋，是个好刑警啊！不愧是彭光武带出来的徒弟，我倒真有点佩服他了。"宗林不无担心地说："就怕他顺藤摸瓜，那麻烦可就大了。"刘天石举重若轻地道："大鱼都入网了，小虾还能翻起多大的浪花。"边说边缓缓转过身来，示意宗林坐。

二人在沙发上坐下，刘天石扔给宗林香烟，宗林忙欠身先给刘天石点上。刘天石问："温松华是什么反应？"宗林拿着烟没抽，在手上摆弄着，回答刘天石说："他只能同意魏晋查下去，如何解决这个麻烦，目前还得靠咱们。"

刘天石深深地抽口烟："要稳住温松华，不能让他消极产生负能量。罗北方不会出什么问题吧？"宗林回答说："强子已经敲打他了，应该不会出问题，他是几进宫的老手，能对付得了魏晋。"

刘天石吐出几个烟圈："省公安厅来的人也没闲着，他们竟然把魔爪伸向了阿冰。"宗林吃惊道："果然是乘虚而入啊！"刘天石道："阿冰这个白痴就着了他们的道，幸亏我发现得早，没把我全卖了。"

宗林舒了口气："大哥你要接受教训，防止再次出现不和谐的音符。这女人啊，你可以打她骂她，但绝不能轻视她。"刘天石显然不想继续这个让他跌份的话题，岔开话说："你现在要把精力集中到自贸港上，这才是我们抵御洪水猛兽的根本！只要自贸港这条大船起航，我们就能乘风破浪。至于魏晋和省公安厅专案组，我来对付他们！"

第十三章　风吹草动

一

　　刘天石略施小计便拉回了杨冰，他下一个目标便是尹颖了。从来没过过结婚纪念日的刘天石，似乎要弥补自己的过错，突然要和杨冰过结婚纪念日。这让杨冰有些意外，同时也很感动。刘天石特别交代杨冰，要通知尹颖过来，一起热闹热闹。

　　刘家别墅，宽敞的餐厅里，布置得温馨而又浪漫。餐台上摆着明晃晃的红蜡烛，杨冰将菜盘摆满了餐桌。刘天石从厨房里走出，解下腰间的围裙，从壁橱里取出两瓶红酒，对杨冰说："这是你和小颖最喜欢喝的法国干红，高级美容品，我可是存了十几年没舍得喝哩！"

　　杨冰显然已再次被刘天石征服，想想也是，古代的皇帝还有三宫六院呢。一夫一妻制也是解放后才实行的，这有本事的男人好像就应该多找几个女人，你看那些有权有钱的，哪个不养小三啊！只要红旗不倒，就让他去彩旗飘飘吧！

　　刘天石拥着杨冰的肩膀，把她推到餐桌首席位子上："今天你要坐主位，正儿八经当一回书记！"尹颖一阵风似的卷进来："那我就是纪检组长，专帮冰姐监督着你！"刘天石和杨冰都怔了怔，然后忍不住笑起来。尹颖把一大束花扔到杨冰怀里，扑到餐桌前拿起筷子就夹菜，边吃边大呼小叫："哇塞！全都是我爱吃的菜，好长时间没这口福了，知我者杨书记也！"

杨冰哭笑不得，用筷子敲敲尹颖的手背，嗔了她一眼："看你个馋猫样！今天这菜可都是你大哥亲自下厨为你做的！"尹颖做出感动的样子："是吗？谢谢石哥，小妹这厢有礼了！"说着屈膝作揖。刘天石拉长音调："公安局宿舍不是好住的吧？食堂的菜也不是那么好吃的吧？"尹颖频频点头："是啊是啊，天天老三篇，以后我要常回来品尝石哥的美味佳肴！"刘天石调侃："那好，你要是不回来，我这手艺非荒废不可！"杨冰和尹颖都欢快地笑了起来。

尹颖拿起酒瓶："也该我服务服务了！"她看了看标签，"哟，1924年出产，快一百年了，好酒！好酒！"说着为杨冰和刘天石斟酒，然后倒满自己的杯。随后放下酒瓶，双手举起酒杯，郑重地说："我先用这百年佳酿敬哥和姐一杯，祝你们百年和好，白头到老！"刘天石笑吟吟道："也祝我们的颖妹妹早日找到如意郎君！"尹颖喝完酒用纸巾揩揩嘴，对刘天石和杨冰扮个鬼脸："今天是你们的结婚纪念日，你们是不是要互敬一杯？"刘天石和杨冰很爽快地碰杯干了。

尹颖又端起酒杯，举向刘天石："石哥，我今天要好好敬您一杯。"她面容变得庄重，"没有你石哥，就没有我的今天，我就不说什么知恩图报的话了，但我向你保证，我不会辜负你为我所做的一切！"刘天石连连摆手："小颖，你说什么呢！为你做再多的事还不是应该的吗？谁叫你是我妹妹呢？"尹颖满怀深情地说："石哥，从上学到去公安局，都是你操办的，以前我只有相依为命的父母，现在又多了一个哥哥，我为自己感到庆幸！哥，我从没向你说过一句感谢的话，就因为我早已把你当成了一家人！这酒里不是感激所能容纳的，它是亲情，是血浓于水的亲情，你一定要干了！"

刘天石动容，连忙起身，对杨冰说："阿冰，你也起来，咱们喝杯团圆酒！"三人共同举杯，一饮而尽。刘天石为尹颖和杨冰夹菜，笑着说："咱们换个轻松点的话题吧！小颖，谈谈你在刑警队的收获。听松华讲，你们办的大案已经有了进展是吗？"尹颖喝酒后，精神显得很亢奋："是啊，刑侦工作真是既紧张又刺激，而且有无穷的乐趣，尤其是侦查案件，让你在迷宫里寻找出路。我们的头儿魏晋队长，不愧是侦查能手，跟着他的确受益匪浅，收获多多啊！"刘天石饶有兴致地说："那你给我们介绍介绍，也让我们长长见识！"尹颖神秘地眨眨眼："这个案子很不一般，有多人死于非命，年前遭遇不幸的彭局长，也很有可能是被谋杀的！"刘天石聚精会神地听着，杨冰低着头黯然不语。

尹颖接着说："我们首先从那条'青云号'船入手，查出这条船是菲律宾大港船务代理公司设在海州办事处的，结果后来查明，这个大港公司早就不存在了。那个办事处也是虚的，更离奇的是那个主任朱辉竟然是化名。就在我们山穷水尽疑无路时，奇迹出现了。我们查到了'青云号'上遇难的死者家属，然后通过她们查到了那个生还者阿东！"

刘天石脸颊微微抽动了一下。尹颖："可阿东不久前莫名其妙被人杀害了，还把凶手罪名安到了魏晋头上，好在省厅来的法医专家重新复查鉴定，否定了魏晋是凶手的结论。据分析，杀害阿东的真正凶手很可能也是这些案子的幕后主谋。你们知道这个人是谁吗？"刘天石目光里掠过一丝惊惶，马上又做出兴味盎然的专注神态。

尹颖顿了顿，突然说："就是那个罗北方！"刘天石闻言吃惊不已。尹颖身子向刘天石倾了倾，问道："对了，哥，我正想问问你，你和那个罗北方熟悉吗？"刘天石不由得怔住，杨冰有些紧张地看着刘天石。

刘天石故作认真的样子凝神思考片刻，慢慢摇头说："你说的这个人我没什么印象，不太了解。"尹颖道："哥，据我们调查，罗北方和高强关系密切。我不得不提醒你，如果高强真的有问题，你可不能讲哥们义气袒护部下，要支持我们的工作呀！"

刘天石不无尴尬地笑笑："阿冰你看，小颖把侦查工作都做到家里来了！"说着做出态度鲜明的样子，"小颖你放心，如果高强真的犯老毛病和那些不三不四的人搅和在一起，我会亲手把他铐上交给你。"尹颖叹口气："哥你不知道，就因为高强，魏晋都怀疑天石公司和你有问题了。你可不能因为一颗老鼠屎坏了一锅汤，让我和魏晋差点为这事闹掰了。"刘天石连忙问："怎么小颖，你和魏晋好上了？"尹颖有些不好意思地点点头："是的，我们已经确立了恋爱关系。"

杨冰很清楚刘天石已经将魏晋作为对手，欲除之而后快，尹颖和他结合显然会带来不堪后果。忍不住劝尹颖："小颖，你还是应该多了解了解魏晋，这婚恋大事可要慎重啊！"尹颖说："我们几乎天天在一起，对他够了解了。说实话，他是我见到的最优秀的男人，信念坚定，一身正气，有勇有谋，侠肝义胆，和石哥很像呢！"说着转向刘天石，"哥，你对他也很了解，你说我说得对不对？"

刘天石马上应和："小颖说得不错，魏晋这小子的确是个出色的男子汉。文武兼备不说，还是个有着侠骨柔肠可以托付终身之人，我和小颖是英雄所见略同！"尹颖高兴："应该说我们是慧眼识英雄！我这辈子就认定他了！"

杨冰没料到刘天石会持支持态度，但作为女人，她敏感地意识到，尹颖这么做，以后会掉进坑里无法自拔。无论是面对魏晋还是刘天石，她都必须做出最终的选择，很有可能会毁了自己的一生。于是继续劝导尹颖："我说小颖，你要小心被假象迷惑，很多女孩就是像你这样被一时的感情冲动烧昏了头上当受骗的。魏晋这个人我了解，性格怪僻，孤傲清高，大男子主义特别严重。做同事可以，结为终身伴侣不合适。你最好理智一些，这可是你一生最重要的选择，马虎不得！"

刘天石瞪杨冰一眼："这种感情上的事，咱们最好别掺和，鞋子舒服不舒服，只有脚知道。小颖又不是小孩子了，别忘了人家是刑警，不说火眼金睛，最起码的鉴别力还是有的。"杨冰叹口气，低声嘟囔："是啊，这事谁也管不了，只要你以后别后悔就行，反正我这个当姐的已经提醒过你了！"尹颖抬腕看表，对刘天石、杨冰做个鬼脸，笑嘻嘻道："我酒足饭饱，该开路了，给你们二位也留点空间，我明天一大早还要去和那个罗北方战斗呢！"说罢，一阵风似的卷出门去。

刘天石看着尹颖的身影在门口消失，神色变得严峻，杨冰也显出心事重重的样子。刘天石猛地站起，在餐桌旁转圈子。杨冰眉头微皱，低声说："事情不容乐观，这样下去会出大麻烦的！"她显然已经把自己当作了天石公司的主人，放弃了不"参政"的初衷，开始为刘天石出谋划策。

刘天石点上香烟，狠狠吸了一大口，沉声道："没想到这个魏晋动作这么快！温松华只顾着和柳云黏糊，竟然一点口风也没向我透露！"杨冰冷静地分析道："魏晋有可能根本就没向温松华汇报案侦进展情况。石哥，我看这事情有些复杂了！"刘天石停住脚步，睁大双眼注视着杨冰问："你是什么意思？"

杨冰不紧不慢地说："这有两种可能：一种可能是魏晋在没弄清楚情况之前，不打算向温松华汇报。还有一种可能，是他根本就不准备向温松华汇报。换言之，就是魏晋对温松华不敢完全信任或有所顾虑。"刘天石凝眉思索，然后说："前一种可能性比较大，后一种可能性不应该成立。魏晋对温松华向来是忠心耿耿、无话不谈的！"

杨冰嘴角披一丝淡淡的忧郁："我看未必，人都是在变的，昨天的敌人会成为今天的朋友，而今天的朋友，明天就有可能成为你死我活的对手。对于我们来说是利益决定一切，但对有的人来说，信仰却是高于利益的。魏晋和温松华、尹颖就是否调查天石公司发生争执已经说明了一切。"

刘天石不由得对这个他一直认为只能照顾家人料理家务的平庸女人刮目相看了，难怪人说麻将打得精的人都能当总理。杨冰见刘天石听得认真，愈加有了积极性，继续意味深长地说："对魏晋你只是了解表面，并没有深入到他的内心世界。女人对男人是最敏感的，我可以肯定地告诉你，他和我们不是一路人，这也是我极力反对尹颖和他在一起的真正原因！"刘天石摇了摇头。

杨冰目光灼灼地凝视刘天石，加重语气："当然，我清楚你的用意。可你想过没有，如果尹颖拉不过来他，反而他把尹颖拉了过去，又该怎么办？"刘天石弹弹烟灰，鼻子一哼说："拉不过来就打嘛！你也别把问题看得太严重太悲观了，魏晋没那么可怕。再说了，不论发生什么情况，我都坚信小颖会和我们站在一起，她不会出卖我。你要相信小颖，相信自己！"杨冰幽幽道："我说石哥，对魏晋这个人你万万不能掉以轻心。他绝对是个危险人物，而且是个非同一般的对手，他的所作所为已经证明了这一点！"刘天石把烟头摁在烟灰缸里，用力拧了拧，有些不耐烦地耸耸眉："别老提魏晋了，我们目前最要紧的是解决罗北方的问题！"说罢，拿起手机拨打电话。

二

温松华仰靠在办公桌后的椅子上，凝眉沉思。敲门声响起，温松华惊醒，对着外面道："请进！是晋子吧？"魏晋在门外嚷嚷："你锁着门，让我怎么进去？"温松华这才醒过神来，忙起身走到门后，打开插销。魏晋推门走进："温支，不对，应该喊温局了。我这老改不过来口，你多包涵啊！哎，我说你大白天锁什么门，不会是金屋藏娇吧？"边说边故作神秘的样子巡视办公室四周。温松华皱眉："你少油腔滑调，这是八小时之内，是在办公室，你要懂得上下有别！"魏晋赶忙点头哈腰："你批评得对，一到你这儿，我就像到了自己的家，觉得特别放松！"

温松华脸上表情有些复杂，声音变得温柔："晋子，坐吧！随便坐！"魏晋在温松华对面坐下，感慨道："这些天我想得最多的就是以前和你和师傅在一起的日子，多让人留恋呀！咱们风里来雨里去，并肩侦查破案，让犯罪分子闻风丧胆，真是过瘾啊！"温松华神情有些恍惚。魏晋接着说："其实我心里很明白，我是浪得虚名，没有你和师傅传帮带，我啥也不是！师傅如果还能活着，该有多好啊！"温松华眉峰颤了颤："英雄不提当年勇，还是说说现在吧！"他神情变得肃然，"你这几天都取得了哪些收获？"魏晋笑笑："你这一严肃，我满肚子的话都吓跑了，你说麻烦不麻烦？"

温松华瞪魏晋一眼："你小子少给我拿搪！"说着拉开抽屉，取出一包熊猫烟扔给魏晋，"给你这个，吓跑的话又回来了吧？"魏晋乐得直点头，边撕烟盒边说："当然当然，这一包大熊猫就是我三天的生活费！温局，这又是你从刘天石那儿骗来的吧？"温松华脸寒了寒，皱着眉："你狗嘴里到底能不能吐出人话来？我让你来可不是听你闲扯淡的！"他加重语气，话里有话，"听明白了没有，我的大案队长同志，你这个小鬼少在阎王面前耍大刀！"魏晋赶紧点头："哦，明白了，明白了！"

他点上烟抽了一口，很香的样子咂咂嘴，然后正儿八经地坐直身子，从公文包里掏出笔记本，摆出认真汇报的姿势。温松华也从抽屉里拿出纸和笔，神情庄重地做出倾听和记录之态。

魏晋汇报了从"青云号"遇难者家属查到阿东，从阿东妻子李红查到罗北方的详细情况，然后说："大致情况就是这些，本来我应该早点向你汇报的，只是想弄出个眉目来再……"温松华截住魏晋的话："再来逼宫，让我拍板对不对？"魏晋笑了："不是不是，温局你误会了，我是怕没有线索和证据你又会训我瞎搅和！"温松华用手指点点魏晋："你这小子，是越来越鬼了！"魏晋忙说："不敢不敢。我让尹颖还写了个详细的侦查报告，下午就可以送你审阅！"

温松华正正身子："嗯，干得不错，你这个大案队长还算合格。"魏晋对温松华躬躬身："多靠温局栽培，强将手下无弱兵嘛！"温松华乜起眼角："这不是你的心里话吧？其实我很清楚，你这些天对我是有怨气的，说不定现在还在心里骂我哩！"魏晋赶紧表白："没有没有，真的没有！怨气是有些，现在已经明白那是没有大局意识，早跑爪哇国去了！"温松华轻轻吁了口气："晋子，当这个领导难啊！只要你能理解，我也就放心了！"魏晋点点头："温局，你看我们下一步该怎么进行？"温松华脸一板："你看，夸你两句，又卖起乖来！你心里早就打好了小九九，还给我来这一套！告诉你，我可不领你这个情！"魏晋不好意思地嘿嘿直笑。

温松华面孔陡地冷峻，语调也郑重其事："从你们侦查的情况分析，这是个不同一般的连环大案，要加大力度，争取有个大的收获。我在这里先向你表个态，需要什么，我给你什么。人、财、物，你尽管开口。"魏晋高兴得眉飞色舞。温松华又说："但有一条，你可不能再搞个人英雄主义，要把侦破的情况随时向我报告，明白吗？"魏晋脸上的笑容渐渐凝固，模式化地回答："是，温局。我一定树立全局观念，依靠组织，依靠大家的智慧和力量，不获全胜，决不收兵。"

温松华往椅背上一靠："说说你的打算吧，可不准有保留哟！"魏晋道："从侦查的情况看，罗北方的犯案嫌疑基本可以认定。现在虽然还不能完全断定这是不是一个有着严密组织的涉黑犯罪集团，但种种迹象表明，它不是三两个人就能完成的有着周密计划和预谋的个体犯罪。罗北方在其中无疑扮演着重要角色，师傅的被害、灭口阿岩和阿东都与他有关联，而且'青云号'货轮遭遇海难，八名船员死于非命，也很有可能是人为的事故，目的就是灭口，罗北方不是主谋也是执行者。所以，目前我们应当把罗北方作为主攻目标，只要拿下他，就有了突破全案的口子，其他的问题也就迎刃而解了。"温松华问："你准备用什么办法突破罗北方？"魏晋道："罗北方看得出是个'老运动员'了，不掐住他的七寸，他是不会轻易就范的。这个七寸就是他无法抵赖的证据和他不能自圆其说的事实。这是我目前迫切需要解决的，我自信只要再努力一把，很快就能实现！"

温松华眉峰抖了抖，不放心地说："晋子，我可要提醒你一句，千万不能硬来，刑讯逼供是会出大问题的。"魏晋笑了："我的温局，那你就太小看你的老部下了。我从来都不玩这种小儿科的把戏，这有辱我的智商！没有点真功夫，我就枉为你的大案队长了，想当年……"温松华点点魏晋："看看，一给你戴高帽，你就上天了。别在这自吹自擂玩虚的，快说说你有什么真把戏？"

魏晋往温松华面前凑凑身子，压低嗓门："罗北方暴露出的疑点太多了，说他浑身是毛一点都不为过！查朱辉、查青云号事件、查灭口阿岩，随便哪一条，我都能查出问题来。尤其是谋杀阿东的事儿，更能掐住他的死穴。你还记得当初我为了查出阿东躲藏的地儿使用的那个灰色眼线吗？他叫刘勇，后来肯定是受到胁迫或是被收买给我设了个请君入瓮的局，把杀阿东的罪名安到我头上。我只要找到刘勇，很快就能弄出个眉目来给你看！"温松华以赞赏的口吻道："很好，就照着这个路子查下去。我预祝你成功，但你自己也要注意安全啊！"魏晋精神百倍地站起身："温局，我终于又找到了以前的感觉。师傅若地下有知，也一定会感谢你的！"说罢，转身兴冲冲地走出门。温松华目送魏晋消失在门口，眼神变得阴郁起来。

三

刘天石接到温松华的通风报信后，迅速安排高强灭火，高强赶忙在酒吧约见罗北方。高强仰靠在高背椅上，黑着脸一言不发。罗北方忍耐不住，惴惴不安地问："哥，你有什么打算？"高强摇晃着高脚酒杯，眼一横罗北方："你能保证那个李红不会出问题？"罗北方脸一紧，往高强跟前凑了凑："她不会有什么问题，嘴很严实。再说她也不了解多少情况，你不必放在心上！"高强奚落：

"可她现在是你的相好，无话不谈哩！"他突然加重语气，"你和她一个枕头睡觉时，就一点口风也没露？"

罗北方信誓旦旦地说："强哥你放心，这些我还是能把握的，绝对不会吸着女人的奶子就没了自己的脑子！"高强点点头："你是个老江湖了，我想应该有最起码的自我保护意识。女人自古就是他妈的红颜祸水，玩玩可以，千万不能来真的，明白不？"罗北方讨好地说："哥，你这话真是至理名言，我也是久经沙场了，不会被石榴裙裹晕头的！"高强嘴一撇："你也没有那个胆向李红说多了，让她知道你是杀夫的仇人，那你他妈就惨了！"罗北方连连点头："正是！正是这个理儿，所以请强哥放心！"

高强点上雪茄："不说这个了，你好自为之吧！我问你，你准备咋对付魏晋？"罗北方苦着脸："妈的，这个魏晋是我遇到的最难对付的警察。我这心里还真没底。"高强注视着罗北方，面露冷峻，半晌无语。罗北方慌了，赶紧表白："强哥，尽管这个魏晋很厉害，我以前不也是巧妙应对，没让他从我这儿讨到半点便宜吗？"高强摆摆手中的雪茄："过去的事情就不用提了，我现在最关心的是以后。"

罗北方脸皱成了干核桃。高强瞪着罗北方，催促："说呀，你准备如何对付魏晋？"罗北方愁眉苦脸地："这……这……"高强摇晃着二郎腿，拉长音调："成也萧何败也萧何。你应当清楚，你这儿是最后一个关卡，要是让魏晋过了，大家全稀里哗啦完蛋！要是魏晋过不了，咱们就都相安无事！你说吧，你应该怎么办？"罗北方面露惊恐，紧张得结结巴巴："强……强哥，你……你放心，我……我决不会向魏晋屈服。这也是关系到我自己身家性命的事，我咋会去干损人又害己的蠢事？哥，我一向对你忠心耿耿，凡是你交代的事情，我都是不折不扣地完成。你可不能……不能……"边说边可怜巴巴地看高强。

高强见罗北方战战兢兢的样子，一拍椅子扶手豪气冲天地道："我高强是什么样的人你还不清楚？不会做那种卸磨杀驴的没屁眼小人！你的把兄弟阿东，我对他够意思吧？怪只怪他贪心不足！如果信不过你骡子，我还会亲自跑来找你？只要我动动小指头，你就和阿东相会去了！别你妈的电影电视剧看多了，净往歪里想，还是正儿八经琢磨琢磨怎么对付魏晋吧！"

罗北方顺势眨着斜眼诌媚："那是那是，你强哥的为人是誉满海州，不仅有侠义之风，而且有言必行必果的口碑。你可是人中豪杰，是义薄云天的大丈夫！对你来说，和魏晋过招，肯定是小菜一碟，早已成竹在胸！我说得没错吧强哥？"高强吸着烟，挺挺胸："你小子眼虽然斜了点，但还算没看走样！魏晋算个屁，我高强歪歪嘴，在海州就没有他的立足之地！别说他一个小小的队长，就是公安局也在我的掌控之中，让他什么时候下岗他就得下岗，弹指一挥间的事！"

罗北方顺着高强的话猛拍马屁："那当然，你强哥在海州要风得风要雨有雨，上至市长下至三教九流，哪路神仙也得买你的账。他魏晋太岁头上动土，真是不想好了！"然后话一转，"强哥，现在魏晋毕竟还在位子上，他来查我，我又不能硬顶，你看怎么办才好呢？"高强故作深沉地想了想，拉长音调："我们还是先礼后兵，给他魏晋点面子，先不给他来硬的，能蒙过去尽量蒙过去，实在被逼到了墙角，就给他打哈哈或是装聋作哑给他来个一问三不知。他手里没证据，能把你怎么样？"

罗北方有些失望，撇撇嘴说："你讲的这些法子我都会做，可我现在最头疼的是不知道魏晋究竟掌握了我们哪些东西，万一他手里有要命的证据或是查出了什么漏洞，我能蒙混过去吗？"高强有些恼了，用指间的雪茄点着罗北方："你他妈别在这自己吓自己，有证据他早送你去吃八大两了！漏洞？你说的漏洞不就是杀了阿东的事吗？这要靠你去堵，你总不至于让我去给你舔屁眼吧？"罗北方苦着脸，眼斜到耳根。

高强从怀里抽出一个鼓鼓的纸包，往罗北方面前一摔："据内部消息，魏晋可能要拿刘勇开刀，必须摆平他。这是十万块钱，你先用着，要把所有的隐患都给我抹平，不够再跟我说，听明白了没有？"罗北方抓起纸包塞进怀里，鸡啄碎米般点着头："明白了强哥，我一定守住阵地，击败魏晋！有你在后面撑腰，我谁也不怕！"

四

魏晋召集大案队开会，按照既定侦查计划布置行动方案。他先是传达了温松华副局长的指示，要旗帜鲜明地排除一切阻力把案子办下去，希望队员们不辜负领导的信任和期望，把这个案子办好办扎实了。接着进行分工，尹颖继续负责跟踪李红，既要跟住她，又不能让她有丝毫察觉，争取尽快弄清李红和罗北方的关系。同时要保证李红的安全，如果遇到解决不了的问题或是危急情况，要迅速报告。房勇负责监视罗北方，他是侦破全案的关键，不能有丝毫的懈怠。

天羿夜总会的地下毒吧小隔间里，刘勇正躺在沙发上吸食毒品。门"哐"地开了，刘勇大惊，手一抖，白粉撒在地上。罗北方一步跨进，刘勇直愣愣地看着罗北方，罗北方转动着白多黑少的眼珠巡视着四周。刘勇回过神来，愠恼地埋怨："你他妈招呼不打就闯进来，把我的宝贝疙瘩全弄没了，你这不是要我的命吗？"罗北方眼一睁："怎么？是不是腰包鼓了就忘了哥啦？"

刘勇立即换上笑脸，忙不迭地拉罗北方坐下，讨好地说："哥，是不是又有活儿要小弟去干？最近手头吃紧，还望哥多多关照！"罗北方慢条斯理道："不用干活还给你银子，你愿意不愿意？"刘勇涎着脸："哥你别逗我了，哪有无功受禄的理儿。要我干啥你尽管说，绝对比上次弄死那个阿东还利索！"罗北方从兜里掏出一个纸袋拍在刘勇面前："你小子不干事花我的钱还少吗？哥就知道你没银子了才来看你的，拿去吧！"

刘勇怔了怔，疑疑惑惑："哥，你不会是在调戏我吧？"罗北方斜眼一瞪："你真不拿，我可就收回来了。"刘勇赶忙一把抓住纸袋，从里面抽出两打百元票子，嘴登时乐歪了："哥哎，不不，你是我亲爷，以后我一定好好孝敬你！"罗北方道："你他妈别净玩虚的，考验你的时候到了。最近条子有可能要复查阿东遇害的事，你嘴要把严实了！该说的说，不该说的别大嘴巴，明白不？"刘勇恍然，罗北方盯着刘勇。

刘勇拍拍胸脯表决心："他们来复查，无非就是把以前的话再重复一遍，没什么大不了的！哥你放心，我这嘴巴是最牢靠的，不管他们咋问，也就是多费两口唾沫，老调重弹而已！"罗北方道："你知道来调查的是谁吗？就是魏晋！"刘勇一惊。罗北方道："怎么？怕啦？"刘勇硬着头皮说："噢，是魏晋呀！上次我就把他摆布得五迷三道了，这次也休想从我这儿讨半分巧。反正案子已经过去这么长时间了，他还能把我怎么着？弄不好老子就给他个灰头土脸，让他尝尝我刘大爷的厉害！"

罗北方笑了，拍拍刘勇的肩膀道："你老弟是出了名的双面间谍。对付条子应该是经验丰富，技艺超群了，我对你放心！"刘勇很自豪地大笑，然后从兜里掏出一包白粉："哥，来，分享分享！"罗北方推开刘勇的手："你自己用吧，我还有点事。"刘勇嘻嘻笑着说："哥，我知道你不好这一口，好的是长头毛，那就两便，两便！"

罗北方走出毒吧，并没有发现伪装成吸毒客的房勇正跟踪监视着他的一举一动。

果然正如魏晋所料，罗北方和李红已发展成情人关系。罗北方离开毒吧后便来到了李红家，他哼着小调走进门。李红问他："怎么今天这么高兴，遇到什么喜事了？"罗北方睁大白多黑少的眼球："你猜？"李红思忖着："升官了？"罗北方摇摇头。李红说："那就一定是发财了！"罗北方白眼珠一碰："也思（Yes）！"说着从怀里抽出鼓鼓的纸包往李红手里一塞，李红眨眨眼："这是什么？"罗北方拍拍李红的手背："你跟我这么久了，也没表示什么心意，收起来吧！"李红打开纸包，齐展展的八沓百元钞票，她眉眼含笑："那好，这钱我先给你存着，不会乱花的！"罗北方嗔怪："你看你，咱们现在是一家人了，还分什么你的我的！跟着我，以后还愁没银子吗？"

李红感动，泪水溢满眼眶，柔声说："阿东有你十分之一的好，我也就满足了……"罗北方伸臂把李红揽在怀里："提他干啥，有我在，你以后就等着亨福吧！"李红抬起脸，动情地凝视罗北方。罗北方伏下身，热吻李红，李红在罗北方怀里轻轻扭动。罗北方一把抱起李红，走进卧室。云雨一番后，罗北方倚在床头，十分惬意地品着烟。

李红一条胳膊钩着罗北方的脖子问："对了，北方，那个姓魏的警官找你了没有？"罗北方随口说："找了，妈的，这个魏晋一天到晚找我的麻烦！"李红诧愕："怎么了？他整你了，为什么？我看他们挺好的！"罗北方翻身坐起："你不说这事我倒差点忘了！小红，你可千万别被他们迷惑了，这些个警察没安什么好心，他们是在调查船务公司的事，弄不好会要回阿东的补偿金！"李红瞪大眼睛："啥？这给过的钱怎么能再要回去，太不讲理了吧？"

罗北方敲敲李红的脑门："唉，你怎么这么糊涂，这补偿金可不是通过正常渠道要来的，那是我通过和朱辉的私交弄来的。如果被他们查出来，这钱要退回去不说，我和朱总都要跟着倒霉！"李红气呼呼地说："我才不管呢，钱都被阿东那个死鬼赌光了，我没见着他一毛一分。况且他人也死了，还能怎么着？"罗北方道："你看你，法盲了吧！这夫账妻还，你是躲不过赖不了的！"李红紧张起来："啊？这可怎么办呀？"罗北方道："我已经跟朱总通过气了，只要你不对他们乱说，就不会有事！"李红松了口气："行，以后他们再来，我绝不搭理，省得自讨麻烦！"罗北方终于露出欣然之色。

第十四章　裂　变

一

　　杨冰那边没有了动静，这让钟慧敏有些着急。她向江宁汇报，是否联系一下杨冰，看是怎么回事。江宁没有同意，认为杨冰隐身想必有原因，方方面面各种因素都要考虑到。刘天石不是傻瓜，不会对杨冰的变化无动于衷。或许他对杨冰进行了严密的监控，或许他采取怀柔手段软化降伏了杨冰。所以与杨冰打交道，绝不能主动。要静观其变，让她自己做出选择。

　　就在这时，江宁接到陈晓辉的密报，说正在和温松华热恋的市越剧团团长柳云加入了天石集团。江宁心里顿时沉重起来，似乎有了一种不祥的感觉。风吹起雪白的窗纱，在专案组办公室里，江宁接完陈晓辉的电话后，一直站在落地窗前，凝目眺望着窗外。

　　钟慧敏表情凝重地说："江主任，我感觉真正的较量，才刚刚开始。"江宁问："你怎么看柳云加盟天石公司？"钟慧敏说："这肯定不正常。"江宁道："据晓辉报告，越剧团生存困难，天石集团也是响应市政府企业和文化搭桥的号召收购越剧团的。"钟慧敏摇摇头说："现在经济滑坡，困难的企事业单位和文化团体多了去了，为什么天石公司单单向越剧团伸出援手？"江宁道："也许刘天石是看在发小温松华的面子上帮助柳云呢。"钟慧敏说："这就对了，所以并不能排除刘天石利用柳云拉拢温松华的企图。"

　　江宁眉梢微颤道："在公安大学上学时，他曾告诉我，他最大

188

的愿望是做个英雄。"钟慧敏说:"每个人都有这样的愿望。"江宁摇头:"未必,因为每个人对英雄这个概念的理解是不一样的。比如雷锋,他做的是助人为乐的小事,从来就没想过自己要做英雄。不计名利的英雄并没有想做英雄,他们是阳光、空气、雨露和春风,是绽开的鲜花,是无处不在的绿树青草。而温松华想做的英雄是顶天立地、轰轰烈烈、为他人所敬慕的豪杰。一个追求出人头地的人,大都是以悲剧收场,动机决定了命运和结局。"钟慧敏问:"江主任,你的意思是不是温松华已经有了问题?"

江宁声音发沉:"至少他一直在反对对天石公司和刘天石进行调查。当然,不排除来自上面的压力或是私情的左右。但我现在最担心的是,他是不是立场问题。"钟慧敏提出建议说:"我觉得有必要调查调查。因为温松华对我们太重要了,甚至可以说能决定案件侦破的成败。"江宁又摇头:"我们不能草率行事,别忘了他是个具有丰富经验的老刑警,稍有不慎,就会影响大系统的运行。对老同学我还是了解的,抽个时间我号号他的脉。"钟慧敏马上表示赞同,因为他们毕竟有一层特殊的同学加生死兄弟关系,中间少了许多隔膜和戒心,交流起来应该顺利一些。

正是涨潮时分,海水一波高过一波,渐渐将金黄的沙滩淹没。

江宁站在海边,面对波翻浪涌的大海,心里也如翻腾的海浪,难以自抑。这是他来海州第一次与温松华谈心,他从来没有想到,会以这种方式与生死之交的同学、战友加兄弟见面,而要说的话题更是他始料未及的。但他没有别的选择,他必须面对严酷的现实,与老同学坦诚深入地聊聊。他希望自己的担心和怀疑是不成立的,曾经的老同学还是那个初心不变,维护法律以除暴安良为己任的铁血人民警察。

这时,一辆警车疾驰而来,在海堤上停下。温松华推开车门下车,向江宁走过来。他边走边调侃道:"老同学今天怎么有闲情逸致约我来观赏海景啊?"江宁也以调侃的语气道:"景由心生。也许只有这儿,才能配得上你焕发第二春的浪漫心境。"温松华一怔："哦？你是怎么知道的？"江宁弦外有音："要叫人不知除非己莫为。不过我还是很佩服你，保密工作做得很好。"温松华眼里闪过一丝慌乱，但马上镇定下来，呵呵两声道："其实，我根本就没打算隐瞒你。我温松华几斤几两有几根肋巴骨，你都明明白白。你江宁肠子拐几道弯撅尾巴要放什么屁，我也是清清楚楚。"江宁顺着温松华的话进入正题："可你那位相好越剧名牌柳云进入天石公司我就不知道。你能告诉我是怎么回事吗？"

温松华又愣住了。他没想到江宁会如此直截了当，沉默片刻后表情变得严肃："你什么意思，这从何说起啊？"江宁淡淡一笑："别装，咱们都别装。至少你不会认为我有什么恶意，而我也相信你不会回避这个问题。这就是我约见你的理由。"温松华做出轻松状："这有什么好隐瞒的，你也太把芝麻当西瓜了。企业和文化联姻，天石公司响应市政府号召，扶持文化产业，就这么简单。"江宁道："也许我把简单的事情想复杂了。我只想问问你，你在这件事上有没有起作用？"温松华爽快地回答："你知道的，我和刘天石是发小，牵线搭桥是有的。这没什么问题吧？"江宁斩钉截铁："当然有问题！"

温松华心里一震，弄不清江宁是不是掌握了他和刘天石之间什么秘密，不由得瞪大了眼。江宁接着道："你应该清楚案子已经牵涉到天石公司，这种时候柳云加入你认为合适吗？"温松华从江宁的话音里听出他只是对柳云加入天石公司有疑问，于是稍稍放下心来，不以为然地说："你这话我就听不明白了，我们并没有发现天石公司什么问题，有什么理由不让人家合作。"江宁问："你查过天石公司了？"

温松华一时语塞。江宁接着问："你一直反对对他们进行调查，你告诉我究竟是为什么？是因为和刘天石的私人关系还是有别的原因？"温松华受不住了，怫然变色："你江宁这是审犯人呐！你是把我当作叛徒了是不是？简直是荒唐！岂有此理！"江宁冷冷的语调："温松华，你少在我面前虚张声势。上学时你就是这个熊样,一到理亏心虚的时候,就摆出这副样子。我告诉你,你今天不说个倒断,别想从我这儿过去!"

温松华气得直喘粗气,背过身去不再理睬江宁。江宁口气变得缓和:"我来海州,是你三番五次去省厅请求的!案子的材料也是你报上去的!你也想把这个案子办下去,也想弄明白你那个发小究竟涉没涉案,可是你现在却打起了退堂鼓,你叫别人会怎么想?"温松华终于回过身来,仍是气咻咻地说:"我啥时候打退堂鼓了?魏晋现在正深入侦查,已经取得了重大收获。你不知道?"江宁道:"我当然知道。魏晋重又捡起罗北方,还不是你下令不准查天石公司不得不采取的迂回手段吗?"温松华否认:"这是市领导下的指示,我敢不执行吗?"江宁鼻子一哼:"你少往上面推!当初案子办不下去,彭光武失去生命,魏晋被发配到警训基地,你不是照样坚守阵地,向上面反映情况吗?现在怎么这么听话了?"

温松华叹口气:"说来说去,你还是对我有怀疑。我也不想再解释了,随你怎么想吧!身正不怕影子斜,事实会证明一切。你非要捕风捉影,我也没办法。"一股深深的失望在江宁心头弥漫开来,他沉默片刻,抬起头说:"海州的执法环境你比我了解,什么人在兴风作浪想必你心里也清楚。我们之所以侦查艰难,也从反面说明海州的问题是多么严重。你再这么揣着明白装糊涂,对我们两个人的智商都是一种污辱。"

不能进也没有退路的温松华,只能硬着头皮抵抗:"我说你把海州看得也太黑暗了吧!党的组织还是健全的,公安队伍基本上还是值得信任的,政法机关……"江宁突然逼视温松华,打断他的话质问:"那你告诉我,5·1枪击郝达案为什么至今未破?高铁枪击刘天石案又掩藏着哪些秘密内情?"

温松华强词夺理:"公安部门久侦不破的案子又不是一件两件。不是我推脱责任,你在公安机关工作,应该清楚办案有时候也要靠机会和运气的。"江宁毫不客气地反驳:"机会运气是靠努力和探求创造的,可据我所知,你并没有主动行动。而现在,又把相好送进了一个涉嫌的公司。温松华同志,你能不能告诉我,这究竟是因为什么?"

温松华心中一紧,试探着问:"听你的话音,好像是掌握了天石公司的什么问题。"江宁用审视的目光看着温松华:"恕难奉告!对你我唯一不隐瞒的就是已经产生了疑虑,在你没有转变对天石公司和刘天石的态度前,我没法信任你!"温松华听到江宁赤裸裸的警告,不由得脸色发白,额上已沁出点点汗珠。此时此刻,他在江宁一波又一波的攻势下几乎败下阵来。但他心里明白,必须不惜一切守住阵地,否则就会造成弥天大祸。现在不仅仅是保全他一个人的问题,还有他深深爱着的女人柳云!同时他也十分了解江宁是个何等具有智慧且对信念执着的厉害角色。

于是转守为攻:"江宁,原来你约我见面,就是要对我兴师问罪啊!"江宁此时对温松华还是抱有希望的,不然他也不会如此痛心疾首。毕竟是情同手足曾经生死与共的兄弟,他希望能让温松华回到正轨上来。于是耐心劝导说:"松华,你是我的同学,更是兄弟,说话也就不必拐弯抹角。你应该明白我的意思,我并不是责怪你,只是向你说明,海州的不正常现象是有深刻原因的。不管你承认还是不承认,严酷的现实就摆在那里。"

温松华显然并不能领受江宁的拳拳关心之情,为了爱情,为了前程,当然还有那用之不尽的财富,他都决心绑定在刘天石的船上了。当然还有一个根本性的原因,就是他认为在海州不可能有人降得住刘天石。他有省、市乃至北京的关系网,江宁和魏晋他们想战胜刘天石,无异于天方夜谭。

鉴于此,他忍不住用奚落的口气对江宁说:"所以你要做海州的救世主!"江宁眼里射出凛然之光,直逼温松华:"这个世界没有救世主,但正义和法律永在。这是上公安大学时你常说的一句话,今天我送回给你。海州已经有那么多无辜的生命惨遭杀害,如果你对这血的事实仍然置若罔闻的话,松华,那我们在这儿继续交谈也就毫无意义了!"温松华不敢和江宁对视,脸上的表情十分复杂。

江宁环顾四周,语调放缓:"就在几天前,一位商界前辈把我约到这里,告诉我郝达就是在这里被杀害的。还有你的师傅彭光武副局长,也是葬身这片大海。我今天约你到这儿,与彭局和那位前辈的期望是一样的,希望你还是上公安大学时的温松华,是那个一心要做维护法律尊严的英雄!"

温松华目光发呆,半晌无语。江宁看着温松华的神态以及他刚才的言辞,他不得不痛苦地意识到,必须重新认识了解这个老同学了。环境可以改变一个人,尤其是他又有刘天石这么个呼风唤雨的发小。前方的路对温松华乃至对他本人,都不仅仅是弯曲坎坷,也许随时都会一脚踏空,坠入深渊。此时的温松华也经受着内心的煎熬,江宁将成为他的敌人和对手已是确定无疑。而与曾经同窗、生死与共的兄弟相搏则是他内心深处极不情愿的,无论谁胜谁负,他都将坠入万劫不复的噩梦之中。让他绝望的是他又不得不面对这残酷的现实,眼下也只能走一步算一步了。

二

魏晋查出刘勇的踪迹后,迅速展开了行动。

地下毒吧里灯光昏暗,烟雾缭绕,刘勇躺在污渍斑斑的沙发床上过瘾。魏晋和房勇、尹颖破门而入,刘勇没有丝毫惊慌,抬抬眼皮慵懒地说:"是魏大哥啊!这么久没见你,挺想念的。是不是又有啥活要我干,你尽管吩咐,我一定效犬马……"

魏晋不跟刘勇啰唆,冷冷地打断他:"我们能换个地儿说话吗?"刘勇爽快地说:"当然可以。请爷们稍等片刻,我用完这最后几口就跟你走!"说罢不慌不忙地把一撮白粉吸进鼻孔里,如醉如仙地眯着眼咂着嘴,舒展开四肢。

房勇上前一步欲揪刘勇，魏晋拉住房勇，刘勇旁若无人地自顾自享受。魏晋和房勇、尹颖站在沙发前耐心地等待。刘勇睁开双眼，慢腾腾地爬下沙发床，竖起拇指对魏晋晃了晃："够爷们，你是个好队长，我支持你的工作。说吧，咱去哪儿？"房勇卡住刘勇的后脖颈一推："走！去你该去的地方！"

　　魏晋和房勇、尹颖把刘勇带到大案队审讯室，立刻对他进行审讯。刘勇坐在审讯台前眨巴着眼问："魏大哥，你这是干什么？这不是大水冲了龙王庙，一家人不认识一家人了吗？"魏晋面无表情地盯着刘勇，没答理他。刘勇一副无辜的样子："我以为你又有任务派给我呢，这是整的哪一出？哦，明白了，是为吸毒的事儿吧？我也就只是好那一口，以后戒，坚决戒！"

　　魏晋一拍桌子："少给我装傻充愣！说！谋杀阿东到底是咋回事？"刘勇显然已经做了功课，故作委屈的样子说："魏大哥，不就是那回事嘛。你叫我摸清阿东的下落，我知道他的藏身地儿后，马上就告诉了你。对了，你这一说我倒想起来了，你还没给我奖励呢！"

　　魏晋气得鼻孔冒烟："装，你就给我好好装吧你！你把我引诱到阿东的藏身处，想把凶手的罪名安我身上。怎么？你的老板主子没给你奖励？"刘勇直捶胸口："我说魏大哥啊！你这可真是冤枉我了，我咋会干那没屁眼的事！这种话可不敢乱说，是要挨枪子的！你不能被人家冤枉了又来冤枉我啊！那阿东胸口上的刀……"刘勇意识到说漏嘴，连忙用手捂住嘴。

　　魏晋盯着刘勇一动不动，刘勇有些发毛地低下头。魏晋沉声问："说啊，怎么不说了？你怎么知道阿东是被刀刺死的？又是怎么知道刺在胸口上？"刘勇吭吭哧哧："我……我猜的……"魏晋讥讽："哦？你还有特异功能呀！看来这白粉没白吸！"刘勇耷拉下眼皮，嘴里咕哝："我是在道上听朋友提起过……"魏晋追问："哪个朋友？叫什么名字？"刘勇故作镇定："这么长时间了，咋还想得起来。"说着他从兜里摸出香烟，翻翻眼皮问，"请问我能抽烟吗？"魏晋点点头。

刘勇忙不迭地点上火，连抽了几大口。稍作镇静，然后摆摆头，一副满不在乎的样子："到你们这儿来的还能有什么事，不是杀人就是放火，遗憾的是我从不干那玩意，我是个享受型的人！"边说边跷起二郎腿，悠然地晃动。

魏晋突然一声喝问："你认识罗北方吗？"刘勇一惊，香烟掉到了地上。魏晋目光如剑注视刘勇："说，你认不认识罗北方？"刘勇顿时慌乱起来，他避开魏晋的目光，低声说："不认识……"魏晋声音严厉："你真的不认识？"刘勇抬起头，装模作样地问："罗北方是谁？他是干什么的？"魏晋冷笑道："刘勇，你给我装糊涂，你们的勾当我已经了解得一清二楚！你也是几进几出的老八大两了，对法律应该不陌生。在这件事情上，你充其量也就是个被人利用的枪手，主动交代出来还有一线生机！何去何从，你可要考虑清楚了，别到时候后悔！"

刘勇眼珠骨碌碌转动，然后脖子一拧："我没什么可后悔的！"魏晋规劝："刘勇，我看你是吸白粉吸迷糊了！你真的甘心情愿顶雷？这可是事关身家性命的大事，你要想想清楚！"刘勇又摸出一根烟续上，闷着头抽，脸上的表情不断变化。魏晋静静地观察着刘勇。

房勇不失时机地敲打："刘勇，你可要把握住机会，侥幸过关那是自欺欺人！"刘勇终于咬咬牙，鼓鼓腮，抬起头脖子一梗："我听不懂你们的话。我没杀阿东，也不认识什么罗北方。你们还翻老账想怎么着？你们如果能拿出我杀人的证据，我就什么都认！"魏晋施出杀手锏："那好吧，你是不见棺材不掉泪。我可以告诉你，阿东的身上到处都是凶手的指纹，你以为我们会随随便便就抓你啊！"

刘勇被唬住了，有些心虚地问："你们发现有我的指纹？"魏晋乘势进击："要叫人不知除非己莫为。我们要的是你的态度，别以为你不承认就可以侥幸过关。"刘勇顿时头上冷汗直冒，惊惧加上紧张，毒瘾也随之上来了，眼泪鼻涕直往外流。魏晋抓住机会："说吧，别自找不痛快。"刘勇有气无力地问："我说实话，你们能放我吗？哎哟，我真他妈受不住了……"魏晋暗示："态度决定一切。你不是要奖励吗？我们也不是不能考虑。"刘勇"咕咚"趴在地上直磕头："我说我说，我全都坦白交代……"

三

当刘天石接到温松华要在海上见面的电话后，便意识到问题有些严重。他了解温松华，长期刑警生涯锻炼得沉稳而有定力，能在风雨压顶之时谈笑风生，在面临险境之际泰然处之，这也是让他最为佩服的。可这次温松华提出要在游艇上见面的举动足以说明问题的严重程度。能有什么事情发生呢？眼下也只有魏晋追查的案子是关系到他们前途命运的大事了。可他已经作了周密的安排，该堵的漏洞堵住了，该封的口也封上了，对有可能出现的问题全都采取了防范措施，还会出现什么变故？

风和日丽，海浪轻轻拍打着金黄的沙滩。一艘豪华游艇泊在海边，在海浪的冲荡下微微晃动。刘天石眯着眼倚躺在甲板上的软凉椅里，目光不经意地瞭着海岸公路。

一辆黑色丰田出现在海岸公路上，刘天石对躬身肃立在他身旁的束建设挥挥手，束建设忙去放下登船的舷梯，刘天石起身走进船舱。温松华快步上船，扫了一眼束建设，发现他额上的瘤子消失了，让他不得不佩服现代医学的神奇。他推开船舱精美的白色小门，游艇舱内精美绝伦：金色吊灯流苏，全毛地毯，大理石桌台，真皮沙发椅，世界名画，无不彰显着华贵和奢侈。

刘天石迎上，开口便问："松华，究竟发生了什么事？"温松华瞪了刘天石一眼，径直走到沙发前坐下。刘天石在温松华对面坐下，静静地等待着。温松华不语，刘天石笑笑说："你让我猜谜？"温松华以命令的口吻说道："先开船，越远越好！"刘天石对着外面吩咐："建设，马上开船！"游艇启动，向大海深处驶去。

刘天石全神贯注地看着温松华，温松华阴沉着脸，胳膊往沙发扶手一搭，自语般道："罗北方终于要落入法网了！"刘天石一惊："怎么回事？"温松华摸出一根烟："你心里应该清楚！"刘天石打着火机给温松华点上烟，然后自己也点上抽了一口："是不是……魏晋查出了什么？"温松华抬抬眼皮："你说呢？这不是明知故问吗！"刘天石轻轻摇头："不会吧？罗北方那儿我已经让强子去安排防范措施了。听强子说，魏晋好像没从他嘴里问出什么。"

温松华往椅背上一靠："一个谎言一旦开始了，你就要用无数个谎言去弥补它，补到最后连你自己都忘了哪个是真哪个是假！"刘天石终于着急了："哎哟，我的老兄，这时候你就别再玩玄机了好吗？是不是魏晋抓住了什么把柄？"温松华面无表情："他本来就浑身是毛，被抓住把柄又有什么奇怪的？"刘天石疑疑惑惑："有这么严重？魏晋手里没证据，是不能随便抓人的！再说，他也过不了你这一关啊！"

温松华不由得恼怒："我现在自己的关都过不了。你他妈的明不明白！"刘天石眉头一紧："怎么回事？他们怀疑你了？"温松华猛吸一口烟："你以为别人都是傻子？江宁对柳云进你们公司已经对我起了疑心！"刘天石不以为然道："我以为什么大不了的呢！这很正常，他把天石公司当作侦查对象，把我当作对手，自然会拿柳云说事。天石公司不出事你自然也就不会有事，这就要看你怎么帮我了。"

温松华恨得牙痒痒，怒道："你少往我身上扯！靠我帮你？你是不是吃错药了？"刘天石直起身子："是啊，这药一吃错，再吐出来就难了！"温松华脸猛地沉了下来，刘天石也绷紧了脸："你至少要告诉我魏晋是怎么获取证据的吧？"温松华冷冷道："你去问那个杀手刘勇吧！"刘天石明白过来，说："不会吧，刘勇那儿

197

我让强子敲打过罗北方了，并且给他送去十万块钱。这个瘾君子为了财路不会轻易招供的。再说，法律上不是有传讯嫌疑人不能超过 24 小时的规定吗？刘勇曾是魏晋的眼线，对他很了解，应该能对付过去。"

温松华苦笑："你竟然相信一个毒虫，真是滑天下之大稽！毒瘾一上来，亲爹老娘都能卖！"刘天石闻听此言，还真有些紧张起来，神情沉重地大口大口抽着烟。温松华呆呆地望着窗外涌起的海浪出神，刘天石自语："假如事情真像你说的那样，还真是有些麻烦。"温松华回过脸来，声音干涩地说："没有假如，只有结果！"刘天石道："毫无疑问，魏晋一旦突破刘勇，就会像猎狗一样寻踪觅迹，紧紧咬住不放。看来我以前是低估他的实力了！"

温松华嘲讽："是你高估了自己的能量！"刘天石尴尬地干咳一声："现在就不忙着讲这些了吧？松华，你有没有什么周全的破解之策？"温松华眉峰耸了耸："我对此无能为力，不亲手去抓罗北方，对你已经算是客气的了！"刘天石故作无奈状："那就大家一起完蛋吧！"温松华弹弹烟灰："这是你们罪有应得！"正说着，兜里的手机骤然响起，刘天石吓了一跳。温松华掏出手机看来电显示的号码，摁下接听键，把手机举到耳边。

刘天石凝神倾听，温松华对着通话孔："哦，晋子啊，什么事，你说吧！嗯嗯……很好，我正在谈事情，谈完后马上回去！"然后缓缓合上手机，神色严峻。刘天石紧张地注视着温松华，温松华霍地站起身，沉声说："天要下雨娘要嫁人，该发生的事情终于发生了！我的刘总啊，你终于就要自食其果咯！"刘天石额上沁出汗珠，声调急促："松华，你看能不能想想办法？"

温松华断然拒绝："这根本就不可能！我刚才已经给你说过，这是你们自作自受，跟我没有任何关系！"边说边在沙发前来回踱着步。刘天石眼睛随着温松华的脚步转动："是和你没什么关系呀，上刀山还是下火海，看我自己的造化吧！你温松华只要能坐稳副局长的位子，我就是下地狱也他妈的值了！"温松华往舷窗走去，边走边说："吉人自有天相，我的事用不着你操心，该怎么做我心里有数。"

刘天石怔怔地望着温松华的背影，眉头越皱越紧。温松华站在舷窗前，望着外面连天的碧波，声音缓慢："我早就跟你讲过，苦海无边回头是岸，不义之财不可取，可你为什么就不能……"

刘天石猛地站起身，瞪着温松华的后背，突然提高音调："你以为我想犯法？天生就自甘堕落，生来就冷酷无情？难道我就不想堂堂正正做人光明磊落做事！我也和你一样想做个顶天立地的英雄，做个普度众生的好人！可这个社会就是弱肉强食，就是胜者为王，败者为寇，就是财富决定一切，笑贫不笑娼！你知道吗？我一天到晚都生活在忏悔之中，为了弥补我的罪过，我散尽家财，为家乡铺路搭桥，建造希望小学，修了几十所养老院，为一百多个贫困大学生交学费、生活费！你说你还能让我怎么样，让我怎么样啊？"刘天石难以自控地一口气说完。

温松华定定地望着迷茫的海面，声音沙哑："脚步歪了，只能在邪路上越走越远，回头难啊！"刘天石走过去，扶住温松华的肩膀缓和了语气说："是啊，现在说什么都晚了。采取的极端手段越多，暴露的概率就越大，这个理儿我明白！可是我的大局长，当你面临绝境，别无选择，不是你死就是我活时，你说我能有什么别的途径？"

温松华转身走到沙发前坐下："你以为杀了罗北方就能一了百了吗？难道就不能寻找一条别的路？"刘天石眨眨眼："听你的意思是说还有别的出路？"温松华若有所思："路在脚下，也许坏事能变成好事。你现在正需要一个背锅的，至于怎么做那就是你的事情了。"刘天石似有所悟，紧锁的眉头渐渐舒展开来。

四

房勇和尹颖身着便服，在阿波罗公司大门口转悠。房勇的手机响起，他忙从兜里掏出手机，打开接听："喂，魏队，我和尹颖在监视着呢，他就在总经理室，一直没有出门。是是，明白，我们会看住他的，就是他长上翅膀，也休想飞出去！"魏晋在电话里告诉房勇，他正在等温松华签发对罗北方的拘捕令，完事后马上就赶过去执行。

这时，一辆黑色奔驰车疾速驶来。房勇和尹颖连忙闪到院门旁，装作很随意的样子溜达，眼睛却紧紧盯着奔驰车。奔驰车里，高强手握方向盘，放慢车速，透过车窗环顾四周，发现了大门旁的房勇和尹颖。他忙拿起旁边座位上的红色太阳帽扣在头上，故意摇下车窗。房勇看到高强，赶紧背过身去。高强冷笑笑，加速驶进大门。

此时的罗北方正在总经理室里如热锅上的蚂蚁团团乱转。见高强推门走进，罗北方忙迎上去，急切地问："哥，可把你等来了！我得赶快跑呀！"高强一屁股坐在沙发上，掀掉头上的太阳帽，手往外面一指："你他妈的眼真是不管用，看看吧，两个小警察就在门外守着呢！"

罗北方往院门外瞅了瞅，秃头上汗水直冒，破口大骂："刘勇这个狼心狗肺的东西，真他妈不是玩意。拿了钱还卖我，白粉鬼就是他娘的没信用！是婊子养的！当初我真是瞎了眼，怎么会用他！"高强斜罗北方一眼，冷冷道："他卖你，你再卖我，是不是这么想的？"罗北方忙说："怎么会呢？强哥你可是我割头的兄弟，咱不会干那种叛徒勾当。就是刀架到脖子上，我也不会装孬种。魏晋不过小警察一个，嫩黄瓜条似的，我能对付得了……"

高强撇撇嘴："你还有脸吹？魏晋没抓住什么把柄你都老鼠见

猫似的，现在他手中有了刘勇的指证，你还不屁滚尿流，把什么都吐得一干二净！"罗北方胸脯拍得啪啪响，鼓着白眼球说："强哥你放心，再大的事我扛着，大不了给他一条小命。为了你，我值！"高强板着脸，无动于衷。

罗北方提高嗓门："你不信咋的？不信现在我就去投案自首，眨眨眼都算我骡子白交你这个兄弟了！"高强纠正："应该说我白交你这个兄弟！瞧你那熊样，现在就语无伦次了！别他妈癞蛤蟆垫桌腿硬撑了，你心里不定在说，这个高煞星要是把我当作替罪羊可就惨了，不枪毙也得弄个死缓无期。他们不救我，就干脆找魏晋来个竹筒倒豆子，把一切都推掉算尿！你说，你是不是这么想的？"

罗北方干笑："没有没有，强哥多心了！"说着装出痛苦无奈的样子小声嘀咕，"可话说回来，魏晋这小子是挺难蒙的。听说警察发明了一种迷幻术，只要一给你催眠，问啥答啥，连你的祖宗十八代都能刨出来……"高强瞪着凶巴巴的眼，不带眨地盯着罗北方。罗北方伸长脖子，挠着盘在秃顶上的几根长发，嘿嘿地笑。高强火了，隔着茶几伸手给了罗北方的秃头一巴掌，气咻咻地骂："迷幻你妈的头，少给我玩邪的！我把你这秃头斜眼一块敲了，看他们还怎么催眠？"罗北方脖子一缩，勉强挤出一丝干笑，嘴里嘟囔："我这不是给你提个醒吗？不怕一万，就怕万一……"

高强盯着罗北方，突然把手伸进怀里，罗北方双眼陡地睁圆了，惊惧得脸上抽搐着。高强从怀里抽出一个纸袋，罗北方悄悄舒了口气。高强把纸袋摔在茶几上："这里面有南美的护照、十万美金和全球通卡，到了那边后，我会告诉你卡的密码。另外，还有下午五点半飞南美的机票也为你准备好了，你检查一下吧！"罗北方喜出望外，忙不迭地从纸袋里掏出护照、信用卡、机票，斜着眼仔细地查看了一遍，然后激动地说："强哥，真没想到，你考虑得这么周到，把什么都为我准备齐全了，真不知怎么感谢你才好！"边说边欲把纸袋揣进兜里，高强伸手按住纸袋："别忙，还有一件事你得办了。"

罗北方一怔。高强接着说:"你一走了之万事大吉,也总得为你哥想想吧!"罗北方瞪大眼问:"强哥,你是啥意思嘛?"高强挑明:"你要把以前的事全承担下来,为我免除后顾之忧。你以后在国外的开销由我包圆,等风声过后,我再把你的老婆孩子办到国外去,让你们合家团聚,过快活日子。"罗北方有些犹豫,高强露出了凶相:"你他妈刚才还说啥事都扛着,这来真的就怂了是不是?"罗北方眼里全是白眼球,哭丧着脸说:"这……这个事太大了……"

高强一把抓回纸袋:"那好吧,就让他们把你抓进去。你下午进去,我晚上就叫你人间蒸发,你信不信?"罗北方双膝一软,"扑通"跪下哀求:"哥,我这不就是考虑考虑嘛,你可千万得原谅我!你说吧,叫我干啥我干啥!"高强掏出手机,让罗北方对着镜头说出熊雄被杀、陷害彭光武、谋杀阿岩、阿东以及枪击郝达、刘天石等全是他所为,然后录下视频。

罗北方录完视频后便瘫在了地上。高强满意地收起手机,抬腕看表,催促罗北方:"时间不多了,你快走吧!"罗北方从地上爬起,朝外面抬抬下巴说:"强哥,外面有条子盯着怎么办?"高强把车钥匙丢给罗北方:"开我的车走,我在这拖着他们!"说着拿起茶几上的太阳帽,"把这个戴上,别让他们看到你的脸!"

罗北方马上便明白了,戴上太阳帽,转身急急忙忙往外走。高强一摆手:"慢着!"罗北方站住,惊惶地看高强。高强吩咐他道:"你直接去机场,从现在开始不要再和任何人联系,不然出了岔子,可没有人能再救得了你!"罗北方放下心来,点点头说:"明白了强哥!"说罢加快脚步走向门外。高强扯过罗北方留给他的外衣,往头上一蒙,斜倚在沙发上。

第十五章　欲盖弥彰

一

　　魏晋终于拿到了温松华签发的拘捕令，火速赶往阿波罗公司。警车在院门前嘎吱一声停住，魏晋从车里跳出，房勇和尹颖快步走向魏晋。魏晋问："情况怎么样？"房勇说："一切正常，罗北方还在沙发上睡得正香呢！"魏晋又问："你电话里说高强来了？"房勇点点头："是的，但他早就离开这儿开车走了。"魏晋一挥手："行动！"刑警们飞步冲进。房勇捷足先登，一脚踹开门，冲到沙发前，举枪对准躺在沙发上的高强大喝一声："不准动！"尹颖抽出腰间系着的手铐，饿鹰擒鸡似的上前摁住高强。

　　高强掀开蒙在头上的衣服，睁大眼睛惊诧地直嚷："干什么？你们干什么呀？怎么随便抓人？"尹颖怔住，收回铐子，质问："咦，怎么是你？"魏晋和几名队员紧随其后大步走进。魏晋大步走到沙发前，用审视的目光瞪着高强，沉声问："罗北方呢？"高强伸个懒腰，打着哈欠说："我们自贸港的船坞工程是阿波罗公司承包的，我让他去拿安装设备的图纸了。怎么回事晋子？看你们兴师动众的，不会是罗北方真犯了什么事吧？"魏晋不耐烦地问："罗北方去哪儿拿图纸了？"高强慢条斯理道："这个我倒不太清楚，应该是回家去拿吧！"魏晋面带愠色："快给罗北方打电话，问他现在在什么位置！"高强翻翻眼，低头拨号，手机里传出已关机的电脑提示声音。魏晋脸色渐渐冷峻，高强抬起头，双手一摊，做了个无奈的姿势。

房勇悄声对魏晋说："情况不妙，要赶紧采取应急措施。"魏晋吩咐房勇："你马上去找温局，布置警力封锁所有的码头、车站、机场！"脸转对尹颖说，"你赶快去罗北方家，我在这守着，有情况及时联系！"房勇和尹颖带着队员冲出门去。

高强从茶几上拿起香烟，抽出一根递向魏晋，故意装傻地问："晋子，罗北方到底惹了什么麻烦，给兄弟我透露透露……"魏晋一把推开烟，疾言厉色道："高强，你给我听好了，抓不住罗北方，我拿你是问！"高强一脸无辜地说："哎，我说晋子，这关我屁事？我现在连罗北方干了什么违法犯罪的事都不清楚，你跟我能算什么账？"魏晋盯住高强："你少给我装糊涂！我问你，你为什么让罗北方戴着你的太阳帽，扮作你的样子开车溜走？而你又披着他的外衣在沙发上躺着做幌子？"高强从沙发上跳起来："哎，我的魏大队长，你这联想也太丰富了！想给我制造冤假错案啊！"

魏晋冷冷地看着高强，高强苦着脸表白："你看我这一头乌发，用得着戴帽子吗？那顶帽子本来就是骡子的，落在我那儿，我顺便给他带过来嘛！至于他的外套，那是我想在沙发上眯瞪一会儿，怕着了凉，顺手扯过来盖盖的！我说晋子，你这不是把兄弟我往火坑里拉吗？再说我又不知道他犯了事，也没有理由掩护他逃走嘛！"

魏晋面无表情地冷笑了一声："哼，你是不是在火坑里，你自己最清楚！你和罗北方是什么关系，你们之间究竟有没有见不得人的勾当，我自然会查个清清楚楚明明白白！你给我听好了，如果让我发现你和他沆瀣一气，我不会放过你！"高强把吸了半截的香烟往地上一摔："你这是硬要往我身上栽啊！"说罢瞥魏晋一眼，故作气咻咻地跌坐在沙发上。

这时，尹颖打来电话向魏晋报告，罗北方不在家里。高强显然是想转移魏晋的注意力，为罗北方拖延时间。他对着魏晋嚷嚷："查吧！你尽管查！难怪人家说，兄弟拆墙，如虎似狼！本来指望有你这个当队长的哥们儿能给点关照呢，这倒好了，没事都要弄个罪名安你头上！"说罢，装作伤心无比的样子直叹气。魏晋不以为然地撇撇嘴角，揶揄说："你高副总就别在我面前演戏充好人了，你以为你干的那些英雄壮举我不知道？吃喝嫖赌玩女人，我听得多了！"

高强哼哼鼻子，眼睛望向天花板。魏晋在高强对面坐下："你不服气是吧？我告诉你高强，你如果不收敛，仗着有几个臭钱继续为非作歹，最终倒霉的是你自己，谁也救不了你，不信你就试试！"高强听得有些腻歪，往沙发背上一仰，点上烟，自顾自悠悠地抽着，不再搭理魏晋。魏晋兜里的手机响起，他掏出手机接听，高强连忙支起耳朵。

尹颖向魏晋报告，罗北方有可能去的地方都搜查过了，没有发现他的踪迹。魏晋狠狠地合上手机，高强露出怡然自得的表情。魏晋手里的手机又响，他打开接听："哦，房勇，你讲。"猛地挺直了腰身，"什么？温局不在办公室？那就去指挥中心，紧急呼叫！"电话里传出房勇焦急的声音："已经呼叫了，他的手机关机，家里的电话也没人接听，魏队，你看怎么办？"魏晋提高嗓门："你说还能怎么办？找，一定要想办法找到他！"高强仰脸朝天，吐出一串优美的烟圈。

二

罗北方并没有直接去机场，这个情种在远走高飞前竟然还想着去向李红做最后的告别。他驾车疾驰到十字路口，路标牌上显示去机场和市区的指示箭头。他放慢车速，抬腕看表，然后一打方向盘，拐上去市区的路。车在车流里疾速穿行，他边开车边打电话："小红吗？对，我是北方。你在家等着，我马上就到！"

罗北方很快便驱车赶到李红住处，他把车停靠在楼门旁僻静处，推开车门向四周仔细扫了几眼，然后几步蹿进楼门。

李红见罗北方鬼鬼祟祟的样子闪身钻进房门，惊讶地问他："你怎么这时候来了，是不是出了什么事？"罗北方也不答话，捧起李红的脸，深情地凝视，一副生离死别的样子。李红眨巴着疑惑的眼问："北方，你到底是怎么了？"

罗北方拥着李红坐在沙发上，用下巴摩弄着李红的脸，伤感地说："小红，我要出去一段时间，你可要等着我啊！"李红轻轻推开罗北方，嗔他一眼："你今天怎么了？要去哪儿？总不至于十年八载不回来吧？"罗北方点点头："有这个可能，我去的地方很远，轻易不会回来！"

李红一怔，从罗北方怀里挣脱出来，严肃地问："你是不是犯了什么事？是不是因为那些补偿款惹了祸？如果真是这样，我想办法还给人家！"罗北方感动，紧紧握住李红的手："你想得太多了，我怎么会因为那几个钱犯事。你放心，那些钱绝对不会有任何问题！"李红有些不相信："那听你的话音，还是出事了！北方，你为什么不敢告诉我为啥出走？"说着紧紧抱住罗北方的胳膊，大声嚷，"你今天不给我讲实话，我就不放你走！"

罗北方紧张惊慌，忙伸手掩住李红的嘴，警觉地朝外面看看，然后回过脸来压低嗓门："是公司出了事，需要有人顶着。我是总经理，只能责无旁贷，你说，这雷我不去顶谁去顶？"李红盯着罗北方："总不至于是杀人放火的罪吧？用得着亡命天涯？"罗北方叹口气："唉，事情当然不是小事，不然我怎么会忍心抛下你，远走他乡？等到了外面后，我会把一切都告诉你的！"

李红垂泪道："我的命真苦，前边的男人不务正业，死于非命，后面找个知道疼爱的男人又成了逃犯！命运对我为什么如此不公，想想我不如跳楼算了，省得再受折磨！"罗北方赶忙搂住李红，劝慰说："小红，你别这么悲观。其实没你想的那么严重，我出去安稳下来后，会尽快想办法把你接到国外去，咱们在那儿好好享受天伦之乐！"

李红依偎在罗北方怀里，一副茫然无措的样子。罗北方抬腕看表，对李红说："我该走了！"李红钩住罗北方的脖子："不！我不让你走……"罗北方俯身热吻李红，李红拍打罗北方的脸颊："你轻一点，孩子在里屋午休呢！"

尹颖搜捕罗北方无果，于是用技侦手段尝试着对他的手机信号进行搜索，竟然发现就在李红的家里。尹颖惊喜，一边向魏晋报告，一边和另两位刑警队员直扑李红家。

罗北方在和李红热吻，门铃突然急促地响起。罗北方一惊，猛地从沙发上跳起，压低嗓门吩咐李红："去，看看是什么人！"李红紧张得嘴直哆嗦，连忙起身，蹑手蹑脚走到门后，透过猫眼看门外：只见一位老大妈站在门口。

李红轻轻舒口气，转脸对罗北方说："没事，是居委会的曹大妈！"罗北方看手表，对李红说："我不能再耽搁了，你问她有什么事，快把她打发走！"李红打开门，隔着防盗铁栅门问："曹大妈，有事吗？"曹大妈扬扬手中的表册："要换发新身份证，你签个名。"李红用征询的目光看看躲闪在门旁的罗北方。罗北方斜眼看看曹大妈左右没人，然后对李红点点头。

李红打开防盗铁栅门，曹大妈突然往旁边一让，尹颖和两名刑警队员呼地冲进。李红尖叫一声，罗北方用肩膀撞开李红，双膝同时顶住防盗门，砰的一声死死关上。尹颖眼看着罗北方把李红拖进屋里，关上房门，急得直跺脚。李红瘫软在沙发前的地板上，罗北方狂躁不安地围着沙发转圈子。李红问："北方，外面的人是干什么的呀？"罗北方没好气地说："这还用问，是他妈的臭警察！"

李红顿时脸色发白，眼泪唰地流出，颤着声说："你果然是干了犯法的事，这可怎么办？怎么办呀？"罗北方厉声呵斥："我的姑奶奶，你别再瞎嚷嚷行不行？"李红慢慢垂下了头。罗北方后悔不迭地自语："唉，我真不该来跟你告别的……这倒好，被他们堵在屋里，我就是插翅也难逃了！"李红泪眼婆娑地看着罗北方，无声地抽泣。

此时的温松华正躲在家里等待着罗北方逃脱的消息。突然，急促的敲门声响起，温松华慢腾腾地起身开门。房勇气喘吁吁地冲进，上气不接下气地说："温局，不好了，罗北方跑了！"温松华双眉一凝："什么？怎么到现在才向我报告？"房勇苦着脸："你手机关了，电话也没人接，我……"

温松华恍然："哦，对对，我中午接待市政府的人，多喝了两杯。你快说，罗北方跑哪儿去了？"房勇回答说："目前还没找到，所以魏队让我来找你，请你布置警力，封锁所有的交通要道和车站、码头、机场！"温松华看看表，已经到了罗北方乘坐的国际航班起飞时间，于是对房勇说："好的，你稍等片刻，我换下衣服。"说罢走进内室。

这时房勇手机响起，他连忙接听："尹颖吗？对对，我已经找到了温局。你那边怎么样？什么？"听着尹颖的电话，房勇激动地跳了起来，"好的，尹颖，你要控制住罗北方，我这就向温局报告！"

温松华从里屋走出，边走边系领带。房勇激动地报告："温局，好消息，罗北方已经找到了！"温松华心一沉："他在哪儿？"房勇说："在他情人李红家里！尹颖他们已经把门堵住了！"温松华想了想，问："通知魏晋了吗？"房勇说："尹颖说已经给他打了电话。"温松华道："快，我们去现场看看！"

魏晋接到尹颖报告已把罗北方堵在李红家里的电话，高强全都听到了。他惊得嘴巴大张着，眼里掠过惊慌。魏晋不动声色地紧紧盯着高强，高强忙装出一副高兴的样子，干笑着："太好了，你们终于可以抓住罗北方了。这王八蛋，连我都骗！"魏晋白高强一眼："是很好啊，高副总，是不是下一个就快轮到你了？"说罢匆匆走出。

高强几步蹿到窗前，望着警车在院门前消失，然后跳脚大骂："罗北方，你这个狗东西，比我还热长头毛，是宁做花下鬼的超

208

级情种呵！王八蛋，你这可是把老子坑苦喽！"边骂边掏出手机拨打。

警车在李红楼下停住，房勇下车，打开后车门，温松华从车上走出。尹颖快步从楼门处跑过来，温松华问尹颖："情况怎么样？"尹颖报告说："罗北方已经困在楼里了！"温松华不放心地问："楼上有没有外逃的途径？"尹颖说："我查过了，没有，除非罗北方跳楼，不然他就无法逃出去！"

众多的民警、武警跑步从外面赶来，从不同的方向将楼团团围住。尹颖跃跃欲试地说："温局，我们是不是可以采取行动？"温松华想了想，摇摇头："弄不清罗北方手里是否有枪，而且房里还有李红和孩子，还是先观察观察，根据情况再定具体实施的措施。"尹颖点点头。温松华又问："魏晋来了没有？"尹颖说："我刚跟他通过电话，正在往这边赶。"

温松华凝目沉思，就在他紧张思索时，刘天石打来了电话。温松华忙走向旁边，打开接听。刘天石问温松华在哪儿，温松华不耐烦地让他什么事快说。刘天石说刚刚接到高强电话，告诉他罗北方被堵在李红家了，他问温松华是不是真的。温松华口气生硬地对刘天石说他现在就在现场，刘天石要温松华果断地采取措施，解除危机，温松华愠怒地挂断了电话。

尹颖这时走到温松华身边，着急地说："温局，我们不能再拖延时间了，还是开始行动吧！"温松华略作思忖，问尹颖："你知道李红家的电话号码吗？"尹颖点点头，温松华做出胸有成竹的样子吩咐尹颖："快，给我拨通电话！"尹颖有些不解地望了温松华一眼，用手机拨通李红家的电话，然后把手机交给温松华。

罗北方如困兽般在屋里团团转。电话铃声突然响起，李红条件反射似的从地板上跳起来，惊恐地看着电话机。罗北方也是目不转睛地盯着电话机，电话铃声不停地响着。李红惊疑不定地看看罗北方，罗北方也是手足无措地看看李红。

李红挪动脚步走向电话机，罗北方连忙一步蹿上去，把电话听筒抓在手里。话筒里传出温松华的声音："罗北方，你听好了，我是市公安局副局长温松华。我奉劝你赶快缴械投降，向法律低头才是你唯一的选择。你现在已经没有逃路了，如果胆敢伤害人质，只能是罪加一等！你听明白了吗？"

罗北方眼睛一亮，紧了紧听筒，顺势大叫："你们少乱来！如果敢冲进来，我就不客气了！我会把李红和她的孩子军军全都干掉！"李红震惊，呆呆地看着罗北方。温松华的声音在听筒里响起："罗北方，你不要丧失理智，挟持人质是愚蠢的行为，有什么条件你可以提出来。"罗北方激动，眼里透出希望，对着听筒大声道："你让我考虑考虑，五分钟后给你答复！"说罢挂断电话，眼斜向李红。

李红抖抖索索地问罗北方："北方，你……你想干什么？"罗北方扑到李红面前，粗重地喘息着说："小红，只有你能救我了！"李红惊惧地看着罗北方，抖抖索索地说："你……你是什么意思？"罗北方眼一瞪："你这是明知故问！"说罢扭身往卧室里冲，李红死死扯住罗北方，哀求："北方，你可不能拿孩子当挡箭牌，我听你的还不行吗？"罗北方咬着牙道："不行！他们都知道咱俩的关系，弄不好会失灵的，只有搭上孩子，才等于上了双保险，我才能万无一失！"说着往卧室里挣。李红不撒手，哭号着："我不能让你把孩子作践了，要死，我跟你去死！"

罗北方火了，回身扇了李红一个嘴巴，恼羞成怒："臭娘们，竟然不顾我的死活，把阿东的孽种看这么重！"李红被罗北方打得天旋地转，一下子松开手，如木雕泥塑般僵在那儿。她瞪着空洞的双眼，看着罗北方蹿进卧室。

卧室里传出军军的哭叫声。李红惊醒，发疯般冲进厨房，拿起明晃晃的菜刀。罗北方抱着军军往沙发上一扔，不费吹灰之力缴下李红手里的刀。李红不顾一切地挣脱罗北方，扑到沙发上，紧紧护住军军。罗北方冷冷地说："小红，如果你能念咱们之间的情帮我演好这出戏，我不会忘记你的情意。可是如果你情断义绝，那也就别怪我罗北方眼斜心不正了，大不了同归于尽一起完蛋，你好好掂量吧！"李红惊恐不安地注视着罗北方，咬着嘴唇不吭声。

三

温松华在警车前焦急地来回踱步，不时看李红家的窗子。尹颖捧着手机看，不敢有丝毫懈怠。温松华走到尹颖面前站住，吩咐："把电话打进去，问问罗北方究竟考虑得怎么样了！"尹颖欲拨电话，手机恰好响了。她看看来电显示，对温松华点点头："是李红家的号码！"温松华一把抓过手机，举到耳边。只听罗北方大叫："你们马上撤离楼门，离我的车不得少于 300 米！如果我发现你们没按我说的去做，我就杀掉李红母子，然后把这座楼也一起炸了，你们听明白了吗？"温松华忙回复说："行，我们会按你说的去做，你不要失去理智，伤害人质！"罗北方叫喊："那好，快退出去，我要下楼了！"说罢挂断了电话。

温松华吩咐房勇："按罗北方说的做，把人撤出去！"房勇迟疑："这……"温松华厉声命令："快，按我说的去做，一定要先救人质！"房勇一跺脚，无奈地转身跑向围住楼门的民警和武警。

温松华和尹颖向外面慢慢退出，尹颖试探着问温松华："温局，你肯定已经有了主意，是不是？"温松华压低嗓门："如果我没记错的话，你获得过全省公安射击比赛的冠军吧？"尹颖点点头。温松华有些不放心地问："现在你这手生了没有？"尹颖摩拳擦掌说："没问题，五百米以内说打他的左眼不会击中他的右眼！"

温松华长长舒了口气，抬起手指指楼对面的一扇窗子："你看，位置都给你物色好了。一会儿你等我的命令行事，救人要紧，明白了吗？"尹颖看了看角度，满意地点点头。温松华叮嘱："记住，情况很紧急，一定要一枪致命，否则会出大事的。"尹颖挺挺胸："放心吧，温局，我不会让你失望！"

警察纷纷退出楼门。罗北方让李红抱着军军，然后一只胳膊扼住李红的脖子，另一只手举着菜刀横在李红咽喉上。李红在罗北方的挟持下，抱着军军顺着楼梯一步步走下，温松华和房勇等密切注视着楼门。尹颖卧伏在对面楼房一住户窗前，从窗口伸出狙击步枪，屏声静气地瞄向楼门。

罗北方挟持着李红母子出现在楼门口，他紧张地巡视四周，逼着李红向自己的车一步步靠近。李红抱着军军，心惊胆战地任由罗北方摆布。罗北方手里的刀紧贴在李红的脖颈上，渗出殷红的血丝。李红下意识地避让刀锋，头高高仰起，无意中看到对面楼房窗口里伸出的乌黑枪管，陡地一惊，搂抱孩子的胳膊不由自主地松垂。军军从李红的怀抱里滑脱，撒腿就跑，李红试图弯腰去拉孩子。罗北方被这突如其来的变故弄了个措手不及，他的头部瞬间暴露。尹颖抓住难得的瞬间，扣动扳机，一声清脆的枪响，罗北方的脑门开了花，整个人软软地瘫倒在地。李红一声尖叫，吓昏了过去。

这时，魏晋飞车赶到，推开车门直奔过去，他在罗北方身旁蹲下。只见罗北方眼球凸出在外，嘴里流着血，魏晋伸手试试罗北方的鼻息，颓丧地垂下头。温松华和房勇急匆匆地赶过来，见罗北方已经毙命，温松华长长吁了口气。他吩咐房勇："马上送李红去医院！"房勇和几名刑警队员一起把李红抬上警车。

魏晋慢慢站起身，脸转向温松华，不无埋怨地说："温局，你怎么能做出这样的决定？罗北方对我们很重要，应该留活口的！"温松华拍拍魏晋肩膀："这也是迫不得已，为了人质的安全，只能采取这种措施。值得庆幸的是还算顺利，既击毙了罗北方，又救出了李红母子，这是最理想最圆满的结局了。"

尹颖手持狙击步枪从远处快步走过来，打量着罗北方脑门上的弹孔，不无骄傲地说："我这老本行看来没有荒废，真想再射几枪过过瘾！"魏晋狠狠瞪着尹颖："你能耐大，在大案队太委屈了！"尹颖丈二和尚摸不着头脑，怔怔地看着魏晋："这……这……"她脸涨得通红，不由自主地把目光投向旁边的温松华。温松华上前握住尹颖的手："尹颖，你很了不起，我要为你记功！"魏晋重重地哼了一声，扭身走开。尹颖的兴奋劲顿时荡然无存，望着魏晋的背影发呆。

四

刘天石面临的一场危机就这样被温松华化解了。当宗林告诉他是温松华亲自布置击毙了罗北方，他不由得由衷赞叹温松华是个英雄，是个名副其实的英雄。然后感慨说一个想当英雄的人，挖掘他潜力的最有效方式，就是要让他自以为是英雄。这人啊，只要激发他的积极性，就能产生无限的能量。这样的大英雄，如果不提拔到更重要的位置，真是太遗憾了。

江宁一直在关注着罗北方事件。他在魏晋的侦查过程中，密切注视着案侦发展的方向，以便发现问题，然后找准目标，有的放矢。当魏晋找到他对温松华的处置提出异议发泄不满时，他并没有明确表态。只是婉转地告诉魏晋，温松华的恋人柳云加入了天石公司。

温松华和柳云的关系在市公安局并不是秘密，而且魏晋还帮着温松华买过越剧团演出的戏票，为他和柳云约会做过联络员。当他从江宁口中得知柳云进入天石公司，着实吃惊不小。他自然明白江宁告诉他这个消息暗示着什么。他之所以在江宁面前毫无顾忌地表达对温松华的不满，亦是鉴于江宁和温松华特殊的关系，希望他能规劝温松华，别太重哥们义气，丧失原则立场。

江宁接着告诉魏晋，他已经和温松华聊过，但收效不大，只能观其行辨其为了。可是魏晋却不能容忍下去了，其实他对温松华有着发自内心的敬仰崇拜和深厚的感情，他从来就没想过既是上司又是楷模和英雄的师兄会走向法律的反面，这是他无法接受也无法容忍的。他必须要弄清楚，眼下的温松华究竟是什么立场，无论于公于私，他都必须一探究竟。

魏晋来到副局长办公室，温松华正一副轻松的神情靠在办公桌后的椅子上。他看到魏晋走了进来，坐直身子道："晋子你来得正巧，我正要打电话通知你，上级要对这次解救人质行动进行表彰。表彰大会这两天就开，我给你报了三等功，你准备一下吧。"魏晋口气生硬地说："无功受禄我不要，脸红！"

温松华一怔。魏晋闷声闷气地对温松华道："温局，我想问你一句话……"温松华点着头说："虽然你这说话的口气很不像话，但是我只当你是兄弟也就不计较了，说吧！"魏晋冷冷道："既然是这样，那我就放肆一点，说一点咱们兄弟之间的话吧！"温松华静静地等待着。

魏晋直截了当："温局，以你对刘天石的了解，你能保证天石公司没有问题吗？"温松华一愣，然后说："你看你，又来了。保证？我怎么能保证这个呢？我是和刘天石不错，发小嘛！但是……"魏晋打断："但是就不必了，那温局你和刘总之间不会好到穿一条裤子吧？"

温松华勃然大怒："你……放肆！越说越离谱了！"魏晋不紧不慢道："温局，你如果仅仅是我的领导，我保证不会说这种犯上的话，但是正因为我们之间不仅仅如此，我才直言不讳的！"说着叹了口气："你知道吗？我真的很怀念咱们和师傅在一起的日子啊！那时候，虽然苦，虽然累，甚至常常是提着脑袋去工作，但是那心里的踏实和满足是啥也比不了的啊！"

温松华脸上青一阵白一阵。魏晋接着说："可是，自你焕发第二春，当上副局长之后，就仿佛变了一个人似的。我就不明白，这到底是为什么！"温松华脸涨得通红："胡说八道！"魏晋没有理会，继续道："就说罗北方的事情，我想你应该比谁都清楚，这条线索的重要性，可是你怎么能……"

温松华厉声打断："够了！"魏晋自顾自讲："再说在对待师傅的事情上，无论是于公于私，你都不应该是现在的这种暧昧的态度。还有，你竟然把柳云塞进了天石公司。所以，虽然我很不希望那样，也不愿意相信，但是我不得不怀疑你和天石公司之间——说白了就是你和刘天石之间还是从前那么单纯吗？还有最近发生的这么多事情都和天石公司有牵连，难道你这个老刑警就没有感觉到天石公司有问题吗？"

温松华僵坐在椅子上一动不动。魏晋继续开炮："温局，你不会想不到！因为当初是你教会我用怀疑一切的思路去处理案件。所以针对这一系列的线索，身为刑警，我至少完全可以由此对天石公司、对刘天石进行怀疑、调查，可是你却一再阻止调查！你不是常说，在结果没有明了之前，可以怀疑任何人、任何事的吗？你怎么就能认定天石公司和刘天石就一定没有问题呢？难道仅仅因为他们是海州的名牌企业，他们和你和市里个别领导关系好，就可以无法无天？"温松华颤抖着手点燃一支香烟。魏晋起身走到办公桌前，双手支着身体倾向温松华说："温局，我了解你，你一定是有苦衷才……对吗？"

温松华脸色铁青，往椅背上一靠，闭上了眼睛。魏晋着急："温局，我们可不能拿一条条人命开玩笑啊！再说我们的职责……"温松华猛地睁开眼睛直视着魏晋："说完了吗？"魏晋一拧脖子："完了！"温松华把手机往桌上一拍："看看吧！这是在罗北方手机上发现的视频！"

魏晋打开手机，播放视频，屏幕上是罗北方承认犯下所有罪行的场景。魏晋看完视频，思索片刻道："这个视频不足为信。"温松华一惊，问："你认为这个视频是假的？"魏晋把手机推还给温松华："视频不假，但罗北方的话不一定是真。"温松华无奈地收起手机："事实俱在，证据确凿。你可以保留看法，但无法改变结局。就这么定了，可以宣布结案了！"

魏晋斩钉截铁："我不同意！把案子结在罗北方身上为时过

早！"温松华生气："你现在是越来越放肆了，这不是逼宫吗？你是不是还对我做出击毙罗北方解救人质有意见？我已经向你解释过了嘛，这是没有办法的办法，你怎么就不能理解呢？"魏晋看着发火的温松华，缓和一下口气说："温局你误会了，对你在危急关头果断做出的决定我是能理解的。虽然当时认为有些欠妥当，把罗北方这条重要线索弄断了，但后来想想，也的确没有别的路可走。我现在不能理解的是你宣布结案，还开什么总结表彰会，我觉得很不合适！"

温松华故作惊讶地瞪着魏晋："咦，给你们立功奖励反而错了不成？难道我做任何决定之前都需要先请示你这个大案队长吗？真是莫名其妙！"魏晋直视着温松华："你不用给我扣上那么多的帽子，我只是觉得，现在论功行赏的确不是时候！恕我直言，其实这个案子还远远没有结束，我一定要继续深挖下去，彻底揭开内幕！"

温松华面无表情地从烟盒里摸出一根烟点上，边抽边淡淡地说："我的队长同志，你就别再想入非非了行不行？所有的事实和证据都表明罗北方就是罪魁祸首，你还能弄出什么内幕来？"魏晋以不容置疑的口气道："不，情况绝不是这样！你应该比我更清楚，罗北方并不是元凶，他没有这个能耐，更没有这个实力！他只是幕后黑手抛出的一块挡箭牌，我们一定要追查下去，挫败他们的阴谋！"温松华耸耸肩，不无嘲讽道："没想到你还有如此丰富的想象力，把一件很明白很正常的案子弄得神乎其神、玄机重重！你告诉我，你有什么根据证明你的推断？"

魏晋有些吃惊地瞪着温松华，像从不认识他似的，脸上慢慢涨红，拿烟的手微微抖动。温松华语气变得和缓："晋子，我们毕竟是刑侦部门，目前积压的案子很多，任务很重，我们应该尽快把人力物力和主要精力投入到其他侦破工作上去。对这个案子我一直是全力支持你的，可你也要体谅我的苦衷，案子办成现在这个结果，应当说很圆满了。罗北方毫无疑问就是杀害师傅、熊雄、阿岩和阿东以及'青云号'八名船员的凶手。枪杀郝达和刘天石也是他干的！你为什么非要凭着自己的想象，就一口咬定还有幕后黑手呢？这完全就是捕风捉影空穴来风嘛！"

魏晋据理力争："是的，正因为我们是刑侦部门，这一系列的杀人案已经说明海州存在涉黑的犯罪集团，所以我们才不能轻易放手了结此案！况且我们现在又有了新的线索和证据。"温松华怔了怔，勉强道："你说吧，如果你真有过硬的线索和证据，我可以考虑让你继续把这个案子办下去。"魏晋一字一顿："罗北方背后的那个朱辉就值得一查！"温松华不以为然："那个朱辉，完全就是个无影无踪的符号，你怎么去查？不会有什么结果的，你只能是浪费时间嘛！"魏晋坚持："只要下功夫去查，就肯定会有意想不到的收获，我们应该有始有终！"

温松华皱了皱眉头："你不必多费口舌了，我是分管刑侦的副局长，对海州打击犯罪活动负有全面责任。在目前侦查任务重、人力少、压力大的状况下，必须服从整体利益，把打击现行犯罪放在首位。我不可能任由你去追查一个虚无缥缈的根本就不存在的犯罪嫌疑人，也拖不起这个时间。现在，我以分管副局长的身份宣布，立即停止徒劳的水中捞月，本案已经结束，马上把精力转移到打击现行犯罪上来。如果你擅作主张自行其是，将以违纪论处，如果出了重大事故，一切后果由你自己负责！"

魏晋怔怔地看着温松华，嘴角微微抽搐着。温松华用力弹弹烟灰："就这样吧！理解要执行，不理解也要执行，在这个问题上，没什么可讨价还价的！"魏晋缓缓站起，把烟头戳在烟灰缸里，凝滞的眼睛里透着冷漠，紧绞在一起的双眉微微颤动。温松华变得恳切："晋子，希望你能以大局为重，给我这个分管刑侦的副局长一些理解。我需要看得见摸得着的战绩，你应该助我一臂之力！"魏晋陡地转身，大步走出。温松华看着魏晋的背影，沉下脸来。

第十六章　较　量

一

海州市公安局礼堂里，张灯结彩，一片喜庆气氛。主席台上方挂着"表彰大会"字样的横幅，台上坐着已升任市长的滕长青等市领导，身穿警服的干警整齐地坐在主席台下。

激昂的音乐声响起，关山主持会议，宣布表彰大会隆重开始，台下掌声如雷。温松华、魏晋、尹颖等逐个上台，从滕长青、关山手里接过立功奖章，台下掌声一波接一波响起。关山宣布请滕长青市长讲话，音乐声和掌声停息。

滕长青的声音通过麦克风响亮而又庄重："同志们，今天我们隆重召开庆功大会，表彰海州刑侦支队所做出的非凡业绩，我代表市委、市政府在这儿讲几句。温松华同志就任分管刑侦副局长时间不长，就显示了非凡的能力。率领干警在打击犯罪的行动中一展雄姿，树警威，战绩卓著，不仅连破大案，抓捕了犯罪分子。而且在解救人质的行动中，面对穷凶极恶的绑匪，指挥若定，将其当场击毙，顺利解救出受害人！他们为全市公安干警树立了榜样，希望全体干警向这些英雄看齐，把打击犯罪、保护人民群众的活动推向新的高度，为警徽再添光彩！"台下再次爆发雷鸣般的掌声。

江宁婉言谢绝了市局邀请专案组列席表彰庆功会。他之所以这么做，是向市局直截了当地表明态度：那就是根本不认可温松华主导的击毙罗北方的行为，同时更是向刘天石发出信号，一切对抗法律的阴谋诡计都不能得逞！

在市公安局热热闹闹庆功表彰之时，江宁让钟慧敏和徐铁军密切关注市局的表彰庆功会，得知市局开完表彰大会后还要大摆庆功宴。江宁明白，这热闹的表面下也许隐藏着刘天石的影子，是大有文章。他要做的就是争取尽快揭开这背后的一层层黑幕，将那些妖魔鬼怪全都暴露在光天化日之下，接受法律的审判。

就在这时，市公安局办公室打来电话，说滕长青市长要来看望专案组，问方不方便。江宁回复说市领导光临当然热烈欢迎。他也正想趁着这个难得的机会，摸摸这位市领导的态度。

市公安局的表彰大会结束后，在食堂举办了庆功宴会。刑侦支队的这一桌觥筹交错，杯盏叮当，热闹非凡。刑警们难得开怀畅饮，温松华、魏晋、房勇、尹颖和另几位刑警坐在餐桌旁，端着酒杯，你敬我，我敬你，不亦乐乎。

魏晋显然喝得不少，他满脸通红，脚步已经有些踉跄。坐在魏晋旁边的尹颖见状，悄悄欲把魏晋杯中的酒换成矿泉水。魏晋用力一挡说："你这神枪手咋干起了虚晃一枪的事……"尹颖气得直瞪眼。魏晋摇摇晃晃向温松华举杯："温局，我再敬你一杯……"旁边的房勇拉拉魏晋的胳膊劝说："嘿，哥，差不多了！"魏晋不理，仍然自顾自地逼迫温松华："温局，为了不远的将来，你带领大伙再立他个一等功，干杯！"

温松华无奈，只好勉强举杯。魏晋端着杯子和温松华的杯子碰了个错位，身体一失衡，趴在桌子上，几个碗筷跌落在地上，发出刺耳的撞击声，碎了一地。尹颖赶紧起身收拾，魏晋将杯中酒一饮而尽，然后放下杯子，凑到温松华的耳旁做耳语状，声音却不小："头儿……实话跟你说吧……我……我……从师傅死后……就……就发现他妈的不对劲儿！"

温松华陡地竖起了双眉，魏晋手指尹颖："还有……还有你以为那个傻大妞一枪就能打掉这个案子……"温松华嘴角剧烈抽搐着，尹颖和房勇以及同桌的另外几个刑警一下子蒙了，目瞪口呆地看看温松华又看看魏晋，房间内刹那间变得鸦雀无声。魏晋又哆哆嗦嗦地给自己倒酒，尹颖一把抢过瓶子。魏晋看看尹颖，傻笑："哥儿几个……对了，还有尹颖……你们觉得头儿他……"尹颖企图制止，打断："魏晋，你喝大了！"随即转向温松华，"温局，咱们撤吧！"

魏晋不依不饶，拉住尹颖说："等……等会儿，你让我说……我就是觉得头儿……肯定出问题了！你……你别不相信！"温松华一拍桌子，碗筷从桌子上弹了起来。他指着魏晋："你小子再胡说一句？"魏晋笑笑："我……才不胡说呢！你……要是再……再护着刘天石，我都觉得……你……你挺可悲……"温松华不等魏晋说完，一把揪住他的衣领，红着眼："我他妈抽你丫的！"房勇和尹颖赶紧分别拉住魏晋和温松华。魏晋傻笑着："嘿嘿，你急什么啊……不做亏心事不……不怕……"

尹颖急了，厉声呵斥魏晋："好了！别说了！"魏晋仍是傻笑。温松华气得嘴歪眼斜，像一只发怒的狮子，不停地挣扎着想甩开房勇和尹颖。刑警们好不容易才分开温松华和魏晋，尹颖使出全身的力气，终于将醉得摇摇晃晃的魏晋扯拽出食堂，硬摁进警车里。

尹颖开车把魏晋送到宿舍，又搀扶着他上楼，然后把他搀进房门。魏晋东倒西歪，跌跌撞撞，对着尹颖嘴里嘟嘟囔囔："我跟你说啊，尹颖，这人心啊，都会变的……唉，都会变啊！"尹颖艰难地架着魏晋走到床边，魏晋往后一仰，重重地倒在床上。尹颖忙倒了杯水端到床前，喊他："魏晋，快喝杯水！"魏晋一把将尹颖拉到怀里，醉眼蒙眬问："对……对了……你也和温局一样，是跟刘天石穿一条裤子的吧？"尹颖气极，猛地推开魏晋，扇了他一耳光，转身跑了出去。

二

清晨的阳光格外明媚，江宁站在专案组楼门口迎候前来慰问的滕长青。

一辆面包车驶来，在楼前停下。关山陪着滕长青下车，走向楼门，江宁迎上去。滕长青和江宁握手，不无歉意地说："江主任，实在对不起，到现在才来看望你们，你不会怪罪吧？"江宁笑道："滕市长客气，我们应该拜你这位土地爷的码头才是。"滕长青也笑："我们市政府对你们这些钦差大臣支持关心不够，还望江主任多多见谅！"江宁道："滕市长太客气了。"说着作个请进的手势，滕长青和关山走进楼门。

一行人上楼，走进会议室。等候的钟慧敏和徐铁军从会议桌旁站起，向走进门的滕长青、关山点头致意。滕长青和钟慧敏、徐铁军握手，然后在主宾席位置坐下。

江宁作开场白："滕市长在百忙中来看望我们，对我们的工作是极大的鼓舞。下面欢迎滕市长做指示。"滕长青清清嗓子说："做指示不敢当，你们都是警界精英，代表的是执法机关，说实话，我是来取经学宝的。咱们本来就是一家人，客套话我就不多说了，只说几句表态的话。刚才江主任给我作了介绍，你们的侦查工作取得了丰硕战果，彻底铲除以罗北方为首的黑社会犯罪团伙也有你们的功劳！我代表海州市委、市政府向你们的辛勤努力和为我们市公安机关排忧解难表示感谢！"

腾长青的这一席话，让江宁马上意识到他的言下之意是海州的案件已经结束，明摆着是赶他们走。于是道："罗北方伏法只是阶段性的成果，据我们调查，罗北方的背后可能还有更大的犯罪组织。所以我们准备再查一查，希望滕市长能继续关心支持我们的工作。"滕长青怔了怔，一时不知该如何表态。关山向江宁投去感激而又欣然的目光，江宁观察着滕长青，看看他如何回应。

滕长青沉吟片刻，马上表示："我完全支持，这也是为了海州的长治久安嘛。我保证为专案组提供一切力所能及的帮助，要人给人，要物给物！"江宁带头鼓掌。

温松华没有陪同滕长青前往专案组探望慰问，于公来说，他作为配合专案组的负责人，是应该陪同的。但魏晋酒后的失态却让他既郁闷又烦恼，而更多的则是心惊肉跳。毫无疑问，魏晋乃至江宁对他已经不仅仅只是怀疑的问题了，所以他才选择了回避。他坐在办公桌后抽烟发呆，充斥在心头的全是不祥和忧虑，而更让他绝望的是又无法补救和改弦更张。

正在温松华苦思冥想之际，尹颖走了进来。一开口就是帮着魏晋向温松华解释："温局，魏晋昨天晚上是喝大了，你别跟他一般见识啊。"温松华反问尹颖："那你呢？"尹颖一怔："我？"温松华狠狠地抽口烟："魏晋一直对我护着刘天石耿耿于怀，他把刘天石当成了罪犯，我可不就成了同伙！"尹颖一听这话，马上便来了火："这个魏晋简直不可理喻，咋就改不了呢？"

温松华摇摇头试探尹颖的态度："不过魏晋怀疑的也不是一点根据没有。罗北方和高强是哥们，你说能不让人往刘天石身上联想吗？"尹颖气恼："我倒是也想过这个问题，这个高强，把石哥的形象全给毁了！"温松华接着说："高强到底有没有问题，听说省厅专案组还要继续查，会有个结果的。适当的时候，你也提醒一下天石，管束一下手下，不然出了事我们都很难做，你说是不是？"尹颖点点头："是的，我是要提醒提醒石哥！"温松华对尹颖说这些自然是有用意的，一是在她面前择清自己以继续得到她的信任；二是以刘天石为纽带将她绑架以便必要时共同对付魏晋乃至江宁，还有更深的一层意图就是要让刘天石知道别打利用他的算盘。

温松华和尹颖正说着，魏晋从门外走了进来。他脸上仍带着残留的宿醉酒意，声音有些沙哑地说："尹颖也在啊！"尹颖鼻子一哼，脸扭向一边。魏晋看看尹颖，又看看温松华，然后说："你们在谈事是吧？那我等会儿再来。"说着欲退出去。尹颖霍地起身，拂袖而去。魏晋在办公桌前坐下，温松华坐在办公桌后批阅公文，不睬。

魏晋向温松华倾过去身子，有些难为情地说："温局，不好意思，酒这玩意……"温松华头也不抬，硬邦邦地堵回去："有什么事直截了当，我很忙！"魏晋抹把脸："昨天的确喝大了，要是有什么冒犯的地方，你多原谅，酒后的话不作数的。"温松华推开面前的公文，冷冷地看着魏晋："你是酒后吐真言！打过耳光再来揉揉脸，你长能耐了！"魏晋挠挠头："不过不管怎么说，击毙罗北方并不能说明案子就结了，这背后……"温松华不耐烦地打断："别再给我扯那个鬼案子，我在你眼里已经成了嫌疑人，有必要吗？再说那是专案组的事，跟我屁关系没有！"

魏晋也瞪大了眼："可是……"温松华挥挥手："可是什么？我已经跟你说得很清楚，那是江宁的事！我就闹不明白了，到底他是你的领导，还是我是你的领导？你不是对我有看法吗？良禽择高枝，你要觉得我这儿庙小，我可以放行！"魏晋不由得火又蹿了上来，他竭力地克制自己，用平静地语调道："温局，你是我的老领导更是我的师兄，我从没有冒犯你的意思。可这法律应该是至高无上的是不是？我是第一次在你面前讲这种冠冕堂皇的话，但咱拼死拼活不就是为了这个目标吗？再说，人家专案组也是在为咱海州办事，而且上级明确指示要全力以赴协助专案组，你为什么非要回避人家呢？我的不敬之词希望你能理解，我真的不想再一次成为目无领导的违纪者！"

温松华脸颊微微抽搐，双肘支撑着桌面，十指交叉托住下巴，用玩味的目光打量着魏晋，冷笑道："魏晋，你是什么意思？你是说我以权压人，把法律置之度外对吗？"魏晋坦然地迎着温松华的目光，铿锵有力地说："是不是这样，也轮不到我来说。我只是希望你能慎重对待这个案子。如果咱们就这么置身事外，海州的老百姓会骂我们，师傅在九泉之下也不能瞑目！"

温松华收起双臂，往椅背上一仰，满脸冷笑。他斜吊起眼角，似看非看地瞟着魏晋，不无揶揄地拉长音调："看来我这个副局长水平太低，应该让位了！"魏晋有些恼怒："咱们谈的是案子，你老往这上面扯有什么意思？"温松华嘴角挂着冷笑，眯起眼看着魏晋。魏晋也用一种陌生的目光审视着温松华。

三

温松华的执迷不悟让魏晋感到绝望，同时也激起了他的斗志。他对罗北方外逃所办理护照、机票等事项进行调查，终于有了结果，均是高强一手操办。他在江宁的支持下，传讯了高强。

传讯室里，高强巡视四周，一副桀骜不驯的样子。魏晋指指桌前的凳子，以威严命令的口吻道："坐下！"高强眼角一挑："这是干吗？审犯人呐！"魏晋冷冷道："你想站着就站着吧！"高强忙乖乖地坐在了凳子上。魏晋问道："高强，你知道我们为什么传讯你吗？"高强装傻："我也正纳闷着呢，我这个堂堂天石公司的副总咋就成了嫌疑犯？"魏晋审视着高强，高强架起二郎腿："不过我这待遇确实挺高的，魏大队长亲自审问。"魏晋更正："只是传讯，不是审讯。"然后加重语气，"但如果你不说实话，也许下次就是审问了，你好好考虑一下。"

高强看看手表，做出思忖的样子："哦，我倒是在考虑一件事，这传讯也是有时间限制的吧？还有多长时间就该让我走了？"魏晋冷笑："不愧是天石公司的保安部长，法律学得不错，只不过是为了如何逃避法律。我说高强，别再异想天开了，天石公司成不了你的护身符。你现在该考虑的是如何交代问题，争取从宽处理！"高强撇嘴："魏大警官，你少吓唬我。我可不是吓大的……"

魏晋"啪"地把机票、护照等摔在桌上："你不是要证据吗？

看看吧，这就是！"高强探起身扫一眼机票和护照："这是罗北方的，跟我有啥关系。"魏晋逼视高强："但这是你给他办理的，要不要看视频和旁证材料？"高强顿时慌了，额上冒出了冷汗。魏晋趁热打铁："说吧，你和罗北方的真正关系！"高强强自作镇定："噢，是这么回事，阿波罗公司是我们的合作方。在做自贸港船坞工程，需要让罗北方去国外联系船坞设备的事，委托我给他办了这些出境手续……"

魏晋敲敲桌子："你就编吧！"高强赌咒发誓："我真没编，谁要编一句瞎话谁是王八蛋！"魏晋使用激将法："高强，你在道上也是个响当当的人物，怎么这么不像个男人。罗北方都比你有种，不仅临危去看相好的，而且该担当的一点都不含糊！你跟人家比，也的确只配当王八蛋。"

高强坐不住了，屁股直扭："我说晋子，我一直把你当兄弟，你怎么翻脸就不认人了？老是想做我的活呀！你该问的都问了，我该说的也都说了，是不是可以走了？"魏晋提醒道："如果你想把牢底坐穿甚至吃枪子，你就走吧！但是你要明白，过了这个村可就没这个店！"高强急不可待地跳起来蹿出门去，其实魏晋传讯高强并没有指望能从他嘴里问出什么，目的是起到敲山震虎的作用，逼着幕后的人跳出来。

魏晋传讯高强之后，又接受了江宁的建议。江宁说罗北方死了可还有个李红在，应当找她谈谈，也许她能提供一些有价值的线索。

魏晋传讯高强让刘天石坐不住了，他本以为罗北方背锅顶下了所有的罪行，案子也就结了。可是树欲静而风不止，有人存心不想让他安生。魏晋的背后显然是有江宁在支持，所以他才有恃无恐。刘天石很清楚，如果任由事态发展，就会陷入被动。甚至招致满盘皆输的不堪后果，他必须全力以赴与专案组和魏晋作一番较量了。为此，他在八卦洲设宴请来了滕长青和温松华这两位最得力的帮手。

宴会厅里十分安静，刘天石和温松华坐在宽大的沙发上聊天等待滕长青。原来，滕长青又泡上了八卦洲的模特队长米琪，抛弃了王琳，而且每次上岛都要先和米琪亲热一番。温松华淡淡地对刘天石说："看样子滕市长是另有要事，咱们就不等他了吧？"刘天石对温松华眨眨眼："春宵一刻值千金，你老兄就别饱汉子不知饿汉子饥了，理解万岁！"

温松华撇撇嘴角，皱皱眉。刘天石摇摇头感慨道："金钱加权力是可以降伏融化任何一个女人的！"温松华不以为然："正因为只是这种关系，没有了爱做依托，才更容易出事。"刘天石眯起眼："可也正是女人，成就了……"似乎觉得言语不妥，忙住口。温松华眼睛一瞪："成就了什么？成就了你的如意算盘？哼！"刘天石忙改口："你看你，怎么变得这么敏感啊？再说米琪很快就要出国参加模特大赛了，我会安排她在国外发展，这也是她本人期待、滕市长所希望的。"温松华有些自怨自艾："我呀，就是怪自己不够敏感啊，否则……也就不会……"话只说了一半，随手打开茶几上的一听啤酒喝了一口。

刘天石换了口气："哎呀，有你老兄的保驾护航，天石公司这条大船就能渡过急流险滩，抵达辉煌的彼岸啊！这次如果不是你运筹帷幄，智勇过人，想想还真是有些让人后怕哩！"温松华扫了刘天石一眼，慢条斯理道："刘总，也许你已经知道高兴得太早了，事情并没有就此结束，怕这个坑越挖越深，才请我和滕市长过来的吧？"

刘天石尴尬。温松华接着说："魏晋是不会善罢甘休的，说不定现在就正寻找新的线索，搜集新的证据呢！我可不希望他最后真的挖到源头是在你这里啊！"刘天石激温松华："你已经宣布结案，魏晋他竟然还敢抗命，你就拿他没办法？"温松华自然明白刘天石的意图，于是道："抗命他是不敢，但阳奉阴违还是极有可能的。魏晋的脾气你又不是不了解，怎么可能轻易就受制于人？他可是认准罗北方的背后还有一双黑手啊！"说着抓住刘天石的手。

刘天石一哆嗦，抽回手，嘴角抽搐。温松华继续道："刘老板，看来你的好日子到头了。前有专案组堵截，后有魏晋追击，防不胜防啊！"刘天石回过神来，呵呵一声说："想想这辈子也值了，到头来有你这位警界英雄陪着上刑场，足矣！"温松华愤怒。刘天石拍拍温松华的肩膀："不过我想得最多的还是你在政界飞黄腾达，我在商界财源滚滚，咱哥俩相得益彰，比翼双飞。用现在时兴的话说，就是双赢。"

　　正说着，滕长青满面春风地走进，接上刘天石的话道："那我呢？"刘天石道："滕市长当然是两样都有。"滕长青摆摆手："我最大的愿望是当好人民的公仆，为人民服务，为海州的发展作贡献！"说着不无歉疚地对刘天石、温松华点点头，"对不起，让你们久等了！"刘天石起身，向滕长青做了个请的手势。

　　滕长青在餐桌中央坐下，温松华在滕长青旁边落座，闷着头抽烟，一副忧心忡忡的样子。滕长青问："松华今天是怎么了，像丢了魂似的。"温松华没搭话，只是勉强地笑了笑。刘天石道："松华是在为我们天石公司的前途担心，总有一些存心不良的人在打我们的主意。"滕长青不以为然道："木秀于林，风必摧之。天石公司在海州举足轻重，又承担着自贸港建设，不是谁想扳倒就能扳倒的，市委市政府也绝不会答应！今天上午我去了专案组，那位江宁主任坚持要继续查下去，查就让他们查吧，身正不怕影子斜嘛，我对天石公司还是有信心的。如果有必要，我们会向省领导汇报，省公安厅终归是在省委省政府的领导之下吧！"

　　温松华听了滕长青的一番话，眉头渐渐舒展开来。滕长青对刘天石道："刘总，我们是不是可以开席了？"刘天石脸绽笑容，忙回应："当然，当然。今天咱们要一醉方休！"温松华拉拉刘天石的衣袖，轻声说："魏晋要打李红的主意，你篱笆扎紧些吧！"

四

魏晋和房勇、尹颖再次来到李红家，李红面色憔悴地坐在沙发旁的凳子上，魏晋和房勇、尹颖坐在沙发上。魏晋关切地问李红："你身体恢复得还好吧？要多注意休息！"李红神情恍惚地点点头："还好，谢谢你们救了我和孩子。我……"话未说完，便已泪眼婆娑。

魏晋话入正题："李红，你内心的痛苦我完全能体会到，因为你曾从罗北方那儿得到了感情的慰藉和生活的信心，对他抱有很大的希望，可现实又是这样残酷。其实，你应该为此感到幸运，罗北方并不是你想象得那样善良。可能你还不知道，他是凶残阴险的伪君子，曾杀害了十几条生命！"说到这儿他加重语气，"你丈夫阿东，就是罗北方谋杀的！"

李红浑身一震，睁大双眼惊骇地看着魏晋："这怎么可能？他不会干出这种伤天害理的事儿……"魏晋严肃道："可这是事实，我们有确凿无疑的证据！"李红脸渐渐涨红，咬着牙："这个骗子！恶魔！活该吃枪子！"魏晋接着道："罗北方的所作所为是触目惊心的，他之所以如此肆无忌惮地一而再，再而三地行凶杀人，其目的就是灭口！"李红嘴唇颤抖："灭口？"魏晋点点头："是的，由此可以看出，罗北方绝不是孤立的一个人，他的背后还有黑手。"李红惊惧，禁不住抬头向四周看看。

魏晋郑重其事道："你放心，我们会全力以赴，保证你和孩子的安全。可是有句话我也要向你说明，你要想平平安安生活，就必须找出罗北方背后的主谋，斩断这只黑手！不然，你和孩子的人身安全就无法得到保障，这一点你应该明白。"李红心神不宁地思忖着。魏晋继续开导："李红，我再重复一遍，你是受害者，是法律保护的对象。如果你能为我们提供线索和证据，就是我们责无旁贷保护的证人，请你不要有什么顾虑和担忧。"

李红定下心来，抬起头："罗北方曾交给我八万块钱，不知这算不算窝藏赃款？"魏晋道："这当然不算赃款，不知者不为罪嘛！"李红舒了口气。魏晋问李红："罗北方有没有告诉你钱的来源？他是什么时候给你这笔钱的？"李红回忆着说："他说是送给我补贴家用的，时间就在几天前，在他出事前不久。"

魏晋凝眉思索片刻，接着又问："在这之前，他是否还给过你数目较大的钱款？"李红没有一点迟疑："没有，他就给了我这一次。以前的补偿款他都是给阿东的。"魏晋道："对了，你曾告诉我们罗北方上面还有个叫朱辉的大老板，你对他了解吗？"李红说："你说的是罗北方和阿东以前所在的船务代办处老板朱辉吧？这个朱辉我见过。"

魏晋眼睛一亮，忙问："你真的认识朱辉？"李红肯定地点点头。魏晋有些激动："你知道他现在在哪儿吗？"李红回答说："这我不是太清楚。"魏晋又问："如果你现在见到朱辉，能认出他吗？"李红不假思索地说："能，绝对没问题！"

魏晋打开手机，递到李红面前，手机屏幕上是高强的照片。魏晋问李红："是这个人吗？"李红认真地看了看说："不错！就是他！"魏晋舒了口气说："不瞒你说李红，这个朱辉有可能是罗北方背后的主凶，你能协助配合我们，指认他吗？"李红一口答应："行！你们救了我和我儿子，还这么无微不至地关心我，他指使罗北方害了那么多人，我不会放过他！"魏晋露出欣然之色，说："好！你准备一下，指认时我会通知你。但希望你能保密，不能泄露给任何人，明白吗？"李红郑重地点点头。

魏晋询问李红后，没有去向温松华汇报。他已经对顶头上司也是昔日的师兄失去了信任感，而是首先去找了江宁，商讨下一步行动方案。

江宁叮嘱魏晋，让李红现场指认高强，绝不能出任何问题，必须要做好周密的计划。魏晋请示江宁什么时候进行指认，江宁说当然是越快越好。但也不能太仓促，要在这件事上做足文章。魏晋明白江宁所说的做足文章是什么意思，就是利用这件事逼那些躲在幕后的人物跳出来，同时借此机会考查温松华。于是他马上表示赞同，说这个法子好，事实胜于雄辩，到时候看他们还怎么蹦跶。

尹颖在结束对李红的调查后，忧心忡忡。看来高强涉案已是铁板钉钉了，那刘天石真的是毫不知情能置身度外？带着深深的担心和疑虑，她只能去向最信任的领导也是刘天石的兄弟温松华一吐心事了。

尹颖神情恍惚地走进温松华的副局长室，温松华问尹颖有什么事。尹颖讲述了询问李红的情况，谈了对刘天石的担心。温松华这才发觉魏晋没来向他汇报，心中不觉一沉，脱口说道："简直是莫名其妙！魏晋竟然连我也瞒着，说不定我也成了他的怀疑对象！"尹颖忙说："不会的温局，魏晋可能还没来得及向你汇报。"温松华叹口气："你就别为他打掩护了，自从击毙罗北方那件事后，他就一直看我不顺眼。"

尹颖为魏晋辩解："温局你这是多虑了。我和魏晋聊过，他现在对你当时危急情况下所做的决定已经理解了，不会对你有什么成见的。"温松华说："但愿吧。这个魏晋你最了解，是出了名的一根筋，认定的事九头牛也拉不回来。加上受我那个老同学影响，非要把刘天石当作幕后老板，你说怎么办。"尹颖道："温局，我来就是想问问你，石哥会不会真像他们说的那样有问题。"

温松华用肯定的口气对她说："绝对不可能！除非刘天石是疯了，怎么可能去干杀人越货的事。"尹颖点点头："我也是这么认为的，高强以前是混社会，有可能犯老毛病做出出格的事。他袒护罗北方，可石哥在海州有口皆碑，不可能去干这种下三烂的事。你那个老同学有这种偏见，是不对的。"温松华接着尹颖的话说："唉！叫我怎么跟你说才好啊？我那个老同学到处说我们击毙罗北方错了，对你立了二等功是颇有微词。公安厅的哥们刚才又打电话来问这事，你说这算咋回事嘛？我这个老同学是越来越陌生喽！"

尹颖一听这话，恼火起来："我可以退出二等功奖章，省得他们说三道四的。真是无聊！"温松华意味深长地说："醉翁之意不在酒，他指责我们的背后，你可要透过现象看本质啊！"尹颖一愣："你是说江宁主任另有目的？"温松华指点着尹颖："我说你怎么还犯糊涂，其实他是冲着天石集团和刘天石来的。江宁一开始对咱们市局就是持怀疑态度，把咱们都列为刘天石的同伙，你说可笑不可笑？"

听温松华这么说，尹颖更来气了，愤愤然道："就是同伙怎么了？石哥行得正坐得端，我就是要维护他，看他江宁能把我怎么着！"温松华很无奈地耸耸肩说："本来我不该背后讲老同学的坏话，可他的确做得有些太过分了。你不知道，江宁这个人，在公安大学时就好大喜功，刚愎自用，他认准的事永远都是正确的。你说你有扳倒著名企业家为自己贴金树立形象的动机，能不办成冤案吗？高强就是讲个哥们义气，关照一下罗北方，他非要往刘天石身上扯。退一万步讲，就是高强干了违法的事，你也不能殃及池鱼吧！"

尹颖的火被温松华彻底挑起来了，气得一拍桌子，尖叫道："专案组如果再这样颠倒黑白，我就去上边告他们！"温松华煞有介事地批评尹颖："你看你，又意气用事了。我说这些只是猜测，我还是相信作为资深警界精英的江宁会秉公办案的，我们作为基层干警还是要理解支持专案组的工作嘛。"尹颖嗤之以鼻："什么警界精英，说白了就是居心不良，打着公安厅的招牌，干的却是偷鸡摸狗的勾当！"

温松华像是忽然想起什么似的，对尹颖说："对了，你这么一说我倒想起来了，听说江宁经常避开咱们偷偷约见魏晋。你说有什么秘密非要躲着咱，想想也的确有些过分了。"尹颖鼻子一哼："不用说，他们肯定是要做石哥的菜！"温松华正色道："要真是这样，就太可怕了。刘天石一介商人，掉进他们挖的坑里，再想爬上来，可就难喽！"

　　尹颖呼地站起身来："不行！我得去问问魏晋，看看江宁究竟在搞什么阴谋诡计！"温松华连连摆手："别别，你千万别感情用事，咱们要换位思考，对他们的误解要理解和谅解。他们不是要让李红现场指认吗？这是好事，让事实来证明一切吧！"尹颖对温松华的宽容大度钦佩不已，她希望魏晋也能像温松华一样，不再偏执，迷途知返。

第十七章　暴风雨来了

一

天石大厦董事长室里，刘天石仰靠在沙发上假寐，手指偶尔叩一下沙发扶手，看得出虽然像睡着了，内心却烦躁不安。

宗林快步走进，在沙发前站定，轻声招呼："石哥……"刘天石嘴角轻轻嚅动："说！"宗林趋前一步："魏晋的确又在做李红的活。"刘天石依然闭着眼："我要的是结果。"宗林请示："你看是问一下温松华，还是……"刘天石突然眼睛暴睁，咆哮："我要的是结果！是结果明白吗?!"宗林不敢回话，垂首而立。

电话铃突然响起，刘天石拿起话筒接听，是温松华打来的。他在电话里告诉刘天石李红将要指认高强的消息，要刘天石赶快采取预防措施，时间可是不多了。刘天石放下电话，凝眉沉思，宗林小心翼翼地看着刘天石。

刘天石慢慢转身，走到宗林面前，宗林噤若寒蝉。刘天石伸出手指，弹弹宗林的领带说："领带不错，是名牌吧?"宗林弄不明白刘天石是什么意思，不由自主往后撤。刘天石突然抓住领带结用力猛勒，毫无防备的宗林被勒得直翻白眼，拼命挣扎。刘天石放开领带，幽幽地说："别忘了，你是总经理。"宗林剧烈咳嗽，却又不得不低眉顺目。刘天石脸一沉，厉声命令："马上给我摆平李红！你亲自去！"

海州中心小学门口，一辆黑色奔驰车缓缓驶来，然后停靠在校门一侧。车窗玻璃滑下，露出宗林的面庞。放学的小学生们拥出校门，宗林隔着车窗边看手中的照片边观察孩子们。

小军背着书包蹦蹦跳跳走出。宗林把照片往包里一塞，推开车门走下，迎着小军走过去，拦住小军的去路，小军有些惊讶地看着站在面前的宗林。宗林拍拍小军的头问："你是小军吧？我是你妈妈的朋友！"小军有些警惕地说："我不认识你。"宗林从兜里掏出掌中宝游戏机塞在小军手里："这是叔叔送给你的，走吧，我送你回家！"小军激动得欢呼雀跃，乖乖地跟着宗林上了奔驰车。

李红在家中客厅里接听魏晋的电话，原来是魏晋有些不放心李红指认高强的事，打电话来再落实一下。李红答复魏晋说她随时都可以去指认，会专心等魏晋的通知。正说着，门铃响起，李红对魏晋说了声再见，便放下电话，起身开门。

宗林和小军站在门前，宗林脸上戴着一副宽大的墨镜。李红有些诧愕地看着宗林，问道："你是……?"宗林对李红笑笑："我是阿东的朋友。"说罢径自一步跨进门。李红有些吃惊，忙吩咐小军去卧室里玩。小军把书包往沙发上一丢，带着游戏机钻进了卧室。

李红认真打量宗林，有些疑惑地说："你是阿东的朋友，我怎么没见过你？"宗林随意地往沙发上一坐，轻描淡写地说："哦，罗北方见过我。"李红耳边如响了声惊雷，脸上顿时变色。宗林笑眯眯地看着李红，依然是轻柔的音调："你儿子挺乖，不像他爹，我没怎么费劲就把他带出了学校。"李红紧张得嘴唇有些发抖，颤着声问："你……你到底是谁？究竟想干什么？"

宗林跷起二郎腿摇晃着："你看，这话说的，多见外呀！既然我是阿东和罗北方的朋友，当然对你和你儿子只有关心爱护啦！"李红有些发蒙："请问……请问你贵姓？"宗林嘴里轻轻吐出："我是朱辉……"李红睁大双眼，惊恐地看着宗林："你……你不是朱辉！"宗林扶了扶墨镜："你听我把话说完嘛！我是朱总派来看望你们母子的！"随即加重语气，"当然，我希望你在见到朱辉先生时，也能像刚才那样跟魏晋说！"

李红顿时什么都明白了，不由得一阵天旋地转，身体晃了几晃。宗林盯着李红，眼珠一动不动。李红定住身子，提心吊胆地看着宗林。宗林面露微笑，手指轻叩沙发扶手，一副心平气和的样子说："怎么样啊？你不必为难，更不用勉强。阿东从我们这儿拿走了几十万，罗北方也给了你八万吧？不是照样出事吗？当然，他们最终的结局你也看到了，我们不希望再发生这样的悲剧。"李红满脸绝望之色，嗫嚅着说："求你们别动我儿子，我听你们的还不成吗？"

　　宗林笑了，语调轻松地说："这才是阿东的贤妻，小军的良母，也算是罗北方没有白爱你！"说着拍拍沙发，"来，坐，别这么生分，咱们应该是一家人嘛！"李红抖抖索索在宗林身旁坐下，惊惧不安地偷偷瞥宗林一眼。宗林很自然地拿起李红的手抚摩，面带温情，显得十分轻柔。李红身子僵硬地挺着，嘴角微微抽搐。宗林微笑着夹起李红细细的小手指，突然用力一扳，李红痛得一声尖叫。宗林向卧室里努努嘴，提醒她别惊着孩子。李红张大嘴，不敢再叫出声音。宗林手上渐渐用力，李红小手指越来越弯，痛得泪水从眼里唰地流出，额上的头发渐渐湿透，脖子暴起一条条青筋，身体不由自主地倾斜，几乎伏在宗林的怀里。

　　宗林目光温柔地注视着李红，李红眼里露出乞求哀怜的神情，脸涨得通红，嘴唇泛青。宗林依然笑着，终于松开李红的手。李红倒吸一口凉气，紧紧护住手指。宗林笑吟吟地说："十指连心啊！你不会怪我以这种方式提醒你吧？"李红赶紧摇头："不会不会，我怎么敢怪你，我会记住的……"

　　宗林轻轻舒了口气，站起身来，对李红拱拱手："那我就告辞了，以后我会常来看望的！"这时小军从卧室里跑出，一手举着游戏机，一手举着大苹果，扑到宗林怀里，脆声说："叔叔，你吃！"宗林接过苹果，对李红说："你看，我和小军已经是朋友了，真是让人高兴啊！"

　　李红勉强地对宗林笑笑。宗林一把抱起小军，捏捏他的脸蛋说:"等叔叔有空,带你坐游艇看大海好吗?"小军激动地大声直叫:"太好了!太好了!谢谢叔叔!"宗林放下小军,盯着李红意味深长地说:"大海太美了,尤其是海底世界,小军一定会着迷的!"李红打了个寒噤。宗林向小军挥挥手,转身走向门外。李红虚脱了般瘫倒在沙发上,泪水汹涌而出。

二

刘家别墅的琴房里灯光明亮,琴声断断续续,杨冰正在辅导儿子点点练琴。

刘天石走过来,拥住杨冰的肩膀推到旁边说:"阿冰,有件事和你商量一下。"杨冰一看刘天石的神态,就察觉出异常,不无警觉地问:"什么事?"刘天石嗔怪道:"你看你,还没说,就像防贼似的。"杨冰瞥刘天石一眼:"黄鼠狼给鸡拜年,每次你这样,总没有好事!说吧,你到底想干什么?"

刘天石道:"你那枚钻戒能不能借我用一下?"杨冰瞪眼:"我没说错吧?要送给哪个小骚货?"刘天石也瞪眼:"胡说什么呢!这不是为了公司的前途命运嘛,其实救公司也是救咱,你心里应该清楚的!"杨冰问:"珠宝店里金货银货多的是,你为什么非打我的主意?"

刘天石解释:"五克拉以上的钻戒是要定制的,首饰店里哪儿有啊!"杨冰回绝:"不行!这戒指价值千万不说,还是你送我结婚十周年的纪念物,咋能随便送人,不行不行!"刘天石道:"这不是急等着用嘛。不过你放心,等结婚二十周年时,我再送你个十克拉的。"杨冰显然对"结婚二十周年"这句许诺挺受用,马上破嗔为笑。

刘天石来到滕长青家拜访,这里是海州市有名的"市长楼"别墅区,只有副市长级别以上的领导才有资格居住。全都是以五星级酒店标准建造，且名副其实，依山面海。

夜色下，只见有的楼门前挂着宫灯，皇味十足；有的廊道竖立着欧式玉石圆柱，洋气浪漫。璀璨的灯光在清澄如镜的海面上映出五颜六色的光波潋滟。

劳斯莱斯悄无声息地滑上廊桥，在门前缓缓停下。束建设下车，拉开后车门，刘天石躬身钻出车门，走进楼门。只有三层的别墅却也配装着电梯，足见住者显赫的地位与显贵。刘天石乘电梯来到二楼会客室，滕长青起身相迎，握着刘天石的手说："刘总光临，不胜荣幸啊！请坐，请坐！"刘天石在沙发上坐下，不无歉意地说："本早就该来家里看望滕市长的，这海州的环境受到污染，不允许呀！还望滕市长多多见谅！"滕长青哈哈一笑："刘总言过其实了，哪有那么可怕。不过小心行得万年船，你这也是为我着想嘛。"

刘天石掏出一个精致的首饰盒，说道："当年咱们结伴去巴黎，跑遍了所有的珠宝店，也没能给嫂子买到心仪的戒指，今天我给你带来了。"说着将首饰盒轻轻放在滕长青面前。滕长青眉眼含笑道："你看你，这事还记得。"他打开首饰盒，面露惊讶，"哟！这是八克拉的吧？"刘天石轻描淡写："小玩意，不值一提。"

滕长青把戒指推回刘天石："不行不行，礼物太重，我可承受不起！"刘天石做出生气的样子："滕兄啥时候把弟弟当外人了，不会是怕受牵连吧？不要是吧，那好，我扔了它！"说罢举起首饰盒就要往窗下的海湾里丢。滕长青一把抓住首饰盒，嗔责："你这个天石呀！"刘天石笑了，然后郑重其事地说："俗话说，兄弟不分你我，你常为天石排忧解难，这份情义是任何东西都无法相比的！"

滕长青摆弄着首饰盒："当然，情义无价嘛！你刘总一声令下，我敢不从命吗？再说了，兄弟之间不就是相互帮衬嘛。这次能坐上市长的位子，你在邢省长面前可没为我少出力啊！"刘天石叹口气道："我那个弟弟高强就是太重哥们义气，才惹出了这么大的麻烦，唉！"滕长青笑笑说："你就别瞎埋怨了，这里面的弯弯绕我清楚，高强还不都是为了公司走到这一步的吗？"刘天石有些尴尬。滕长青接着说："别的就不要说了，既然出了事，那就面对现实，想办法解决它，终归还没到世界末日吧！你说是不是老弟？"刘天石连忙附和："滕兄说的是。他们老是在强子身上打主意，你是知道的，强子没什么文化，就是个直炮筒子，我真怕他扛不住啊！"滕长青宽慰道："这个你不用担心，有你我站在后边，我相信他不会趴下。"

刘天石向滕长青倾了倾身子："可是不瞒你说，眼下又出了状况。"滕长青脸上一紧："怎么回事？"刘天石道："那个阿东的老婆李红见过强子，魏晋已经做通她的工作，要对强子进行指认。这里面的内情你是知道的，专案组一旦有了李红的指证，接下来必然是对强子依法逮捕，再想办法就来不及了。"

滕长青凝思片刻后说："这出戏你刘总是主角。辩证法告诉我们，外因是通过内因起作用。我只能给你拉拉板胡敲敲边鼓，只要你能完善细节，我这个配角自然就能使出十足的功力，控制住大局，让你这个主角出彩。"刘天石自然明白滕长青的意思，心领神会地点点头。

在刘天石和滕长青秘密会面的同时，魏晋也在召集大案队员开会，布置李红指认高强的工作。他严肃地告诉队员们，马上要进行一场特殊的战斗，就是李红对高强进行指认。这关系到全案的侦破，所以大家要认真对待，不能出丝毫的差错。另外，为让有关领导见证高强的原形，揭开海州黑社会组织的内幕，他特别请局领导和省厅专案组参加。他接着对指认现场的有关工作做了详细而又具体的分工。

新的一天来临，李红愁眉苦脸地斜倚在沙发上想心事。茶几上的电话突然急促响起，李红条件反射般吓得一哆嗦，惊恐地盯着电话机。电话铃不停地响着，李红抖抖索索伸手拿起听筒，慢慢举到耳边："喂……"

听筒里传出宗林的声音："是李红女士吧？"李红颤着声问：

"你是哪位？"宗林的声音带着轻佻："你还记得我吗？我是你儿子的朋友啊！"李红一惊，忙说："记得，记得！"宗林说："记得就好，小军这两天还好吧？"李红声音发飘："好……好，还好……"宗林嘿嘿一笑："小军很可爱，两天没见，还真有些想他呢！"突然话锋一转，"你要准备好了，他们很快就会让你去认人！"

李红忙不迭地表决心："你放心，我不会去的！"宗林声音突然变得阴沉："不，你错了！恰恰相反，你应该去！也必须去！"李红不由得诧愕："这……"宗林提高声音："结果当然也应该是相反的，你不会不懂我的意思吧？"李红恍然，只能无奈地表态："好的，我明白了，我一切都按你的吩咐去做。"宗林又笑："你真是小军的好妈妈，为了不影响你去认人，小军我会带着他去海边玩儿！好了，就这样，公安应该快到你家了，你做好迎接客人的准备吧！"电话听筒里"啪嗒"一声断了，传出忙音。

李红手里的听筒滑落，这时门铃声又骤然响起。李红惊吓得从沙发上弹跳起来，她心惊胆战走到门后，透过猫眼向外探视，果然看到房勇和尹颖站在门口。李红痛苦地搓手顿足，门外的房勇又抬手摁门铃，李红只有无奈地打开门。房勇和尹颖进屋，房勇察觉李红的情绪不对，刚想开口，却听见茶几上的电话发出"嘟嘟嘟嘟"的声音。原来，匆忙惊吓之中，李红竟然忘了把听筒挂在电话机上。房勇看看李红，又看看电话机，随手把听筒放好。

指证会开始了。甄别室里十分安静，一面巨大的玻璃墙隔开了正反两面。高强坐在反面，脸对着的是一面没有什么异常的墙。江宁、关山、温松华、魏晋、钟慧敏和徐铁军等坐在正面，观察着高强的反应。高强有些紧张，不停地四处张望。温松华看着高强心虚的样子不由得皱起了眉头。

房勇和尹颖带着李红走进，魏晋向李红一一介绍在座的各位领导，以增强她的勇气和信心。当介绍到温松华时，温松华居高临下地冷冷扫视李红。李红偷偷瞟温松华一眼，有些不知所措。魏晋请示关山："关局，你看可以开始了吗？"关山点点头说："开始吧！"魏晋把李红请到中间正对着高强的位置，李红目不转睛地看着高强，面露紧张不安之色。魏晋轻声安慰李红说："这是一面特殊的镜子，你可以看到他，他却看不到你，所以你不用担心。"

李红神情茫然无措，心不在焉。温松华面无表情地斜视着李红。魏晋问李红："这个人是朱辉吗？"李红僵坐着，没有任何反应，现场所有人的目光都集中到李红身上。魏晋重复："李红，这个人是不是你见过的那个朱辉？"李红缓缓站起，轻轻摇了摇头。魏晋大吃一惊，急切地提醒李红："李红，你可要看清楚了，这对你对我们都非常重要！"

温松华暗暗松口气，嘴里郑重其事地说："是啊，这可不是儿戏，要本着对人负责对法律负责的精神认真辨认，千万不能出差错！"李红很坚决地摇摇头，呆滞的眼球凝固在眼眶里，接着干脆耷拉下眼皮。魏晋不甘心，加重语气问李红："这个人真的不是朱辉？"李红低声回答："不是，这个人我从来没见过。"魏晋傻眼了。温松华霍地站起，鼻孔里重重地一哼："胡闹！"关山和江宁满脸沉重，默默无语。温松华扭身就往外面走。

游艇在海湾里缓缓行驶。刘天石和宗林站在甲板上，小军在旁边玩耍。宗林看看表，对刘天石说："现在已经开始了！"刘天石有些不放心地望着远处："李红不会阳奉阴违吧？"宗林看一眼小军说："不会，儿子对她来说比什么都重要，这是女人的七寸之处。"刘天石收回目光："但愿传来的是好消息。"

两人正说着，刘天石的手机突然响起。他看了一眼来电显示号码，轻声对宗林说："是温松华。"然后举到耳边接听，嗯嗯几声后放下手机。宗林迫不及待地问："什么情况？"刘天石微微一笑说："一块石头终于落了地，你宗总可是立了大功啊！"宗林长出了一口气，不由自主地摸了摸领带，赶紧恭维："这主要是石哥你主意出得好，掐住了李红的软肋！"

刘天石像在自问："魏晋没有理由还关着强子吧？"宗林说："强子应该很快就能出来，温松华不会任由魏晋胡来的。"刘天石顿时有了精气神，踌躇满志道："下面应该是滕大市长出马了。我们要以此为契机，借滕长青这个东风，彻底制服魏晋，孤立专案组！只有这样，才能最终消除后患，你说是不是？"宗林赞同地点头说："当然，宜将剩勇追穷寇嘛！"

刘天石向甲板上玩耍的小军摆摆下巴："你该送他回家了。孤儿寡母，也挺可怜的。可以考查一下，看能不能纳入我们的希望工程。"宗林笑了，笑得有些猥琐。

魏晋神情郁闷地坐在办公室里发呆。房勇从外面匆匆走进，垂头丧气满脸失望地直叹气，愤愤道："怎么会这样？难怪都说女人的心孩儿的面，说变就变！"魏晋问房勇："你去李红家的时候发现什么异常情况没有？"房勇摇摇头说："我特别留意了，门口没有任何可疑的人。"魏晋自语："这就怪了！"房勇突然想起："对了，我一进门就觉得李红的情绪不对，后来发现她好像刚接过一个电话，而且很可能就是我进门前的事情，因为电话都没来得及挂好，还是我给挂上的。"魏晋若有所思："这就对了！"房勇疑惑地问："魏队，你的意思是……？"魏晋道："我倒要看看，到底是驴不走还是磨不转。"吩咐房勇："去，把高强放了吧。"房勇气呼呼地走出办公室。

高强从置留室走出，房勇把钥匙串等小物件还给高强。高强斜着眼揶揄说："哥们，不留个纪念？"房勇冷冷地说："高强，别得意太早，你迟早还会进来的！"高强哈哈大笑："就怕你们没那个能耐！我高强倒要看看，你们怎么再把我关进来！给魏晋带个话，高某感谢他的关照，以后走路时别忘了看看脚下！"房勇不再理睬高强，转身离开。高强又是一阵狂笑。

三

滕长青主持召开专项研究公安工作的市长办公会，中心内容就是维护企业的发展，不准任何部门任何人在未经市政府的批准下擅自对企业进行调查侦讯。要把维护经济发展，为企业保驾护航放在首位。

散会后，滕长青严肃地对关山说："老关啊！有些话我刚才不好在会议上讲，不瞒你说，我对你们公安机关很不满意！"关山一愣。滕长青接着道："你们把握不住方向，在自己的家门口任由专案组瞎折腾！给海州的经济发展环境带来严重影响，造成人人自危的局面，现在已经都有外商撤资了。"关山试图解释："可我们是遵照省公安厅的指示……"滕长青打断："公安厅能管得了海州老百姓的吃喝吗？别拿着鸡毛当令箭！"

关山愕然。滕长青加重语气："告诉你吧老兄，省人大邢主任和葛副省长已明确指示，天石集团是一面旗帜，不允许任何别有用心的人玷污中伤和无端攻击。你们马上写出专案组不依法办案，主观臆断，在没有事实证据的情况下擅捕无辜，严重影响了海州的执法环境的报告，上报公安厅，并坚决抵制专案组滥用法权胡作非为的行为！"

关山额上开始冒汗，滕长青以命令的口吻道："省领导已经表明了态度，我们必须无条件服从。你要马上撤回协助专案组办案的市局干警，坚持三个原则，就是不参与、不配合、不干涉。我再向你强调一遍，没有市委、市政府的同意，不准任何人私自配合专案组，如有违反者，后果自负！"

魏晋立即向江宁报告了滕长青召开市长办公会，明确指示市公安局维护天石集团。江宁对此并不感到奇怪。他很清楚，刘天石的背后，是一个深不可测的黑洞，任何事情都可能发生。

看来一场暴风雨就要来临了。刘天石绝不会放过反扑的大好机会，必定会利用这股逆流，试图将专案组和市公安局的正义力量彻底击垮淹没。江宁意识到客观现实就摆在那儿，他们现在已经完全处于被动之中，只能等待观察。李红指认高强的失败向他敲响了警钟，他们面临的对手是强大而且极具智谋韬略的，稍有闪失，就有可能陷入污水坑里，遭致无法弥补的恶果。他马上联系陈晓辉，指示他密切关注天石集团内部的动向。

此时的温松华正坐在办公桌后，满脸欣然之色。他点上一支烟，仰靠在椅背上悠然地抽着。墙上的挂钟时针指向十点整，接着响起清脆的报时声。外面响起敲门声，温松华坐正身子，换上一副严肃的面孔，对着外面低沉地说："请进。"

魏晋推门走进，一副无精打采的样子，有气无力地问："温局，你找我？"温松华对着桌前的椅子抬抬下巴："坐吧！"魏晋慵懒地往椅子上一歪，温松华扔给魏晋一根烟，瞪他一眼："我早就跟你说过，高强是大错不犯小错不断，也就是个哥们义气，触犯法律的事他是不敢干的。现在事实证明我说得没错吧？"魏晋已懒得再和温松华争论，只是闷着头抽烟。温松华接着说："我们配合专案组的任务到此结束，你可以把主要精力放在其他大、要案的侦破上了。"

魏晋终究还是没能忍住，一下子坐直了身子，硬邦邦问："为什么？"温松华弹弹烟灰："我只是向你传达市领导的指示，有疑问你可以去问领导。"魏晋狠狠抽一口烟："真没想到，会是这种结果！"温松华抬抬眼皮："你应该能想到。"伸出手指轻轻叩击桌面，"你也是个老刑警了，应该懂得不打无把握之仗的道理。侦查工作的大忌是主观臆断，你凭着想象去办案，本身出发点就有问题，招致这样的结果，应是理所当然，没什么可怨天尤人的。你要接受教训，明白吗？"魏晋头一昂："我不明白！这里面肯定有问题，在辨认现场，李红的情绪很不正常，我想……"温松华恼火："你想干什么？我可警告你，别再瞎琢磨那些不着边际的歪主意！"

魏晋盯着温松华说："你不觉得这次辨认的失败，正说明案件背后有着很复杂的原因吗？"温松华一拍桌子："魏晋！你到底有完没完？又在老调重弹！我现在需要你侦办的不是这种凭空想象出来的徒劳无功的所谓大案，我要的是看得见摸得着的实实在在战绩！你怎么非要跟着江宁好大喜功，你是海州市公安局的大案队长，不是江宁的跟班！这么多现有的案子不办，你还让不让我再干这个主管刑侦的副局长？我该怎么向上面交代？"

魏晋斜视着温松华："难道侦破师傅被害和枪击大案、摧毁海州的黑社会犯罪集团案不是最大的战绩？我就不明白了，你有什么不好向上面交代的！"温松华不耐烦地连连摆手："好了好了，我不想就这个问题再跟你争论！说来说去，还是那些重复了无数次的废话！我可以明确告诉你，如果你还想去警训基地做伙夫，那就一意孤行吧！"魏晋拉长音调："以前我是只琢磨事不琢磨人，现在看样子得反过来了，这人啊才终归是要好好琢磨的。真是悲哀啊！"温松华自然明白魏晋的弦外之音，彻底火了，指着外面一声暴吼："出去！"

四

夜幕降临，八卦洲的灯光格外灿烂。宴会厅里，金碧辉煌，琳琅满目。

刘天石恭迎滕长青入席，滕长青与温松华、宗林以及高强等一一握手，然后坐进主宾位置，矜持地礼让众人入座。刘天石举起酒杯作开场白："来，欢迎滕市长光临，并感谢老朋友为天石集团排忧解难，我们共敬一杯！"滕长青摆摆手说："刘总客气了，为企业保驾护航是我们的职责嘛！"然后转向坐在末席的高强，"高总经受住了考验，不愧是你们天石集团的保安部长。来，为了庆祝他平安归来，我们共同干杯！"大家都举起酒杯。

宴会厅外面，陈晓辉坐在奔驰车里。他望着宴会厅里辉煌的灯火和晃动的身影，拿起手机，快速给江宁发送信息。

正在苦思对策的江宁接到陈晓辉的信息，顿时什么都明白了。其实，李红指认高强失败，无疑是刘天石暗中做了手脚，紧跟着便是滕长青发号施令。发生的这一切都足以证明，滕长青就是刘天石在海州的代理人、保护伞。而且帮助祖护刘天石的官员也并非只到他这一级，刘天石在省城的影响力也是有目共睹的。一个个庞然大物走上了前台，就像一只只张开血盆大口的老虎，随时都可能将他和专案组吞噬。江宁不得不为专案组成员和魏晋的安全深深担忧起来。财大气粗、权势遮天的刘天石是什么事都干得出来的，何况他还没动用省城和北京的关系呢！

就在江宁烦恼之时，门铃响起，江宁起身开门，门口站着魏晋。江宁让魏晋进来，魏晋说太闷，建议江宁出去走走。

江宁和魏晋在林荫小道上漫步，魏晋低垂着头，久久不语。江宁打破沉默，劝道："我说魏晋，你还是顺应形势，先执行局里的决定吧！"魏晋猛地昂起头说："我决不向他们低头，最多让我脱下警服，我就不信正义战胜不了邪恶！"江宁开导："魏晋你可要冷静，你想过没有，你留在刑侦支队还能暗中为专案组提供些帮助，如果真的再重蹈覆辙被发配流放，那才是最大的损失。你要记住喽，越是在失利的情况下我们越要保持清醒，不然就正中刘天石他们的下怀。"

魏晋沉重地叹口气，说："我没想到对手会如此强大，竟然连专案组都敢打压。如此嚣张，真是肆无忌惮无法无天啊！"江宁平静地说："其实从反面看这也未必是件坏事，让那些幕后的保护伞跳出来更有利于以后的侦查工作。"魏晋压低嗓门："对了江主任，我听说这次决定是上面下达的，如果连公安厅的专案组都敢抵制，我估摸着，来头肯定不小。"江宁笑笑："权力终究是大不过党纪国法的，位置越高，摔得就越惨。"

魏晋凑近江宁："据我观察，滕长青市长的态度好像不大对劲，我怀疑，是不是他在从中作梗。"江宁耸耸肩说："只有摧毁海州的黑社会犯罪组织，才能揭开真相，让那些大大小小的妖魔鬼怪原形毕露。在此之前，我不会进行任何揣测和妄断。但我可以告诉你个消息，现在你们的滕市长正在参加刘天石的庆功宴呢！"

魏晋顿时吃惊得瞪大了双眼。江宁接着道："滕长青在刘天石那儿可能都只能算个小萝卜头。"魏晋被镇住，不由自主地停下了脚步："啊？有这么可怕？"江宁道："黑幕应该很快就能揭开了。我可以向你透露，我布置的内线已经查出了蛛丝马迹，正在进一步确定核实中。"魏晋一副悚然心惊的样子，苦笑笑说："太可怕了！江主任，我不能不提醒你，对手得势后，肯定会穷追猛打，置专案组于死地。你可一定要多加小心啊！"

江宁一脸的悲壮："该来的总归要来，就是我们葬身在海州也并非不可能。可是我们无法逃避，也不可能有别的选择！"魏晋驻足发呆，悲哀在全身弥漫。

八卦洲的密室里，刘天石志得意满地伫立在落地窗前，俯瞰海滨浩瀚的灯海。

宗林给刘天石送上一杯咖啡，刘天石转过身来，问宗林："我安排的事你都落实了吗？"宗林点点头："全都布置妥当了，内外结合，上下发力，痛打落水狗！"刘天石要言不烦："说具体点。"

宗林打开随身携带的笔记本，像念书似的说："从舆论上搞臭专案组，已向二十一家报纸、电台、电视台高管送了红包；还动员了近百名互联网大V在网上发帖；其次封锁专案组，让他们寸步难行，头破血流，所有与专案组有关联的人和事全都已经切断。另外继续向人大、政协等有关部门申诉，从而施加压力。"刘天石看来并不完全满意，指示道："仅仅只断后路还不行，要正面进攻。我允许你放开手脚，想做个清白的人，难啊！"宗林一副跃跃欲试的样子，对刘天石说："你说吧哥，怎么整？"

刘天石阴沉地慢声低语："作为蒙冤受屈的无辜者，任何举动都不为过。"宗林振奋："明白了大哥，我等的就是你这句话！江宁，我要让他知道，马王爷长几只眼！"刘天石转向窗外，抽出一根烟，一字一句："天石公司从来不失手，天石公司永远都会赢。"宗林连忙为刘天石点烟。

专案组办公室里，钟慧敏把一沓报纸材料摆在江宁面前，报纸上的文章几乎是一边倒，全是声援刘天石和天石公司的声音。网上就更恶毒了，指责甚至是谩骂专案组的帖子满天飞，还有一些不明真相的政协委员、人大代表跟着鼓噪。江宁粗粗地浏览一遍，便将那些报纸材料不屑地推到一边。

徐铁军从门外冲进来，气咻咻地对江宁说："主任，所有和案件有关联的人全都拒绝我们的调查，又回到了咱们刚来海州时的情形！"江宁面无表情地说："这本来就在意料之中。"徐铁军愤愤道："最可恶的是，高强放言，专案组的人见一个打一个。如果，如果……"他气得说不下去了。江宁眼一瞪："说！"徐铁军勉强从嘴里挤出："他说除非你裸身负荆上门道歉，否则……叫你站着出来，横着回去。"

江宁忍不住放声大笑："哈哈！这个人渣，竟然还晓得负荆请罪的典故！"钟慧敏不无担忧地提醒江宁："江主任，这个高强混社会几十年，是刘天石的铁杆兄弟，在海州黑道是个呼风唤雨的人物，我们不能不防啊！"江宁问徐铁军："市局那边有什么反应？"徐铁军回答："大部分干警还是支持专案组的，但也只能是既气愤又无奈，当然也有担心。"江宁沉吟着说："再强大凶恶的敌人都不可怕，可怕的是我们内部畏惧涣散和打退堂鼓。一个失去希望、斗志和必胜信念的队伍，才是最最可怕的！"

钟慧敏和徐铁军垂下头，默然不语。江宁问道："有什么想法，说说吧！"钟慧敏说："我们面临的形势的确很严峻，没有当地公安机关的支持，我们很难开展工作。"徐铁军愤然道："还支持呢，那些别有用心的败类，不暗中使绊子，就烧高香了。咱们在明处，他们在暗处，是防不胜防啊！自决定来海州，我就没打算活着回去，可怕就怕……"钟慧敏不高兴了，打断徐铁军："说什么呢？净说些丧气话！没有困难没有阻力，上级派咱来干啥？"

江宁此刻心里是矛盾的，是继续坚持还是撤退，他必须向厅领导汇报了。江宁拨通了专线电话，向周民厅长汇报了目前的侦查情况，然后说："因为我的疏忽和轻敌，才造成如此被动的局面。我辜负了上级领导的嘱托，负有全部责任。"

周民在电话里回复说："江宁同志，我曾一再提醒你，海州的犯罪活动并不是孤立的团伙，他们是有组织有预谋带有黑社会性质，向法律挑战与正义对抗的罪恶力量！他们依靠的不仅仅是暴力，还有纵横交错的庞大关系网！他们只是大系统中的一个局部，这就要求我们必须放在一个更高的角度更全面的层次去谋划考量，制订出周密的计划步步推进，将其彻底摧毁一网打尽！你应该明白，对手的强大超乎我们的想象，不然海州也不可能黑暗到如此程度。任何一点小小的失误都会带来全军覆没的结局，你们打了败仗是小事，维护法律的尊严才是大事！我再说一遍，如果任由恶势力发展壮大横行，海州的长治久安就无从谈起！"

江宁请求接受上级处分，并撤换他这个专案组长。周民提高声音，变得严厉："你在这时候竟然要当逃兵，要丢弃前沿阵地，你明白战场上的逃兵意味着什么吗？意味着举手投降，意味着把身后人民群众的安危拱手交给敌人！你江宁在我面前口口声声要和黑恶势力战斗到底，宁可被打倒也绝不会被打败。你是不是吹牛？你是不是要让犯罪集团把枪口对着厅领导才甘心？你是不是要让法律蒙羞才光荣?！你是不是要让老百姓对法律失去信心才满意?！"

周民的话一句比一句严厉，江宁手握话筒的手在颤抖。周民最后说："我还要告诉你，我到时候能不能给你支持都要打个问号。你要有这个心理准备，你现在遇到的困难只是刚刚开始！想一想彭光武吧！我们是人民警察，是老百姓的保护神，我们没有丝毫退路可言！"电话咔嗒一声断了，江宁嘴角剧烈地抽搐着，羞愧与无地自容瞬间在他的体内翻江倒海。

第十八章　绝地反击

一

又是一个晴朗的早晨。

郝通晨练回来，依惯例从门前的报箱里取出报纸浏览。报纸标题隐约可见《暴风雨中的苍鹰——记天石集团掌舵人刘天石》。郝通气愤地将报纸往脚下一扔，骂道："满纸荒唐言，狗屁拍马精！什么苍鹰？是他妈苍蝇！"他边骂边从衣兜里掏出手机拨打，嘟嘟几声长鸣后，江宁的声音响起："郝总啊！有事吗？"郝通道："难得你还能记得我，方便说话吗？"江宁回说："郝总您请讲。"郝通想了想说："算了，还是见面聊吧！你有空吗？"江宁话音里有些迟疑："现在？"

郝通话中带着玄机："我现在最想见的就是警察，而且是你这样弹尽粮绝的警察！"江宁显然有了兴趣，回答说："好吧，在哪儿见面？"郝通要言不烦："老地方！"

郝通走进龙泉茶楼，江宁已坐在茶桌边等候。郝通在江宁对面坐下，不无歉意地点点头说："对不起，堵车，来晚了一步。"江宁为郝通斟茶："说抱歉的应该是我，因为办案需要隐瞒了身份。"郝通笑笑说："我对此毫不介意，海州的环境让你不得不这样，但只要是来查天石集团和刘天石的，哪怕他是魔鬼，我也会把他当作天使！"江宁摇摇头："魔鬼可是成不了天使的。"郝通似乎弦外有音："但魔鬼是可以对付魔鬼的，就是俗话所说，以恶制恶，以毒攻毒！"

江宁警觉，立刻变得严肃："我必须向你申明，专案组并不是因为私人恩怨来海州的，而是履行执法者的职责。我也希望你不要意气用事，以免造成打虎不成反遭犬欺的不堪后果。"郝通不以为然："你们作为执法部门可以按正当途径办案，而我则有我的途径，对付刘天石这种人渣你就得比他还邪门！你们不是用法律的武器和他较量了吗？结果呢？法律在权势面前只能甘拜下风，不然你江主任也不会被犬欺落到这步田地。"

江宁见说服不了郝通，颇感无奈。郝通接着道："而且我现在就可以向你证明，我的方式已经取得了重大收获！5·1大案案发现场有位姑娘拍下了行凶者的照片，虽然具体是谁我没有办法查出来，但你们专案组有这个条件去查！"江宁双眼一亮，忙问："你是怎么查到的？是否确实？"

郝通神秘地往前俯下身子说："我刚才告诉你了，我使用的是非正常手段，但绝对不会错！这个拍照者是导游，是位身材高挑的姑娘，且近视，戴着眼镜。我已经把范围缩小到旅行社，而且有如此鲜明的特征，你们应该能查得到！"

江宁半信半疑地看着郝通，郝通抬起屁股："这就是我给你提供的弹药，信不信随你。今天这茶水可算你请客了，告辞！"说罢起身飘然离去。

茶楼外，老四和老六在门口溜达，郝通从茶楼里走出。老六问老四："哥，盯哪个？"老四不屑地瞥一眼郝通："断翅的凤凰不如鸡，当然是姓江的！"

老四和老六迅速把江宁与郝通在茶楼秘密见面的消息报告给高强，高强又报告给刘天石。刘天石问高强是否探听到江宁和郝通在谈什么，高强说只见到他们勾勾搭搭，挺神秘的样子。刘天石皱眉沉思，高强说依他看，就是两只落水的鸡仔同病相怜，互相啄啄毛安慰安慰，没什么大惊小怪。

刘天石微微摇头说没那么简单，这种时候，为什么江宁单单见了姓郝的？别忘了，郝通这个老贼可是天石公司的死对头，一定要盯紧他。

江宁见过郝通后，针对他提供的线索，回到专案组和钟慧敏、徐铁军商量怎么办。钟慧敏认为，郝通提供的线索不管是真是假，都应该试试。徐铁军也表示赞同，说不进行调查甄别，就办不了真假。江宁说调查甄别当然是必要的，可是魏晋那边已经被捆住了手脚，而专案组的人员全都在刘天石的监视之下。面对犯罪集团的淫威，海州的机关、单位、企业和有关知情人对专案组也是避之唯恐不及，靠专案组自己很难进行深入的查证，这是最大的难题。

钟慧敏建议说，要不还像以前一样，让魏晋悄悄查访。江宁摇头说现在和以前的情况已是大不相同，魏晋的处境并不比专案组好多少。如果让魏晋进行这项工作，一旦被察觉，就极有可能招致不堪的结果，被调离公安机关都有可能，因为地方干警的人事权全在市里掌握着。钟慧敏和徐铁军听了江宁的话，感觉到的确如他所言，很难突破重重阻碍，不由愁眉苦脸地叹起了气。

就在这时，敲门声突然响起，徐铁军上前开门，魏晋走了进来。徐铁军调侃说海州真是邪门，说谁来谁。江宁批评魏晋这种时候不应该再来这儿，魏晋往江宁身旁一坐说："反正就这样了，谁都知道我和你们一个鼻孔出气，还有什么可躲着藏着的！"江宁告诫魏晋："可你要清楚，我们现在只有你这一只眼睛一条腿了，你要是再有个闪失，那可就真没指望了。有些事情只能靠你去做，明白吗？"

魏晋似乎听出江宁的意思，问道："江主任，是不是又要我执行什么秘密任务？"江宁道："你急着过来，肯定有事，还是先谈谈你的想法吧！"魏晋说："我反复琢磨，觉得现在只能老调重弹，再从调查5·1枪击案入手。办这个案子谁也没有阻止的理由，也许能寻找出新的突破口。"

江宁和钟慧敏、徐铁军都笑了。魏晋挠头："怎么，我说错了？"徐铁军说："没错没错，是英雄所见略同啊！"魏晋恍然："噢，原来你们也这样想啊！"江宁道："也算是不谋而合吧。我可以告诉你，我们刚刚得到一个信息，当时枪击案现场有一位女导游拍下了凶手的照片。"魏晋大喜："是吗？那太好了！就从这个女导游查起！"

江宁道："可是，现在我们的环境很糟糕，人家避之都唯恐不及。这又是个面广深入的工作，难呐！"魏晋胸一挺："还有我嘛！"江宁不无担心地说："问题是这对你来说风险很大，一旦被他们发现，随之而来的肯定是报复。"魏晋咬牙道："我早已把一切都置之度外了，如果法律成了摆设，我也不会再穿这身警服！江主任，不管你同不同意，我都会按照自己的计划进行！"

江宁沉思片刻，终于抬起头说："好吧！我建议你还是重点摸查，不要铺得太开，先从现场目击者查起。看他们有没有看到这个拍照的女导游，也许他们能有新的发现。"魏晋一拍脑门："你这么一说，我倒想起来了，原始案卷上记录，那位市农委退休干部冯伯韬在案发后第一次询问时，曾说看到有人拍照。后来又改口了，我可以在他身上下下功夫。"江宁叮嘱："你要悄悄地摸排，仍然采取秘密侦查的方式。千万不可惊动对方，尽量不要打草惊蛇，更不能暴露目标，要把安全放在第一位，明白吗？"魏晋郑重地点点头。

二

市农委宿舍小区大门旁，几个城管队员在清理路边的摊位，摊位四周一片狼藉。

摆摊的冯伯韬在恳求："大哥啊行行好吧！以后再也不摆了……"一位黑脸队员训斥："抓你十几次了，屡教不改，今天必须没收罚款！"冯伯韬苦苦哀求："我就靠做点小生意生活，求你们发发善心吧！"队员一边收拾散落在地的小百货物品，放在一个大包裹里，一边断然拒绝："不行！"冯伯韬与队员争夺物品。

恰在这时，魏晋骑着电动自行车过来。他看到与城管队员争夺包裹的冯伯韬，连忙停下电动车。冯伯韬争夺不过几个年轻的小伙子，瘫坐在地上。黑脸队员拎着包裹，另两个队员架起冯伯韬，走向旁边不远处的执法皮卡车。

突然，他们身后传来一声断喝："站住！"城管队员和冯伯韬回身，只见魏晋横眉竖目，威风凛凛地怒视着城管队员。冯伯韬吃惊地看着魏晋，魏晋穿着便服，城管队员根本不把他放在眼里，个个露出轻蔑的表情。

黑脸队员把包裹往地上一扔："哟嗬！有出头的啦！"魏晋迈开大步上前，黑脸队员和另两个队员严阵以待。周围的群众围观，魏晋把冯伯韬拉到身后。黑脸队员厉声道："我警告你，妨碍执法，你应该清楚是什么后果！"魏晋视若无人，上前去提包裹。三名队员抽出橡皮棍，扑向魏晋。冯伯韬吓得惊呼："别别……"

魏晋腰一扭，轻舒猿臂，一连串电光石火般的擒拿动作，便将三名队员撂翻在地。围观的群众鼓掌喝彩。三名队员恼羞成怒，爬起来又疯了似的冲向魏晋。一个头目模样的汉子从皮卡车里跳下，手持电击枪，奔向打斗处支援。魏晋摆开架势，那头目赶到，突然大喊："住手！快住手！"三名队员停住。

那头目快步走到魏晋面前："魏队长，怎么是你啊？"魏晋定睛一看："哦，大头鲨。当头了？你看你这几个小虾米有点欺负老年人啊！"大头鲨："这也是执行公务，没法子的事儿，魏哥你多理解。"他指指冯伯韬，"他是你什么人？"魏晋道："我二大爷。"大头鲨吃惊："不会吧魏哥？你二大爷也摆摊？"魏晋拉长音调："我没用！咋办？"大头鲨信了，忙命令手下："咱们走吧，以后给大爷点面子，别再撵了！"几个城管队员把包裹还给冯伯韬，乖乖地离去。

冯伯韬在城管队员离开后有些诧异地问魏晋："请问您

253

是……"魏晋回道："我是市公安局大案队的魏晋，您就是冯伯韬同志吧？"冯伯韬点点头。魏晋道："真是巧了，我就是来拜访您的。"冯伯韬似乎明白了魏晋的来意，用探究的目光看着魏晋："你的名字我听说过，打黑英雄！你说吧，找我啥事？"魏晋道："是枪击郝达案的一些情况，想找您了解一下。"

冯伯韬低头沉吟，魏晋接着说："不瞒您说，我们目前的侦查工作遇到很大的障碍，处境也很艰难……"冯伯韬毫不客气地打断："我的处境更艰难！自打上次专案组的人找我后，我的退休待遇也被取消了，如今只能摆摊谋生！"

魏晋听出冯伯韬话里有拒绝之意，不禁有些失望。谁知冯伯韬却接着说："不过我也没啥可失去的了。你说吧，只要是我知道的。"魏晋看到了希望，忙问道："您在案发后曾向办案人员说看到现场有位女士拍照，您能说说详细情况吗？"冯伯韬回答说："她是导游，当时带着夕阳红老年旅游团在海滨游览。对了，她胸前挂着海州青年旅行社的名牌。是位身材高挑的姑娘，近视，戴着眼镜。我当时看得很清楚，她应该拍下了凶手的照片。"

魏晋喜出望外，连声向冯伯韬道谢。冯伯韬说："应该是我感谢你，让我能继续摆摊，有个吃饭的门路。我要向你这个敢于犯上、拎着脑袋与邪恶势力斗的刑警队长学习。反正我也就剩下一条老命，没啥可怕的了！"魏晋感动地紧紧握住冯伯韬的手。

魏晋回到办公室脱掉便装换上警服。内勤拿着一个文件夹，走到魏晋面前说："魏队，这是大案队的半年总结，请你过目。"魏晋摆摆手说："不用了，报温局吧！"内勤走开，魏晋匆匆出门。坐在旁边办公桌前的尹颖，向魏晋投去狐疑的目光，然后悄悄起身。魏晋走出公安局大门，尹颖尾随在后。

魏晋来到青年旅行社，走进楼门，尹颖纱巾裹脸跟在后面。

魏晋上到三楼，按照门卫的指点找到经理室，然后敲开门，递给旅行社经理邵阳警官证。邵阳看了警官证，忙热情让座。魏晋在沙发上坐下，邵阳送上茶水，问道："魏队长有什么事尽管吩咐。"魏晋接过茶杯，表示感谢后说："邵经理客气，哪里谈得上吩咐，应该是希望能得到您的支持。"

邵阳谦恭地说："公安机关对我们旅行社很关心，帮助我们处理解决了很多纠纷和骚扰事件，现在能为你们效力，是很荣幸的事！"魏晋故作随意的样子道："也不是什么很复杂的事。是这样的，有个三年前发生在海滨旅游带的案子，据说有位女导游是现场目击者，我们想找她了解一下情况。"邵阳爽快地说："没问题！是谁？我马上叫她过来。"魏晋说："我们只知道她是你们旅行社的，具体是谁就不清楚了。"

邵阳有些为难："那就麻烦了，我们有导游上百个，查起来很难。而且又是三年前的事，那就更是难上加难喽！"魏晋说："但我们有她的特征，据说她近视，年龄在二十岁出头。"邵阳说："范围还是有些太大，现在的年轻人，上网玩手机，有一多半近视。"魏晋提示说："邵经理，您看这样行不行？能不能把三年前，就是 2020 年新年前后带队到海滨旅游风景区的导游做个大概的统计，然后再进行筛查，是不是会方便些？"邵阳想了想说："主要是相隔时间太久了。这样吧，你稍等，我去调度室看看有没有留存三年前的排班资料。"

窗外，尹颖的身影一闪而过。

邵阳去调度室查阅档案资料，不一会儿便捧着一沓资料回来了。魏晋连忙问："怎么样邵经理？"邵阳说："还好还好，万幸万幸，三年前的调度资料还在。"说着把资料递给魏晋。魏晋松了口气，翻阅资料。邵阳介绍说："2020 年新年前后负责海滨旅游风景带的导游十五人，其中女导游九人，而近视女导游五人，年龄二十几岁左右的是三人。她们的行踪都在上面。"魏晋细细地翻阅，精神渐渐振作起来。

尹颖躲在窗外，窥探着屋里。

三

尹颖向温松华汇报了魏晋仍执迷不悟，在帮着专案组调查的事，温松华立即召见魏晋。

魏晋一迈进副局长室的门，温松华劈头盖脸就是一句质问："说吧，你到底想干什么？"魏晋不解，愣怔着道："又怎么了？我没干什么大逆不道的事啊！"温松华冷着脸："少给我装蒜！你阳奉阴违，背着我还在帮助专案组。你说，你到底想干什么？"魏晋明白过来，显然温松华已发觉他去青年旅行社的事，嘴上却搪塞说："帮着专案组？这话从何说起，莫名其妙嘛！"温松华气咻咻地说："莫名其妙的是你！我警告你，别再瞎琢磨那些不着边际的歪主意！上级三令五申扫好自家门前雪，可你就是当耳旁风，你知道这会带来什么后果吗？"

魏晋终于忍受不住了，亮开嗓门说："后果？什么后果？无非就是惹得一些人不高兴！我就纳闷了，这5·1枪击案难道不是自家门前雪？我们办案，为什么非要看别人的脸色……"温松华不耐烦地打断："我告诉你魏晋，别再给我无事生非，干好你自己分内的事！上级的命令必须坚决执行，否则一切后果自负！"魏晋撇撇嘴："你说的上级不就是滕长青市长他们吗？对他们的态度，倒是挺值得玩味！"

温松华勃然大怒："玩味个屁！你好大的胆子，是不是连市里领导也都怀疑上了？真是荒唐！"魏晋毫不退让，针锋相对："这有什么荒唐？从5·1枪击郝达案到师傅被谋害，从熊雄到罗北方到阿岩阿东再到高强，傻瓜也能看出点门道！"温松华手指夹着的烟微微颤抖："好好，我的魏大队长，算你厉害！我看你不是烧昏了头，就是吃错了药！你不用多费口舌了，你非要撞破南墙，重蹈覆辙，我也没办法，那你就咎由自取吧！"

魏晋冷笑："不就是罢官免职吗？明明白白摆在眼前的案子都办不了，我这大案队长当得也没什么意思！"温松华也是冷冰冰地说："如果你觉得在我手下委屈，可以另择高枝！"魏晋鼻子一哼："也许你早就想把我扫地出门了，是不是温副局长？"温松华依然是冷漠的口气："你看我们现在还能坐到一块吗？人各有志，我勉强你还有什么意思？如果你想换个环境，我可以成全你！"

魏晋忽然笑了，意味深长地看着温松华。温松华被魏晋看得心里直发毛，弹弹烟灰："当然，你也可以直接找关局谈谈想法。辞职总比撤职好看些！"魏晋缓缓站起："好吧，我会很快给你答复的！"说罢转身快步走向门外。温松华望着魏晋的背影，深深抽了口烟，一股又辣又涩的味道刺激着喉咙，他忍不住剧烈地咳嗽起来。

魏晋早就想摸摸关山局长的底牌了，以前他是支持案件侦办的，但随着形势的变化他会不会考虑头上的乌纱帽也有转变。他的态度和立场对魏晋甚至专案组来说都太重要了，魏晋必须弄个清楚明白。

魏晋径直来到局长室，关山坐在办公桌后，看着对面无精打采的魏晋。关山敲敲桌子："说话呀！你不是来我这儿静坐的吧？"魏晋闷闷地摸出烟来低着头抽。关山打量着魏晋道："看你一脸的官司，就知道又遇到什么难题了。说吧，有什么迈不过去的坎？"魏晋抬起头："关局，我想辞职，请允许我回警训基地吧！"关山问："怎么，这次想主动撤退？"魏晋脸苦巴巴的，言不由衷道："我水平不够，无法和领导保持一致，还是去做伙夫比较合适。"

关山慢条斯理地说："躲进小楼成一统，这是逃避现实最好的办法。你这恐怕不是水平的问题吧？和领导之间发生意见分歧很正常，难道只有回避这一种选择？"魏晋试图辩解："关局，您不了解情况，这事……"关山摆摆手："你不用解释，我很了解情况，松华已经都告诉我了。"魏晋有些不屑地说："我知道他会怎么评价我，可是如果连这5·1大案都不能办，您说我这大案队长还有什么当头！"关山加重语气："如果你辞了大案队长，也许永远都办不成这个案子了。"

魏晋一愣，抬起头来。关山变得严肃："如果你执意要离开刑侦支队，我不会阻拦你，问题是你能否甘心。当然，我这么说也不是鼓励你去擅自行动。市里领导已经明确指示对专案组不予配合，所以我也不敢保证以后就不撤你的职，甚至比这还要重。说到底，主意还得你自己拿，作为局长，我话只能说到这儿，你看着办吧！"魏晋一时间弄不清关山是什么意思，不禁有些茫然起来。

魏晋心烦意乱之下，来到专案组。江宁问魏晋什么情况，魏晋说："有好消息，也有坏消息。"江宁笑笑："那就先说说好消息吧。"魏晋道："青年旅行社的导游我已经查出了些眉目，目标集中在三个人身上。"江宁揉揉下巴："哦？这的确是个好消息。"魏晋接着说："可是我没有办法继续查下去。温局有所察觉，向我下了最后通牒，要么一意孤行，调离刑侦支队；要么停下来，老老实实办别的案子。"

江宁抬抬眼："这就是你说的坏消息吧？"魏晋点点头："我一气之下，去找了关局，要求辞职。"江宁皱眉："他怎么说？"魏晋叹气："净说些模棱两可自相矛盾的话，劝我不要当逃兵，又不让我进攻，你说有这样的局长吗？"

江宁眉头稍稍舒展开来，劝导加批评："不是我说你魏晋，你本就不该感情冲动，有些人巴不得你离开刑侦队伍呢！关山有他的难处，市里是他的顶头上司，他敢不听招呼吗？值得庆幸的是，他没批准你的请求，说明他还没失去一个老公安的本色。咱们也要体谅他的难处，你说是不是？"魏晋点点头："是的。关局不撤我的职，那就说明他还是希望我把案子办下去。"江宁叮嘱魏晋："但接下来还是要讲究个方式方法，尽量隐蔽些，战胜敌人首先要保护好自己。"

魏晋忍不住爆粗口："妈的！我竟然成了地下工作者！我就不

信，这猫会变成老鼠，老鼠会变成猫！"江宁叹道："我还是低估了对手的能量啊，现在只能靠你冲锋陷阵。你绝不能有丝毫闪失。眼下敌情复杂，用白色恐怖笼罩形容都毫不为过，在这种恶劣的环境下，什么情况都可能发生。"魏晋表情坚定："那就让它发生好了，他们越疯狂就暴露得越彻底。现在已经是背水一战，不可能有别的选择。攻打敌人的阵地和堡垒，我这个海州的警察就要冲在最前面！"

江宁一拍魏晋肩膀："说得好！还是那句话，狭路相逢勇者胜！我向你保证，只要你取得突破，我们就掌握了主动！专案组永远是你坚强的后盾！"

四

没有比战胜对手更让人舒畅的了。刘天石只略施身手，就把江宁和他的专案组整得灰头土脸，可以说只是摇了摇小手指，便灰飞烟灭。必胜的信念再次让他膨胀起来。美好的心情自然要有美好的景色来衬托，他兴致勃勃地在宗林和梅青陪同下，乘游艇一览海上秀色。

正如俗话所说，饱暖思淫欲。刘天石安定天下后，也就不再顾忌杨冰，与梅青重温旧梦。他精神焕发地走到舷窗前，看着海上的景色。夕阳晚照，彩霞映红了镜面般深蓝的海水。海湾里白帆点点，偶有巨大的客船货轮从银帆里穿过。

刘天石诗兴大发，吟诵："沉舟侧畔千帆过，病树前头万木春……"梅青将剥好的橘子送到刘天石嘴里。宗林凑上来，兴奋地搓着手说："魏晋终于学乖了，这个搅屎棍不再掺和，我们就可以高枕无忧了！"刘天石脸一沉："错！他只不过是个马前卒，那位江主任才是最大的威胁。只有把他赶出海州，我们才能……"话未说完，手机响起。刘天石看了看来电显示，忙打开接听。他一边"嗯嗯"着，脸色渐渐阴沉下来。旁边的宗林似乎察到不妙，不由得忐忑起来。

刘天石合上手机，冷冷地盯着宗林。宗林不敢和刘天石对视，耷拉下眼皮。刘天石开口道："小小的胜利便冲昏了头脑。宗总，我该怎么说你才好，你不会让温松华来公司当总经理吧？"宗林嗫嚅着不敢回话。刘天石接着训话："温松华说，江宁根本就没有撤出的打算，他刚刚派魏晋去了青年旅行社，据说三年前5月1日那天，有个导游在现场，你应该明白他去干什么了吧？"宗林只唯唯诺诺点头。刘天石一挥手，命令道："马上派人给我盯住青年旅行社，绝不能再出什么幺蛾子！"

青年旅行社导游值班室，魏晋在和两位戴着眼镜的年轻女导游交谈。导游小何对魏晋说："从你说的情形看，不会错，就是林丛笑，前几年五一前后都是她负责带老年团去海滨旅游区。"另一位导游姑娘小曾接上话："对了，我记得那一年五一出了一个枪杀大案，林丛笑当时就在现场，回来后就不敢再带去海滨的团了，说是有阴影。"魏晋边记录边问："今天林丛笑不当班是吗？"小何点点头："对，今天她轮休。"魏晋又问："她住在哪儿你们知道吗？"小何说："她家不在本市，是租房住的，好像是在华夏商厦旁边的巷子里。"小曾拿起手机说："我帮你联系一下她。"魏晋连声道谢。

小曾拨通电话后，告诉林丛笑有客人拜访她，并问清楚了她住的详细地址，然后对魏晋说："问清了，林丛笑住锣鼓巷甲3号。她现在就在家里，欢迎您过去。"魏晋再次向两位姑娘表示感谢，然后起身告辞。

魏晋很快便赶到了锣鼓巷。他走进巷口，在标有甲3号蓝色门牌的院门前停下，问门旁的保安："请问林丛笑小姐是住这儿吗？"保安点点头，指了指院内的一栋小木楼。魏晋走进院门，来到小木楼前，步上台阶，按响门铃。

一位戴着眼镜的美女打开门探出身子问道："你就是魏警官

吧？"魏晋连忙点头说："是，是。"林丛笑热情地招呼魏晋进门，然后又是让座又是为魏晋泡茶。魏晋坐在沙发上，欣赏着挂在墙上的一幅幅艺术摄影照片。林丛笑递给魏晋茶杯："魏警官请喝茶。"魏晋接过茶杯，欠欠身子说了声谢谢，然后向墙上的照片抬抬下巴称赞道："林小姐的摄影作品功底非凡啊！"林丛笑在旁边坐下，不无谦虚地说："也就是随便照照，做导游嘛，这是必修的功课。对了魏警官，你说有个案子想找我了解一下，是什么案子啊？"

魏晋放下茶杯："是这样的，三年前在海滨风景区发生了一起枪杀案，听说林小姐当时在现场，所以就冒昧来打扰了。"林丛笑闻言，脸上的笑容顿失，脱口问道："你说的是5·1大案吧？"魏晋频频点头："对，对！"他用充满期待的眼神看着林丛笑。

林丛笑冷不丁道："我不在现场！"魏晋一愣："你说什么？你不在现场？"林丛笑斩钉截铁："对！"魏晋看得出林丛笑有顾虑，于是尽量显出轻松的样子，笑着问道："那你怎么会知道5·1大案啊？"林丛笑语塞，想了想搪塞说："是后来听说的。这么大的案子，当年在海州还是蛮有影响的……"魏晋道："可是据我们调查，你的同事都证明，当时在海滨带夕阳红旅游团游览的导游就是你呀！"林丛笑表情有些不自然："别听她们胡咧咧，没有的事！"魏晋接着说："你们旅行社的排班表上注明的也是你啊！"林丛笑有些慌乱："好几年前的事了，谁想得起来呀？"

魏晋耐心地劝导说："林小姐，看得出你有顾虑。坦白说吧，我们不仅查实你在现场，而且你还在现场拍了照片。这对我们非常重要，有了这个线索，我们就能顺藤摸瓜，查出凶手。林小姐，你可能还不知道，当年在这起枪杀案中一死三伤不说，后来在我们侦查过程中，又有无辜者遭遇不幸。林小姐，希望你能帮帮那些受害者，也帮帮公安机关，把犯罪分子捉拿归案，不然下一个受害者可能就是你、我，或者更多的人民群众！"

林丛笑蹙眉思忖，沉默不语。魏晋向林丛笑开诚布公："你可能对这个案子的背景多少有些了解，不然不会有顾虑。但我可以明确告诉你，我们这次是一定会把案子办到底的。省公安厅也派了专案组，和当地没有任何瓜葛，也不受任何外来因素的限制与干扰，所以请你放心。"

林丛笑若有所动。魏晋加重语气："林小姐，请你相信我们，如果没有这个决心，我也不会来找您。"林丛笑终于抬起头来，恳切地说："魏警官，不是我不想不愿说实话，是不敢！有那么多人死于非命了，你们能保证我的安全吗？您不用回答我，保证了我也不会信。因为在海州，没有谁敢保证自己是安全的！"魏晋点点头："你说得不错，我们不仅保证不了你的安全，甚至连我们自己的安全都保证不了。正因为如此，我们才要去改变它，法治社会绝不允许人人自危的局面存在。当然，打击犯罪总是要付出代价的，所以我不会勉强你。"说着站起身，林丛笑犹豫不决，魏晋走向门外。

林丛笑呼地站起，语气坚定地说："魏警官，我答应您！"魏晋停住，转过身来。林丛笑接着说道："我的工作记录档案都在办公室电脑里，而且是三年前的拍摄资料，要仔细寻找搜索。查到后我给您电话，您看可以吗？"魏晋露出了欣慰的笑容："当然可以。谢谢你了小林，我等着你的好消息！"

第十九章　狭路相逢

一

　　林丛笑工作上的照片和资料等一般都是存放在旅游公司专门配备的电脑里。在答应魏晋后，她一下班就在办公室里打开电脑搜索储存库，庆幸的是虽然过去了三年多，她还是找到了当年在海滨拍下的枪杀现场照片。

　　照片上，三个枪手除一个戴墨镜跟随在后面的男子有些模糊外，另两个枪手的面目都十分清晰。她马上将照片移发至自己的私人笔记本电脑，然后将工作电脑上有关5·1案的照片和资料删除。

　　林丛笑回到锣鼓巷住处，打开笔记本电脑，将照片录入U盘，准备第二天交给魏晋。这时，响起敲门声，林丛笑忙问是谁，门外说是送快递的。林丛笑放下心来，随手将U盘放进梳妆盒，然后起身开门。

　　开门的刹那，一柄雪亮的匕首顶在了她的胸口上。林丛笑吓得魂飞魄散，抖抖索索退进了屋。束建设随身跟进，关上房门。他阴沉着命令林丛笑："林小姐，请你把灯关掉，我有畏光症。"林丛笑颤抖着声音问："你……你是谁……"束建设摇晃着匕首："如果老子能告诉你尊姓大名，还用得着装快递小哥吗？"林丛笑僵在那儿。束建设厉声喝令："把灯关掉！"林丛笑赶紧摁灭灯。

　　束建设走到电脑前，看着屏幕上的照片说："妈的，不愧是导

263

游，把老子拍得这么好！"林丛笑看看束建设，再仔细看照片，来者正是三个枪手中冲在最前面的人。她立刻便明白了。束建设斜眼瞅着林丛笑："怎么？还要老子亲自动手？"林丛笑连忙上前将电脑上的照片删除。

束建设往沙发上一坐，点上烟悠悠地抽着。他摁亮手机的照明功能，直射林丛笑的脸，然后拍拍沙发，示意林丛笑坐到他旁边。林丛笑双手蒙眼遮挡手机照明灯的强光，吓得身子直往后缩。束建设声音温柔："别紧张嘛林小姐，我这个人从不欺负女人，尤其是你这么漂亮的导游，你不会是想到床上去聊天吧？"林丛笑打个冷战，连忙走到束建设旁边坐下。

束建设拍拍林丛笑瑟瑟发抖的肩膀："说吧小公举，是不是要把照片交给那个姓魏的警察？"林丛笑连忙摇头。束建设轻抚林丛笑的肩膀，语气却是冷飕飕的："你要是有半句瞎话，你就做不成导游了，因为你吃饭的家伙，那美丽的舌头就不在了。"林丛笑又赶紧点头。束建设拍拍林丛笑的脸颊说："那就说吧，我洗耳恭听。"林丛笑哆哆嗦嗦："他们……他们找我……是调查三年前的5·1大案，因为当年我正巧带旅行团游览海滨风光带，拍下了凶杀现场……"话说到这儿，林丛笑停下，她透过手机照明灯散开的微弱光线，紧张地观察着束建设的反应。

束建设将红红的烟头往林丛笑鼻尖前一送："说啊！"林丛笑吓得往后缩，苦着脸说："就……就这些……"束建设眼一横："咋？让老子挤牙膏呀！"林丛笑一抖："真的就这些……"束建设恶狠狠问："你拍的照片留着备份吧？"林丛笑忙回答："没有没有，我留那干吗！"束建设逼视着林丛笑："你要把照片提供给魏晋，你怎么交给他？是拷进了U盘吧？"林丛笑矢口否认："没有！没有！我这才刚找到照片，你就来了。"

束建设抓住林的长发，猛地往后一扳："明摆着的事儿，你还敢哄老子！"林丛笑痛得直吸凉气。束建设扔掉烟头，拿起匕首，命令林丛笑："把舌头伸出来！快点！"林丛笑一眼就看出束建设是在唬她，于是摆出一副宁死不屈的样子说："你就是割断我的头，没做的事我也不能瞎说啊！"束建设悻悻地收起刀："你应该明白海州是谁的天下，要是敢和姓魏的狼狈为奸，你应该能想到会是什么下场！你给我听好了，你最好别跟我再见！"林丛笑赶紧说："明白！明白！不跟你再见！"束建设放开林丛笑，站起身，大摇大摆地扬长而去。

林丛笑呆坐在沙发上，傻了般看着门外，两行泪水顺腮而下。她等了好一会儿，见门外再无动静，这才上前把门锁上。然后拿起梳妆盒，放进随身的手提包里。

次日清晨，魏晋拨打林丛笑的手机，可铃声一遍遍响着，就是无人接听。他有些纳闷，担心会出变化，于是决定上门去找她。

青年旅行社导游值班办公室里，林丛笑边换导游制服边对旁边的值班同伴小何说："小何，要是有公安局的来找我，你就说我带团出远门了。"小何有些诧异，问林丛笑："姐，你是不是干啥坏事了，要我编瞎话？"林丛笑瞪小何："对！我杀人了！"小何反而忍不住笑了："瞧你那林黛玉样子，人杀你还差不多！"林丛笑一脸的严肃："妹妹，这不是开玩笑，你要是想让姐安安稳稳多活几天，就把瞎话编圆些，明白吗？"小何真有些紧张起来："姐，你真有……"

正说着，魏晋一步跨了进来。林丛笑吃惊："魏警官……"小何忙抽身避开，林丛笑只得硬着头皮招呼魏晋。魏晋说："打你的手机一直没人接。不好意思，只能上门来打扰了。"林丛笑强作笑颜："现在正是旅游旺季，请您原谅。对了，我正要告诉您，那个案子的资料没找到，时间太久了，电脑上没存住。"

魏晋不无惊讶地看着林丛笑："你是说没有找到照片？"林丛笑点点头："是的。可能时间太久，被不小心删除或是遗失了。"魏晋用探究的目光注视着林丛笑。林丛笑躲闪着魏晋的审视，嗫嚅着说："对不起魏警官，让您失望了。"魏晋叹口气："失望的是那些地下的冤魂啊！"林丛笑也感叹："我们能活着也不易，所以只能空留遗憾。"

魏晋能察觉出林丛笑表情不自然，心中自然是疑窦丛生。于是探问："看得出这是有原因的。小林，希望你能跟我说实话，好吗？"林丛笑勉强挤出一丝笑："魏警官，我真的没法帮您，真的……"魏晋也笑了笑："小林，不管你遇到了什么，都希望你能信任我，你放过魔鬼，但魔鬼不会放过你。俗话说得好，魔高一尺，道高一丈，正义终究是会战胜邪恶的。忍让和畏惧，带来的只能是更大的灾难，希望你能明白这个道理。"

林丛笑心有余悸地摇摇头说："惹不起我总躲得起吧！我是个导游，天涯海角都是我的家！"魏晋作最后的努力："小林，你应该明白，海州的邪恶势力无孔不入，你躲是躲不开的。希望你能慎重考虑一下。"林丛笑咬咬嘴唇："我不蹚浑水，泥巴就不会沾身！"接着便下逐客令，"魏警官，你看我很忙，旅游团在等着我呢！"

魏晋无奈地叹口气，只好起身告辞。他从与林丛笑的谈话中能感觉到林的变化是有原因的，要么受到外部力量的干扰，要么心里的顾虑仍未解除，但前者的可能更大些，因为昨天她已明确表明了自己的态度。现在问题是究竟怎样才能查出林丛笑的症结，然后对症下药，让她讲出实情，提供证据和侦查线索。他深知，眼下林丛笑是唯一的侦查方向了。如果不能紧紧抓住，就无法解开当前面临的困局，而在目前对手狂妄无忌之下，寻找到突破口给其以打击就愈加重要了。魏晋苦思对策，设想着一个又一个说服林丛笑的方案。

林丛笑在魏晋离开后便去了经理室，邵阳经理问林丛笑有什么事。林丛笑装作随意的样子说没什么大事，就是想问问最近有没有外省团带。邵阳回答说："有呀！好几个呢！我正愁没人带，你们几个小年轻，上半年带外省团多，我也不好意思再派，那几个老娘们哼哼唧唧舍不得离开家……"

林丛笑打断邵阳的啰唆："我去！"邵阳欣喜："哎呀！太感谢

你啦，你这是解了我的燃眉之急，今年我一定给你评优秀员工！你看你想去哪条线路？"林丛笑说："越远越好！"邵阳疑惑地看着林丛笑："哎，我说小林，你是不是失恋了？"林丛笑生气："经理大人，你咋像老婆婆的裹脚布，你要是再啰唆，我可改主意啦！"邵阳赶紧说："不啰唆了！不啰唆了！那你就跑云南吧！"林丛笑脆声说："行，啥时候出发？"邵阳道："今天下午就可以走。对了，这个团还要去广西，时间可能要长些。"

林丛笑莞尔一笑："OK，正随我意！"林丛笑没想到这么容易就解决了自己的困扰，眼下除了逃到外地，她的确是没有别的路可走，也只能在心里对魏晋说声对不起了。

二

魏晋向江宁报告调查林丛笑受阻，她已带旅行团去外地，显然是在回避。江宁马上意识到林丛笑是受到了胁迫。她现在缺的是信心，要让她转变态度，就必须让她看到希望。

恰在这时，郝通打来了电话。江宁问郝通有什么事，郝通用调侃的语气说："当然是向你们提供侦查线索，就不知江主任有没有兴趣了。你现在正是焦头烂额一筹莫展吧？我这可是雪中送炭啊！"江宁问郝通能否面谈。郝通说见面就免了，自从上次和江宁见面后，他就被那些王八蛋盯上了。为安全起见，他会把东西放在华夏商场存包柜第17号储物箱，请江宁半小时后去取，他不会上锁。

江宁迅速赶到华夏商场，走到一排排存包柜前，找到17号箱，果然没有上锁。他打开，取出一个纸袋，层层打开后，露出一个亮闪闪的光盘。

他回到专案组，将光盘交给徐铁军验证，很快便有了结果。光盘上的内容果然是真金白银，可以说是内容丰富，线索很多，是个富矿。

光盘里罗列了天石集团自创立以来涉嫌的所有命案，竟有十一起之多。受害人姓名住址职业也都清清楚楚，此外还有刘天石与金融系统高管勾结以及偷税漏税等违法犯罪事实。钟慧敏和徐铁军看了光盘后精神振奋，一扫之前受挫的萎靡。

江宁宣布了下一步的行动计划就是围绕光盘上的侦查线索，进行深入细致调查，争取尽快获取刘天石等人的犯罪证据。他同时强调，鉴于目前的不利形势，要隐秘进行侦查，尽可能不惊动犯罪嫌疑人。一旦让他们有所察觉，会采取应对手段，让侦查工作再度陷入被动。他最后加重语气，强调说，以前的教训不能不吸取啊！

钟慧敏和徐铁军的侦查取得了重大收获。郝通提供的线索逐一得到验证核实，的确是曾发生过的事实，十一名受害人有五名的死因基本可以确定是高强及手下"小弟"所为。另外六名受害人，有三人是黑吃黑，还有三人则是天石集团的竞争对手。

从对几个和天石集团关系密切的银行高管调查看，刘天石套取巨款的事实是存在的。尤其是海州发展银行的行长，拥有数套房产，而且这些房产全都是天石公司开发的项目，在海州有"房行长"之称。

在税务系统查实，天石集团逃税漏税几乎到了无所顾忌的程度，仅今年上半年就达到了数亿之多。此外，天石集团还借上市公司暗箱操作，在股市和期货市场可用掠夺抢钱来形容，几乎就是他们在制定市场规则。江宁要求钟慧敏和徐铁军继续深查下去，下面的主要侦查工作是围绕这些线索，搜集证据，要和他们的刑事犯罪和经济犯罪结合起来，形成完整的证据链，办成铁案。

海天一色，烟波浩渺，一望无际。

刘天石和温松华在游艇甲板上抽烟交谈。刘天石对温松华道："你一说上游艇，我就知道没什么好消息。说吧，又出啥么蛾子了？"温松华往翻滚的浪花里弹弹烟灰："看来你还没被胜利冲昏头脑。我可以告诉你，不是幺蛾子，是要吞噬你的老鹰！"刘天石叼着的烟卷在嘴角来回移动："哦，有那么邪乎？那个小导游已经逃之夭夭，我看不出危险何在嘛！"

温松华深深吸口烟："除了林丛笑外，你不妨到被你害死的冤魂那儿去看一看。对了，还有金融系统和你那些关系户，你也可以去探查一下。"刘天石盯着温松华："你能不能爽快一些，究竟发现了什么？"温松华叭地弹飞烟蒂："你可以问问你的宗总，他应该最清楚。"刘天石也吐掉嘴角的烟头，慵懒地打个哈欠："走吧，回舱里说，外面风大。"刘天石和温松华回到船舱。

宗林正在忙着为他们煮咖啡，见二人进来，将煮好的咖啡倒进杯里，递给刘天石和温松华。刘天石面无表情地盯着宗林问："听说有人在查公司以前的事和现在的经营情况，有这回事吗？"温松华坐在舷窗下品咖啡，一副事不关己的神态眺望窗外。宗林回答刘天石："是的，我的确接到银行和税务部门关系人的电话，有不明身份的人在查他们和天石集团的交往情况。"刘天石恼火，训斥道："你为什么不向我报告？"宗林不以为意地说："肯定是那些想向天石公司讨些赏钱的无赖之徒在捣乱，用不着理睬他们。"

温松华转过脸来："你想得也太简单了，我的宗总。魏晋调查林丛笑，能是孤立偶然的事情吗？已经说明了问题。他的背后如果没有专案组支持，在目前我们已掌控全局的形势下，他会拿鸡蛋往石头上碰？"宗林耸耸肩："我们一直在监视专案组，没见他们有什么动静呀！"温松华冷冷地说："那是你太不了解江宁。"宗林道："据可靠消息，江宁正准备撤回省城，他也只能灰溜溜地铩羽而归，彻底认输。即使他不服气，也是有心无力啊！"

温松华咖啡杯一蹾："错！他从来就不是个肯认输的人，除非他躺进了棺材！就是躺进了棺材，你也要号号他的脉，看看到底是真死还是假死！"刘天石也皱皱眉说："是的，江宁绝不会善罢甘休，我们是不能大意。"转脸问温松华："松华，你的意思是他们在放烟幕弹？"温松华反问刘天石："换作你，你会怎么办？"

刘天石拍拍脑门："你说得不错，我们应该朝最坏的方面考虑，未雨绸缪以防万一才是我们应该做的。"温松华啜口咖啡："现在最大的后患就是那个林丛笑，她毫无疑问就是导火线，你能保证她没留有照片备份？只是吓唬一下并不能从根本上解决问题。如果是我，现在肯定是抓住林丛笑不放，然后顺藤摸瓜，把你们一个个抓起来。"刘天石若有所思道："不错！这人没了，就啥都没有了！"

三

八卦洲的密室里，刘天石站在沙盘前，用一只虫饵逗弄着喂养的宠物蜥蜴。

高强和刘天羿走进，来到刘天石身边。刘天羿问："哥，你叫我和强子一起过来，是有啥大事吧？"刘天石边晃动手指间的虫饵，边轻轻"嗯"了一声。高强忍不住又问："到底是啥事嘛？"沙盘里的蜥蜴在和虫饵周旋。

刘天石轻飘飘回答："马上派人去一趟云南。"刘天羿不解："去云南？"刘天石微微点头："对，派你那几个常去云南的干将。"刘天羿以为刘天石在绕着弯子训她，不由得心虚起来，眼皮一耷拉说："哥，我真的戒毒了……"刘天石一翻眼："我现在没闲心管你那破事！"蜥蜴久捉虫饵不到，有些急躁，刘天石见状逗弄得更起劲了。

刘天羿听了哥哥的话，松了口气："哥，你真的是要我派人去云南啊，去干啥？"刘天石随口说："去旅游。青年旅行社不错，那个导游林丛笑也很优秀。"刘天羿愣了愣。但高强很快就反应过来："明白了哥。太妙了，在外面动手不会留下后遗症，导游出事故是常有的事。哥，你看这样下手行不行——"说着凑近刘天石，"我给她来个……"

刘天石不耐烦打断:"我只要结果,不问过程!"高强讪讪地缩回身子。蜥蜴似乎识破了主人引逗它的意图,不再徒劳地抢食,也缩起脖颈趴在沙堆上不动。刘天石晃动的手指停止,就在这一瞬间,蜥蜴猛地跃起,脖子如弹簧般射出,张开长嘴,一口将虫饵吞下。刘天石笑了,指指蜥蜴对高强说:"学学它。"

刘天羿派老四、老六跟随束建设去云南,并让陈晓辉开车送他们去机场。黑色奔驰在机场高速路上疾驰。陈晓辉开,老六坐在副驾驶位置,束建设和老四坐在后排。

老六不无自得地说:"嘿,坐老五的大奔,享受到了羿姐的待遇!"陈晓辉借机问:"老六,坐红眼航班去云南,一定有什么大买卖吧?"老六做个吸毒的姿势:"要这个吗?我给你捎点来!"陈晓辉恍然:"哦,原来是去弄这玩意。不对呀,屁大的事还用得着三位大将一起出马?"老六眨眨眼:"当然不是只为这点破事,我们哥仨是要去猎艳!猎艳你懂不懂?"陈晓辉撇嘴:"瞧你那熊歪瓜裂枣样,还猎艳,老母猪见你都夹着尾巴逃!"老六着急:"真的,你知道那个俏妞导游林……"坐在后排的束建设一脚踹在老六的座椅后背上,呵斥:"你他妈的不说话,没人当你是哑巴!"老六连忙掩嘴。

陈晓辉转脸翻束建设一眼:"哟,束哥保密意识还挺强的嘛!"束建设不无尴尬地挪挪屁股:"各司其职,还望五弟理解。"陈晓辉翻眼:"对对,最好别对我说,别到时候挨了枪子,弄老子一身腥!"说话间,机场航站楼已隐约可见。奔驰车突然急刹,在路边停下。束建设诧异,问陈晓辉:"哎,你咋停下了?"陈晓辉一本正经:"为保密起见,三位下车吧,恕不远送。"老六恼火:"你他妈报复还挺快的!"陈晓辉以命令的口吻:"马上下车,哥们也是为了你们的安全!"束建设无奈地推开车门:"算你小子狠……"

江宁接到陈晓辉的密报后,立即通知了魏晋。魏晋带着房勇,火速赶赴云南。

四

云南石林风景区，林丛笑带着数十名游客组成的旅游团，在奇岩怪石间穿行。林丛笑举着电喇叭，挥舞着小旗子，边讲解边缓缓往前走。

束建设和老四、老六扮成游客不远不近地跟随着。老四悄声问束建设："老大，动手吗？"束建设训斥："你眼瞎啊？这么多人，你以为是在海州！"老四盯着林丛笑的背影说："倒也是，就是景也不能看，老是盯着她两瓣大屁股舞来舞去的过眼瘾，挺急人。"束建设沉声说："她刚才在电喇叭里说了，明天去西双版纳。在老林子里办她，方便！"老六向束建设跷拇指："束哥的主意高！热带雨林里上不着天下不着地，神不知鬼不觉，妙啊！"

老四遐想联翩："妈的，在林子里咱得先享受享受，可不能暴殄天物！"说时抹一把流到下巴的涎水。束建设踹老四一脚："你他娘的净朝歪里想，别忘了咱的任务，要是弄砸了，强哥非剐了你不可！"老四嘻嘻一笑："哥，要是不动手，我去找阿诗玛照相了，咱总不能白来石林一趟！"

此时此刻，在高高矗立的石岩上，魏晋和房勇正举着望远镜，密切关注着林丛笑。

次日，林丛笑带着旅游团按日程安排，在预定时间内准时抵达西双版纳。他们到定点旅游宾馆时已是黄昏时分，旅游大巴停靠在宾馆大门前。宾馆周围，绿树郁郁葱葱，芭蕉遮天蔽日，一派热带雨林风光。游客们从大巴上蜂拥而下，林丛笑忙前忙后地招呼着。

而此时的魏晋、房勇以及束建设和老四、老六亦随之住进了这家宾馆。

夜幕降临，宾馆大堂的灯光格外明亮。魏晋和房勇坐在大堂一角的沙发上，魏晋在看报纸，遮住了他的大半个面孔，房勇警觉地巡视四周。

林丛笑身着宽松的休闲裙装，趿拉着拖鞋从木楼梯上走下。扮成游客的老四从旁边冒了出来，热情地与林丛笑打招呼："林导游是出去纳凉吧？"林丛笑随口回道："对，出去随便走走。"老四向林丛笑扬扬手指夹着的蝴蝶："漂亮吧？"林丛笑有了兴趣："咦，你在哪儿抓到的？"老四往大门外指指说："西南角有片花圃，蝴蝶可多了，宾馆的景观灯一照，嘿，漫天起舞啊！"林丛笑大喜："是吗？我去看看，谢谢你啊！"说罢，快步走出大门。

老四咧嘴一笑，掏出手机，向束建设报告。房勇用肘碰碰魏晋，悄声说："我出去了。"魏晋点头："去吧，按既定计划进行。"房勇起身走出大门。

林丛笑出了宾馆大门，疾步走向西南方向，穿过一片树林，面前果然是一片花圃。五颜六色的花朵在景观灯辉映下，斑斓多彩。林丛笑激动地在花丛间寻觅蝴蝶。束建设和老六躲在一丛高耸的鸡冠花后张网以待，林丛笑渐渐接近鸡冠花丛。老六抽出匕首，弓腰就欲往上扑。束建设一把拉住老六："有人！"老六连忙收住脚。

只见房勇从旁边走过来，谦和地招呼："林小姐，您好！"林丛笑不无惊讶地瞪着房勇问："你是？"房勇面带微笑："能请林小姐喝杯咖啡吗？"林丛笑警惕："对不起，我又不认识你，你不觉得太唐突了吗？"房勇笑容依旧："林小姐，您放心，我没有别的意思，只是和林小姐叙叙旧。"林丛笑皱着眉头："叙旧？先生，你越说我越糊涂了！"房勇道："林小姐可能不知道，我们已经是老朋友了。请林小姐不必担心，我只是想请林小姐喝杯蓝山咖啡，就在宾馆大堂的咖啡厅。"说这话时，房勇把"蓝山"两个字特意咬得很重。

林丛笑一愣："你怎么知道我喜欢喝蓝山咖啡？"房勇笑道："我不是讲了嘛，咱们是老朋友。"林丛笑被吊起了胃口："那你告诉我，咱们是怎么成为朋友的？"房勇坦然道："到了咖啡厅，你自然就明白了！"林丛笑有了兴趣："好，我倒要看看你葫芦里卖的什么药！"

二人边说边走向宾馆。花丛后的束建设骂："妈的，哪儿冒出的浑球，把我们的好事全搅黄了！"老六道："这么漂亮的妞，谁不想泡啊！"束建设连带着自己一起骂："我们这些臭男人，没他妈一个好东西！"

林丛笑跟着房勇走进宾馆旁边的咖啡厅，房勇将林丛笑让进雅座，背对着门的魏晋慢慢转过身来。林丛笑大吃一惊，目瞪口呆。魏晋向房勇使个眼色，房勇反身走向门口，警觉地望着风。

魏晋亲切地向林丛笑招招手："坐吧小林。"林丛笑木呆呆地在魏晋对面坐下，似乎还没回过神来。魏晋指指咖啡杯："给你准备好了，你的最爱。每次去旅行社，你都用蓝山咖啡招待我，今天就让我请你一次。"

林丛笑嘴角嚅动："你……你怎么会在这儿？"魏晋用小勺搅动杯中咖啡："当然不是巧合。"林丛笑问："你是专程来找我的？"魏晋啜了口咖啡："可以这么说吧。"林丛笑有些感动："不好意思魏警官，让您千里迢迢地赶过来。可我手里真没有照片，对不起您了！"魏晋笑笑："我们并不是为了照片过来的，你不必为难。"林丛笑惊讶："那你们过来……是为了什么……"魏晋回答："为了你的安全！"

林丛笑听了魏晋的话，不由得紧张起来，不由自主地环顾四周。魏晋加重语气："我不能不提醒你，你目前的处境很危险。"林丛笑蹙着眉头："不会吧？他们不可能把魔爪伸到边境来！"魏晋摇头："那你就太低估他们的能量了。我可以告诉你，没有他们不敢去的地方。"林丛笑吸口凉气。魏晋接着说："你不会忘了在海滨被枪杀的郝达吧？为了灭口，他们是无所不用其极的，我们不希望你遭遇郝达那样的不幸。"林丛笑猛地摇头："不可能！绝对不可能！我又没妨碍他们，也没有照片，他们没有理由伤害我！"

魏晋语重心长地说："小林，你太天真了。只要你的存在对他们造成威胁，他们就不会放过你。你要明白，你面对的是残暴的魔鬼。"林丛笑皱眉沉思，魏晋继续开导："小林，你要相信我，如果你不配合我们，随时都可能遭遇不测。只有把犯罪集团绳之以法，你才可能得到彻底的安全。"没想到林丛笑听了魏晋的劝告，却突然抬起头，把气撒到了魏晋身上："就是你们在这儿我才不安全，是你们给我带来了危险，求求你们别再来打扰我，我不会告诉你们任何东西！"

魏晋有些意外，苦笑笑说："小林，我能理解你的怨气，你说得不错，的确是因为我们，你才身处如此险恶的境地。也正是因为这个，我们必须保证你的安全。可你也要配合我们，不要单独行动，离陌生人远点，住的房间一定要上安全锁。总之一句话，要提高警惕。你是个聪明的姑娘，应该有辨别好人坏人的能力。"

林丛笑对刚才的话显然有些内疚，抬起脸说："魏警官，对不起，我让你失望了，照片的事……"魏晋摆摆手打断："你不用再提照片的事，既然丢失了，也是没办法的事，我们怎么可能怪你呢！现在最重要的是保证你的安全，这是我们的职责。你刚才批评得对，我们最好不要再接触，这对你的安全不利。好了，你抓紧时间回房间吧，别让那些居心不良的人有所察觉。"林丛笑迟疑疑站起，对魏晋深鞠一躬，踟蹰着走出咖啡厅。

林丛笑回到房间后，第一件事就是检查门闩门锁，挂上安全链，想了想，又将一盆水放在门后。窗户吹进一股风，卷起窗帘。林丛笑又急忙几步跨过去，把窗子关紧，插紧铁销。接着，她打开了房间里所有的灯。

魏晋在宾馆房间里对比游客的照片，他在束建设、老四、老六的照片上画上红圈。房勇开门走进，魏晋问："情况还好吧？"房勇点点头："你的告诫起了作用，林丛笑森严壁垒啊！"魏晋提醒房勇："咱们还是要警醒点，千万不可松懈。"房勇道："魏队，咱总不能天天像尾巴似的跟着吧？这要到啥时候是个了结啊！"魏晋点点照片："他们也不会有这个耐心，应该很快就会有结果的。"

在另外一间商务套房里，束建设和老四、老六也在密议着。老四说："我刚才去探查了，门窗都关得严严实实，连条缝都没有，蟑螂也难爬进去，在这儿干掉她，就怕不大容易。"

老六不由得警觉起来："我们不会是暴露了吧，不然这小妮子咋会这么小心？"束建设瞪老六一眼："别他妈自己吓唬自己，要是她有察觉，还不报警呀！"老四附和："就是，你以为她像你那么傻！"束建设道："强哥和羿姐刚才又打电话催了，说防止夜长梦多，要是真被这小妞看出马脚，就麻烦了，再想得手，比做梦还难。"

老四跃跃欲试："哥，你说吧，咋办？"束建设说："明天看雨林，是个好机会，咱们无论如何不能再错过了。"老六摩拳擦掌："对，杀了往树坑里一丢，很快就会被那些野兽吃光！"老四直咂嘴："妈的，这么水灵的妞，可惜了！"

第二十章　涡　流

一

西双版纳的密林里，古木参天，热带雨林的旖旎风光令人陶醉。

林丛笑带着游客穿行在密林中，她手持电喇叭向游客们讲解着各种珍稀的植物。装扮成游客的束建设、老四和老六混在游客的队伍里。

自由活动时间到了，游客们有的徜徉在古树下流连，有的到纪念品小摊前挑选购买或真或假的古植物化石。林丛笑抓住难得的空隙走到茶棚前休息，老四不失时机地为林丛笑送上一瓶饮料，像一个好奇的游客向林丛笑请教各种植物。林丛笑对老四的殷勤和虚心好学产生了好感，不厌其烦地向他讲解着。

老四引诱着林丛笑一步步走向游人稀少处。林丛笑对老四已经熟络，所以丝毫没有戒备。林丛笑喝了老四送的饮料，突然一阵晕眩，原来老四在饮料瓶里放了迷药。戴着墨镜的束建设和老六见老四得手，从隐蔽处蹿了出来，架起林丛笑就往密林深处走。就在这时，两个蒙面大侠从天而降，正是魏晋和房勇，二人与束建设等激烈交战。

尘石骤然漫天而起，枯叶瞬时舞荡纷飞，你来我往间，打得难解难分。魏晋原想活捉束建设等，没下杀手，见其气势汹汹，不由得大怒，对房勇一声大喝："双剑合璧！"只见二人施展擒拿组合技巧，几个回合便打得束建设等鬼哭狼嚎。老四连忙抛出事先为防身准备的烟幕弹，然后和老六架着被打折腿的束建设落荒而逃。魏晋对房勇说先救昏迷的林丛笑要紧，只好放弃了追赶捉拿束建设和老四、老六。

医院急诊室里，林丛笑仰躺在病床上，魏晋和房勇坐在病床前。林丛笑悠悠醒来，发现魏晋和房勇正关切地看着她，不由得感动而又有些羞愧。

魏晋安慰她说："你放心，刚才医生说，你只是中了乙醚的毒，这是一种很平常的致幻剂，休息休息就好了。"林丛笑听了魏晋的话，活动一下身子，果然没什么大碍。于是翻身坐了起来，激动地说："魏警官，谢谢你们救了我！"房勇调侃："拿什么谢啊？"

林丛笑自然明白房勇的意思，垂下眼帘："可是照片的确删除了。"魏晋瞪房勇一眼，然后对林丛笑说："别听他胡咧咧。我说过，照片丢失是没办法的事，不必再耿耿于怀，证据和线索我们还可以再慢慢搜集嘛！"林丛笑抬起脸："我说的是电脑上的照片删除了，但我做了拷贝！"房勇兴奋："啊！你是说照片还在？"林丛笑不无自得地点头。

房勇兴奋之余又开起了玩笑："林小姐不愧是导游，这关子卖得！"魏晋也笑着说："我就说嘛，小林是个聪明的女孩！"林丛笑仰仰脸说："经历了这场劫难，我才彻底清醒过来。魏警官，您提醒得对，只要我手里的秘密还在，那些别有用心的人就不会放过我。即使我毁了它，他们也会担心我留有拷贝或是底片，最后还是会要了我的命。我现在只有一条选择，也必须做出这样的选择，就是向你们提供炮弹，把这些狗东西轰个稀巴烂！"

魏晋终于露出欣慰之色："小林，你的选择是正确的。我曾对你说过，我们面对的是双手沾满鲜血的魔鬼，他们已经丧心病狂地杀了很多人，他们到云南来追杀你，就已经说明了问题。"房勇为林丛笑鼓劲加油："这些人渣，不消灭他们，你林丛笑就是逃到天涯海角也逃不出他们的魔掌！我们只有横下心来跟他们干到底，才有希望！我就不信，法律战胜不了罪恶！"

林丛笑咬咬牙说："他们不让我活，我也要他们死！大不了赔上一条命！我就是死了，也不能让这些魔鬼再去害别人！"魏晋鼓励林丛笑："小林，别这么悲观，要相信正义一定能战胜邪恶。我们是为了活得更好，才和他们殊死拼搏的，灭亡的应该是他们！"房勇笑道："林小姐你放心，我们魏队是不会让你香消玉殒的。你不知道，魏队这几天为了你的安全寝食难安，比疼他对象还疼你哩！"林丛笑感动得泪水盈盈："魏警官，对不起，请您原谅我以前……"魏晋笑着打断："你看你，又提这个茬！"

林丛笑擦掉眼泪，从身边的手提包里拿出梳妆盒，然后打开取出 U 盘，郑重其事地交到魏晋手里。魏晋和房勇兴奋不已。林丛笑说："这照片上就有攻击我的那个人，到我住的地儿威胁我的也是他。"魏晋打开 U 盘观看，照片上三名凶手，冲在前面开枪的正是束建设。另一个是罗北方，跟随在后面的第三个人戴着墨镜，比较模糊难以辨认。

魏晋问林丛笑什么时候能回海州。林丛笑说她这次带的是十五日游团队，云南结束后还要去广西。魏晋说他和房勇没办法一路保护她了，要尽快对照片进行鉴定识别，对嫌疑人采取行动，但他会联系云南警方保护她的安全。他再三叮嘱林丛笑一定要加强警惕，做好防范，只能靠她自己多加小心了。林丛笑点点头让魏晋放心，说他们做导游的，眼观六路耳听八方是基本功，再说警方有了照片，躲藏的就不是她而是他们了。

高强接到束建设在云南失手的报告后，立刻和刘天羿一块来见刘天石。

刘天石脸色阴沉，一口接一口抽烟，高强神情沮丧地直叹气。刘天石斜高强一眼："这就是你的精兵强将！成事不足，败事有余！"高强直挠头："妈的，没想到魏晋也去了云南。温松华为啥不阻止他。"刘天石道："魏晋是在办 5·1 案，温松华怎么阻止他！"高强伸伸脖子："哥，下面怎么办？"刘天石沉吟片刻："看来只能丢卒保车了。"

高强一愣："你的意思是杀了束建设？"刘天石甩甩手："你说还能怎么办？好在照片上的罗北方已经死了，据束建设说，他看过林丛笑拍的照片，只有他和罗北方比较清晰。邢向阳跟在后面形象很模糊，根本看不出来，我们不用担心。"说着叹口气，"建设跟了我这么多年，忠心耿耿的，说实话我还真是有点舍不得。可是没办法呀，万一他落入警方的手里，那麻烦就大了去了。"

原来，在枪杀郝达的行动中，刘天石特意安排邢向阳参加，目的就是让他染上血案，从而以此控制邢旭东。刘天羿按照哥哥的指示，立刻给老四、老六打电话，命令他们对束建设采取灭口行动。

束建设和老四、老六被魏晋、房勇阻击失手后，密谋再次行动。就在这时，老四、老六接到了灭口束建设的指令，他们趁束建设不备，将他推下悬崖，并伪造成游客失足跌落的假象。

魏晋对照片进行鉴定识别，认定带头枪击郝达的正是束建设。于是便联系当地警方，对束建设展开缉捕行动。可就在这时，当地警方向魏晋通报了束建设跌落悬崖摔死的信息。显而易见，束建设是被灭口了。

魏晋和房勇再待在云南已经没有什么意义，他们回到海州，立刻去见江宁，汇报了云南的情况。魏晋提出以束建设之死为契机，到天石公司进行质询调查。江宁认为这么做已经起不到效果，刘天石会推脱得一干二净。魏晋说束建设是天石公司员工，而且是刘天石身边的人，已经有照片证明束建设是杀害郝达的凶手之一，刘天石想推脱干系也没那么容易。

江宁向魏晋罗列出从熊雄到罗北方再到高强，刘天石都能择清自己的现实情况，还说何况仅仅只是个束建设，只有抓住刘天石涉案的证据才能从根本上解决问题。现在有了照片，就拿到了突破全案的钥匙。魏晋说照片上的罗北方、束建设已死，而另外一个凶手的图像不清晰，查起来会很困难。江宁说只要有这第三个人存在，就有希望。而且这个人肯定就在他们内部，范围缩小了，就一定能查出来。只要查出这个人，就掌握了主动权。

二

海州企业家协会举办网球大赛，郝通是网球高手，在商界几乎没有对手。在双打比赛中，老板们都想和郝通搭对子。郝通却选择了球技一般的曾伟民，这让曾伟民颇有受宠若惊之感。在郝通的带领下，二人配合默契，一路过关斩将，获得了双打冠军。其实，郝通笼络曾伟民是醉翁之意不在酒。当他了解到曾伟民是天石公司自贸港项目的主要投资人之后，便打起了曾伟民的主意。他以网球为桥梁，与曾伟民建立了亲密关系。

郝通在有意无意间向曾伟民透露了省公安厅派专案组查天石公司的事，告诉他专案组已经将刘天石列为涉黑犯罪重大嫌疑人。曾伟民对专案组查刘天石已有耳闻，现在从郝通处得到证实，不由得有了动摇。他很明白，一旦天石公司出事，他的巨额投资就会打水漂。加上刘天石将自己心爱的小情人王琳奉送给滕长青，他心中早有不满，于是便有了撤回资金的打算。

曾伟民在刘天石面临重重压力之际撤资，使得刘天石雪上加霜，资金遭遇重大危机。

就在这时，宗林给他带来一个好消息，省开发银行行长孙茂生已经通过总行的审批，同意为天石公司提供所需的款项，这真是东方不亮西方亮。但孙茂生提出个要求，按以前的惯例，必须先付给他5%的佣金。刘天石一口答应下来，并为套住这头肥猪，邀请孙茂生以考察的名义来到海州，在八卦洲岛为其提供猎艳服务，然后在桑拿房里签订了秘密协议。

但让刘天石没有料到的是，原来这些都是孙茂生设的局。他

281

是个嗜赌如命的赌徒，在澳门豪赌巨亏，于是挪用金库的钱还债，银监会发现了孙茂生的问题，正准备进行调查。孙茂生获知消息后，引刘天石上钩，以期用天石公司的钱把金库的窟窿堵上。

刘天石把巨额佣金打给孙茂生后，贷款迟迟不见到位。原来银监会发现孙茂生的问题后，已对他实施了严格的监管，他根本就贷不出一分钱来。刘天石发现不对，让宗林对孙茂生进行调查，结果才明白自己上了当。

本来精于设局诱捕猎物的刘天石在发觉自己才是别人诱捕的猎物之后大为光火，向高强和刘天羿发出指令，可以用一切方式解决孙茂生。而孙茂生深知刘天石的能量和阴狠，惧怕他的报复，为躲避他，孙茂生企图通过地下钱庄将钱财转移海外，溜之大吉。

刘天羿把处置孙茂生的任务交给了陈晓辉和老四、老六，陈晓辉迅速将此情报密报江宁。这真是应了那句"东方不亮西方亮"的俗语，林丛笑提供的照片查证遇阻，这边又冒出了如此有价值的线索。

机会难得，江宁马上将有关孙茂生的信息通知魏晋。魏晋立刻行动，果然查出刘天石利用孙茂生套取贷款，以及孙茂生通过地下钱庄老板赵南海将骗取天石公司所得款项转移海外的蛛丝马迹。

魏晋向江宁报告侦查情况，江宁指示魏晋要紧紧抓住这条线索，向纵深发展。魏晋征得银监会稽查大队长汤有志的协助，调查出了孙茂生挪用公款充当赌资的信息。由这个线索寻踪觅迹，锁定了刘天石和天石集团。与此同时，孙茂生遭遇到高强和刘天羿的围追堵截，他在面临生命危险走投无路的绝境下答应与魏晋合作。可就在他准备把刘天石和宗林涉案的证据交给魏晋时，温松华将此信息及时透露给了刘天石。

刘天石命令高强派出老四，在魏晋和孙茂生会面的半岛酒吧伪装成调酒师，在孙茂生的酒里下毒，致使孙茂生死亡。并伪造了孙茂生遭到魏晋的胁迫，而后自杀的遗书。接着把孙茂生与魏晋在酒吧见面的照片经过剪辑后形成证据链，通过庄稼和司马发布到了网上，司马还连同魏晋以前屡屡发生的不良行为一起发送各大媒体和纪检监察部门。

一时之间，网友们群情激愤，要求纪检监察部门对魏晋审查处理。江宁对孙茂生事件进行全面调查，那封所谓魏晋胁迫孙茂生致使其自杀的遗书经过技术鉴定是伪造的，由此证明孙茂生的死与魏晋没有任何关系。魏晋以孙茂生被害为契机，向刘天石发起了反击。他围绕半岛酒吧展开侦查，调取事发当晚酒吧的电子监控记录，但显然刘天石早有防备，已经让高强买通酒吧的老板，对录像进行了处理。

魏晋向江宁汇报了侦查情况，江宁把破解半岛酒吧电子监控记录的任务交给了徐铁军。原来，徐铁军是计算机高手，在省公安厅有"电脑大王"之称。现在是人工智能时代，已经普及应用到各个领域，自然也就成为侦查案件的重要技能和手段，这也是江宁带徐铁军来海州的原因。徐铁军运用专业特长，尝试着对半岛酒吧影像资料进行复原。

就在魏晋因为刘天石的干扰处处受阻，侦查工作艰难之时，陈晓辉又发来情报，透露郝通正撺掇天石公司的合作伙伴、东南船业公司老板曾伟民对联合建设自贸港项目进行撤资。魏晋按照陈晓辉提供的线索进行秘密调查，果然基本吻合，郝通与曾伟民正联手对付刘天石。

刘天石摆平孙茂生事件后，专心对付郝通和曾伟民。他在与曾伟民合作的蜜月期时，曾经掌握东南船业集团做过财务造假的事，于是旧事重提，向税务部门举报。税务部门进入东南船业公司进行调查，致使船业公司股市大跌，几乎到了破产的边缘。

刘天石在滕长青的鼎力相助下乘机并购了船业公司，然后与他投资的私募公司勾结，虚报实绩，拉升船业公司的股票，赚了个盆满钵满。当然最大的收获是解决了开发建设自贸港项目资金的大问题。

曾伟民一败涂地，倾家荡产，自然是咽不下这口气。于是他和郝通密议，明白靠常规手段很难扳倒刘天石。既然刘天石使用阴招，那就仿其道而行之，曾伟民也决定施出最后的杀手锏。原来，王琳被滕长青夺走后，曾伟民不得不知难而退让位。但就在最近，王琳又主动联系曾伟民，再续前缘。曾伟民经过了解，得知滕长青又看上了模特队长，把王琳给抛弃了。

郝通闻之大喜，说这是打败刘天石的最有力武器，只要利用王琳取得刘天石和滕长青狼狈为奸的证据，往政法机关那儿一交，就可以将仇敌连根拔除了。曾伟民告诉郝通，让王琳干这事也不容易，说白了他和她之间虽然有点小情感，但主要还是靠金钱维系的。郝通说只要她喜欢钱就好办，费用由他来出，再高的价都可以满足她。二人密议后，决定将这一计划付诸实施。

这天晚上，曾伟民和王琳缠绵之后，试探着向王琳说有个朋友想出高价探听滕长青在八卦洲的事情。王琳问曾伟民是不是滕长青的老婆，曾伟民愣了一下，马上顺竿子爬，说和他老婆当然有关联。王琳正想报复薄情寡义的滕长青，而且又有钱可图，很爽快地便答应了。曾伟民趁热打铁，又说如能取得滕长青和刘天石之间的秘密，酬金可以后面再加个零。王琳一听有百万的巨资，激动得跳了起来，忙说这也就是顺带的事，没问题。曾伟民心中欣然，当即就用微信给王琳转了十万零花钱。

三

刘天石击退了魏晋，报复了孙茂生，摆平了郝通和曾伟民，再一次证明了他的名言：天石公司从来不失手，天石公司永远是赢家。他登时又元气满满，在八卦洲设宴庆功，请来了最大的功臣滕长青。

宴会厅里，笑声喧哗，喜气洋洋。王琳带着几个美女服务员如风摆杨柳般摆酒传菜。米琪陪伴在滕长青身边，不时地撒着娇。王琳悄悄从兜里掏出手机，摁下录音键，挂在脖子上。

刘天石虽然摆脱了危机，但专案组依然赖在海州不走，这根刺不拔除，就不能从根本上消除威胁。虽说他并不把江宁放在眼里，认为他折腾不出什么浪花来，可总归像个吸血的蚊虫在耳边嗡嗡着。本来他可以动用省里乃至北京的上层关系网，但他在没有处于劣势的情形下还不想闹出这么大的动静。他自信依靠自己的能量，加上海州的保护伞，完全可以击溃对手，让专案组知难而退。如果江宁仍不识相的话，那他就只能采取最后的解决手段，让他成为第二个彭光武。

刘天石现在要做的就是宜将剩勇追穷寇，不可沽名学霸王，一鼓作气，利用滕长青把专案组赶回省城。所以在宴会上，当滕长青问起自贸港工程进展情况时，他诉苦说由于专案组的干扰，造成人心不稳，工程受到很大影响。滕长青要刘天石写出报告呈交市委、市政府，他来批示解决这个问题。刘天石借着滕长青的酒兴色迷，又提出了几个保障天石公司安全的请求，滕长青一一答应下来。

这一切，都让在一旁侍候他们的王琳全都录在了手机里。

宴会结束后，滕长青在米琪的陪伴下畅游海湾，刘天石和宗林、高强坐在阳伞下观赏。

刘天石斜倚在凉椅上，对宗林说："你要抓紧把报告写出来，今天就要滕市长来个现场办公。"宗林侧过脸来应答："没问题，我已经写好了，就等着滕市长批示了。"刘天石慢条斯理道："滕市长批条子有个秘密，你知道吗？"

宗林显然又有些跟不上刘天石的思路了，茫然地摇摇头。刘天石比画着说："不办的用圆珠笔，可办可不办的用签字笔。"顿了顿，加重语气，"知道必须要办的用什么笔吗？"宗林反应过来，脱口而出："用毛笔！"刘天石双眼微眯："再猜猜，给我们批示用什么笔？"宗林又愣住了。

高强抢着回答："用嘴！必要的时候，连手带脚都上！"刘天石笑了："如果不是你的岗位重要，可以考虑让你去当滕市长的秘书。"高强受到夸奖，加上酒壮人胆，胳膊肘一扬："哥还是给我弄个公安局长当当最合适……"

刘天石毫无防备，被高强的胳膊肘撞翻，结结实实撞在前面的咖啡桌上。他揉着额头，训斥高强："你这个经不住表扬的毛病就是改不了！"高强诺诺连声："我是属驴的，只能抽不能捋，两把豆子一喂就尥蹶子，贱皮！在部队当兵那阵子，只要指导员一表扬我，非有两个战友受伤不可。所以只戴了半年的红领章，就被部队开除押送回老家了！"刘天石忍不住又笑了。高强连忙把刘天石扶坐到凉椅上。

刘天石问宗林："江宁那边有什么动静？"宗林回答说："很安静。也许正盘算着怎么撤走才体面吧。"刘天石侧侧身子："别忘了到时请人家吃个饯行饭，毕竟也算是有缘相识嘛。"高强接过话："妈的，一听到江宁，我这手就痒痒！哥，你让我和那个姓江的过几招，我真想在他身上过过枪瘾！"刘天石正色，训斥道："胡说！现在可不是逞强斗勇的时候，要以静制动，摸清对方的套路和招数后再给予致命一击！"宗林附和说："是的，敌进我退，知彼知己才能无往而不胜，兵之大忌就是盲目出手。"

高强撇撇嘴小声说："依着我，小刀切豆腐，麻利痛快！"刘天石瞪眼："你是不是骚酒喝多了！"高强不敢吭声了。刘天石往椅背上一靠，合上眼："不战而屈人之兵方为上上策也。"

王琳做好服务工作后，溜进自己的宿舍盘腿坐在床上，双手捧着手机，翻看一张张图片，手机屏幕上出现刘天石、滕长青等人的画面。她既兴奋又紧张，心中暗想，有了这个，她就有了百万大钞。她就能用这些钱去开创自己的事业，再也不用在这儿忍辱受屈靠着出卖肉体狗一样地活着了。

突然，一个人影倏地一晃。王琳大吃一惊，连忙收起手机。只见高强醉醺醺地走到床边，说宝贝儿我早就喜欢你了，滕长青不要你我要你，以后跟着我照样吃香喝辣的。王琳像吃了个苍蝇，但又不敢硬顶，于是拿刘天羿当挡箭牌，说高总可不敢胡来啊，要是羿姐知道了可不得了。高强脱掉鞋就往床上爬，说她玩她的我玩我的，我们是互不干扰各得其乐，你就放一百个心吧。

王琳试图吓退高强，拿起手机做拨打状，说你再胡来，我给羿姐打电话了啊。高强嬉笑着掏出自己的手机递给王琳，说你用我的手机打，就说咱俩在滚床单，说不定她还会奖励你哩。王琳傻眼了，一时间不知所措。高强瞪着通红的双眼说怎么着，还要老子亲自剪彩啊。说着便扑向王琳，王琳厌恶地一脚把高强蹬下了床。高强恼了，像见了红布的斗牛疯了般撕扯王琳的衣服。王琳挣扎反抗，高强显然是喝大了，竟然渐渐气喘吁吁，力有不支，反而被王琳压在了身下。

王琳忽然灵机一动，说想要老娘可以，去贵宾房。高强喘着粗气，说你他妈明知道贵宾房是给滕长青和那个小模特留着的，要害老子啊。王琳不屑地撇嘴揶揄说没那个胆，就别想着吃腥，亏你还是公司的老板。高强酒劲一下子顶上来了，说去就去，老子怕个鸟，走，去贵宾房。

贵宾房里，王琳在宽大的席梦思床上蹦跳，发疯地踩踏着。高强滚来滚去抓王琳，王琳边放浪地笑着边躲闪着。忽然，外面传来滕长青和米琪的说笑声。高强一惊说不好，王琳却心中暗自得意。她之所以诱惑高强来这儿，就是为了等滕长青过来。

高强跳下床，哧溜蹿出门去。王琳并不慌张，镇定地下床穿鞋，然后躲到屏风后。贵宾房是按总统套房的标准建造，是个足有几百平方的全景式豪华套房。套房里会客厅、健身房、小型泳池、棋牌室等一应俱全。卧室正中摆放着极尽奢华的席梦思，四周墙壁上镶着明晃晃的镜子，一道可高可矮的伸缩性屏风竖在床边。

王琳上前拉动屏风调整到最佳高度，滕长青搂着米琪走进。王琳连忙伏在屏风后，从兜里掏出手机，调整到静音状态，然后打开摄像功能。滕长青和米琪急不可耐地滚到席梦思上,王琳悄悄把手机摄像头对准床上的滕长青和米琪。

四

徐铁军运用专业技术手段,终于复原了半岛酒吧的影像资料,锁定了嫌疑人老四。魏晋立即展开行动,缉捕老四。温松华迅速将此信息告知刘天石,本以为胜券在握大功告成的刘天石,没有料想到半岛酒吧的事还是露馅了,连忙让高强安排老四躲藏起来。

真是一波未平,一波又起。江宁和魏晋的攻势如永不止歇的海浪,冲击着刘天石的黑色帝国。

这一切让温松华有了危机感。他对江宁和魏晋都十分了解,他们都是撞到南墙也绝不会回头的铁血斗士,是不战胜刘天石决不会罢休的。而他已深陷旋涡之中,想脱身是不可能了。面临险境,他不得不考虑给自己留后路了。

此时的柳云也陷入矛盾之中。她在八卦洲目睹了刘天石的所作所为,尤其是草菅人命更是让她触目惊心。她后悔加入了天石公司,可是覆水难收。她只能寄希望于温松华,能彻底解脱,继续拥有他们的幸福生活。可就在这时,她发现高强把老四藏在了八卦洲的地下室里,顿时惊惶起来。她担心老四一旦暴露被警方在八卦洲抓住,她这个主管势必就成了包庇窝藏的罪犯,将面临牢狱之灾。

就在温松华琢磨着解脱之计时,柳云开门走了进来,一副丧魂落魄的样子。温松华忙稳定住心绪,问柳云怎么了。柳云扑上来一把抱住温松华,身上瑟瑟发抖。温松华吃惊地拥紧柳云,问她到底出了什么事。柳云颤抖着声音说:"松华,那个老四就躲藏在八卦洲啊!我……我好害怕!"温松华拧着眉头骂:"狗日的刘天石,把我给坑惨了!唉——我早该……"说着又不由自主地抱头哀叹起来。柳云自责："松华，都是我害的你！"

温松华定定神，抬起头苦笑笑说："别胡思乱想了，眼下这一关也许我们还能过得去。亲爱的，我有个想法……"柳云眼帘低垂，轻声细语："你说吧，我听你的。"温松华贴到柳云的耳边，压低嗓门说："你最近去一趟南美，考察考察那里的环境，如果合适，就买幢房子。"说着尽量让语调变得轻松些，"即便以后不出什么意外，咱们烦了闷了也可以出去散散心，你说是不是？"

柳云自然明白温松华的意图，于是心领神会地点点头，然后情意绵绵地抓起温松华的手掌贴在自己的面颊上摩擦着。温松华茫然地俯视着怀里的柳云，一股悲伤在心中弥漫。

魏晋对老四的缉捕行动没有进展，老四如人间蒸发了般消失得无影无踪。魏晋向江宁汇报，如实地谈了追逃的困难。假如有刘天石掩护，海州怎么查？咱能搜查天石大厦吗？咱能搜查八卦洲吗？有没有可能老四根本就没往外逃。

江宁指点魏晋说："其实追捕老四是一个明摆的拳头，咱们袖筒里还得有一只暗藏的拳头，一明一暗，才能相得益彰。"魏晋似有所悟，问江宁是不是在暗度陈仓。江宁说："不错，你明修栈道，吸引了他们的注意力。我这边才好做背后的文章，不要孤立地去看缉捕老四和枪击案，这些都是大系统中运行的链条，决定胜负的是证据。我可以告诉你，也许郝通和曾伟民能给我们带来意想不到的好消息。"魏晋说："还有那个杨冰，怎么不见她有动静了？如果能把她也利用起来，那可就事半功倍了。"

江宁提醒说："别忘了，杨冰是刘天石的妻子。而且看得出她头脑很简单，刘天石对付女人很有一套，摆平她可以说毫不费力。对杨冰，我们不要抱太大的希望。值得欣慰的是，我去见了你们的局长关山，他已经明确表示了要排除上面的干扰和一切阻力，坚决支持专案组办案的决心。你可以挺直腰杆，放开手脚干了。"魏晋听了江宁的话，振奋不已。

在专案组和魏晋紧锣密鼓之时，刘天石也和温松华在八卦洲的密室里会面了。

刘天石和温松华坐在沙发上，刘天石递给温松华一支烟，说："你急着见我，说吧，有何指教？"温松华点上烟，深吸一口道："江宁上午去和关山见了面，相谈甚欢啊！"刘天石想了想说："这倒无关紧要，关山应该是能拿捏得住分寸的。"

温松华不以为然："你也太乐观太自以为是了。你要明白，关山是个老狐狸。别看他不动声色，看似对上面唯唯诺诺，其实是在观察时机，看专案组有没有坚定办案的决心。他最近在局党委会上提议恢复魏晋大案队队长职务，就是个明确的信号。现在专案组在海州的那条腿，又迈开了。"刘天石道："有你在，他这腿迈得动？你为什么就不能砍掉他？"

温松华吐出一口浓烟："说到这个，我就要给你说个明白话了，这也是我今天来见你的原因。你是我的兄弟，江宁和魏晋也是我的兄弟，不管你们怎么斗，我从现在起要保持中立了。说句俗话，就是不拉偏架。你输了，别怪我，你赢了，也用不着感谢我。你听清楚了吗？"

刘天石笑了："怎么像回到了二次世界大战，你就是瑞士和瑞典？"温松华决绝道："可以这么讲！"刘天石慵懒地伸伸腰："可是你别忘了，瑞士和希特勒一直没有中断金融经贸往来，瑞典也是暗中和德国做着军火生意。当然，我还是希望你能独善其身的。不过呢，你得问问你那位同学和那位师弟，得他们同意才行。"

温松华心底蹿起一股怒火，不由自主地摸屁股上的枪。刘天石笑容不改："你想干什么？"温松华恶狠狠地说："想叫你哭！"刘天石笑得更欢了。他给温松华奉上香烟："来，来，续支烟消消气。"温松华推开，从兜里摸出自己的烟，点上："你那烟里我怕不干净！"

刘天石揉着下巴："你担心得多余了，我这个人唯一的优点，就是从不给朋友下毒。"温松华讥讽："我现在就想不出来，还有什么是你不敢干的。"刘天石侃侃而谈："记得有位哲人说，好人

290

和坏人的区别就是，好人不是什么事都干，坏人是什么事都干。可我还是宁愿做后者，我什么都可以放弃，唯一不能放弃的，就是不羁和自由。"

温松华斜视着刘天石："还是那句话，你成是成在胆大上，败是败在太胆大上。"刘天石正色："不错！我的字典里没有失败二字，永远只有赢这一个字！"温松华突然岔开话题，冷冷道："听柳云说，你的会所最近鼠祸严重，该灭灭了。"

刘天石一愣："什么意思？"温松华道："如果我通知魏晋来八卦洲灭鼠，你这字典恐怕就要添一个字了。刘天石，古人云，己所不欲，勿施于人。我奉劝你一句，别做那种己之欲施于人的绑架者！"说罢不容刘天石反应，起身拂袖而去。

刘天石望着温松华消失在门外的背影，突然猛地一拍沙发扶手，目露凶光狂吼："绑架你？我他妈还要强奸你！"

第二十一章　狩　猎

一

每个周末，都是温松华和柳云共度二人世界的良辰佳日。

温家客厅的正面墙上挂着一幅红日东升的油画，装饰柜上摆着一个花盆，花盆里插着细细的柳枝，柳枝上站着一只皮毛装填起来的雀燕，厚厚的天鹅绒窗帘隔开了外面的喧嚣。

温松华和柳云坐在红木餐桌旁，桌上摆着几样精致小菜，一瓶 XO 酒挺立在桌边，二人面前高脚玻璃杯里的酒透着晶莹的琥珀色。柳云轻启眼帘，含情脉脉地向温松华举起酒杯。温松华皱皱眉："你知道我喝不惯这洋玩意。"柳云柔声细语："经常喝就会习惯的，这酒喜庆。"温松华微笑着回应，端起杯欲和柳云碰杯。

柳云娇嗔地看着温松华，没碰杯，而是伸出了胳膊。温松华马上便领会了，也把胳膊伸过去，二人双臂相交，喝了交杯酒。柳云夹起一个大海虾，剥去皮，放在温松华面前的醋碟里。温松华深情地看着柳云，柳云温情脉脉地说："松华，咱们要是能远离这个嘈杂的世界该有多好啊！"说着，脸上露出心驰神往的迷醉状。温松华垂下眼睑，把虾仁塞进嘴里说："快了，应该为时不远了。不过，暂时我们还要忍一忍。专案组在查刘天石，也已经知道你在天石集团，还是谨慎些为好。"

柳云担心地问："那……有关系吗？"温松华见柳云紧张的样子，故作轻松地一笑说："现在还没关系，但是咱们还是小心一点为好。你毕竟是天石集团的管理人员，又是股东，没必要惹一些让他们怀疑的是非来。"柳云不无幽怨地点点头。温松华不无歉疚地说："让你受委屈了，柳云，谢谢你！"柳云嗔道："你呀，最好把这两个字从我们的字典里删除！"温松华端起酒杯，情真意切地说："好！我敬你！"柳云端杯，凝视着温松华，双眼春波荡漾。温松华将杯中酒一口喝完。

酒浓情深之时，柳云双颊飞红，软软地瘫在温松华怀里，如同一枝干渴的花儿期盼着雨露的滋润，双眼神迷情乱地看着温松华。温松华此时的心思显然没在男欢女爱上，他轻轻推开柳云问："我让你办的事有没有着落？"柳云一下子没反应过来，问温松华什么事。温松华张开双臂，作个远走高飞的姿势。

柳云明白过来，忙说："你不讲我倒差点忘了。"说着拿出一沓照片递给温松华，"你看，这是咱们在南美的别墅，就在大海边！"温松华忙接过照片，一张张浏览，禁不住赞叹："太棒了，海景房啊！"柳云不无自得地说："咱们的房子是和他们总统的休假别墅紧挨着呢！"温松华颇有兴致地翻来覆去看着，不无激动地说："这个地方我去过，是寸土寸金的胜地啊！你不简单，是大手笔，大手笔啊！"

柳云被温松华夸得有些不好意思，不无羞涩地绞着手指，垂下眼睫轻声说："没有你，我什么事也做不成，你就是我的总统！"温松华禁不住开怀大笑，张开双臂道："那你就是第一夫人喽！"柳云娇笑着扑进温松华的怀里。

不是脑袋决定屁股，就是屁股决定脑袋。温松华显然属于后者，他嘴上说着不与邪恶为伍，而实际上却不由自主地一步步滑向深渊。

在与刘天石见面后，他便主持召开了枪击案以及追逃老四的案情分析会。这让魏晋很惊讶，他当然不会想到，温松华之所以这么做是在故作姿态。在留好后路后，他必须尽可能拉住魏晋，哪怕至少取得魏晋的谅解和基本信任对他来说都十分重要。

会议室里，魏晋、尹颖和刑警队员们端坐在会议桌旁。温松华讲话："同志们，我很高兴地宣布，经局党委会研究决定，魏晋同志恢复大案队大队长职务！"掌声响起，魏晋起立环顾敬礼。当他看到神情淡漠的尹颖时，连忙匆匆放下手，坐回到椅子上。温松华接着宣布："局党委决定，魏晋同志复职大案队大队长后，主要任务是和房勇、尹颖同志一起协助专案组侦办枪击案和追捕绰号老四的司全意。"魏晋凑近尹颖，试图与她打招呼，尹颖身体扭向旁边，魏晋有些尴尬地缩回。温松华接着说："具体任务和工作，会后我再跟魏晋大队长研究商量。好了，就这样吧。散会。"

　　尹颖第一个起身走出会议室。刑警队员们纷纷和魏晋握手，战友之情溢于言表。温松华待刑警们陆续走出会议室后，这才笑着对魏晋说："尹颖的小性子你是知道的，别计较！"魏晋苦笑笑道："说实话，别的想法我倒真是没有，只是考虑到以后在一起干活，这脸不脸腔不腔的会影响工作。"

　　温松华劝导："那你就再主动些嘛！男人在女人面前还有啥面子放不下来的？其实最希望你恢复职务的就是尹颖，爱之深怨之切嘛！她对你的埋怨说来说去还是因为天石集团，你要是……"魏晋不等温松华说完，便连忙摆手打断："要是因为这个，不可能有调和的余地，那就还保持现状吧！"

　　温松华碰了软钉子，当然也能听出魏晋的话里影射着他，于是马上很诚恳的样子说："你看你，又误会我的意思了。我是说眼下别非要分个青红皂白，大家齐心协力办案子，天石集团和刘天石到底涉没涉案，事实会做出结论的。你说是不是这个理儿？"魏晋一语双关："只要她不和犯罪分子同流合污，别的什么我都可以谅解。"

　　温松华又撞到了硬茬上，不由得怔了怔，然后干笑着说："哪有你说的这么严重，最起码的原则性尹颖还是有的。好了，说正事。你要协助专案组，尽快抓获老四，这对整个案件的侦破，将起到至关重要的作用。"魏晋也表示自己的态度："是，温局，我会及时将案件进展情况向你汇报。"温松华道:"那倒不必了,有事情多向江宁主任请示汇报,你现在主要是协助配合专案组工作。"

听温松华这么说,魏晋似乎有些出乎意料,表情不由得迷惑不定起来。温松华一直在观察着魏晋的神态变化,面对这个以"倔"出名的老部下,他必须把住他的脉,不能让他察觉出丝毫破绽。否则不仅达不到利用的目的,还有可能被他识破成为死敌!一旦他和江宁这一老一少联手对付他,那后果就不堪设想了,所以他才玩起了欲擒故纵之策。

二

刘天石对温松华有些担心起来,从他的所谓要保持"中立"声明明显能看出他有所动摇。而温松华对刘天石来说太重要了,绝不能失去这个好不容易才俘获的得力帮手。刘天石明白,温松华之所以动摇,是因为对他信心不足。只有让他温松华看到他在与专案组的较量中处于优势,才能把他彻底绑在一条船上。同时刘天石也认识到,单单靠海州的力量是很难战胜专案组的。因为他们毕竟是省公安厅派来的,海州管不了他们,就目前的形势来看,动用省城的关系网是势在必行。

刘天石给邢旭东打电话问安,并说了专案组在海州给他造成的困境。邢旭东告诉刘天石,葛远祥已升任省委副书记兼政法委书记,就管着公安厅,有什么困难可以直接找他解决。得知这一天大的喜讯,让刘天石欣喜不已。

邢旭东和葛远祥都是他培植多年的"老铁",刘天石在编织关系网方面是有着独特手段的。只要是他认准有发展前途的官员,都会不惜时间和本钱,甚至经营数年进行培植,用他的话说就是投资潜力股。葛远祥就是他投资的一匹黑马,从乡长到县长到省直厅长再到副省长，成为他的优绩股。

宗林按照刘天石的指示，赶赴省城，代表他去祝贺葛远祥高升。拜访当然是在晚上，也当然是去家里。宗林的座驾奔驰600缓缓在省委宿舍区大门前停下，武警门岗上前查看证件，宗林从车窗里递出身份证并说明已有预约。武警看罢，挥手放行。

葛远祥在家里等候着宗林。宗林进来时，他正站在玻璃柜前，把玩着一块鸡血石。葛远祥爱玩赏玉石是出了名的，这也是他除工作之外唯一的爱好。他有一句名言：世上唯有老婆和玉石是不能出让的。足见其对玉石着迷之深。

宗林谦恭地端坐在沙发上，葛远祥问宗林："赏遍天下奇石异宝，我最爱的还是鸡血石。宗总，你懂玉石吗？"宗林没弄懂葛远祥话中之意，有些茫然地回答说："葛书记，我对玉石只是喜好却不求甚解，还真是说不出什么道道来。"葛远祥用不无批评的口吻说道："喜欢又不懂可不行。爱一样东西你就要专心研究它，这样才能在品赏中获取欢乐和享受。"宗林不安地欠欠屁股说："惭愧，惭愧！"

于是葛远祥大谈特谈鸡血石的产地、特色、艺术收藏价值以及如何鉴定真伪。听得宗林云遮雾罩，又不能不配合葛远祥说些着三不着两的话恭维着。他以前只风闻葛大官人喜石、玩石成癖，今天真是让他见识到了。他顺口问鸡血石肯定价值不菲吧，葛远祥说："你们经商做生意的是三句话离不开钱字，这是文化，是情怀，哪里是金钱所能衡量的。这可是无价之宝啊！你知道吗？咱们这块儿最好的鸡血石就在你们海州！"

宗林惊讶地"哦"了一声，问葛远祥在哪里。葛远祥说就在你们海州玉石收藏家通达公司老板郝通手里，如果这辈子能看看这块鸡血石也就满足了。葛远祥说完他的石头经，在宗林对面坐下，说道："你看，话题扯远了，说说你们天石集团的事吧！我知道，不遇到难题，刘天石刘总是想不到我的。"

宗林连忙向葛远祥倾过去身子，谈了专案组抱着迫害公司、打击民营企业家的目的，在海州胡作非为的情况。葛远祥听了宗林的申诉和对专案组的控告后并未马上表态，只是说他先问问情况。

宗林离开葛家后，马上向刘天石报告，说葛远祥态度模糊，好像并不积极，一门心思都在玩石上，并顺便说了他对郝通收藏鸡血石的爱慕情况。刘天石骂宗林才是糊涂蛋，葛远祥会平白无故在他去时玩石头还提到郝通的鸡血石吗？这不是明摆着醉翁之意不在酒吗？他指示宗林要不惜一切代价，从郝通那里得到那块鸡血石。

宗林犯起了难，说别人还好办，这郝通是我们的冤家死敌，从他手里弄到鸡血石无异于天方夜谭。刘天石让宗林托请别的可靠朋友去找郝通商谈购买，别让他知道买家是他们。而且据他所知，现在郝通穷困潦倒，手头缺钱。只要出大价钱，是有希望买到这块鸡血石的。

宗林委托一位老板朋友去向郝通商谈购买鸡血石。果然正如刘天石所言，郝通在和曾伟民联手与刘天石的争斗中一败涂地。本来公司就风雨飘摇面临倒闭，仅有的积蓄也花费殆尽，穷途末路之时有人要高价购买藏石，虽然他有所不舍，但也只能忍痛割爱，以解燃眉之急了。

当那位老板告诉宗林鸡血石的价格是上亿时，宗林着实吃了一惊，一块破石头竟他妈比他的别墅还贵。那位老板对宗林说，郝通是急需资金才按他购买的原价出让的，如果按现在的市场价还远不止这个数目。宗林打电话请示刘天石，刘天石斩钉截铁地告诉他，两个亿也要买。

宗林给刘天石打电话时，刘天石和杨冰正在陪滕长青、米琪打网球。滕长青和米琪在球场上欢快地打球，刘天石和杨冰坐在阳伞下休息。刘天石举着手机在和宗林通电话，杨冰有些百无聊赖地仰靠在凉椅上。刘天石接听完电话后放下手机，杨冰随口问道："买什么东西要一亿？"刘天石皱皱眉吐出两个字："狗粮。"

杨冰坐直了身子："狗粮？什么狗粮要这么多钱？金豆子呀？"杨冰的话让刘天石哭笑不得。

三

宗林购得鸡血石后，便送往省城。因价值昂贵，刘天羿派陈晓辉和老六护送。陈晓辉迅速将这一信息报告江宁，江宁闻讯颇为吃惊，葛远祥可是管着政法系统最大的领导啊！陈晓辉同时还向江宁报告原省长、现省人大主任邢旭东的儿子邢向阳就在天石公司，担任公司驻京联络处主任。而且他还告诉江宁，刘天石在北京也有保护伞，自贸港工程就是靠着这位大佬拿下的。

江宁听了陈晓辉的报告，深感问题的严重性。其实也不奇怪，海州的涉黑大案，久侦不破，就已经说明了问题。形势严峻而又紧迫，如果不能尽快获取刘天石的犯罪证据，拿下这个大魔头，什么情况都可能发生。如周民厅长殷殷嘱托的那样："这是一场生死较量！没有证据，我这个厅长也无能为力，不能做任何决定，一切都靠你们自己了，要做好打硬仗打恶仗的准备！"

江宁向郝通核实，郝通承认确实向一位老板朋友卖出了鸡血石，但不知真正的买主是刘天石，否则他是绝不会出手的。他同时向江宁透露，八卦洲的地下室里藏着个人，很有可能就是那个逃犯老四。江宁问郝通信息来源，郝通说是曾伟民安插在八卦洲的眼线透露的，但他拒绝向江宁提供这个眼线的身份。

江宁向魏晋通报老四有可能躲藏在八卦洲的信息，魏晋随即对八卦洲进行秘密搜捕。但行动却扑了空，没有搜查到老四的踪迹。原来，刘天石在被温松华提醒警告后，已命令高强将老四转移到省城黑道兄弟九尾蛇处躲藏。

一辆红色的保时捷跑车在街道上不快不慢地行驶着，陈晓辉边开车边瞄一眼坐在旁边的刘天羿。刘天羿身边的车载电话响起，她拿起话筒接听，然后恼火地说："什么，又要钱？这个九尾蛇，有完没完啊？"陈晓辉一激灵，支起耳朵倾听。

刘天羿对着话筒不耐烦地说："好好，再给他打十万，这个讨债鬼，本来就不该用！"陈晓辉问刘天羿："姐，这谁呀，张口就要十万？"刘天羿取出口红笔，对着后视镜边涂抹嘴唇边漫不经心地说："省城的哥们潘久伟，因为从小耍蛇摆摊出身，都叫他九尾蛇。"陈晓辉又问："他咋问你要钱啊？"刘天羿随口道："老四藏在他那儿了，三天两头要钱，烦死了！"

省城为数不多的五星级宾馆——金芙蓉大酒店在夜色里格外璀璨，"金芙蓉"三个霓虹大字闪闪发亮。

一辆出租车在宽敞明亮、欧式装饰的门廊平台上缓缓停住，迎宾门童趋步上前，躬身拉开车门。魏晋和房勇从出租车上走下，迈步进入巨大的玻璃旋转门。房勇抬头看看流光溢彩的豪华门楼，对魏晋说："魏队，是不是有些奢侈了？"魏晋反问："知道为什么让你住这儿吗？"房勇挠挠头："我知道，你魏队是不会恩赐我享受的。"

二人边说边走进金碧辉煌的大堂。魏晋朝前面努努嘴："看到大堂女经理了吗？"房勇抬眼望去，只见一位坐在大堂中央经理桌旁的美女正在接待客人，不由脱口赞叹："哇！好漂亮啊！"魏晋道："那位女经理就是九尾蛇的相好。她姓赵，叫赵小美。"房勇摇头叹息："唉，这世道咋的了，果然是男人不坏，女人不爱！对了魏队，你是怎么了解到的？"魏晋训导："如果让你什么都知道，我怎么当你的头？去，登记房间去！"房勇嘟囔："还不是专案组他们通过大数据摆弄出来的，这高科技还真就管用！"边说边走向服务台。因为房间已经预订，魏晋和房勇很快便办完了入住手续，乘电梯来到十楼的商务套房。

稍事安顿后，魏晋和房勇便开始进行工作。房勇打开电脑，与专案组连线，很快徐铁军便传来了信息。房勇边看屏幕边向魏晋报告："魏队，经专案组初步调查，九尾蛇共有三个住处，一个是金芙蓉大酒店长期包租的房间；一处是新华路上的公寓；还有一处是郊区的别墅。果然是狡兔三窟啊！"魏晋要言不烦："我要的是老四的藏身处。"房勇向徐铁军发出信息。徐铁军马上回了八个字：我能查出，要你何用。

房勇无奈地仰起脸对魏晋说："徐铁军仗着是专案组的不服从命令。"魏晋瞟一眼电脑屏幕："他说得对，要是什么都能查出来，还用得着我们跑过来吗？说说吧，你有何高见？"房勇想了想说："从位置和安全性看，郊区的别墅可能性最大。"魏晋沉声说："没有可能，只有确定。如果我们不能一举成功，就会前功尽弃，所以只有一次机会。"房勇有些犯难地挠挠头："查出确切地点，不容易啊！"魏晋瞥一眼房勇："那就要看你这个帅哥发挥得如何了。"

房勇晕："我？帅哥？还要发挥？"魏晋眉毛一耸："你小子啊，怎么就是出不了师呢？我们为什么要住在这儿？"房勇恍然省悟："明白了，那位美女大堂经理，就是最好的导盲犬！"魏晋兜头给了房勇一巴掌："怎么说话呢！"房勇嘿嘿笑了。

魏晋赴省城追捕老四没有带尹颖，因为在她没转变态度之前让她参与行动是不合适的。他委托江宁和她深入地谈谈，江宁也认识到尹颖是协助专案组的重要成员，如果不能和专案组以及魏晋保持一致，将会影响以后的侦查工作。他考虑到女性之间沟通可能更方便些，于是把这个任务交给了钟慧敏。

市公安局地下训练场规模很大，足有一个足球场那么大。体能训练房、擒拿格斗场、越障沙坑以及靶场一应俱全。

魏晋几次行动都没让尹颖参加，让她很气恼，于是来这儿发泄。她戴着头盔和耳塞站在靶台后，正举枪向靶子连连射击，枪枪击中十环，子弹在靶心爆成蜂窝状。

钟慧敏在尹颖射击完毕后走到她身旁，向她竖起拇指。尹颖见是钟慧敏，有些惊讶，忙摘下头盔和耳塞："你找我？"钟慧敏赞道："好枪法啊！不愧是射击冠军！"尹颖谦逊地摇摇头，然后问："是魏晋让你来找我的吧？"钟慧敏忙摆手："不是不是，就是想和你随便聊聊。怎么，不欢迎？"尹颖卸下弹夹，然后交给管理员，回头对钟慧敏说："看你说的，我随时都欢迎。说吧，想聊什么？"钟慧敏环顾四周说："这儿好像不大适合聊天吧，我请你去喝咖啡，能赏脸吗？"尹颖爽气地说："你是省厅来的客人，应该我请你才是。走吧！"

钟慧敏和尹颖来到一家靠近公安局的咖啡馆，寻一僻静处坐下，要了两杯咖啡，边品咖啡边聊了起来。钟慧敏在聊了一段家常话后，便自然而然将话题引入枪击案。尹颖有些愤愤不平地说："提到枪击案我就来气，你说这算咋回事嘛？前年的枪杀郝达案老是侦不破，我很不理解！我觉得，这里面肯定有猫腻！"

钟慧敏显然没料到尹颖会是这种态度，而且看得出尹颖不是故意在她面前表现或是装腔作势，因为完全没有必要。于是她将话题引向天石公司，说："是呀，还有高铁站枪击刘天石的案子也还悬在那儿呢。"尹颖接上话："不仅没破案，这受害人反而成了嫌疑对象，真是让人费解！"钟慧敏问："你认为刘天石不会涉嫌犯罪的吗？"尹颖激动，断然道："胡扯！这完全是无中生有，是别有用心的竞争对手对天石集团阴谋抹黑！一个中外知名的企业，一位爱国爱民对社会做出这么大贡献的优秀企业家，怎么可能涉黑犯案！"

钟慧敏继续明知故问："你是说刘天石刘总是冤枉的？"尹颖点点头："是的！你可能还不知道，我是海州远乡的孤儿，幼年父母早逝，我无依无靠，沦为乞儿。是刘总向我伸出温暖的手，资助我上学，从小学到大学，直到进入公安局成为一名人民警察。没有刘总，就不可能有我的今天。而且刘总资助的并不仅仅是我一个苦孩子，光我知道的就有一百多个。他还捐建了十几所希望小学和养老院，你不知道，还有每个月，他都要去敬老院孤儿院去慰问老人和孤儿。他做的公益事业那就更是数不胜数了，云南昆明的滇池治理，他一次就捐了一个亿；青海灾区他亲自带着钱物去救助；内蒙古的防沙造林工程，他投入了几十个亿。你说，这样一位有菩萨心肠的人会去干杀人放火的事？鬼才相信！"

钟慧敏只好做出恍然状："哦，原来是这样。"尹颖接着诚恳道："并不是刘总有恩于我，我才不分青红皂白地袒护他，是他不可能做出这种伤天害理的事。都是他那个混事的哥们高强惹的祸，应该抓起来。对了，钟姐，我一直想说，我对你们专案组的做法是有些看法的，你们不能因为天石公司个别人的不良行为就怀疑刘总啊！我就想问问你，你们到底是为了促进案子的侦破，尽职尽责，还是……"她突然不往下说了，只是笑了笑，"你明白我的意思的！"钟慧敏连忙表态："这还用说吗？当然是在尽职尽责。我们和海州的任何人都没有瓜葛，更不存在个人恩怨。尹颖，你可别想多了。"

尹颖依然有些愤愤然："还有魏晋那个茅坑的臭石头，现在仍然认为天石公司是主要嫌疑对象，真是无可救药！"钟慧敏试探："但他说的好像也有点道理。"尹颖发急："我说钟姐，你怎么能信他的话？他就是出风头、逞英雄！"钟慧敏接着又问："对了，他被调到警训基地和怀疑调查天石公司好像有关系是吧？"尹颖一蹾咖啡杯："活该！无端猜疑，撞到南墙不回头的一根筋，这完全是他自找的！"

钟慧敏探明了尹颖的态度，婉转地说道："尹颖，我对你为天石公司辩解很理解。说实话，我也不相信作为全国五百强企业尤其是刘天石这样的身份会违法犯罪。但一切都要靠事实和证据说话，你不觉得对天石公司的调查其实也是澄清的好事吗？而且这不仅无损刘天石的形象，反而是查出了一个优秀的企业家。"

尹颖想了想，点点头说："倒也是这个理儿。我气的是魏晋非要把屎盆子往刘总头上扣！"钟慧敏见尹颖态度有所转变，便将话题引向感情方面，笑问："听说你和魏晋闹得都不说话了是吧？"尹颖点点头说："是的。我和魏晋、温局本是同生共死的战友，一直在一块主办大案要案。而且我和魏晋还好上了，就是因为他怀疑天石公司的事，我们才闹掰了。"钟慧敏说："你这么做好像有点极端了吧？"尹颖有些不好意思："钟姐，不瞒你说，我是恨铁不成钢！只要他能迷途知返，我会原谅他的。真的，而且直到现在，任何人也占据不了他在我心里的位置。"

钟慧敏舒了口气，劝导说："实话跟你说吧尹颖，的确是魏晋委托我找你聊聊的。他很爱你，所以很在乎你。既然你们能走到一起，说明最起码的信任还是有的。还是那句话，事实会证明一切。据我了解，魏晋以前和刘天石私交也不错，你应该相信他不会故意跟刘天石过不去。人民警察最起码的法律意识还是有的，他不会平白无故去整刘天石。抽个机会我再劝劝魏晋，别一根筋认死理，你们也别老这么别扭着，这不仅会影响侦查工作，也会加深误会。从你刚才聊的情况看，你们之间并没有什么本质的冲突矛盾，说来说去还只是在办案的认识上有些不同，那咱就争取尽快把案子办结了，水落石出了，这满天的乌云不就散了吗？千年修得同船渡，你们要多沟通沟通。你说是不是？"

尹颖听了钟慧敏的话，心里不由得一阵温暖，立刻拉近了和钟慧敏的距离，变得亲热起来。

在省城，魏晋和房勇对九尾蛇的侦查终于有了进展。

房勇以大款老板的身份出现在金芙蓉大酒店大堂经理赵小美面前，二人很快便熟络起来，不仅交换了手机号码，还互加了微信，他通过赵小美的朋友圈间接掌握到九尾蛇的一些情况。

魏晋当即决定利用技术手段对九尾蛇进行定位侦查。他将赵小美的手机号传送给徐铁军，要他对这个手机号进行定位跟踪并远程监听。

与此同时，钟慧敏向江宁报告了她同尹颖接触的情况。江宁问她和尹颖谈得怎么样，钟慧敏说尹颖其实是个不错的女孩，她依然还爱着魏晋。江宁让钟慧敏说具体些，钟慧敏说从她观察的情况看，尹颖还是很单纯率真的，也有正义感，她虽然和刘天石有知遇救助之恩，但并没有失去警察的本真，只是被刘天石的外表和虚情假意蒙蔽了双眼而已。

江宁认为如果真是这样，就不能放弃她，要争取把她从报恩的小圈子里拉出来。钟慧敏说她也是这么想的，毕竟尹颖和刘天石还是有本质区别的。如果能把她挽救过来，对魏晋也算有个交代。江宁最后指示钟慧敏对尹颖要循序渐进，只有她自己才能救自己，在这场特殊的斗争中每个人都经受着考验，希望尹颖能幡然省悟，把握住正确的人生方向。

四

魏晋和房勇在省城追捕老四终于取得了重大收获。

通过跟踪监听赵小美和九尾蛇，他们基本摸清了老四就躲藏在九尾蛇的市郊别墅。

魏晋和房勇当即就展开缉捕行动。当九尾蛇正在郊区别墅的卧室和赵小美苟且时，魏晋和房勇破门冲进。九尾蛇和赵小美惊慌地从被窝里爬起，赵小美一声惊呼，九尾蛇伸手去摸枕头下的手枪，魏晋纵身上前，摁住九尾蛇，缴下他手里的枪，铐上手铐。

房勇把衣服往赵小美赤裸的身上一扔，喝令她穿上。赵小美这才明白房勇的警察身份，不由得懊悔不已。魏晋和房勇控制住九尾蛇和赵小美后，冲向地下室，砸开铁门，将老四生擒。

老四被捕的消息很快便传到了刘天石耳朵里。他非常明白专案组和魏晋下一步必定是以老四为突破口，顺藤摸瓜。刘天石焦急地问宗林省城方面有没有反馈的消息，宗林说葛远祥已经答应解决天石公司的问题，并让他转告刘天石，不要担心专案组，省委绝不允许天石公司这面旗帜倒掉。如果专案组捕风捉影，无端对天石公司发难，省委不会听之任之，将进行干预。

刘天石这才放下心来，说这块鸡血石就是天石公司的辟邪石啊！宗林说葛远祥他还说了句"攘外先安内"的话，言下之意，就是要他们堵住一切漏洞，守住阵地，只要查不出证据，他就有理由出手了。刘天石点点头说老葛说得有道理，打铁先得自身硬，苍蝇叮不动无缝的鸡蛋。他接着吩咐宗林要做好两件事，一是稳住老四封住他的口；二是清查内部，从最近发生的几件事看，肯定内部出了问题，不揪出内鬼，以后势必会有更大的麻烦。

宗林立即安排早就安插在看守所的副所长马飞传信给老四，公司会设法营救他，但要管好自己的嘴。与此同时，暗地里开始对公司内部进行甄别审查。

宗林将嫌疑范围确定为几个接近公司核心的高管，因为只有他们才掌握公司的秘密。经过深思熟虑之后，他故意露出一些经营上的违规违法业务。然后秘密地让高强通过公司监控室注意所有嫌疑对象的手机与行踪，如果谁跟公安机关联系，无疑谁就是内鬼。

此举立见成效，宗林万万没有料想到，内鬼竟然是费礼。原来，自贸港项目一直都是费礼具体负责，他从中捞了不少好处。后来刘天石把项目管理权交给了梅青，费礼早就对刘天石与梅青滚床单后重用她耿耿于怀，在嫉妒报复心理的驱使下偷偷向公安机关举报自贸港建设中的违规违法行为。

高强通过监听终于查出了公司的内鬼是费礼。他抓住费礼，对其施以严酷的刑罚，在确认费礼没有同伙后，准备将他处死。但刘天石阻止了高强，因为现在是非常时期，不能再出人命案子。高强遵从刘天石的指令，将费礼逐出公司。陈晓辉其实也是上了宗林黑名单的嫌疑对象之一，就在他应付审查时，没想到费礼成了他的挡箭牌，让他摆脱了危机，心中自然是庆幸不已。

老四被抓捕后，尹颖终于对刘天石起了疑心。她马上便去找刘天石，试探着问他是否认识老四。刘天石自然明白尹颖的意图，一口否认说他不认识，又装模作样地反问尹颖这个老四是干什么的。尹颖有些生气，说刘天石是在装。刘天石也故作不高兴地问尹颖这话是什么意思。

尹颖不再跟刘天石兜圈子，直截了当地说："老四就是你们天石集团的人，你能不认识？"刘天石打哈哈说："你看你，天石集团几千名员工，中层管理人员就有几百人，我怎么可能个个都认识？"并故意问："尹颖，你到底是怎么了，是不是这个人有问题？"

尹颖直言相告："老四已经归案，希望石哥你能站稳立场，不要袒护姑息部下，一定要支持专案组的侦查工作。"刘天石做出恍然的样子，并表态说："原来是这么回事。那你和专案组尽管查，要是老四真有问题，该怎么判就怎么判，我绝不会姑息！"

第二十二章　孤注一掷

一

审讯室里，魏晋和尹颖坐在审讯台后。

魏晋主审，尹颖担任记录。尹颖自从钟慧敏和她谈过后，对魏晋的态度便有了些缓和，加上老四落入法网使她对刘天石不再像以前那样认定他不会涉案，对侦查天石公司也就不再一味排斥。魏晋自然是希望尹颖能在事实和证据面前醒悟过来，不被私情所蒙蔽，所以主动让她参与对老四的审讯。

看守警员押着老四走到审讯桌前的凳子旁，因为早就被刘天石拉下水的看守所副所长马飞已经给老四传送了老板会救他的信息并打了预防针，老四心里安定了许多，以为只要守口如瓶，就能平安无事。所以他一进审讯室便抱起胳膊，装硬充强地仰着脸。魏晋声音不高，但透着威严："坐下！"老四冷冷一笑："有必要来这一套吗？"魏晋猛地提高声音，声疾言厉："我叫你坐下！"老四吓得一哆嗦，赶紧一屁股坐在凳子上，然后故作镇定的样子跷起二郎腿，点上一支烟，悠悠地抽着。

魏晋眼里透着冷峻，命令道："把烟掐了！"老四顶上火叫起了板："我抽烟碍你什么事？不就是个小警察吗？人五人六地转什么转！"尹颖气得直瞪眼。魏晋抬头对着门外喊："房勇，你那电警棍充足电了吗？"在门口站岗的房勇答道："正足着呢！"边说边几步跨进，拎着电警棍站到老四身后。

老四大惊失色，可着嗓子叫："你们别胡来啊！你们要是敢知法犯法，搞刑讯逼供，我非告你们不可！"房勇用电警棍敲敲老四的后脖颈："不守规矩的就是欠揍，随你到哪儿去告！"老四吓得一缩脖子，连忙掐灭烟。魏晋发问："姓名？年龄？职业？家庭住址？"老四又瞪起了眼："你这是明知故问！"说着把脸转向一边。

魏晋面无表情地警告说："老四，我严正警告你，少摆谱！到了这儿，你就是犯罪嫌疑人，就要遵守法律程序！对那些不守规矩的刺头，我们惩治方法多的是，不信你就试试！"老四发慌，不由自主地扭过脸看看背后的房勇。魏晋提高声音："我再问一遍，姓名年龄职业，家庭住址？"老四低下头，嘴里咕哝："算你们狠！"然后有气无力地说，"我叫司全意，海州本地人，家住一人巷30号，现任天石集团天羿娱乐城保安部长……"魏晋打断："说吧，你和九尾蛇是怎么回事？"

老四耸耸肩："怎么，他没跟你讲？"魏晋对老四一瞪眼："现在是要你回答！"老四摇头晃脑："这还用得着废话吗？我们是哥们儿。"然后指指尹颖，"就像你们的关系！"魏晋追问："你像老鼠似的躲藏在他别墅的地下室，算怎么回事？"

老四在凳子上磨蹭着屁股，不由自主地摆弄着掐灭了半截的香烟，想抽又不敢抽，放在鼻孔上嗅了嗅，犹豫迟疑着。魏晋催促："说啊，怎么又犯老毛病了？"老四鼓了鼓腮："我这不是欠了赌债，在他那儿躲着呗。"

魏晋冷笑："你功课做得挺不错，是谁教的你呀？"老四把半截香烟夹在嘴角："我说的是实话，你不信拉倒。"魏晋突然岔开话题："说说半岛酒吧的事吧！"老四显然已有准备，回答说："我最大的爱好是调酒，这辈子最大的愿望就是做个调酒师，所以工作之余，就常去酒吧过过手瘾，这不违法吧？"魏晋讥讽："在酒里下毒，你说违不违法？"

老四忙不迭否认："我说魏警官，这事儿可不能乱扣帽子啊！"魏晋语调突然严厉："司全意，你以为你能对抗得过法律吗？你跟着罗北方的问题，你在云南的问题，怎么，非要我一件件给你抖搂出来，那你可就没有立功的机会了，枪毙你十次都够！"老四发慌了，香烟僵硬地挺在嘴角，二郎腿也停止了摆动。

魏晋步步紧逼："我可以告诉你，你的问题，我们都查过了！如果你能迷途知返，改邪归正，我也许还能给你立功赎罪的机会。倘若你自以为可以和法律抗衡，一条黑道走到底的话，那你就大错特错了！"老四像被掐断了气管，双手抱头哼哼："这么多的狗屁事，我记不得了，你得容我从头捋捋……"魏晋从以前的审讯经验明白这时候不可用力过猛，不然会适得其反，让被审者产生破罐子破摔的抵触情绪，眼下已经掐住了他的七寸，不怕他耍滑头。于是说道："好吧。但我们只能给你一晚上时间，你要明白，过了这个村可就没这个店了。"老四像泄了气的皮球，瘫在凳子上。

马飞向高强发出了老四有可能被攻破防线的信息，刘天石下达了灭口老四的命令。马飞在深夜时分勒死老四，然后将床单撕成布条，把老四吊在望风窗，伪造成自杀的假象。魏晋推断老四是被灭口，看守所有内奸，于是向温松华汇报，请求对看守所进行调查。温松华装模作样地调查了一番，其实就是走个过场，最后不了了之。

就在专案组和魏晋侦查工作受阻之时，曾伟民利用王琳对天石公司进行暗查取得了重大收获。

王琳将她录下的录音和视频下载进U盘，然后交给了曾伟民。曾伟民急不可待地浏览，U盘里正是他所要的机密。不仅有滕长青和刘天石勾结的秘密，而且他还获取了其幕后老板是邢旭东和葛永祥等高官。曾伟民获得这些证据后，马上便给温松华打了电话。他以为温松华是分管刑侦副局长，而且和自己私交甚好，只有把证据交给他才最保险，并不清楚温松华已被刘天石拉下了水，本以为的保险其实是危险。

温松华与曾伟民约定在滨海大桥上见面，温松华在拿到U盘后，将枪口对准了曾伟民。曾伟民万万没料到温松华竟是刘天石的人，魂飞魄散。这时恰好有一辆大巴车开的是远光灯，晃了温松华的眼。曾伟民抓住这电光石火般的逃生瞬间，纵身跳进海中。曾伟民侥幸逃脱，哪里还敢待在海州，如惊弓之鸟般逃往了海外。

二

曾伟民的落败把郝通逼到了绝境，他不再有帮手伙伴，只能靠自己孤注一掷了。于是，他决定去找鲍黑子。

鲍黑子手风不顺，又在赌场输光了兜里的钱，连打的费用都没有，只能步行回家。

院子里，低矮的墙角堆着废铁、破纸箱和啤酒瓶罐头盒之类的破烂，两间露出窟窿的破房孤零零地趴在后面。一位白发苍苍的老妇正佝偻着腰身在整理院子，她费力地搬一块铁坨，鲍黑子走到老妇面前帮忙。老妇呆滞地盯着鲍黑子看了半天，忽然扬起巴掌，狠狠扇了他两个耳光，怒斥："瞧你那尿样，是又去赌钱了吧？滚！我没有你这个儿！"鲍黑子的脸上留下几道污渍手印，他抱着母亲的腿，任凭老娘打骂。鲍母打累了骂累了，眼角流下两行浑浊的泪水。鲍黑子爬起身，垂头丧气地进了屋。

鲍黑子靠捡破烂的老母亲养活自己，这一切都是拜刘天石兄妹所赐。当年他在海州也算是小有成就的老板，开设着全市最大的游戏厅。虽不敢说日进斗金，那也是财源不断。生意兴隆自然就有人眼红，这个人就是当时也在经营游戏厅生意的刘天羿。刘天羿托人带话给鲍黑子，希望能合伙共创大业。正值上风口的鲍黑子自然是嗤之以鼻，一口拒绝。刘天羿恼羞成怒，在刘天石的支持下，开了一家规模更大的游戏厅，而且就开在鲍黑子的游戏厅旁边。

于是好戏开场了，两家明争暗斗，为招揽客人。先是骂仗，接着便是互殴，打得天昏地暗。最终落败的毫无疑问是鲍黑子，拳头是硬不过权力的，刘天石依靠官场的关系，将鲍黑子整得灰头土脸，彻底打趴下如丧家之犬。鲍黑子咽不下这口气，仍屡屡向刘家叫板，他闹一次刘天石就利用政法界的关系，把鲍黑子抓起来或拘留或投进大牢。从三十岁到四十岁，鲍黑子竟然三进宫，他大部分岁月是在监狱里度过的，而且还落下个"海州第一杀手"的恶名。一想到这些，鲍黑子就恶向胆边生，恨不得将刘家兄妹生吃活吞。可又斗不过人家，只能自个生闷气。这不，此刻他就斜躺在家中污渍斑斑的破旧沙发上，向对面墙壁上贴着的刘天石头像投掷飞镖。头像上已经扎着几支飞镖，鲍黑子一扬手，又一支飞镖唰地正中刘天石头像的脑门中央。

敲门声突然响起，鲍黑子不耐烦地抬抬上身问："谁呀？"郝通推门走进，鲍黑子吃惊地翻身跳起，郝通微笑地注视着鲍黑子。鲍黑子："郝总？你怎么私闯民宅？"郝通不请自坐："鲍弟闭关练箭，一看就是缺银子了。"鲍黑子呵呵一笑："知我者郝总也，郝老板不会是来送温暖的吧？"

郝通扔给鲍黑子一根烟："还真叫你猜对了。"鲍黑子立刻有了精气神，换上恭敬之态："在海州，也只有郝老板关心弟弟了。话说回来，我也只认郝老板。"郝通把一盒烟都扔给了鲍黑子："多谢老弟抬举。我这冒昧登门打扰，你不会怪罪吧？"鲍黑子忙说："财神爷登门，我这蓬荜生辉啊！高兴还来不及呢，哪有怪罪之理！说吧，是不是又有啥活儿让弟弟效力？"

郝通不紧不慢说："听闻鲍大侠近来囊中羞涩，就是来看看有没有什么可帮上的。"鲍黑子对郝通文绉绉的言辞显然不大受用，于是直统统地说："天上没有白掉的馅饼，你能不能痛快点，到底找我干啥？"郝通开门见山："给你份和上次一样的差事。"鲍黑子一听，马上问："上次在高铁站是要腿，这回要啥？"郝通一字一顿："要脑袋！"鲍黑子思忖着说："虽说都称我为第一杀手，可我从没杀过一个人。这要人命的事儿我得想一想。"郝通不急不躁："可以，不勉强。不过，你心里也很清楚，姓刘的不会放过你，只

311

是在等待下手的时机。我想，只要专案组一走，你也就命悬一线喽！"

鲍黑子自然明白郝通不是吓唬他，刘天羿早就知道高铁站枪击刘天石是他干的。放出风要跟他算账，反正不是鱼死就是网破，做个了结也好。反正不是丢命，就是报了仇还能大赚一笔。想到这里，他问郝通："你说吧，什么价？"郝通道："上次打腿是二十万，这次要命五十万，你看怎么样？"

鲍黑子摇摇头："一百万！刘天石的脑袋值这个价！"郝通爽快地答应："行，我给你一百万！"鲍黑子想了想又说："我还有一个要求，万一我出了意外，你要为我老娘养老送终。"郝通点头："没问题。但我会尽量保证你的安全，完事后我会做好善后安排，让你和母亲享受天伦之乐。"鲍黑子问郝通："郝老板，能问问你为什么非要杀刘天石吗？"郝通苦笑笑："跟你一样，他不给你活路，你也不会等死吧？实话跟你说，我的公司也要快被他整垮了。"

鲍黑子咬牙切齿道："不除掉这个狗杂种，咱们都只能是永无出头之日。不是鱼死就是网破，干他娘的！"郝通问："对了兄弟，你鲍黑子当年也算是个响当当的人物，怎么会败在刘家兄妹的手里？"鲍黑子道："比实力，论人气，我都在他之上。可刘天石玩邪的走白道，不惜血本，收买贪官舔老警的屁眼，我哪里还斗得过他！"郝通说："你也是，既然没那个道行，就认栽服输呗！非要争个高低，落得现在这个下场。"鲍黑子白郝通一眼："我当初不是和你现在一样吗？不蒸馒头争口气，我就不信他刘天石能一手遮天！"

郝通继续激鲍黑子："你呀！是进了三次号子吧？你只靠着自己单打独斗是斗不过人家的！你一回回拼命，人家就通过关系把你一次次送进监狱，让你成为大牢里的常住居民。"鲍黑子不高兴了："郝老板，你让我做了他，现在又说这种话，啥意思嘛？"郝通说："我是提醒你，靠单打独斗蛮干，永远也成不了气候，最后倒霉的还是你自己。"

鲍黑子眨巴眨巴眼："你的意思我明白了。郝总您说吧，怎么干？我听您的！"郝通思忖着说："刘天石一肚皮坏水，所以干他得讲究个谋略，要有个周密的计划，争取一击致命，而且还要想好退路。"鲍黑子不无钦佩地频频点头。郝通接着说："刘天石养了个小老婆，叫梅青，最受他的宠爱。他为她在市郊山间买了栋别墅，每到周末都在那儿鬼混，我们可以从这儿下手。"鲍黑子兴奋："太妙了！在这种地方下手，能做到神不知鬼不觉，刘天石的防备也不会太紧。最好能在他们滚床单时出手，送这对狗男女去极乐世界。"

郝通从包里掏出一沓百元大钞，往鲍黑子面前一丢："你先用着，事成之后，我就送你带着老娘去国外享福。钱我都给你备好了，等风声过后，你想回来也可以回来。"鲍黑子两眼发亮："我听你的郝总，不宰了姓刘的，我还是进监狱的命。这回一定得把他欠的债全都讨回来，你就等着好消息吧！"郝通欣慰地拍了拍鲍黑子的肩膀。

三

温松华对看守所的调查不了了之，这让魏晋十分恼火，同时也让江宁感到问题的严重性。每每侦查取得进展，就被掐断线索，涉案人不是被接连灭口就是被掩护隐藏起来。如果任由这种状况发展下去，对其肆意妄为不采取行动，案子就永远也侦破不了。可是面对内部存在的问题专案组又没有调查甄别和清理的权限，因为涉嫌人都是市管干部，如果调查，就必须征得市委市政府的同意，而调查温松华那就更不可能了。

既然内部无法核查，那就从外部突破。江宁在围绕天石公司进行全面侦查的同时，指示徐铁军发挥专长，对林丛笑提供的照片进行技术处理，尝试获取第三个凶手的相貌。

与此同时，鲍黑子也开始了行刺刘天石的行动。

夜深人静，鲍黑子趁着夜色潜到山间别墅院外，用红外望远镜窥探。不大一会儿，劳斯莱斯轿车出现在红外线镜头里。鲍黑子卧伏在灌木丛里，手举望远镜，随着劳斯莱斯移动。轿车在别墅门前停下，刘天石下车，梅青从里面奔出，小鸟般扑向刘天石。

鲍黑子低声咒骂："狗男女，老子要让你们做一对风流鬼魂！"然后悄然潜至别墅大门前，大门上的监视探头在转动，鲍黑子发现后连忙收住脚步。他左右探察，看到不远处院墙根有棵大树，于是几步蹿过去，如猴子般敏捷地爬上树，然后纵身越过围墙。可是他脚刚落地，两条大狼狗便张着血盆大口，狂吠着扑上来。几个保镖打着手电筒大呼小叫地朝这边跑过来。鲍黑子吓得屁滚尿流，手脚并用，又狼狈地攀回到围墙上。

鲍黑子见别墅戒备森严，无从下手，便给郝通打电话，约定在郝家附近的一家夜上海酒吧见面。当他赶到酒吧时，郝通已经坐在酒桌旁等着他了。郝通为鲍黑子斟上酒："喝吧兄弟，压压惊。"鲍黑子也不客气，端起杯一口闷干。郝通边给鲍黑子续酒边说："看来，刘天石的戒备还是挺严的。"鲍黑子抹抹嘴："干了那么多见不得人的坏事，能不小心防着吗！"郝通抿了口酒，若有所思道："硬打硬冲显然不是个办法，依我看……"他向鲍黑子招招手，鲍黑子凑向郝通，郝通窃窃私语，鲍黑子不停地点头。

次日一大早，鲍黑子按照郝通授予的锦囊妙计，扮作卫生防疫站工作人员，再赴山间别墅。他开着皮卡车驶向别墅大门，保安从门卫室走出，拦下皮卡，鲍黑子从驾驶室里探出头来。保安问："干什么的？"鲍黑子敲敲车门："看不见吗？卫生防疫站的，你们主人说闹虫灾！"保安看看车门上的防疫标徽，嘟囔道："别墅建在这山里是好，就是他妈虫多，我昨天夜里就被蜈蚣咬了一口，到现在还肿着呢！"边说边摁动遥控器。

自动大门缓缓移开，鲍黑子一踩油门，皮卡车驶进院门。鲍黑子在别墅门前停下车，推开车门跳下，从车厢里取出喷雾器，往身上一背，走向房门。

梅青从门里迎上来问鲍黑子是干什么的。鲍黑子说初夏季节山间住户闹虫灾，为了住户的安全，市里统一布置打药防疫。梅青连忙点头，说就是就是，这几天是有蜈蚣爬来爬去的，你们早就该来了。

鲍黑子没费吹灰之力便混进了别墅。刘天石正在洗漱，看戴着口罩背着喷雾器的鲍黑子走进来，装模作样地这儿喷喷那里扫扫，也就没在意。鲍黑子悄悄从内衣里掏出手枪，正要向刘天石射击，恰在这时，高强从旁边冒了出来。他疾步走向鲍黑子，喝问："干什么的？"

鲍黑子连忙将枪掖进怀里，顺口回答："我是防疫站的灭虫工作人员。"高强狐疑地打量着鲍黑子："灭虫？我们怎么没接到通知？"鲍黑子心提到了喉咙口，对高强他是再熟悉不过了，几次都是折在这个高阎王的手下，有一种不由自主的怯惧。他连忙回应说："是市里布置的，我们也是听喝跑腿干活的。"

高强不耐烦，驱赶鲍黑子："去！去！哪儿来的山猫野猴子，赶快滚蛋！"鲍黑子没料到高强会突然出现，坏了他的好事，加之他对高强的天然惧怕，不敢再耽搁，急忙收起喷嘴，溜之大吉。

高强看着鲍黑子的背影渐渐消失在门外，忽然双眉一凝，自语："妈的，这个人好眼熟！"他拔腿就往门外跑。鲍黑子似乎看出高强对他有所怀疑，所以出了门，来不及卸下喷雾器，跳上车就发动车子。

高强从门里急步跑出，大声呼喊鲍黑子："别忙走！你给我下来！"鲍黑子装没听见，打火、挂挡、加油，皮卡疾驰而去。高强撒腿追赶，皮卡车转眼便没了踪影。他停下脚步，努力回忆着，可想了好大一会儿也没想出个结果，皱着八字眉摇了摇头。

山间别墅这些天屡屡出状况，前几天夜里有人潜入被狼狗咬走，高强以为是盗贼就没放在心上。可没隔两天又有个可疑的灭虫工上门，他询问了防疫站，根本就没这回事，显然是冒名假扮。

加上高强对此人眼熟，只是因为戴着口罩没认出来，但他能从来人贼兮兮的样子得出绝非好鸟的结论。鉴于此等不是小事，高强不得不向刘天石和宗林报告，以便加强防范。

刘天石听完高强的报告，心里虽然有些打鼓，但表面上却做出不以为然的样子对高强摆摆手说："既然敢登门，就不是善茬。以前没得手，他应该还会再来。我倒要看看这位大英雄是谁，和他交个朋友。"

宗林紧张起来，吩咐高强："从现在开始，董事长的安保级别上升到特级！特级，你知道什么是特级吗？"高强挺胸回答："二十四小时全天候保护，警卫不少于四人，对一切图谋不轨者格杀勿论！"宗林喝令："还不快去安排！"高强连忙转身走出。

宗林转向刘天石问："石哥，你说这刺客会是谁呢？"刘天石沉思，没有开口。宗林猜测道："会不会是专案组？"刘天石翻翻眼："江宁没你那么傻。但这并不妨碍我们利用这件事做做文章。"宗林又问："你是说把这事栽到江宁头上去？"刘天石揉搓脑门："你去吧，我要安静一会儿。"宗林不敢再打扰刘天石，悄然退下。

郝通和鲍黑子又在夜上海酒吧见面了，二人相对而坐。

鲍黑子有些颓丧地说："妈的，狗日的刘天石比猴子还精，硬是不着套！"郝通以教训的口吻说："你以为他那么好对付，天石大厦不是平地冒出来的。如果能一击中的，刘天石不知死过多少回了。啃这块茅坑的石头，不能怕臭，更不能着急。"鲍黑子道："郝总，你说下边咋着办吧！"郝通回道："休息。在家好好孝敬你老娘，享享福，等我的通知。"鲍黑子点点头："明白了郝总！老虎也有打盹的时候，我就不信灭不了他！"郝通向鲍黑子举起酒杯。

四

刺客让刘天石心惊肉跳，而专案组对天石公司大张旗鼓的调查更是让他如芒刺在背。他希望温松华能帮他灭火消灾，于是便约温松华乘坐游艇在江上游览。

说是游览，其实当然是在乎山水之外也。刘天石和温松华并排躺在船舷旁的躺椅上，手举鱼竿在垂钓，高强和几个保镖警惕地巡逻着。

温松华以奚落的口吻对刘天石说："怎么？你这像是在会晤外国元首啊！"刘天石没有理会温松华的讥讽之语，扫视着钓浮说："这两天有疯狗上门。"温松华有了兴致，抬抬身说："哦？说来听听。"刘天石抬抬鱼竿："还用说吗？树大招风，有人想置我于死地。不过，是有惊无险。"温松华不无幸灾乐祸："噢！明白了。在江湖上混，总是要还的，看来我要准备花圈了。"

刘天石斜温松华一眼，以冷冷的口吻回应："咱哥俩是割头换命的兄弟，生死与共，我死了也得拉着你垫背！"温松华心不由得一颤，用愤愤的眼神瞪着刘天石。刘天石忽然咧嘴笑了，拍拍温松华的肩膀说："不过咱哥俩命大福大造化大，谁想打咱的主意，也没那么容易。你说是不是？"温松华盯着刘天石："你为什么不报警？"刘天石又是莞尔一笑，然后沉吟不语。

温松华似有所悟："嗯，明白了，是怕杨冰知道你养小三吧？"刘天石耸耸肩道："她知道，我做这种事从不避着她。"温松华有些惊讶："她能容忍？"刘天石大言不惭："不是容忍不容忍，而是欣然接纳。她们相处得很好，像同胞姐妹。我这个人，别的优点没有，女人缘还是有些的。"温松华嗤之以鼻："你是说自己有男人的魅力吧？你这脸皮也太厚了！没那几个臭钱，看哪个女人会跟你！"

刘天石吹嘘："这就说明你还不了解我。认识杨冰时我是穷光蛋，梅青从没向我要过一毛钱，你说这不是魅力是个啥？"温松华撇撇嘴："鱼没钓着，倒冒出个大嘴鲢子来！"刘天石不以为意，往温松华身边凑凑："我可以向你传经送宝。对女人你要记住两条，一是给她们买什么都可以，但不能给钱，这纸上美妙的画只能让她们欣赏；二是要对人家负责，该给的名分要给，兑现自己的承诺。"

温松华讥讽："听第一条你是魔鬼，这第二条嘛倒成了天使。不过，遗憾的是法律不允许一夫多妻，所以你刘天石成不了皇帝，说到底还是纸上的画。"刘天石笑："你看你，倒认真起来了。俗话说，女人是衣裳，咱们兄弟才是骨头连着肉。不谈她们了，说点正经的。"温松华冷嘲过了热讽："说了大半天，你就说了这一句把女人当玩物的实话。"

刘天石变得严肃，话入正题："松华，你看咱们能不能利用这次行刺事件做点文章？"温松华想了想道："捉贼捉赃，抓驴摸桩。你得查清刺客是谁，才能决定怎么对专案组下手嘛。"刘天石思忖着说："嗯，有道理……"温松华往刘天石身旁靠了靠，不无担忧地提醒刘天石："我说天石，我可提醒你，专案组对天石公司的调查可不是虚张声势。据我所知，他们正在根据那个导游提供的枪手照片对第三个人进行调查。你不能大意啊！"刘天石说："我已经作了安排，他们查不出……"

温松华打断刘天石："现在是高科技时代，你不要小看了我们的技侦手段，让那位邢公子现原形也并不是不可能。"刘天石听了温松华的话，真有些担心起来，于是道："那你要赶快帮我打败江宁，赶走专案组，不就万事大吉了吗？"

温松华显然对刘天石把他当作随身护卫大为不快，鼻子一哼说："刘天石，我再重复一遍，我从来不是你的同伙，更不是你的马仔！"刘天石突然一抖鱼竿，然后顺势扬起，一条挣扎扭动的大鱼被钓出水面。刘天石兴奋地对着温松华大叫："快看！它逃不了啦！"温松华好像听懂了刘天石的话中之意，神情顿时黯淡下来。

徐铁军经过努力，终于将照片上的第三个凶手基本相貌呈现了出来。魏晋再次走访陈小平、年老三和冯伯韬，请他们对第三个凶手的相貌进行描述，然后结合徐铁军的科技成果进行人像复原，发现第三个凶手很像邢向阳。

魏晋十分吃惊，邢向阳可是邢旭东的儿子啊！其实江宁早就了解到邢向阳在天石公司就职，并且在京城花天酒地，嗜赌成性，常向刘天石伸手要钱，是个标准的"坑爹"族。江宁分析，刘天石为了控制邢旭东，是有可能让邢向阳参与枪击案的。于是果断决定去北京动动这个衙内，鸡飞了，狗就会跳。

刘天石与温松华会面后，高强亲自开车送刘天石去山间别墅。坐在车里，他一想到温松华不得不屈服低头的样子，心里就快活得想笑出声来。他现在对温松华终于可以彻底放心了，不再担心他有反水的可能。对温松华用的是内功，而对专案组他就只能采用外力了，他定下的基本目标就是赶走，赶不走就彻底消灭他。当然这最后一步必须要慎之又慎，省公安厅的钦差探子不是轻易能动的，关键要看走势和情形，更关键要看邢旭东和葛永祥如何表态和决定。

劳斯莱斯在海滨大道上疾驰。刘天石问高强："刺客查得怎么样了？"高强摇头："妈的，像个隐者神龟，连影子都抓不到！"刘天石皱眉。高强接着道："对了哥，据眼线报告，专案组这几天闹得很凶啊！"刘天石一惊："哦？"高强道："又去找了年老三和陈小平，还有那个农委的退休干部，不知在搞啥鬼名堂！"

刘天石绷紧了脸，吩咐说："要警惕！你马上派人探个究竟，看看他们要干什么。"高强马上拿起车载电话。

刘天石到了山间别墅，吃了梅青给他做的可口晚饭，然后按惯例坐在客厅的沙发上看《新闻联播》。梅青专心致志地在给刘天石掏耳朵，刘天石舒服得嘴一咧一咧的。

这时，高强匆匆走进，急促地说："哥，出事了！"刘天石皱皱眉，示意梅青离开，梅青起身上楼。刘天石对高强抬抬下巴："说吧！"高强道："魏晋去北京了，听说是要去查邢向阳！"刘天石一下子坐了起来："马上通知邢向阳，做好一切防范准备！"

第二十三章　敲山震虎

一

魏晋和房勇赶到北京，在北京市公安局刑侦部门的配合下调查了邢向阳的基本情况，然后按照江宁制定的"敲山震虎"计划，打上门去。他们在北京刑警张志刚的引领下走进镌刻着"海州天石公司驻京联络处"字样匾牌的写字楼。

主任办公室里，邢向阳和魏晋、房勇以及张志刚分别坐在沙发上。

邢向阳一副居高临下的样子，摇晃着二郎腿说："警察上门，大姑娘上轿，这还是头一遭。有何贵干，请讲。"魏晋以嘲讽的口吻道："可据我们了解，邢主任却是派出所的常客。"邢向阳一愣，脸转向张志刚。张志刚毫不客气："如果我没记错的话，邢先生还欠着三笔赌债没有还清，另外天都夜总会的舞女受到性侵的事还没结案吧？"邢向阳不以为然地耸耸肩："鸡毛蒜皮，不值一提。"

魏晋突然发问："那海州5·1枪击郝达案也是鸡毛蒜皮吗？"邢向阳挪动屁股："5·1枪击案！什么5·1枪击案？我听不明白……"魏晋加重语气："我再说一遍，海州5·1大案！我就是海州市公安局大案队长，找你了解案件的情况，你现在应该听清楚了吧？"邢向阳显然是接到了高强的电话，并不紧张，继续摇着二郎腿："这和我有什么关系？莫名其妙！"

魏晋放慢语速："和你没关系我们大老远地跑这儿来干什么？

据我们调查，不仅和你有关系，而且还很不寻常哩！"邢向阳神态平静："这是从何说起？简直是不可思议！"魏晋掏出笔录本，突然又改变了话题："说说吧，你是怎么进入天石集团的，和刘天石究竟是什么关系？还有，你的家庭情况，要说详细些！"邢向阳面对魏晋连珠炮般发问，有些沉不住气了，不由得额上冒出了冷汗。

邢向阳被魏晋问话后，感觉并不像高强说的专案组只是瞎猜疑，应付应付就过去了。他赶紧给老爸邢旭东打电话，禀报了专案组人员来北京调查他的情况，说他们不仅了解他和刘天石的关系，而且还掌握了他参与5·1大案的事儿，求老爸赶快想办法救救他。邢旭东心里也发了毛，据他从刘天石那儿得来的消息，已经阻遏住了专案组的进攻，怎么反而又闹到北京去了，而且把矛头对准了他。这是他绝不能容忍的，于是立即质问刘天石是怎么回事，要他务必尽快摆平。

在魏晋北京调查邢向阳的同时，钟慧敏也在咖啡馆约来了尹颖。因为鉴于尹颖是受了刘天石的蒙蔽，江宁想尽快让她觉醒过来，这对以后的侦查工作十分重要。同时，也想利用尹颖引出大鱼，与魏晋调查邢向阳双管齐下，达到揭开黑幕的目的。

钟慧敏坐在雅座，神态悠然地品着咖啡。尹颖从门外走进，钟慧敏向尹颖招手。尹颖走过来，在钟慧敏对面坐下。钟慧敏笑说："我以为你不会来呢，不怕招惹是非？"尹颖也笑了："你又不是妖怪。再说了，公是公、私是私，有啥可避嫌的。"钟慧敏问："喝点什么？"尹颖回道："老口味。"钟慧敏撳传唤铃，服务员走过来，钟慧敏吩咐说："来杯卡布奇诺。"服务员答应一声退下。

钟慧敏和尹颖寒暄客套几句后，便聊得渐入佳境。钟慧敏说："尹颖妹妹，咱姐俩今天只聊私事不聊公事，好吗？"尹颖欣然说："钟姐真是善解人意，这也正是我想说的。对对，还是公私分开的好！"钟慧敏歪着头："跟姐说说，你和魏晋发展得咋样了？"尹颖笑了："有发展，度过了冰河期！"钟慧敏高兴："就是。互相信任很重要，都是为了工作嘛！就说你开枪打死罗北方的事吧？那是领导的命令，他不该怪你，瞅空我批评他，你别往心里去。"

服务员送上咖啡，尹颖待服务员离开后，用汤匙搅动着杯中的咖啡说："其实我们也没闹多僵，以前主要他老是盯着天石集团不放，我不想理他。"钟慧敏忙问："那现在呢？"尹颖回道："后来我想了想，觉得你说得对。咱们干刑警的不能太固执己见，要靠事实和证据说话。其实查天石公司也是对他们负责，清者自清嘛！"钟慧敏调侃："你看，说不谈公事，咱又提起了这个茬。"尹颖也忍不住自嘲："嘻！咱做警察的，这公私真的很难分开。"

钟慧敏趁机开始引导："看来你对 5·1 大案还是挺关心的。"尹颖果然上套："能不关心吗！钟姐，我真心希望咱们能早点把这个案子给破了，把我从谜团里解脱出来。"钟慧敏向纵深发展："妹妹你有这个态度姐也就满足了。我可以向你透露一点，现在侦破工作进展得很顺利，可以说是取得了突破性的收获。"

尹颖既激动又惊讶："是吗？太好了！能透露点具体的吗？魏晋去了北京，也不跟我透露去干什么。钟姐你别勉强，要是不方便就算了。"钟慧敏嗔尹颖一眼："跟你还有什么不方便的。"她凑近尹颖，做神秘状，"你还记得女导游提供照片的事吧？"尹颖眨巴眨巴眼："当然记得，照片上的凶手两个死了，还有一个不是看不出是谁吗？"

钟慧敏压低嗓门："那个人我们已经查出了眉目，魏晋去北京就是查这个的。"尹颖瞪大了眼。钟慧敏加重语气："而且我们内部也有内奸！"尹颖震惊诧愕："啊？你的意思是说咱们公安内部？"钟慧敏一摆头："你说还能有啥别的意思？傻妞！"尹颖连忙追问："是谁？"钟慧敏故意欲言又止："你就别打破砂锅问到底了，话我只能说到这儿。"

尹颖盯着钟慧敏："你不说，就说明这个人我认识，而且离我不远，对不对？"钟慧敏不无揶揄地说："你也是个老刑警了，自己去琢磨吧！"尹颖蹙眉思忖，自语："配合协助专案组的只有我、魏晋、房勇和温局……"她突然像触了电，"你不会是说温局吧？"钟慧敏模棱两可："我说了，你自己去想。"尹颖嘴角抽搐，眼里疑云顿起。

魏晋和钟慧敏各自完成了江宁布置的迂回进攻任务，回到专案组向江宁汇报。钟慧敏说饵抛出去了，就不知大鱼会不会上钩。江宁调侃说也许水里冒出的不是鱼而是水怪，大家要有充分的思想准备。魏晋说管他是虾兵蟹将，咱们照单全收，一网打尽。

江宁提醒说别太乐观，因为专案组面对的不是砧板上的鱼虾，而是张着血盆大口的食人鳄。魏晋明白江宁所说绝非危言耸听，他们的对手的确不是小鱼小虾，但他坚定的信念和必胜的决心并没有丝毫的动摇。他们现在能做的就是静观对手的反应，然后再确定下一步的行动计划。

二

尹颖与钟慧敏交谈后，对她透露的私密消息颇感震惊，于是决定去温松华那里探探底。

已经到了下班时间，温松华还在办公室审阅案卷。尹颖走进，温松华抬起头招呼："尹颖啊！这么晚了还不回去？"尹颖装作若无其事的样子说："你当领导的不走，我们当小兵的敢走吗？"说着在办公桌前坐下。

温松华瞪着尹颖问："你是找我有事吧？"尹颖装作漫不经心："没什么大事，就是顺便来看看你，要不要叫外卖。"温松华用审视的目光："你少给我打马虎眼，我还不了解你呀！你不仅有事，而且事还不小！"尹颖只得说实话："今天听钟慧敏说，他们侦查工作取得了很大进展。"温松华愣了一下，马上笑道："那好呀！祝贺他们！"尹颖接着说："尤其是5·1枪击案，他们有了突破。"

温松华对魏晋去北京查邢向阳是清楚的，但脸上却故作好奇状："哦？是吗？说来听听。"尹颖说："他们已经查到了向犯罪分子泄密的嫌疑人。"说罢观察温松华的表情。温松华眼里掠过一丝慌乱，但瞬间即逝。他借抽烟掩饰："是吗？这的确是个严重问题，这个人是哪里的？要好好审查。"尹颖加重语气："钟慧敏说就是我们内部的人。"温松华拿烟的手一抖："内部的人？"尹颖通过观察，对温松华有了疑惑，于是用探究的眼神看着他，试探着问："温局，你觉得这个人会是谁呢？"

温松华深深地看了尹颖一眼，然后沉声说："是我！"尹颖吃惊地瞪着温松华："温局，你……"温松华吸口烟，徐徐吐出："他们的意思是再明显不过了。我和刘天石是发小，侦查5·1枪击案的事只有我知道。如果不是你，当然怀疑的人首先是我。"尹颖搓着手："可是……"温松华冷冷地说道："在他们的眼里，可能你也脱不了干系，甚至省、市领导都不干净。可怕啊！我们全都成了刘天石的帮凶！"

尹颖似乎有些不解："你是说专案组要制造冤案？"温松华反问："那你说说，还能有别的解释吗？"尹颖发表不同的看法："侦查办案，是要以事实和证据说话的，这屎盆子也不是随随便便就能扣上的。温局，你这么想是不是有些……偏激了？"

温松华有了些愤然之色："偏激？他们的所作所为已经说明了一切。咱们市局前期不予协助，江宁能无动于衷咽下这口气吗？公安厅的大员，他们自认为应该是要风得风要雨得雨才是。"尹颖直摇头："你是说专案组挟嫌报复？我觉得不至于吧！毕竟他们是省公安厅派来的，最起码的法律观念还是有的。再说了，江宁是从警几十年的老公安，怎么会胡来呢？"

温松华也摇头："尹颖啊！你真是太单纯了。难道你看不出来，他们一到海州，就把矛头对准天石集团和你天石大哥吗？江宁的目的就是办一个惊天动地的大案，为自己树碑立传！我们维护天石公司，自然就成了江宁的敌人！"

尹颖想了想，仍然摇头："我总觉得这么说有些过分。天石集团毕竟有人涉案，束建设，老四，都是天石公司的人。还有那个罗北方和九尾蛇潘久伟，也和天石公司有关系。江宁虽说有些先入为主，但你还是有问题嘛！再说了，江宁是你的老同学，不会无缘无故变着法子害你的，你说是不是，温局？"

温松华冷冷一笑："你尹颖考虑问题太简单了。江宁当然不会无缘无故害我，问题是现在有缘有故。我执行省市两级领导的命令，也绝不相信刘天石是杀人魔鬼，天石集团成了黑社会，自然也就成了江宁的绊脚石。"尹颖眼里露出困惑。温松华把烟头摁灭在烟灰缸里，意味深长地开导尹颖："人与社会是矛盾的统一体，相互影响，相互作用。尹颖啊！事实会让你明白一切的。"尹颖像听天书，弄不明白温松华话中的含义，困惑的同时，也似乎意识到钟慧敏的话绝非空穴来风。

刘天石面临邢向阳暴露的危机，而温松华则从尹颖那里得知专案组已将枪口对准了他，二人急不可待地在八卦洲的密室里见面了。

二人并肩坐在沙发上，刘天石边递给温松华香烟边说："来势汹汹啊！"温松华点上烟："我早就提醒过你，江宁和魏晋不是好对付的。"刘天石点点头："是的，在战略上轻视敌人，在战术上重视敌人，不能轻敌啊！"温松华有些动气："遗憾的是你现在战略战术上都处于下风，不，准确地说已是十分危险！江宁把矛头对准了我和邢老板，你应该明白这意味着什么！"

刘天石深深地抽口烟："我当然明白，这是到我的后院放火，心狠手辣啊！"温松华弹弹烟灰："说实话天石，眼下已是危在旦夕，必须尽快排除险情。不然，咱就树倒猢狲散，大家一起完蛋！"刘天石转转眼珠："依你看，该怎么办？"温松华手往上指指："老佛爷可不能只拿来供着啊！"

刘天石悠悠地吐出一串烟圈："那倒不必，还没到翻底牌的时候，杀鸡焉用牛刀。对付他江宁，我还是有这个自信。好，他让我后院失火，我就给他来个釜底抽薪。以其人之道，还治其人之身。这就叫来而不往非礼也！"

刘天石让宗林赴省城调查江宁的家庭情况。宗林很快便回复刘天石，江宁的妻子苏静秋在中石化系统工作，是做财会的。刘天石大喜，心中暗道，真是天助我也。

原来，刘天石在和郝通竞争中石化的石油运输时，为了达到垄断目的，不惜重金贿赂省中石化分公司老板蒋德才，成了利益共同体。刘天石马上联系蒋德才，希望他能助一臂之力。蒋德才自然是满口答应，说中石化是老子的天下，收拾她个会计，还不像掐死个蚂蚁。

省城中石化分公司的财务室里，苏静秋在电脑前做财务报表。桌上电话铃响，苏静秋拿起接听："喂？哦，是蒋总。好的，我马上过去。"旁边的女同事不无羡慕地说："苏姐，听说你要升任财务总监了，恭喜啊！"苏静秋难掩喜色，嘴上却说："就你贫嘴！"

苏静秋走进总经理室，蒋德才在批阅公文，没有抬头。苏静秋躬躬身招呼："蒋总……"蒋德才声调淡漠："哦，稍等一下。"苏静秋耐心等待着。

蒋德才终于抬起头来："是这样的，苏会计，公司优化组合，你是首当其冲啊！"苏静秋满怀期待。蒋德才突然道："公司决定你暂时待岗。"苏静秋如雷击顶，一下子傻了。蒋德才面无表情："你把手头的工作移交一下，明天就不用来上班了。"

苏静秋终于回过神来，忙问："蒋总，我能问一下原因吗？"蒋德才仍是冷淡之色："我刚才不是说了吗，优化组合。"苏静秋面红耳赤，质问："我能力不够？"蒋德才摇摇头。苏静秋发急，又问："我工作有失误？"蒋德才仍是摇头。

苏静秋恳求道："蒋总，判刑坐牢也得有个罪名吧？蒋总，我在石化系统工作了二十多年，没有功劳也有苦劳，您总得给我个说法吧？"蒋德才终于切入正题："你先生不是公安吗，你可以回家咨询他。"苏静秋一愣："这和我丈夫有什么关系？"蒋德才下逐客令："有没有关系你先生清楚。好了，就这样吧，你看，我很忙。"

苏静秋如堕五里雾中，迷茫地转身。蒋德才补上一句："你是待岗，不是下岗，随时都可以复职。"苏静秋似乎明白过来，问题是出在江宁身上，她没再对蒋德才说什么，默默走出总经理室。

三

江宁在专案组办公室里和魏晋研究案情，桌上手机响起。

他拿起手机，一看是苏静秋的号码，接听，然后有些不耐烦地说："什么事快说，我正忙着呢！"苏静秋气呼呼的声音震得手机嗡嗡直响："我闲着了，而且永远都闲着了，你就放心在外面野吧！"江宁一愣，忙问："怎么回事？"苏静秋声音透着恼火："该我问你！你说，你在外面到底办的是什么鬼案子？"江宁更加诧愕："你从来不问案子的，今天怎么了？到底发生了什么事？"苏静秋大吼："我下岗了！"江宁吃惊："下岗？你年年都是单位的优秀工作者，石化系统也是央企经济效益最好的行业，怎么说下岗就下岗了？"

苏静秋没好气地嚷："我们老板叫我问你！"江宁丈二和尚摸不着头脑："问我？莫名其妙，这跟我有什么关系？"苏静秋不耐烦："你怎么还不明白？人家说了，现在是待岗，能不能复职，全在于你！"

江宁似有所悟："噢，明白了，你是受到了我的牵连。"苏静秋以命令的口吻："你马上回来说清楚！马上！立刻！"江宁耐心解释："静秋，我这案子正办到节骨眼上，咋能说回去就回去……"苏静秋彻底恼了："别再给我说你那鬼案子！你现在不回来，就永远不要回来了！"电话"啪"的一声挂断了。江宁发呆，魏晋叹了口气。

江宁放下手机，眉头紧锁。魏晋想安慰一下江宁，可又不知说什么才好。他张了张嘴，又不吱声了。江宁用力抹把脸："好了，说说案子吧！"魏晋还是开了口："江主任，嫂子的事你得处理一下，不然……"江宁打断："怎么处理？明摆着是向我施加压力，我总不能在这时候掉链子，向他们举手投降吧？"魏晋咬牙切齿："太卑鄙了！"

江宁冷然道："你还指望魔鬼高尚呀！也许这只是个开始，就是邪火烧到咱们身上也毫不奇怪。现在摆在我们面前的只有一条路，战胜刘天石，维护法律尊严，完成上级交给的艰巨任务！"魏晋叹道："没想到，刘天石竟然有这么大的能量，能把触角伸进石化系统。"江宁道："他的能量可不仅仅是石化系统。"接着言辞决绝地说，"不管他的能量有多大，我们都绝不能退缩，彭光武不允许我们退缩，海州的老百姓眼巴巴望着我们呢！魏晋啊，我们什么都可以失去，但唯一不能失去的就是执法者的职责！"魏晋建议说："江主任，我们应该想办法把刘天石的关系网查查清楚，尤其是北京和省城的保护伞。知彼知己，我们才能掌握主动权。"江宁若有所思道："希望晓辉那边能有进展。"

海边浴场，陈晓辉在教刘天羿学游泳。刘天羿游着游着顺势往陈晓辉怀里一躺，陈晓辉一惊，不由自主地一松手。刘天羿沉进水里，"咕嘟嘟"冒出一串水泡，陈晓辉赶紧捞起刘天羿。

刘天羿剧烈咳嗽，陈晓辉搀着刘天羿回到岸边。刘天羿恼火地推搡陈晓辉："小王八蛋，你想淹死我啊？"陈晓辉解释："我是试试你能不能自己游。"刘天羿瞪眼："少来！你那点心思我还看不出来呀！是怕我对你非礼吧？"陈晓辉嘻嘻一笑："怎么会呢？我是你弟弟嘛！"刘天羿嗔陈晓辉一眼："就是！可别想歪了！"

陈晓辉问："姐，你看咱们是不是休息一会儿？"刘天羿对着陈晓辉屁股踹一脚："还不头前带路！"陈晓辉屁颠屁颠地往沙滩阳伞处跑去，刘天羿哈哈大笑着跟在后面。

陈晓辉和刘天羿并排慵懒地躺到帆布睡椅上。恰在这时，陈晓辉的手机响起信息提示音。陈晓辉打开手机，只见屏幕上是一只动漫狐狸图像，刘天羿突然一把将手机抢过去。陈晓辉一惊，刘天羿瞥陈晓辉一眼："哼！是哪个小妹妹？"随即翻看手机界面，眼渐渐睁大，"狐狸？"

陈晓辉的心提到了喉咙口，这是江宁和陈晓辉互通信息的暗号。刘天羿接着念微信内容："久无音讯，家里很着急挂念……"陈晓辉紧张地盯着刘天羿，将水果刀握在手里。刘天羿阴着脸问："这是谁啊？"陈晓辉强自镇定："还能有谁，不是我爸，就是我妈。"刘天羿又问："这狐狸又是啥意思？"陈晓辉随机应变："我老爸的乳名叫狐狸，所以取了这个微信名。"刘天羿翻翻眼："咋起个这么怪的乳名？"

陈晓辉信口胡诌："哦，我奶奶生我爸的时候梦到一只狐狸，就给我爸起了这个小名。"刘天羿眼里的疑云渐渐消失，撇撇嘴："你妈该梦到龙，你就能当皇帝了，净是小说电视剧看多了！"陈晓辉附和："就是，我也觉得这故事挺俗的。"刘天羿把手机扔回给陈晓辉："对了，什么时候让你爸妈过来我见见。你不是怕我丑，吓着他们吧？"陈晓辉又是一怔，但马上镇定下来，说："瞧你说的，怎么会呢？等他们忙完农活，我就让他们来海州享几天福。"

刘天羿爽气地说："别让他们脸朝黄土背朝天地劳累了，就叫他们来海州住，我养着他们。"陈晓辉连忙道谢，然后借机打探："对了姐，这几天宗总愁眉苦脸的，好像专案组老是找公司的茬，不会出什么事吧？"刘天羿轻蔑地嘴角一撇："杞人忧天！天塌有个高的顶着，他宗林多愁善感个屁，不像个男人！"

陈晓辉装作疑惑的样子："你就这么有把握？"刘天羿一甩湿淋淋的长发："告诉你吧，我从来就没把专案组和那个小鸡仔魏晋放在眼里！我哥手里随便哪把刀亮出来，都能吓他们个半死！"陈晓辉趁势往深里诱导："那你也不给我说说，让我有点底气。"

刘天羿压低嗓门："温松华知道吧？已经被我哥招安了。还有滕长青，也是咱的铁杆！"陈晓辉故作惊讶状："刘总气场这么大啊！"刘天羿捏捏陈晓辉的鼻子："这你就不懂了，不是气场是魔力。这些官可都是大权在握的人，你不用绳牵着他们，会跟你走？"陈晓辉做出兴味盎然和新奇的样子："快说说，这门道我得学学！"

刘天羿刮一下陈晓辉的鼻子："你就不学好！"陈晓辉嘿嘿一笑："技不压身，技不压身嘛！"刘天羿以教导的口气说："这绳无非就是钱和色。拴在滕长青身上的两根绳，一根是白花花的银子，还有一根是那个模特队长。温松华就不用我说了吧？"陈晓辉接上话："是柳云。"刘天羿继续竹筒倒豆子："除这之外，我哥还有王牌，能决定他们的升，也能决定他们的降，简单说就是能决定他们的政治生涯。这你总该明白了吧？"陈晓辉忙问："你说的王牌是省城的邢主任吧？"

刘天羿撇嘴："小了！"陈晓辉接着猜："省里的葛书记？"刘天羿还撇嘴："小了！"陈晓辉挠挠头："不会是北京的大领导吧？"刘天羿点点头："嗯，沾了点边！"陈晓辉做欢欣鼓舞状："哇！刘总果然神通广大，佩服！佩服！"然后脖子一伸，"到底是谁啊？"刘天羿却不往下说了，用手指弹弹陈晓辉的额头："你这小脑壳还是少装点秘密为好，会送命的！"

陈晓辉露出仰慕的样子："看来我跟着你是跟对了！"说着举起手掌，"我对天起誓，生是天石公司的人，死是天石公司的鬼……"刘天羿纠正："应该生是我的人，死是我的鬼！"陈晓辉嘴一嘟噜："那你还不告诉我秘密？"刘天羿拍拍陈晓辉的脸："有我这个大红伞罩着你就行了，知道那么多干吗！想当市长啊？小样！"陈晓辉有些失望。

四

江宁和陈晓辉再次见面了，地点依然是在汤池温泉胜地。水汽弥漫，灯光朦胧。江宁和陈晓辉泡在水池里，若隐若现。

陈晓辉报告说："情况就是这些。现在基本可以确定，温松华和滕长青都是刘天石的同伙，他的保护伞上至北京，下到省市两级。江主任，无论是他们的组织形态和结构，还有使用暴力的特点，都是名副其实的黑社会犯罪集团。"

江宁沉吟着道："关键是证据。没有事实，没有证据，法律这条准绳就起不到作用。晓辉，你下一步要在搜集证据上多下些功夫，明白吗？"陈晓辉点点头说："宗林和刘天羿都很狡猾，都到临门一脚了，就是不伸腿，刘天石那边我又靠不上去。"江宁嘱咐说："尽量争取，但绝不能勉强。记住喽！安全是第一位的，不能出任何岔子！"

陈晓辉不无担忧地说："刘天石的大红伞就管着咱们，妈的，想想就心惊肉跳！"江宁道："是的。刘天石的这些关系网都位高权重，不仅决定着刘天石的命运，很可能最后也将决定我们的命运。但我们没有退路，不是鱼死就是网破。你要继续深入下去，争取通过刘天羿查出更多的内幕。"陈晓辉郑重地点头。

邢向阳向刘天石传达了北京赵部长反馈的信息，其实也就五个字：天塌不下来。虽然只有五个字，却足以支撑起刘天石的自信和勇往直前的胆魄。他坐在天石大厦的顶端董事长室里，开始谋划新的计划。

这时宗林走进，将一个大红烫金的请柬放在刘天石面前。刘天石扫一眼请柬："这是——"宗林忙回答："咱们在石寨村捐建的希望小学举行周年庆典。"刘天石伸伸腰："哦，好事，是该冲冲喜了。你知道什么是冲喜吗？"宗林点头："当然知道，咱们老家的风俗嘛！久病或总是倒霉，只要借婚庆之类的喜庆事一冲，就时来运转了。"刘天石吩咐说："市县两级的领导都要邀请到。"宗林补充："还有各界名流，尤其是新闻媒体。"刘天石叩叩桌子："对！声势要大些，这种事，不要怕花钱！"

一辆墨绿色的丰田霸道在乡间田陌的碎石路上颠簸行驶。

郝通亲自开车，鲍黑子坐在旁边，眼里透着迷惑。郝通边开车边悠然地哼着乡村小调，鲍黑子憋不住了："郝总，你这到底是带我去哪儿？"郝通笑笑说："去看看刘天石的墓地。"鲍黑子惊讶："刘天石的墓地？你开什么国际玩笑！"郝通严肃："不是玩笑！你以为我有闲工夫陪你来农家乐呀？"鲍黑子着急："你能不能说明白些，绕啥狗尾巴圈子啊！你们这些做老板的，说话总带着酸味，显示自己多有文化似的！"郝通又笑："好，不跟你兜圈子了。告诉你个好消息，机会来啦！"

鲍黑子立刻来了精神："机会？你是说搞掉刘天石的机会？"郝通打个响指："然也！"鲍黑子兴致勃勃地问："你快详细说说。"郝通指指前面："看到了吗？那儿就是石寨村。刘天石在村子上捐建了个希望小学，明天要举行周年庆典，你说这是不是个好机会？"鲍黑子疑惑："刘天石会来？"郝通肯定地点头："当然会来。你想想他能放过这作秀的机会吗？他不仅参加，还邀请了各级官员、社会名流和新闻媒体。你这一枪打出去，震惊世界啊！"

鲍黑子思忖："嗯，想想是解恨，比偷偷摸摸干掉他爽。可是郝总，这样的场合，人又这么多……"郝通给鲍黑子吃定心丸："正因为人多场面大，才更好逃脱。你上次在高铁站，不就是顺顺当当就跑出来了吗！你想想，几百上千个学生像马蜂窝一炸，你就淹没在人海里了。"鲍黑子想了想说："嗯，倒也是……"

郝通一手握方向盘，另一只手拍拍鲍黑子的肩膀："你放心，退路我都想好了，到时候我亲自接应你。今天带你就是去现场看看，不打无准备无把握之仗嘛！"鲍黑子登时精神抖擞，摩拳擦掌说："好，干他娘的！叫刘天石作秀变作死！"郝通一踩油门，车子加快了速度。

八卦洲宴会厅里灯火辉煌，桌上摆满了美酒佳肴。刘天石、滕长青、温松华、宗林、杨冰、柳云、米琪等围坐在餐桌旁，觥筹交错，推杯换盏。

刘天石举杯道："来，为了明天石寨希望小学庆典隆重举行，咱们共饮一杯！"大家一齐端杯喝掉杯中酒。刘天石又向滕长青举杯："我还要单独敬市长一杯，感谢滕市长能拨冗亲临校庆。"滕长青礼尚往来，对刘天石道："你关心海州的教育事业，为社会做出了榜样。作为父母官，我该敬你才是。"

刘天石询问宗林："滕市长的校庆致辞准备了吗？"滕长青挥挥手说："不必麻烦宗总了，接到你们的邀请，我就让秘书写好了发言稿，不敢怠慢啊！"刘天石恭维："滕市长日理万机，事事躬亲，政绩非凡。海州能取得这么大的发展，也就不足为奇了。"滕长青调侃："这酒还没喝，头就晕了。刘总，你要是再夸下去，我可就摸不着杯了！"大家都笑。滕长青忽然附在刘天石耳边问："听说上面有消息了？"刘天石小声在滕长青耳边轻声细语，滕长青边听边向刘天石跷大拇指。

酒宴结束后，陈晓辉开车送已是醉醺醺的宗林回家。到了宗家别墅后，陈晓辉拉开后车门，搀出醉酒的宗林。宗林脚步踉跄，头歪伏在陈晓辉肩上，摇摇晃晃。陈晓辉搀扶着宗林走进楼门，来到客厅。

夏露连忙迎上来，脸露不悦之色："又喝醉了？"陈晓辉连忙解释说："宗总今天陪市里的领导，没办法赖酒。"夏露不无怨尤："今天陪市里的，明天陪省里的，喝伤了肝喝伤了胃，喝得夫妻背靠背！"陈晓辉忍不住笑了："嫂子，你这顺口溜还挺形象的。"夏露白陈晓辉一眼："我说小陈，以后他再喝多，就不要送他回家了。"陈晓辉笑嘻嘻说："那可不行嫂子，宗总有交代，只要您在家，就绝不能在外面过夜。"

夏露表情有了松缓："怎么？我不在家，他就……"陈晓辉忙道："不……不是，宗总是每天都回来。其实您最清楚，宗总两天不见您，就跟掉了魂似的。"夏露忍不住"扑哧"笑了，上前去扶宗林。宗林一阵干呕，夏露忙心疼不已地把宗林扶进卧室。陈晓辉看看宗林的公文包，眼里不由一亮。卧室里传出宗林的呕吐声和夏露的埋怨声，陈晓辉麻利地从公文包里掏出笔记本电脑，迅速打开，飞快地浏览搜索，然后插入 U 盘拷贝。

第二十四章　枪声再起

一

又是一个晴朗的早晨。夜里的一场小雨洗落了满天的灰尘，难得一见的蓝天让人心旷神怡。江宁和魏晋自然不会放过享受新鲜空气的机会，这在几乎每天都处于污染环境之中的现代城市是可遇不可求的。他们在专案组租住的楼下散步，边走边聊。

江宁问魏晋："想什么呢，一脸的官司？是不是又挨尹颖的骂了？"魏晋有些愁眉不展："江主任，我担心的是嫂子……"江宁拍拍魏晋肩膀："你放心，她不会扔了我的。再说，她现在下岗了要靠我生活，敢不老实吗？"魏晋叹口气："我知道你和嫂子相濡以沫几十年，感情很深。可这毕竟是砸饭碗断前程的事，嫂子能撑得住吗？"

江宁目视前方："要是连这打击都撑不住，那她就不是我江宁的老婆！"魏晋向江宁投去敬佩的目光，却又不无担心地说："怕就怕你不低头，他们还会玩更邪的，遭到和我以前一样的下场。"江宁耸耸肩："要是怕这个，我就不会主动要求来海州啦。"魏晋摇摇头："可咱们的对手太强大了，保不准……"

江宁神情庄重起来，对魏晋说："魏晋啊！其实厅领导找我谈话时，我就意识到海州的这个案子不寻常。你想想，厅领导为什么会对这个案子这么重视，上升到海州的法律存亡高度？咱们没有退路啊！再说了，要是猫怕老鼠，这个社会还有啥希望！"魏晋以请教的口吻说："江主任，我一直想问问你，你在公安队伍几十年，不顾生死，牺牲家庭，到底是靠什么支撑的？"

江宁笑笑："你这小子，倒考起我来了。好，我给你讲个故事。有个少年，出生在贫穷的乡村，每到瓜果收获的季节，他都要帮着大人去集市上卖。有一年，他和村长拉着一车苹果到县城去销售，上百里路程啊！还没开张，几个街霸就来滋事，少年上去理论，被他们打得鼻青脸肿，一车苹果也被哄抢一空，那可是全村人指望换油盐的钱！从那时起，他就立誓做个侠客，铲除邪恶，维护公平。所以后来高考时，他填报了公安大学。"

魏晋凑近江宁："我知道，那个少年就是你。"江宁道："容忍邪恶横行，最终你就只能被邪恶毁灭，这是很简单的道理。没有了法律，你就失去了一切保障，也就没有公平公正可言。魏晋，你加入警队穿上代表法律的警服，想的也应该是这些吧？"魏晋郑重地点点头："江主任，我会跟着你走下去，时刻记着那句话，猫永远都不能怕老鼠！"

两人正说着，钟慧敏急匆匆跑过来，面带激动，对江宁说："主任，陈晓辉发来重要情报，铁军正在整理，足足有几十页！"江宁神情一振："哦！走，去看看！"

石寨村希望小学白墙红瓦的崭新校舍在阳光下格外醒目。鼓乐声声，人头攒动，欢乐喜庆弥漫在校园的每一个角落。一辆辆豪车鱼贯而来，停满了校园外的操场。

滕长青和一众官员以及名流贵宾走上主席台就座。劳斯莱斯最后缓缓驶来，刘天石下车，宗林陪伴在刘天石身旁。高强带着老六、毛焰等几个马仔簇拥在后，警惕地观察四周。

记者们蜂拥而上，闪光灯频频闪动。刘天石走上主席台，台下黑压压的师生一齐鼓掌。刘天石向师生挥手致意，气度非凡。主席台上坐着的各界嘉宾也齐刷刷站了起来，向刘天石鼓掌。刘天石与贵宾们一一握手。

学校院墙外，丰田霸道越野车从远处驶来，越野车顺着校园院墙，慢慢停靠在墙根。

透过车窗，隐约可见手掌方向盘的郝通。鲍黑子坐在副驾驶座上，镇定自若而又熟练地摆弄着手中的自动步枪。郝通不放心地问："有把握吗？"鲍黑子边检查弹匣边道："第一杀手可不是浪得虚名！"郝通鼓励："仇恨的子弹是最准的。"鲍黑子笑了："还有一百万红太阳！"说着哗地推弹上膛。

江宁审阅陈晓辉发来的重要情报，发现上面有天石集团经济犯罪的记录，当然也有他们在工商、税务等管理部门的关系人。此外，天石集团和金融系统的业务也有显示，他们近年来大笔贷款项目都有记录，尤其是他们用从银行贷来的巨额资金收购省外矿业涉嫌标的过高。经济犯罪往往和刑事犯罪是紧密相连的，江宁立刻布置钟慧敏、徐铁军进行调查。

石寨村希望小学的校庆典礼已正式开始。主席台上，主持人对着麦克风高声宣布："石寨希望小学周年庆典，现在开始！"锣鼓声顿时响起，接着是震耳欲聋的鞭炮声。

院墙外，郝通和鲍黑子坐在车里。车外鞭炮声、锣鼓声，震耳欲聋。郝通对鲍黑子一挥手："该你凑凑热闹了！"鲍黑子推开车门，如狸猫般蹿上车顶，将长枪架在墙头上，瞄向主席台。

刘天石自然是坐在最显眼的位置，鲍黑子很快便捕捉到了目标，只见刘天石胸前佩戴着鲜红的胸花。鲍黑子瞄准胸花，手指扣动扳机。鞭炮锣鼓声掩盖了枪声，谁也没注意到院墙外树上有人开枪。可就在鲍黑子扣动扳机的同时，恰巧刘天石佩戴的胸花被风吹落在地上，他正弯腰去捡胸花。子弹从他的头皮上擦过，他顿感不妙，一个鹞子翻身向后倒去。

老六以为刘天石闪着了，上前去扶。鲍黑子开了第二枪。老六头上的帽子被打飞。高强和毛焰等保镖这才发现险情，忙上前去救刘天石。鲍黑子懊恼不已，跳下树，飞身钻进越野车。郝通猛踩油门，越野车钻进旁边齐腰深的玉米地，刹那间便消失在绿海里。

二

刘天石再次被枪击引起了巨大轰动。

一个地方的标志性人物，一件小事都足以让人茶余饭后谈论得不亦乐乎了，何况是一再发生的吓人的枪击案。省市领导再次做出了严查枪击案的批示，为此市公安局召开了紧急会议。关山在讲话中说，屡屡发生的枪击事件，性质是严重的，影响是恶劣的。尤其这次是在光天化日之下，又是在希望小学的校庆庆典上。而且受害人大家都很清楚，是著名企业家、省政协常委，所以根据省、市领导的批示，枪击案必须要作为头等大事来抓，争取尽快破案。

关山讲到这儿，便把目光落在了温松华身上，问他刑侦部门有什么侦查计划。温松华回复说他们已经勘查了现场，询问了受害人，下一步准备组织警力，全力以赴搜集线索，摸排重点嫌疑人，力争尽快破案。

这时，魏晋主动举起了手，关山对魏晋点点头。魏晋说："这起枪击案显然和前几起枪击案是有关联的。我建议将此案与前两起枪击案并案侦查，并加入公安厅专案组。"温松华沉吟着说："我们与专案组联手也不是不可以，可市领导指示前两起枪击案由专案组办，让咱们不要插手，难呐！"关山最后表态说关于这件事，他请示一下领导再定，让大家先议一下眼前的侦查计划。

市局开会的情况很快便由魏晋传到了专案组江宁这里。他决定去一趟市局，亲自拜会关大局长。

关山对江宁的到来显然有些意外，江宁笑着问他是不是不欢迎。关山也勉强挤出笑说贵客光临，岂有不欢迎之理，然后让座。江宁在沙发上坐下后说："遗憾啊！我在关局眼里成了客人。俗话说，和尚不亲帽子亲，咱这身上的警服可没变成两个样。不过也可以理解，关局是要和我这个不识海州时务的麻烦制造者保持些距离。"

关山自然能听出江宁的弦外之音，不无尴尬地回应说："江主任多心了。"江宁哈哈一笑说："距离产生美嘛！这样挺好！"关山也以调侃的口气说："江主任登门，不会只是来奚落老朽的吧？"江宁道："跪求都来不及哩，哪里还敢对关局不敬。好，说正题，听说刘天石又受到了枪击，不知关局能否允许专案组介入？"关山显然没料到江宁会开门见山直截了当提出这个问题，不由得怔住。

江宁用探询的目光看着关山说："关局，其实你心里很清楚，凶手再次枪击刘天石绝不会是偶然发生的，它和我们专案组办理的涉黑案应该是有关联的。如果我们能联起手来，必能事半功倍，立见成效。"关山终于表明态度，声音有些发涩地说："这不可能！"江宁探探身子："能问一下原因吗？"关山双手一摊说："你这是明知故问。你很清楚，能不能联手，决定权不在我手里。"江宁语调依然平静："尽管我很清楚原因所在，但亲耳听到从你这位公安局长嘴里说出来，我还是有些惊讶。"

关山翻翻眼皮："还有让你更惊讶的事情。"江宁一挺身："哦？洗耳恭听。"关山说："受害人怀疑的第一个对象就是专案组，就是你。"江宁笑了："那你现在是不是要把我拘了？"关山面无表情："我只听命于市委市政府，省厅只是我们的业务领导，市里才是我们的衣食父母。如果市领导发话对你们采取行动，我也只能执行。这不是玩笑话。你们作为公安厅的专案组，我有尊重的义务。同时身为海州的公安局长，我也有回避的职责。我不为难你，也希望你不要为难我。"江宁默默审视着关山，目光凛冽而又锐利。

关山耸耸肩："你不必像看叛徒和汉奸那样看着我。咱们都是几十年的老公安了，说好听点都成了精，说难听点都是老油条了，心里都明镜似的。不管你怎么看我，我都不会在意。"江宁嘴角挂着嘲讽："是的，看得出你真是修炼到家了。"说着环顾四周，"我现在真的怀疑，我是不是坐在公安局长的办公室里。"

关山仍是面无表情，语气也是干巴巴的："如果你坐在我的位置，也会和我一样。"江宁反问："如果你在我的位置呢？"关山幽幽道："我五十九岁了，快到杠了。千万别拿我和你比，俗话说，朽木不可雕也。"说着摆出送客的姿态，"咱们都很忙，你看——"江宁起身，冷冷一笑。关山随之站起，客套道："我送你。"江宁语气淡漠："不必！你还是避嫌的好！"说罢转身大步离去，关山目光直直地看着江宁的背影。

石寨希望小学枪击案发生后，刘天石和宗林密议对策。宗林叹口气说："专案组已经让我们穷于应付，这又跳出来个莫名其妙的杀手。"说着愤愤然起来，"妈的！这到底是谁干的？对了石哥，不会是上次那个枪手吧？"刘天石道："你要抓紧时间，动用一切力量，查出凶手！"

宗林有些不以为然："石哥，有公安破案，咱们乐得坐享其成，为啥还要自费力气啊？"刘天石瞪眼："糊涂！不仅要全力以赴，而且必须抢在公安前面！"宗林似乎有些不解，问道："石哥，有这个必要吗？枪击案正好可以转移公安的视线，咱们可以因祸得福，为何非要横插一杠子呀？"

刘天石脸色阴沉下来："胸无韬略，鼠目寸光！你宗总怎么就没有一点长进呢？很明显，想杀我的人是往日的仇家，且不说被公安抓住后会掀起以前的命案旧账，带来无穷无尽的麻烦，而且很有可能会影响我的大计划！"宗林一愣："大计划？"刘天石用力点点头："对！我们正好可以借此打击专案组，如果先让他们抓住了，这借口岂不泡了汤！"宗林恍然大悟："噢，明白了，原来石哥你是要利用这件事做文章啊！"

刘天石深吸一口烟："是篇大文章。若能在公安之前擒获凶手，这文章会很精彩。也许能将高铁枪击案带来的危机消弭于无形之中。"宗林又有些犯晕了："这和高铁案咋能扯上关系？"刘天石开始不耐烦："别问那么多了，到时候你会明白的。你现在的任务，是动员各种舆论工具，起用我们养的那些写手，具体怎么做，就不用我教你了吧？"宗林点头："明白了石哥，写文章抹黑专案组，要让你以一个受迫害的民营企业家面目出现，控诉江宁滥用执法权，并勾结黑社会对你发难，以至于派出枪手谋杀……"

刘天石摆摆手："这种话就不要说出来了，会影响我这个省政协常委的形象。我是个光明正大的人，从不搞阴谋诡计。至于你就是两说了，你是总经理，身负公司的荣辱盛衰，使用什么手段都是可以理解的。"宗林不无谄媚地笑道："是的是的，身为总经理，责任重大，该管的一定得管！"接着又有些不以为然地说，"石哥，咱有上边的人撑腰，一个电话就可以搞定的事，何必脱了裤子放屁，这么大费周折啊？"

刘天石狠狠训斥说："这就是你格局大不了的原因！他们是我们的王牌，不仅不能轻易动用，而且要小心翼翼地呵护懂不懂？不到关键时候是不能亮出来的，我们必须尽可能自己解决问题！"宗林自嘲说："就是就是，这就是我和石哥之间的差距，不服气还真就是不行。"刘天石美美地连抽了几口烟，自得之色，溢于言表。

在刘天石和宗林谋划对付专案组的同时，江宁也和钟慧敏、徐铁军商量讨论着对策。

江宁把市局拒绝专案组参与侦办刘天石被枪击的案子告诉了他们，钟慧敏气愤地说："这还是维护法律的公安局吗？简直太不像话了！"徐铁军也嚷嚷说："应该把他们头戴的警徽摘掉！这哪儿还有一点人民警察的味道！"钟慧敏建议："主任，我认为应该向厅领导报告，请求支持！"

江宁作个下压的手势，然后说："你们不要激动，越是这种时候越要冷静，稳住我们的阵脚。我们不能把压力推给厅领导，可想而知，刘天石会以被刺作为护身符和进攻的炮弹，接下来肯定是以企业家和政协常委的身份鸣冤叫屈，大造声势，把脏水泼向专案组，从而向厅领导施加压力。而且他的关系网和保护伞势必

340

也会以此为借口，乘机发难。现在我们能做的也是必须做的，就是力争抢在他们前面查出凶手是谁。"徐铁军同意江宁的分析判断，说道："对，没有张屠户，照吃不带毛的猪，咱们自己干！"

江宁沉吟着说："可说起来容易，做起来难。市局已明确做出了拒绝合作的态度，我们的侦查工作就只能像以前那样秘密进行。因为治安管辖权在当地公安机关的手里，他们会像以前一样，以各种借口刁难我们，而那些同流合污者甚至会对我们进行人身伤害。这个问题，不知你们想过没有？"

徐铁军接上话："自来海州，就没打算活着回去，有种他们就放马过来吧，给他刺刀见红！"钟慧敏也跟着说："怕死就不当警察了，我们没有别的选择！跟这些渣滓拼，就是拼的不怕死！主任，你下命令吧！"

江宁摆摆手说："我们不怕死，但我们要选择生！战胜对手才是强者，因为我们代表的是正义和法律，把邪恶送进坟墓，才是我们最终的选择！好了，从现在开始，除继续围绕天石集团的经济问题进行调查外，我们要想办法查出枪击案凶手。行动吧！"

三

陈晓辉陪着刘天羿在夜总会潇洒。狂歌滥舞，激光灯如蛇般在人群蠕动的舞池里蹿跃。

陈晓辉和刘天羿随着舞男舞女们蹦跳扭动。陈晓辉手机振动信息提示，他掏出阅看。刘天羿在旁边一副陶醉的样子，闭着眼扭腰摆臀，陈晓辉看完后立即消除手机上的信息。

专案组办公室里，江宁给陈晓辉发送完信息，合上手机。钟慧敏这时走进来，递上一沓报纸和材料说："江主任，你看看吧，全是借着枪击刘天石含沙射影攻击诋毁专案组的文章。"

江宁随手扔进废纸篓，不屑道："故技重演，用不着理会！"

钟慧敏有些担忧地提醒江宁："可是主任，我担心的是刘天石利用枪击案做文章，这屎盆子一旦扣到我们头上，后果不堪设想啊！"江宁道："所以我们要尽快查找到凶手，一切就都迎刃而解了。"

钟慧敏不无纳闷地说："这凶手会是谁呢？难道是刘天石自造苦肉计，企图嫁祸于我们？"江宁摇头说："像刘天石这种暴发户，最怕死。况且从他的反应和种种迹象看，也不存在这种可能。"

钟慧敏困惑得直蹙眉头："我们对刘天石的侦查工作刚见成效，谁会在这时候要置他于死地？受害人和他们的家属应该不会在这时候帮倒忙啊！"江宁道："也难说。有压迫就有反抗，兔子急了还咬人呢！"钟慧敏点点头，又摇了摇头。江宁说："好了，别在这瞎琢磨了，会有答案的。这样吧，咱们做个分工，铁军负责外围作战，你负责联系陈晓辉，我联系魏晋，查这种事情，通过内线更有效果。"

夜总会里，狂歌劲舞仍在继续着。一位浓妆艳抹的女郎晃动到陈晓辉面前，频飞媚眼。陈晓辉仔细一瞧，原来是钟慧敏，不由得暗自乐了。刘天羿依然是闭着眼，扭动着身子陷入自我陶醉之中。

陈晓辉拉扯刘天羿说："姐，弟弟扛不住了，咱们去练练嗓子吧！"刘天羿睁开眼，停住舞步，抬手揉一把陈晓辉的脸："就你那野狼嚎？"陈晓辉说："所以才要练嘛！"刘天羿一挥手说："好！我就再做一回你的老师，走！"钟慧敏向陈晓辉悄悄跷了跷大拇指，然后身子一隐不见了。

江宁和魏晋也在茶楼见面了。

江宁对魏晋说："说说吧，什么情况？"魏晋回答说："这是一起黑吃黑事件！"江宁眉梢一挑："哦，消息可靠吗？"魏晋以肯定的口吻："绝对可靠！"江宁说："你能不能说得具体些。"

魏晋向江宁倾过去身子："你知道的，我在刑侦支队，一直都是负责打黑工作的，在黑道多少也有几个眼线。据他们提供，有个大老板，一直在黑道上高价物色雇用杀手，目标就是刘天石。

因为刘天石权势熏天，不仅在白道上呼风唤雨，在黑道上也是通吃，所以没人敢接这个活。最后不知这位老板请动了哪路神仙，竟然真的太岁头上动了土。"

江宁顿时悚然一惊，不由得脱口而出："郝通——"魏晋问："你是说通达公司的老板郝通？"江宁道："是的。我怀疑高铁站枪击刘天石和这次再次出手都是他干的。区别是上次打的腿，目的是把我们引导到三年前枪杀郝达的案子上。这次则是打头，是要刘天石的命。"魏晋点头："是有这个可能。我来查查看，有消息我会及时向你报告。"

夜总会的KTV包间里，陈晓辉手握麦克风，扯着喉咙唱《北方的狼》。一曲唱罢，刘天羿褒中带贬说："嚎得真像条狼，就是不像唱歌！"陈晓辉说："姐，听说石哥又被人枪击了，谁他妈这么大胆子，敢太岁头上动土？"刘天羿回答说："已经查出点眉目了，很快就能水落石出。"陈晓辉摩拳擦掌道："是谁？看老子不把他灭了！"刘天羿道："我怀疑又是那个上次在高铁站对我哥开枪的人。对了，你和他曾经交过手。"

陈晓辉想了想："你是说那个号称海州第一杀手的鲍黑子？"刘天羿道："不过这次没你的事儿，这条狗疯了。你老老实实陪着姐，你要是没了命，姐可不舍得！"陈晓辉做出感动的样子说："谢谢姐，就你心疼我。对了姐，刘总咋还不对他动手？"

刘天羿悄声说："现在只是怀疑，你可别对外人瞎说，别打草惊蛇，惊跑了他！"陈晓辉连忙点头。

此刻在八卦洲的密室里，高强正在向刘天石报告说凶手是鲍黑子。刘天石问高强能否确定就是鲍黑子，高强说八九不离十，是刘天羿亲自查的。那些道上的兄弟都是上天入地的高手，应该不会有错。

刘天石若有所思说这就对上号了。高强又向刘天石报告说，还有奇怪的是这小子逢赌必输。明明他家里穷得叮当响，这几天却腰包鼓了起来。不但常和几个小弟饮酒作乐，还在醉酒后吹嘘他靠上了一棵大树，准备随时要刘天石的小命。

刘天石沉思片刻后说这件事不简单，背后很可能还有文章，他吩咐高强马上动手抓鲍黑子。高强答应一声就欲往外走，刘天石又叮嘱高强捕捉鲍黑子要悄悄进行，千万不能惊动任何人。

夜总会的盥洗室里，钟慧敏在面池前对着镜子描眉涂唇，陈晓辉从旁边走过来，塞给钟慧敏一个纸团。

江宁见过魏晋后，回到专案组宿舍，打开电脑搜索郝通最近的有关信息。钟慧敏这时匆匆走进来向江宁报告了与陈晓辉秘密接头的情况，然后把陈晓辉传递的纸团交给江宁。江宁一看枪手是鲍黑子，忙问钟慧敏是否查过这个人。钟慧敏说已经查过背景资料了，鲍黑子曾三次被判刑入狱，伤害的对象都是刘天石、刘天羿及家人。此人和刘家积怨很深，起因是生意上的不良竞争。江宁释然，说这么看来就不难解释了。

钟慧敏接着说据陈晓辉提供的信息，鲍黑子背后好像还有人，问江宁下一步该怎么办。江宁指示说先不要仓促行动，要查明所有情况后再采取措施，同时要密切监视宗林、高强等刘天石的手下，采取以静制动的措施。

江宁随即来到通达公司拜访郝通。从内心讲，他不希望郝通走极端，干出有悖法律的事。可现在木已成舟，再说别的已经晚了。在这种情况下，他希望郝通能对他说实话，以便专案组掌握主动权。

但令他没想到的是，就在他驱车来到公司楼下时，郝通正在他的董事长室里和鲍黑子密议交谈。二人坐在沙发上，郝通对鲍黑子说：“你知道我约你来是为什么事吗？”鲍黑子道：“还用说，没能干掉刘天石这个狗头，再接着干呗！”郝通摇头：“错！你不仅不能再贸然出手，而且要偃旗息鼓，不能再出头露面！”

鲍黑子不以为然：“咋啦？你怕了，要做缩头乌龟？那可不中，我还想挣你的酬金哩！”郝通有些恼火：“挣你个大头鬼！据我的眼线报告，已经有人盯上了你，如果我没猜错的话，肯定是刘天石的人。别偷鸡不成蚀把米，把我也赔进去了。欲速则不达，该忍的时候要忍，要等待时机，明白吗？"

鲍黑子一听，心里也有些发慌，刘天石的手段他可是领教不止一次两次了，忙对郝通说："好，郝总，我听你的……"正说着，敲门声突然响起。郝通一惊，一把拉起鲍黑子吩咐："快，从后门走！"鲍黑子急忙从后门溜走。

郝通待鲍黑子走后，上前开门，江宁站在门前。郝通吃惊："是你？"江宁微笑着说："是没想到还是不欢迎啊？"郝通赶快换上笑脸："稀客！稀客！快请进！"江宁抬步进门，郝通热情让座。

二人在沙发上坐下，郝通递给江宁一瓶矿泉水："江主任不是专程来看望在下的吧？"江宁接过矿泉水瓶："你别说，我还真是有点挂念郝总，有些不放心，特地来探望你的。"郝通疑惑："挂念？还不放心？"江宁道："昨天晚上做了个梦，梦到你被人追杀，直到现在，我这心脏还怦怦地跳呢。"他一边说，一边观察郝通。

郝通转动眼珠，继而哈哈一笑道："这梦往往是反着的，江主任多虑了。不过，对你的关心，我还是要感谢的。"江宁突然调转话题："刘天石被枪击，郝总知道吗？"郝通一愣，马上反应过来，保持镇定地说："这么大的新闻，当然有所耳闻。不过让人遗憾的是，没打死！"

江宁做出不经意的样子道："是啊！上次打伤了腿，这次只擦破了头皮，枪手也太业余了。"郝通放松了神经，顺口回应："是开枪时，恰好刘天石弯腰去捡胸花……"察觉失言，赶紧住口。

江宁盯着郝通："你在现场？"郝通忙掩饰紧张："哦，是我听别人说的。"江宁抓住不放："我们专案组都不掌握的细节，你郝总倒手眼通天了，新鲜！"郝通有些心虚，忍不住主动问："你不会是怀疑我吧？"江宁反问："你说呢？你能给个不怀疑你的理由吗？"郝通有些口讷："我……从不动刀动枪……"江宁紧逼试探："你可以买到动刀动枪的人。"

郝通勃然变色,伸出手腕:"既然你这么认为,把我铐起来交给刘天石好了!"江宁用审视的目光看着郝通:"如果真是你做的,我只能抓捕你,法律就是法律,谁都不能例外。"郝通冷笑:"那你为什么不去抓刘天石?你手中的法律在权势面前一钱不值!我说得没错吧?在海州,刘天石就是法律,你只能望洋兴叹!"

江宁激动起来,落地有声道:"未必!你这话,还是大错特错!请你别忘了,现在的中国不是中世纪,是法治社会!我们专案组正是为了维护法律,惩治罪恶,才坚持到现在,出水才见两腿泥!"郝通也激动起来:"如果你们敢抓刘天石,那我上断头台也认了!你们敢吗?"江宁顷刻间又冷静下来,问郝通:"听你这话音,是和枪击刘天石有关系啊!"郝通不客气地回道:"但和你没有关系!我就闹不明白了,这个案子由人家市公安局主办,而且据我所知,人家已经拒你们于千里之外,你干吗还非要搅和进来?"

江宁严肃地说:"因为这个案子牵涉到刘天石,专案组就不能置之度外。"郝通气咻咻地再次质问:"刘天石杀的人多了,你们为什么不去查?"江宁一语双关:"只要取得证据,谁也逃脱不了法律的制裁。"郝通已是恼怒交加,愤愤地丢下一句:"那你就去侦查我的证据吧!我随时恭候你来拘捕我!"说完之后做出送客的姿势。江宁无奈地摇摇头,站起身来。

四

天石大厦地下室里,高强在向老六、毛焰等一众手下发号施令,老六等在检查枪支弹药。高强命令说:"记住喽!晚上八点准时行动!我已经安排人钓上了姓鲍的,晚上在君来洲际大酒店聚餐,都听清楚了吗?"老六等一声鬼嚎:"听清楚了!"

街道上,鲍黑子骑着摩托车,穿街过巷,在家门口停下,鲍母背着捡破烂的褡裢走出门。鲍黑子上前阻拦："妈，你怎么又干起这个了？"鲍母说："挣辛苦钱踏实。"

鲍黑子一把扯下母亲身上的褡裢扔掉，有些着急地说："我给你的钱不脏！"鲍母不理睬儿子，捡起褡裢，颤巍巍走向街口。鲍黑子气得直跺脚，也不进家门了，转身跳上摩托车，疾驰而去。

江宁从郝通处回到专案组，立刻召集钟慧敏和徐铁军布置任务。钟慧敏问江宁和郝通谈得怎么样，江宁说虽然郝通没承认操纵鲍黑子枪击刘天石，但基本上可以确定，枪击案跟他是有关系的。徐铁军问下面该采取什么措施，江宁指示说寻找鲍黑子，监视郝通。

君来酒店的豪华包房里，鲍黑子正在和几个小弟狂吃豪饮。他们猜拳行令，好不热闹。突然，门"砰"的一声被撞开了，高强率老六、毛焰等冲进，持枪对准鲍黑子。

鲍黑子泰然自若，审视身边几个小弟，甩手给身边的"阴阳头"一耳光，怒骂："小狗日的，你出卖我！"阴阳头脖子一缩，溜到高强身后。鲍黑子欲起身追打阴阳头，高强喝令鲍黑子："老实点！再动手动脚，我他妈敲了你的驴头！"鲍黑子重又坐下，拿起酒杯自顾喝酒，根本不看高强。

高强被鲍黑子的藐视激怒，抬手就是一枪，鲍黑子手中的酒杯被击碎。鲍黑子斜一眼高强："哟嗬！老子闭关这几年，你小强子长本事了！"高强抖抖枪道："鲍黑子，落毛的凤凰不如鸡，少在老子面前摆过去的臭谱！"

鲍黑子一撩衣襟，宽大的皮带扣两边挂着一排雷管。高强和马仔们一惊，鲍黑子身旁的小弟们也惊恐地往旁边躲闪。鲍黑子往前跨出一步："小强子，开枪啊！你小狗日的代劳，就省得你鲍大爷动手了！不瞒你说，这几根雷子，能把这层楼掀翻了！"高强等连连后退。

鲍黑子嘲笑："咋的？害怕啦？"高强手上的枪微微发抖。鲍黑子继续讥讽："你他娘的想做老子的活，还嫩了点！"一声呵斥，

"滚！"高强不甘心，犹豫。鲍黑子抬手，小手指上露出亮闪闪的拉环："咋？想让老子放礼炮送行！"高强和马仔赶紧退出门去。

高强和马仔们退回到天石大厦，宗林大发雷霆，骂道："一窝猪！十几个爷们，竟然斗不过一个草莽流寇！是不是非要我亲自出马？"

高强吭吭哧哧地说："这小子有防备，身上绑了炸药！"这时宗林的手机响起，他一看是刘天石的电话，连忙骂了几句后匆匆离去。

鲍黑子有惊无险地吓走高强后，便急着来见郝通。

郝家客厅里，郝通身穿睡衣，默默坐在沙发上，若有所思。鲍黑子有些焦灼不安地看着郝通。郝通终于缓缓开口了："你不能在海州待了，出去躲躲吧。"鲍黑子着急地说："现在想走可能也来不及了，高强手下的那帮狗头已经盯上我了！"郝通思忖着说："是啊！刘家在黑道白道都是无孔不入，你要顺利逃出海州，的确不是件容易的事，必须思谋出一条万全之策。"

鲍黑子满怀期待地看着郝通。郝通似乎已经想出了办法，说道："往往最笨最土的法子也最有效。"鲍黑子忙问："郝总的意思是……"郝通凑到鲍黑子耳边，低声交代。鲍黑子点头。

此时在郝家外面，钟慧敏和徐铁军正在隐蔽处用夜视望远镜观察着。只见鲍黑子骑着摩托车，从院门里疾驰而出。

八卦洲密室里，刘天石背着手，来回踱步。高强发狠地对刘天石说："我马上策动黑道，追杀鲍黑子！"刘天石摇头道："这毕竟是地下行动，动静太大会惊动专案组。鲍黑子一旦落入他们手里，咱们就有可能前功尽弃。"高强犯难说："鲍黑子是个亡命徒，枪法准武功高，而且是个老江湖，又有人帮助，不赶快采取行动，非脚底板抹油不可！"

刘天石轻吟："儿是慈母手中的线。"高强恍然大悟，连连击掌称妙："对！鲍黑子是个大孝子，这一招肯定管用！"刘天石慢声拉语："人都是有软肋的，要对症下药。以后做这种事，不要只靠打打杀杀。"然后敲敲太阳穴,"这个才最管用。"

钟慧敏和徐铁军在向江宁报告鲍黑子去郝家的情况。江宁说:"看来郝通指使鲍黑子行刺刘天石,应该能认定了。"徐铁军请示说:"江主任,你看我们是不是可以对鲍黑子采取措施了?"江宁道:"力争拿到郝通和鲍黑子二人合谋的证据再动手,但如果遇到紧急状况,也可以随机处理,对鲍黑子实施拘捕措施。"

夜幕降临,海州城亮起了满城的灯火。

一辆出租车在街道的车流里穿行,出租车上,司机回脸问坐在后排的乘客:"老先生,您看是走高速还是走省道?"一位头戴长檐旅行帽,鼻梁上架着老花眼镜,蓄着胡须的老人坐在后排座位上,抬抬眼说:"还是走高速吧,虽说要交买路钱,快捷!省城的孙子,等着我吃消夜哩!"司机答应一声"好嘞",然后一打方向盘,加快了车速。

出租车很快便驶离喧闹的市区,驶入高速路口。车上的老人舒口气,摘下花镜,揉揉眼,是鲍黑子。出租车离开收费口,驶上高速公路。

钟慧敏和徐铁军跟踪监视鲍黑子,眼看着他走进一家超市,摩托车还放在超市门外,可他们左等右等不见鲍黑子出来。于是预感不妙,赶忙进超市察看,这才发现超市还有个边门,鲍黑子果然溜了。

钟慧敏和徐铁军回专案组向江宁报告,江宁听说鲍黑子跟丢了,皱起了眉头。钟慧敏说查了鲍黑子的家和他常去的地方,都没寻找到鲍黑子的踪影,她推测鲍黑子很可能是逃出海州了。

江宁问郝通目前是什么状况,徐铁军回答说郝通倒是很从容,上班后一直在公司待着。江宁认为解铃还须系铃人,所以他决定再去会会郝通。

第二十五章　嫁　祸

一

出租车在高速公路上飞驰。司机打开音响，节奏强劲的乐声响起。

鲍黑子长舒了口气，往椅背上一靠，露出轻松悠然的神态。这时，他兜里的手机突然急促响起。鲍黑子吓了一跳，拿出手机看来电号码。因为这是他刚换的手机号，只有最亲近的几个人知道，所以他才敢接听电话。司机将车载 CD 的音量调小，鲍黑子手机举到耳边，却不说话，等着对方开口。

手机里传出低沉的"吭吭"两声咳嗽，然后响起高强的问话："鲍老弟，是你吗？"鲍黑子迟疑片刻，但还是回应了："喂……嗯，是的……你是哪位？"高强很亲热的语调："怎么？听不出你强哥的声音了？"

鲍黑子像马蜂蜇了般倏地坐直身子："高强！你……你他妈的想干什么？"高强依然是亲切的声音："鲍老弟，你出来咋也不跟哥见见？还是你妈跟我亲，给了她几个啤酒罐，就把你刚换的手机号告诉了我，你要不要和她说几句话呀？"

鲍黑子如遭电击，大声咆哮："狗日的高强，你要是敢动我妈一个指头，我饶不了你！"高强依然声音柔和："小黑子，你这话也吹十几年了，到底谁饶不了谁啊？我希望在天明之前能见到你，不然就到你老妈的坟上磕头吧！"鲍黑子不敢怠慢，急令出租车司

350

机："快！掉头，回去！"

江宁再次来到了通达公司，拜会郝通。他一进董事长室，郝通就将了他一军，问道："江主任，你是来逮捕老朽的吗？"江宁也不再客气，表情肃然地回应："郝总，我必须向你申明，我这次来，是以专案组长的身份同你谈话。我们所有交谈的内容都将记录在案。"说着掏出录音笔，"开始吧！"

郝通淡定地一笑："江主任，你是审讯官，应该是你提问吧？"江宁把录音笔往郝通面前一放："那好吧。请问你和鲍黑子究竟是什么关系？"郝通双臂交叉一抱，回答说："你们认为是什么关系就是什么关系，因为我的话你不信，说了也是白说。"

江宁注视着郝通："我可以告诉你，专案组已经掌握了你和鲍黑子交往的秘密，希望你能配合。"郝通似乎并不惊讶，泰然自若地耸耸肩："秘密？我们之间能有什么秘密？那我也实话告诉你，鲍黑子是到我的公司应聘，只是一面之交，并没有你想象的那种特殊关系。"

江宁有些生气："郝总，你怎么这时候了还打马虎眼？我是在帮你不是害你！你现在回头还来得及，毕竟刘天石上次只是伤了腿，这次又没伤着。你如果能主动自首，法律上是可以从轻处理的。我恳请你，能不能别再糊涂下去！"郝通眯着眼思忖片刻，语气坚决地说："对不起，我不明白你在说什么。犯迷糊的是你，我是清白无辜的，没干任何违背良心的事。"

江宁失望，但还是耐心劝导："你没违背良心但违背了法律！郝总，你应当清楚，这件事如果不尽快了结，反而会被别人利用做文章，起到适得其反的作用啊！"郝通毫不为之所动："你不用吓我，也用不着劝我，我会按自己的方式走下去！还是那句话，对付刘天石这种靠着权势庇护，目无一切的人渣，只能以恶治恶，哪怕是搭上性命，我也认了！"

江宁不由得着急起来："郝总，你是个聪明人，咋就这么固执呢？你怎么还不明白，鲍黑子一旦落入刘天石的手里，后果将不堪设想，这不是你一个人生命得失的问题，会影响打击犯罪集团的大局！"可郝通面若止水，没有任何反应。

江宁殷切地对郝通说："你现在只有一条路，悬崖勒马，向我们说出鲍黑子的去向下落。你看可以吗？"郝通摇头拒绝："你江主任说得不错，到了这个地步，我只能一条道走到黑，不管是什么结局，我都会坦然接受。"

江宁气得眼里冒火："你！你难道真想让我拘捕你？"郝通抚抚下巴："不过你现在还没有这个权力，就像你对刘天石束手无策一样，因为你手里没有证据。"话已至此，江宁只能摇头叹息。

鲍黑子在高强的胁迫下，不得不返回海州城，自投罗网。他不能让年迈的老母亲再受到伤害，哪怕赔上自己这条小命。鲍黑子刚从八卦洲上岸，老六和毛焰便扑上去将鲍黑子擒住。

八卦洲地下室里，鲍黑子被捆绑在水泥梁柱上。

老六和毛焰守卫在旁，高强大步走进，拍拍鲍黑子的面颊："哟，这不是鲍大侠吗？招待不周，你可别见怪啊！"鲍黑子破口大骂："滚你妈的蛋！老子随你怎么着，快把我妈放了！"高强抖动着腿说："我们对你捡破烂的老娘不感兴趣，感兴趣的是那个对你摇指挥棒的人。说吧，是何路神仙？"

鲍黑子脖子一梗："老子从不接受任何人的指挥！为民除害，杀掉刘家两条恶狗，是我这辈子都不会放弃的使命。即使老子到了阴曹地府，变成厉鬼也不会放过你们！"高强大怒，举枪对准鲍黑子的脑袋就要扣扳机。

这时，一个低沉的声音从门外传来："慢着！"鲍黑子看门口，只见刘天石从门外缓步踱进，随后他命令高强："松绑。"高强向老六一摆头，老六上前将鲍黑子松开。刘天石在鲍黑子面前站定，点上香烟，慢条斯理地说："我这个人最敬重英雄，你不屈不挠的壮举，让我改变了对你的看法，可以说是士别三日当刮目相看呐！以前的恩怨，咱就别再计较，你蹲了班房我挨了枪，算扯平了！你看咱们搭个伙计，共谋大业如何？"

鲍黑子先是愣住，继而咬牙切齿道："刘天石，你少给老子玩猫戏老鼠的把戏！你三次把我折腾进监狱，比蛇蝎还要阴毒！老子还会信你？"刘天石正色："我这个人是有底线的，一不能伤害我的公司；二不能伤害我的家人；三不能伤害我，而这三条你都侵犯了。是你逼着我又做回了黑道老大，奈何？"

鲍黑子跳脚大骂："你刘天石少他娘摆出一副酸不拉几的样子唱痒痒腔，你干了多少坏事丑事你心里最清楚！现在又使出下三烂的手段逼我就范，你他娘禽兽不如！今天老子自投罗网，落在你手里，就没想着活，要杀要剐动手吧！"

刘天石笑了："鲍黑子鲍大侠，判你死刑是法官的事，但我可以抽你的筋而不让外人看得出来。据解剖学统计，人的主要筋脉有九十多根，一天抽一根，我能欣赏你三个多月。这个游戏一定会很有趣。"鲍黑子眼里闪过惊惧，脸颊剧烈抽搐，硬着头皮："落在你手里老子就没想着好，不就这身臭皮囊嘛，老子交给你这个杂种了！"

刘天石依然是慢悠悠的语调："你老娘的身子骨可不如你，不知能不能熬得住，要不咱就试试看？"鲍黑子如遭电击，顿时像泄了气的皮球，瘫软认尿。他突然双膝跪地，恳求道："石哥，我有眼不识泰山……求你别伤害我的老母亲，你提出的任何条件我都可以答应……"刘天石用脚尖挑起鲍黑子的下巴："这就对了，这才是娘的乖孩子，说吧，是谁指使你的。"鲍黑子低声回答："是……是郝通郝老板。"

刘天石豁然一笑："冤有头债有主，郝通要我的命自可来取，用不着你这个混混出头嘛！不过也可以理解，你这是既报了仇又发了财，何乐而不为啊！接着说，他是用多少钱买我的命？"鲍黑子低下头，嗫嚅："上次二十万……这次一百万……"刘天石眯上眼："我这条命也太不值钱了，你老娘的命也不止这个数吧？"鲍黑子又紧张起来，用乞怜的眼神看着刘天石。

刘天石陡地睁开眼："在商言商，你又有郝通这棵摇钱树，那我就给你个机会，你这条命估个高价也就是一千万。而你娘的命就值钱了，少说也得两千万吧！从明天开始计算，一个星期内必须付清，咱们一拍两散，从此井水不犯河水。这生意你觉得能做吗？"

鲍黑子救母要紧，赶忙允诺："行行，我去问郝老板要！"刘天石警告："我提醒你鲍黑子，你应该明白我的道行，别有侥幸之想，取你性命也就是分分钟的事。听清楚了吗？"鲍黑子鸡啄碎米般点头："听清了，听清了……"

刘天石点上一支烟，然后拍拍鲍黑子的脸："对了，你老娘可能还要在这儿委屈几天。不过你放心，我会让人专门伺候她，过几天皇宫的日子。嗯，你可以走了。"

鲍黑子犹豫着欲站起，刘天石突然将红红的烟头摁在鲍黑子脑门上，鲍黑子痛得一声惨叫。刘天石呵呵一笑："留个印记，以便让你加深印象。"鲍黑子捂着头，飞奔而出。

二

江宁对郝通所抱的希望再次破灭，看来让他说出鲍黑子的下落，是没什么指望了，只能自己想办法。钟慧敏分析认为刘天石会不会和鲍黑子的失踪有关系。江宁对此似乎并不担心，因为他让陈晓辉盯着呢，如果刘天石有动静，陈晓辉会及时通报的。

恰在这时，魏晋给江宁打来电话，透露说据他的眼线报告，鲍黑子的确是潜逃了。江宁顿时有了精神，问魏晋是否有具体线索。魏晋告诉江宁说，鲍黑子很可能是逃向省城方向，他已经给省城警方的朋友打了电话，请他们协助缉查。最后魏晋请示江宁要不要他去省城一趟，江宁略作思索后回复魏晋，暂时不宜轻举妄动。一旦让温松华察觉，会很麻烦，说由他来想办法吧。

江宁接完魏晋的电话，决定让钟慧敏和徐铁军回一趟省城。

刘天石放走鲍黑子后，回到密室坐在沙发上，悠然地抽着烟。

宗林和高强陪伴在旁，宗林不放心地对刘天石说："大哥，你怎么把鲍黑子给放了？这是放虎归山呐！"刘天石弹弹烟灰纠正："他不是虎，是鱼。不，准确地说是鱼饵。"宗林摇摇头："怕就怕，他连线带竿，甚至把钓鱼的也给吞了！"

刘天石不以为然道："他没有这么大的胃口。"宗林提醒说："可他后面有个老奸巨猾的郝通啊！"高强也不无担心地说："我说哥，他三次打入大牢，都没能治服他。这小子是茅坑的石头，又臭又硬，保不准会玩邪的。依我看，不如干脆一杀了事！"

刘天石翻翻眼道："鼠目寸光。有他老娘这个紧箍咒，他就跳不出如来佛的手心。等着瞧吧，好戏还在后面呢！"

密室外面院子里，停着奔驰车，陈晓辉斜仰在奔驰车驾驶室内等宗林。鲍黑子从楼门里匆匆走出，面露惊惶之色，边走边往回看。陈晓辉连忙坐直身子，摇下车窗，只见鲍黑子快步跑出了院门。陈晓辉忙掏出手机，给江宁发送信息。

江宁正在向钟慧敏、徐铁军交代回省城后的行动计划，手机响起信息提示音。江宁打开手机看信息，然后对钟慧敏、徐铁军说："省城你们不用回去了。"钟慧敏和徐铁军不知怎么回事，惊讶地瞪大了眼。

钟慧敏问："主任，发生了什么情况？"江宁抬抬手机："晓辉发来信息，鲍黑子没走，在八卦洲。"钟慧敏和徐铁军眼瞪得更大了："八卦洲？"江宁点头："是的，他刚刚离开那儿。"钟慧敏纳闷："这就奇了怪了，他怎么会在天石公司的八卦洲，太不可思议了！"

江宁思忖："看来有蹊跷，其中很复杂。"徐铁军建议："那就立即拘捕鲍黑子，一审就审出来了！"江宁摇头："在这种情况下，我们就不能仓促行动操之过急了，必须弄清楚其中的奥妙。况且，一来这次枪击案是市局承办的，抓了鲍黑子会带来很多麻烦，如果审不出结果来，势必又给了温松华、刘天石口实，招致不堪的后果。二来既然鲍黑子敢露头，而且出现在八卦洲，说明其中大有文章，值得探究。"

钟慧敏问："你的意思是欲擒故纵，火中取栗？"江宁点点头："也可以这么说吧。好了，你们要继续对鲍黑子、郝通监视，静观其变，然后有的放矢。"

龙泉茶楼，郝通匆匆走来，在茶楼门口停下，左右看了看，然后快步走进。

老六和毛焰悄悄尾随在后，不远处，钟慧敏和徐铁军坐的面包车也缓缓驶过来，徐铁军开车，钟慧敏手持望远镜，密切监视着。

茶楼里，鲍黑子坐在角落的茶桌旁。郝通走过来，在鲍黑子对面坐下，环顾左右。

鲍黑子斜斜眼说："放心，我观察过了，没有尾巴。"郝通气得吹胡子瞪眼："放心你个大头鬼！你到底咋回事，为什么跑回来了？"鲍黑子瞟一眼旁边茶台监视的老六、毛焰，叹口气说："你让我去哪儿？就给那几毛钱，还不够我塞牙缝，咋生活啊？"郝通一怔："你想要多少？"鲍黑子伸出三个手指头。郝通一咬牙："好，我再给你三万！"鲍黑子嘴一撇："你打发讨饭的呀！要再加零！"郝通吸口凉气："你要三十万？"鲍黑子往椅背上一靠："三千万！"

郝通不敢相信自己的耳朵，瞪着鲍黑子："我们原来谈的价也就是一百万，而且已经付了一半的定金，这再给你三万，已经超出了原来的数目。况且你并没有打死刘天石，给你这么多钱，我已经是仁至义尽了。"鲍黑子摆出一副无赖相："必须给三千万，一个子也不能少！"郝通恼了："我说鲍黑子，你别得寸进尺！本来我是把你当兄弟的，而且你先前还说钱多钱少无所谓，取刘天石的命才是最要紧的，怎么现在狮子大开口翻脸不认人了？"鲍黑子翻翻白眼："人为财死，鸟为食亡，你就给一句敞亮话，给还是不给？"郝通气愤至极，断然拒绝："没门！"

鲍黑子威胁说："那好，我就去公安局自首，咱哥俩一块上刑场!"说着起身就要走。郝通慌了,忙一把拉住鲍黑子:"兄弟,你也清楚我公司的现状,被刘天石挤压得只剩下一个空架子。付给你的钱也是我卖了鸡血石才得来的,而且也花得没有多少了,你让我到哪儿去给你弄三千万啊?"鲍黑子丝毫不松口:"俗话说,瘦死的骆驼比马大,我就不信你弄不来三千万!"

郝通陷入绝望之中,只得恳求鲍黑子:"兄弟,要不你先躲起来,我筹钱分批给你,这是我能做的极限了,你看行不行?"鲍黑子斩钉截铁地一口回绝:"不行!你必须一周内给我备好这些钱,否则一切后果自负!"郝通面如白纸,额上冒出了汗。鲍黑子丢下一句:"备好票子给我个电话,我专候佳音!"说罢起身扬长而去。

郝通目瞪口呆,默默自语:"江宁说得对,我不该找一个几进官的混混同谋大事,真是搬起石头砸了自己的脚啊!"

钟慧敏和徐铁军向江宁报告了鲍黑子与郝通在茶楼见面的情况,他们在茶楼一起待了两个多小时,而且有不明身份的人在跟踪监视他们。江宁问会不会是市局的人,钟慧敏说不像,贼眉鼠目的,一看就是混混。

徐铁军推测十有八九是高强的手下,江宁从钟慧敏和徐铁军跟踪观察的情况分析,感觉到很有可能是鲍黑子受到刘天石的胁迫,或是刘天石抓住鲍黑子后,想通过他查出幕后指使者。但不管怎么说,专案组都要紧紧抓住这条线索,看刘天石怎么表演。他表演得越充分,露出原形的概率就越大。钟慧敏和徐铁军听了江宁的分析,认为很在理,决心咬住目标不放,在时机成熟时再一举将其拿下。

八卦洲的宴会厅里,刘天石夫妇和温松华、柳云共进午餐。

杨冰夹起一块菜放在刘天石的口盏里,带着夸奖的口气说:"这是柳云亲自下厨做的,你尝尝!"刘天石放进嘴里咀嚼:"嗯!好味道,果然出手不凡!"杨冰又看着温松华说:"温局长以后有福享了!"刘天石附和:"那是必需的!不是说,抓住男人的胃就抓住了男人的心吗!"

杨冰瞥刘天石："难怪你心不守舍，原来是我厨艺不精啊！"刘天石干笑："你看你，哪壶不开提哪壶。来，来，咱们喝个团圆酒。"四人共同举杯。温松华喝完酒，揩揩嘴角，附在刘天石耳边叽咕："你这几天粉墨登场，演得很是热闹嘛！"刘天石一愣。杨冰见刘天石和温松华有事谈，便和柳云热聊起来。

　　刘天石终于反应过来，压低嗓门，对温松华说："我是在为你鸣锣开道热场子呢！下面，就该你这个主角登台亮相喽！"温松华转动酒杯："哦，是吗？愿闻其详。"刘天石贴在温松华耳边，窃窃私语。温松华面露欣然之色，不停地点头。

　　此时在郝家的餐厅里，郝通和妻子陶美玉也正坐在饭桌旁进餐。

　　郝通面露阴郁，一杯接一杯喝酒。陶美玉劝说："老郝，你少喝点吧，刚才给你量血压，又升到一百八了！"郝通也不搭理，仍自顾自喝着酒。陶美玉能看得出老公心事重重，于是关切地问："你今天到底是怎么了？是不是遇到不顺心的事了？"郝通闷声闷气："和你没关系，少操闲心！"陶美玉猜测："又是刘天石闹的吧？"

　　郝通没搭理，仰脖灌下一杯酒。陶美玉埋怨："我早就跟你说过，咱不是人家的对手，斗不过人家的，可你就是不肯罢手。你就听我一句劝，惹不起咱躲得起。要不咱明天就走，去国外儿子那养老去！"

　　郝通牙缝里挤出两个字："晚了！"陶美玉慌张起来，声音发颤："你快告诉我，出了什么事？"郝通手上一用力，酒杯被捏碎，鲜血顺着指缝流出。

三

　　市公安局刑侦支队会议室里，坐满了刑警。

温松华主持会议作开场白："据我安排的特情人员报告，基本可以确定枪击案的重点嫌疑人是鲍黑子。大家看下一步该采取什么措施？"尹颖首先发言："如果事实清楚，我认为应立刻拘捕。"魏晋表示不同意见："鲍黑子有没有同伙，我觉得应该查查清楚。如果现在动手，是不是仓促了点？"尹颖嗤之以鼻："有什么仓促的，对付鲍黑子这样的'老运动员'就要当机立断，一旦让他警觉，就会脚底抹油逃之夭夭。再说了，抓住他一审，顺藤摸瓜，同伙什么的，不就全都出来了吗？"

魏晋仍坚持自己的看法："正因为他是几进宫的老油条，审起来才不容易。我们还是慎重些为好。"尹颖撇撇嘴，不无嘲讽："魏队，你是怕我们抢在专案组前面吧？"魏晋噎住，说实话，尹颖的确是道出了他心中的秘密。如果刑侦支队现在动手，势必会打乱江宁顺藤摸瓜、擒贼擒王的大计划。而眼下他能做到的也就只能是想方设法拖住温松华，为专案组争取时间。

这是一家胡同里的地下酒吧，光线幽暗的吧厅里坐着一个个穿奇装异服的妖女魔男。喝酒的、吸食白粉的、相互搂着调情的，群丑毕见，乌烟瘴气。

鲍黑子坐在光线最暗的角落，耐心等待着。郝通终于出现在鲍黑子的视线里，鲍黑子向郝通打个响指，郝通走过来，缓缓坐下。

鲍黑子急不可待地问："钱呢？"郝通翻鲍黑子一眼："我说你性子也太急点了吧？不请老哥哥喝杯酒？"鲍黑子为郝通斟酒："对不起郝总，我是个粗人，干啥都是直肠子，你可别计较啊！"郝通抿口酒："你那肠子在我这儿可是拐了个弯啊！"鲍黑子忙否认："没有，没有，虽说咱们合作有点小小的不愉快，但我对郝老板您，还是以诚相待的。"郝通注视着鲍黑子："既然这样，那就请你告诉我内情。"鲍黑子装傻："内情？什么内情？"

郝通目光陡然变得锐利："我说鲍黑子，说句不好听的话，我走过的桥比你走过的路都多，你瞒得了我？再者说，你马上就可以拿到你想要的了，为什么还不能说出要这三千万的用意？"鲍黑子愣住，犹豫，耳边不由响起刘天石警告的话来："你要是敢漏出半句有关我的事，所有承诺一概为零。我能轻而易举地抓你放你足以说明一切，在海州，我放个屁都是圣旨……"

郝通见鲍黑子犹豫不语，于是殷殷道："这钱我可以给你，难道三千万就买不来你一句实话？"鲍黑子抹把脸，定定神："我没打诳语呀，句句都是实话！"郝通露出彻底失望的表情。鲍黑子急不可待："长话短说，没有不散的宴席，咱们还是干正事吧！"郝通对鲍黑子不再抱有期待的幻想，从兜里掏出钱包打开，取出一张银行卡递给他。鲍黑子接过卡，似乎并不放心，对郝通说："我去酒吧 BOS 机验证一下，你不会介意吧？"

郝通面无表情地答复："请便。"鲍黑子头一伸："密码？"郝通闭上眼："就是我们接头的暗号。"鲍黑子喜颠颠地走向吧台。郝通迅速将掩藏在袖筒里的粉末倾倒进鲍黑子的酒杯里。

此时在地下酒吧外，老六和毛焰正在门口溜达。钟慧敏和徐铁军亦坐在不远处的面包车里监视着。不大一会儿，郝通从门里匆匆走出，钻进自己的轿车，迅速驱车离去。

片刻后，酒吧里的男男女女惊惶奔出，嚷嚷着："出人命了！出人命了！……"老六和毛焰冲进酒吧。钟慧敏和徐铁军也急忙跳下面包车，冲向酒吧。

酒吧里，只见鲍黑子伏在吧桌上，七窍流血。酒吧老板和服务员惊慌失措，不知该如何是好。领班欲打电话报警，老板训斥："你他妈也想找死啊！条子来了我这酒吧还开不开？"领班又吓又急，原地直转圈："那咋办啊？"

老板稳住神，恶声恶气命令："快！拉出去埋了！在这儿吸毒过量死的人多了去了！"领班和几个保镖欲上前搬移鲍黑子尸体。钟慧敏和徐铁军冲进来，徐铁军一声断喝："别动！"钟慧敏向老板亮出警官证。老板傻了，嘴里哼哼着："完了！我这酒吧玩完了……"

此时的老六和毛焰躲在门旁偷觑。老六悄声对毛焰说："快给强哥打电话！"毛焰掏出手机拨打。与此同时，徐铁军也举起了手机。

江宁接到徐铁军的电话后，指示徐铁军保护好现场，说他马上就到。然后便火速赶往地下酒吧。

此时在市公安局刑侦支队的会议室里，会议还在继续。温松华扫视与会干警，最后做出决定说："我同意尹颖同志的看法，必须立即依法对鲍黑子采取措施……"话未说完，他的手机铃声突然响了起来。温松华看来电显示，是刘天石打来的。他忙背过身去接听，"嗯嗯"几声后，突然转过身来大声道："不好！鲍黑子死了，快，去现场！"

江宁和温松华几乎是同时到达酒吧现场的。

温松华笑对江宁说："这老同学到底还是老同学，消息挺灵通，腿脚也快啊！"江宁似笑非笑："不灵通不行啊！这老胳膊老腿的，再跟着你的屁股转，黄花菜就全凉了！"温松华一副谦恭模样，嘴上的话却别有意味："您就不怕我把您带茄子棵里？"

江宁仰仰脸，亦弦外有音："那种可能性不大，你知道的，你的老同学别的优点没有，唯一的优点就是方向感很强。还记得你上学时去八达岭看长城吗？你小子迷了向差点跑出了雁门关，不是我把你找回来，你差点就被野狼给吃了。"温松华自然能听出江宁话中之意，勉强干笑笑说："你放心，海州没有野狼……"

正说着，刑侦支队的法医过来向温松华报告说死者的确就是鲍黑子，而且面部还长有瘊子的特征。温松华做出讶然状："瘊子？"法医说："你刚才不是交代我好好查查他的面部有没有长瘊子的特征吗？他额上的疤痕显然是切除瘊子手术后留下的。"

江宁听了温松华和法医的对话，心里不由得猛地一沉，马上意识到会发生什么。但他依然平静如初，没有丝毫反应，他要看看这出戏温松华会怎么往下演。这时温松华故作振奋之态，把魏晋喊过来，然后问道："对了魏晋，记得你曾说过，5·1大案的凶手，额上长着瘊子是吧？"

魏晋愣了愣，一时没弄懂温松华是什么意思，顺口回答说："不错，是的……"温松华欣然道："鲍黑子的额上就长着瘊子，我们终于找到凶手了！"魏晋这才明白了温松华的意图，转脸看看江宁，然后挠挠头说："这个……不大可能吧？"江宁始终不发一言。温松华不再搭理魏晋，转身命令尹颖："去，把鲍黑子照片拍下来，报关局审核！"尹颖挎着相机跑向鲍黑子的尸体。

温松华接着向江宁分析说："很显然，鲍黑子在作案后，怕被现场目击者认出，而对瘊子做了处理。由此看来，5·1枪击郝达案和枪击刘天石案是有关联的。通过鲍黑子的线索查出幕后操纵者，案情就能大白于天下，将几起大案一并结掉。老同学，你认为如何？"

江宁不得不开口了："现在下结论还为时过早。松华，你看我们专案组的钟法医能不能参与对鲍黑子的尸检？"

温松华故作踌躇为难之态："江宁，不是我不给您面子，是没法向领导交代。说实话，我现在能让专案组的人待在现场，已经是破例了。"江宁不气不躁，笑笑说："那我就感谢你这个老同学的格外关照了，既然你为难，我们也就不在这瞎搅和了，你们忙，你们忙。"说着向钟慧敏和徐铁军做了个撤出的手势，钟慧敏和徐铁军随着江宁走出酒吧。

温松华对如此轻易打发走江宁显然有些意外，皱眉沉思。

江宁和钟慧敏、徐铁军走出地下酒吧，上了面包车。江宁命令开车的徐铁军："快！去郝通家！"徐铁军反应过来，一踩油门，面包车飞速驶出。

酒吧里，温松华忽然一拍脑门，恍然大悟，命令魏晋："现场交给技术人员，快，去郝通家！"

四

面包车在街道上疾驰。徐铁军不时打方向盘，超过前面的车。

突然，江宁的手机响起信息提示音。他看信息，然后对开车的徐铁军说："加快速度！魏晋来信息说，温松华他们也过来了，一定要赶在他们前面！"徐铁军猛按喇叭，强行超车，在车流中穿行。

警车也在街道上不紧不慢地行驶着。魏晋开车，温松华和房勇、尹颖坐在车上。温松华焦急不安，催魏晋："你能不能开快些，像蜗牛爬！"魏晋做出无奈状："正是上下班高峰，没办法啊！"尹颖不满地翻魏晋一眼。

面包车终于到达郝家，"嘎吱"停在大门前。江宁和钟慧敏、徐铁军飞速下车，冲进大门。

郝家客厅里，郝通静静地坐在沙发上品茶。江宁和钟慧敏、徐铁军冲进，郝通神态安详地招呼江宁说："江主任您好，欢迎光临寒舍。"江宁注视着郝通，刚欲开口，便被郝通摆手阻止。郝通道："我知道你会来，我们老哥俩可以单独说几句话吗？"

江宁挥手让钟慧敏、徐铁军退出门外。郝通待钟慧敏和徐铁军退出门，突然从屁股下抽出枪对准江宁："这是鲍黑子留下的枪，没想到我会用它来对付你！"江宁冷眼相对："开枪吧，瞄准了再打。"

郝通陡然喝问："告诉我，你为什么要帮刘天石？"江宁语调平静："我要帮的是你，是那些无辜的受害人。"郝通凄然一笑："我现在相信你了，一个在枪口下连命都不要的人，一定能打败刘天石！江老弟，我有个请求，你能答应我吗？"江宁用审慎的眼神看着郝通："只要是法律允许的。你说。"

郝通眼里流出无尽的哀伤和不甘："只希望你在审判刘天石那天，给我烧张纸传个信，也算咱哥俩没白交往！"江宁意识到不妙，飞步扑上去。但是已经来不及了，郝通掉转枪口顶住自己的太阳穴扣动了扳机。

第二十六章　绝　境

一

随着一声枪响，郝通命归黄泉。一场骤起的风暴似乎来得快去得也快。不管怎么说，反正在市公安局这块，隆重的庆功大会已经宣告大幕的落下。

市公安局的警官礼堂里坐着全局上千名干警。

关山主持会议，宣布道："下面请滕市长讲话，大家欢迎。"掌声响起。滕长青扶了扶麦克风，清清嗓子："同志们，你们发扬了一不怕苦二不怕死的拼搏精神，终于破获了石寨希望小学枪击案、高铁站枪击案和三年前的5·1枪击案。我代表市委、市政府向你们表示热烈的祝贺！希望你们能继续努力，为海州的社会安宁和经济发展再做新贡献！"

市委组织部部长接着宣布："经市委常委会研究决定，温松华同志荣立二等功，任市公安局常务副局长，主持日常工作。魏晋同志任刑侦支队副支队长兼大案大队大队长。房勇同志、尹颖同志任大案大队副大队长。"掌声更加热烈地响起。庆功大会结束，干警们拥出礼堂。

魏晋和尹颖并肩而行。鲍黑子的落网让尹颖悬着的心终于放下了，由此可以得出结论，刘天石是无辜的，是受害人而非犯罪者，她对以前曾怀疑刘天石有些内疚。

这时魏晋突然开口问她："尹颖，鲍黑子是凶手，你信吗？"

尹颖指指前边陪着市领导的温松华说："你应该去问他。"魏晋不放过尹颖："你现在是大案队副队长了，所以希望你能回答我。"尹颖反唇相讥："大案队还不是受你这位副支队长兼大案队长的领导啊，别还没上任呢，就拉起了官腔！"魏晋着急："我说你别打岔行不？你就回我一句话，所有的枪击案都破了你信不信？"

尹颖终于忍不住了，脸一拉说："魏晋，温局让我提醒你，既然上级已做出结案的决定，你就别再异想天开，节外生枝。你听清楚了吗？"魏晋翻眼："这么说，你也信鲍黑子是前两起枪击案的凶手喽！"尹颖也白了魏晋一眼："那鲍黑子额上的瘊子你怎么解释？你不会认为是巧合吧？"魏晋不屑："雕虫小技！鲍黑子是刘家的仇家，竟然帮着他们去杀人，我看有的人才是异想天开呢！"

尹颖恼火起来："你怎么回事啊你？你怎么又把刘天石给扯进来了？我看你就是贼心不死！"魏晋对尹颖又转向维护刘天石也来了气，脱口说道："可贼不是我，是你的刘天石哥哥！"尹颖气得不再搭理魏晋，扭身离开。

魏晋望着尹颖的背影，竟忽然之间有了想杀人的感觉。

八卦洲的宴会厅里，美酒佳肴，喜气洋洋。

刘天石、宗林、高强等坐在酒桌旁欢声笑语。既然枪击案的真凶已经安在了郝通这个主谋和鲍黑子这个杀手身上，一切也就烟消云散了。

宗林感慨道："大哥这一招太高明了，果然是一场好戏啊！"高强附和着说："到现在我才闹清爽，是醉翁之意不在酒，四两拨千斤呐！"刘天石在酒精的刺激下，也难得地自吹了一把："对付江宁和魏晋这样的狐狸精，你就得开动脑筋，以智取胜。"宗林不放过拍马屁的机会："就是，高手过招，靠的就是棋高一着！"

高强吞下一杯酒，美滋滋地咂着嘴说："这替罪羊有了，案子也结了，那个江宁是不是该'屎壳郎推粪球'滚蛋啦！他不走，我们还是不能高枕无忧啊！"宗林道："当然，他们专案组是没有理由再赖在这儿不走了。"说罢看刘天石。

刘天石沉吟着说:"江宁不会轻易就撤,扫帚不到,灰尘不会自己跑掉。如果他厚着脸皮不走,那我们也就不客气了!"高强听懂了刘天石的言下之意,摩拳擦掌请战:"干这活是我的专长!"刘天石摇头:"在专案组没离开海州前,还不能忘乎所以。不到彻底胜利的那一天,我们就不能轻言万事大吉。我自有办法,你们不要轻举妄动。"

在八卦洲大摆庆功宴之时,江宁正和魏晋漫步在海边。浪一波波撞击海边礁石,溅起雪白的浪花。

江宁道:"祝贺你啊魏晋,荣升副支队长啦!"魏晋苦笑:"我说江主任,你就别往伤口上撒盐了。这么升官,脸红!"江宁笑着说:"可不管怎么说,这对咱们来说都是好事嘛!你以后帮助专案组,不就更方便了吗?"

魏晋有些迷惑不解:"江主任,你是不是太乐观了?现在已经走到绝路了啊!"江宁不以为然:"绝路?是你魏晋太悲观了吧!你要识别小丑的真实面目,就要让他们在台上充分表演。你看,我们费尽心思都得不到的东西,现在不是露出庐山真面目了吗?"魏晋问:"你是说温松华?"江宁模棱两可:"你可别瞎猜疑,在没有证据前,我不会指认任何人,有些事是只能放在心里不能说出来的。"

魏晋心领神会地笑了,问江宁:"那我们下一步怎么办?"江宁胸有成竹地说:"歪打正着,应了那句坏事能变成好事的俗话。经过这么一闹腾,我们的侦查环境反而变好了,不仅目标清晰,敌我分明,而且你又官升一级,对我们的工作更加大大有利了。"魏晋挠头:"可局里已经做出枪击案破获的结论,这工作还怎么进行?"

江宁道:"那是你们市局做出的结论,专案组可从来没有在结案报告上签字。对了,我正要给你说件事,在目前这种环境下,高强的尾巴有可能会翘起来,我们还是应该把他作为突破口,围

366

绕他以前的问题进行查证。只要能抓住高强的把柄，就是个转折点，一切也就迎刃而解了。"

魏晋提醒说："可是江主任，还是那句话，你最好别太乐观。据我所知，市局已经将结案报告报送省厅了，而且我得到消息，说省厅已经认可了结案报告。"江宁断然道："不可能！省厅不可能草率结案，如果认同结案，应该早就下达撤回专案组的命令了。"但江宁的话并没有给魏晋吃下定心丸，他眺望着雾蒙蒙的海面，目光依然有些茫然。

二

风平浪静，一艘豪华游艇在海上缓缓行驶。

船舷上"天石"两个金字格外耀眼，温松华和柳云并肩倚靠在船尾的栏杆上，俯视着船底雪白的浪花。温松华轻舒长臂，揽住柳云的腰肢，激情洋溢地说："天高江阔，让人顿感生活的美好啊！"柳云情意绵绵地看着温松华，以调情的语气说："温副局长，难得看到你像今天这样神清气爽。"温松华也调侃说："人生三大乐事，升官发财娶媳妇儿，我全都得到了，况且还有一块石头落了地，没有理由不高兴。"柳云仰脸问："你不会再催着我去南美买房了吧？"

背后突然传来一句："房子还是要买的，闲来无事，可以去度度假，领略一下异国风光嘛！"二人回头。只见刘天石正漫步而来，温松华不禁有些尴尬。柳云识趣回避："你们聊，我去和冰姐拍照！"刘天石吟诵："海阔凭鱼跃，天高任鸟飞。这大好风光，佳人美景，不拍照实在可惜哇！"柳云嫣然一笑，款款离去。

温松华瞥刘天石一眼："我说刘总，你未免高兴得太早了点吧？你可还没有飞越过专案组那道山。"刘天石抚掌道："温副局长的担心显然已属多余。向你透露一下，我刚刚接到省城打来的电话，专案组即将作鸟兽散，要归窝喽！"温松华不敢相信："当真？"刘天石笑问："你是不是要给你的老同学举行个欢送仪式啊？"温松华终于信了刘天石的话，他知道从省城打来的电话是何许人，于是舒口气道："这一天的乌云，终于散了！"

刘天石姿态优雅地张开双臂转个圈："所以我才邀请你，携带你的最爱，享受这美不胜收的风光。"温松华是真真切切佩服起刘天石来了。省城的大老板为他两肋插刀，公安厅的专案组都能召回，而且他这副局长又升为常务，这可不是吹牛说几句大话，而是确确实实发生在他眼前的事实。他很庆幸自己傍上这么粗壮的大树，如今还有什么可顾虑的呢？说不准哪一天他真就飞黄腾达，当上了局长、厅长甚至公安部长。想到这里，他不由得衷心对刘天石道："难得你如此用心，谢谢啦！"

刘天石忽然又冒出一句："不过南美的风光，也是挺令人向往的。"温松华怔了怔。刘天石接着说："别忘了给我也买一套，咱哥俩可要不离不弃啊！"说罢哈哈笑着走向船头。

杨冰正和柳云在船头摆姿势拍照。温松华眼里的天使转瞬间又变成了魔鬼，他看着刘天石的背影，咬牙切齿骂道："王八蛋！"这时，他的手机响起。他打开接听，神情渐渐振奋："什么？专案组真的撤走了……"他合上手机，看刘天石的目光不由得又转为钦佩和膜拜。

专案组办公室里，江宁坐在办公桌后，捧着一张传真纸，木雕泥塑般发呆。

钟慧敏和徐铁军一阵风般冲进来，钟慧敏嚷："江主任，听说厅里发来了传真命令，要我们撤回去，是真的吗？"江宁"啪"地把传真拍在桌上，拿起专线电话，飞快地点了几个号码。话筒里传出周民沉静的声音："说，什么事？"江宁声音发涩发闷："厅长，为什么要我们撤回去？"周民的回答只有四个字："执行命令。"江宁试图申辩："可我们现在正在节骨眼上……"话筒里"咔嗒"一声，电话那头已传来忙音。

江宁跌坐在椅子上，有气无力地吩咐钟慧敏和徐铁军："收拾行李吧……"

江宁回到省厅打黑办后，马上拨通厅长办公室的电话。接电话的是方秘书，他告诉江宁，周民厅长下基层视察去了。这时钟慧敏和徐铁军走了进来，江宁失望地挂了电话。

钟慧敏问："怎么样，主任？周厅长有什么说法？"江宁不耐烦："你不是听到了吗，又下基层了！"徐铁军气咻咻地说："不是开会就是下基层，明摆着是回避嘛！"钟慧敏若有所思："我觉着不大对劲，厅领导的态度有些奇怪，咱们得好好揣摸揣摸。"徐铁军直翻白眼："有啥好揣摸的？早就不对劲了！奇怪？奇怪个屁！依我看，肯定是刘天石的关系网起作用了！"钟慧敏点头："是的，我也是这么想，没有别的解释。"

江宁制止："别胡说八道，注意组织纪律。"徐铁军双手一摊："这是秃子头上的虱子，明摆在那儿！没有弯弯绕，你说他躲着我们干啥？"江宁一拍桌子呵斥："徐铁军！"徐铁军一个激灵，立正："下不为例，保证以后不再议论领导！"江宁命令："那你就给我监视他！"徐铁军又吓一跳，摸摸后脑勺，不敢相信地瞪着江宁："你让我监视厅长？"江宁语气坚决："从现在起，你的主要任务，就是守候在厅长办公室的门口，发现他后立刻向我报告！"徐铁军明白过来，举手敬礼："是！"

游艇驶进秀美如画的海州滨海风光游览带。温松华与刘天石坐在船头的甲板上，面前折叠桌上摆着几盘海鲜小菜和一瓶百年法国波尔多红酒。这是温松华无数次登临游艇，最畅快惬意、无牵无挂、抛却一切烦恼的一次。荣升常务副局长的他可以说是精神焕发，满面春风。

他自然明白高升的原因。尤其是刘天石竟然真的赶走了专案组，这让他对这个发小不能不五体投地了，所以他与刘天石已是真正的亲密无间。二人频频举杯，相互敬酒，大有英雄相惜、珠联璧合谁能敌之感。

刘天石对温松华在战胜专案组和魏晋中发挥的作用自然也是钦佩有加,恭维溢美之词夹带着敬酒,让温松华赚足了面子。

刘天石端起酒杯,向温松华说:"来,松华,咱哥俩再喝一杯。只要你我共同努力,必能实现人生辉煌,开创一番伟大事业!"温松华在酒精的刺激下热血沸腾,"当"的一声与刘天石碰杯,然后一饮而尽。

刘天石放下酒杯,不无担心地提醒温松华:"松华,听说魏晋仍不想罢手,不知你是怎么打算的?"温松华表决心似的向刘天石保证:"你放心,作为常务副局长,我完全有能力掌控住魏晋,专案组都撤走,剩下的,就没有我摆不平的事。"刘天石继续鼓励温松华:"关山明年就到杠了,这局长是非你莫属了。来,咱们先喝个预祝酒!"温松华心花怒放,恨不得将一瓶酒全都喝完。

而此时却有一个人陷入了孤独、困惑和迷茫之中,他就是陈晓辉。专案组撤走了,可江宁没有通知他返回,好像把他给忘记了,单单把他丢在了海州。陈晓辉走不敢走,留又不知自己要干什么,正应了那句话:皮之不存,毛将焉附。如同一叶飘零的他,这几天一直处于惶然之中。更让他烦恼不已的是,刘天羿天天缠着他玩乐,他恨不得跳进海里淹死算了。

这不,刘天羿又打来电话,邀他唱歌跳舞。夜总会里,灯光迷离,欢快的乐曲令人陶醉。刘天羿拿起麦克风,放歌一曲,一对对男女在舞池里翩翩起舞。陈晓辉实在忍无可忍了,决定与江宁联系,他不能老是这样干耗着,不死不活还要忍受刘天羿的折磨。

三

江宁无精打采,心事重重地走进家门。

苏静秋正在忙乎着,客厅仿佛成了仓库,苏静秋将箱包、鞋帽等日常生活用品拣拾分类。江宁不无诧异地问："你在干吗呢？"苏静秋根本就不理睬，继续忙自己的。江宁瞅着满地的杂物，对苏静秋说："哎！我说你这不是要去摆地摊吧？"苏静秋气不打一处来，翻眼瞪着江宁："这不都是托你的福吗！不做点啥喝西北风呀？就你那几个破工资，还不够女儿的学费，我开了个网店！"江宁无语。

苏静秋盯着江宁问："你现在能告诉我了吧，到底在办什么鬼案子，把我也连累了？"江宁含糊其词地回答："就是海州市的一起常规案子。"苏静秋瞪眼："什么常规案子，少用你们公安的破术语糊弄我！我打听过了，是黑社会吧？"江宁也瞪眼："你少打听案子的事！"苏静秋嗤之以鼻："江宁，你把我害成这样，有什么资格对我瞪眼？我让人家不明不白地判了死缓，总得问个缘由吧！"江宁语塞。

苏静秋不依不饶："哎，你说道说道，什么黑社会有这么大的能量和势力，能惊动中石化的领导？"江宁摇头："这案情哪能随便泄露，你让我犯纪律啊！"苏静秋接着忙活："那你就给我滚蛋，去被窝里保密吧，别在这烦我！"

江宁帮着苏静秋整理物件："静秋，对不起，是我连累了你，干公安就是这个命。不是我不告诉你，是现在我已经不想再谈这个案子了。"苏静秋狐疑，直起腰问："什么意思？"江宁叹口气："一切都结束了。"苏静秋审视江宁："结束了？这话怎么讲？从你进门，我就觉得不对劲，一副垂头丧气的样子。你快告诉我，出啥事了？"

江宁岔开话："你看你，成天说我不着家，这回来了你又……"苏静秋打断："少岔话！哦，明白了，你没办成案子！"江宁苦笑笑。苏静秋顿时担心起来，惴惴不安地问："你是不是也挨了整？"江宁不耐烦："我说你能不能别再提这个狗屁案子！"苏静秋却出乎意料地猛地摔下手里的物件，用命令的口吻："你马上给我滚回海州，必须把案子办完！"

江宁一愣："你说什么？"苏静秋一脸凛然："我不能就这么白白下岗了，家里的事你不必操心，有我呢！"江宁有气无力地吐出一句："我也许回不去了。"说罢一阵晕眩，歪倒在苏静秋的肩膀上。苏静秋第一次看到钢铁汉子的丈夫是如此可怜，不由自主地抱住丈夫的头，深情地抚摸着，泪流满面。

江宁兜里的手机信息提示铃声将他惊醒，他定定神，掏出手机打开，只见屏幕上是陈晓辉发来的一条信息："老板，货物滞销，是否还要守摊？"

此时，在海州天羿夜总会里，陈晓辉看手机信息。手机屏幕上只有两个字："坚持。"陈晓辉闷闷地自语："把我一个人孤零零地甩在这儿，没这么玩的……"刘天羿突然从后面一把抱住陈晓辉："谁把你甩在这儿啦？"

陈晓辉吓一跳，连忙回应："我爸我妈呗！"刘天羿嗔道："咋？孤独啦？"陈晓辉强颜欢笑："哪儿啊！有姐在，我天天做神仙，快活还来不及哩！"刘天羿捶陈晓辉一拳："就是！走，陪姐跳舞去！"

江宁在收到陈晓辉的信息后，又接到魏晋的电话，无疑又是催问案子的事。

魏晋问江宁省厅有什么消息，江宁只能含糊其词地回答魏晋说这两天厅领导太忙，他还没能见到。魏晋很失望，他能听出"太忙"的潜台词，疑虑重重地问江宁不会是上边真的打退堂鼓，要鸣金收兵马放南山吧！

江宁一时不知怎么回复魏晋，沉默下来。魏晋着急，问江宁到底是怎么回事。江宁面露苦涩，无言以对。魏晋很悲切地说再这么等下去，他非崩溃不可。江宁只有耐心宽慰魏晋，让他要对领导有信心。然后又询问海州目前是什么状况。魏晋说还能有什么状况，天石公司这几天都像办喜事，天天花天酒地庆功呢。江宁给魏晋打气，说上帝说过，要让他灭亡，就先让他疯狂。他让魏晋要抓住他们得意忘形的机会，尽可能搜集他们的犯罪证据。

魏晋叹口气说问题是他看不到上帝在哪儿，一次次看到的都是魔鬼当道。

江宁听魏晋这么说有些生气，批评魏晋是胡说，要坚信邪恶永远都不可能战胜正义，要对法律有信心。并告诉魏晋，他会尽快面见厅领导报告，让魏晋在海州一定要坚守住阵地。魏晋正和江宁通着电话，外面忽然响起敲门声。魏晋连忙捂住手机，压低嗓门对江宁说："好好，我等你的好消息，就这样！"敲门声加重加大，魏晋急忙合上手机，上前开门。

尹颖站在门前。魏晋惊诧："是你？"尹颖瞄一眼屋里："老半天不开门，不会是金屋藏娇吧？"魏晋见尹颖并无敌意，也以调侃的口气道："有你在，我敢吗？"尹颖白魏晋一眼："你少生拉硬扯，跟我有什么关系。"魏晋嘿嘿一笑："既然这样，别老站在门口，让人看了会说闲话的，屋里请！"尹颖耸耸肩："进了屋，那就更说不清了，能出去走走吗？"魏晋爽快答应："行，你稍等，我穿件外衣。"

魏晋和尹颖在海滩漫步。海岸边璀璨的灯火映在碧波荡漾的海面上，如星光闪烁，美不胜收。

魏晋感慨地说："尹颖，我们很久没有这么浪漫过了。真不敢相信你会主动来找我，恍若梦中啊！"尹颖挽住魏晋的胳膊，柔声说："我也是，常做这样的梦！"魏晋伸手掐掐尹颖的脸："疼吗？"尹颖用肘捣魏晋："坏蛋！"魏晋搂住尹颖。尹颖呼吸有些急促，魏晋欲吻尹颖。

尹颖伸手轻轻挡住魏晋的嘴唇，问道："先告诉我，你还要一条道走到黑吗？"魏晋一愣，慢慢冷静下来，反问道："怎么？你要把这个当作我们在一起的条件？"尹颖语气坚决："不是条件，是原则！"魏晋顿时兴味索然，摇摇头说："尹颖，你这不是原则，是糊涂！"

尹颖脸冷了下来，一把推开魏晋："案子结了，凶手也查出来了，你还想怎么样？"魏晋开导说："尹颖，你也是个老刑警了，

373

难道不觉得牵强附会吗？这种幼儿园的游戏，你也信？"尹颖愤愤然起来："我真是犯贱，早就该知道你一根筋，灭刘天石之心不死！原以为万事大吉，你能改改性了，没想到还真就热脸贴到了冷屁股上！你说得不错，我是犯糊涂！"

魏晋苦口婆心："尹颖，你别感情用事，咱们能不能冷静地分析……"尹颖气恼，不等魏晋说完，便硬邦邦打断："我是感情用事，不然咋会来讨好你！你就瞎转你那歪脑筋，自己在这儿好好分析吧！"说罢一跺脚，转身扬长而去。

魏晋无奈地看着尹颖的身影渐渐被夜色吞没，发出一声长长的叹息。

江宁接完魏晋的电话，回到卧室，苏静秋在整理床铺。江宁默默走进，神情仍然有些恍惚。

苏静秋瞥江宁一眼问："躲在卫生间给谁打电话呢？这么老半天，神神秘秘的！"江宁定定神，装出若无其事的样子说："办公室的同事，谈些工作的事。"苏静秋撇嘴："少给我打马虎眼，你狗肚里肠子拐几道弯，我都清清楚楚。是那个海州案子的事吧？你这个狗脾性啊，改不了，不会甘心的！"江宁有些发晕，坐在床边。苏静秋接着说："不过，这次我支持你！我刚才说了，一定得办他个底掉！要是任由这些老虎苍蝇横行，以后就不是像我这样丢了工作的事了！"江宁嗓音干涩地"嗯嗯"着。

苏静秋以命令的口吻："睡觉！明天一大早还得出货，这网店的生意就得讲个快字！"江宁往床头一倚，闭上眼。苏静秋嗔江宁："咋不脱衣服就睡，怕我非礼你呀！想得美……"忽然发觉不对劲，忙伸手摸江宁的额头，"你怎么了？别吓我啊！"

江宁强打起精神："没事，写了一天的公文，可能是累的。"苏静秋认真起来："不行，明天去医院查查。你要是再趴下了，咱这个家可就真没啥指望了，女儿还指着你供学费呢！"江宁脱衣服："咒我呀？满嘴跑火车！别疑神疑鬼了，不打掉海州的黑社会，我不会死的！"苏静秋狠狠瞪江宁："你看，我没说错吧？不用扬鞭自奋蹄，你这头倔驴！"江宁补充："是老倔驴，卧槽！睡觉！"

四

红旗轿车在省公安厅办公楼门前停下，周民推开车门下了车，整了整衣服，走进楼门。

在宣传栏前转悠的徐铁军，连忙打开手机，向江宁报告。

江宁接到徐铁军的电话后，以最快的速度赶过来，因为他办公的楼离厅长办公楼并不远。周民刚进办公室就接到方秘书的电话，说江宁要见他，并且已经到了楼下传达室。

周民见躲是躲不过去了，只好吩咐方秘书让江宁进来。不大一会儿，门铃便响了，周民抬头对着门外沉声说："进来吧。"江宁走进，举手敬礼。周民不看江宁，低头整理办公桌上的文件："说吧，什么事？"

江宁带着情绪："周厅长，您这不是明知故问吗？钦差无功返朝，皇上还要见见呢！"周民严肃："少废话，我只能给你五分钟时间。"江宁气往上冲："我只想问领导一句话，为什么要把我们从海州撤回来？"周民反问："你是个执行者，领导的决策有必要给你讲吗？"江宁更加恼火了："上级搪塞下级，这句话独步天下！"

周民板起脸："别没上没下。"江宁耐着性子："那我就斗胆再问一句，我下面干什么？"周民依然是一副公事公办的姿态："有任务自然会交给你，先休息。"江宁爆发了："又是休息！要休息就永远休息，穿着这身警服不能依法办案我感到羞愧！我要求退休！"周民不愠不火："我说江宁同志，不要意气用事嘛，要理解领导的决定。"

江宁如火上浇油，不敬之词连珠炮般冒出："口头上的巨人，行为上的矮子，我江宁死了都难以理解！跟着这种领导干就是耻辱，我再次强烈要求，解甲归田！"周民也生气了："好，你的退休请求我可以考虑。"抬起手腕看表，"时间到，我还有个会，就这样吧。"江宁又是一阵晕眩，摇摇欲坠。

在江宁面见周民厅长的同时，魏晋也来到了温松华的办公室。但魏晋和江宁相反，不是主动求见，而是被温松华召见。温松华已从分管刑侦副局长升到常务副局长，可谓是架势更足。他坐在办公桌后，以俯视的姿态表情严肃地瞪着坐在对面的魏晋。

魏晋皮笑肉不笑地说："温副局长——哦，该喊温常务副局长了，有什么重要指示？"温松华瞪眼："少给我嬉皮笑脸，你现在也是副支队长了，能不能正经点？"魏晋连忙正襟危坐，一副恭敬有加的样子："这不是托您的福吗！要不是你破了枪击案，我哪能坐上这个位子！可我啊，总有一种无功受禄的惭愧感！"温松华表情略有松缓，扔给魏晋一根熊猫烟。魏晋打量着烟卷："哟！裤衩变口罩，上档次了，这鸟枪换大炮啊！"身子前倾，压低嗓门，"是刘老板行的贿吧？"

温松华脸一板："你再说一遍！"魏晋又是嘻嘻一笑："你看你，紧张个啥嘛？俗话说烟酒不分家，又没说你收人家的钱。"温松华皱眉："狗嘴里吐不出象牙！"身子往椅背上一靠，"魏晋，听说你还要折腾是吗？"魏晋故做不解状："折腾？折腾什么？"温松华眉头一耸："少给我装蒜！"魏晋做出若有所悟的样子："哦，你是说案子吧？新官上升三把火嘛，对一些疑难案件我让内勤梳理一下，咱总得表现表现是吧！"

温松华盯着魏晋："还包括枪击案吧？我看你是表现过头了！"魏晋并不否认："就是捎带着做一下，有些疑问需要澄清……"温松华厉声打断："澄清个屁！枪击案已经结案，你还揪住不放，比专案组还牛是吧？我看你就是没事找事，唯恐天下不乱！"

魏晋也不甘示弱，语带嘲讽："你看你，发那么大火干吗！咋比刘天石还着急？"温松华手指魏晋："你！我警告你魏晋，如果你要重蹈覆辙，一意孤行，别怪我不客气！"魏晋淡然一笑："大不了像以前一样，去警训基地转锅台……"

温松华打断："想得美你！你以为还会给你留余地？即使我想保护你，可能到时候也是有心无力，我的意思你应该能听明白！何去何从，你自己看着办吧！"魏晋清楚温松华并不是在吓唬他，心中不由得泛起一阵阵苦涩和绝望来。

魏晋离开温松华办公室后，立刻拨通了江宁的电话，急切地询问他面见厅领导的情况。江宁在电话里声音沉重地对魏晋说："对不起，魏晋……"魏晋马上便明白了，沉默了好大一会儿，才悲凉地说："明白了江主任。不瞒你说，温局也刚找我谈过话，向我下了最后通牒。"他的声音突然激愤起来，"可我决不会屈服，我要举报！我要上告！我就不信没有是非曲直！"

江宁忙劝导他："魏晋，你千万不要冲动，硬打硬拼不可取，要讲究策略。你刚才说得对，世上是有是非曲直的，公理自在人心。你要相信，中央提出依法治国不会只是一句口号，暂时的退却并不意味着永远的失败！我们要相信法律！"魏晋似乎对这些大道理已经麻木，只是发出一声长长的叹息。

第二十七章　回马枪

一

江宁终于决定召回陈晓辉了。既然厅领导已经表明了态度，再让他待在海州已毫无意义，而且他孤身一人在狼巢虎穴里，随时都可能发生危险。

就在他准备通知陈晓辉撤出时，方秘书突然打来电话，说周民厅长召见。江宁以为是找他谈退休的事，他打算把陈晓辉的事汇报给厅领导，让领导安排善后。他暂时打消了通知陈晓辉的决定，赶往厅长办公室。

江宁这次走进厅长办公室，既没喊报告，也不敬礼，而且不请自坐，一副告老还乡的不羁姿态。周民也不计较，笑眯眯地踱到江宁面前。

江宁仰仰下巴："厅长有什么指示，请讲。"周民并不谈公事，关切地询问道："这些天休息得还好吧？"江宁慵懒地轻飘飘吐出一个字："好。"周民又问："家里都平安吧？"江宁仍是爱搭不理地多加了一个字："都好。"周民接着问："听说你的宝贝闺女今年高考，准备得还好吗？"江宁加到三个字："好得很。"周民关切地说："孩子考大学可是件大事啊，千万不能忽视。"

江宁终于忍受不住了："厅长，恕我无礼直言，您该关心的好像不应该是这样的大事，海州的黑社会犯罪才是……"周民不客气地打断："今天不谈公事。"江宁忍无可忍，霍地站了起来，掏出退休报告，往周民手里一塞："那就请领导解决我的私事！"周民扫一眼退休报告，并不惊讶，好像也没有挽留的意思，只是随意地问："退休后有什么打算啊？"江宁心里冰凉，一股无名火从心底蹿起，嘴里迸出："告状、上访，尽一个公民的义务和责任！"接着补上一句，弦外有音，"我退了休，也就不会连累领导了！"

周民笑了，把退休报告往办公桌上一放："退休也好当一个访民也罢，你先给我把你立的军令状背诵一遍。"江宁愣了愣，有些困惑地眨巴眼："杀不了罪犯，你就杀我……"周民举着退休报告问江宁："你看怎么办啊？"江宁不好意思地接过报告扔进废纸篓。周民批评说："作为专案组长，又是一位身经百战的资深刑警，不应该这么沉不住气嘛！"

江宁有些不好意思，说："我检讨，错怪了厅领导。"周民问："下面还有'不过'吧？"江宁果然又不无埋怨地说："是的，既然决定继续侦查下去，又为什么要演这么出戏呀？"周民注视着江宁："还差点让你走了极端，闹出事来，是不是啊？"江宁脸红了红："是的，我是下了敢把皇帝拉下马的决心，到中央告你们去。"

周民忽然转开话题，问江宁："考考你，知道三十六计第八计是什么吗？"江宁一时间没反应过来，怔住，不明所以地瞪着眼睛。周民说出四个字，"暗度陈仓"。江宁马上反应过来："您是要麻痹敌人？"周民点点头："兵不厌诈嘛！可你这个同志就是不明白，差点给我闹黄了！"江宁撇撇嘴："厅长，这也正是您想要的效果吧？我这么一闹，传到海州他们那里，戏就更真实了。"

周民笑了："嗯，不愧是老公安，一点就透，总算明白了。"江宁似乎仍有怨气："但和领导的高瞻远瞩相比，还有待提高。"周民用手指点点江宁："少给我假谦虚，牢骚怨气还没发完啊！"然后陡地变得严肃，郑重地说，"目前，海州的犯罪集团认为大功告成，正处于麻痹之中。你们专案组的回马枪仍要和初进海州一样，秘密进行。避开对手的干扰和防备，侦查工作就能事半功倍，顺利许多！"

江宁这次对领导的决策确实从心里钦佩，由衷地说："厅领导的确是棋高一着。这么一来，会减少不少麻烦与阻力。乘敌不备，顺藤摸瓜，一举取胜！"周民告诫江宁："记住喽，还是那句话，证据是一切的一切，查不出证据，你们就是最终的失败者！你应该最清楚海州黑社会犯罪集团关系网之庞大，打不赢这场仗，就不是退休那么简单了，明白吗？"江宁点点头："是的厅长，自从我了解海州犯罪集团后台之强和关系网之广后，便明白自己已没有后路可言。"

周民加重语气："也包括你面前的领导！我再说一遍，我以后也许保护不了你，甚至保护不了我自己。但我们不能让彭光武死不瞑目，不能让那些与黑社会犯罪集团浴血拼杀的人失望！别忘了，你代表的是人民警察，代表的是法律的意志！狭路相逢勇者胜！何况你身后有人民群众的支持，所以要充满必胜的信心，别给我掉链子！"

江宁唰地立正，缓缓举起手，向周民敬礼。

江宁给魏晋打电话，告诉他专案组就要返回海州的消息。魏晋自然是喜出望外，大为激动，问江宁需要自己做什么。江宁告诉魏晋，根据上级指示，专案组回海州后，仍然采用秘密侦查的方式。不能惊动任何人，委托他在市郊给专案组租处房子，越隐蔽越好。魏晋马上答应下来，说一定尽快办好。

魏晋接到江宁的通知后，顿时又看到了希望，有了精气神。他接完电话后，便忙着去为专案组物色驻地。

尹颖和刑警们坐在大办公室办公桌后，魏晋从里面的副支队长室走出，哼着欢乐的小曲。尹颖似乎有些惊讶，瞟魏晋一眼。房勇问魏晋："魏队，这些天你总拉着个脸，今天咋了？像吃了喜鹊屎！"魏晋瞪房勇："别没上没下！"房勇笑道："魏队你别瞪眼，再摆架子也摆不出温局的气势。"

魏晋一翻眼："我把你发配到老林子看树去，你就知道什么叫气势了。"房勇嘻嘻一笑说："你魏队不是马王爷，没长三只眼！"

尹颖也不屑地哼了一声。房勇瞥一眼尹颖，故意挑事："哎，你们知道魏队为啥高兴吗？告诉你们吧，魏队相上对象啦！"

魏晋并不否认："嘿，还真叫你小子蒙对了！人有三喜，升官发财娶老婆，我这官升了，炒股赚了，娶媳妇的事也不能落下嘛！"刑警们起哄要喝喜酒。魏晋乐颠颠地走出门去，尹颖狐疑地蹙起眉头。

二

海州自贸港工程在专案组撤走后，正式复工。

工地上如火如荼，轨道车在新建码头上来回穿梭，一座座毛坯楼拔地而起，高高耸立的脚手架上建筑工人在忙碌着，搅拌机、吊车、轧钢机、运输车一起轰鸣。

这天，刘天石在宗林的陪同下视察。宗林指指点点汇报介绍着进度，刘天石露出满意的微笑。宗林最后说："按照目前的进度，年底竣工应该没什么问题。"刘天石一副志得意满的样子说："我们已经度过了专案组带来的危机，可以毫不夸张地说，是完胜对手。你要把精力转移到自贸港建设上，争取在经济领域再打个大胜仗。"

宗林不失时机地拍马屁："有你掌舵，我充满信心。石哥，不是恭维你，你的大智慧、大胆略的确让弟弟受益匪浅！"刘天石听着心里很受用，嘴上却说："可我们不要忘了专案组在我们头上动刀的惨痛教训。要所向无敌，就必须有雄厚的实力。"宗林附和："是是，钱是万能的，没有钱是万万不能的！"

刘天石补充："还有社会影响和政治地位，这才是关键里的关键。只有裹上政治和经济这双重盔甲，我们才能高枕无忧，永远立于不败之地！"宗林凑近刘天石，小声问："石哥，你加入全国政协的事，北京那边运作得咋样了？"刘天石信心满满地道："只要没有专案组捣蛋，指日可待。"宗林说："专案组早作鸟兽散了，你就等着高升吧！"刘天石像想起了什么，对宗林道："对了，说到这一层我倒想起来了，你让财务给我准备一个亿，我要捐献青海地震灾区和印度洋海啸难民。"宗林点头："好的，我马上安排。"

刘天石指指建造中的楼房："这些楼盖好后要预留一些，市里处级以上的干部每人一套。"宗林心领神会地说了声明白。刘天石接着叮嘱："还有，省外的业务发展你也要多用用心，广西购买矿山的事怎么还没定下来？"宗林回答说："我已经催了邢向阳无数次，可他只当耳边风，就是离不开赌场妓院！"刘天石摇头说："你竟然指望他？全当养个宠物吧！看来还是得我亲自给赵部长打个电话。"

此刻在市公安局局长室里，关山把一摞摞文件和有关材料移交给温松华。

温松华故作不舍的样子说："关局，我是你一手培养起来的，总得扶上马送一程嘛！工作我来干，这局里的业务还是应该你来主持为好。"关山推推脸上的老花镜说："长江后浪推前浪，这是自然规律。组织上既然决定由你主持全局工作，那就得名副其实。我向组织上请求，最好能一步到位，别再让我这个糟老头占着茅坑不拉屎。可上级非要我再给你当两年顾问，你可别嫌弃啊！"温松华赶忙表态："老局长，你可千万别这么说。甭说你还在局长任上，你就是退下来，我也一定听你的。"

关山摆手："那可不行，我是个不称职的局长。"拍拍材料，"你看，这么多屁股上的屎，只能留给你擦了。"温松华翻看材料。一摞卷宗上，赫然可见"枪击案侦查卷"字样。温松华一惊："关局，这个案子不是结了吗？"关山道："下面有反映，质疑这个案子有问题。留给你看看吧，复查不复查你看着办吧。"温松华有些发呆。

温松华这大半年可谓是连蹦带跳，上了好几个台阶。从刑侦支队长到副局长，再到主持工作的常务副局长，局长的位子也是指日可待。有了刘天石这个梯子搭着，以后厅长、部长似乎已不是遥不可及的梦，一幅宏伟的蓝图就实实在在在他面前展开。

这天下班后，他推开家门走进，不由得被面前的情景惊住。只见餐桌上摆着丰盛的菜肴，几根红蜡烛散发着迷离的烛光，高脚玻璃杯的红酒在烛光的映照下如同凝固的琥珀。尤其是烛光映照下的柳云，更是惊艳而又性感，薄如蝉翼的粉绿连衣裙紧裹着曲线毕见的丰腴身姿，凝雪般的肌肤若隐若现，摄人魂魄。

温松华不无诧异地问："柳云，你这是干什么？"柳云眉眼含春，娇声说："今天是双喜临门啊！"温松华困惑："双喜临门？"柳云接过温松华手里的公文包："今天是咱们相识相知一周年，还有你荣升常务副局长，算不算双喜临门？"温松华恍然，笑道："第一个是要庆祝庆祝，至于第二个嘛，不值一提。"柳云嗔道："瞧你，跟我还谦虚，快坐下！"二人在餐桌旁坐下。

柳云向温松华举杯，温松华也举杯。柳云含情脉脉地看着温松华，做出一个优雅的姿态。温松华马上省悟，挨近柳云，二人喝交杯酒。柳云喃喃说："亲爱的，谢谢你为我的付出！"温松华轻捏柳云泛着红晕的脸蛋儿："你瞧你，说我们的字典里没有谢谢这两个字，自己怎么违反了？"柳云搂住温松华的脖颈："我说的是实话，没有你，就没有我现在的一切！"温松华深情地凝视柳云："因为你是我的一切！"柳云春心荡漾，伏在温松华怀里。

在温松华与柳云欢聚的同时，刘天石也正在家中进行着一场别开生面的聚餐。餐桌上摆满了酒菜，刘天石端坐在中间，杨冰和梅青坐在两侧。

刘天石很威严地清清嗓子说："今天很难得，把你们聚到一起，也算是开个家庭会议。我这个人，别的优点没有，唯一的长处就是尊重女性，勇于承担，敢于负责。既然结为秦晋之好，我就一定给你们名分。从现在开始，咱们这个大家庭要和睦相处，互相关心，谁要退出，我绝不阻拦。好了，表个态吧！"杨冰和梅青默然不语。

刘天石手一挥："沉默就是同意。我丑话说在前面,谁要是出尔反尔,无事生非,可别怪我不客气。开席!"梅青大献殷勤,争着往刘天石口盏里夹菜。杨冰有些发呆,刘天石对盏盘里的菜无动于衷,眼睛只盯着杨冰。

杨冰只好强颜笑笑,刘天石向杨冰努努嘴。杨冰自然明白刘天石的用意,不得不夹起一块菜,送进刘天石嘴里。刘天石边美美地吃着边对梅青说:"看到了吗?以后要多向你的老大姐学习!"梅青连忙夹菜往刘天石嘴里送,刘天石欣欣然如同被嫔妃争宠的皇帝,而杨冰笑得比哭还难看。

三

海州市郊,几辆面包车、越野车、厢式车停靠在一座两层民居小楼前,楼门旁挂着"鹏程电子设备销售公司"字样的匾牌。

江宁和钟慧敏、徐铁军将车上的设备和生活用品搬进楼房,房东老孙在向江宁介绍交代着。江宁安顿下来后,便给陈晓辉发送信息。

奔驰车停在天石大厦楼门前,既是宗林司机又兼保镖的陈晓辉在擦拭车子。有一下没一下,显得慵懒而又颓丧。他兜里的手机响起信息提示音,陈晓辉无精打采地掏出手机查看,只见屏幕上显示出一行字:"爸妈已回海州,方便时回家一聚。"

陈晓辉欣喜若狂,哗地打开车门,哧溜钻进车里,颤抖着手指回信息。

市公安局副局长室里,温松华坐在办公桌后批阅公文,一局之长的派头显露无遗。

尹颖走进,温松华有些不悦,没抬头却以训斥的口吻:"这是你家啊,怎么说进就进来了?"尹颖大窘,忙说:"对不起温局,我忘了喊报告！"说着就欲退出去。

温松华一看是尹颖，收起了矜持倨傲的架势，招呼说："是尹颖啊！坐，坐！"尹颖在温松华对面坐下，不无歉疚地说："不好意思，随便惯了，以后一定注意。"温松华往椅背上一靠："你就不必讲究了。有事吗？"

尹颖探探身子："哦，也没什么大事。这两天魏晋像中了彩票似的，天天笑得合不拢嘴。"温松华有了警觉："他不是个爱财的人啊。"尹颖撇撇嘴："是啊，所以我觉得有些怪怪的。前些日子还像个瘟鸡，咋就一下子孔雀开屏了呢？"温松华随口说："他快乐不是件好事吗？你还想让他天天拉着张驴脸呀？"

尹颖闷闷地说："他一高兴，准没好事！"温松华道："嘿，你这是什么逻辑？别闹了点小矛盾，就咒人家哭嘛！"尹颖终于说出了想说的话："他说他找相好的了。"温松华忍不住哧地笑了："他要是找对象，还会告诉你呀？傻姑娘！我说你呀！攥在手里怕烫，松手又怕飞！告诉你吧，只要你尹颖还在他面前晃悠，他就绝不会起贼心！你应该了解他，别徒生烦恼！"尹颖嘟着嘴："反正我觉得他不正常。"

温松华怂恿说："那你就去查查，他究竟不正常在哪里。"尹颖想了想说："倒也是，这鬼东西肯定有不可告人的秘密，我得破破案。温局，你忙吧，我就不打扰了。"说罢起身走出。温松华望着尹颖的背影，若有所思。

市郊专案组驻地，一辆出租车从远方驶来，在路口停下。乔装打扮的陈晓辉从出租车上下来，边走向专案组驻地的民房边打量着。他走进楼门，上到二楼，听到屋里传出江宁和钟慧敏、徐铁军的说话声，忙躲在门旁向里面窥探。

这是一间不大的房舍，摆着床也摆着办公桌，钟慧敏和徐铁军在帮着江宁放置物品。徐铁军说："主任，委屈你了，办公室和宿舍合二为一了。"

江宁笑道："我比你们好多了，一个人住大卧室，你们只能住小单间，尊敬专案组长做得好啊！"钟慧敏提醒："你是董事长兼总经理！"江宁忙掩住口："对对，你看我规定的纪律自己倒先犯了！"钟慧敏和徐铁军都笑。

门口突然响起一声呵斥："你们倒笑得出来！"江宁和钟慧敏、徐铁军朝门外看。只见陈晓辉气呼呼地一步跨进，徐铁军一声大叫，扑上去抱着陈晓辉又捶又打。钟慧敏也上前抱住陈晓辉，陈晓辉泪水直流，忘情地抱着钟慧敏、徐铁军久久不放。江宁眼角潮湿，深情地凝视着陈晓辉。陈晓辉放开钟慧敏和徐铁军，扑到江宁怀里，像遗弃的孩子见到父母，哽咽出声。

江宁抚摸着陈晓辉的头，泪水无声地流下。陈晓辉猛地推开江宁，抹把泪："你江主任也太绝情了！你们撤回省城，把我一个人抛弃掉，扔在狼窝里不管不顾！"江宁忙递给陈晓辉纸巾，低声下气地说："好好，都是我糟老头子的不是，一犯老年痴呆，就啥都忘了。你可别计较，多原谅！多原谅啊！"听了江宁的话，大家不由得都笑了。陈晓辉也破涕为笑，但马上又严肃地说："下不为例啊！"

江宁忍不住捣陈晓辉一拳："你小子做了天石公司老总的保镖兼司机，倒学会摆谱了！"徐铁军调侃："近墨者黑嘛！"又引起一片笑声。江宁拍拍陈晓辉的肩膀："来，坐吧，说正事。"陈晓辉向江宁汇报了专案组走后海州的情况，江宁边听边记录。陈晓辉最后说："我也算是因祸得福，你们撤走后，我得到了刘天羿和宗林的信任，不仅了解到以前天石集团以暴力护商、以商养黑打天下的斑斑劣迹，而且获取了高强是策划5·1枪杀郝达的重大嫌疑人的间接证据。"江宁欣慰地说："很好！失之东隅，收之桑榆，你立了大功啊！"

陈晓辉接着补充说："还有，我从宗林那里探听到天石集团贿赂银行高管，套取巨款和勾结税务部门负责人逃税漏税的行径。尤其是刘天羿向我吐露真言，把她哥哥吹嘘得像英雄一样，向我一条条讲了刘天石如何依靠权力摆平一个又一个企业，或并购或强行吞并以及在竞投标中威胁利诱掌控所有项目的斑斑劣迹。江主任，毫不夸张地说，在海州，刘天石由利用市场规则发展到自己制定规则，俨然成了凌驾于法律之上的山大王。"

江宁点头道："是的，权力关系网让他膨胀，金钱让他疯狂，但同时末日也就不远了，这是铁的定律。"陈晓辉交给江宁一张纸条："主任，线索我都写在上面了，只要查实一件，就足以将刘天石犯罪集团套进法律的绞索！"江宁郑重地接过纸条。

陈晓辉这时却露出了一脸苦相："可是主任，有个麻烦事我得跟你说道说道。我现在遇到一件挺头痛的事，就像在一团乱麻里挣扎。"江宁一惊："哦，有这么严重！快说说，什么麻烦？"陈晓辉蹙起眉头："刘天羿那个小魔女疯狂地爱上了我，弄得我无法招架。冷了吧，怕影响执行任务，热了吧，她又……嘻！不说你也明白！"

江宁思忖着说："嗯，这的确是个难题！"陈晓辉恳求："你是我的老师，你得教教我！"江宁看来已经想好了对付刘天羿的主意，拍拍陈晓辉肩膀，语调轻松地说："走吧，去餐厅吃饭，今天我请你，咱们得好好喝两杯！"

江宁与陈晓辉会面后，又约见魏晋。他坐在海边礁石丛上，凝目远眺，白帆点点，海鸥翩翩。魏晋快步走过来，激动地喊一声："江主任！"江宁起身迎上，二人紧紧拥抱在一起。

江宁和魏晋并肩坐在礁石上。魏晋也带给江宁一个好消息，他在专案组重返海州后，立即继续开展了侦查工作。摸排出八卦洲的副经理王琳曾和曾伟民有密切的关系，经初步接触王琳，发现她果然与曾伟民有秘密交易，而且对天石公司似有抱怨不满和成见。如果继续做她的说服工作，说不定会有重大收获。

江宁听后很高兴，要魏晋抓住王琳这条线，争取做通她的工作，打开缺口，只要她能提供线索和证据，侦破就有希望峰回路转。魏晋说从他和王琳接触的情况看，她还是有正义感的，应该是大有希望。

江宁提醒魏晋对手可想而知也不会闲着，他们有可能察觉后对王琳进行威胁。尤其是现在形势不利，犯罪集团处于上风，这就更会对王琳形成压力，使她产生畏惧心理。要做通她的工作，并不容易。魏晋说这些他都考虑过，他会想办法循序渐进，先和她交上朋友，取得她的信任后，再向纵深发展。

四

　　刘家别墅卧室里，杨冰呆坐在梳妆台前，满脸憔悴，眼里布满红红的血丝，显然是彻夜未眠。她不由自主地摸摸眼角的鱼尾纹，黯然神伤。

　　刘天石推门走进，杨冰毫无反应。刘天石从杨冰身后搂住她的双肩，温柔无限地问候："睡得好吗？"杨冰如木雕泥塑般一动不动。刘天石招呼说："该吃早饭了，大家都等着你哩！"杨冰忽然拧过身子，冷冰冰地说："我要离婚！"刘天石笑了："好啊！"

　　杨冰对刘天石爽快答应显然有些意外，定定地瞪着刘天石。刘天石淡淡地问："你看啥时候去办手续？"杨冰气恼："现在！"刘天石答应："行，我马上准备车。"杨冰问："你不先谈谈条件？"刘天石耸耸肩："谈条件？没有什么条件可谈，我是无条件。"杨冰一愣。

　　刘天石接着说："公司的股权配置还有个附加条款，你可能没留意看。"杨冰紧张："附加条款？"刘天石道："对，就是你离开刘家之后，分配给你的百分之十股权也自动解除。"杨冰咬咬牙："我只要儿子！"刘天石笑笑："至于儿子，法院不会判给没有抚养能力的人。再说，你重操推销白酒的旧业，孩子可真就成了你的拖酒瓶，我也是为了减轻你的负担嘛，你说是不是？"杨冰蒙了。

　　刘天石拉住杨冰的手，轻轻抚摸："其实我最爱的是你，你咋就不明白呢！"杨冰忍不住尖叫："你给那个小贱人也是这么说的吧？"刘天石环顾四周："你这正宫的位置，可是好多双眼睛都觊觎着呢！"杨冰顿时如泄了气的皮球。刘天石见杨冰泄了气，不再搭理，潇洒地走进旁边的健身房。

杨冰来到客厅里，怏怏地斜倚在沙发上出神，眼里空洞而又茫然。

不一会儿，刘天石身着运动装，拎着高尔夫球杆，春风满面地走过来。梅青挽着刘天石，一副小鸟依人的样子。杨冰欲起身离开，刘天石把三张机票丢在杨冰面前："带你去澳门散散心，准备一下。"杨冰瞥一眼机票："还有谁去？"

梅青柔声啼啭："当然是妹妹我啦！我做你们的服务员，冰姐不会嫌弃妹妹吧？"杨冰像吃了个苍蝇，微蹙蛾眉："我走了，家里咋办？还有儿子……"刘天石道："有保姆在嘛。你要是不放心，那就把机票换成她。"杨冰赶紧说："我去！我去！"

刘天石离开海州后，八卦洲清静了许多。

曾伟民事件发生后，刘天石怀疑是王琳向曾伟民透露了八卦洲的秘密，所以对她严加监视看管，不许她擅离八卦洲岛。王琳如同囚犯，在八卦洲度日如年。自从她接触上魏晋后，又看到了希望。但她对刘天石的权势熏天仍忌惮畏惧，怕重蹈曾伟民的覆辙，还不敢向魏晋敞开心扉。刘天石的离开终于让她得到了短暂的自由，所以当魏晋约她见面时，便爽快地答应了。

二人在梦巴黎咖啡馆会面。王琳问魏晋："魏警官，你邀我喝咖啡一定有事吧？"魏晋与王琳见面的目的自然是为八卦洲的秘密。但他没有马上说明真实的来意，而是先聊起了家常，然后在不知不觉中引向天石公司。

王琳自然明白魏晋的意图，便开门见山地说："魏警官，我知道您在调查天石公司。您想了解啥尽管问，只要是我知道的，一定告诉您。"魏晋没料到王琳如此主动，于是连忙掏出笔记本，对王琳道："你能谈谈曾伟民和天石公司是如何从合作伙伴，变为势不两立的对手的吗？"王琳详细叙述了曾伟民与刘天石决裂的过程。

魏晋又问王琳："你知道曾伟民为什么逃离海州吗？"王琳回答说："这还用说，是曾伟民掌握了他们的秘密，他们想灭口，逼走了他呗！"魏晋又问："你知道是什么秘密吗？"王琳刚想说出就是她提供给曾伟民U盘的，但又忍住了。她显然对魏晋能不能打败刘天石还抱有疑虑，想观察一下再决定是否提供八卦洲的丑恶内幕。于是摇摇头说："这个我不太清楚。"

魏晋能看出王琳尚有顾忌，也就不再追问。他合上笔记本说："王琳，你谈得很好，以后遇到问题，可能还要经常来找你，你可别嫌烦啊！"王琳爽快地说："瞧您说的，我应该感谢您对我的信任才是。如果有什么需要向我了解询问的，您招呼一声就行。"魏晋关切地说："你在八卦洲还是要注意安全啊！"王琳说："没什么安全不安全的，反正就这样了，他们总不会把我吃了吧！"魏晋做出欣然之态："这么说来，我以后就可以放心请你喝咖啡了！"

王琳真诚地说："说心里话，我倒是真想交您这个警察朋友，不知魏警官嫌弃不？"魏晋双手一拱："求之不得啊！"王琳解释："不过您可别误会，我没别的意思。因为我经常受天石公司的流氓骚扰，如果有了您这位警界好朋友，这心里就踏实了。"

魏晋拍拍胸口："行，你随时召唤，我保证召之即来，来之能战、战之能胜！对了，你说公司的流氓到底是谁呀？"王琳沉默。魏晋道："看来天石公司的问题不少啊，你要想平平安安，最好都跟我说道说道。"王琳有些勉强地说："你让我考虑考虑。"然后岔开话，她指指魏晋手里的笔记本，"你那笔记本封皮里夹的照片，是你女朋友吧？"

魏晋调皮地一笑："有时候是，有时候不是。"王琳诧异："这话是什么意思？"魏晋眯眯眼："她患有短暂性精神障碍间歇症。"王琳吃惊："啊！和那个南京宝马撞人的司机一个毛病呀！"魏晋笑了："跟你开玩笑呢！不过她犯有糊涂病倒是真的。"

王琳抚抚胸口："吓我一跳。可这以后她要是误会咱们……"

魏晋不以为然："你看你，我都给你说了她糊涂，你还担心什么嘛！"王琳忍不住笑了。

澳门葡京赌场的夜，永远都是霓虹闪烁，流光溢彩。

一辆加长礼宾轿车缓缓停靠在赌场门前，迎宾小姐躬身拉开宽大的后车门，刘天石和杨冰、梅青走下车。

杨冰和梅青一左一右挽住刘天石的胳膊，刘天石昂首迈步，气势如虹。专职客服经理迎上前来，谦恭地与刘天石握手："欢迎刘总再次光临！"刘天石显然是常客，只微微抬了抬下巴。经理心领神会，忙引导刘天石和杨冰、梅青步入贵宾通道，然后进入贵宾厅。

贵宾厅里，已有几位超级富豪赌客等候在赌桌旁。看得出刘天石和他们是老赌友了，只是略事寒暄，便开牌狂赌起来。

杨冰和梅青坐在刘天石身后两侧，紧张地看着刘天石面前的牌。刘天石一输再输，手边的筹码被一扫而空，杨冰和梅青一脸的失望。刘天石吩咐服务经理："再拿两千万！"杨冰伸手扯刘天石的衣襟，想阻止他再赌下去。

刘天石闷闷地一哼，杨冰吓得赶紧缩回了手。服务经理将托盘里的筹码一摞摞摆在刘天石面前，刘天石像打了鸡血似的亢奋起来，吩咐荷官："开牌！"不大一会儿，刘天石面前的筹码又输掉了一半，他把所有剩下的筹码往牌桌上一推："一千万！我全押了！"杨冰心惊胆战，坐不住了，站起身脸转向背后不敢再看。

刘天石掀牌，梅青一声惊呼："赢了！"杨冰转身，脸上露出欣喜的表情。荷官将一摞摞筹码划移到刘天石面前。杨冰长出一口气，欲坐下。刘天石突然一声大叫："别坐！"杨冰吓了一跳，迷惑不解地瞪着刘天石。梅青附在杨冰耳边悄声说："你站着咱老公就赢，千万别再坐下。"杨冰恍然，赶紧挺直了腰身。

刘天石专心致志地在和几个富翁豪赌，一局又一局过去了。杨冰笔直地站在旁边已经很久了，面泛苍白，摇摇欲坠。刘天石心思只在牌上，根本就不顾杨冰已疲累至极。杨冰显然有些支撑不住了，尤其是几个赌客对她轻慢嘲笑的眼神，更让她如芒刺在背，终于瘫倒。

恰在这时，刘天石赌输，他怒骂杨冰："臭婆娘，给我站起来！"梅青去扶杨冰。杨冰被刘天石的恶语相向惊蒙了，宁死不愿站起。刘天石命令梅青："快快，把这个丧门星送回宾馆去，别让我再看到她！"

梅青将杨冰送回皇后大酒店，杨冰往床上一躺，暗自垂泪。宽阔无比的床头，并排摆放着三个雪白的大枕头。梅青劝慰杨冰："姐，别怪他，他也是想赢。"杨冰恨恨道："他眼里只有钱！"梅青开导说："你这就说错了，刘总从来不拿钱当回事。上次在拉斯维加斯，他一夜就输了十个亿，眼都没眨！"

杨冰耳边如同响了一个炸雷，呼地坐起，瞪大眼："十个亿？"梅青点头："可不是吗！当时，把那些美国佬都镇住了！"杨冰心疼无比地哀叹："败家啊！"梅青不以为然："不是我说你姐姐，你眼里才只有钱。这就是男人的魅力，征服一切的魅力！"杨冰嗤之以鼻："狗屁！他是卖别人家的孩子不心疼，抛撒的还不都是国家、银行的钱！当年他败光了，硬是把我的几百万私房钱也掏得一干二净！"梅青摇头晃脑："你这就 out 了，那些富豪榜上的老板，哪个不是欠债大户？该花就得花，不花白不花！刘总说得对，钱不用就是纸上的画，有钱不消费，就是为富不仁！"杨冰无语，直翻白眼。

第二十八章　摊　牌

一

市公安局刑侦支队，警车进进出出。魏晋身着便装，匆匆走出大门。

一辆出租车从远处驶来，魏晋挥手招呼，出租车在魏晋身旁停下。魏晋欲拉车门，尹颖突然出现在魏晋面前，问："去哪儿？"魏晋一愣，搪塞道："去查个案子。有事儿？"尹颖冷冷地盯着魏晋："查案子咋不开警车？"出租车司机探出头来问："坐不坐啊？"尹颖向出租车司机摆手。出租车驶离，魏晋瞪着尹颖："哎，你这是干什么呀？"尹颖眼一翻："我正要问你呢！鬼鬼祟祟得像个贼，在干什么见不得人的勾当？"魏晋忍住气："别目无领导，做什么还得向你报告啊？"

尹颖嗤之以鼻："少欲盖弥彰，别以为我不知道！这几天老是偷偷摸摸地往咖啡馆跑，是不是有外遇了？"魏晋一惊："你跟踪我？"尹颖嘴角挂着不屑："你以为你是高富帅啊！跟踪你，我吃饱撑的！你别忘了那儿的老板是我姐妹，早就向我透露了。你和那个八卦洲的经理王琳小姐挺热乎的，没想到你还挺有男人魅力的嘛！"魏晋不由得脸红，试图解释："别瞎猜疑。我这不是在调查曾伟民的事嘛。她曾经是曾伟民的相好，你又不是不知道。"

尹颖撇撇嘴："少来！曾伟民早就跑得没影子了，你调查他干什么？哦，明白了，你又是想做天石公司的活，是不是？"魏晋语塞。尹颖冷嘲热讽："借工作之便泡妞，脚踏两只船，你长本事了！"魏晋吭吭哧哧："你，你这不是把我也抛弃了嘛，怎么能说脚踏……"尹颖愤愤打断："哼，终于说实话了！祝你早日抱得美人归！"转身就走。

魏晋急了，一把拉住尹颖，忙不迭地解释："真不是那么回事！我要是骗你，我是孙子！"尹颖收住脚，转过脸："那你告诉我，约王小姐干什么？"魏晋眼珠转了转，故作神秘地附在尹颖耳边信口胡编："据我了解，曾伟民有可能是犯罪团伙的主谋。我是在动员王琳做我的眼线，看能不能抓到他，你说不投入点感情能行吗？"尹颖狐疑："真的？"魏晋满脸真诚："你看你，现在越来越对我缺乏信任感了。无论于公于私，咱们以后都得加强沟通，你说是不是？"尹颖半信半疑，点点头，又摇了摇头。

温松华在办公室和柳云通电话，温松华小声对着话筒说："对，现在八项规定，滕市长怕招闲话，不想去外面吃，就设家宴吧。要让你受累了……"正说着，门口响起报告声。温松华赶忙半捂着话筒："就这样吧，晚上见！"放下话筒，威严地对着门口，"进来！"

尹颖走进，温松华马上换上和蔼的笑容："是尹颖啊！快请坐！"尹颖在办公桌前坐下："温局，我来是想问你个事儿。"温松华道："你说，什么事？"尹颖问："你知道魏晋在调查曾伟民的事吗？"温松华一愣："曾伟民？"尹颖诧异："怎么？你不知道？魏晋说曾伟民有可能是犯罪团伙的主谋，这么大的事儿他没向你汇报？"

温松华心一沉，摇头道："他没跟我说这事。案子都结了，还哪儿来的犯罪团伙主谋？莫名其妙！"尹颖听了温松华的话，心底的火噌一下子就冒上来了，咬牙切齿道："骗子！"温松华蹙起眉头，问尹颖："你刚才说魏晋去了八卦洲？"尹颖点点头："是的。温局，我上次跟你说，魏晋吃着碗里的，看着锅里的，绝不是空穴来风！"

温松华警觉起来："你说说，究竟是怎么回事？"尹颖气咻咻地说："他和八卦洲的一个女孩打得火热，经常往那儿跑！"温松华震惊，连忙追问："八卦洲的谁？"尹颖恨恨地说："就是那个作风不好的副经理王琳。"温松华顿时什么都明白了，他对魏晋的怀疑显然没有错。但眼下他还要稳住尹颖，然后再从容收拾魏晋，于是对尹颖说："哦，会不会是你误会了，也许魏晋是去问有关案件的事。"

尹颖说："是的，魏晋也是这么说。说想通过王琳和曾伟民的特殊关系，看能不能查到曾伟民的踪迹。但我不信，就像你刚才说的，案子都结了，还查什么曾伟民？"温松华装模作样地劝导尹颖："魏晋不是那种朝三暮四的人，你不要往多了想。抽个时间，我和他谈谈。尹颖啊，不是老哥哥说你，你也不能老冷人家。这男人就像风筝，你不牵紧些，他还真就飞了。"尹颖一跺脚："飞就飞，如果我再发现魏晋和姓王的有来往，就坚决和他一刀两断！"

魏晋糊弄住尹颖后，便匆匆来到了梦巴黎咖啡馆，与王琳见面。二人相对而坐，边品着咖啡边聊。

魏晋道："王经理，你考虑得咋样了？时间可不等人啊！"王琳不无歉疚地说："魏警官，我反复想过了，真的不想再掺和这事！"魏晋失望："看来你还是对我没有信心。"王琳坦然承认："是的！依你的力量，肯定不是人家的对手！省城来的专案组都灰溜溜走了，你就更是鸡蛋碰石头了，你不想咱去阴曹地府喝咖啡吧？"

魏晋盯着王琳："如果我告诉你，专案组并没撤走呢？"王琳震惊，继而眼睛一亮："你说什么？"魏晋一字一顿："他们还在海州！"王琳瞪大了双眼。魏晋接着说："不瞒你说，我是受专案组的委托，向你求助，向你求助的还有死在海里的无辜生命和因此遭谋杀的公安局副局长！如果我们任由那些坏人横行，最后也会是和他们一样的下场！"王琳动容。

魏晋再加一把火:"你就甘心像囚犯一样被关在八卦洲岛一辈子吗?"魏晋的话触动了王琳的心弦,她的眼里泪花在闪烁,终于颤抖着声音说:"魏警官,有专案组在,有你在,我就什么都不怕了!我跟你说的流氓就是高强!我还可以告诉你,我把刘天石他们在八卦洲的勾当都用手机拍录下来了,然后拷贝到 U 盘提供给了曾伟民,他很可能就是因为这个受到威胁吓跑的。但我在电脑里还保存着这些资料,我可以提供给你。晚上八点,咱们还在这儿见面。"

魏晋大喜过望,紧紧握住王琳的手说:"谢谢你!"

二

温松华从尹颖那里探知魏晋仍瞒天过海在搞秘密侦查后,心里不踏实了,连忙与身在澳门的刘天石联系。他在电话里嘲讽刘天石说:"左嫔右妃,醉生梦死。灯红酒绿的澳门,果然是让我们刘老板流连忘返啊!"刘天石大笑回应:"哈哈!温局长羡慕嫉妒恨呀!要不,我给你订张机票,你也过来乐乐?"温松华冷冷地说:"别忘了,乐极生悲!"刘天石声音变得阴沉,问温松华怎么回事,是不是海州出事了。温松华说你最好马上滚回来,不然你就等着哭吧。

刘天石是在五星级酒店的豪华包房里和温松华通话,他穿着睡衣倚在床头打电话,杨冰和梅青仍在酣然入睡。刘天石似乎从温松华的话音里听出又是魏晋在捣蛋,于是质问温松华:"你不是说可以掌控姓魏的小子吗?"温松华不耐烦:"你以为魏晋有这么大的胆子?"刘天石以嘲笑的口吻说:"总不至于专案组回海州了吧?"温松华也是不无嘲弄的口气:"世界上没有不可能的事,魏晋不会无风起浪。你的优点是举轻若重,你的缺点是举重若轻!好了,话我只能说到这儿,你看着办吧!"

刘天石合上手机，沉思片刻，忽然火烧屁股般蹦起，猛地掀开被子大吼："起来！快给我起来！"杨冰和梅青惊得坐起，二人赤裸雪白的身上都隐约可见乌青的齿痕和指甲划破的殷红血丝。刘天石在赌场上无论输或赢，回来都要以变态的手法折磨她们，把两个女人当作他发泄的工具。

魏晋得到王琳的许诺，回到办公室的第一件事就是打电话向江宁报告这个好消息。并告诉江宁，王琳已经答应交给他八卦洲的视频、录音以及照片等秘密资料，约好晚上八点在咖啡馆会面。

江宁自然是十分高兴，祝贺魏晋，说要给他请功。魏晋嘿嘿笑着说这个功他要，比前两次在局里立的功干净。他和江宁正通着电话，外面响起"咚咚"的敲门声。魏晋连忙结束和江宁的通话，放下话筒，上前开门。

尹颖推开魏晋，一步跨进，斥责道："大白天的锁什么门？这是办公室！"魏晋赶紧赔上笑脸："办公室也得有点私人空间不是。"尹颖面罩寒霜："办公就是办公，你副支队长都假公济私，我们这些当兵的就能放羊！"魏晋终于忍受不住了，问道："尹颖，你怎么老是像吃枪药似的挤对我，我没对不起你呀！"尹颖正色道："对得起对不起你心里清楚。对了，办公室里不谈私事。你办的那个案，我来配合你！"

魏晋一愣，然后连连摆手："不用不用，我能应付得过来。"尹颖以命令的口吻："我说配合就要配合，你少推三阻四！"魏晋苦着脸："我的谢副队长，到底你是领导，还是我是领导？"尹颖长发一甩："你说吧，我们之间的事，你是怎么打算的？"魏晋挠头："嘻，我敢有打算吗？像个皮球，被你踢来踢去的，还不是你让我滚到哪儿就往哪里滚。"

尹颖鼻子一哼："少在这装乖！你一向是阳奉阴违，口惠而实不至！你给我说实话，你和那个王琳到底是怎么回事？"魏晋有些抓狂："我的尹大小姐，你怎么还在吃昏醋，我都跟你解释了，你是不是要我把心肝肺扒出来给你看看呀？"尹颖不为所动："扒出来也是狼心狗肺！别以为我不知道，温局根本就没安排你去查什么曾伟民！你那借口鬼才相信！"魏晋一怔："你去找温局了？"尹颖说："温局还告诉我，那个王琳是八卦洲的交际花，你找她不是猎艳，就是又要动天石公司的歪脑筋！"

魏晋暗自吃惊，眉毛不由自主地颤了颤。尹颖警告："我再次警告你，别无事生非。如果你心里还有我，就不能红杏出墙，更不能再对天石公司无端猜疑，打刘天石的主意。郝通和鲍黑子的死已经说明了一切问题。你说，你是不是因为这个去找王琳的？"

魏晋隐隐有了一种不妙的感觉，尹颖告诉了温松华，温松华会不会透露给刘天石？刘天石如果得知此事，势必会对王琳造成危险。想到这些，魏晋便不由得冒出了冷汗，他掏出手机，做出若无其事的样子对尹颖说："对不起，你稍等，我回个信息……"尹颖却不由分说，一把夺过魏晋的手机："少打岔，回答我的问题！"

魏晋不得不先稳住尹颖，信誓旦旦地说："我真不是为这个。我以前对刘天石有误解，是职业病作怪，总是怀疑一切，你又不是不知道我好钻牛角尖的毛病。现在案子已经水落石出了，我怎么可能会再盯着刘天石不放。"尹颖追问："那你就是爱上了王琳，对不对？"魏晋否认："你看你，咋又扯到这上面来了？的确是有曾伟民的线索，我立功心切，就没向温局报告，真的，骗你是小狗。"

尹颖奚落："哼！你这鼻子本来就属狗的，只是别嗅错了地方！"魏晋也就势调侃："咱支队里有警犬，还用得着我闻呀！"尹颖终于扑哧笑了，表情轻松下来。

刘天石偕杨冰、梅青迅速回到海州，并立刻召来宗林。他在澳门动身前就给宗林打了电话，告知其险情，吩咐他先行处理。见到宗林后刘天石便迫不及待地问他是否都安排好了，宗林报告说接到他的电话后就立刻布置了，刘天石提醒宗林绝不能出丝毫差错。宗林让刘天石放心，保证万无一失。刘天石这才松了口气。

晚上八点，魏晋按照约定时间，来到梦巴黎咖啡馆。不大一会儿，王琳便赶了过来，她从包里取出手提电脑，对魏晋道："魏警官，您稍等，我这就把资料搜索出来给您。"魏晋连声说好。王琳打开电脑，魏晋满怀期待。

温松华家里，一派宴客的热闹景象。柳云和杨冰在厨房里忙碌，刘天石和温松华坐在客厅沙发上窃窃私语。

温松华问刘天石："安排了吗？"刘天石打个 OK 的手势。温松华舒了口气："这个王琳，就是颗定时炸弹，你最好彻底摆平她，不能留隐患。"刘天石自信地说："炸弹的引信在我手里握着，她就翻不了天！"温松华嗯了一声说："这样就好。"刘天石故作姿态地说："松华，你请滕市长吃饭，我来搅和不好吧？"温松华笑了笑："我不是那种过河拆桥的人。也算是为你刘老板接风吧！"说着扔给刘天石香烟。

刘天石点上烟，悠悠抽了口道："你在电话里那么凶，我还真有些不敢来见你哩。"温松华也点上烟："少给我鼻子里插大葱，你现在成了海州的皇帝了，还会把我放眼里？牛得很呢！"刘天石翻眼："温大局长，没你这么变着法子骂人的。"温松华不客气地说："还是那句老话，你刘天石成在胆大上，毁也毁在胆大上。"刘天石受不住了："我说松华，你还让不让我在这儿吃饭了？"温松华仍是敲打的口气："我给你敲警钟并不单单是为你，也为滕市长、为我自己，还有所有的兄弟！小心行得万年船，思危才能居安！"

刘天石吐出一串烟圈："你这叫什么？四个字，杞人忧天。"温松华无奈地叹口气。刘天石探探身问："你不会真的认为魏晋背后有人吧？"温松华若有所思："我总觉得魏晋一个人没有这么大的胆子，除非他真想脱下警服破罐子破摔。好了，该说的我都说了，还是那句话，居安要思危，无远虑必有近忧。你我都是有远大志向的人，全国政协委员的位子等着你呢！别忘了，你现在还不是皇帝！"刘天石把玩着香烟，若有所动。就在这时，滕长青和米琪从门外走了进来，温松华忙起身相迎。

咖啡馆里，王琳坐在电脑前搜索，魏晋静静等待。

王琳手边的手机响起信息提示音，她打开手机浏览，顿时毛骨悚然。只见屏幕上显示一行字："你真的想去见郝通和鲍黑子，随时让你如愿！马上给我回八卦洲……"王琳看完信息，一股寒气从脚底冒上了脑门，移动鼠标的手不由得僵硬起来。

魏晋久等不见王琳找出照片，起身走到电脑前。王琳神情恍惚地看着屏幕，漫无目的地搜索。魏晋殷切地问："怎么样，找到了吗？"王琳搜索了一会儿，忽然抬起头对魏晋说："对不起，找不到了，可能时间太久，不小心删除了。"魏晋从王琳的表情里看出一丝不祥，但仍抱有希望鼓励说："你再仔细找找看，这对我们很重要。"

王琳"啪"地关掉电脑，以生硬的口吻道："用不着再找，我的储藏夹里没有就是遗失或不小心删掉了。"魏晋这才意识到刚才王琳收到的手机信息有问题，但又不好询问，露出失望的表情。

专案组驻地，江宁接到魏晋的电话后，眉峰深锁，凝立在窗前。显然王琳临时打退堂鼓是有原因的，最大的可能无疑就是对方察觉了魏晋的行动，对王琳进行了威胁。他正想着如何进行下一步工作，怎样才能解除王琳的顾虑和威胁时，魏晋气喘吁吁冲了进来，对江宁说："王琳变卦了，没有交出资料。"江宁道："会不会是他们发现了？"魏晋气急败坏："是的，尹颖这个搅屎棍把我接触王琳的事告诉温松华了！"

江宁顿时恍然，不禁痛心疾首："难怪！温松华啊温松华……"魏晋接着说："我刚刚得知，在澳门潇洒的刘天石，今天火速回了海州，现在正和温松华、滕长青共进晚餐呢！还有你可能想不到，请客的人就是温松华，而且是家宴！"江宁冷笑："一切都昭然若揭了。"魏晋问："江主任，你看我们下边怎么办，难道就这么放弃了？"

江宁沉吟着说："王琳毫无疑问受到了威胁。这种境况下再勉

400

强她，只能起到适得其反的效果。欲速则不达，我们只能等待合适的机会。可我现在最担心的，是王琳的安全问题。"魏晋点点头："是啊！现在的刘天石，自你们撤走后，已经膨胀到了极点，难说他不斩草除根灭口，对王琳下手！"

江宁加重语气："不论付出任何代价，一定要保证王琳的安全！魏晋，眼下专案组的人无法出头露面，而且和王琳也不熟悉，这个任务只能交给你了。但尹颖这一关，你能过吗？"魏晋回答说："应该没问题，我基本上已经稳住了她。"江宁双手一握："那就好！你要随时掌握王琳的动向，有情况马上向我报告！"魏晋挺挺胸："是，江主任！"

三

江宁在魏晋受阻的情况下，决定另辟蹊径，根据陈晓辉提供的情报对天石公司经济犯罪进行侦查。

其实，钟慧敏和徐铁军前期已经初步查明了天石集团在银行系统和工商税务部门的关系网，重点嫌疑人达五十人之多，遍布金融、税务、工商、证券等经济领域。江宁指示钟慧敏和徐铁军先从重点涉案人员查起，并进行秘密侦查，不宜动静闹得太大。从陈晓辉发来的情报看，市发展银行行长周宁生、市税务局稽查局局长董会民的问题最突出，就先在这两个太岁头上动土。

钟慧敏和徐铁军立刻对天石集团的经营和财务等问题展开了全面调查。他们秘密约谈了发展银行行长周宁生，并走访银行员工。同时暗访税务部门，掌握了天石集团违规违法经营的大量第一手材料。

宗林很快便接到了周宁生、董会民的报警电话。他不敢怠慢，随即向刘天石报告。

钟慧敏和徐铁军向江宁汇报了调查的情况。钟慧敏说："经过这段时间的深入查证，终于揪出了他们的狐狸尾巴，取得了实质性的突破，可以说是收获颇丰。"江宁边听边记录。徐铁军接着说："周宁生与天石集团交易，提供了近百亿的贷款，而刘天石回馈给他的红包竟多达五亿。还有几十套房子，有'房行长'之称。董会民帮助天石公司偷税漏税亦高达三十多亿，刘天石自然也是投桃报李，但董会民行事谨慎，从不收钱，他索要的是物。大到房子，小到金银珠宝甚至名猫贵犬。而且周宁生和董会民到境外豪赌，输赢都在千万以上，赌资也全部都是天石公司提供的。"钟慧敏最后说："周、董二人还在外养有多名情妇，天石公司竟然每月发给这些小三数万工资。江主任，现在是证据确凿，可以对他们采取法律措施了！"

江宁放下笔，摇摇头说："现在还不是时候。"徐铁军不解："把这些蛀虫抓起来，就能审出他们和集团的不法勾当，最终突破刘天石的防线啊！"江宁突然发问："黑社会犯罪的四大特征是什么？"徐铁军怔了怔："当然是暴力，组织，经济基础，还有一个是保护伞。"江宁道："这最后一个也是最重要的一个。不查出这些个保护伞并打掉他，我们就最终无法彻底摧毁黑社会犯罪集团，甚至给我们带来灾难。"

徐铁军有所省悟："原来主任你是醉翁之意不在酒啊！"江宁点头："不错，在乎山水之间也。你们的经侦工作是大系统里的一个局部，要站得更高些，把眼光放得更远些。当然，你们的艰辛工作也是非常重要不可缺少的一环。我们的目的很明确，就是逼着刘天石行动起来，以便配合刑事案件的侦查。只有充分掌握敌情，让黑社会的组织结构和重要人物暴露出来，挖出他们在权力部门的代理人，然后才能有的放矢，各个击破，为最后的决战和总攻做好充分准备。"钟慧敏和徐铁军向江宁投去敬佩的目光。

神秘人员的暗访和调查让刘天石意识到问题的严重，他不能再等闲视之了。宗林向刘天石报告了银行关系户和税务、工商等部门关系人被查的情况。刘天石问宗林是否查明这些人是何方神圣。宗林告诉刘天石，据周宁生说是银监会的，董会民说是税法检查组的，反正都带着尚方宝剑，而且都是暗访，挺神秘。

刘天石沉吟着说："神秘就代表着可怕。我问了滕长青，他这个一市之长竟然都蒙在鼓里。不管他们是猫狗还是虎豹，都是来者不善要吃咱们的人肉啊！"宗林说："我已经安抚了周宁生和老董，说只要有你在海州就翻不了天。"

刘天石翻翻眼说："周宁生和董会民都是人精，摸到卵子才算蛋。几句安抚的话屁用没有，他们要的是看得见摸得着的安全，空头支票起不了作用。"宗林说："他们总不会叛变投敌，把我们给卖了吧？"刘天石道："这些见风使舵的老油条，你难道不了解？一旦风向不对，他们会比着当孬种，把什么都往你身上推。"宗林点点头说："倒也是，要是指望他们不当汉奸，除非婊子变淑女！"

刘天石又忍不住训开了："那边王琳在继承曾伟民未竟的事业，这边又冒出居心叵测之徒，后院老是起火。我说宗总，你什么时候才能叫我安生几天？"宗林赶紧揽责："是的，弟弟无能，愧对大哥。这股汹涌而来的暗流，让人防不胜防，不知从哪儿下手，真他妈憋屈！"刘天石沉思片刻，终于拿定了主意，吩咐宗林："这股恶浪冲击着我们天石大厦的根基，必须尽快堵住。你马上去一趟省城，拜会葛远祥。养兵千日，用兵一时，该他出马了，这光说不练可不行！"

陈晓辉给江宁发来消息，说他开车送宗林去了省城，是秉承刘天石的旨意去搬救兵。江宁心中欣然，策略终于奏效了。他指示陈晓辉，密切注意宗林的动向。

四

宗林赶到省城，搬来了救兵省委副书记葛远祥。

葛远祥到了海州后，第一件事便是视察天石公司，莅临天石公司所属的某光伏企业。一片整洁光亮的厂房在阳光下熠熠生辉，大门口悬挂着一块铜匾牌，上面镌刻的"天石"二字格外醒目。一溜十几辆轿车、面包车和警车驶进大门，葛远祥在滕长青等官员的簇拥下走出面包车，刘天石和宗林迎上前去。

钟慧敏向江宁报告了省委副书记葛远祥已经来到海州。江宁淡定地说："你这已经不是新闻，他现在正在天石集团视察呢！"钟慧敏说："真神终于露相了！"江宁更正："真神不露相，露相非真神。准确地说，他只是个鬼而已。"钟慧敏鄙夷道："而且是被刘魔王玩弄于股掌之上的鬼！"江宁抚掌说："鬼也好，神也罢，我们等着看戏吧！"

市委会议室里济济一堂，坐满了各级各部门领导，葛远祥威严地坐在首长位置。主持会议的市委李书记宣布："下面请葛书记指示，大家欢迎！"掌声响起。

葛远祥清清嗓子开始讲话："这次来海州，走了走看了看，感触颇深啊，所以要感慨几句。改革开放给海州带来了大发展、大繁荣的机遇，民营企业蓬勃兴旺，这是我看到的最大亮点。尤其是参观了天石集团的几大支柱产业，令人鼓舞啊！不愧是海州乃至全省的一面旗帜，值得我们的企业界好好借鉴学习。"然后忽然拉长音调，"可是——"坐在葛远祥两侧的市委、市政府领导不由得紧张起来。葛远祥提高声音："我们的市委市政府却跟不上深化改革的形势，对民营企业关心支持不够，竟然容忍一些别有用心的邪恶势力攻击民营企业的旗帜天石集团，这是绝不能容许的！我代表省委、省政府，责成各部门要支持天石集团发展得更强更大，要求公安政法机关严厉打击诋毁中伤天石集团的不法分子，净化海州的投资环境，稳定海州的经济秩序！"会场上鸦雀无声，与会者面面相觑，噤若寒蝉。

滕长青在葛远祥讲话后，马上予以配合，装模作样地检讨说："我这个市长应负主要责任，对天石集团关心得不够，一定作深刻的反省。坚决落实省委领导的指示精神，马上组织各部门对全市

404

民营企业尤其是天石集团进行调研，现场解决他们遇到的问题和困难，促进民营企业的发展壮大。"与会的干部们自然明白会议的主题，无人敢再对天石集团有任何异议。

魏晋把葛远祥和滕长青的讲话录音带到了专案组给江宁和钟慧敏、徐铁军听，魏晋在听完后说："我在开会时，虽然有心理准备，但对葛远祥毫无忌讳、赤裸裸袒护天石集团，明确地亮出支持刘天石的风向标还是感到非常震惊的！"钟慧敏说："人家从省城来海州，本来就是为刘天石长胆壮威的嘛！"

江宁道："这也足以说明刘天石在政界官场的强大能量。葛远祥之上应该还有更大的老虎。"徐铁军感慨："我现在才真正理解为虎作伥这句成语的含义。"江宁吩咐魏晋说："你要继续观察葛远祥在海州的活动，这对我们下一步侦查非常重要。"魏晋点点头："明白！"

葛远祥下榻在市委市政府所属的被海州人称为"海州钓鱼台"的滨海饭店，能进入这个戒备森严之地的人自然都不一般。

刘天石拎着精致的LV皮包走进，葛远祥起身相迎，责备的语气里却透着亲热："我说你不用来了，你还非这么客气。"刘天石笑吟吟道："葛大人雪中送炭，为我们民营企业排忧解难，理当拜谢！"刘天石口中的这"大人"二字足以显示彼此的不一般关系。葛远祥拍打着胳膊："当官不为民做主，不如回家卖红薯。改革开放，发展经济是主旋律，为你们企业家吹喇叭抬轿子，鸣锣开道，理所当然嘛！"刘天石恭维："有葛书记这样的好领导，是海州之福，我们天石公司之幸啊！对做大做强企业，为国家和社会做出更大贡献，我们更有信心了！"

葛远祥看看刘天石手中鼓鼓囊囊的名牌包，忙礼让："坐坐，别老站着说话嘛！"刘天石在葛远祥身旁坐下，从包里掏出一个精致的紫檀木盒，双手奉上。葛远祥故作不悦状："你这是干什么？投桃报李吗？我说刘总，别整这些庸俗的东西。"刘天石道："这是我从澳门地摊上淘来的，不知是真是假，请葛书记鉴定鉴定。"

说着打开木盒。一块油润金黄、闪烁着光泽的田黄石呈现在灯光下。

葛远祥眼睛一亮，像怕飞跑了似的一把拿过木盒，如同饿猫看到了鱼，一脸的惊羡。刘天石介绍："据卖主说，是南唐后主李煜把玩心爱之物。"葛远祥啧啧赞叹："好石！奇石！宝石！天下无双啊！"刘天石舒口气说："葛书记您这一说，我这个门外汉就放心了，两千万钞票总算没漂到水里。"葛远祥摆弄着田黄石："你说的是美元吧？比这小得多的田黄都要上亿哩！"刘天石笑了："我出去一般都用美元。对了，葛书记，田黄的真假优劣您是如何看出来的？"葛远祥以调侃的语气说："怎么，想偷师学艺？"刘天石点头："以后出去，再碰到这样的稀罕物，我给您想着嘛！"

葛远祥顿时兴致大发，举起田黄石道："你看，最好的田黄，不仅无丝毫杂质瑕疵，而且澄若金菊，简单地说，就是菊黄乃石中极品。你看这块田黄，不仅色泽品相水种俱佳，上面还有李皇帝的御印，的确是他赏玩之物。李煜有首传诵千古的咏石诗，所写之物，正是此石！"

刘天石借机拍马屁："嘿，在葛书记这儿，真是开了眼界，受益匪浅啊！"葛远祥愈加兴致勃勃，侃侃而谈大抒其情："奇石美玉方是人间至瑰至宝，在我眼里，那就是天籁之曲、千古之诗、刻骨铭心之爱，胜过四大美女的天下尤物！"刘天石不失时机地附和："宝剑赠英雄，这块石头看来没白买。"葛远祥假模假样："那怎么行，这礼物太重，再说君子不能夺人所爱嘛。"刘天石道："葛书记，咱们是老朋友了，您可不能见外，我对田黄一窍不通。山鸟攀不上雅枝，在我这儿说不定哪天就扔了，咱不能暴殄天物啊您说是不是？"

葛远祥做无奈状："盛情之下，却之不恭。这样吧，先留我这儿把玩，还有你上次供我欣赏的鸡血石，以后还是要还给你的。"刘天石打哈哈："也好也好，到时候我把它一锯两半，葛书记您看咋样？"葛远祥连忙把田黄石掩进袖筒里，说："你这个刘天石，就会开玩笑！那才真是暴殄天物！"

刘天石借机起身："哟！天色不早了，葛书记您休息吧！"葛远祥送刘天石出门。刘天石假装不经意的样子顺便问道："邢老爷子还好吧？"葛远祥回道："身体好精神更好，常谈起你和天石集团，你可不能辜负了老爷子对你的殷切期望呐！"刘天石连连点头。

刘天石拜会葛远祥并没有逃过魏晋的眼睛。他按照江宁的布置，一直在密切监视着刘天石的行踪。

江宁接到魏晋的报告并不惊讶，这本就是意料中的事。魏晋感叹说这水的确是够深的，江宁说所以我们要凿堤疏流。俗话说得好，水浅鳖翻潭。魏晋还是有些不敢相信，说省委副书记难不成也是黑社会组织的一员吧？这也太荒唐了。江宁指示魏晋要继续跟踪监视，争取查明葛远祥和刘天石的关系究竟到了哪一步，尤其是他们交易的证据。

刘天石见过葛远祥后，坐着劳斯莱斯出了滨海饭店大门。亲自驾车的宗林问刘天石："咋样哥，葛老大还满意吧？"刘天石漫不经心地"嗯"了一声。宗林轻打方向盘道："以后不能再掏实锤，砸真家伙！我去弄几块鹅卵石上上色，保证跟真的一样。反正是肉包子打狗，有去无回的买卖！"刘天石瞪宗林一眼："你这个人啊，最大的毛病就是小气。老葛是奇石协会的名誉会长，这种傻事千万别干。"

第二十九章 营 救

一

　　高强遵从刘天石的指示，对王琳的手机和电脑进行检查。好在王琳为防万一，将电脑上的资料拷进 U 盘后清空。高强没有查出王琳的秘密，然后对王琳严厉盘问，王琳咬死口说警官找她了解情况她不敢不去。高强向王琳宣布，从现在起不准她再离开八卦洲半步，如敢违抗就砍掉她的双腿泡盐缸里当香妃。

　　高强将王琳如同囚徒般限制在八卦洲，并且没日没夜地对她进行精神和肉体上的摧残折磨。这种生不如死的日子让她实在忍无可忍，她决定冒死也要冲破藩篱，于是向魏晋发出求救信息。

　　魏晋回复王琳，因为没有刘天石的犯罪证据，无法采取强制措施，只有她提供刘天石的犯罪证据，才能得到彻底的解救。王琳发信息说她掌握的证据太多了，随便哪一件都够枪毙刘天石和那些贪官污吏的，她愿意提供给魏晋，并解释了上次爽约的原因。魏晋说他随时都可以与她见面，让她在方便的时候定见面的时间和地点。

　　王琳这天巧用计谋用酒灌醉高强，悄悄向魏晋发送了在老地方见面的信息。魏晋即刻回复一定按时赴约。可就在王琳准备出门时，一只大手拉住了她。原来高强是装醉。王琳顿时吓傻了。高强从沙发上爬起来点上一支烟悠悠地说，刚才信息发得挺热闹的，这又打扮得花枝招展，是要去幽会吧。王琳紧张得直抖，一

408

时间茫然无措，不知该如何应付高强。

高强手一伸说，把手机拿来看看，相好之间是不应该有隐私的对不对？王琳不由自主地身子往后缩，高强一声呵斥，拿来。王琳只得哆嗦着把手机递给高强，高强翻阅手机信息，王琳紧张得透不过气来。高强阴阳怪气地问王琳发信息的人是谁，要求见面还挺急的。

王琳信口瞎编说是一个关系比较好的老乡，家里出了点事，想请她去帮帮忙。高强问是男还是女，王琳赶紧说当然是女的。高强说这是关系到他们爱情是否纯洁的问题，他得亲自去验证一下。说罢将王琳的手机往兜里一揣，从外面锁上门扬长而去。王琳陷入崩溃。

高强派老六和毛焰赶到梦巴黎咖啡馆，发现王琳约见的果然是魏晋。老六和毛焰回来立刻向高强报告。高强不敢懈怠，马上报告给刘天石，请示怎么办。刘天石意识到王琳已成危险分子。于是吩咐高强，在加强对王琳看管的同时，想办法查出她究竟掌握了他们哪些秘密，然后再根据情况，采取相应的措施，杜绝一切隐患的发生。

王琳的失约和失联，让魏晋心里忐忑。时隔数日，当他终于打通了王琳的手机，王琳告诉他已经偷偷把电脑上刘天石和同伙的犯罪证据拷进了U盘，但是目前高强对她看管得挺严，待有机会再约见面。王琳没想到的是，高强会把微型窃听芯片装在她的手机里，结果她和魏晋的谈话全被高强监听得一清二楚。高强向刘天石报告，是否把王琳这个叛徒抓起来，逼她交出所谓的证据。

刘天石思忖再三，觉得严刑逼供不一定能撬开王琳的嘴，还是守株待兔比较稳妥。于是吩咐高强不要打草惊蛇，待查清王琳手里掌握的证据后再采取行动。

魏晋意识到王琳已危在旦夕，必须想办法把她救出来，于是与王琳秘密商定在八卦洲渡口见面。王琳在夜深人静之时，悄悄溜出会所大门。高强已派手下对她严密监视，她刚出大门，便被老六、毛焰擒住，等待王琳的自然是高强歇斯底里的惩罚和审问。在高强的淫威下，王琳不得不供出与魏晋接头的秘密。高强对王琳搜身，奇怪的是竟然没搜出任何东西。

原来，王琳早有防备。她把U盘掖在裙裾里，在老六、毛焰抓她时，将裙裾松开，U盘滑落在地，她脚下用力，把U盘踩进门旁芭蕉树下的沙土里。高强逼问王琳是不是要向魏晋交什么东西。王琳矢口否认，说是魏晋很同情自己的处境，想把她救出八卦洲，用船送她回家。

高强当然不信王琳的话，严刑拷打王琳，要她交出秘密。王琳坚决不吐露实言，矢口否认自己有所谓的什么秘密。

刘天石意识到再把王琳关在八卦洲已不稳妥，指示高强将王琳转移到更安全的地方。待风声过后，再行处置。

牛头屿是天石集团的秘密基地，名义上是培训保安员的集训中心，其实就是刘天石私养的准军事犯罪暴力训练所。以黑护商、以暴力对抗法律和竞争对手的打手全都出自这里。

一辆路虎越野车沿着蜿蜒的山路驶到密林深处。周围悬崖峭壁，树木参天，崖畔上坐落着塔楼式的房舍。高高的石围墙上装有电网和监控摄像头，大门口有保安守卫，门旁挂着一个长长的"天石集团保安员工警训基地"白底黑字木牌。

路虎车驶进大门，在一塔楼前停下，老六和毛焰押着王琳走下。王琳脸上蒙着黑色头套，形如囚犯，高强命令老六和毛焰把王琳押进塔楼。

魏晋在渡口未能接应到王琳，感觉事情不妙，赶紧向江宁报告。他担心王琳很有可能会遭灭口，但碍于市里规定无法对八卦洲采取行动，所以只能求助于专案组。

江宁立刻果断决定，突袭八卦洲，救出王琳。江宁和钟慧敏、徐铁军上岛后对会所进行搜查，王琳宿舍内空空荡荡。徐铁军向江宁报告说："主任，经过搜查，只找到了王琳的手机碎片和残缺不全的手提包，从现场所呈现的情况看，都显示王琳被绑架了。"

江宁问徐铁军："你认为王琳是否遇难？"徐铁军回答说："我对所有现场遗留物进行对比检测，可以做出没有发现王琳被害的结论。换句话说，王琳或许没有遇害，但无法保证她在别处遇害。"江宁加重语气："能确定吗？"徐铁军肯定道："我在警校学的就是痕检专业，完全可以确定！"

江宁终于稍稍松了口气。突然，刺耳的警笛响起，几辆警车闪烁着警灯飞驰而至，尖啸着嘎吱停住，温松华和魏晋、房勇、尹颖等警员纷纷跳下车。原来，柳云报了警，说八卦洲被不明身份人员侵犯。

江宁面容沉静，驻足观望。尹颖一眼看到了江宁，十分愕然，脱口惊叫："江主任！"江宁微笑着向尹颖点头致意。尹颖惊疑地问："哎——你们啥时候又回来了？奇怪！"温松华慢慢走过来，慢条斯理说："他不回来，那才是奇怪。"江宁面容沉静，语调也是不疾不缓："就是。我的老同学荣升常务副局长，总得来祝贺一下嘛！"

温松华话中有话："当上这个常务副局长，还不是托你江宁的福吗！"江宁弦外有音："那倒不假，所以我才回来了。不然，你可就当不上局长了。按说，你应该请客才是。"魏晋这时也凑了过来，听着二人火星四溅的对话，不由得有些紧张。尹颖有些莫名其妙，看看江宁，看看温松华，最后将探询的目光落在魏晋身上，魏晋苦笑。

江宁眯着眼，轻扫温松华："你准备何时请老同学吃顿高升酒呀？"温松华眉梢微颤："老同学杀回马枪，我自然要尽地主之谊，随时欢迎。"江宁心中火气渐盛，不再遮掩，于是锋芒毕见："我说老同学，请客的话，我建议你就放在这儿，省钱又省心。"温松华脸上变色："你……你什么意思？"江宁旋即呵呵一笑："看把你紧张的。听说你又找了个媳妇儿，不是在这里当经理吗？你是不是省钱又省心啊？"

温松华张嘴结舌，倒憋气。江宁继续嘲讽："你这个同学啊！

总是往歪了想。往歪了想想倒不打紧，可别往歪了做。你现在是主持工作的常务副局长，一不小心，会把队伍带进茄子棵里哟！"温松华面现愠色，嘴角抽搐。尹颖终于听出了点门道，怕二人闹僵，赶紧扯扯温松华："温局，咱们撤吧！"魏晋也随声附和："就是，就是……"

江宁不依不饶，注视着温松华："不好意思，比你们早到了一步，也勘察了现场。结果是我们有希望，温副局长可能会失望。"温松华忍受不住了，把一腔怒火转嫁到魏晋身上。他突然转身训斥魏晋："你们刑侦支队是干什么吃的，到现在才过来？"说着又加重语气，显然是说给江宁听的，"这里是海州！"

江宁冷眼相向："可是你别忘了，海州也是在中国的土地上！"温松华被噎得直翻白眼。江宁拍拍温松华肩膀："温副局长，发什么邪火嘛！邪火攻心又伤身，你可不能有什么闪失，不然会有人失望的！好自为之吧！好了，我们先撤了，你忙！"说罢转身扬长而去。

温松华定定神，走向旁边，掏出手机拨打。

二

铁门哗啦打开，老六和毛焰猛地一推王琳。王琳一个趔趄跌倒在墙根，蜷缩在墙角，两行清泪从眼角滑落。高强斜坐在桌后，一条腿架在桌面上，脚左右晃动。老六和毛焰挺胸昂头，站在高强身旁。

屋子里摆放着电椅、水喉、激光炮、纳米烙铁等颇具现代化的刑具，更显阴森可怖，令人毛骨悚然。高强猛地一挥手，老六一声鬼嚎："升堂——"

王琳渐渐适应了幽暗的光线，环顾四周，看到那些可怕的刑具后悚然变色。这些在影视剧里才能看到的场景，竟然活生生地就摆在她面前。

高强晃着脚问："知道这是什么地方吗？"王琳声音颤抖："你们……你们私设刑堂……还有没有王法？"高强奸笑："我就是王法，我就是海州的最高大法官！我可以告诉你，凡是和我作对的，都要在这里接受审判！"老六在旁边补充："不老实不听话的别想走出这个门！"高强纠正："是不认罪服法的，别他妈瞎插话！"老六连忙收腹点头。

王琳嘟囔："跳梁小丑！"高强手往耳朵边一支："你说什么？我没听清，你再说一遍。"老六连忙主动献媚，凑近高强："强哥，她说你是小丑！"高强恼火地一脚踹开老六，然后猛地收回腿，几步跨到王琳面前，面目狰狞："你再说一遍！"王琳尖叫："小丑！小丑！你就是不折不扣的小丑！"高强大怒："妈的，想吃荤是吧？"边吼边步步逼近王琳。

王琳直往后缩："你要是敢胡来，我就撞死在你面前！"高强忽然一咧嘴笑了："你以为我想那个呀？美得你！老子屁股后面嫩模排成队，还会咬你这个老黄瓜！听好了，老子要的不是你！"王琳稍稍松了口气："你到底想怎么样？"高强一字一顿："我要你准备交给魏晋的东西！"王琳一颤："扔了，毁了……"

高强怪眼一瞪："你他妈的还在吃树枝瞎编粪筐，以为我傻 × 呀！快把它交出来！"王琳闭上眼："你爱信不信，随你怎么想。"高强鼻子一哼："妈的！不给你来点真功夫，你是不知道马王爷长几只眼！"随即头一摆，"电椅伺候！"

江宁和钟慧敏、徐铁军回到专案组，表情都有些沉重。江宁道："种种迹象表明，王琳还有活着的希望。我们要尽一切努力，寻找她的下落。你们经侦方面的工作暂时先停一停，全力以赴解救王琳。"钟慧敏说："是的，我们绝不能让王琳成为第二个林丛笑！"徐铁军说："反正我们已经暴露了，可以甩开膀子啦！"

江宁吩咐钟慧敏说："你联系一下魏晋，看那边有什么反应。我联系陈晓辉，让他从天石公司内部摸查王琳的情况。"

天石大厦董事长室里，刘天石在接听电话，宗林心神不定地听着。刘天石放下手机，表情阴沉。宗林问："是温松华吧？他怎么讲？"刘天石手捂脑门："江宁回来了。"宗林瞪大眼："啊？"刘天石手从脑门移到下巴上，慢慢揉搓着说："告诉强子，不用再审王琳了。"宗林转身匆匆走出。

牛头屿基地审讯室里，老六和毛焰将王琳用皮带捆在电椅上。高强弯下腰，逼问王琳："王琳，我再问你一遍，U盘藏哪儿了？"王琳咬紧牙关，摇头。高强一抬手，老六摁下按钮。王琳在电流的打击下，剧烈地抽搐颤抖。高强手往下一斩，老六关上电源。

高强咆哮："说！"王琳含在眼里的泪水夺眶而出。高强恶声恶气："你今天要是不说，我叫你尝遍高科技大餐，享受恐怖分子的待遇！"王琳咬紧嘴唇，一缕血丝渗出嘴角。高强咆哮："你到底说还是不说？"王琳一口血水�到高强脸上："不说！不说！狗杂种，有能耐你尽管使好了！"

高强恼羞成怒，喝令："换水炮！"老六和毛焰解开王琳，推到水喉旁。这时，高强兜里的手机响起，他掏出手机接听："嗯，是的……这娘们比刘胡兰还硬……什么？不用审了……哦哦，明白了……"老六问高强："老大，怎么回事，咋不让审了？"

高强收起手机，八字眉颤了颤说："江宁回来了！"老六惊得瞪大了眼睛："他还在海州啊？"高强斜眼瞅着王琳："妈的，你个臭娘们没救了。要么死，要么卖到外国红灯区，自己选吧！上面发话了，不怕你不交U盘，只要你没了，就啥都消失了！"王琳瞬间周身冰凉，心中只有默默祷告专案组和魏晋能战胜刘天石，哪怕是自己为此死了，也心甘情愿。

三

龙泉茶楼，江宁和魏晋坐在僻静的角落里。

魏晋说："江主任，你今天狠狠将了温局一军，挺解气！"江宁一脸的悲凉，摇摇头说："见到他就有气，口不择言，可这心里却是火烧火燎般难受啊！"魏晋叹气："是呀！眼看着兄弟陷入沼泽，而自己又无能为力，是又恨又气又可怜！"江宁道："我真担心，下回再见到他，我会老夫聊发少年狂，控制不住揍他一顿。"魏晋笑了："你揍！狠狠揍！到时，我给你拉个偏架！"江宁苦笑："俗话说，顽症须下猛药，可就怕他已经病入膏肓了。"魏晋点头："我担心的也是这个，破鼓用重槌，可鼓皮破了，你敲又有啥用？"

江宁狠狠地绞着双手："他就是僵尸，咱也得输输血，他是咱的兄弟啊！"江宁的这番话，让魏晋动容。江宁收收腹："好了，说正事。我们眼下当务之急是救王琳，你有什么想法？"魏晋想了想说："现在有两种可能，一是藏起来了，二是已遭灭口。咱首先得弄清楚，王琳还活没活着。"江宁道："先朝好的方面想，如果她还活着呢？"魏晋说："那样的话，最好的解救方式就是从内部突破，外围查找希望不大，刘天石他们不是傻瓜蛋！"江宁点点头："不错。这也是我约见你的缘由。"

魏晋倾倾身子："江主任的意思是——"江宁说："据我了解，你现在和尹颖关系有改善，这应该是座很好的桥梁。"魏晋道："明白了。既然刘天石能利用尹颖，我们为什么不能利用？"江宁纠正："不是利用，是让她去认清事实，回归到我们的队伍里来。你要想娶她做老婆，这以后志不同道不合的可不行。"魏晋笑了："倒也是，两个女人一起救，一石二鸟！"江宁道："陈晓辉那边我已经作了安排，你这边再动起来，咱们双管齐下，就一定能取得事半功倍的效果！"魏晋频频点头。

在江宁和魏晋茶楼密谈的同时，八卦洲的密室里也在进行着一场谋划，而且身为市长的滕长青竟然也破例参加了，由此足以说明事情已经发展到何等严重的程度。刘天石和滕长青、温松华分别坐在沙发上，闷闷地抽烟。三杆烟枪，使得屋子里烟雾弥漫，愈显压抑。

刘天石开了口："江宁返回海州，在我们的眼皮底下兴风作浪，我们不能等闲视之啊！"滕长青仍是做报告时的习惯腔调："撤回省城，明摆着是虚晃一枪，是在麻痹咱们。这个江宁狡猾啊！"温松华接上话："麻烦并不仅仅是江宁，省公安厅显然是支持江宁的，这才是最大的麻烦。"滕长青点点头："是啊！公安厅对海州进行侦查的态度和决心已是显而易见，这就不能掉以轻心啦！"

刘天石意识到要给滕长青和温松华打气了，于是自信满满地说："兵来将挡，水来土掩，没什么可怕！"滕长青却不以为然："别忘了，我们是在和法律对抗，自信要建立在掌控对手的基础之上。我的刘总，到了该动用尚方宝剑的时候了，大老板不出面，是很难灭掉江宁这股邪火的。"刘天石思忖片刻，然后说："虽然江宁咬住不放，但至今他们专案组并没掌握什么证据。只有守住阵地，老爷子和葛大人才有理由向公安厅施加压力，说话才有力度。"

温松华点点头道："我同意天石的说法，外因是通过内因起作用的，只有我们堵住海州的窟窿，省城方面才能因势利导，最后一锤定音。不到关键时刻绝不能轻易动用王牌，一旦被江宁发现，他就会像一条疯狗一样扑上来，会造成不堪的局面。眼下最需要做的就是稳住阵脚，掐灭一切导火索，让江宁有力使不出，成为无头苍蝇。"

刘天石抚掌："对！英雄所见略同，这儿是海州，他江宁施展不了拳脚。"温松华提醒刘天石："如果我没猜错的话，下面江宁会紧紧抓住王琳做文章。"滕长青点头："说的是，无论如何不能在王琳身上出问题，一步出错就会步步错！"刘天石道："你们放心，在王琳身上，应该不会出什么问题。江宁就是神仙，也不可能找到一丝痕迹。"

温松华瞪刘天石："我不能不再次提醒你刘总，最好别轻视江宁，要接受林丛笑的教训。如果再被江宁抓住尾巴，又将是一场灭顶之灾。"滕长青狠狠掐灭烟头："大意失荆州，这个王琳，留不得！"

刘天石终于下了决心："也好！那就一了百了！"温松华告诫刘天石："对王琳，你使用什么方法消除隐患我不管。但有一条，就是我刚才说的，不能重蹈林丛笑的覆辙，最好别在海州干这种事。一旦出了问题，我这个主持公安局工作的常务副局长没法交代。"滕长青表示同意，说："的确是要慎重稳妥，海州不能再出命案！不然，无异于引火烧身，给江宁以口实。"

刘天石想了想说："我琢磨琢磨吧，尽量不再出纰漏。"滕长青和温松华几乎是异口同声："不是尽量，是必须！"刘天石悠悠吐口烟，笑道："必须！必须！餐前半小时的公务已经谈完，咱哥仨是不是该去喝两杯啦？"

天羿夜总会的情侣双人包间里，陈晓辉和刘天羿在对饮。陈晓辉劝酒："来，好事成双，再喝一个！"刘天羿端起酒杯一饮而尽。陈晓辉再端杯："三星高照，走起！"刘天羿又把酒喝了。陈晓辉继续："四四如意，不醉不休！"刘天羿已带酒意，但还是勉强喝了。陈晓辉再接再厉："五魁首……"

刘天羿一只手捂住酒杯，另一只手钩住陈晓辉的脖颈，斜吊眼角："亲爱的，咱歇会儿行不？"陈晓辉揩把刘天羿的脸蛋激她："不行了吧？以后别在我面前吹牛！"刘天羿眼一瞪："哟嗬！敢跟大姐大叫板，小样，换大杯！"陈晓辉换上大玻璃杯，咕嘟嘟倒满，刘天羿端起玻璃杯，哗啦倒进了喉咙。陈晓辉鼓掌："牛！这才像大哥的女人！"刘天羿瘫软在陈晓辉怀里，醉眼蒙眬："大哥，亲妹妹一个……"

陈晓辉一愣，刘天羿柔情绵绵："亲一个嘛……以后你就是哥，在我上面了……"陈晓辉婉拒："这不行，位置不能颠倒，我是跟你混的。"刘天羿突然杏眼圆睁，一把推开陈晓辉，怒嗔："一到临门一脚，你就装孬！你说，你到底爱不爱我？"陈晓辉赶忙认怂："爱，爱，就像老鼠爱大米。"

刘天羿转怒为喜："那就今天上床，明天结婚！"陈晓辉以攻为守："喝多了吧？闪婚也没这么快的，你总得见见我父母吧！再说，强哥那边你咋办？"刘天羿又来气了："你少拉挡箭牌，我随时都可以休了他！"说着摇摇晃晃欲起身，陈晓辉顺势将刘天羿一搂："你看你，我就说你喝醉了吧！"刘天羿骨酥肉软，在陈晓辉怀里扭动，眼巴巴地凝视着陈晓辉："那你说，咱俩啥时候才能在一起？"

陈晓辉皱起眉头，装作忧心忡忡的样子："专案组又回来了你知道吗？这几天宗总就像热锅上的蚂蚁，咱总不能举行刑场上的婚礼吧？"刘天羿用力睁开蒙眬的醉眼："放屁！天塌有个高的顶着，有你小虾米什么事？杞人忧天！"陈晓辉露出苦相："树倒猢狲散。咱虽说是小蚂蚱，可也在一根绳上拴着啊！"刘天羿吹嘘："把心放狗肚子里吧！屁事没有，我哥他只使了三成的功力，要是他发起威来，能把地球扔太平洋里去！喊！"陈晓辉嘲笑："瞧你这傻样，太平洋不就在地球上啊？就凭这，你还能斗过人家公安厅的大警探呀？"

刘天羿也忍不住自嘲地笑了，花枝乱颤："还不是你个小狗东西把我灌多了猫尿！"然后脸色一正，"你是说那个江宁吧？告诉你吧，他在我哥眼里就是个小鸡鸡，根本尿都不尿他！"陈晓辉耸耸肩，故意撩拨刺激刘天羿："难怪人说，酒后就成美国总统了。那个王琳都整得你哥焦头烂额，你就吹吧，反正不报税。"刘天羿果然被激得跳了起来："你不信是吧？走，我带你去一个地方开开眼界！"边说边拉扯陈晓辉。

陈晓辉装出不以为然状往后缩身子："别胡闹，你喝多了，又黑灯瞎火的，把我往坑里带呀！"刘天羿更来劲了："我带你去看看笼中的小鸟，还有你不知道的大秘密，你就知道老娘不是说大话了！快走，你个不知天有多高海有多深的小兔崽子！"陈晓辉眼里终于闪过电光石火般的亮光。

陈晓辉开着刘天羿的大悍马，很快便来到了牛头屿，驶到基地大铁门前。两名全副武装的守卫拦住车子，坐在副驾驶位子上的刘天羿醉眼一瞪："瞎眼了！没看到是你姑奶奶的车？滚蛋！"两名守卫一看是刘天羿，赶紧让开。悍马一声呼啸，驶进院子。刘天羿隔着车窗指指不远处的塔楼："看到没，姓王的小妞就关在那儿，没几天活喽！"陈晓辉一凛，嘎吱刹住车。

四

　　徐铁军一阵风般冲进江宁的宿舍兼办公室，激动地对江宁大叫："主任！主任！王琳还活着！"江宁呼地站起："别急，慢慢说！"徐铁军平息一下急促的呼吸："陈晓辉刚刚发来密码情报，王琳被关押在牛头屿，他现在就在那儿！"江宁问："具体位置？"徐铁军回答："因为天太黑，看不清周围环境。是刘天羿带他过去的，也没告诉他是什么地方。"

　　江宁一推徐铁军："走，去监听室！"

　　牛头屿基地，一个满脸胡须、身材粗壮的大汉跑到悍马车前，"啪"地立正，向刘天羿敬礼。刘天羿一副醉态，向陈晓辉介绍："这是胡队长，你叫他胡子就行了。"胡队长连连躬身："胡猛，胡猛！"刘天羿不无自豪地说："你可别小瞧了胡子，以前是全国散打冠军，是我从体校挖来的人才，打仨揍俩不在话下。"胡猛忙又敬礼："多谢刘总栽培！"

　　刘天羿一指陈晓辉对胡猛说："这是我的秘书长，也是咱们宗总的司机兼保镖，把你的家底抖搂出来，让他开开眼界！"胡猛做个礼让的手势："请指教！"说完前面开路，陈晓辉和刘天羿跟在胡猛身后巡视。胡猛引领着陈晓辉和刘天羿来到一个偌大的训练场，障碍物、沙坑、单双杠、格斗拳击台、射击靶场等一应俱全。

　　陈晓辉忍不住惊叹："乖乖，比部队的训练场还牛！"刘天羿傲慢地仰起脸："完全是美军海豹突击队模式！"胡猛滔滔不绝地向陈晓辉介绍各种训练设施，陈晓辉很好奇而又认真的样子听着。胡猛吹完训练场的设施，又带着陈晓辉和刘天羿来到养犬场。

只见十几条高大凶猛的狼狗在狗舍里窜来窜去，吐着血红的长舌头。陈晓辉和刘天羿跟着胡猛走到铁栅栏前，狼狗见陈晓辉是生人，一阵狂吠。胡猛向陈晓辉介绍："这些全是顶级警犬，在斗狗大会上获取过名次。"陈晓辉疑惑："警犬？"胡猛点头："对，是刘总和强哥亲自到市公安局警犬基地挑来的。"

刘天羿大声吩咐："训练场看了，狗也看了，该看人了！"说罢向胡猛一伸手。胡猛心领神会，摘下挂在脖子上的铜哨，交给刘天羿。刘天羿接过铜哨，往嘴里一塞，"嘀嘀"地猛吹起来。片刻间，塔楼房舍里奔出几十名身着迷彩服、全副武装的汉子。他们在胡猛的口令下列队、报数，俨若训练有素的军队。刘天羿显然酒劲上来了，不停地打酒嗝，但还是强撑着向陈晓辉夸耀："我经常过来突击检查，按实战要求搞紧急集合，怎么样，合格吧？"

陈晓辉向刘天羿竖起拇指："岂止合格，优秀，超级优秀！"刘天羿唾沫飞溅："看到了吗？这就是我们天石公司的队伍，个个都是退伍军人，班长以上，而且全干过特种兵！牛不牛？"陈晓辉钦佩地连声赞叹："牛！牛！"胡猛跑步过来，向刘天羿报告："报告刘总，全队紧急集合完毕，请指示！"刘天羿忽然干呕起来，捂着嘴弯下腰，含混不清地说："操练……呃呃……拿出绝活……呃呃……"胡猛一挥手。汉子们一对一打起来，果然身手不凡，擒拿格斗，激烈惊险。

刘天羿终于忍耐不住，哇哇地狂吐起来。胡猛连忙解散队伍，对陈晓辉说："看来你们今天晚上是回不去了，去客房吧！"

陈晓辉和胡猛搀扶着刘天羿走进客房卧室，刘天羿面色苍白，哼哼着往床上一仰。陈晓辉对胡猛说："今天晚上是走不了了。你去吧，我陪她。"胡猛转身往外走，陈晓辉跟上去悄声吩咐："晚上动静小点，别惊扰她休息。今天放你们的大假，让弟兄们睡个安稳觉。"胡猛感激："多谢秘书长体恤属下，我这就去安排！"说罢屁颠屁颠离去。

陈晓辉掏出手机，欲发送信息。忽然，床上的刘天羿一声呼唤："老公，快来嘛！"陈晓辉边合上手机边连声说："来了来了……"刘天羿紧紧抱住陈晓辉，两只纤纤玉手如水蛇般在陈晓辉身上游走解衣扣："亲爱的，你就要了我吧！"陈晓辉用手护着纽扣和腰带："喝多了，真是喝多了，酒后乱性啊！"

刘天羿醉意毕见，一巴掌扇在陈晓辉脸上："你个小浑蛋，你是我老公啊！"陈晓辉摆脱刘天羿："咱们说好的，新婚之夜再珠联璧合，你咋出尔反尔？"刘天羿不耐烦："你要是再啰唆，老娘今天把你阉了当太监！"陈晓辉瞪眼，以教诲的口吻："粗俗，别忘了你是大姐大啊！乖，睡好，我去给你倒水。"刘天羿合上眼，嘟囔："你个小坏蛋……"话未说完，便已呼呼大睡。陈晓辉连忙拿出手机，发送信息。

专案组监听室里，钟慧敏和徐铁军坐在监听器前，头戴耳机，目不转睛地盯着屏幕。江宁背着手，焦急不安地来回踱着步。电脑终于响起"哔哔"两声提示音，徐铁军激动："主任，来了！"江宁几步跨过来，屏幕上出现一串密码。徐铁军边译边向江宁报告："此处为天石公司秘密基地，对外是以公司保安警训基地为名，大概位置应是牛头屿偏北，详细情况待查。关押王琳之处已查明，请指示是否行动？"

江宁指示："询问陈晓辉，是否有营救条件？"徐铁军疾速敲打键盘，江宁紧盯着屏幕，屏幕上终于出现密码。徐铁军翻译："条件允许，请求尝试营救。"江宁犹豫，徐铁军说："陈晓辉再次请求，王琳随时可能遭遇不幸，恳请批准。"江宁终于下了决心："回复陈晓辉，见机行事！"

牛头屿客房里，陈晓辉将手机调至静音状态，然后拿起刘天羿扔在床边的长筒丝袜，往头上一套，蹑手蹑脚走出房门。

夜深人静，塔楼囚房矗立在夜色中。一个看守抱着枪倚坐在门旁酣然入睡，陈晓辉戴着遮住头脸的丝袜，慢慢靠近楼门，见看守无丝毫反应。陈晓辉试探着捡根草棒撩拨看守，看守手拂草棒，脸扭向一边，仍然呼呼大睡。陈晓辉放下心来，轻轻摘下看守腰间的钥匙，打开楼门。

囚房里，王琳蜷缩在一个简易木板床上，昏昏入睡。陈晓辉疾步走到床前，轻推王琳。王琳惊得触电般呼地坐起，欲尖叫，陈晓辉忙用手捂住王琳的嘴，悄声说："别怕，我是专案组的！"王琳惊喜，使劲点头。陈晓辉吩咐："快走，我救你出去！"

陈晓辉带着王琳悄悄溜出楼门，然后弓着腰跑到后院墙角处。紧挨着院墙是个写有"严禁烟火"的油库，陈晓辉叮嘱王琳："我观察过了，可能是为了防火，只有这儿没装电网。来，我先托你上去。"说着蹲下身子，王琳踩在陈晓辉肩膀上，慢慢爬上高墙。陈晓辉舒了口气。然而，就在这时，却突然响起刺耳的警报声。陈晓辉一惊，愤愤地跺脚："妈的，墙上装了红外报警！"王琳吓得呆在墙上不知如何是好。几个马仔循声冲了过来，陈晓辉吩咐王琳："快逃！我引开他们！"说罢转身就跑，几个马仔大呼小叫地追上去，王琳乘机慌忙跳到围墙外。

陈晓辉边跑边回头看，见马仔们紧追不舍，放下心来，骂道："狗东西，老子今天跟你们好好玩玩捉迷藏游戏！"马仔大叫："站住！再跑开枪了！"陈晓辉七转八转，不一会儿便没了人影。马仔们像无头苍蝇般四处乱窜寻找。

陈晓辉轻手轻脚走进客房，刘天羿仍在呼呼大睡。陈晓辉松了口气，扯掉头上的长筒袜，扔到床边，然后掏出手机，发送信息。

专案组监听室里，徐铁军兴奋地向江宁报告："陈晓辉发来信息，营救成功，王琳已顺利逃出。"江宁长出了口气。

牛头屿客房卧室里，陈晓辉合上手机。外面人叫狗吠，刘天羿被惊醒，迷迷瞪瞪问："外边怎么了？"陈晓辉边将手机揣进兜里边说："还不是想在你面前表现表现，在操练呗！"刘天羿拍拍床，柔情万端："快过来，别管他们！"陈晓辉只得往刘天羿身边一躺，刘天羿以命令的口吻道："脱衣服！"

恰在这时，胡猛风风火火推门冲进，急促地问："你们没事吧？"陈晓辉恼火训斥："有事的是你！我叫你别闹，影响刘总休息，你怎么回事？"胡猛嗫嚅："这……这个……"陈晓辉装模作样问："外面在闹腾什么？像他妈鳖翻潭！"胡猛吞吞吐吐："有……有犯人越狱……"刘天羿一惊，怒斥胡猛："那你还不快去抓人，跑这儿来干吗？废物！"胡猛一个立正："是，刘总！"扭身跑出。

陈晓辉起身，装作关心的样子说："不行，我得去看看。"刘天羿搂住陈晓辉："放心，没人能从这儿跑掉！"陈晓辉一怔："又吹牛，这儿又不是天罗地网。"刘天羿莞尔一笑："还真叫你说对了，这儿进得来出不去，如果没有我引路，就是你，也只能老老实实待在我的鸟笼里！"陈晓辉听了刘天羿的话，心里不由得着急起来，假装一副雄赳赳的样子，翻身跳下床："你这么一说，我更得出去看看了，究竟摆了啥迷魂阵！"说罢不等刘天羿表态，便像个猎豹似的一纵身蹿出门外。

刘天羿气恼，一拍床沿："扫兴！"

山林里，王琳跌跌撞撞，在黑黢黢的枝蔓间奔跑。偶尔响起的猫头鹰凄厉啸叫令人毛骨悚然。王琳跑到一个石丘前，停住呆立，自语："咦，不是来过这地方吗？坏了，我迷路啦……"

远处隐隐传来狼狗的狂吠声，王琳慌忙回头又跑。几条人影突然自天而降，王琳吓得一声尖叫呆在原地。几个马仔晃动着电筒，光柱在王琳惊惧失色的脸上晃来晃去。胡猛凶神恶煞地走到王琳面前："跑呀！咋不跑了？告诉你，跑断你两条小嫩腿，你都跑不出这片林子！知道为啥把你关在这儿了吧？"

王琳像泄了气的皮球，一屁股瘫坐在地上。胡猛喝令："带走！"几个马仔上前架起王琳。

基地院子里，陈晓辉心神不宁地在院子里溜达，胡猛和马仔们押着王琳从大门走进。陈晓辉失望，却又无能为力，只能眼睁睁看着王琳再次被押进囚室。他掏出手机，向专案组发出失败的消息。

专案组监听室里，江宁轻松地对钟慧敏、徐铁军说："忙活了一晚上，休息吧。"徐铁军伸懒腰，钟慧敏打哈欠。徐铁军突然一声惊呼："不好！"江宁吓了一跳，急忙回身，只见电脑屏幕上显现一串密码。

江宁忐忑着问："怎么回事？"徐铁军悲伤地垂着头："陈晓辉报告，王琳没能逃出去，又被抓回去了。"江宁脸上变色，徐铁军唉声叹气。江宁安慰说："人虽然没救出来，不幸中的万幸是陈晓辉没有暴露。只要弄清楚了关押地点，我们就一定能把王琳解救出来。"

第三十章 交 火

一

高尔夫球场上，刘天石挥杆击球。

宗林急步走过来："石哥，你找我？"刘天石漫步而行，问道："昨天晚上怎么回事？"宗林跟在刘天石后面："王琳妄想溜号，真是做梦！"刘天石若有所思："关在黑屋子里，她一个弱女子，能逃得出来？"宗林紧张："石哥你都知道了呀……是有个不明身份的人……"

刘天石猛地停住脚步："我要的是确切明白身份！"宗林唯唯诺诺："我查！我查！"刘天石继续前行："这是个很不好的信号，专案组和魏晋不会闲着。王琳必须尽快解决，多留一天就多一分危险。"宗林赶紧说："我的刀早就磨好了，就等你一声令下呢！"刘天石道："王琳不能死在海州，更不能陈尸牛头屿。"宗林露出为难的表情："所以很难办。"刘天石接着道："还要做得干干净净，不能留丝毫的痕迹，为我们以后减少不必要的麻烦。"宗林叹口气："那就难上加难了！"

刘天石走到落球处，不紧不慢地说："听说咱们食品分公司有一批货要出口海外，报关通关手续也已经办妥了。"宗林恍然省悟："好主意！集装箱里再装个活人进去就什么肉都有了！"刘天石挥杆瞄球："船行驶到外海，天苍苍水茫茫，如果再遇上条大白鲨或是鲸鱼之类的，那就更完美了。"

宗林心领神会，问道："明白了大哥，你说吧，啥时候动手？"刘天石又皱起了眉头："这还用问吗，当然是越快越好，时间就是生命嘛！"宗林点头："是，我这就去安排！"刘天石击球，球滚进球洞，他脸上终于露出了怡然自得的笑容。

汤池温泉胜地的贵宾房里，两位浴客身着浴袍，分别躺在紧挨着的沙发床上，脸上蒙着湿巾，按摩师在为他们按摩。按摩师离开后，浴客拂去脸上的湿巾，是江宁和陈晓辉。

江宁对陈晓辉说："说吧，什么情况？"陈晓辉悄声说："据刘天羿透露，他们已经决定处死王琳，而且会很快。"江宁道："昨天晚上的行动肯定会惊动刘天石，王琳随时都可能有生命危险。"陈晓辉点头："是的，所以必须尽快采取营救措施。要不，我再想办法去一趟牛头屿？"江宁摇头："不行，这无异于自我暴露。你昨天晚上的行动，说不定已经引起他们的怀疑了，绝对不能再出头露面，我来想办法吧！"陈晓辉说："可现在没有别的更好的办法，只有上牛头屿。"

江宁想了想道："只有当地人对那儿的地形熟悉，这个事还得靠魏晋，也只有他和王琳熟悉。"陈晓辉道："可是温松华对他把控得很严啊！"江宁道："我相信魏晋会想出办法的！"

魏晋接到江宁的电话后，立刻召来房勇，问他敢不敢跟着他犯纪律。房勇没有丝毫犹豫地说救人大于天，你副支队长都不怕掉乌纱帽，我这个副队长算个屁呀！于是魏晋让房勇写个要去牛头屿一带办案的报告，由他来批准，也算是名正言顺，同时也给自己留条后路。

夜色迷蒙，薄雾缭绕，一辆吉普车在牛头屿的盘山路上疾驰。

与此同时，一辆标有"天石食品公司"字样的两厢货车正驶进天石基地大门。

吉普车在基地外的树林里停下，魏晋和房勇从车上跳下，悄悄靠近基地大门。魏晋举起红外望远镜探察，房勇在一块岩石上架起装有消声器的狙击步枪。

魏晋从望远镜里看到大门口晃动着两名守卫的身影，问房勇："看到大门的守卫了吗？"房勇紧盯着红外瞄准器回复："看到了，在有效射程内！"魏晋命令："干掉他们！"房勇瞄准，准星套住守卫，房勇手指伸向扳机。魏晋忽然看到高强指挥几个马仔将王琳押出塔楼的情景，魏晋一声断喝："慢！"

房勇一惊，手指松开扳机，问："怎么了？"魏晋道："看院里！"房勇移动瞄准器，只见瞄准器里，高强正指挥老六、毛焰把王琳押进车厢。房勇吃惊："他们要转移王琳！"魏晋放下望远镜："这是个好机会，在外面营救要容易得多。"房勇也击掌道："真是天赐良机，这样就能避开守卫了！"魏晋沉声命令："注意观察，随时准备行动。"

基地院子里，老六和毛焰把王琳往车厢里推搡。王琳挣扎尖叫："你们这些坏蛋，要带我去哪儿？"老六嬉笑着说："你不是想遛弯吗？送你去周游列国！"王琳想起高强要把她卖到国外红灯区的话来，顿时惊恐，身子往后挣："你们杀了我吧！我不去！"老六说："细皮嫩肉的，喂鱼可惜了……"

高强斥骂老六："你他娘的就是废话多，快把人弄上去！"老六赶紧猛推王琳，王琳死死抓着车挡板不上。毛焰一弓腰扛起王琳，扔进车厢里。老六哗啦关上后厢门，扳上闩销。高强一声喝令："开路！"厢车呼啸着冲出大门。

魏晋和房勇跳上吉普车，魏晋命令房勇："快！跟上去！"

蜿蜒的山路如一条盘绕的长蛇，在山崖丛林间时隐时现。厢车沿着山路行驶，因为是下山，开得很快。吉普车追赶，渐渐接近厢车。魏晋催促房勇："快，追上去！"房勇猛踩油门，车身发出剧烈的抖动。车灯中闪现出卡车的庞大车身，吉普车从左侧贴近。魏晋举枪射击，一串火舌喷向厢车。

厢车驾驶室里，毛焰手握方向盘，悠然地边吹口哨边开车。老六坐在副驾驶座位上打瞌睡，高强坐在后排。外面"乒乒乓乓"一阵响，老六惊醒，有些吃惊地问："妈的，怎么回事？好像有人开枪!"高强凝神谛听:"嗯,是有些不大对劲!"毛焰猛然间从倒车镜里发现了吉普车,顿时大惊失色,直着嗓门叫:"老大,不好了,有人攻击我们!"高强连忙侧身朝车窗外望去。

魏晋正举枪瞄准车轮胎,高强大叫:"快,打方向盘,撞它!"毛焰往左猛打方向盘,将卡车庞大的车身向左边摆过去,"轰"的一声巨响,厢车撞瘪了吉普车的发动机罩。房勇边向左急打方向盘边探出头来对着毛焰喊:"马上停车投降,快停下!"毛焰不睬,又一次摆动车体向吉普车撞来。吉普车急忙躲闪,房勇骂道:"妈的,这狗日的疯了!"边说边踩下刹车板。厢车呼地冲出去好远。魏晋急呼:"你怎么搞的?快!快追上去!"房勇苦着脸说:"哥,人家是石头,咱是鸡蛋,这山路又窄,弄不好就被它挤摔到悬崖下去了!"

魏晋猛拍扶手:"就是刀山火海也要给我上,不会开车给我靠边,下次别掌方向盘!"房勇被激火了:"好!你看着吧,我给他玩点高难度动作!"说罢,加油提速,急打方向盘。吉普车摇头摆尾,三两下便靠近了厢车,魏晋的枪口从前车窗伸出。厢车驾驶室里,毛焰不无自得地吹嘘:"奂,跟我斗,真是不自量力……"老六一声大喊:"不好!他们又上来了!"高强训斥老六:"你他妈号丧啊!抄家伙!"老六将枪伸出车窗外。

吉普车渐渐靠近厢车,前方路边的标志牌上出现"鬼见愁"三个大字。只见路况险峻,右边倚山,左边濒临绝壁,峭壁下是波涛翻滚的大海。厢车和吉普车都放慢了车速,高强从车窗里探出头,举枪瞄准紧跟在后面的吉普车开枪。吉普车上,魏晋对房勇大叫:"危险,把头低下!"边喊边护住房勇。只听"砰砰叭叭"的枪声骤然响起,呼啸而来的子弹穿过挡风玻璃。玻璃碎片溅在魏晋头上和脸上。

房勇一声惊呼:"魏队,你受伤了!"只见玻璃碎片扎进了魏晋的头、颈和胳膊,鲜血直流。魏晋伸手擦掉脸上的血污,拿掉玻璃碎片。房勇不由得放慢了车速,担心地问:"魏队,你……"

魏晋厉声呵斥:"少废话,别装熊!我们现在没有退路,给我快开!"

房勇扯着嗓子吼:"狗娘养的,老子跟你们拼了!"边叫边脚下用力踩油门,吉普车"嗖"地蹿了上去。魏晋用力拍房勇肩膀:"能不能战胜他们,就看你的了!"房勇备受鼓舞,大叫道:"魏队,看好了,我给你找个最佳射击位置!"边说边蛇一样把车子开得扭来扭去,终于把车靠近厢车轮子。魏晋有些犹豫,迟疑着说:"打破轮胎,现在不是时候,它会栽进悬崖掉海里的,王琳在里面啊!"房勇大喊:"你快开枪啊!只有这次机会了,没有别的选择!快呀!"

魏晋一咬牙,举枪射击,随着枪响,厢车右后轮"噗"的一声瘪了。厢车方向盘不起作用了,眼看着向左边的悬崖倾斜着滑过去。厢车驾驶室里的毛焰和高强、老六魂飞魄散,禁不住失声尖叫。魏晋紧跟着又瞄准左轮放了一枪,厢车左轮也"噗"的一声破裂,一下子扭到公路右侧的石壁上。魏晋命令房勇:"快,冲到它前面去!"吉普车发出粗重的咆哮,斜着从厢车旁边擦了过去。

惊魂未定的高强和老六,慌乱中对着吉普车就是一阵乱开枪,子弹砰砰击穿了车门。

二

老六和毛焰押着王琳从厢车后面爬下,枪声惊醒了绝望中的王琳。她瞪大眼睛,向周围搜寻,终于看到了挡住厢车去路的吉普车,顿时有了希望。

吉普车横在路中间,车身伤痕累累,布满弹孔,已经完全被撞瘪变形。魏晋和房勇好不容易才从车里爬出来。魏晋命令房勇:"检查弹药!"房勇看罢弹匣说:"哥,我这子弹还没用呢!"魏晋道:"那也要节省着用,他们人多,瞄准目标再开枪。"房勇哗啦子弹上膛:"放心,我会一枪撂倒他们一个!"魏晋举起望远镜,观察厢车方向。只见高强和老六、毛焰躲在车厢背向一侧,持枪对准吉普车,王琳被绑在车厢后挡板上。

老六紧张又沮丧地问高强:"强哥,我们怎么办?"高强吩咐毛焰:"去,把那娘们带过来,现在可不能让她死了,她是我们的救星,既能挡子弹,又能做人质!"毛焰犹豫,望着不远处的吉普车,缩缩脖子:"强哥,他们会不会给我来一梭子?"高强兜头给了毛焰一巴掌,斥道:"瞧你那熊样,像个惊弓的鸟鸡巴!我会掩护你的,快去!"说罢抬枪对着吉普车放了几枪,然后一脚把抖抖索索的毛焰蹬出。

房勇见毛焰露头,甩手就是一枪,子弹呼啸着把毛焰头上的太阳帽卷上了天。毛焰"妈呀"一声尖叫,屁滚尿流地撒腿蹿到车后,忙不迭地松开王琳,一把拖了过来。王琳故意装作奄奄一息的僵硬样子闭上眼不动。

毛焰叫:"这娘们快不中了!"高强边向吉普车射击边命令毛焰:"快,撕去她嘴上的胶布,解开绳子,给她按摩,一定要让她活着!"毛焰不情愿地揉搓王琳的脖颈、胳膊和腿等部位。高强伸手扯下王琳嘴上的胶布,解开她手腕上的绳子。二人架着王琳躲到车厢旁边,高强掏出手机拨打。

吉普车旁,魏晋和房勇发起强攻,边开枪边匍匐前进,渐渐接近厢车。高强突然推出王琳,大叫:"马上给我退回去,不然我宰了这娘们!"魏晋挥手示意房勇停止进攻。房勇看到王琳,惊喜万分地对魏晋说:"魏队,王琳还活着!"

魏晋表情却有些阴沉:"我们能有什么办法救出她啊?"房勇建议说:"哎,把车点着怎么样?"说着指指厢车。魏晋摇摇头说:"不行,要是发生爆炸,会把王琳一块炸飞的!"房勇道:"可要是这么拖下去,她更会没命的。"

魏晋沉思片刻,点点头同意:"好,险中求胜吧!"房勇自告奋勇："我去！"魏晋点点胸口："有我在，你别争。"房勇着急："不行！不行……"魏晋眼一瞪："你敢跟我争功？退后，给我提供火力掩护！"说着脱下上衣，房勇连忙将枪口瞄向厢车。魏晋用衣服包了一块石头，匍匐着爬向厢车。

厢车旁，高强见对方没有动静，有些扬扬自得地说："妈的，我这一招管用吧？"老六恭维："投鼠忌器，老大英明！"毛焰胆子也大了起来，探出头来观察。那边房勇瞄准毛焰，果断扣动扳机。随着枪响，毛焰左耳朵被呼啸而至的子弹削去半个，他一声惨叫，捂着头蜷在了岩石后。高强和老六吓得缩在王琳身后，谁也不敢再探头探脑。魏晋终于爬到厢车近处，把衣服点上火，向卡车底盘下扔去，然后迅速退回。

牛头屿基地，急促的哨声骤然响起，几十个马仔在胡猛面前站成一排。胡猛大声道："弟兄们，接上级命令，马上去营救我们的战友，到咱们大展身手的时候了，大家有信心吗？"群狼齐嗥："有！"胡猛一声令下："上车！"马仔们纷纷跳上皮卡改成的战车。

山崖旁，厢车底盘下的火势渐大，只听"轰"的一声巨响。厢车霎时间被烈火包围起来，烈焰蹿到十几米高空，把四周映得通红。高强和老六、毛焰猝不及防，被震得魂飞魄散，抱着头趴在岩石缝里，没人再管王琳。

王琳扶着岩石，一步步挪向旁边的峭壁。高强抖动身上的碎石屑，从岩石缝里抽出脑袋。王琳移到峭壁边，探头一看，下面是波翻浪滚的滔滔海水，一时不知该如何是好。

高强抬起头环顾四周，突然发现向峭壁移动的王琳，顿时大吃一惊，举枪瞄准，吼道："站住！不然我开枪了！"王琳眼一闭纵身跳下。

高强几步蹿过去，见王琳如翻飞的鸿雁朝水里落去，随着水花溅起，顷刻间便被滔滔的海水吞没。高强回过头，发现老六、毛焰仍抱着头钻在石缝里，屁股高高地撅着。顿时火冒三丈，走过去一个个照着屁股踢了几脚，气咻咻地骂："真他娘废物，一个娘们都看不住！"老六翻身跳起，晕头鸭子似的摆着胳膊转圈，讷讷着："怎么，那娘们跑了？"

高强又气又无奈，突然吼道："死了！摔死了！"老六嘟囔："死了你还发那么大火干吗？"毛焰接话："没挡箭牌了呗！"高强焦躁："妈的，接应的人怎么还不过来！"边说边张望。

魏晋和房勇趁机发起攻击，高强和老六、毛焰枪中的子弹已经打完。老六和毛焰跪在地上，双手高举，做投降状。高强愤愤地骂："一窝孬种！"骂过又哀叹，"完了！真他妈成俘虏了……"

忽然，几辆皮卡车风驰电掣般赶到。胡猛大叫："强哥，快上车！"高强还没反应过来，老六和毛焰已经飞奔到了皮卡车上，马仔们向魏晋和房勇开枪。高强这才回过神来，几步便蹿上了皮卡，皮卡掉头疾驰而去。

魏晋和房勇紧追几步，对着皮卡开枪。皮卡三拐两拐，转眼间便无影无踪。魏晋吩咐房勇："快找王琳！"房勇四处寻找，没有任何发现，望望路边的悬崖，对魏晋说："哥，王琳有可能被他们扔到海里去了，我刚才看到好像有个黑影掉下了悬崖。"魏晋连忙走到悬崖边向下张望。房勇从临近悬崖的石缝里找到一只女式鞋，递给魏晋，魏晋呆呆地看着鞋子，满脸悲伤。

三

八卦洲密室里，刘天石满脸怒气，斜靠在沙发上。高强站在刘天石背后，老六和毛焰在对扇耳光，你一下，我一下，清脆响亮，颇有节奏。刘天石问高强："王琳真死了？"高强一颤，赶紧回答："是我亲手扔下去的，她就是铁疙瘩，也摔碎八瓣了！当时那种情况下，我也只能采取这种办法！"刘天石表情有所松缓，拿起茶几上的雪茄，高强忙打着火机，为刘天石点烟。

魏晋回到刑侦支队后，在办公室里对着镜子往脸上脖颈上贴创可贴。房勇走进来直嚷:"魏队,你怎么能这样,受了伤也不去医院!"魏晋轻描淡写:"离心肝肺远着呢!别大惊小怪!"房勇关切地说:"伤口这么深这么大,贴创可贴根本不管用,必须消毒缝针!"

魏晋笑道:"咱不是有法医吗?明天我让他收拾一下就行了。说正事,你认为王琳还有没有希望?"房勇摇摇头:"看来是凶多吉少。"魏晋道:"只要不见到人,我们就不能放弃!"房勇说:"可是咱们受到限制,温局不发话,很难组织查找。"魏晋思忖片刻,道:"我联系一下江主任,看他有没有什么办法。"

网球场上,刘天石在和滕长青对阵。二人左右来回奔跑,打得热烈畅快。滕长青连失几球,举拍认输。

二人收起网拍,走进旁边的遮阳棚。滕长青在桌台旁的凉椅上坐下,边擦汗边说:"刘总,你今天发挥超常,真是如有神助啊!"刘天石递给滕长青矿泉水:"球如人生,贵在拼搏。我现在才深切体会到,只要你不轻易放过每一个球,始终不懈地坚持下去,就一定能取得最后的胜利!"滕长青故作惊讶地上下打量刘天石,调侃:"真是士别三日,当刮目相看,你现在变得深刻起来了,比我这个市长的思想境界还高呀!佩服,佩服!"

刘天石摇晃着矿泉水瓶慨叹:"我们能摆脱困境,的确不易啊!如果稍有动摇,就会遭致灭顶之灾,别说在这儿打网球了,能不能是自由之身都难讲喽!"滕长青笑问:"还从来没见过你刘总如此悲观过。你不会是在责怪我这个父母官没尽到责任吧!"刘天石由衷地说:"我们这次能突出重围,幸免于难,多亏了松华呀!"滕长青双手一摊:"你看,变着法儿说我没有尽力,惭愧!对了,松华是最大的功臣,你怎么没约他过来啊,咱们应该庆祝一下嘛!"

正说着,温松华和柳云走过来。刘天石拍拍滕长青的胳膊:"说曹操,曹操就到!滕市长,你看谁来了?"滕长青连忙坐起身子,向外望去,看到温松华走过来,不无得意地笑着说:"看来果然是心有灵犀，咱们想着他，他就来了！"

温松华向滕长青点头致意，然后在刘天石旁边坐下。滕长青道："松华啊！刘总刚才还在给你涂脂抹粉呢！说是你挽救了天石公司挽救了他，居功至伟哟！"温松华不阴不阳地说："只有他自己才能救自己。"

刘天石笑道："我这个发小啊，变得越来越深沉了！夸他也落不了好，你说……"温松华打断刘天石的话："在你面前浅不了。"说着转向滕长青，"他越夸你，你越要打个问号。"滕长青笑："发小到底还是发小啊！果然是洞若观火，一语中的！他是在借你敲打我这个市长呢！"

温松华郑重站起，对滕长青说："不过滕市长，恕我直言，现在的确还不是庆贺的时候。只要江宁还在海州，这悬顶之剑便随时都可能落在我们的头上。而要把他赶出海州，还是得靠您市长大人。"刘天石点头："松华说得不错，现在只有靠你滕大哥出马力挽狂澜了！"

滕长青耍滑头："你们不是开玩笑吧？我能力挽什么狂澜？"温松华认真地说："这事还真得你这位领导出马才行。"滕长青耸耸肩："你们就别打哑谜了，说吧，我能做什么？"温松华道："据我所知，专案组到金融税务系统调查，你完全可以从这方面入手。"滕长青摆摆手："可他们是有法律手续的，我不宜干涉嘛！"

刘天石有些不耐烦了："我的滕大市长，他们调查市里的经济领域，按程序是不是应该征得你这个市长的同意，至少该给你打个招呼吧？他们这是肆意侵犯你的权力范围！再说了，市里的经济建设和发展是不是靠这些部门？如果它们都垮了，你这个市长还不得去喝西北风啊！"

滕长青恍然有悟："明白了，你们的意思是我们市政府出面和专案组交涉，阻止他们破坏海州经济建设的荒唐行为。在没有证据的情况下，不能对任何单位和企事业采取侦查措施，要求他们必须立即停止这种不理智的举动。是不是这样？"

刘天石向滕长青竖起拇指："是啊是啊！然后我再动员一些公司企业的法定代表人进行声势浩大的抗议行动，来配合你们市委市政府，完全可以把江宁搞得灰头土脸！"滕长青又有些担心地说："他们是省公安厅派来的专案组，是带着尚方宝剑的。如果江宁置之不理，继续进行侦查活动也是个问题，我总不能把那些工作人员和员工全都用绳子拴起来吧？"刘天石道："这个你就无须担心了，下面的人我来收拾他们。他们的家就在海州，自己的前程可以不要，但父母亲朋、老婆孩子的安危他们总不能不要吧？"

滕长青终于放下心来，说："嗯，这主意不错，可以试一试，我明天就向专案组发公函。"刘天石强调说："不是明天，今天就要做！跟江宁这种人掰手腕，就得争分夺秒，打他个措手不及！"温松华不紧不慢地敲边鼓："是的，不能给他接招的时间。最好领导您能屈尊移驾，亲自去专案组。市长上门，这力度和效果可就大不一样喽！"滕长青对刘、温二人的态度有些不悦，可同在一条船上，又不能不忍，于是挺挺胸说："好吧，我亲自去找江宁这个老狐狸。"说着若有所思地捏摸下巴，"可得想个万全之策，掐住他的七寸，逼他就范才行啊！"刘天石说："这个我给你想好了。"说着靠近滕长青，附在他耳边，轻声嘀咕。滕长青边听边不停地点头，脸上露出会心的微笑。

四

王琳就这样如同空气一般蒸发了，再无踪迹。究竟是死是活，更是无人得知。

江宁在失去王琳这条线索后，将视线和注意力转移到经济侦查方面来。钟慧敏和徐铁军经过对重点银行和税务部门的侦查，取得了突破，证实天石集团勾结银行高管套取巨额资金，行贿税务干部偷税漏税，违法问题相当严重。江宁问证据能否凿实，钟慧敏回答说："从银行和税务这方面不存在问题，但现在最大的问题是天石集团我们进不去，证据链很难形成。"徐铁军说："证据是要靠事实和依据来支撑的，天石集团作为违法的主体却置身事外，这太让人无奈。"钟慧敏说："只要能查天石公司的账，很快就能水落石出！"徐铁军叹气道："关键是我们只能望洋兴叹，进不去啊！"

江宁脸色凝重地陷入了沉思。钟慧敏请示江宁："主任，你看是不是可以接触一下刘天石或是宗林？"江宁摇头："现在还不是时候。"钟慧敏道："这条路必须打通，要不向厅里汇报一下？没有上级的支持，下面的工作就很难铺开，也就深入不下去。"江宁说："这样吧，你们把侦查材料汇总，我向厅领导报告。但在没来指示前，侦查工作不能停下。你们仍要克服困难……"正说着，电话响起。钟慧敏接听，神情有些惊讶，说道："好的，我向领导汇报。"

江宁询向钟慧敏："怎么回事？"钟慧敏放下电话："市政府办公室打来电话，滕长青市长要来专案组！"江宁一愣，问道："什么时间？"钟慧敏答道："已经在路上了！"江宁面无表情地说："欢迎。"

滕长青很快便来到了专案组，在一帮政府官员的簇拥下走进会议室。双方略事寒暄，便进入到正式议题。

会议室里气氛肃然，显得沉闷而又压抑。江宁和滕长青并肩坐在会议桌首端，会议桌一侧是市委市政府有关部门的负责人，另一侧是钟慧敏和徐铁军。

江宁作开场白："首先，我代表专案组欢迎市委市政府的领导们光临指导。在座的诸位，尤其是滕市长对我们专案组的工作一向都是不遗余力支持关心的，相信我们的良好合作关系能继续下去。目前中央号召依法治国，因为它关系到国家的经济建设能否健康发展和社会的稳定，所以，我们将遵照中央和公安部的指示，坚定不移地把这场斗争进行下去。"

滕长青微微皱起眉头，市里的官员也有些烦躁。江宁接着说："当然，侦查工作毫无疑问会不可避免地牵涉到市里的一些相关部门和人员，尤其是企业和公司等经济实体，并且会引起一些误会、纠葛甚至矛盾。因此，市委市政府牵头召开这个协作会，我认为很有必要，应该不难寻找到解决问题的合理而又合法的途径，因为咱们的目标是一致的，都是为了国家利益和海州的长治久安才坐到一起的。希望大家能开诚布公，坦率而又友好地交换意见，达成谅解和理解，使我们的工作能更完善更顺利地进行下去。我啰里啰唆就说这么多，下面请滕市长作指示。"

滕长青紧绷着脸，煞有介事地清清嗓子，扫视会议桌两侧，然后才说："我身为市长，带着市政府有关组成人员到外面来开会这还是大姑娘坐轿头一回，这要感谢你们专案组啊！给了我们市政府一次求人的机会！"会场鸦雀无声。

滕长青接着说："我是海州市的市长，没有权力也没有资格去过问国家的经济建设和考虑全社会的稳定！我只明白一个理儿，我把海州建设好了，我为海州的老百姓谋了福利，就是支持了国家的发展，就是维护了国家的利益和社会的稳定！这是我的责任和义务，也是在座诸位同人的责任和义务！"钟慧敏和徐铁军皱起了眉头。滕长青继续道："现在，你们专案组对一些企业公司大动干戈，又是查账，又是谈话，弄得鸡飞狗跳，好像我的那些衣食父母都成了罪犯！惶然，凄凄然，我的办公室快成上访接待处了！今天，你们必须要给我一个合情合理的解释，并且采取断然措施有效地解决这个问题！"会议桌一侧的政府官员们一副欢欣鼓舞的样子。

钟慧敏和徐铁军不约而同地把目光投向江宁，不等江宁发言，钟慧敏忍无可忍，呼地站了起来，针锋相对道："承蒙滕市长抬举，我们深感荣幸。滕市长的责任和义务是把海州建设得更加美好，这是没有什么疑义的，而我们公安部门的责任和义务，在座的诸位想必都很清楚，就是毫不留情地打击犯罪。滕市长的心情我们能够理解，可我们不能为了小团体和局部利益置国家利益不顾，更不能放任犯罪横行而不去维护法律的尊严。没有长治久安，没有法律保障，何来发展？这是很简单的道理，我们来海州，打击犯罪，铲除邪恶，正是为了海州的繁荣和人民群众的安居乐业。希望滕市长能从大局出发，支持我们专案组的工作。"市里的官员听了钟慧敏一番义正词严的话气得脸色发青，一副义愤填膺的样子。

滕长青更是大喘粗气面红耳赤，瞪着肿眼泡，冷冷地盯着钟慧敏问："请问钟警官，你们有这些企业家从事犯罪的证据吗？"钟慧敏回答："我们正在调查。"滕长青又盛气凌人地问："在没有任何证据的情况下，仅凭怀疑就随便动用法律手段，你认为这合适吗？"钟慧敏不吃滕长青那一套："海州的现状你最清楚，难道这仅仅只是怀疑？"

滕长青咄咄逼人："如果你们有事实和证据我会指示市公安局全力以赴协助配合你们，可是如果你们打着执法的旗号无中生有地胡来，我们海州的公安机关也有保护公民的合法权益不受侵扰，为海州经济建设保驾护航的责任和权力。"说完，他转向江宁，"江主任，我可不希望咱们两家警察打架，更不想看到我们成为敌人！"会议室的气氛骤然紧张，市政府和专案组两边的人怒目相向。

江宁看了大家一眼，平静地说："请大家都冷静一些，我们开这个会，是讨论商量和找出一个大家都能接受的方案。市政府和专案组虽然是两家，但都是国家的行政部门，咱们都是国家机关的公务员，应该不难找到共同语言和最佳契合点。希望诸位能求大同存小异，妥善解决好这件事。"

滕长青双手一撑会议桌，站起，面无表情地说："从钟警官的态度和对事情的看法不难得出结论，那就是我们很难找到契合点。因为你们代表的是国家的利益，而我们代表的是海州这个小团体的利益。我带着市政府的有关头头脑脑们也登门拜访了，能做的都做了，该说的也都说了，至于怎么解决，你们看着办吧！"说罢径自大步走出会议室。市里的官员纷纷起身，跟着滕长青鱼贯走出。

钟慧敏和徐铁军怒容满面。徐铁军嚷："这是讨伐我们来了，目的就是阻止我们的侦查工作！这样的市长，也太没有水平了，简直和恶汉泼妇没什么区别！"钟慧敏提醒："其势汹汹，不容小觑啊！"江宁缓声道："这是在向我们示威，更是向我们发出警告。真正考验我们的时候到了！"

第三十一章　黑云压城

一

魏晋按照江宁的指示，全力寻找王琳。他分别给沿海派出所打协查电话，正说着，尹颖捧着卷宗走了进来。魏晋忙放下话筒，尹颖翻翻眼问："寻人？"魏晋点点头说："一个被拐卖的妇女。"尹颖盯着魏晋："我听到好像姓王吧？"魏晋赶紧岔开话："有事吗？"尹颖把卷宗递给魏晋："这是牛头屿火灾现场勘查和调查笔录。"魏晋接过："有结果吗？"尹颖回答："是人为纵火。"魏晋漫不经心的样子将卷宗往办公桌上一丢："无聊，一个快报废掉的破烂无牌厢车放啥火，肯定是自燃，先放放吧！"

尹颖突然一声尖叫："魏晋！"魏晋吓了一跳，尹颖死死地盯着他。魏晋心虚，脸上却又不得不装出诧愕之态："你发什么神经？这是在办公室！"尹颖撇着嘴："你是把我当成了神经病，当成了傻瓜！我看你是好了疮疤忘了疼，才老实几天，又耍起花枪来了！"

魏晋装生气："说什么呢？你才是老鹰叼铁锤，云里雾里砸嘛！"尹颖逼视着魏晋："那你告诉我，你昨天晚上去哪儿了？我们搜取的现场遗留物为什么有子弹壳？厢车下边的外套衣服怎么像你的？"魏晋语塞。

尹颖步步紧逼："说呀！咋哑巴啦？心虚了吧？"魏晋以攻为守："胡闹！这是办公时间，别忘了我是你的领导，审犯人啊？"

尹颖又是一撇嘴："你少拿领导压我！你说，是不是王琳的事儿？"魏晋装作吃惊，旋即又做出愕然状："王琳？你联想力也太丰富了，咋扯到王琳身上去了？"尹颖说："八卦洲那边报了王琳失踪，你在这边找人，这难道是巧合？"魏晋一装到底："怎么，王琳失踪了？"尹颖用审视的目光看着魏晋："魏副支队长，我是大案队副队长，你要是欺上瞒下，可是严重的违纪行为！"魏晋笑："嚯！大义灭亲啊！"尹颖警告："我会查清楚的，你要是敢糊弄我，我饶不了你！"

魏晋忙表态："你查！认真查深入查细致查，查他个底掉，这也正是我希望的。"尹颖表情缓和下来："对了，今天是杨冰姐的生日，刚才发了邀请信息。她很希望你也能去，你有时间吗？"魏晋吃惊："你说什么？杨冰请我去她的生日宴会？你开啥玩笑啊！"尹颖道："是啊！我也没想到，她还特意嘱托我，一定要请你也参加。现在真是啥都颠倒了，搞不懂！"

魏晋心中暗想，既然杨冰主动请他，一定有什么内情，不妨去探探到底是怎么回事。于是马上对尹颖说："没时间挤时间也要去，我这就去买蛋糕。"尹颖阻止："我早准备好了，你带个嘴去就行。"魏晋故作姿态："不好意思，老是白吃白喝。"尹颖掏出一张购物单拍在魏晋面前："你想得美！这是买蛋糕的票，报账！"魏晋一愣，继而苦笑。

刘家餐厅里，餐桌上摆着酒菜，中间是一个蛋糕，蛋糕上插着几十支细细的红蜡烛。魏晋和尹颖、杨冰、点点坐在桌旁，魏晋故意装作失望的样子说："刘总怎么还没回来？"

一听魏晋提刘天石，杨冰神情黯然："他不会来了，咱们开始吧！"尹颖抓起手机："我再给石哥打个电话，太不像话了！"杨冰摁住尹颖的手："不必了。他要是能记着我，早坐在这儿了。"魏晋安慰杨冰："也许刘总有要紧的事，抽不开身。"杨冰发泄怨气："他左嫔右妃，能抽得开身吗？"

尹颖看看魏晋，忙对杨冰说："别瞎说冰姐，传出去不好！"

魏晋也故意明抑暗扬："就是，这种事不能乱讲，刘总不是一般身份，是公众人物，要注意维护他的形象。"杨冰着急："你们不信是吧？不信你们可以问点点！"点点抢着嚷："我有个小妈，姓梅，他们住的地方叫梅岭别墅……"尹颖连忙捂住点点的嘴。

魏晋忍不住乐了："嘿！另有行宫啊！"尹颖推魏晋："滚蛋，你还在这说风凉话！"点点又抢着说："男人都不是好东西！"魏晋更乐了："小点点，你不是男人呀？"点点向杨冰歪歪头："我妈说的。"尹颖嗔责魏晋："你就不教孩子学好。"杨冰愤愤："不是魏晋兄弟不教孩子好，是他那个披着人皮的色狼爹！你们还想听听他不齿于人类的丑恶行径吗？"

尹颖忙阻止杨冰说下去，拿起火柴点燃蜡烛："今天是冰姐的生日，咱都要快快乐乐的，开始！"点点拍着巴掌唱起生日歌。尹颖拉着魏晋站起，将酒杯举向杨冰："冰姐，我和魏晋祝你生日快乐，福如东海，寿比南山！"杨冰终于露出难得的笑容，感动得泪水盈盈。

魏晋想再次刺激杨冰，因为他还想听听她没说出来的关于刘天石的丑行，举杯说道："祝你和刘总冰释前嫌，幸福美满，白头偕老。"杨冰脸上霎时晴转阴，一屁股跌坐回椅子上，泪水夺眶而出。

尹颖瞪魏晋："你干什么呀？哪壶不开提哪壶！"魏晋做出懵懂状："我这可是真心的，他们总不能老是这样下去吧？你看杨姐瘦的，快成街上的广告纸板人了。"杨冰哭出了声。尹颖打魏晋："还说！还说！"杨冰止住哭，哽咽着说："他就是不作风败坏，我也没法跟他过了！"魏晋做诧异状："又怎么了？"

杨冰一股脑往外倾倒："他还赌，在拉斯维加斯一夜就输了十个亿，把钱全给败了！"尹颖吃惊："姐，道听途说的事可不敢乱讲，那是有人居心不良，在诋毁石哥呢！"杨冰瞪着尹颖："你怎么还不信？就是他的最爱梅青亲口告诉我的。还有，在澳门，我亲眼看着他输了一个多亿！"尹颖不敢相信自己的耳朵，一时呆在那里。点点嚷："妈妈也是大股东，心疼得好几天没吃饭哩！"

魏晋静静地看着尹颖。尹颖发着愣，久久回不过神来。魏晋这时才明白，杨冰邀请他来的目的就是为情所伤，试图通过他和尹颖报复刘天石。

结束了杨冰的生日宴，魏晋和尹颖离开刘家。魏晋开车，尹颖闷闷地坐在魏晋身旁。魏晋撩拨尹颖："咋不说话了，尹大队长？"尹颖似乎没有听到魏晋问话，神思恍惚地呆望着车窗外。

魏晋继续刺激尹颖："抽个时间劝劝你的石哥，要考虑自己的形象，注意社会影响。"尹颖果然中招，转过身来赌气地冲魏晋："用不着你关心！"魏晋继续加火："说什么呢？刘总是比你亲哥哥还亲的哥哥，那也就是我的哥哥，咋能不关心啊！"尹颖白魏晋一眼："你不一心要查他的问题吗？咋又猫哭起了耗子？"

魏晋故作真生气的样子一拍方向盘："尹颖！你要还是这么看我，以后就别再拉着我来刘家！"尹颖叹口气："可是魏晋，听了冰姐说的，我发现自己其实并不全了解石哥。"魏晋眼里闪过一丝亮光，嘴上却仍在试探："我说亲爱的，你可不能犯我以前的老毛病，一叶障目啊！"尹颖喃喃："没想到他不仅玩女人，竟然还豪赌！"魏晋故意为刘天石辩解："男人嘛，有了钱就嫖就赌，这是共性，别大惊小怪的。"尹颖蹙起眉头："但这不是我心目中的刘天石，我很难把两种形象统一到他一个人身上去。"

魏晋继续试探："这些都是小节，他做了那么多慈善事业，为海州的经济发展做了那么大贡献，也算是瑕不掩瑜嘛！"尹颖摇头："一夜就输了十个亿，那些希望小学养老院才值几个钱呀，简直就是九牛一毛！"魏晋发现尹颖说的是真话，于是不再防备，因势利导说："倒也是，是有些沽名钓誉之嫌。"

尹颖忧心忡忡："我真怕……"她突然欲言又止。魏晋继续开导："这人啊，是个复杂的动物，越近越看不透。不识庐山真面目，只缘身在此山中。有时候，适当地保持距离，也许才能看得更真实更清楚一些。"尹颖眉头紧蹙，陷入沉思之中。

二

刘天石精神抖擞地在八卦洲密室里来回走着，宗林和高强躬身站在旁边。刘天石停住脚步，铿锵有力地说："滕长青已经吹响了冲锋的号角，总攻的时候到了！我们要配合滕长青，给江宁以致命打击，下面，可就看你们的了！"高强挺挺胸："哥，你下命令吧，我他妈早就等不及了！"刘天石一挥胳膊："坚壁清野！三光政策！日本人就是我们效法的榜样！"

专案组的驻地是通过魏晋租住的市郊民房，房东是没有任何背景的老实巴交的农民。他们住在专案组小楼旁边的平房里，平时很少与专案组的人接触。

这天，他们家里来了不速之客，而且是持刀弄枪的黑道土匪，这些人既不为财也不为利，只有一个要求，就是让房东撵走专案组。房东老夫妻俩缩在沙发上，瞪着惊恐的双眼，高强和老六、毛焰凶神恶煞般站在沙发前。

房东颤抖着问："你们……你们为啥要逼房客走……"高强呵斥："只管回答，不准提问！说，赶不赶他们滚蛋？"房东苦着脸："人家付了房租，是签了租赁合同的，撵人家总得有个理由呀！"

房东话音刚落，一把明晃晃的匕首"啪"地插在沙发前的茶几上。高强恶狠狠道："这就是理由！"老六跟着吓唬："再他妈啰里吧唆，老子一把火把这儿烧了！"房东吓得连忙说："好！好！我明天就找他们谈……"高强厉声命令："现在！立刻！马上！"

房东见状一骨碌爬起来："是是，我这就去。"高强又警告说："说你们自家要用，要是胡说八道，你的儿子闺女家孙外孙，我叫你白发人送黑发人，一天送一个！"房东不敢回话，急忙奔出门去。

房东来找江宁，吞吞吐吐说房子不租了，希望专案组能尽快搬走。

江宁惊讶地注视着房东问："您要我们搬走？"房东点点头。江宁说："可我们是签了合同的呀！而且房租都预付过了。"房东连忙说："钱我退给你们，有什么损失，我可以补偿。"江宁问："你能告诉我是什么原因吗？"房东嗫嚅着说："我们……我们自己要用……"江宁道："你的家庭情况我了解，儿子女儿都在外地，你们老夫妻俩是住不了这么多房子的。"

房东急了，用恳求的语气说："求你别问了行吗？我的确要用房子，求求你能给予理解！"江宁无奈地摇摇头道："好吧，我们尽快寻租别的房子，给你腾地儿。"房东说："我只能给你三天时间！"江宁怔住："三天？老哥哥，你这也太急了吧？你看我们这么大摊子，三天时间根本不够嘛！"

房东态度坚决："就三天！"江宁请求："老哥哥你这就有些不近人情了，咱们能不能商量……"房东打断："对不起，没商量的余地，因为我也只有三天时间！"江宁似有所悟："什么意思？"房东察觉失言，忙说："没别的意思，就是我自家要用，你们抓紧时间吧！"说罢起身。江宁已经明白，不再追问，起身送客："好吧，就按你的要求，我们三天内搬走。"房东感激涕零，向江宁深深鞠躬。

江宁送走房东后，立刻召来钟慧敏和徐铁军，把房东要求他们退房的情况说了一下，钟慧敏和徐铁军吃惊地瞪着江宁。江宁挥挥手："别大眼瞪小眼地看着我，赶紧想办法吧。"徐铁军直挠头："要我们搬家，而且三天之内？"钟慧敏满腹疑问："房东这是干什么，我们没得罪他呀！"江宁道："因为你得罪了别人。"徐铁军恍然："难怪！这里边有问题啊！"江宁不耐烦："既然知道了，还在这啰唆什么，抓紧时间出去联系。"

钟慧敏犯难："我们人生地疏，而且时间又短，很难找到合适的租房。我看这事，还得去找魏晋帮忙。"江宁摇头："不行。我正让魏晋执行一项特殊任务，绝对不能干扰他。从现在起，不准任何人和魏晋联系，明白吗？"钟慧敏点点头。徐铁军苦着脸："那这事就难喽！"江宁有些生气了，下命令："那我们就去睡马路！找不到房子，你们就不用回来了！"钟慧敏和徐铁军崩溃。

钟慧敏和徐铁军沿街寻觅，某楼房前，挂着招租的广告牌，钟慧敏和徐铁军连忙上去探询。房主很热情，有问必答，钟慧敏和徐铁军也露出满意的表情。双方一番了解协商后，钟慧敏希望房主先摘下广告牌，以免其他租客看到，引起不必要的误会。房主觉得她说得有道理，便摘下招租广告牌，同时向钟慧敏要求看下证件。钟慧敏将证件递上给房主，谁知房主看了证件后神情大变，忙又把广告牌挂上，做出歉意的样子，连连摆手回绝。

就在街道的对面，晃动着老六和毛焰的身影。原来他们一直跟踪着钟慧敏和徐铁军，进行监视，见房主拒绝了他们租房，不由得得意地笑了。

钟慧敏和徐铁军又来到了某房屋租赁中介公司，门旁贴着几排房屋租赁信息，房型、面积、位置、价格等一应俱全。钟慧敏和徐铁军满怀希望地走进接待室，服务经理热情洋溢地迎上前来问："老板，有什么需要，我们将竭诚为您服务！"钟慧敏说："我们想租个大一些的房子。"经理一听，忙不迭地礼让："二位里面请！里面请！"

钟慧敏和徐铁军随着经理走进贵宾室，经理又是让座又是倒茶，然后说："我们这儿房源充足，二位有什么需要尽管吩咐，我们保证百分百满足！"钟慧敏说："我们是单位租房，既住也办公，所以我们想租一幢楼房或是一个单元。"经理闻言大喜："原来是VIP大客户啊！荣幸，荣幸，能为贵单位服务是我们的荣幸！"说着递上一个广告画册，"这上面全是大户型，完全可以满足你们提出的条件和要求！"钟慧敏和徐铁军翻阅。经理不经意地问："请问贵单位是？"徐铁军回答："我们是来海州办案的专案组……"

经理脸上的笑僵住，不等徐铁军说完，便劈手夺下钟慧敏手中的画册，以命令的口吻："对不起，请你们出去！"钟慧敏惊讶："咦，你这是？"经理冷眼相对："我们不接待外地租客，二位请便！"

徐铁军有些生气："你们不主要就是做外地客户的生意吗？今天你不说明真实原因，我们就不走了！"经理着急，边将钟慧敏和徐铁军往外推边说："二位行行好，我们是小本生意，经不起折腾，你们就高抬贵手，给我们留条活路吧！"钟慧敏和徐铁军被推出房屋租赁公司门外。躲在不远处观望的老六、毛焰击掌庆贺。

钟慧敏垂头丧气地对徐铁军说："完了，我们被封锁了！"徐铁军恼火地骂："狗杂种，够狠的！"

在旁边偷觑的老六幸灾乐祸地对毛焰说："这就叫强龙压不过地头蛇！小样！"毛焰摸摸被打掉的半个耳朵："太解气了！你以为是省城飞来的凤凰呀，到了海州就是鸡！妈的，你们也有今天！"老六自得地摇头晃脑："这只是小试牛刀，再不滚回省城，老大还有狠招哩！"毛焰龇牙咧嘴，恨恨地说："老子现在就想割他们的耳朵当泡踩！"

三

江宁愁眉紧锁，坐在办公桌后，钟慧敏和徐铁军无精打采走进。钟慧敏迟疑着说："主任……"江宁摆摆手："不用说了，看你们的样子，就知道没租到房子。"徐铁军无奈道："到处碰壁，吃闭门羹，这脑门都撞出疙瘩了！"钟慧敏说："很显然他们做了防备，暗地里使了绊子。"徐铁军一跺脚："什么暗地里，他们已经是明目张胆了！有市里领导的支持，他们还用得着遮掩吗？看来，咱们真要成睡马路的流浪汉了！"

江宁眉毛一耸："就是搭帐篷，我们也要钉在海州！"徐铁军苦着脸："可今天是房东要求的最后一天了，搭帐篷也来不及呀！何况我们还有那么多设备，不是开玩笑的事情！"钟慧敏训徐铁军："你就会叫苦连天，还不帮着主任想想办法，你想愁死他啊？"徐铁军抓耳挠腮："巧妇难为无米之炊，我能有啥法子可想……"正说着，门铃声响起，徐铁军下楼开门。

不一会儿，徐铁军跑了上来，对江宁说："主任，有位叫陶美玉的妇女要见你，她自称是郝通的妻子。"江宁一愣："陶美玉？不错，是郝通的夫人，我曾见过她一次。"钟慧敏疑惑："她来干什么？"徐铁军回道："她说要面见主任。主任，你看？"江宁吩咐说："请她上来吧。"徐铁军转身下楼。不大一会儿，徐铁军便引领着陶美玉走了进来。

江宁起身相迎，让座。陶美玉边坐下边问："江主任，您还认得我吗？"江宁客气道："当然认得。"陶美玉脸上轻松了许多，对江宁说："谢谢您江主任，愿意见我这个罪犯的家属。"江宁回应道："你是你，他是他。再说郝总也是一时糊涂，不该采用以恶治恶的方式。"陶美玉面露哀凄："他也是被逼得走投无路，才铤而走险，走上了不归路。老郝他死得冤啊！"

江宁劝慰说："事情已经过去了，已经铸成了不幸，咱们还是吸取教训，相信法律吧！"陶美玉马上接话："我就是相信法律，相信你，才登门拜访的。"江宁说："陶大姐，有什么需要我们帮助的，您尽管说。"陶美玉却说："我是要帮助你们！"江宁一愣："哦？"陶美玉问："你们遇到难处了吧？听说住都成了问题，是不是？"江宁惊讶："你是怎么知道的？"

陶美玉实话实说："老郝死后，我一直都关注着你们专案组，我没追随他而去，就是还有你们在！你们就是我的希望，我要亲眼看着那个魔王落入法网，接受法律的审判！这也是老郝的遗愿，他闭眼前只留下一句话，家里的一切财产都供专案组无偿使用！老郝走后，公司的房子一直闲置在那儿，你们可以用！"

江宁心里顿时涌起一股暖流，可还是禁不住问："你难道不怕报复，遭遇郝总那样的不幸？"陶美玉凛然道："老郝的命都赔上了，我还有什么可怕的？大不了去陪老郝，只要你们不怕住畏罪自杀嫌犯家的房子！"江宁感动，紧紧握住陶美玉的手："谢谢你陶大姐，我们不会让你失望！"

宗林向刘天石报告了郝通妻子陶美玉将公司房子让给专案组办公居住使用的情况，刘天石说好嘛，前仆后继。宗林问刘天石要不要对那个老太婆采取措施，刘天石摇头说孤灯残烛，我们总要有点恻隐之心嘛。再说了，让她看看江宁是怎么失败的，想必比死了老公还伤心呐。宗林请示下面怎么办，刘天石说要给滕长青个表现的机会，咱们看戏。

一幢灰色的小楼矗立在江畔，这儿正是江宁曾去拜访过的郝通公司所在地。江宁和钟慧敏、徐铁军在放置物品，陶美玉在忙前忙后张罗着。

夜幕降临，原郝通董事长室现在是江宁的办公室，他在收拾办公用品，灯突然灭了。江宁打开手电筒检查配电盒里的保险丝，钟慧敏奔进问："主任，怎么停电了？"然后指指窗外，"你看，只有我们这幢楼停了电！"江宁探头看周围的楼房，果然是灯火辉煌。

钟慧敏直摇头："奇怪！我全都检查过了，变压器配电盘和线路都没有问题！"江宁眼里掠过一丝不安。这时，徐铁军也急匆匆走进，一头一脸的肥皂沫，嚷嚷："主任，水也停了！你看这事闹的，我正洗着澡呢！"江宁试试水龙头，果然滴水不漏。

钟慧敏似有所悟："不会是人为的吧？"江宁沉思不语。徐铁军提议说："我们向水电部门报修，看看他们是啥态度不就清楚了吗！"钟慧敏说："对，这倒是个法子，我们试试看！"徐铁军拨打电话，对方回复说马上就过来检修。

江宁点上了蜡烛，火苗在他凝重的脸上晃动。旁边的徐铁军看手表："他们说马上就过来维修，这都一个多小时了！"钟慧敏掏手机："我再催催他们。"江宁摆手："不必了，明摆着是刁难嘛！"徐铁军叹道："看来那位滕市长是言必行，行必果啊！"钟慧敏蹙着眉头说："没水没电，咱人倒可以坚持，可是那些设备怎么

449

办啊？"徐铁军恨恨道："妈的，这一招太狠了！"

江宁拨拨蜡烛芯："这就叫不见硝烟的战斗，比真刀真枪还要残酷啊！"徐铁军附和："是啊！兵马未动，粮草先行，他连水都不让你喝！"江宁抬起头："既然人家出招了，咱也不能装孬！听好了，没水咱们靠着河，没电咱们就去买台发电机，供设备使用，日常生活可以点蜡烛！我就不信，人能被尿憋死喽！"钟慧敏和徐铁军重又振奋起来。

四

市文化宫大门旁贴着一张红纸，上面写着"美术摄影培训班报名处"。报名处前排起了长队，而杨冰也站在队列中。

滨海电影院，一场电影刚散场，人流从出口处蜂拥而出。魏晋和尹颖、杨冰也夹在人流中。

杨冰牵着儿子点点，乐滋滋地对魏晋和尹颖说："走，我请你们吃夜宵！"尹颖不无惊讶地问："冰姐，你又是请看电影，又是请吃夜宵，遇到啥喜庆事了？"点点抢着回答："我妈咪要当画家了耶！"尹颖愈加诧异："当画家？"杨冰回答说："我从小就爱好摄影绘画，正好文化宫开办培训班，我就去报了名。我今天约你们，就是要告诉你们，以后不用来陪我了。"

尹颖恍然，然后说："你去学习，家里怎么办？听石哥说，家里可全靠你顾着呢！"杨冰叹口气："现在的家还是家吗？说好听点是一牢笼，说难听点就是妓院！成天看着那个小妖精晃来晃去的，我还想多活几天呢！"

魏晋劝导："那你最好也要跟刘总说一声，别引起误会。"杨冰说："他同意了。他巴不得我不在家哩！好和小妖精尽情风流！不说这些烦人的。走，吃小龙虾喝啤酒去！"魏晋和尹颖对望一眼，都默然无语，不知该说什么才好。

450

繁华的城市在喧闹热烈中又开始了新的一天。而在市文化宫美术摄影培训班课堂里却是异常的安静。

　　教室里济济一堂，大多数是半老徐娘。杨冰坐在前排，在这些少妇学员中更显美貌，可以用艳压群芳来形容。授课老师漫步走进，衣袂飘飘，宛如仙人，儒雅俊朗，风度翩翩。半老徐娘的学员们顿时骚动起来，杨冰也不由得眼前一亮。旁边的少妇凑到杨冰耳边悄声说："这就是大名鼎鼎的宋修夫老师，他不仅是师大的美术教授，还是全国闻名的大画家，刚刚在巴黎举办了画展，轰动欧洲呢！"

　　杨冰的敬仰崇拜之心油然而生，她凝视着宋修夫说："还是名人呀？咱们这学费没白交！"少妇又说："你知道咱们班为什么女生多吗？那都是奔着他来的。"正说着，宋修夫漫步走了过来，在杨冰面前站定，打量着她说："这一期的学员果然令人刮目相看，请问你是——"杨冰激动得嘴唇直打哆嗦："报……报告老师，我……我叫杨冰……"

　　宋修夫优雅地笑了："别紧张。以后咱们既是师生，也是志同道合的朋友，对每一位钟爱艺术的同人，我都十分尊敬。当今物欲横流之社会，还有你们这些拥抱缪斯之神追求灵魂家园的朝圣者，实在难得！"杨冰像听天书般瞪着宋修夫，双颊如水中桃花，慢慢泅红。

　　刘天石仰靠在天石大厦董事长室的沙发上看报。宗林走进，刘天石抬抬眼："有事？"宗林报告："老滕的招数不管用，江宁自力更生了！"刘天石放下报纸："扫帚不到，灰尘照例不会跑掉。该刺刀见红了！"宗林心领神会，点点头说："明白了，我这就去安排！"说罢转身快步走出。刘天石拿起报纸，继续专心致志阅读。

　　专案组楼外，高强指挥老六、毛焰等马仔悄悄潜近。马仔们手里有的拎着燃烧瓶，有的拿着石块。高强一声令下，马仔们奋力向小楼投掷。

楼房内，燃烧瓶在楼道和房舍里爆裂燃烧。江宁和钟慧敏、徐铁军奋力扑救灭火，石块接着如飞蝗般击破窗户落在他们身上。江宁命令钟慧敏、徐铁军："注意警戒！"钟慧敏和徐铁军抽出手枪，冲向窗口。

市文化宫培训班教室里，只剩下杨冰和宋修夫二人。杨冰在画板上涂涂抹抹，宋修夫孜孜不倦地耐心指导。

杨冰显然有些心不在焉，宋修夫握住杨冰的手移动："你看，着墨要匀，行笔要缓……"杨冰手有些僵硬，宋修夫继续教授："动由心生，你要把自己的魂魄融进画笔……"杨冰呼吸有些急促起来。

宋修夫严肃道："你怎么了？绘画这门艺术要心无旁骛，心神合一……"杨冰水汪汪的眼里已有些迷离，宋修夫骤然省悟，连忙放开杨冰的手。杨冰竭力稳定住自己的情绪。

专案组楼房里一片狼藉。徐铁军怒骂："卑鄙！无耻！简直就是人渣，竟然使出如此下三烂的手段！"钟慧敏翻翻眼说："你还指望流氓高尚啊？这几天出门，常有无牌无照的车辆，不声不响就撞了上来。主任，我们不能就这么坐等挨打啊！"

江宁冷冷道："打败他们的唯一方式就是尽快获取他们的犯罪证据。骚扰也好，威胁也罢，无非就是想打乱我们的阵脚，逼迫我们卷铺盖走人。越是在这种情况下，我们越要冷静，把精力投入到侦查工作中去。"

杨冰和宋修夫走出工人文化宫大门。杨冰默默无语，不时偷觑一眼身旁的宋修夫。宋修夫依然是老师的姿态和口吻："小杨，你有很好的美术基础，只要努力学习，一定会有所成就的。"杨冰娇声细语："谢谢宋老师鼓励，有你这样的大画家辅导，我现在可有信心了。"宋修夫优雅地掠掠长发："师傅带进门，修行靠个人，我只能起到推手作用。"

杨冰有些拘谨地问："宋老师，你对我如此偏爱，课上对我倾斜，课下个别辅导，关心有加，是不是我真能成为画家？"宋修夫用肯定的语气说:"当然!我很希望有一个美女学生能成为闻名遐迩的画家!说实话,我有很多女模特,但你是我见到的最美丽的女生!"杨冰激动得微微颤抖。宋修夫连忙脱下外套披在杨冰身上,柔声说:"你穿得太少了,小心着凉。"

杨冰由激动变感动,眼角不觉潮湿起来,情难自禁地依偎在宋修夫身上。宋修夫趁势拥搂住杨冰,随口问:"对了,你还没给我介绍你家庭的情况呢!"杨冰一怔,旋即有些惶然,连忙回答:"我正准备离婚,现在是分居……"宋修夫不再犹豫,不等杨冰说完,便猛地用嘴堵住杨冰,狂吻起来。

第三十二章　刀出鞘

一

　　尹颖对刘天石的所作所为产生了疑虑。她找到温松华，当她迟迟疑疑讲出她对刘天石有看法时，温松华惊诧地注视着尹颖，问道："你说什么？"尹颖加重语气说："我觉得石哥是有问题！"温松华心里一沉，忙探询："有问题？有什么问题？"尹颖说："他公然找小三。还有，我听杨冰说，他常到境外赌博，输赢都以亿计算，让人恐怖。"

　　温松华稍稍松了口气，道："刘天石是有作风上的问题，也有好赌的毛病，大款土豪十有八九都这样，有几个臭钱就烧得不是他了。找机会，咱们都说说天石，毕竟不是一般的老板，要加强自身修养，注意社会影响。"温松华的话并没有打消尹颖的疑虑，忧心忡忡地说："温局，我现在最担心的是石哥有没有其他问题，杨冰给我讲的可不止这些。"

　　温松华意识到这次不是三言两语就能打发单纯的尹颖了，于是劝导说："杨冰心里不快活，自然是没什么好话，怎么坏怎么说，难免夸大其词，咱们不能听风就是雨。"尹颖认真道："那你说，专案组为什么到现在还不走？我从头想了想，心里总觉得不踏实。这里边会不会真有问题？"温松华盯着尹颖："是魏晋那小子影响了你吧？"尹颖说："那倒不是，我不是个能轻易让别人影响的软耳朵。反倒是我向他提出疑惑时，他和你刚才说的一样。"

温松华显得有些不敢相信："哦，是吗？转性了啊！"尹颖撇撇嘴："自从当了副支队长，他越来越像你了。这乌纱帽，挺管用！"温松华瞪尹颖一眼："说什么呢？在法律面前，我们不会动摇，只要有事实有证据，亲娘老子也不能例外。可同样，如果像江宁那样空穴来风，捕风捉影，凭主观臆断办案，咱也不能盲从。"

尹颖摇头："温局，江宁和专案组如果没有抓住把柄，不会赖着不走吧？人家是公安厅的领导，最起码的法制观念还是有的。"温松华也摇头："狗屁！越是地位高越顾脸又顾腚！他们是骑虎难下，不证明自己是对的，就下不了台面，好多冤假错案就是这样造成的！还是那句话，刘天石几百亿的资产，又有这么高的社会地位，犯得着去杀人放火吗？毛病肯定有，但你要说他涉黑犯案，鬼都不信！这是很简单的道理嘛！"

尹颖想了想说："倒也是，依我对石哥的了解，他不应该是那种人。可是……"温松华拍拍尹颖肩膀："你可别胡乱猜测了，难怪人说，谎言重复一百遍也就成真的了。咱是握着刀把子的刑警，可千万不能丧失观察力和定力！"尹颖点点头，又摇了摇头，眼里透出迷茫之色。

江宁亲自登门，来到了关山的局长室。关山满脸惊愕，看着门口的江宁。江宁淡定地问："关局长，我能进去吗？"关山回过神来，忙从办公桌后站起，迎上前去："老江啊！稀客，稀客！快请进！"

江宁一边走进，一边说："自家的庙门不能进，不就成了稀客吗！咱们身上的警服，真该改个式样有个区分！"关山尴尬地苦笑："你看你，上来就抢棒子，咱化缘的钵盂不同，所以就只能烧不一样的高香了。你请坐。"江宁道："坐就免了，不给你惹麻烦，也就两句话。"关山说："你请讲。"

江宁一字一句："有不明身份的歹徒袭击骚扰专案组！第一句话，我不管你端的是谁家的钵盂，烧的是哪门子高香，只要你头上还顶着警徽，就不是法外王国！第二句话，下次遇到滋事骚扰者，我们将直接开枪击毙！再见！"说罢不等关山回应，便扭身大步走出门去。关山愣怔片刻，拿起桌上的电话机，拨打温松华的电话。

温松华跌坐在办公桌后，两道浓眉渐渐绞到一起，尹颖蹒跚出门的背影慢慢消失在门口。温松华咬牙切齿痛骂："刘天石啊刘天石，你这个狂妄自大的王八蛋！城门失火，是要殃及池鱼的……"边自语边手伸向电话机。电话机恰巧在这时响起，温松华吓了一跳，伸手抓起话筒："喂？哦，是关局啊！好好，我这就过去……"

江宁回到专案组，钟慧敏和徐铁军便迫不及待询问他到市局结果如何，关山是什么态度。江宁道："话已经撂在那儿了，但指望他们保护，是不可能的事。"徐铁军说："倒也是，他们不推波助澜，就是万幸了！"

江宁道："我去的目的是要他们把话传到刘天石那里，让他清楚，顽石越硬刀越快。"钟慧敏接上话："就是要向他们下宣战书！"江宁提高音调："是的，绝地反击的时刻到了！既然人家不再犹抱琵琶半遮面，咱也就撕破层障刀出鞘！"徐铁军抖擞起精神："喊！沧海横流方显英雄本色，锣对锣鼓对鼓地干，过瘾！"钟慧敏也表达决心："主任，看得出你已经运筹帷幄成竹在胸，你下命令吧！"

江宁沉静地说："刘天石之所以有恃无恐，是他用金钱筑起了自以为是那铜墙铁壁般的堡垒，用金针银线钩织了自认为坚不可摧的关系网。而事实上也的确如此，如果不击垮官商勾结这道防线，打掉刘天石的保护伞，我们就很难掌握主动，完成彻底铲除黑社会犯罪组织的使命。"钟慧敏点头："是的，事实已经说明了一切。"

江宁接着道："目前的形势就摆在这里，咱们应该看得很清楚。现在已是背水一战，不是鱼死就是网破，这绝不是危言耸听。

我们接受任务时，向上级立了军令状，只能进，不能退！在这场正义与邪恶的斗争中，我们也不可能有退路，因为我们肩负着法律赋予的神圣使命。好了，豪言壮语我就不说了，下面我谈谈具体工作安排。"他打开笔记本，"首先，我们要抓住犯罪集团的命门实施侦查计划，那就是集中火力猛攻刘天石的关系网。慧敏你负责继续围绕枪击案展开侦查，重点目标是高强；铁军负责深入查实天石集团与金融等经济系统腐败分子交易的犯罪证据；我负责主查刘天石在政界的代理人。咱们各负其责，马上行动吧！"

二

关山拧着眉头在办公桌前踱步。温松华快步走进："关局，有事？"关山开门见山："刚才江宁主任来了。"温松华怔了怔，显然没想到江宁在双方对立翻脸后还会亲自上门，于是探问："哦？他来干什么？"

关山往椅背上一靠："有一些流氓混混滋扰专案组，而且行径很恶劣。"温松华释然："噢，明白了，他是兴师问罪来了。"关山挺挺身："松华啊，他们毕竟是领导机关派来的专案组，出了事谁都承担不起。市领导对专案组不予配合的指示可以执行，但他们的人身安全必须保证，你说是不是？"

温松华不以为然："这是他们自取其辱，也该让他们体会体会外来的和尚念不出真经的滋味。不然，他们更不把我们地方公安放在眼里。"关山缓声道："我只是给你提个醒，你现在主持工作，怎么解决你看着办。最好别把事情闹大了，你身上的担子不轻哇！"温松华瞅瞅关山，自然能听出老局长的话外之音，嘴角不由得抽搐了一下。

八卦洲舞厅里，灯光迷离。轻柔的舞曲声中，滕长青和米琪，宗林和梅青，刘天石和柳云等成双成对翩翩起舞，其中刘天石和柳云舞姿最为优雅潇洒，让人赏心悦目。

柳云不时向门口张望，刘天石附在柳云耳边低语："这个松华，怎么回事，架子比滕市长还大。"柳云连忙解释："他现在主持公安局的工作，天天忙得脚不沾地，可能又被什么要紧的事给绊住了。"刘天石道："也只有你护着他了。再要紧的事也没有今天的派对要紧。我可是专门为你和松华举办的庆功晚会，这头号功臣不到……"正说着，温松华从门外匆匆走进。刘天石笑了："心诚则灵，你看，咱们终于把他念叨来了！"

温松华径直走向刘天石。刘天石拉着柳云的手，递给温松华："主人驾到，我该让贤了！"温松华面无表情，一巴掌打掉刘天石的手："走，我有话跟你说。"刘天石一愣，继而用调侃的口吻自嘲："完了，柳老师，你老公吃醋了！"温松华狠狠瞪刘天石："吃你个鸟，瞎乐和个啥！"刘天石见温松华是认真的，马上严肃起来，跟着温松华走向门外。柳云有些疑惑地看着刘天石和温松华。

刘天石和温松华在廊亭里站住，刘天石有些惴惴不安地问温松华："松华，到底出了什么事？"温松华眼望远处："商女不知亡国恨，隔江犹唱后庭花。"刘天石着急："我的温大局长，你就别显摆你的文采了行不？快说究竟又出了啥幺蛾子！"温松华依然轻声吟哦："温柔乡里隐刀光，石榴裙下藏暗枪。"

刘天石崩溃："我说松华，你大惊小怪地拉我出来，是要我对诗呀？我可没有心思听你唱拉魂腔，酸不酸啊！"温松华突然一声暴吼："你的心思都用在了歪门邪道上！又酸又臭的是你！刘天石，你是不是要把我们都拉进十八层地狱，你才满意？"

刘天石笑了："你瞧你，发哪门子邪火，莫名其妙嘛！"温松华火气不减："你才是莫名其妙！我苦口婆心，你就是不听，你的后院失火了你知不知道？"刘天石还真有点蒙了，睁大眼瞪着温松华。

温松华告诉刘天石，杨冰向尹颖诉苦并揭发了天石公司的违法行为和控诉他赌博找小三的行径。刘天石听罢，表情阴沉，骂道："臭娘们，吃醋吃出火来了，我饶不了她！"温松华讥讽："你对付女人不是很有一套吗？不管你使用什么方式，都要尽快处理好这件事。攘外要先安内，不然后果会很严重。"刘天石问："尹颖是什么态度？"温松华道："她已经对你有所猜疑，你想想，如果连尹颖都对你打了问号，你是不是做得很失败？"

刘天石第一次有了自省的态度："我是要好好检讨自己，不注意小节是不行啊！"温松华郑重其事道："江宁是个什么样的角色，你应该清楚，稍有不慎，就会有大麻烦的。只要他还在海州一天，你就得枕戈待旦，睡觉都要睁着一只眼。"

刘天石频频点头："是啊是啊！你提醒得对，以往的教训我们不能不记取。杨冰这边我来解决，尹颖那边只能拜托你多加疏导了。"温松华道："只要你能摆平杨冰，尹颖的工作我来做。"刘天石眉一扬，用调侃的口吻说："好，就这样，我会让杨冰改邪归正，重回组织的怀抱！"

温松华嗤之以鼻："见过不要脸的，没见过你这么不要脸的！"刘天石捶温松华一拳："这个世界上也只有你敢骂我，难怪皇帝都怕发小。走吧，别让柳老师等急了！"

刘天石被温松华一番告诫后，立刻吩咐高强马上派人盯住杨冰。

高强吃惊，问刘天石："你让我监视嫂子？"刘天石不耐烦："我已经说得够清楚了。"高强不情愿了，说："哥，她是你老婆我嫂子啊！你可不能有了小的，就把大的蹬了，还搞监控，这不地道……"刘天石火了："你废什么话？叫你干啥你就干啥！"

高强脖子一梗："不干！你要打嫂子的歪主意，没门！"刘天石眼一瞪："你敢抗命？"高强眼瞪得比刘天石还大："不光是抗命，我还要和嫂子联合起来，造你的反！"刘天石不由得苦笑："你小子还挺知道报恩。"高强慷慨激昂："糟糠之妻不下堂，那些个小的，你别指望我喊嫂子！人不能昧良心，喜新厌旧，不算好男人！彩旗飘飘，红旗不倒，才是顶天立地的大英雄！"

刘天石无奈，只好好言相劝："强子啊，我知道杨冰平时对你最好，说你讲义气。可这次和情分无关，不然我会让你去盯着她？"高强愣了愣问："你的意思是她叛变了？"刘天石点点头："差不多吧！"随即口吻变得严肃，"你给我听好了，这可是关系到咱们身家性命的大事，你明白吗？"高强挠头："真有这么严重？"刘天石又不耐烦起来："你查查不就知道了吗！强子，我再说一次，这件事非同小可，你要是再磨叽，我就让别人去办了！"高强赶紧表态："我去我去，家丑不可外扬，这事不能让外人插手！"

三

杨冰和宋修夫的师生恋可谓是轰轰烈烈，用句俗话说就是干柴遇上了烈火。

杨冰十七岁认识刘天石，二十岁结婚，其实完全是在懵懂之下就嫁为人妇，根本就没品尝过人生以及生理成熟后的爱情。加之刘天石的背叛和乱性更是让她迫切寻求情感的宣泄口，当然也有人格的自尊和报复乃至给予自己补偿的因素。

而宋修夫的爱似乎比杨冰还要炽热，他之所以年过四十尚未结婚成家，就是自视甚高的所谓艺术家眼光使然。在他四十岁人生之前，没有一个他看上眼的女人出现，可当他遇到杨冰后，不仅满足了他梦寐以求的容貌好、气质佳、温柔以及绘画的共同爱好等诸多条件，可以说杨冰还符合他所期望的内外兼备型。与杨冰这偶然的相遇，让他惊为天人，于是他便不顾一切地和这位自称即将离婚的美少妇知音如胶似漆起来。

高强领命监视跟踪杨冰后，没费吹灰之力便发现了她红杏出墙，于是随即报告给刘天石。刘天石大怒，尤其是当他得知宋修夫只是一个自诩为画家的穷书生之后，更是恶向胆边生，命令高强马上派人把宋修夫给他抓来。

高强和老六、毛焰在月黑风高之夜，像老鹰擒小鸡似的轻而易举便将宋修夫绑架到了八卦洲的地下密室。

当宋修夫被除去黑布头套，看清身处地下黑室后，惊悚和恐惧可想而知。他战战兢兢地问虎视眈眈盯着他的高强为什么要绑架他。高强嘴里只冷冷吐出两个字："玩你！"宋修夫哀声道："我一个穷教书的画匠，画也卖不出钱，其实就是吹吹牛，没有什么好玩的……"

高强厉声打断："所以你他娘的才勾引富婆是吧？"宋修夫从高强的话音里似乎听出了端倪，脱口说出："是杨冰？"高强没理睬他。宋修夫鸣冤叫屈说："大哥，这事真不能怪我，她说已经分居在准备离婚，而且她也没说她是富婆……"高强不等宋修夫说完，"啪啪"两个耳光便甩了过去。宋修夫被打得眼冒金星，原地转了个圈。

就在这时，刘天石慢慢悠悠踱了进来，在宋修夫面前站定，上下打量着他。宋修夫稳住身体，抬起袖口揩掉嘴角的血，这才抬头看来到面前的刘天石。刘天石咂咂嘴，品评道："嗯，长得挺有艺术家的范儿，钻研画艺用到真人身上了，说说吧，有什么心得？"

宋修夫看着刘天石，眼睛渐渐瞪大："啊！你是刘……我常在电视上见到你……"刘天石眯着眼笑道："那我就用不着自我介绍了。但要介绍一下，杨冰是我老婆。"宋修夫立刻便明白了一切，额上的冷汗唰地便冒了出来，两腿禁不住直打哆嗦，结结巴巴说："刘……刘总，对不起，我……我真不知道……"刘天石依然是面带微笑："不知者不为错。说说吧，有什么打算？"宋修夫立刻表态："我退出！我退出……"

刘天石手托下巴："嗯，聪明。"宋修夫信誓旦旦保证："我从今以后不会再和杨女士有任何联系接触，如有违背，愿受刘总任何惩罚！"刘天石颔首："很好，事情过去就算了。"宋修夫终于松了口气，刘天石的威名他可是如雷贯耳。在海州提到他，那是城墙都要晃三晃的。没想到这么轻易就放过了他，他可是等于搞了海州的王后啊，于是不由得暗自庆幸起来。

刘天石转身，突然又补上一句："可这以后也得留个念想是不是？"宋修夫一时没弄懂刘天石是什么意思，不由得又紧张起来。

刘天石往外走："把他画画的那只手留下，我太太还要学画呢！"宋修夫明白了刘天石的意思，顿时吓得双膝一软，跪了下来，哀求："刘总您大人大量，就饶了我吧，我以后再也不敢……"刘天石根本不睬，甩着胳膊扬长而去。

高强一声令下。老六和毛焰上前架起宋修夫，将他的右手摁在木桩上。高强扬起利刃，一刀斩下宋修夫的右手掌，宋修夫发出一声惨叫。高强恶狠狠斥道："马上滚出海州，如果再让我见到你，就拆了你扔进大海喂王八！滚！"宋修夫抱着鲜血直流的残臂，跌跌撞撞逃出门去。

专案组先内后外，先近后远，对天石公司和刘天石展开了全面调查。钟慧敏查出了高强指挥枪击郝达的犯罪事实；徐铁军获取了天石公司在经济领域的违法证据；江宁则查清了刘天石在海州的关系网。

在完成这些调查后，江宁立即向周民厅长报告，并将取得的人证物证送往省厅。周民指示江宁，继续深挖犯罪集团在省城的关系网，要不惜一切代价查出他们勾结犯罪的证据。

刘天石很快便获知了专案组的动向，他没料到江宁会在他忙于家务之事时向他发起攻击，让他猝不及防。而且是对着他的要害之处猛插一刀，他感到了从未有过的恐慌。江宁就像一个面目狰狞的怪兽，正向他张开血盆大口，随时将他一口吞下。

直到这时，他的自信才开始动摇，对江宁有了莫名的恐惧感。他赶紧向邢旭东和葛远祥发出警报，同时和滕长青、温松华商讨应敌之策。最后三人一致决定，切断江宁这个魔掌，唯一的希望就是求助上层保护伞，用组织手段打压，逼其就范。

一场刀光剑影的白刃战，直到此时此刻，才算真正拉开了序幕。

刘天石很快便得到"幕后大老板"们全力支持的许诺和保证，并指示刘天石针对专案组把事情闹大。

刘天石马上便把来自省城的反馈告诉了滕长青和温松华，令他们大受鼓舞，他们都深知一荣俱荣一损俱损的道理。既然他们和刘天石同船共渡，休戚相关，那面对强敌，必须"同仇敌忾"。目前的形势已明明白白摆在那里，已无须再躲躲闪闪玩捉迷藏游戏。

刘天石向滕长青、温松华传达了保护伞的旨意，就是把事情闹得越大越好。三人经过一番密谋，制订了行动方案。

江宁秘密约见陈晓辉，向他传达了厅领导的指示，要求他根据邢旭东、葛远祥等腐败官员同刘天石交易的线索，利用刘天羿和宗林，向纵深拓展，争取尽快查出刘天石的所有保护伞。

刘天石开始实施他和滕长青、温松华商定的行动计划。第一步就是指示宗林关闭了天石集团所属经济效益不太好的几家实体企业和工厂，并放出是专案组的无端调查吓跑了客户致使工厂倒闭的风声。

成千上万砸了饭碗的职工愤怒了，他们围住了专案组的驻地，声讨之声如滚滚洪流几乎将专案组淹没。有些情绪失去控制的职工蹬门踹墙，强烈要求专案组滚出海州，那些高强刘天羿手下的马仔乘机向小楼投掷石块燃烧瓶。

江宁给关山打去电话，关山让温松华前往专案组解围。温松华故意拖延时间，到了现场后，不仅不制止骚乱的职工，反而怂恿鼓动。职工们有了当地公安的声援支持，更是火上浇油，呼啸如排山倒海般往上涌，小楼如一叶孤舟，摇摇欲坠。

江宁不顾钟慧敏和徐铁军的阻拦，从楼门走出，他自我介绍了身份，申明是受省公安厅委派来海州侦查枪击案等刑事案件的，同时他也毫不避讳地向职工们讲出这些刑事案件带出了官员腐败的问题。他推心置腹地对职工们说，如果你们不想让专案组抓住凶手，那下一个倒在枪口下的就可能是你或是你的家人。如果你们容忍那些腐败分子胡作非为，那你们的结局就不仅仅是暂时失去工作这么简单了。接着他提醒职工们好好想一想，为什么早不下岗晚不下岗，偏偏在这时候下了岗，如果你们甘心受坏人的蛊惑摆布，阻挠国家执法机关依法办案，应该明白会是一种什么后果。

闹事的职工听了江宁的解释，渐渐冷静下来。议论说公安查案天经地义，人家从省城过来，和咱无冤无仇，不可能是冲着整治咱来的。杀人凶手不抓，那还不翻了天了？要是任由那些老虎苍蝇为非作歹，这社会不就完了，最后倒霉的不还是咱老百姓吗？大多数职工终于有所醒悟，渐渐退去。

一场危机就这样被江宁化解了。钟慧敏和徐铁军深切地感受到人民群众还是有觉悟的，反而增加了与刘天石集团斗争下去的勇气和信心。

刘天石的第一步行动没能达到目的，滕长青紧跟着实施第二步计划。他借助工人闹事，马上以市委市政府的名义向省委省政府报告专案组在海州先入为主，凭主观臆断办案，在没有任何事实证据的情况下以莫须有的罪名迫害著名企业家和海州龙头支柱产业，对当地的经济发展造成了十分严重的阻碍和破坏作用，使有志于改革开放发展经济造福社会的民营企业界人人自危。

与此同时，刘天石操纵媒体和网络为自己大造舆论，什么优秀企业家的代表、胸怀天下的慈善使者、敢为天下先的改革开放先锋、爱党爱国的有识之士，等等，竭尽涂脂抹粉之能事。

而邢旭东、葛远祥以海州市政府的报告为依据，利用经营多年的权力网络向政法公安机关施加影响，与海州遥相呼应。

温松华也从幕后跳到了前台，利用主持公安局工作的权力，挑动有狭隘地方主义思想的干警和那些本来就被刘天石拉下水的公安干部对抗专案组，干扰阻止专案组的侦查工作。

俗话说，强龙压不住地头蛇。海州市委市政府其实才是这方水土的主宰，别说他们公开阻挠设置障碍，就是睁只眼闭只眼你都寸步难行。尤其是地方公安机关的对立就更严重了，几乎把专案组逼到了悬崖危岸。

江宁再度陷入困境，刚刚露出的一线曙光顷刻间便被席卷而来的乌云遮住了。

四

魏晋眼看着专案组陷入被动局面却又无能为力，就在他为此苦恼之时，接到了一个神秘的电话。他看了看来电号码，是陌生的手机号，犹豫片刻他还是摁下了接听键，一个熟悉的女声响起："魏警官，您好！"

魏晋精神一振："你是王琳？你还活着？"王琳稍稍提高了声音："魏警官，我没死，不看到那些坏蛋垮台我是不会闭眼的！"魏晋激动起来，连忙问："你在哪里？"王琳回答："我现在还不想让任何人知道我还活着，更不会告诉任何人我在哪儿。魏警官请您原谅，因为刘天石的爪牙到处都是，我不能不防。"魏晋劝导说："王琳，请你相信我们，一定会保证你的安全，希望你能回来，配合我们的侦查工作。"王琳轻声笑了笑说："恕我直言，你们还是保护好自己吧。虽然我不在海州，但我什么都清楚，不然我也不会给你打电话。"

魏晋有些尴尬："对不起，王琳，我们没有保护好你。可是我们还是希望你能回到海州来，安全相对有保障。"王琳还是婉言回绝："魏警官放心，我现在很安全，没人能找到我。你们打败刘天石之日，就是我回去之时。"魏晋问道："那你看我们能见个面，谈一谈吗？"王琳说："不必了魏警官，我会用微信给您发信息，要说的话都在里边了，您稍后就能收到。再见魏警官！"说罢便匆匆挂断了电话。

原来，王琳死里逃生后，躲藏到了广西白沙市，投奔黑老大袁虎的手下阿昆。袁虎是刘天石为购买白沙矿山培养的得力干将，他使用暴力手段解决了很多竞争对手。而这个阿昆正是袁虎的心腹。他在随袁虎去海州拜会刘天石时认识了八卦洲的美女经理王琳，被迷得晕三倒四，拜倒在王琳的石榴裙下，发誓为了她可以付出一切。所以王琳落难后便投奔了阿昆。当她从阿昆的嘴里得知海州的形势发生变化，专案组公开侦查刘天石并处境艰难后，便毫不迟疑地给魏晋打了电话，向专案组提供炮弹。

魏晋很快便收到王琳发来的信息，指证高强绑架她并试图将她灭口的犯罪事实。另外是有关八卦洲的资料U盘在她被绑架时，她在危急之中将U盘藏在八卦洲大门口的芭蕉树下。

于是魏晋立刻扮成游客到八卦洲查寻到U盘，虽然在王琳所说的位置找到，但U盘在泥土中已受到侵蚀，经技术处理后，虽然能看到模糊的图像，可声音却无法复原，失去了证据的功能。好在王琳对高强的指证是有证据效力的，魏晋向关山提交了拘捕高强的报告，关山在证据确凿的前提下，下达了对高强的拘捕令。

温松华火速向刘天石通报。刘天石当机立断，命令宗林安排高强逃跑躲避。

魏晋密捕高强，但在其住处和天石公司均扑了空。

陈晓辉向江宁发出信息，密报宗林将高强从公司地下密道送走，很可能对方已察觉。魏晋恼火至极，直接到天石公司质问宗林。宗林态度傲慢地回复魏晋说高强已经辞职了。显而易见，高强已经潜逃。

宗林将高强安排到老家铁门峡乡村躲藏，他要求高强不能抛头露面，更不能使用手机电脑等电子产品与外界联系。并让弟弟宗茂盛照顾高强生活起居，高强在乡下过起了隐居生活。

专案组和魏晋启动了所有手段，均没有查出高强的下落。江宁向周民报告，请求省厅协助。省公安厅通过公安部向全国公安机关发出了缉捕高强的A级红色通缉令。

八卦洲密室里，刘天石不停地抽烟，屋子里烟雾弥漫。刘天羿坐在沙发上，用手驱赶着烟雾。

魏晋的突然攻击不得不让刘天石感到恐慌，尤其是高强的暴露威胁到组织的核心，更让他十分恼火，他很明白拔出萝卜带出泥的危险后果。

刘天羿似乎看出哥哥遇到了难题，于是挺挺胸说："哥，还是让我出手吧，对付专案组这帮流寇就要以暴制暴。只要我出来振臂一呼，那些兄弟能把江宁给生吃了！"刘天石翻妹妹一眼："你以为江宁像你不长脑子。要是逞勇斗狠有用，早把他灭了。你给我老老实实待着，现在够乱了。"

刘天羿不悦，嘟囔："那你叫我来干吗？就是为了拿我当出气筒？"刘天石皱眉："少扯淡！叫你来是让你务必保证高强的安全，绝不能让他落入专案组的手里！"正说着，温松华推门走进，刘天石示意刘天羿离开。

温松华坐下，点上烟，然后道："天石公司出了一个逃犯，刘老板，你什么时候才能让人消停消停？"刘天石瞟温松华一眼："埋怨的话就别再说了，如果你能控制住魏晋，也就不会出这档子事了。说说吧，你看该怎么对付江宁？"温松华要言不烦："攘外先安内。灭火要消除火源。"刘天石问："你的意思是斩草除根，彻底切断后患，让高强永远消失？"

温松华抽口烟："我的意思已经很明确了，江宁的手段你不是没领教过，一旦让他抓住高强，就会产生多米诺骨牌效应，接下来就是你、我、他，顺藤摸瓜，一个比一个大。"

刘天石翻翻眼："你别说得这么吓人好不好？你知道的，高强不是一般的小弟，他为了天石公司拼杀多年，忠心耿耿，可谓是劳苦功高。更何况他还是我未来的妹夫。如果抛弃了他，会让其他兄弟寒心，以后没人会再为公司效命。而且从目前的情形看，高强还是安全的。你放心，等风声过了，瞅个机会我会把他送到国外去。"

温松华也翻眼："刘天石啊刘天石，叫我怎么说你才好？你这么做是拿大家伙的生死为代价赌博，到最后你谁都保不住你明白吗？"刘天石正色道："松华，我可以负责任地告诉你，我从来不是个优柔寡断的人，更不可能拿天石集团和兄弟们的前途未来开玩笑。倘若一旦出现险情，我会毫不犹豫地忍痛断臂。"

温松华弹弹烟灰："那好吧，咱不说这个了，但愿高强能平安无事。"然后顿了顿，深深吸口烟，压低嗓门说，"还有个事，我不得不提醒你，你有没有从接踵而来的事件中意识到一个问题，江宁好像有个导盲犬。"刘天石马上接口说："我明白你要说什么，我们内部不干净，有内鬼存在。"温松华点点头："堡垒往往都是从内部攻破的，不肃清内部的奸细，威胁将是致命的。"

刘天石道："我早就察觉到这个问题，也曾经进行了考查甄别，但查出费礼那个嫌疑对象后，还老是出问题。说实话，我是十分苦恼而又无奈。对了，你是个经验丰富的老刑警，应该对这方面有独到的眼光和敏锐的观察力，能否提出你认为不正常的人？"

温松华想了想说："这个我还真没有进行深入观察，现在还不好说具体的人，但有一点可以肯定，这个人必是位于核心部位，你不妨采取排除法，把筛查到最后的人作为重点嫌疑进行考查。"刘天石听了温松华的建议，连连点头。

第三十三章 对 垒

一

刘天石接受了温松华的建议，对公司核心职位的人员进行逐个审查，最后将疑点集中到几个司机、秘书和保镖身上。尤其是陈晓辉，他和妹妹刘天羿打得火热，而且身兼宗林的司机和保镖，掌握的公司机密最多，陈晓辉自然而然也就成了刘天石重点甄别的对象。

刘天石很快查明陈晓辉进入公司正是专案组进驻海州的时间段，而且他曾和刘天羿一块去过关押王琳的牛头屿基地，其疑点增大。刘天石开始琢磨考查陈晓辉的方式方法，如果向妹妹刘天羿说明陈晓辉的疑点，让她试探陈晓辉，他担心女人在情感上痴迷于对方时就是个傻瓜，万一感情用事，不仅查不出问题，反而会打草惊蛇，起到相反的作用和效果。考虑再三，他决定还是让宗林出马最稳妥也最合适，因为他就是陈晓辉的老板，几乎形影不离。

天石大厦董事长办公室里，宗林向刘天石报告了他已经将高强的隐藏事情安排好，保证不会出任何纰漏。

刘天石问道："铁门峡那边不出问题，我们这边呢？"宗林一愣，没听出刘天石是什么意思，直眨巴眼。刘天石接着点题："我们内部可不是一片净土，出了那么多事，你就没从这方面找找原因？"

宗林终于听明白了，点点头说："石哥提醒得有道理，江宁和魏晋屡屡抢得先机，的确说明咱们内部有问题，我马上安排查。"刘天石问："你有重点怀疑对象吗？"宗林又是一怔，想了想说："公司范围太大，人员又杂又多，排查不是一时半会的事，但我会尽快落实。"

刘天石一摆手："江宁和魏晋不会给你留时间！这个事必须尽快有结果，我们拖不起！"宗林有些为难："可我总得先有怀疑目标才能……"刘天石厉声打断："这个嫌疑人就在你身边！"宗林吓了一跳，嗫嚅："在我身边？谁？"刘天石加重语气："那个老五陈毛弟！"

宗林一惊，然后摇头，以断然的口气说："不可能。他跟了我这么长时间，做事谨慎稳重也很聪明干练，从来没出过差错。而且他还是小羿的心腹干将，不可能干出卖公司的事，那不是砸自己的饭碗吗？"

刘天石对宗林的态度和为陈晓辉辩护大为光火，骂道："你他妈的长没长脑子，姓陈的来公司正是专案组进驻海州之时你知不知道？他为什么对你这么无微不至地伺候？他为什么要勾引小羿？这些你怎么就不打个问号呢？还有牛头屿基地营救王琳那档子事，你说谁能轻易进得去？而且他那天恰恰就在那儿！还有，你送高强外逃，江宁那么快就知道了，他是长着千里眼顺风耳呀？所有这些都集中到了那个陈毛弟身上，难道还是巧合？我告诉你，你如果不下功夫对陈毛弟考察，出了问题，我就让陈毛弟先拿枪把你给毙了，然后我再收拾陈毛弟。你听明白了吗？"

宗林噤若寒蝉，不敢再违抗刘天石的命令，他也清楚假若陈晓辉真是专案组的卧底，到时候他真要吃不了兜着走了。

宗林开始对陈晓辉进行考查，他有时故意装醉酒，把公文包或电脑扔给陈晓辉，事先在公文包和电脑上暗暗装上机关，只要陈晓辉打开，他就能发现。陈晓辉当然不会轻易上当，他在对宗林察言观色的同时，对是否能打开公文包电脑以及别的类似机密物品，他都有特别的识别技能，对付宗林这种雕虫小技可谓是绰绰有余。

宗林见陈晓辉一切正常，便琢磨出了一个更立竿见影的计策，对陈晓辉进行考验。这天晚上，宗林很神秘也很郑重其事地告诉陈晓辉，他把高强藏在了石寨村，因为在那儿建希望小学有很好的关系。他交给陈晓辉一个重大任务，让他去石寨村给高强送一笔钱，把交钱的地点画了一张图，并叮嘱他务必小心，注意安全。他还解释说，之所以派他去，是他不为专案组注意，而老六、毛焰等人已经上了专案组的黑名单，被专案组监视。

陈晓辉见宗林如此小心又缜密，没有多想便答应了他，并立刻约见了江宁。

江宁和陈晓辉在他们的"秘密联络点"汤池温泉浴室见面了。陈晓辉向江宁详细报告了宗林派他去石寨给高强送钱的情况，认为这是抓捕高强的好机会。

江宁有些不放心，问陈晓辉："宗林以前交办过你这种事吗？"陈晓辉摇头说："以前他从来没让我干涉案的事，但他说别的几个小弟都被专案组盯上了，所以才派我去。"江宁沉思片刻后说："这件事必须慎重，不能不提防他们试探你。"陈晓辉马上说："你这么一讲倒真是提醒了我，最近我感觉宗林好像对我有了些戒备，有时候在公文包和电脑、手机上设置暗门机关，然后交给我。"

江宁表情凝重起来："这样的话，我们就不能大意了，还是小心为好。"陈晓辉问："那你看去石寨的事怎么处理，如果要是真的呢？抓高强的机会不能错失啊！"江宁想了想说："去当然还得去。这样吧，你到了石寨后见机行事。如果真是给高强送钱，先不要打草惊蛇，你想办法把跟踪芯片装在他身上或随身物品里就行了。"陈晓辉听了直点头，连声说这个主意好。

陈晓辉按宗林交代的时间赶到石寨村，按图索骥，到宗林指定的地点去见高强。可是等了大半天，也没有见到高强的人影。

在周围布控监视陈晓辉的宗林亦是白忙活一场，根本没见到警察的影子。

陈晓辉从石寨村返回，向宗林报告说没找到高强，问宗林是怎么回事。宗林漫不经心地告诉陈晓辉，说刚刚得到消息，高强在石寨山上不小心从悬崖摔落到海里被海水冲跑了，接着又补上一句，死了也好，省得添麻烦。

陈晓辉从宗林的举动里感觉到他们的确是对他产生了怀疑，他立即报告江宁。江宁指示陈晓辉，从现在起停止一切活动，并且停止再用手机、电脑之类的电子产品发送情报或和他联系，如遇到紧急情况，他们仍然按照原来最原始也是最安全的方式，在汤池温泉见面。

魏晋虽然通过王琳提供的证据查出了高强，但高强的逃跑又使侦查工作陷入停顿，追逃高强显然不是短期内就能完成的。而专案组那边对刘天石官商勾结的侦查，周民厅长又明确指示江宁要挖出刘天石背后最大的老虎，不能打草惊蛇。

江宁和魏晋重新商讨新的侦查方案，两人经过几番推论与探讨举证，最后，他俩的思路不谋而合，他们决定从内部突破，尽量争取尹颖和杨冰，以她们为桥梁和纽带，撕开案件的突破口，达到最终目的。

二

尹颖已不再对刘天石坚信不疑，尤其是高强潜逃，让她内心不再平静。她开始暗地里对刘天石进行试探和调查，刘天石自然能察觉出尹颖的变化，对付尹颖这种单纯而又重情重义的姑娘可以说是轻而易举。

魏晋察觉出尹颖在对待刘天石的问题上，似乎有些细微的变化，他决定在某些事情上对尹颖开诚布公。尹颖虽然心里对刘天石有所怀疑，嘴里却仍然为刘天石辩解，在没有证据和事实面前，她是不会让任何人伤害"恩人"的。

魏晋自然能看出尹颖的心思，于是采取迂回的战术对她说，他也不相信刘天石这样著名的企业家和慈善家会违法犯罪草菅人命，是黑社会老大，希望尹颖能帮着他查出高强的踪迹，抓到高强，也就能证明刘天石是否清白了。其实尹颖对高强是了解的，对他混社会打打杀杀恃强凌弱的行径一清二楚，她也怀疑是不是刘天石把高强藏起来了，以前推在高强身上的坏事说不定都是他干的。她觉得魏晋说得对，只要把高强揪出来，一切就都清楚了。

魏晋在做尹颖工作的同时，也在主动接触杨冰。他从她的爱好入手，经常陪她打麻将。

杨冰问魏晋怎么有时间打麻将，魏晋说他对麻将很有兴趣，想向她学习搓麻技术。杨冰撇撇嘴冷冷地说："你不会是醉翁之意不在酒吧？"魏晋吓了一跳，说："怎么可能，你可不能瞎怀疑。"杨冰说："你就别再装了，尹颖都告诉我了，你是不是想让我告诉刘天石？"

魏晋叹口气说："王琳的境遇的确让人同情，高强做得有些过分了。"杨冰说："我难道不值得同情？刘天石比高强做得还过分，你为什么不帮帮我？"

魏晋故作吃惊，试探地说："刘天石虽然在男女关系上有些不严肃，但还是爱着你的，不然能把你当老板娘供着吗？"杨冰说："我是人，也有血有肉有感情，我不想让人当木雕泥塑般的菩萨供着。"接着她把刘天石如何痛打她的美术老师并将其驱逐出海州的事向魏晋哭诉了一遍。

魏晋其实对这件事早有耳闻，但由杨冰亲口说出来，还是让他感到吃惊，同时也让他看到了争取杨冰的希望。杨冰没等魏晋表明态度，便丢下一句："我知道你也不敢救我，总有一天我会把这个家烧了。"然后怫然而去。

魏晋将杨冰的情况告知江宁，请示能否向她表明意图，求得她的协助。因为利用她对刘天石进行侦查，是最直接有效的捷径。

江宁对杨冰以前突然中断与他的联系记忆犹新，认为不可草率行事，虽然杨冰将她对刘天石的怨恨表露无遗，但一旦她的立场再发生摇摆，就会带来不堪的后果，使他们从内部攻破的计划付诸东流。他指示魏晋，要继续观望考查杨冰，先把重点放在尹颖身上。

　　魏晋认为时机成熟，可以和尹颖敞开谈了，于是他约了尹颖一起吃饭。

　　海滨海鲜馆里，魏晋和尹颖坐在餐桌旁，桌上摆着精致的美味佳肴。尹颖问魏晋："今天是什么好日子，想起来请我吃饭？"魏晋笑道："咱们在一起，天天都是好日子，你说是不是？"尹颖撇撇嘴："酸！"魏晋指指中间的菜盘："实说了吧，滨海石鱼的季节要过去了，所以一定得请你品尝品尝。"

　　尹颖白魏晋一眼："少忽悠，你没那么好心！我说魏晋，你能不能别玩这种醉翁之意不在酒的把戏？没人比我更了解你了，咱能不能坦诚点别虚头巴脑啊？"魏晋不无尴尬地欠欠屁股："那好吧，咱就开门见山。我必须告诉你，刘天石涉嫌犯罪的事实已经是昭然若揭……"

　　尹颖脸上陡然变色，打断魏晋："你请我吃石鱼，我就知道你是什么目的！你跟着我靠近杨冰，原来是包藏祸心啊！"魏晋没料到尹颖是这种反应，耐心劝导道："尹颖，你怎么还犯糊涂？难道你从王琳身上还看不出……"

　　尹颖翻脸，不等魏晋说完，便厉声道："你少拿王琳说事，她是受到高强的欺压，和刘天石有什么关系？"魏晋质问："高强潜逃在外，是谁包庇的，你难道不清楚？这是秃子头上的虱子明摆着嘛！"尹颖反驳："高强长着腿，你怎么能推到刘天石身上！"

　　魏晋苦笑："其实你心里明镜似的，就是不愿意接受而已。尹颖，希望你能悬崖勒马，擦亮眼睛，认清刘天石的本质和……"尹颖一声尖叫："别说了！"

　　她气得满脸通红："我看你才要悬崖勒马呢！完全是无中生有

的老调重弹，高强有问题，你不能把账算到刘天石头上去！"魏晋苦口婆心，尹颖坚持己见，两人的谈话陷入僵局。

二人坐在餐桌旁久久无语，只是一杯接一杯地喝酒。魏晋看着闷头喝酒面若冰霜的尹颖，伤感、绝望而又气其不明事理、盲目相信刘天石的那种恨铁不成钢之情绪弥漫开来。他忍无可忍地对尹颖说："尹颖，既然咱不在一个频道上，那就还是分手吧！我不能为了爱情丧失一个警察的立场和原则，请你谅解。"

尹颖冷冷一笑，竟断然拒绝了魏晋的分手请求，说："我也是个警察，私情永远不能超越法律这个底线我比你还要坚定。只要你能拿出刘天石是黑社会的证据，我就断绝和刘天石的一切关系，并下跪认错。"魏晋道："我会向你举出刘天石的一件件罪证的，但不是现在。如果你继续被刘天石的假象迷惑，就不是丧失法律底线的问题了。"尹颖对魏晋的警告嗤之以鼻，冷嘲热讽地说："别人皆浊你独清，海州市就你一个好警察，江宁应该把你调进专案组。"

魏晋一怒之下摔了酒杯，拂袖欲走。尹颖掏出手枪，"啪"地拍在桌上，瞪着血红的眼睛狠声说："魏晋！你要敢走，我就叫你三步之内血溅当场！今天你必须拿出刘天石的犯罪证据！"魏晋根本不睬尹颖，说道："你应该去问刘天石！我还可以给你个提示，当初李红不敢指认高强，你和房勇去带的李红，难道就没发现什么？"然后昂首离去。

尹颖呆呆地收起枪。其实，她并不是完全不相信魏晋的话，只是心里难以接受这样的事实而已。但魏晋的提示让她想起当初去李红家带李红指认高强就是罗北方背后的"朱辉"时，她的确和房勇都发现了李红似乎刚刚接到一个电话，打电话的人是谁？是不是在威胁李红？尹颖决定尝试捡起这件旧事，也许能解开她心中的疑团。

三

尹颖打算在李红身上下下功夫，看她当初是否因为受到威胁恫吓不敢指认高强，如果是真的，她想弄清楚那个威胁她的人又是谁。

尹颖对李红的开导和劝说终于起到效果，加上李红得知高强已被通缉，她也就没什么可顾忌的了。她答应了尹颖她先考虑一下，到时候会说出当初没有说出的实情。

刘天石获知尹颖在接触李红后，隐隐感到不妙，马上吩咐宗林监视李红。同时采取防范措施，绝不能在李红身上出现任何问题。宗林再次亲自出马，在尹颖离开李家后登门入室。

李红见到宗林大吃一惊。宗林假惺惺地说有些日子没来看小军小朋友了，挺想念的，他还好吧？李红只惊恐不安地点头，不敢搭腔，怯怯地用眼角瞟宗林。

宗林走到沙发前说："怎么，既不让座，也不泡茶，这可不是待客之道。"然后抬眼看看茶几上的茶杯，声音阴沉着问："你家里好像有客人来过吧。"李红紧张，惊恐不安地垂下眼帘不敢回话。宗林突然凶相毕露，厉声质问："你能告诉我这位贵客是何方神圣吗？"李红只好嗫嚅着说是个亲戚。

宗林一声怪笑："哈哈，没想到啊，你竟然攀上了警察亲戚。"李红脸上倏地变色，呆呆地不知所措。宗林几步跨到李红面前，一把托起她的下巴，恶狠狠地说："你他妈给我听好了，你所有的行动都在我的掌握之中，如果你敢出卖我搞什么阴谋，我就让你去给阿东陪葬，还有你那个宝贝儿子，让你们全家大团圆！你听明白了吗？"李红吓得浑身瑟瑟直抖，艰难地嚅动着被宗林捏得紧紧的下巴，含混不清地答应着："明……白……"宗林用力一搡，李红一个趔趄，跌倒在墙边。宗林扬长而去。

但这次李红并没有被宗林吓住。她终于明白，如果不依靠法律将宗林这些坏人绳之以法，彻底扳倒刘天石，她就永远也摆脱不了魔掌。等待自己的将是无休止的欺压，甚至搭上自己和儿子的性命。所以当她再次见到尹颖后，立刻提出要见魏晋。

魏晋和尹颖在茶馆里和李红见了面。李红见到魏晋后，愧疚地为上次做伪证没指认高强的事向魏晋表示歉意。魏晋说他理解李红的难处，过去的事不用再提了。

李红对魏晋说："魏警官，你知道我的处境，完全是被迫无奈。我可以不顾自己，但我不能不顾儿子。希望你能原谅我。"魏晋真诚地说："你有这样的担心和顾虑很正常，专案组不会责备你，只要你能及时醒悟，将功补过，法律不会追究你的过失。"

李红叹口气，说："我毕竟是个弱女子，又是孤儿寡母，无依无靠，有些压力是无法面对也无法承受的。"魏晋问李红："听说他们又威胁你了是不是？"李红恳切地说："我刚才说了，我是无权无势又无依无靠的孤儿寡母，我不能不顾儿子的安危。万一儿子有个三长两短，我就失去了一切。如果能保证我儿子的安全，我愿意配合，说出我所知道的全部内情。"

魏晋斩钉截铁地说："我可以向你保证，我不仅能保证你儿子的安全，而且也会全力以赴地保护你不受报复！这是人民警察的职责，请你相信我的保证！"李红神情庄重地说："好吧，请你打开录音机，这样可以防止我再次犯以前那样的错误。"魏晋感动地看看李红，从包里掏出录音机，摆在李红面前。他摁下录音键，轻声说："可以开始了。"

李红神情凛然地对着录音机说："我以我儿子起誓，我说的句句属实。阿波罗船务公司实际是天石集团的子公司，它的董事长朱辉是化名，其实这个所谓的朱辉就是高强。这些内情是罗北方亲口告诉我的，就在我在法律的感召下准备指认高强时，一个自称是高强朋友的人挟持我儿子对我进行了威胁。迫于压力，我违心地在指认高强时说了假话，做了伪证，我为此感到羞愧，对不起公安和魏警官的信任！"说着，她眼睛潮湿发红，端起茶杯啜了口茶水。

魏晋问李红："威胁你的那个人你知道是谁吗？"李红点点头说："后来我才弄清楚，他就是天石公司的总经理宗林！"魏晋闻之一振，又问李红："你能确定就是宗林吗？"李红以肯定的口吻说："我确定。"接着，她指指窗外说："魏警官你看，当时和他一起去我家里的还有那个黄头毛和黑大汉。"魏晋和尹颖顺着李红手指的方向看去，只见老六和毛焰正在茶楼下溜达。李红说："这些天来都是这两个人在监视我。"

魏晋问李红："当初他们是怎么知道你要去指认高强的？"李红皱皱眉头说："这也正是我感到纳闷的，我当时怀疑你们内部有问题，所以十分害怕，这也是我不敢说真话的重要原因。"魏晋思索片刻后又问李红："宗林是怎么威胁你的？"李红回答说："他当时直截了当要求我，不准指认高强，而且还警告说对我的一举一动都了如指掌。他让我识相点，别拿着鸡毛当令箭，还说鸡蛋是碰不过石头的。"魏晋说："他当时明确告诉你不准指认高强，是吗？"

李红认真地点点头说："是的，那个宗林就是这么讲的。在房警官和尹警官去接我时，他又打电话敲打我，要我好自为之。"魏晋说："这么一来就什么都清楚了。"

李红继续说道："在我按照他们的旨意做了假证之后，认为可以万事大吉了，没想到他们仍不肯放过我。"魏晋问道："你讲讲，后来又发生了什么？"李红说："那个宗林，今天竟然又找上门来，恶狠狠地威胁吓唬我。"李红眼圈一红，说不下去了。

魏晋安慰李红说："你放心，不管是谁，只要触犯了法律，最终都逃不脱法律的惩罚！"李红楚楚可怜地哀声道："魏警官，我现在已是走投无路，你可要为我做主啊！"魏晋蹾蹾茶杯说："你放心，我会履行诺言的。从今天开始，尹警官会全天候保护你和孩子的安全，如果你有什么紧急情况，可以随时给我打电话。"李红感动地对魏晋点点头，从包里掏出一个 U 盘递给魏晋："这次我多了个心眼，把宗林在我家里说的话都录了音，不知能不能作为证据。"

魏晋大喜过望，他连忙接过光盘，对李红说："当然可以算作证据，你这是帮我们办了件大事啊！"李红有些不好意思地说："那就好，灾祸能让人变得聪明，我这心思没白费就行。"

李红的诉说让尹颖终于明白了一切。她鉴于与刘天石的特殊关系向魏晋提出回避，不再参与案件侦办。魏晋没有批准尹颖的请求，因为她和嫌疑人并不是亲属关系，也不符合回避的法律规定，她只是认识上有误区。她在劝导李红上发挥了重要作用，以实际行动证明了她是能守住法律底线的。人民警察的本色没有变，况且李红的安全还要靠她来保护。尹颖第一次主动扑进了魏晋的怀里，她在悔悟的同时对刘天石的失望也在深深折磨着她，让她陷入痛苦之中无法自拔。

魏晋终于取得了案件的突破，并迅速向江宁通报。但对宗林依法采取措施，没有温松华的支持，仍然很难进行。江宁向省厅报告，周民听了江宁的汇报后，很是振奋。他说我等的就是证据，有了这个才是制胜的法宝！我会践行我的承诺，给你们专案组大开绿灯。果然，公安厅很快便向海州市公安局下达命令，必须全力以赴协助专案组的侦查工作，任何人都不能干扰办案，要理直气壮地行使法律赋予的执法权，法律之上没有特殊公民！

专案组的水电很快便通畅了，关山和温松华也亲自登门，来到专案组拜访探望。江宁对关山和温松华二位代表局里来表示的慰问和歉意并不理会。他只提出了一个要求，就是依法对宗林采取措施并组织对高强的追逃行动。

关山说："因为我即将退休，市委安排由温松华主持局里的业务工作，所以关于案子的事就请温松华负责配合。你们又是同学关系，应该能合作得很愉快。"

关山的话，让江宁有些失望。他不清楚关山是在耍滑头还是真的有难言之隐，如此一来，温松华便有了左右局势的权力。他心里很清楚，和这个同学合作意味着什么！但现在他没有别的选择，表面上还必须保持欣然接受的样子。因为无论如何暂时还不能和温松华公开决裂，而且他来专案组探望，似乎也显示了一种缓和的姿态，那就顺势而为吧！这关系到能否突破全案，将刘天石及其党政机关、政法部门和金融经济系统的代理人绳之以法，尤其是将他背后的神秘"老板"曝光乃至拉下马的大局。

江宁思忖了一会儿，既没接关山的话，也没有明确表态。而温松华也没推辞，一副完全听领导安排的表情。

四

江宁和温松华商讨对宗林依法采取强制措施的事项，没想到温松华态度坚定地表示一切听江宁的，依法办。

江宁故意疑疑惑惑地问温松华真的支持对宗林采取法律措施，温松华亦是故作姿态地眉毛一竖说："你什么意思？不会怀疑我袒护宗林吧！"江宁笑笑说："你毕竟和他的老板刘天石是发小嘛。"温松华也笑笑说："刘天石是刘天石，宗林是宗林，我还是你的老同学哩。我要是也犯了法，你会放过我吗？"江宁毫不客气说："你要真是这样，可能你自己都放不过自己。"

温松华听了，不由自主神情一黯，马上遮掩着建议道："对宗林要尽早动手，防止他逃脱，这个宗林，社会上有很多耳目。"江宁问温松华："你的意思是可以拘捕他了？"温松华干脆而坚决地说："证据确凿当然可以拘捕，这个案子要完全彻底不折不扣地办下去，我说过的话绝对算数。"然后又故作姿态地对江宁说："老同学你运气不错，看来你的坚持是对的。我有些落伍了，观察分析问题的能力也退化了，惭愧啊。"

江宁就势敲打温松华说："我原来以为你我之间有了变化，看来我也有了偏差。"温松华心里一颤，表情复杂，他定定神，不无责怪地瞪江宁一眼说："我可没觉得咱们之间有什么变的，你不会对我不同意你办这个案子有别的想法吧？这是工作上的失误，你可别想歪了。"江宁再下重锤，说："想歪了倒不打紧，就怕做歪了。至于失误谁都难免，只要不是有意为之，并能够及时纠正，也还是有希望的。"

温松华不敢再和江宁深谈去，他很明白江宁的意图，弄不好就会钻进他设下的圈套里。他连忙岔开话题说："谈谈案子吧！你江主任有什么打算？"江宁对温松华很是失望，他一直担心温松华陷得太深，但从刚才的试探里，他已经明白，让温松华回头看来已是枉然。于是再次使出敲山震虎之计，他往温松华面前倾了倾身子，故作郑重其事地说："这个案子很不寻常，并不是只有高强和宗林那么简单，他们的背后还有黑手，他们充其量只是马前卒和打手。"温松华脸倏地绷紧，睁大眼注视着江宁，试图探他的底："哦，有这么严重？"

江宁诱敌深入，说："我这绝不是危言耸听，据我们查实，这不仅牵扯到天石集团的核心管理层，而且背后还有黑手。"温松华脸上变色，竭力镇定自己，从烟盒里摸出根烟点上，连吸几口。

江宁继续敲打，做出神秘的样子说："种种迹象表明，这是组织严密、网络纵横、社会关系复杂、有着非同寻常的实力和势力的黑社会犯罪集团。高强和宗林之类的角色没有多大区别，他们都是受命于人，而这个幕后的老板后面还有更大的老板，当然不会是一般的庸常之辈。"温松华急忙问："查出是谁了吗？"江宁淡定地反问："看来你的确是有些退化了，这还用得着问我。"温松华做出惊诧的样子说："你怀疑刘天石我可以理解，可是说还有更大的怀疑对象就太让人震惊了。"江宁及时收线，不再往下说了，静观温松华的反应。

温松华眉头渐渐皱紧，陷入沉思之中。原来，在获知江宁要对宗林采取行动后，刘天石便和温松华进行了密谋，商量对策。

精通法律的温松华说问题还没严重到不可收拾的地步，只要宗林咬死口说阿波罗公司的业务和天石总公司没有关系，怕李红胡说才去警告她的，江宁就没有办法将宗林上升到刑事犯罪的罪名上。况且高强并没有归案，专案组就没有直接证据，就不能定宗林的罪。而一旦江宁拘捕宗林，他们就可以化被动为主动，控告专案组滥用职权。然后他们可以利用关系摆平专案组，所以他才极力鼓动江宁抓宗林。

可他没想到江宁会直接把矛头对准刘天石甚至上层的保护伞，并且显得胸有成竹的样子。如果刘天石保不住，牵连出的必定是他和省里、北京的大大小小代理人，那就树倒猢狲散，大家统统完了蛋。

温松华想到这里，抬头问江宁："你真的认为刘天石会犯罪？"江宁一直在观察温松华的神情变化，欣喜地看到自己的计策已经起到了效果。于是他再加一把火说："不是我认为他犯没犯罪，而是他已经涉嫌组织黑社会对抗法律。"温松华说："你有证据吗？刘天石可不是一般的人物，不仅是著名企业家，还是有社会影响力的省政协常委。"

江宁趁热打铁，一副很有把握的样子说："你应该了解我，谨言慎行一直是我做事的原则。法律可不是儿戏，何况刘天石又是个特殊人物。"温松华见江宁言辞凿凿的样子，真有些心虚了，他没再继续问下去，只是皱着眉头抽烟。

江宁对着温松华的软肋猛击，接着说道："面对这样的现实我也很无奈，刘天石毕竟是你的发小，对我也曾多有关照。而且天石集团也是全市乃至全省的龙头企业，位列全国百强，如果出问题，会严重影响海州的经济发展，可我们又不能不面对现实。"

温松华终于掉进了江宁的坑里，抬起头字字清晰地说："我认为这种可能性不大。"江宁故作诧异之态，疑惑地看着温松华，等待下文。温松华竭力保持平静的语调说："这倒不是因为我和他有良好的关系在刻意地袒护他，是从我对他的了解看，他绝不会干违犯法律的事。至于他对高强的行为是否有察觉我就不清楚了，也许是他顾及兄弟之情，纵容了高强的非法勾当？但可以肯定的是他绝不会参与这种鸡鸣狗盗的蝇营狗苟之事，他毕竟是堂堂天石集团的老总，拥有几百亿的资产，又有'海州首善'之称，怎么可能是黑社会？简直是匪夷所思嘛！"

江宁沉声说："他这几百亿资产是怎么来的你知道吗？"温松华怔住。江宁接着说："没有一定的依据，我不会随随便便怀疑一个人的，尤其是像刘天石这样的身份！"温松华稳住心神，说："怀疑一个人，有一分就够了，而相信一个人，则需要十分。"江宁说："咱们都是几十年的老刑警了，当然不会主观先行，况且我对刘天石并没有任何成见。怀疑和推测只是侦查的手段，结论是要靠证据和事实说话的，我会最后给你一个满意的答案。"

温松华此时已被江宁虚虚实实的敲打弄得心惊肉跳，他竭力控制住自己的慌乱，说："那就好，我相信你能做到这一点。"然后又做出很恳切的样子嘱咐江宁说："天石集团毕竟不是一般的企业，刘天石的身份也非同寻常，咱们不能不慎重对待。如果草率从事，弄出误差，那这责任是你我都无法承担的。刘天石那里，我会找他谈谈，探探他的底，我们不能走极端，该怀疑的还要怀疑，该查清楚的还要查清楚。有什么新情况，你我要随时沟通，以便统一步调，你看怎么样？"

江宁顺水推舟说："当然没问题。能否打掉海州的黑社会犯罪集团，市局的立场将起决定性作用，而你这位常务副局长的态度就更至关重要了。"温松华勉强地挤着笑说："你放心，不管是谁，只要他触犯了刑律，我都会坚定不移地支持你。"江宁打着哈哈说："当然了，我不相信你这个老同学还能信谁啊。"

温松华晕三倒四地出了专案组，便直奔八卦洲去见刘天石。

江宁则暗自祈祷，但愿自己的计策能逼出刘天石背后的"大老板"现身，因为他很清楚，只有打掉这个黑社会集团的靠山，才能取得最后的胜利。

第三十四章　至暗时刻

一

八卦洲密室里，厚厚的窗帘遮得严严实实，气氛压抑。宗林丧魂落魄地蜷缩在沙发一角，脸上愁云密布。刘天石和温松华一口接一口抽烟，缭绕的烟雾在昏暗的室内弥漫。

宗林叹口气说："我太大意了，低估了魏晋，让他把李红拉了过去。"温松华说："现在说什么都晚了，眼下最迫切的是对江宁和魏晋采取应对之策。如今已经不是宗林和高强的问题了，他们把矛头对准了你刘天石，形势已是危在旦夕。"他接着建议刘天石，"你要向上面求助，到了该动用他们的时候了，不然一旦让江宁掐住七寸，再想翻身就难了。"

刘天石思忖着说："这也许正是江宁的阴谋，是他想达到的目的，不能轻易上他的当，不到万不得已，绝不能动用王牌。"他很自信地接着说："江宁是虚张声势，不可能掌握什么证据，不然他早就连锅端了。"

温松华不放心地说："即使他没拿到你什么证据，宗林这一关过不了，也还是城门大开，无法阻挡。"宗林忙表示忠心，拍着胸脯保证："我会把所有的事都揽到自己身上，绝不会连累兄弟。"刘天石提醒说："别忘了只谈阿波罗公司的事。"宗林说："明白，既然把事都担下了，说别的事不就让江宁抓住把柄了吗？"

刘天石和温松华最后商定，先观察江宁有哪些动作，然后再后发制人，给他以致命一击。

江宁见刘天石没有反应，知道这个狡猾的对手不会轻易上套，于是决定加大进攻力度，从宗林身上打开缺口。他果断下达了传讯宗林的命令。

宗林被传讯到专案组，他面对江宁犀利的讯问和李红的指证，态度诚恳地说："我承认自己去过李家，但那不是威胁李红而是沟通或是说解释。因为阿波罗船务公司是高强和罗北方几个人想捞点外快，借天石公司之名捣鼓出来的，其实跟天石集团没有任何关系。我之所以登门去找李红，就是想向她说明解释一下。"

江宁说："你不让李红指认高强就是阿波罗公司的董事长，这又该作何解释？"宗林早就打好了腹稿，说："我不想把这事再闹大，毕竟他们都是天石公司的人，简单说就是想大事化小，小事化了，以免影响天石公司的形象"。

江宁冷冷质问说："因为这个你就不惜拿人家的孩子当人质，甚至动手动脚武力胁迫？"宗林摆出一副愕然状说："这是从何说起，我是天石公司的总经理，也算是个文化人或者儒商吧，怎么可能做出这种事来？"江宁盯着宗林说："你是不是想听听当时现场的录音？"宗林这回是真的惊住了，不由得心虚起来。他猜测有可能是李红录了音，于是旋即变得自责起来，说："当时喝酒了，可能说话不太注意方式方法，我愿意当面向李红赔礼道歉。"

江宁在宗林密不透风的防守下，突然警告说，经查实，阿波罗公司是天石集团出资创办。专案组将就此对天石集团进行调查，并向宗林严正宣布，在案件办理期间，不准他离开海州市，随时等候专案组传讯！宗林蒙了，他没想到江宁会借他的抵赖来这么一手，巧妙地借力打力，将祸水引到刘天石身上。

江宁传讯宗林后，直接找到关山，提出调查天石集团和刘天石。没想到这次关山没有回避，马上表态同意。

江宁试探关山，问道："难道你就不担心市委市政府责怪下来？"关山说："省厅已明确指示，只要是涉及侦办海州黑社会案就要全力以赴支持协助专案组，所以我会向市里领导解释。"同时他也提醒江宁，"如果专案组查不出天石集团和刘天石的问题，市局对一切后果亦概不负责！"

江宁能看出关山仍对专案组信心不足，顾虑重重，但能表态同意他也就满足了。他立刻派钟慧敏、徐铁军进驻天石集团，清查阿波罗公司与天石集团经营的账目。与此同时，指示魏晋兵发三路，一路追逃高强并寻找王琳；一路调查被黑恶势力残害欺压的受害人和知情人；一路围绕天石集团调查其在经营中破坏市场规则和用不正当手段贿赂金融系统及工商税务、海关等部门领导侵吞国家资产的问题。

时至今日，江宁才正式对海州市黑恶势力发起了声势浩大的总攻。

刘天石沉不住气了，面对江宁的刀刀见血，招招致命，他难以招架，陷入极大的恐慌之中。加之滕长青从米琪处得知王琳录下了他在八卦洲的秘密后，恼怒而又惶恐，对刘天石施加压力要求其尽快消除后患。金融工商税务海关等部门的代理人也大为不满，催促刘天石对江宁、魏晋下绝手，避免大家一起完蛋的灭顶之灾。

刘天石面对排空而至欲将其淹没的滚滚洪流，觉得再无必要遮遮掩掩，于是向"大老板"邢旭东报告。

邢向阳秉承父命，从北京赶回海州，与刘天石密谋应对并击败专案组之策。

海州市郊牛头屿，山势巍峨，峭壁林立。一队豪华越野车队从山间公路逶迤而上，宗林亲自开着路虎车行驶在车队中间位置，车上坐着身穿猎装的刘天石和油头粉面的邢向阳。

刘天石此时已不得不放下老板的架子，与邢向阳称兄道弟，热情有加。邢向阳是代表父亲来海州为刘天石排忧解难，自然也是摆高了姿态，一副志得意满的腔调。他问开车的宗林："到狩猎场还有多远？"宗林回答说："快了，最多还有十分钟的路程。"

刘天石接上话说："向阳老弟可是有些日子没回海州了。"邢向阳说："大哥你开建自贸港，大展宏图，我也要在北京为大哥看好摊子嘛。"刘天石笑道："宏图远景，还不都是靠你向阳弟涂彩上色啊！"邢向阳摆手说："大哥是老板，我就是个天石集团的打工仔，这位置是万万不可颠倒的。"

刘天石拥住邢向阳的肩膀说："你可不是打工仔，你别忘了你是集团的股东啊！"说话间，车载收音机播放"依法治国、反腐倡廉"的讨论议题新闻，刘天石伸手关掉。邢向阳却又打开说："石哥，作为优秀的企业家不学习领会中央的精神可不行，正是'打老虎、拍苍蝇'的号召才诱发了我回海州打猎的兴致。"

刘天石就着邢向阳的话题大发宏论说："当前，我们中国改革开放已进入快车道，发展经济是全民的呼声。如果在这种时候挥舞大棒，造成人人自危的局面，富国强民从何谈起？希望中央能体察国情民情，为我们营造一个宽松的氛围和发展环境。"

邢向阳提醒刘天石说："石哥要从大处着眼，小处着手才是，这才是防止洪水猛兽的关键所在。"刘天石自然明白邢向阳是鹦鹉学舌，背老爷子的话，于是说："向阳老弟待在北京真是胸怀境界都不一样了。"邢向阳自得地笑，宗林不由得撇了撇嘴。

车队驶进了狩猎场，刘天石和邢向阳、宗林下车跳上早就候着的良驹，纵骑追逐鹿群。

邢向阳手中枪响，奔鹿却毫发未损，而且顷刻间便跑得无影无踪。邢向阳失望地勒住缰绳，从马背上跳下，颇显郁闷。

刘天石下马问邢向阳："怎么停下了？"邢向阳上下掭着猎枪自嘲说："你看，它在我手里成了鹿群赛跑的发令枪了。"刘天石对邢向阳说："这狩猎之要义就是悄然出击，倘若能变换一下方式，应该会大有收获。"说罢拉着邢向阳隐藏在树后，少顷，果然便有一只羚羊出现。邢向阳扣响扳机，将羚羊击倒，顿时兴奋得手舞足蹈。

刘天石和邢向阳奔跑到奄奄一息的羚羊前，刘天石不无悲哀地感慨说："但愿我不会成为这只羚羊。"邢向阳一愣，继而反应过来，拍拍胸脯说："石哥你尽可放心，有我家老爷子和赵部长在，你就永远都是只老虎。"刘天石垂下眼帘说："不会是报纸电视上说的'老虎'吧?"邢向阳被引逗得大笑，说："从没见过有一代枭雄之称的石哥如此忧心忡忡，让我大跌眼镜。"刘天石却笑不出来，说："眼下的处境就证明了这一点。"邢向阳不以为然地说："你不必担心，有老爷子在，就没人能做得了你石哥的活。江宁不就是公安厅的中层干部吗? 芝麻大的官，连这林子里的鸟都不如，就是他们厅长见着老爷子也得立正敬礼加报告，收拾他比打这羚羊还简单，别太放在心上。咱们谁倒在他手下了，不还是在该干啥干啥!"

刘天石听了邢向阳打气的话，镇定下来。仔细想想，的确如邢向阳所言，虽然形势严峻，但并未到不可收拾的境地。从天石集团无一人被抓可以看出，专案组并未掌握他们犯案的直接证据，公司的经营仍在照常运行，而且依然是风生水起更加兴旺发达。还有更重要的是政商界的"同党"仍稳稳地坐在台上。只要有"大老板"撑腰，他有什么可怕的呢。

刘天石觉得，当前之要务是消除所有可能暴露的证据，让专案组竹篮打水一场空，彻底败北。避过这短暂的危机之后，头顶依然会是蔚蓝的天空，他依然是照耀海州的太阳。于是他重又鼓起斗志，开动起自以为绝世的聪慧大脑，琢磨着如何修筑抵挡洪水猛兽的堤坝。

邢向阳再次代表父亲向刘天石保证，只要按照他们商量的计划进行，就能云开雾散，化解危机。刘天石信心大增。

二

在刘天石和邢向阳密谋的同时，陈晓辉也正和江宁秘密约见。

陈晓辉向江宁报告了一个好消息，说他已查出了刘天石的后台大佬就是邢旭东。江宁并不惊讶，这是他敲山震虎之计的必然结果，本就在他的预料之中。陈晓辉说："其公子邢向阳已秘密来到海州，就住在八卦洲，与刘天石密谋。我曾亲眼见到他们聚餐和打高尔夫球，今天还开车去牛头屿打猎。"江宁心里很明白，这对他来说意味着什么，眼前的路刹那间便变成了万丈悬崖。他认真地听着陈晓辉的汇报，示意他继续接着往下讲。

陈晓辉接着告诉江宁："邢旭东和刘天石的关系很不一般，他在主政海州时就和刘天石来往密切。到省里任领导后，曾拜托刘天石关照儿子邢向阳。另外，省委副书记葛远祥是邢旭东一手提拔起来的，而滕长青则曾是邢的秘书。"

江宁顿时一切都明白了，不再奇怪葛、滕二人为何会如此为刘天石卖命效力。他不由得自语般说出一句："果然是一只大老虎。"陈晓辉说："查出这条线时，我都不敢相信，这可是捅天了呀！江主任，我总担心咱不是人家的对手。"

江宁淡定地说道："天塌有个高的顶着，用不着你担心。还是那句话，我现在要你做的就是凿实他们狼狈为奸的证据。我们面临的对手无疑很强大，你应该清楚，如果我们查不出证据，就会很被动，结果会不堪设想。我的意思你听明白了吗？"陈晓辉点点头说："明白了，我会不惜一切代价查出他们沆瀣一气的证据。还是那句话，大不了玉石俱焚，做一块法治建设的铺路石！"

江宁目光坚定地看着陈晓辉说："打击犯罪，维护国家和人民的利益是法律赋予我们的神圣使命，谁也别想阻止我们！你孤身一人在虎穴狼窝里周旋，压力可想而知，可我又爱莫能助，你自己要多加小心。不过我警告你，别再老是给我说玉碎铺路石的屁话，不然我马上把你撤回来！"陈晓辉笑说是在向江宁表决心，不会不顾自己的死活。

江宁回到专案组后，立刻让钟慧敏、徐铁军围绕邢旭东和刘天石这条线查出所有的背景资料和网络，钟慧敏和徐铁军很快便将资料和名单摆在江宁面前。

钟慧敏忧心忡忡地说："没想到是如此庞然大物，这实力悬殊太大了，他可是省主要领导人，就连咱们公安厅，也在他的掌控之下啊！"徐铁军也蹙着眉头说："真没想到，这鬼案子会牵出这么个惊天大案。要是查不出刘天石的犯罪证据，我们真有可能就像那些受害人一样，死无葬身之地，而且永无出头之日。"

江宁一拳砸在名单上："我就不信，他能一手遮天！你们现在明白为什么厅领导强调海州涉黑案是一场生死战了吧？我们没有别的选择，只能走下去，也必须走下去！"

刘天石展开了绝地反击，此时恰逢海州市召开人大、政协两会。他利用这难得的机会，重金贿赂政、商界及文化界的知名人士，策动不明真相的两会委员和代表向大会提交了保护民营企业的议案。并在大会上慷慨陈词，历数民营企业对经济发展造福人民群众的贡献和丰功伟绩。接着矛头直指专案组，控诉专案组在没有依据的情况下对天石集团别有用心地无端打压，呼吁海州各界委员代表抵制专案组，为天石集团主持公道。

与此同时，他网罗那些靠着权势和金钱拉拢过来的所谓名流联合签名，向省委省政府递交申诉控告状。而此时的邢旭东则与刘天石遥相呼应，利用其在党政机关和政法系统的关系网，为刘天石张目，一场风暴在悄悄地酝酿之中。

江宁和他率领的专案组并没有被高高在上的权威逼退，他们顶住压力，排除一切干扰，继续紧张而又有条不紊地进行着各项侦查工作。他们只有一个信念，那就是坚决维护法律的神圣和尊严。

江宁指示钟慧敏、徐铁军将十六名主要监控对象的身份资料、住址和活动场所全部建立档案，并实施全方位监控，确保获取证据后一网打尽。他向魏晋布置了一项新任务，就是做好侦查工作的同时，尽可能兼顾查取刘天石在两会上的表演，和与其不正当往来的政客名流的交易事实和证据，要让这些大大小小的蛀虫捐客日后接受法律的审判。

在江宁紧锣密鼓地侦查的同时，邢旭东也终于披挂上阵了。虽然江宁预料到前面的路将会是崎岖坎坷，但他没料到来势会如此凶猛。

此时的省城，风暴眼已经形成，正如西伯利亚的寒流般朝着海州席卷而来。

邢旭东召见葛远祥，把刘天石和海州几十位人大代表、政协委员及社会名流联合签名控告专案组与江宁的信交给他，要求他立即妥善处理此事。葛远祥自然明白"妥善处理"的含义，迅速在控告信上批示，向海州派出调查组，而其委任的组长刘江毫无疑问是他最信得过的人。控告信上针对江宁的三条罪状哪一条属实，都足以将江宁挑落马下，而不幸的是这三条"罪状"都是事实。

刘江秉承葛远祥的旨意来到了海州。他与江宁没有寒暄客套，也没有婉转迂回，直接质询三个问题：一是是否纵容郝通谋杀刘天石，并将专案组设在郝的公司；二是是否超越刑事侦查的权限对天石集团进行经济侦查，扰乱了海州市的经济秩序，致使天石集团这面民营企业的旗帜蒙受不白之冤；三是是否违背法律规定，擅作主张对当地党政领导干部搞秘密侦查。江宁对这三个方面的问题一一解释。

刘江听后，武断地对江宁说："你不用再强词夺理诡辩找借口理由了，这些问题是客观存在的事实，而且你自己也承认了，调查组只能按规定上报省领导！"江宁这才意识到刘江来者不善，而且大有来头。果然葛远祥很快便下达指示，专案组暂时停止工作，江宁回省城接受组织审查。刘江宣布省领导的决定，江宁停职检查，专案组待命。

消息自然是很快便传到了刘天石和温松华耳中，刘天石欣喜若狂，邢向阳所言果然没打诳语，大老板足不出户，动动指头便摆平了江宁。他向邢向阳打电话表示感谢。邢向阳说这本来就是自家的事没什么可客气的，江宁是不自量力。

刘天石不无担心地说："专案组还留在海州，这根刺不彻底拔去，总还是个后患。"邢向阳让刘天石放心，他会按计划一步一步进行，在彻底打趴下江宁后，就将进行第二步计划，向海州重新派一个信得过的专案组长。

刘天石这才放下心来，一场弥天大祸终于在邢旭东擎天巨掌之轻拂下消失于无形之中。他在八卦洲摆下庆功宴，滕长青、温松华等对刘天石的能量彻底信服。但滕长青仍不忘提醒刘天石："要尽快查找到王琳，彻底消除后患。"刘天石说："只要消除了江宁这个大敌，我就能腾出手来全力以赴查寻王琳。依我在道上手眼通天无孔不入的能量，查出王琳的踪迹应该不难。"

温松华也赶紧表示，麻烦是他惹出来的，必要时他可以动用警力协助刘天石的行动。刘天石得意忘形之下，调侃温松华说："是不是该去探望你的老同学一下？至少该去送个行吧！"接着又做出郑重的样子，委托温松华代他向江宁问好。

三

温松华给江宁打电话，要为他饯行。温松华本以为江宁在情绪低落之时会拒绝他，没想到江宁很爽快地答应了。

小饭馆里，只有江、温二人相对而坐，举杯共饮。二人各自明了对方的心境，都没有开口。温松华似乎还有些心虚，同时也有些警觉地刻意与江宁保持着距离。

三杯酒下肚，江宁倒是先开口了："我早就猜想到，在我失意之时，第一个请我喝酒的肯定是你。"温松华没料到江宁会来这么一句开场白，怔了怔说："你什么意思。"江宁笑笑说："因为只有老同学才会来安慰老同学嘛。你看你，咱们是喝酒，你老是摆出一副严阵以待的样子干什么呀？"

温松华被江宁东一榔头西一棒子敲得有些发晕，他用审视的眼神盯着江宁。江宁接着说："我是个被停职的戴罪之人，你用得着紧张吗？"温松华终于听明白了江宁话中的含义，挺挺腰身，冷冷地说："废话就不必多讲了，对你我用不着严阵以待，你也不要把自己贬为戴罪之人。有什么想法，直说吧！"

　　江宁反而不说了，他把玩着酒杯，用探究的目光笑眯眯地盯着温松华，半晌无语。温松华被江宁看得心里发毛，酒杯一蹾，说："看来我请你喝酒为你饯行，是自讨没趣了。"江宁拿起酒瓶为温松华斟酒，说："如果我没猜错的话，刘天石肯定让你代他向我问候了，是不是？"

　　温松华做出生气的样子，说："你有完没完，停你的职是你的上级，你往我身上发的哪门子邪火。"江宁端起酒杯，对着温松华面前的酒杯碰了碰，然后一饮而尽，擦擦嘴装出醉意之态，看着温松华的眼睛说："温同学，这也许是咱哥俩喝的最后一场酒了，有些话也就不必藏着掖着了。如果再隔着被窝打拳，对咱们两个老刑警的智商都是一种侮辱。我现在是无官一身轻，不会再给你带来麻烦，可问题是你的麻烦并不会因为我中箭落马而有所减轻，更不能消失。反而只能是越来越多，越来越大，这真是非常让人遗憾的事。"

　　温松华脸涨得通红，很恼怒的样子一拍桌子，说："江宁，你越说越离谱了。"江宁依然是不紧不慢的语速："温松华同学你别激动嘛，等我把话说完。我可以告诉你，当然你也很清楚，天石集团的问题已露出冰山一角，以刘天石为首的黑社会犯罪团伙向法律挑战，草菅人命、杀人灭口的事情也不仅仅再是嫌疑。"温松华一凛，瞪大了双眼。

　　江宁抿了口酒，接着道："你可以转告刘天石，他依靠利用那位'大老板'的权势停我的职有些太迟了。"温松华震惊，强自镇定地说："你真是喝醉了，满口胡说八道。"江宁仰起脸逗引温松华，说："想听听我掌握了哪些证据吗？"温松华心里一动，激将他道："你就是故弄玄虚说大话，小心人家告你诬陷。"江宁故意用无所谓的口吻说："我已经有好几条罪名了，不在乎多一个，不过你不想听那就算了。"温松华赶紧催促："你说吧，我看你能说出什么娘娘爷爷来。"

江宁戏弄温松华说："本来咱俩是合作伙伴关系，说好了互通有无的，可刘天石和他的省城主子草率行事，动我有些操之过急了。如果晚些撤我，也许我现在正向你通报取得的进展和掌握的事实证据。从这个方面讲，他们停我的职又有些太早了。"

温松华被江宁虚虚实实的敲击弄得心慌意乱，真有些惊惶不安起来。他琢磨着要趁江宁醉酒，让他酒后吐真言，套出他究竟掌握了哪些证据。于是恳切地说："江宁，你应该相信我，虽然你被停职了，这不还有我在吗？只要你能提供证据，我会把这个案子接着办下去的。"

江宁笑了，说："温大局长，你也太看低我了。咱们同窗四五年，你对我了解，我对你也很了解，这也就是我不能告诉你的原因。"温松华额上沁出细碎的汗珠，说："你是在怀疑我？"江宁头一歪，侧目斜视着温松华道："你说呢？你看你又把我看得太低了，如果我现在还仅仅只是怀疑你，还配做你的老同学吗？"

温松华嘴角抽搐，砰地猛拍桌子，怒气冲冲地吼道："你太过分了，简直是不可理喻！"江宁依然面带笑容，拍拍温松华说："望你能息怒，能否理喻你心里清楚。天知地知，你知我也知，你已经用你老刑警的非凡手段一次又一次证明了你是多么不简单。"温松华额上的汗越聚越多，顺着脸颊流下。

江宁一改刚才的醉态，从温松华的烟盒里抽出一支烟点上，神情淡定地看着温松华，悠悠地抽着。温松华揩揩脸上的汗，阴沉地说："江宁同志，既然你把我也当成了犯罪分子，我无话可说。咱们也就没有必要再喝下去了！"说着欲起身。

江宁缓缓站起，双臂撑在餐桌上，俯视着温松华一字一句地说道："温副局长，你无话可说，但我有几句话却不能不说。你一

494

直是我最信任的兄弟，我最后喊你一声松华，但我希望这不是最后一次，我真的不想失去咱们的同学兄弟情。我们当年在公安大学的课堂里苦读苦练，为的就是造就打击犯罪维护法律的本领！你也曾在我的面前誓言做一个忠诚的人民卫士，我从来没有想过有一天会抛弃你，也坚信你不会背叛我！你还记得吗？咱们在大连市公安局实习时，有一次执行任务，一个涉黑团伙仗着人多势众，用刀砍伤了我们，然后把我们丢进了波涛翻滚的大海，我们俩抱成一团，你拉着我，我牵着你，终于泅到了岸边。犯罪分子的刀砍不开咱们，枪打不散咱们，为什么今天却要分道扬镳？在这场关系到依法治国的生死较量中，谁会是最终的胜利者，你应该清楚！这就是我要说的最后几句话，希望你能三思。"说罢，转身大步走出门外。

温松华瘫软在椅子上。

江宁回到专案组驻地，整理办公用品和一些生活用具，把该封存的封存，能装箱的装箱。

魏晋和钟慧敏、徐铁军悄悄推门走进，神情沮丧地默默帮助江宁收拾东西。江宁笑着说："你们是不是该给我开一次欢送会啊？"魏晋眼眶里的泪哗地便流了出来。徐铁军苦着脸说："主任，你就别开这样的玩笑了，我们心里会更难受。"

江宁脸一板，气呼呼地说："你们这样也会让我更难受，我最怕的就是你们被压趴下！这副熊样子，让人失望。"魏晋猛地抬起头说："江主任，你放心，我以前经受过这样的事儿，不会那么软弱，该怎么干我们还会怎么干！"

江宁将两只胳膊分别搭在魏晋和徐铁军的肩膀上说："这就对了，大海后浪推前浪，前浪躺在沙滩上。你们可万万不能也跟着躺下呀！"钟慧敏说："主任，我们不会躺下，你也不会躺下！你很快就会回来的，我们坚信这一点！"江宁意味深长地说："你说得不错，不在其位反而更自由一些。你们也清楚，回到省城我不会闲着。但我不在这里时，这后面的工作主要还是靠你们去做。

至于我回不回得来，可就看你们的了！"

四

温松华宴请江宁后回到家中，要柳云马上启程去一趟南美，落实购房移民事宜。

柳云大感诧异，说："现在已经是云开雾散，平安无事了，怎么还要做这种准备？"温松华说："现在无事并不等于以后就没有麻烦，若无远虑必有近忧，还是未雨绸缪的好。"他接着告诉柳云，江宁已经向他亮了底牌，知道他与刘天石同流合污，并且声称掌握了他和刘天石同谋犯罪的证据。

柳云不以为然地说："他知道了又能怎么样，已经是斗败的公鸡落水的狗，最多也就是耷拉翅膀吠两声，还能把我们咋的。"温松华说："你不了解江宁，他从来就不是个认输的角儿，你以为他会善罢甘休，俯首称臣，那就大错特错了。"柳云仍然嗤之以鼻地说："有大老板坐镇，他江宁算哪根葱呀！放个屁就把他冲到太平洋里去了，他还能翻起啥浪花来。"

温松华用半提醒半教训的口吻对柳云说："难怪说你们女人头发长见识短，江宁要是惧怕权势，早就自己卷起铺盖回老家了。他是个只认法律的一根筋，这以后什么情况都可能发生，别太乐观了。"柳云虽然仍觉得温松华有些杞人忧天，但还是遵从他的意愿，答应尽快订机票飞往南美。

江宁没有惊动专案组的队员们，悄悄带着行李离开了驻地，魏晋开车送他去火车站乘高铁回省城。

魏晋一路上情绪低落，唉声叹气地对江宁说："没想到你这位钦差大臣落得这样的命运，海州是没有救了。"江宁用开玩笑的口吻说："我给你提供了投靠温松华、刘天石的大好机会，你该感谢我才是。"魏晋一时没反应过来，恼火地说："你现在还说这话，当初就不该拉我下水。"然后愤愤地一拍方向盘说,"我就不信阳光照不到海州,这个警察我拼着不干,也要去控告他们。"

江宁呵呵一笑:"你小子可不能抢我的饭碗,那是该我干的事。你现在的任务就是对刘天石、温松华俯首称臣,巴结讨好他们。"魏晋这才明白江宁不是跟他开玩笑,似乎也明白了江宁的用意。他不无疑惑地问:"你认为我们还有希望?"江宁纠正道:"不是有希望,而是必胜!如果没有这个信念,我不会来当这个专案组长,你也不会舍生忘死地跟着我和他们拼斗。还是那句老话,邪永远都压不了正!"

魏晋终于又振作起来,说:"不错,要不是信这个,这身警服我也早就不穿了。"江宁欣慰地拍拍魏晋说:"别忘了,咱们身后不仅站着两百万警察兄弟,还有人民群众的支持。他们可以得势于一时,绝不可能猖狂一世!"

但现实并没有江宁想象的那样乐观,而是残酷得让他近乎绝望。他回到省城后,等待他的是日复一日的严厉审查和如同罪犯般的待遇。他希望周民厅长能向他伸出援手,因为他和专案组的行动只是和周民单线联系,侦查战果也全是向周民汇报,只有他这位厅领导最了解海州的情况。

可是期盼变成了失望,周民好像根本不知道这件事似的没有任何表示。他提出要面见厅长,遭到刘江的拒绝,说想见厅长可以,但必须如实交代在海州执法违法的行为事实和有承认错误的诚恳态度。

江宁的遭遇令妻子苏静秋痛心疾首,尤其是当她从江宁向省委省政府递送的申诉材料中看到"邢旭东"的名字时,更是如同天塌地陷。这时她才明白自己为什么会下岗。她崩溃了,命令江宁罢手,别再以卵击石。江宁当然不听妻子的话,仍然是我行我素,继续向上级投递反映海州问题的材料。

苏静秋眼看着江宁枉费心机,收到的唯一反馈就是越来越大的打击和不分昼夜的审查质问。而且女儿小敏也察觉了爸爸的处境，变得惊惶不安，已经严重影响了她复习高考。于是苏静秋忍无可忍，向江宁下了最后通牒，要么不再对抗组织过问海州的案子，求得他在单位和家里的平安宁静，要么他就继续一意孤行，最后导致妻离子散，全家遭殃。

厅领导的不闻不问，投递上级的申诉如石沉大海，加上家庭的巨大压力，江宁灰心丧气，几乎绝望到了极点。他似乎再也无法忍受极度失望带来的煎熬，寝食难安，日渐消瘦，终于病倒下来。小敏看着憔悴不堪精神恍惚的父亲，丢下功课，和妈妈一起日夜轮流看护着卧病在床的老爸。

苏静秋一看丈夫竟然积郁成疾，顿时慌了。她最了解相濡以沫几十年的老伴，是个心气很强的倔牛，认准的事非一条道走到黑不可，何况这是摧毁他理念信仰的大是大非问题。苏静秋意识到不能再给丈夫施加压力，要尽量劝导他，舒解他憋屈在心底的怒气。

于是她丢下自己失业后刚刚开张不久的网店和小面馆，精心照料丈夫。并劝慰他，暂时的挫折并不能说明前途就漆黑一片了，法律不会是像她天天揉搓的面团。上级也不会任由这些祸国殃民的老虎蛀虫横行无忌，只要有信心挺过去，她就陪着他一起去上访申诉。妻子的苦口婆心终于点醒了江宁，为了儿女这一代的平安幸福，他也不能倒下去。更何况远在海州的陈晓辉、钟慧敏、徐铁军仍在不屈地战斗着，魏晋正眼巴巴地期盼着他实现许下的诺言。他不能让他们失望，绝不能低头认输，甘心做一个逃兵败将，他要坚强地站起来，和他们斗争到底！

江宁去除了心病，重又鼓起了斗志。他一边向省委乃至中央写申诉信，一边帮助妻子料理面馆。当刘江找他谈话质询时，他也不再与刘江争吵硬顶，还说不想再过问海州的案子，该怎么处理就怎么处理，他全都服从接受。刘江见江宁认尿，遂向葛远祥报告。葛远祥放下心来，开始物色自己信任的专案组长。

第三十五章　生死博弈

一

这天晚上，江宁在面馆里帮助苏静秋招呼生意，忙着端盘子送饭。

一位身着大衣、头戴鸭舌帽的男子坐到灯光昏暗的角落里，向苏静秋点了一碗炸酱面。他呼呼噜噜吃完，起身就往门外走，收拾碗筷的江宁忙提醒他说还没有付饭钱。男子不搭理，径自走出。江宁追出，有些生气地拉住男子说："你这位同志怎么吃霸王餐，我们是小本生意……"还没等江宁说完，男子回身一掀鸭舌帽。江宁大吃一惊，竟然是周民，顿时目瞪口呆。

周民上下打量着江宁，用奚落的口气说："公安厅的高级警官做起了店小二，够另类，不简单，可以上晚报的头条啦！"江宁一听周民这话，无名火噌的一下蹿到了脑门上，积压在心里的怨气倾泻而出。他嘲讽地说："我不做店小二还见不到你呢！请问首长，您在几楼办公？"周民眨眨眼说，22层。少顷，他才明白过来，说："你是说我高高在上？"江宁说："何止是高高在上，你一脚把我踢到海州，出了问题你就变成了甩手掌柜，以后谁还敢跟着你这样的老板干！"周民轻声说："你应该明白，高处不胜寒。"

江宁更来气了，说："你们都顾着乌纱帽，我这个小小的扫黑办主任也就只能做店小二了。没什么可大惊小怪的，我是活该！"周民笑了，说："你怨气还不小哇！"江宁面红耳赤，一跺脚说：

"我也只配发发牢骚了。正好见到厅长你了，我郑重提出辞职，恕不远送，再见。"

周民笑出了声，说："还没给你面钱呢，就赶我走呀？再说了，你江宁自己闯出的祸，咋怪罪到领导头上了？"江宁有些莫名其妙，问周民："我闯了祸，我闯了什么祸？"周民平心静气地说："你不查那位大老板，不就不会有这么多麻烦事了吗？"江宁似乎听出了周民的弦外之音，声调不由得低了许多，说："那也是你让我查的"。周民变得严肃，说："既然你决定侦查出刘天石背后的最大保护伞，就得做好迎接狂风暴雨的思想准备！他们是省里的领导，不是一般的人物，势力和庞大的关系网你应该比谁都明白。不做好滚油锅、蹚地雷阵的心理准备，你就别去凑这个热闹！不让你受些委屈，那些大老虎能露出原形跳这么欢吗？"

江宁终于明白了上级的用意，垂下了头。周民接着说："听说还躺在了病床上，寻死觅活的，丢人！这还是你江宁吗？"原来，厅领导一直派人暗中保护着江宁，对他的情况了如指掌。江宁无地自容，嗫嚅着说："别听那些跟屁虫大嘴巴，我是真受凉感冒了。"周民语调又轻松起来，说："那些跟屁虫也是省委严书记亲自安排的，怕你出意外暗中保护你，这些天严书记几乎天天从国外打电话回来询问你的病情和安全。"

江宁感动而又惊讶，问周民："严书记在国外？"周民点点头说："随中央领导出访，才刚刚回来，这不是让我来请你了吗？"江宁惊喜地问道："严书记要见我？"周民说："你以为你那面条多好吃呀？不过你夫人的手艺的确不错。"然后一拉江宁说，"走吧，别让首长等急了。"

不大的会议室拉上了厚厚的窗帷，主持会议的省委严书记表情严肃。坐在会议桌旁的是省公安厅领导，江宁坐在汇报席上。

严书记讲话说："江宁同志刚才已经汇报了海州市的情况，问题很严重啊同志们！中央领导号召依法治国，这是关系到党和国家命运前途的重大命题，我们必须向党和人民交出合格——

不——是满意的答卷！要以事实为依据以法律为准绳，不冤枉一个好人，也绝不能放过一个坏人！彻查海州的涉黑大案，中国不是犯罪的乐园，也不是法外特权的天堂！不论是谁，职务再高、社会影响力再大，只要触犯了法律，都要接受法律的审判！这是人民的呼声，更是全党坚定不移的意志！"严书记铿锵有力的声音在会议室里回荡，江宁热泪盈眶。

江宁重回海州，向钟慧敏、徐铁军传达了省委严书记的指示。钟慧敏和徐铁军精神振奋，摩拳擦掌，誓言决不辜负省委领导的期望，将海州的黑社会犯罪集团彻底铲除，把那些大大小小的保护伞全都押上法律的审判台。

温松华对江宁的归来大为震惊，接着便是无可抑制的恐慌。他非常明白这意味着什么，似乎已经隐约看到对他敞开的牢门和冰冷的手铐，甚至是晃来晃去的绞索，不幸中的万幸是柳云已经在南美购置了房产，铺垫好了后路。柳云不得不佩服温松华的先见之明，江宁果然正如他所言，是个狠角色。她建议温松华趁着江宁尚未动手之际，赶快潜逃。温松华权衡再三，认为"大老板"仍然安然无恙，先观察一下再做决定。

严书记的关心支持无疑让江宁有了主心骨，他开始琢磨侦查方案，因为说一千道一万最终还是要靠证据说话，没有确凿的证据，就拿刘天石没辙。而一旦让他占得先机，谁胜谁负就难讲了，那些呼风唤雨的"大老板"照旧能把他置于死地。其实，形势并不是很乐观，他十分清楚。如果不能取得当地公安干警的支持帮助，削弱以至消除葛远祥、温松华之流在公安系统的影响力，案件将很难侦办下去。类似高强等嫌疑人逃遁的事情还会发生，缉捕也会很困难。

于是他拜会关山局长，试探其态度。关山说他已经在等待江宁的光临了，他就不相信他这个即将退休的老公安就发挥不了余热。而且他告诉江宁，说他这个局长不称职，但作为江宁的助手还是能尽一份力的。其实关山对海州的现状一直是耿耿于怀和不满的，但迫于刘天石的能量和其保护伞的权势所在，不得不暗中积蓄力量，等待着一举致敌死命的最佳时机。现在他终于等来了机会，虽然他还不知道省委的态度，但从江宁复职专案组长他已经敏锐地察觉到了正义的力量已彰显并占据上风。乘风破浪终有时，他决心和江宁并肩作战，在退休前还海州一片明净的蓝天。江宁大喜过望，两位老公安战士敞开心怀，分析敌情，密商破敌之策，制订了一个周密的计划。

关山召开了全局公安干警大会，特邀专案组参加。

江宁在大会上公开了侦办海州黑社会犯罪案的全部内情，在介绍了林丛笑和王琳被逼逃亡、证人受到威胁之后，接着将在逃的高强以及死去的罗北方和阿东的身份以及犯罪事实一一公布。江宁虽然没点天石集团和刘天石的名，但与会的干警能听出江宁所指，惊人的内幕让他们义愤填膺，全场哗然。尤其是江宁传达了将此案一办到底的上级指示精神后，全场沸腾，掌声雷鸣。

江宁复职以及发起的强大攻势，让刘天石措手不及。滕长青、温松华等更是惶惶不可终日，要刘天石赶紧询问邢旭东到底是怎么回事。刘天石询问邢向阳，邢向阳的回复很简单，说只要海州能守住阵地，老爷子就能摆平一切。

刘天石这才稍稍定下心来，只要"大老板"不出事，他就有和江宁较量下去的底气与资本，专案组掌握不了证据，就是瞎子点灯白费蜡，"大老板"也就有了发威的理由。销毁证据和掩藏高强以及查找王琳的下落并将其清除，仍是当务之急，将决定着最终的胜败结局。刘天石开始了紧张的部署，密令宗林加紧行动，而滕长青、温松华自然是全力配合。

魏晋在江宁离开海州返回省城后，按照江宁的嘱托，一边靠近温松华和刘天石获取了他们大量的狼狈为奸的事实；一边和陈晓辉联手，查出天石集团豢养着一支秘密武装力量，拥有长短枪数支乃至微型冲锋枪，而且天石集团有个地下军火库。

江宁接到魏晋的密报后，大喜过望，只要查获这个地下军火库，就等于把法律的绞索套在了刘天石的脖颈上。他立即指示魏晋和陈晓辉，要不惜一切代价，尽快查出军火库所在地和详细位置。

刘天石其实对魏晋并不像温松华那样完全信任，一直都在提防着他。尤其是江宁复职回海州后，他就愈加提高了对魏晋的戒备，对魏晋采取了秘密监视的措施。

魏晋万万没有料到，他的所有行动都在刘天石掌握之中。陈晓辉从宗林处探查出军火库所在地就在天石大厦的地下密室，但具体位置不详。他用暗语发给魏晋。魏晋深夜潜入核实，而这一切都皆落入刘天石视线。魏晋果然在天石大厦地下秘密仓库里发现了枪支弹药，并迅速向江宁报告。

江宁亲自带队，突袭天石大厦秘密军火仓库，可是房内空空如也。江宁意识到上当了，但为时已晚，现场采访的记者长枪短炮已经对准了专案组。被刘天石收买的媒体很快热闹起来，口诛笔伐，掀起了滔天巨浪，专案组刹那间再次成了迫害企业家的罪魁祸首。江宁自然是首当其冲，舆论指责他是带有不良居心、怀有政治目的，是阴谋家手中的道具等罪名铺天盖地而来。而邢旭东、葛远祥借机向公安厅发难。

江宁初回海州，第一仗便一败涂地。这让江宁恼火的同时，也给他打了一针清醒剂，刘天石并不是能轻易打倒的。虽说有严书记的支持，但自己并没有占什么上风，斗争依然残酷，绝对不能轻视对手。他决定从查寻王琳入手，只有获取确凿的证据，才能掐住刘天石的七寸，而缉捕高强和寻找到王琳是最好的突破口。他安排魏晋加大追逃力度，同时布置钟慧敏、徐铁军用技侦手段搜寻王琳。

刘天石在极端险恶的处境下战胜了江宁，让他信心大增。温松华向柳云解除了警报，打消了潜逃南美的想法。同时他对魏晋阳奉阴违蒙骗他大为光火，准备对魏晋采取组织手段。但刘天石阻止了温松华，他要利用魏晋达到查出内奸的目的，其实他是故意让宗林把军火库的秘密透露给陈晓辉的，以此考查陈晓辉。事实证明，陈晓辉很可能就是专案组的卧底。他让刘天羿悄悄在陈晓辉手机上安装了窃听装置，准备做一篇更大的文章。

二

徐铁军运用高科技密查王琳的下落。王琳曾给魏晋发过短信和邮件，终于被徐铁军捕捉到信号。徐铁军立即向江宁报告，王琳躲藏在广西白沙市。魏晋打通了王琳的电话，王琳对魏晋打来电话颇感惊讶。魏晋则用调侃的语气提醒她慎用手机电脑，犯罪集团也在想方设法找她。王琳马上便明白了，说她以后会注意的。魏晋在询问完王琳所掌握的情况后，动员她回海州，王琳说她在白沙很安全。还是那句话，只要专案组扳倒了刘天石，她就回海州举证。魏晋不好再勉强王琳。

魏晋对高强的搜捕也是一无所获，其手机关机，银行卡停用，所有可能暴露的线索全被掐断。魏晋有些抓狂起来，抓不住高强，就无法深入下去，明知犯罪集团就在面前却又不能动他们，他苦恼之余在寻求突破之计。就在这时，陈晓辉向魏晋提供信息，发现刘天羿从银行向铁门峡汇出一笔巨款。魏晋立即进行调查，获知铁门峡正是宗林的老家，于是向铁门峡警方发出协查通报，对收款人宗茂盛进行调查。

宗茂盛发觉警方在对他进行调查，慌张起来，连忙向哥哥宗林报警。恰在这时，温松华也向刘天石透露魏晋已查到高强行踪的信息。刘天石迅速将高强转移到广西白沙，他之所以把高强托付给白沙的小弟袁虎，就是希望袁虎能瞅机会将高强通过海上偷渡出去。

王琳从阿昆处得知高强也潜逃到了白沙，连忙向魏晋报告。魏晋向广西白沙警方发出协查通报，广西警方很快给海州市公安局发来消息，已查明袁虎的身份，最近的确有个来自海州的朋友住在他那儿。袁虎发觉警方在对他进行调查，向刘天石报告。刘天石被逼无奈，最后只能做出舍卒保车的决定，让袁虎在最后关头采取最终措施，将高强灭口，彻底断绝后患。

魏晋和房勇赴广西缉捕高强。袁虎察觉危险已迫在眉睫，对高强假称已为他安排好了偷渡船只，因为他被通缉，从陆上出关很难，只能带他从水上先偷渡到越南，护照和有关手续已经给他办妥当了。高强对袁虎自然是放心的，他表示从现在开始，一切都听袁虎的招呼。

货轮在夜色里行驶，看得出阿昆是个海上航行的老手，熟练地操作着舵盘。袁虎和高强在船舱里玩纸牌。高强面前聚起一堆钞票，袁虎边起牌边恭维高强："强哥，你果然名不虚传，是赌牌高手呀！"高强喜形于色地说："虎弟承让，虎弟承让！"说着亮牌，袁虎又输了。他从兜里抽出一沓美元，苦笑着说："社会主义空了，咱就赌点资本主义吧。"高强乐于奉陪，说："好，美元就美元，咱哥俩今天要玩个尽兴！"几把下来，袁虎的美元也渐渐减少。

高强笑得合不拢嘴，突然，他停住了手，摆动着脑袋道："不对！"袁虎一愣，诧异地问："什么不对？"高强支起耳朵："方向不对！咱们的船方向错了，去越南应该是向南，现在是朝东！"袁虎一惊，惊讶地问："你在船舱里，又是晚上，怎么能辨明方向，你是在开玩笑吧？"高强扔下牌："绝对不会错！不瞒你说，这海上杀人越货的事我是常来常往，而且都是在月黑风高夜。就凭这双耳朵，我他妈闭着眼都能走十个来回！"袁虎睁大双眼，暗吸一口凉气。高强霍地站起："走，咱们去外面看看！"说罢几步跨出船舱。

袁虎脸颊一抖，紧跟着高强走出。高强趴在舵舱窗口对着阿昆喊叫："错了！快改变航向！"阿昆受发动机的影响，听不清高强在喊什么，起身打开舱门。高强边打着手势边说："我们应该是向南，现在是向东，再走就开到公海去了！"阿昆愣了愣，探身朝袁虎张望。

袁虎向阿昆使个眼色，阿昆一步跨出舵舱，用枪指着高强，冷冷地喝道："姓高的，把身子转过去！"高强惊愕地看着袁虎，结结巴巴问："虎……虎弟，你这是要干什么？"袁虎面无表情："冤有头，债有主，死后去找你的大哥刘天石算账吧！"高强陡地瞪大了双眼。阿昆喝令高强走到船舷边，手中枪响，高强中弹，仰面倒下。阿昆走到船舷边，一脚将高强踢下海里。

魏晋在广西警方的配合下，秘密控制住袁虎。袁虎在讯问下承认高强曾在他这儿待过，但他们是在谈生意，并不知道高强是逃犯，而且几天前高强就已经离开白沙。警队对袁虎的住处及高强有可能藏匿的地方进行搜查，结果一无所获。

魏晋大失所望，可就在他准备撤回海州时，得到一个意外的消息，高强并没有死，已被一个姑娘救起送进了医院，而这个姑娘正是王琳。原来，阿昆向王琳悄悄透露了要杀高强灭口的秘密。王琳觉得这是个报仇和向魏晋报功的好机会，于是就央求阿昆手下留情，留高强一命。

阿昆对王琳的请求自然是百依百顺，但在袁虎的面前他又不能不做得像模像样，行凶时虽然对高强开了枪，但并没击中要害，并将高强踢到事先挂在船舷下的渔网里，待袁虎离开后，他又救起高强，然后交给了王琳。王琳把高强送到医院，边救治边向魏晋报告。

魏晋闻讯立刻赶往医院，见到了高强和王琳。但高强因为中枪加上海水浸泡，大脑神经受到感染，仍处于昏迷状态。医生告诉魏晋，高强也许能醒也许不能醒，就看运气了。魏晋只好暂时将高强留在广西治疗，委托广西警方和王琳代为照顾高强，待其身体好转后再押解回海州。安排好高强后，魏晋便带着王琳的供述和证词返回海州。

三

袁虎以为高强已必死无疑，于是向刘天石通报了已经灭口高强的消息。

刘天石放下心来，开始制订对付魏晋和陈晓辉的计划。他很清楚，魏晋和陈晓辉是江宁最看重的左膀右臂，也是一内一外对他威胁最大的人，摆平了他们，就将在断绝后患的同时，对江宁形成致命的打击。经过深思熟虑，他终于谋划出一条自认为周密的万全之策。

陈晓辉在向魏晋发送情报时，被刘天羿截获。刘天羿恼羞成怒，没想到自己深爱的人果然是专案组的卧底，她歇斯底里地要亲自手刃陈晓辉。

刘天石劝说妹妹不能感情用事，如此一来势必会将自己暴露在专案组面前，绝不能做引火上身的蠢事，他告诉妹妹，自己会有办法解决陈晓辉。

刘天石开始实施他的一箭双雕计策，在清除陈晓辉的同时，加害魏晋。只要切断江宁的左膀右臂，他就能让这个外来的和尚念不出经来，他才能稳操胜券，给"大老板"一个圆满答案。他同时让妹妹刘天羿出手，完成他谋划的惊天计划。

刘天羿派陈晓辉去与毒贩孙大头接头取货。陈晓辉并不知道身份已经暴露，怕引起刘天羿的怀疑，不得不执行她的命令，前往接头地点。刘天羿暗中向孙大头透露，陈晓辉是警方的卧底。孙大头在刘天羿的授意下，用注射毒品的方式，残忍杀害了陈晓辉。刘天羿接着用陈晓辉的手机以陈晓辉之名给魏晋发送信息，将魏晋引诱到谋杀现场。

温松华随后率队包围现场，以有贩毒嫌疑之名拘捕了魏晋。警员搜查魏晋的住处，竟然起获赃款赃物。显然刘天羿已事先派人在魏晋住处藏匿了毒品。魏晋目瞪口呆，有口难辩。滕长青再次做出依法惩处魏晋的严肃批示，陈晓辉是在和魏晋贩卖毒品时被杀。且陈晓辉尸检时呈阳性反应有吸毒史，由此推断，显然魏晋是和陈晓辉合伙贩毒。结论也就顺理成章产生了，魏晋锒铛入狱。

汹涌的恶浪将江宁包围，大有黑云压城城欲摧之势。江宁为陈晓辉的死和魏晋再次身陷囹圄而深深自责，悲痛之中，他明白，如果不能尽快查获刘天石黑社会团伙的犯罪证据，将案情大白于天下，陈晓辉真就成了冤死他乡的无名孤魂，魏晋也将深陷冤狱，身败名裂，永无出头之日。

魏晋的入狱终于促使尹颖有所醒悟。她对魏晋是最了解的，他绝不可能去干贩毒这种卑劣的勾当。而且接连不断发生的事件使她对刘天石的盲信开始动摇，残酷的事实让她认识到，刘天石对高强的所作所为也许不仅知情，很有可能如魏晋所说，是真正的幕后指挥者。这次她没有再去找刘天石质问，决定悄悄行动，一探究竟。她将目标放在了杨冰身上。

杨冰一直在尹颖面前数落刘天石的不是，控诉刘天石喜新厌旧，全然不念及患难夫妻的情义，从寻花问柳发展到纳小妾的斑斑劣迹。并在不经意间向尹颖透露刘天石并非不知道高强胡作非为的行径，而是念及兄弟之情包庇他。尹颖在对杨冰做工作的同时，密查刘天石与滕长青以及温松华的来往，发现了他们不正常的交易，尤其是邢向阳和柳云都是天石公司股东的事实，更是促使她明白了许多。

尹颖确定刘天石的确有重大嫌疑后，到号房里探望魏晋，二人此时已冰释前嫌。在号房里和恋人相见，是尹颖做梦也没想到的，不由得肝肠寸断、悲恸欲绝。魏晋说能因此让尹颖醒悟，他这牢坐得也值了。尹颖告诉魏晋她在天石公司秘密调查的情况和有可能策反杨冰的消息。魏晋很是激动，说只要尹颖能继承他的"遗志"把活儿干下去，他宁愿把牢底坐穿。尹颖嗔恼地隔着铁窗要打魏晋，悲伤的泪水不觉又流了出来。魏晋劝导尹颖不要孤身作战，太危险，让她马上去见江宁。

尹颖遵照魏晋的嘱咐，到专案组面见江宁。江宁见尹颖立场有所转变，十分欣慰。他对尹颖鼓励有加，并向尹颖保证，只要大家一齐努力，就一定能把案情查个水落石出，魏晋蒙受的不白之冤也就能得到昭雪。尹颖向江宁汇报了杨冰有希望争取过来的情况，江宁对尹颖的举动表示赞同，因为杨冰有弃暗投明的基础，可以尝试着把她拉过来。他最后再三叮嘱尹颖一定要见机行事，注意安全，刘天石的伪善和狡诈她应该最了解。

尹颖加大了争取杨冰的力度，在聊天中逐渐深入到刘天石并不仅仅是包庇高强而有可能就是罪魁祸首的话题。杨冰说她真的不知道，在刘家她就是个抹布婆，刘天石从来不让她了解公司的内情。

尹颖向杨冰讲述了王琳的遭遇，严肃而郑重地提醒杨冰，她的妥协忍让只能带来更大的灾难，也许哪一天，她就人间蒸发了。杨冰似乎受到震撼，说刘天石养了小老婆，真有这种可能，她终于鼓足勇气答应尹颖，以后多留意这方面的事情。要是刘天石真犯了罪，她会毫不犹豫地举报他，和他彻底决裂。

尹颖为在杨冰身上取得的进展欣喜不已，可是令她万万没想到的是，杨冰其实一直是在做戏。从她知道自己是天石集团的大股东，名副其实的老板娘之后，她就将自己完全绑在了刘天石的战船上。她为此不惜纵容刘天石纳妾，并且和刘天石上演离婚不离家的丑剧。在刘天石陷入困境时，又秉承刘天石的旨意，上演苦肉计，在引诱魏晋上钩时，因为江宁的高度警惕性没能得逞。当她把尹颖对刘天石变心，在秘密调查刘天石并试图策反她的情况向刘天石报告后，刘天石马上吩咐她利用尹颖这个跳板，争取让江宁对她信任，打入专案组内部，以其人之道还治其人之身。

杨冰按照刘天石面授的锦囊妙计，使出浑身解数利用尹颖向江宁一步步靠近。而江宁亦苦于其他侦查线索被掐断，希望能从杨冰身上打开突破口，向杨冰伸出了橄榄枝。在尹颖的安排下，江宁和杨冰见面了。杨冰向江宁解释了她当初没能再和他联系的原因，说是刘天石发现了她与江宁秘密往来，对她产生了怀疑。于是对她恐吓威胁，并像囚犯一样把她关在家里，派人日夜监视她。江宁听了杨冰的诉述后，对她表示了理解，希望她能认清刘天石真面目，向专案组提供刘天石的犯罪证据。杨冰自然是满口答应，说她会盯住刘天石，查出他违法犯罪的勾当。此后，杨冰果然通过尹颖向江宁提供了刘天石的大量情报，但均是些诸如赌博玩女人等鸡零狗碎之事。

杨冰把她了解到的江宁没有侦查线索，束手无策只能把宝押在她身上的情况报告给刘天石。刘天石大喜过望，更加坚定了战胜江宁的决心。他以温存欢爱的方式奖励杨冰，然后要求她继续向纵深发展，争取掌握住专案组的动向，取得江宁的核心机密。

江宁对侦查工作进展缓慢十分着急，于是不得不再次使出逼蛇出洞的招数，在传讯宗林的同时，继续进驻天石大厦以查账等方式进行调查。

刘天石似乎接受了以前的教训，加之他已在江宁免职期间亡羊补牢，填补了公司的漏洞，所以不接江宁的招。他隐忍幕后，从不与专案组发生冲突，而且在公开场合表示支持专案组的工作，希望审查能纯净天石公司的环境，作为政协常委、企业家理应做知法守法的典范云云。

铁锤砸到了棉絮堆上，江宁思谋着如何才能攻破刘天石精心修筑的防线。就在这时，他突然收到王琳打来的电话。

四

王琳一直在医院看护着高强。

高强苏醒过来后，发现自己躺在病床上，身旁挂着吊针，胸部裹着绷带，床边站着身穿白大褂的医生。医生长出一口气说：
"你真是命大。"高强的面前出现一张熟悉的面孔，竟然是王琳。
他惊恐地瞪大了眼睛："是你？"王琳一看到高强醒来，恨不得一
把掐死他。高强呻吟着说："求你别折磨我，赶快把我杀了。你现
在不用怕我了，我现在只剩下一口气了，你快报仇吧。"医生转
身对王琳道，病人已经脱离了危险，但为了安全起见，还需要输
血。王琳说："我完全听从医生的建议，谢谢您！"医生点头走出
病房。

　　高强不敢和王琳对视，紧紧闭上眼睛，嗫嚅着问王琳："你
为什么要救我？"王琳从牙缝里挤出一句话，说："要让你和你的
主子接受法律的审判！"高强沙哑着声音说："能活下来就好。咱
们也算得上是冤家路窄，没想到会是你救了我，其实你应该杀
了我。"

　　王琳不屑地撇撇嘴说："杀你怕脏了我的手，而且杀了你也太
便宜你了，你这样的坏蛋应该遭天谴雷轰！"高强幽幽地叹口气，
说："到鬼门关走了一遭，我才知道人该怎么活着。"他边说边努
力地挣扎着坐了起来，王琳悄悄在他腰下塞个枕头。高强眼里慢
慢溢满泪水，颤抖着声音说："王琳，你是个好女孩，你以德报怨
救我这种猪狗不如的人不值得，你该把我扔进海里喂王八。"

　　王琳又气又恨又好笑，说："你也有今天。"高强不无悲哀地
说："我以前杀人灭口，现在轮到我了，也许这就是我作恶的报
应。"王琳讥讽地说："没想到你这个天石公司的第一干将沦落到
和我一样的境地。"高强恨恨地说："狗娘养的刘天石，卸磨杀驴。
还有那个宗林，良心也被狗吃了，我不会放过他们！"王琳不由得
眼里一亮。高强接着对王琳说："你通知海州专案组吧，我要见他
们！"王琳终于露出欣慰的笑容。

　　江宁接到王琳的电话后，立刻赶到广西白沙。王琳把江宁带
到病房，见到了高强。躺在病床上的高强供出了他所有的罪行，
并供出另一个5·1枪击郝达案凶手正是邢向阳，而这一切罪行的

主谋皆是刘天石。另外高强还供出天石公司私藏武器的军火库在上次专案组搜查天石大厦时转移到了八卦洲的地下密室，他最后表示愿意在伤情好转能行动后做污点证人。

为了不打草惊蛇，江宁让王琳和高强继续留在白沙，并委托当地警方对他们进行监护。

江宁回到海州，根据高强提供的信息迅速对八卦洲采取了行动。因为天石集团有一支地下武装，而且武器装备精良，所以江宁请求关山支持。关山毫不犹豫地便答应了，并亲自率领市局特警武警和刑警协助配合专案组搜查八卦洲。江宁和关山研究制订了周密的搜查方案，然后迅速开始行动。警车、防暴车、突击装甲车呼啸着开进八卦洲会所，警队将会所层层包围。

宗林带着江宁和钟慧敏、徐铁军走进会所刘天石的专用密室。刘天石伫立在一个沙盘前，装模作样地凝眉沉思，似乎对江宁他们进来没有丝毫察觉。宗林凑上去对刘天石说江警官他们来了。刘天石似乎还沉浸在沙盘里，心不在焉地"哦"了一声，缓缓转过脸，看到江宁后才做出惊诧状。

江宁目光如炬，注视着刘天石。刘天石与江宁对视了几秒钟，做出猛然反应过来的样子，热情洋溢地大声说："原来是江主任光临啊，欢迎欢迎。"说着上前紧紧握住江宁的手。江宁强压住心中的厌恶，抽出手，走到沙盘前，拿起一个船坞模型，问刘天石："这就是你开发自贸港的大手笔吧？"

刘天石一时摸不清江宁的用意，于是顺着江宁的话抚掌笑道："谈不上大手笔，只是尝试尝试，为以后摸索点经验。江主任，请你不吝赐教，给提提意见。"江宁盯着刘天石说："你这是难为我了，我是个门外汉，对自贸港一窍不通，但对由此引起的命案我倒是很有兴趣查一查。"刘天石一颤，笑容僵在脸上。

江宁环顾四周，冷冷地说："刘总这儿不会闹鬼吧？"不等刘天石回答，陡地转身，冷冷地注视着他说："我们能坐下说话吗？"刘天石彻底败下阵来，摆摆微微发抖的手说："当然当然，请坐请坐。"江宁稳稳地在沙发上坐下，宗林忙从冰柜里拿出矿泉水，放在江宁面前。

刘天石在江宁对面坐下，递上香烟问："你们来有事吧，需不需要我帮忙？"江宁摇手拒绝，说："刘总应该知道我不会抽烟，请问地下密库在哪里？"刘天石做不解状，说："密库，什么密库？江主任，这儿是八卦洲，不是阿里巴巴。"江宁不再与刘天石废话，转脸吩咐钟慧敏和徐铁军："搜！"

钟慧敏和徐铁军率领特警按照高强提供的路线，很快便寻找到了地下密库。可是密库里已经空空如也，根本就没有枪支弹药，钟慧敏立刻用对讲机向江宁报告。

刘天石等江宁和钟慧敏通完话，很坦诚的样子对江宁说："对你们的不信任，我丝毫不会介意。你们肯定是误会了，我早就声明过，我不会知法犯法。"说着转脸命令宗林："去，组织所有的员工配合专案组搜查，如有私藏违禁违法物品的，抓起来交给专案组。"宗林欲出门，江宁拦住宗林说："不必了。"然后突然问刘天石："高强好像曾藏在这儿吧，你有他的下落消息吗？"

刘天石一愣，马上反应过来，说："他潜逃是秃子头上的虱子明摆着，至于是不是从这儿逃走的，事实已经证明，我就不想再做解释了。"边说边向宗林递个眼色。宗林对江宁点点头，然后故作焦急的样子对刘天石说："董事长，自贸港工地那边在催咱们过去呢，你看……"刘天石摆出无奈的姿势，耸耸肩对江宁道："真不好意思，今天要定工程方案。"

江宁马上起身，冷冷地说："那我们就不打扰了，如果你有高强的消息，还希望能及时通报一声。"刘天石握住江宁的手爽快地说："当然没问题，私情不能超越法律之上，我还是懂得的。我也衷心希望能早日抓住高强，为我们天石集团以及我本人洗刷污点，清理门户。"江宁试探出刘天石并不知道高强还活着，说明秘密没有泄露，稍稍安下心来。

江宁走出八卦洲，钟慧敏和徐铁军请示江宁是否要对会所再进行一次彻底搜查。江宁摇摇头说没必要了，刘天石显然是听到风声再次转移了军火。钟慧敏说，搜查行动是在严格保密的状态下进行的，他们是从哪儿得到的信息呢？江宁说，这还用问吗？一定是有人通风报信。

江宁的推测是准确的。

原来，杨冰从尹颖的口中得知高强在广西落网，立即告知刘天石。刘天石没想到高强还活着，而且是被仇人王琳救下，并向江宁供出了所有罪行和他所知道的全部情况。正信心满满，以为捆住了江宁手脚的刘天石突遭变故，不由得慌乱起来。但他转念一想，坏事似乎也能变成好事，如此一来，他可以把所有事情都推到高强身上。所以他迅速转移了军火，并对高强活着并落入江宁之手故作不知，以便卸下包袱，沉下心来与江宁较量下去。

第三十六章　决　战

一

　　温松华在获知高强活着并且落网和专案组搜查八卦洲之后便陷入惶恐之中，凭着其刑警的特殊嗅觉，他感觉到了危机的降临。于是他让柳云携带资产，潜逃至南美某国，为其铺设日后不测之时的退路归宿，可是柳云坚决表示要留下来陪着温松华共渡难关。

　　温松华苦劝柳云说："你应该明白目前的处境已十分险恶。江宁已经掌握了很多线索和间接证据，只要他盯住不放，追查下去，每一个线索都能置我们于死地。眼下他一旦控制住了高强，那就更麻烦，让你走也是迫不得已。"

　　柳云嘟着嘴说："在这种关键时候，我不能撇下你。"温松华耐心地解释说："可你想过没有，这样只能增加我的心理负担，让我顾虑担忧。"柳云想了想说："你考虑过没有，在这种非常时期你把我送到国外去，刘天石会怎么想？撇开对你怀疑不说，至少他也会认为我们动摇军心，对这种懦弱行为耿耿于怀，毕竟我也是天石公司的股东。"温松华不以为然地摇摇头说："刘天石是个聪明人，应该能理解我的苦衷。如果他理解不了，我也没有办法，因为没有什么东西比你更重要，比我们彼此拥有的那份情更珍贵，我现在只剩下你了。"

　　柳云抚摸着温松华的胸口喃喃地说："别这么悲观，江宁到现在不是也没查到什么证据吗？有必要像惊弓之鸟吗？"温松华轻

515

揉柳云的手说："未雨绸缪，还是早作打算的好。这样我才能踏实下来，只有我最了解江宁。"

柳云说："我总觉得松华你是过于小心谨慎了，我认为刘天石完全有能力打败江宁，因为他有大老板撑腰。"温松华说："考虑问题应该朝最坏处着想。再者说，如果我们平安渡过了难关，等风平浪静之后，你还可以再回来嘛。"柳云见说不动温松华，只好勉强同意出国，最后问温松华："你和刘天石通气了没有。"温松华点点头说："已经向刘天石简单地表示了这方面的意思。"柳云关切地问："刘天石是什么意见？"温松华回答说："刘天石既没赞成也没反对，只说见面详谈。"

正说着，门铃声恰在这时响起。温松华打开门，门口站着笑吟吟的刘天石。

刘天石进门后，以调侃的语气对温松华和柳云说："没打扰你们说悄悄话吧！"温松华脸上一紧。柳云赶紧拦过话去，也以轻松的语调说："刘总又拿我们开心了。"刘天石做出一副怅然的样子说："以后拿你们开心的机会可是不多了。最让我心疼的还是温松华，你柳云这一走，他日子可就难熬喽。"说着，他从随身皮包里抽出护照和机票递给温松华说："手续和机票我都给柳云办好了，是明日下午两点的飞机，柳云你可别误了时间啊。"温松华和柳云都不由得愣住。

刘天石说："松华，自从你说了柳云想出去的想法后，我就让宗林抓紧给办了。"温松华看着护照和机票，一时不知该说什么才好。刘天石又嘱咐柳云说："你到了那边会有人接站，并负责把你送到别墅，不必担心。"柳云频频点头，很是感动。

但温松华心里却一阵发紧，他很清楚刘天石的意图，就是不论你到了哪里，都在他的控制之下。可温松华此时已经顾不了那么多了，只要能把柳云送出去，就是胜利。至于以后，他自信能对付得了刘天石，所以也做出一副感激的样子向刘天石连声道谢。

刘天石嗔怪温松华说："你这是干什么？把我都弄出汗了，这

516

本来就是我分内的事，有什么可客气的。再说咱们是同生死共患难的兄弟，千万别说这些生分的话。"柳云不无愧疚地对刘天石说："其实我这时候不该当逃兵的，刘总你不会怪我吧？"刘天石故作不悦之状，说："你看你越说越离谱了，你怎么会有这种想法。松华让你出去是正确的，如此一来就免除了后顾之忧，我和松华也就可以轻装上阵，和江宁他们较量一番了。怎么能扯得上逃兵不逃兵之说，你说是不是松华？"

温松华附和说："柳云以后会理解的。"刘天石很是羡慕地说："柳老师其实并不是不明白，我看她还是和你老兄难以割舍，不愿离开你。问世间情为何物，直教人生死相许，你真是太幸福太有运气了，找到柳老师，是你的造化。"温松华嘴上应和着："是啊，真是造化。"心里却恨不得一脚把刘天石踹趴下。

江宁控制高强后，迅速向周民报告。周民指示，全面突破的时机已经成熟。可以使用一切侦查手段，在核实现有证据的同时，继续扩大战果，务必将黑社会犯罪集团和其保护伞一网打尽。专案组马上落实厅领导的指示，采取措施，用高科技侦查手段对温松华等保护伞进行了监控。

与此同时，关山亲自挂帅，会同法、检等有关部门对魏晋、陈晓辉涉毒一案进行复查，抓获了毒贩孙大头，孙大头供出了嫁祸栽赃魏晋和陈晓辉的主谋刘天羿，关山签发了对刘天羿的拘捕令。江宁和尹颖到看守所接无罪释放的魏晋，魏晋怀里抱着在号房里雕刻的陈晓辉塑像，泪流满面地起誓，一定为牺牲的兄弟报仇。

警觉的温松华很快便察觉专案组对自己上了监控手段，顿时惶恐起来。他和刘天石联系见面，不敢再堂而皇之，也不敢再用手机电话。两人像贼一样偷偷见面后，不敢说话，只能以写字交流。

此时的刘天石才真真切切品尝到失去自由的味道。这个在海州不可一世的"魔王"第一次清楚地意识到，法网已罩在他的头顶。滕长青和温松华已自顾不暇，处境大为不妙，无法向他提供帮助。他在向"大老板"邢旭东寻求支持的同时，展开了绝地反击。

刘天石自信只要专案组抓不住刘天羿，就无奈他何，因为除刘天羿、宗林、高强之外没有任何人掌握他的涉案证据。何况他只对宗林和高强、刘天羿发布命令，在高强被专案组控制的情况下，他可以把一切罪状全都推到高强身上去。斩首是解决危局的最有效之策，他在妹妹刘天羿被警方通缉的状况下，不退反进，以攻为守，剑走偏锋，指使妹妹对江宁采取行动，将其家庭作为进攻的目标。

二

刘天羿肩负哥哥交给自己的使命潜入省城，对江宁的家庭情况进行了解。

江宁常年在外奔波办案，根本无暇顾及家庭。尤其是刘天石利用在中石化系统的关系网将苏静秋从财务主管会计的职位上下岗后，她办网店并租房开了家小面馆，用以养家糊口。她早出晚归，回家后还要料理网店的生意，根本照顾不了正在复习高考的女儿小敏，只能任由她凭着兴趣发展。

小敏酷爱音乐唱歌，平日在学校就很有名。她在高考中填报了艺术学院，追求起当歌星并成立自己乐队的梦想。苏静秋知道女儿的确天生一副好嗓子，也就不再勉强她的选择。小敏在等待发榜的时间里，为锻炼自己的才艺，获取深造前的社会经验，应聘到休闲娱乐场所唱歌。刘天羿摸清这些情况后，开始向小敏靠近。

省城飞天夜总会是海州天羿夜总会的姐妹店，也是刘天羿投资开办的。生意向来很兴隆，歌舞大厅里，每天都有走穴的歌手、各色草台班子、甚至欧洲俄罗斯的歌舞马戏团也来这儿轮番演出。每到夜晚，台上狂歌劲舞，激光如游蛇般闪射，台下人声鼎沸，彻夜不息。

这天晚上，演出一开始，主持人便在嘈杂的喧闹声中，对着麦克风大声宣布，向宾客推出一位清纯新歌手。台下反应平平，因为宾客们对歌手的名字很生疏，并不在意。刘天羿此时就坐在雅座的 VIP 贵宾席上，老六和毛焰分站两侧，尽显大老板之派头。夜总会的艺术总监陪侍在刘天羿身边，一口一个刘总地向她献殷勤。

小敏走上台，歌喉一展，天籁般的嗓音顿时镇住了全场，台下霎时鸦雀无声，目光齐刷刷投向台上的小敏。小敏的歌声如行云流水，响彻四座。一曲唱罢，掌声如雷。刘天羿吩咐艺术总监，说这女孩是好苗子，演唱结束后她要和她谈谈，如果能达成合作意向，她会付给总监一笔可观的推荐费。总监自然是激动万分，赶忙点头应允。

小敏演唱结束后，随着艺术总监来到了刘天羿的雅座席。总监向小敏介绍刘天羿，说是省城最具实力的文化传播公司老板，培养的一线歌星数不胜数，能认识这位老板是她的福分云云，竭尽吹捧之能事。

刘天羿矜持地请小敏在她身边坐下，机灵大方的小敏谦虚地问刘天羿有何指教。刘天羿问小敏："你毕业于哪座音乐学府？"小敏笑答："我刚高中毕业，正准备报考音乐学院。"刘天羿故作吃惊的样子："难得难得，一定大有前途，请问有没有和我们合作的意向？"小敏有些犹豫，说："我正准备高考，现在签约是不是早了点？"总监竭力鼓动小敏说："出名要趁早，遇到这样的机会可不容易。"

刘天羿申明说，签约并不妨碍她学习，如果测评考核有潜力，她的公司可以对小敏量身打造，并把她包装成未来之星。将高考前的时间作为实习期，给她成立一个小乐队到全国去巡演。如果出了成果，对她考进音乐学院也会起到促进作用。但同时也有个条件，无论是深造期间和毕业之后，都必须签在她的公司之下。小敏有些动心了，踌躇思忖。

刘天羿潇洒地对小敏挥挥手说："你也不要勉强，考虑好再给我答复，但不能太晚。"总监马上添火，说刘总手里有很多打造对象，过了这个村可就没这个店了。小敏想想觉得是自己的演唱天赋征服了刘天羿，况且对方培养包装她也是有条件的，应该是双赢的结果，好多明星不就是这样打造出来的吗？

小敏最后终于下了决心，答应刘天羿试试看。她想把这次机遇权当锻炼锻炼试试运气，并决定先不告诉妈妈，等唱出点名堂再给妈妈一个惊喜。于是与刘天羿签了协议。刘天羿说到做到，接着出资为小敏举办了演唱会，使小敏的虚荣心得到了极大的满足。

刚出高中校门的小敏很快便被刘天羿俘虏，期待着歌星梦的实现。刘天羿践行承诺，要带着小敏到全国各地巡回演出了，小敏骗妈妈说高考后和几位同学相约去旅行。苏静秋以为小敏真是出去散心，也就同意了。

刘天羿终于达到了挟持小敏的目的，她以所谓的行规为借口，没收了小敏的手机，并且严加看管。聪明的小敏这才意识到不对劲。她试探刘天羿说要请两天假回家拿乐谱。刘天羿一口回绝，说需要什么乐谱她可以为小敏准备。小敏看出刘天羿是别有目的，害怕起来。她尝试逃跑，还没出大门，便被抓了回来，原来刘天羿在她的住处安装了监控摄像头。

刘天羿意识到小敏已经察觉识破了她的阴谋，于是撕下了伪装，命令手下对小敏加强了管制，囚禁了小敏，并请示哥哥如何处置小敏。刘天石指示刘天羿牢牢控制住小敏，绝不能让她逃脱，接着以此为筹码，试图胁迫江宁低头就范。

江宁得知刘天石变相绑架了女儿，顿时如五雷轰顶，陷入极度的焦虑之中。在严词拒绝刘天石谈判的同时，他不知该如何才能救出少不更事的女儿。他非常明白，狗急跳墙的刘天石是什么事都做得出来的。而且刘天石有非常合理的借口，是接受小敏的主动请求，培养她成为歌星。显然狡猾的刘天石已经想好了退路，在这种情形下，就无法定他绑架的罪名，所以他也无法向组织和上级报告，请求帮助解救。

江宁进退两难，被装进刘天石精心设计的陷阱里，既无法救女儿也无良策制裁刘天石。唯一的办法是通知妻子苏静秋，告诉她实情，让她去查询小敏的下落。

苏静秋接到江宁的电话后，一下子疯了，本来她就对小敏说去旅游有些担心，但她做梦也没想到会落进坏人的圈套，她在电话里哭喊着要江宁必须立即回来查找女儿。江宁只能长叹一声，无奈地掐断了电话。

刘天羿为躲避公安的缉捕和苏静秋的寻找，将小敏关押在哥哥安排的秘密之处。聪明的小敏设法偷了看守的手机，向爸爸发了求救的短信，被刘天羿发现后毒打了一顿。

江宁无法放下海州的工作寻找女儿，让苏静秋陷入绝望之中。在一次寻找途中，急火攻心，晕倒在马路上。

江宁接到女儿的求救信肝肠寸断，而第二天又不得不强忍悲痛，平静地面对假意投诚的杨冰。原来，刘天石指使杨冰试探江宁在女儿失踪后的反应。江宁从容地告诉杨冰，作恶者必自尝苦果，他坚信法律和正义会取得最终的胜利。刘天石拿他的女儿作要挟，足以说明他已穷途末路，使出这种卑劣的手段，说明他是多么丑陋，你离开他是正确的选择。

杨冰装出一副悔不当初的样子说，她一定和刘天石划清界限，以后决不再在刘家待下去。其实江宁对杨冰假意和刘天石离婚借以做卧底的阴谋是有所怀疑的，他只不过是希望从杨冰处获取刘天石犯罪的证据和刘天羿的下落而已。

杨冰在自认为获取江宁的信任后，按照刘天石的指示，一步步实施着既定的计划。她不断地向江宁提供着刘天羿所谓隐藏地点，但让追捕干警总是晚到一步，一次次扑空，从而达到转移专案组视线和注意力的目的，以减轻刘天石的压力。

其实江宁根本就没把宝押在杨冰身上，经过艰苦细致的侦查，终于查出了刘天羿藏身在牛头屿基地。他亲自带领警队，突袭牛头屿。刘天羿藏身在牛头屿的密洞里，从不外出。警队一步步接近牛头屿密洞，就在这时，江宁的手机响了，屏幕上出现小敏被毒打的画面。江宁如遭电击，他明白对手发来这视频意味着什么，行动略有迟缓。刘天羿挟持小敏趁机逃脱。

三

江宁为自己的失误懊恼自责，抓捕刘天羿解救小敏的行动就这样失败了，而这一切无疑是因为刘天石的干扰。他决定以智取胜，通过杨冰约见刘天石。

华灯初上时分，江宁来到海边礁石旁。海水一波波涌来，撞击着礁石，在江宁的脚下溅起雪白的浪花，他静静地等候着。

劳斯莱斯轿车在海岸上缓缓停下，刘天石推开宽大的车门走下，看到礁石丛中的江宁，不由得有些怯意地裹了裹身上的风衣，脚步有些发飘地走过去。他在江宁身边站住，似乎想等江宁先开口。但江宁无动于衷，屹立不动。刘天石终于低下了头，开口说："对不起，让您久等了。"江宁嘴角动了动，声音冷漠地说："谈谈你的条件吧。"

刘天石仍装腔作势地解释，不无歉意地对江宁说："唉！血浓于水，毕竟是同胞兄妹，希望江主任能体谅我的无奈之举和……"江宁生硬地打断刘天石，嘴里只迸出三个字："谈条件。"刘天石耸耸肩说："谈不上是什么条件，我只希望我的妹妹和您的女儿都能平安无事。"

江宁断然道："让刘天羿平安无事不可能，因为作为专案组长，我无法向上级交差。"刘天石慢慢从兜里掏出香烟，点上火慢悠悠抽着，然后缓声说："我倒有个建议，如果能把刘天羿送往国外，我们应该就都好交差了。你看如何？"江宁装出无奈的样子答应下来，说，只要女儿能平安归来，他愿意帮助刘天羿逃出境外。刘天石是何等人物，当然不会轻信江宁的承诺，说，只要刘天羿到了国外，他就会立刻放回小敏，否则一切免谈。为稳住刘天石，江宁答应了刘天石提出的条件，并让他为刘天羿准备好出逃的钱物，等待他的通知。

此后，江宁指示魏晋对刘天羿所有重点关系人的账户进行监控，果然次日便获取刘天羿闺密田玲玲收到三百万巨款的信息。魏晋对田玲玲进行布控，发现其丈夫胡猛经常购买超出家用的生活用品，而且从毒贩处购买毒品。

胡猛是刘天羿的心腹，她不仅让他当上了牛头屿基地的统领，还把最好的女友田玲玲送给了他。胡猛对刘天羿感激涕零，自然要投桃报李，为刘天羿效犬马之劳。魏晋经过对胡猛的跟踪和守候，终于查到了刘天羿的藏身之所，于是率领警队包围了刘天羿藏身的楼房。

刘天羿接到哥哥的信息后，正在田玲玲的帮助下收拾行李准备逃走。胡猛惊慌失措地冲进房告诉刘天羿，魏晋已带人水泄不通地围住了楼房，让她快进暗道。边说边摁下墙角的隐秘按钮，旁边的一堵墙豁然洞开。刘天羿和田玲玲、胡猛押着捆住双手的小敏手忙脚乱地钻进暗道。密门关闭，又恢复了墙的样子。

魏晋指挥搜捕，房勇和尹颖率警搜查后向魏晋报告，刘天羿不在楼里。魏晋勘察现场，从未燃尽的烟头和尚有余温的咖啡分析，刘天羿并没有跑远。房勇纳闷地说："那为什么所有房子都没有刘天羿的踪影，难道她上天入地了不成？"尹颖随口说："会不会有暗道密室？"魏晋马上吩咐房勇去物业公司找来楼房建筑图纸，对照房子的结构进行审看，果然从中发现了疑点，原储物间的门被封死，成了一堵墙。魏晋敲击墙壁，发出空洞的声音，立刻用铁锤砸开墙壁，露出一个黑黑的门洞。

刘天羿和田玲玲、胡猛挟持小敏顺着暗道跌跌撞撞往出口跑。出口就在楼房不远处的海边芦苇丛里，出口处泊着一条田玲玲事先预备的摩托艇。魏晋和房勇、尹颖等警员鱼贯钻进暗道，一手举着手枪，一手打着手电筒追赶。刘天羿发现警察追来，有些惊慌。众警员很快便追上了刘天羿等人，将枪口对准他们。

魏晋命令刘天羿放了小敏。胡猛突然伸出胳膊扼住小敏的脖颈，唰地抽出枪，用枪口顶在小敏的太阳穴上，对刘天羿说："快走！我掩护你们！"刘天羿和田玲玲撒腿就跑，房勇和尹颖欲追赶。胡猛晃晃枪口，厉声命令："别动！不然就开枪打死小敏。"魏晋只好对房勇、尹颖摆摆手。

胡猛歇斯底里地命令警员退出去。魏晋对胡猛说："你要冷静些，你应当清楚你在干什么。"胡猛咬着牙说："我当然明白，反正落在你们手里也是个死。"突然，一声枪响，正中胡猛握枪的手腕，枪"当啷"掉落在地上。

原来尹颖趁胡猛与魏晋对话精力分散之机，果断地开了枪。她本就是警界有名的神枪手，高强的小弟罗北方就曾死在她的枪口下，所以这一枪不偏不倚正中胡猛握枪的手。胡猛一声哀嚎。房勇等飞步上前，将胡猛牢牢擒住，救出小敏。但此时的刘天羿已和田玲玲跳上摩托艇逃之夭夭。

高强伤情好转，被秘密押解回海州。与此同时，逃亡到国外的曾伟民在得知专案组占据上风后也返回海州，向专案组指证刘天石和温松华。这让刘天石大感恐慌，指示杨冰刺探情报。

尹颖此时已经把杨冰当作刘天石的受害者，以为她也和自己一样是受了刘天石的蒙蔽欺骗，已经和刘天石划清了界限，所以早就把她当作了自己人，在一次闲谈中无意向杨冰透露了审讯高强的情况。杨冰迅速向刘天石报告，刘天石针对高强对他和宗林的指证，与宗林密谋对策，逐条开脱洗白自己，把罪行全都扣到了高强头上。

此时的滕长青和温松华获知高强被押解回海州和曾伟民回国向专案组提供旁证，不淡定了，他们明白高强反水和曾伟民回到海州意味着什么。滕长青悄悄联系温松华，要与他见面。

夜色深沉，怒涛拍岸。

温松华快步走到在海边徘徊的滕长青面前，低声说："你这个时候约我见面是很不合时宜的，这是冒险。"滕长青说："这我很清楚，你现在已成了监控对象，可是没有办法，只能采取这种无奈之举。"温松华问滕长青什么事，要他快说。滕长青说："你这是明知故问，刘天石落网时间现在已是以分秒计算了。"温松华说："那我们也同样是以分秒计算了。"滕长青狠狠地吐出一句说："刘天石应该自杀。"

温松华禁不住笑了，说道："滕大市长，你约我来就是告诉我这个，你应该去对刘天石说才对。"滕长青叹口气说："眼下我们唯一的希望就是刘天石能消失，专案组并没有我们的直接证据。"温松华说："看来你并不了解刘天石，他绝不会为别人而是人人为他，他不会在我们的前面消失，更不会死在我们的前边，你这话无疑是痴人说梦。"

滕长青满怀期待地看着温松华说："所以我请你过来见面，你是老公安，有这方面的经验，又是个足智多谋的人，能不能琢磨出个办法来，这可是我们最后的希望了。"温松华点上烟，边默默地抽着边凝目沉思。

就在这时，滕长青兜里的手机突然急促响了起来，他惊得一哆嗦，掏出手机看来电显示的号码，悄声对温松华说："是刘天石。"然后忙不迭地接听。温松华等滕长青接听完电话后问他刘天石说了什么。滕长青长长舒口气说："他把一切罪行都推到高强身上了，也许我们能度过这场危机了。"

温松华冷冷地说："未必，江宁不会傻到把案子结在高强身上，这是异想天开。"滕长青想想说："倒也是，可现在也只能死马当活马医了，我们还能有啥指望。"温松华沉吟着说："指望也并不是没有，现在正好可以利用这个，让邢老板发话，对刘天石施加压力。趁着江宁没动刘天石，赶快让他出国，一走了之。邢老板和葛老大现在可能比咱还着急。"滕长青眼前一亮，说他明天就去省城。

四

正如温松华担心的那样，他和滕长青见面全都被监视他的专案组掌握。江宁并没有打草惊蛇，只是密切掌握着他们的举动。他要的就是这种效果，逼他们动起来，然后再有的放矢。为了加大力度，逼迫刘天石和他背后的保护伞出洞，江宁开始琢磨新的进攻方案，刘天羿久捕不着，他决定采取迂回进攻的策略，先拿下刘天羿周边的同伙，头一个自然是掩藏刘天羿的胡猛。

审讯胡猛取得重大突破。本来胡猛对刘天石怀有畏惧心理，没敢如实招供，装疯卖傻企望能蒙混过关。魏晋在审讯中击穿他的心理防线，阐明他如果再糊涂下去，就不仅仅是包庇罪这么简单了，最终真就成了刘天羿的陪葬品。胡猛见刘天石已经成了过河的泥菩萨，于是一五一十地供出了都是宗林负责给刘天羿送钱送物。关山立即下达了对宗林的拘捕令。

杨冰再次从尹颖口中打探出抓捕宗林的信息，刘天石立刻安排宗林潜逃至新加坡。

江宁意识到又有人走漏了风声，于是对内部进行全面审查。当他得知杨冰离开刘家后一直是和尹颖住在一起后，马上便明白了。他严肃地询问尹颖，果不其然是她把杨冰当成了一家人，没有防备地向她透露了好几次行动。

江宁告诉尹颖有人泄密，导致拘捕行动再次失败并且杨冰有重大嫌疑后，尹颖幡然省悟，懊悔不已，气得要去把杨冰抓起来。江宁劝说她不必惊动杨冰，一来为了进行进一步的甄别，二来如果她真是刘天石的眼线，可以借此将计就计。

尹颖按照江宁的布置，故意向杨冰透露，已经揪住了刘天石的尾巴，他落入法网的日子不远了。杨冰自然是马上便转告了刘天石，刘天石不由惊慌起来。

江宁趁热打铁，安排魏晋上门质询刘天石，要求其交代自己的问题。刘天石当然是一口否认，说公司事务全都是交给宗林打理，他本人近年来主要忙于慈善事业和公益活动，以后要接受教训，加强对公司的管理，杜绝再出现宗林、高强这样的现象。魏晋用很严厉的语气要求刘天石配合调查宗林，协助抓捕刘天羿。

刘天石接连失去了赖以依靠的宗林和高强这两个文武大将，加之杨冰的密报和专案组审讯般的质询，让他对江宁和魏晋有了自内到外的恐惧，似乎看到末日正一步步逼近，于是不得不向邢旭东发出求救信号。而此时的邢旭东也接到了滕长青的紧急报告，了解到刘天石已陷入危机之中，不由得也紧张起来。他让北京的密友赵部长立刻安排刘天石出境潜逃。

刘天石翘首以盼得到邢旭东的关照支持，向他伸出援手，没想到反馈的消息却是要他立刻潜逃出境，而且申明这也是最后一次帮他了。兜头一盆冷水使刘天石意识到，今非昔比，大老板一手遮天的日子已经过去。法治中国已绝不允许权大于法的现象存在，谁也不能超越法律为所欲为，否则，不会向海州派出专案组。在赵部长的倾力帮助下，刘天石以海州自贸港建设赴香港考察为名悄然连夜逃出海州。专案组迅速将此情况报告省公安厅，省厅向省委汇报后对滕长青断然采取了监控措施。

滕长青意识到危险的降临，他很明白，能够保全自身的唯一途径就是刘天石永远消失。他把自己的想法告诉了温松华，温松华对滕长青说："江宁不可能放过刘天石，香港不是庇护所，况且香港警方和内地警方有合作协议。"滕长青说："不错，而且还是中国的领土，所以我们要尽快采取措施，以防万一。"温松华说："只有让刘天石永远消失，我们才能得到解脱。"

滕长青正有此意，马上表示赞同。可是让刘天石人间蒸发并不是件容易办到的事。温松华自告奋勇地说，由他来想办法解决，但他要求滕长青必须要先帮他办件事。滕长青急切地问温松华："你需要我做什么？"温松华说："我要和柳云联系，让她来执行这项任务，你尽快帮我弄台安全可靠的加密电脑和一些手机卡。"滕长青满口答应。

　　温松华在得到滕长青给的加密电脑后向南美的柳云发出了密函。

第三十七章　破　晓

一

　　滕长青和温松华的秘密活动尽在江宁的掌握之中，他指示魏晋不要惊动他们，让他们充分地表演。他同时向省厅报告，通过公安部动用国际刑警力量，对柳云进行监视。

　　温松华家的窗帘严严实实地遮住了外面的阳光，温松华坐在电脑前快速敲击，屏幕上出现："密切注意天狼踪迹，有消息及时告知！"对方回复："明白。"

　　南美智利，风光旖旎。阳光海浪沙滩，绿树婆娑，掩映着一幢乳白色别墅小楼，楼门前晃动着几个保镖模样的彪形大汉。

　　别墅内，巨大的落地窗帘拉得严严实实。柳云正在接听电话："你好刘总，好的，我马上就办理有关入境手续，你在香港那边要注意安全……"电话里传来刘天石的声音："柳老师很遗憾，没能把松华带出来。不过你放心，一旦我安顿下来，我会想方设法营救松华的。好，好的，我等着你的好消息！"

　　柳云放下电话，脸上涌出淡淡的笑意。原来，柳云按照温松华的指示，主动联系刘天石，提出愿意帮助他办理去南美的相关手续。刘天石自然是求之不得。

　　香港九龙公寓内，刘天石斜靠在写字台前打电话。梅青坐在沙发上目不转睛地看着刘天石，听到通话后脸上露出些许松弛之色。刘天石放下电话，慢慢踱到沙发前说："我们不能高兴得太早，柳云虽然表现得很积极，但她对温松华没能解脱出来是有怨气的，说不定还有别的想法。我们必须保持高度的清醒，随时准备应付有可能发生的任何突发变故！"

柳云与刘天石通完电话后，立刻向温松华报告：一切顺利。温松华叮嘱柳云务必要谨慎行事，刘天石不是好对付的，就按他说的办。要尽快采取行动，一定要保证万无一失。柳云说她会小心行事的，有了结果她会立刻告知温松华。

温松华吩咐柳云不要再用电脑，魏晋肯定已经用上了技术手段。有事他会给她电话的，眼下容不得有一丝疏忽，柳云说明白了。温松华通完话后合上手机，然后打开机盖，抽出 SIM 卡，点上火烧掉。

此时在海州市公安局技术监控室里，房勇和尹颖正目不转睛地盯着监控器。房勇激动地对身后的魏晋说："魏队，有手机信号发出！"魏晋吩咐："快，查通话记录"房勇快速操作监控设备，然后失望地说："追踪不到信息，温局用的不是自己的手机号！"魏晋马上便明白了，吩咐房勇和尹颖去电信部门调查。

房勇和尹颖去电信部门查过后，向魏晋报告，温松华近期内没用过手机，他通的那个电话肯定是随用随销的 SIM 卡，所以没有任何记录。魏晋意识到温松华已有所动作，这也正是他所希望的。他决定进行秘密侦查，动用一切情报手段，掌握住温松华的动向。尤其是要弄清他在和谁联系，是刘天石还是柳云。目前首要任务就是做好面上的监控工作，绝对不能出现丝毫的差池和闪失。

柳云开始实施行动计划。她召来杀手迈克，身材壮硕的黑大汉迈克站在写字台前，柳云注视着迈克说："迈克，这次让你去香港办这种事，也是迫不得已，希望你能理解。"迈克头一仰说："柳姐，我这条命是你给的。要不是你花费巨资把我保释出来，这贩毒的罪名不上断头台也得在监狱里待一辈子。能为你效劳，是我的荣幸！"柳云欣慰地点点头，把一个纸袋推到迈克面前："这里面有对方的照片和有关资料，还有一套入境手续，你以送护照为借口，然后实施行动。你一定要谨慎从事，只准成功，不准失败！"迈克胸一挺，高声回答："柳姐放心，我干这种事是轻车熟路，你就等我的好消息吧！"

迈克领受任务后，随即赶赴香港。

出租车停靠在九龙公寓楼门前，迈克推开车门走下，他穿过昏黄的灯光，走进楼门。

刘天石和梅青坐在监视器前，迈克的身影出现在屏幕上。梅青自跟随刘天石来到香港后，便体现出了她干练的才能，所有对外联络和起居安排都是她一手负责。她对刘天石说："柳云派的人来了，你是否先回避一下？"刘天石点点头，起身走进内室。

门铃响，梅青上前开门，迈克走进。梅青对迈克点点头说："不用问，你就是迈克先生吧？"迈克点点头，问："刘先生呢？"梅青说："刘总委托我见你，你把东西交给我就行了。"迈克摇头："对不起，这恐怕不行，柳云女士特别交代，必须亲手交给刘天石先生。"梅青笑笑说："这似乎并没有什么区别，我是刘天石的太太，柳经理不会不跟你提起我，交给我也一样！"迈克态度坚决地说："恕难从命，我必须遵从柳女士的旨意。"

刘天石只好从室内走了出来，热情地说："欢迎欢迎，迈克先生如此谨慎，不愧是柳老师的特使！"边说边上前和迈克握手，然后退到写字台后坐下，并向迈克做了个"请坐"的手势。迈克没有坐，从内衣兜里掏出一个纸袋，扔给刘天石："这是护照和入境手续，请刘总过目。"刘天石打开纸袋，抽出护照等浏览。

迈克突然抽出手枪，指向刘天石，与此同时梅青也用枪对准了迈克。刘天石镇定自若地微笑，看着迈克说："怎么？你这也是受柳云女士之托吗？"迈克也不回话，果断开枪。刘天石胸口外衣开花，却并未被击穿。梅青不敢怠慢，向迈克开枪。迈克头部中弹，扑倒在地。刘天石弹弹胸口对梅青说："你买的这防弹衣还挺管用！"

梅青狠狠踢了迈克的尸体一脚，欲查验护照等。刘天石道："不用看了，肯定是假的。"梅青咬牙切齿地骂："没想到这个柳云忘恩负义，竟然是如此蛇蝎心肠！"刘天石慢条斯理道："其实我早就料到会有这个结果，这绝不是柳云的主意！"梅青不无诧异地问："你是说温松华？"

刘天石冷笑笑："这还用说吗？温松华和滕长青都巴不得我在人间蒸发，如此一来，他们就可以免除后患高枕无忧了。遗憾的是他们太低看我刘大石了！哼！"梅青有些不安地问刘天石："亲爱的，柳云变心，这出境的事怎么办啊？"刘天石胸有成竹地说："我自有办法，金钱可以买通一切。当务之急是你尽快利用搭上的关系，给我们办一套香港的身份证明，明白吗？"梅青点点头："好的，我这就去安排！"

二

柳云在别墅里急得团团转。她和迈克约定通话的时间已经过去两个多小时了，却始终等不来迈克的电话。她再也忍耐不住，几步跨到电话机前，拿起听筒拨打，听筒里传出"嘀嘀"的忙音。她神情变得紧张，额上渗出细碎的汗珠，颓丧地放下听筒。

这时，电话铃声突然响起。她惊得一哆嗦，随即顿时激动起来，一把抓起听筒："喂，迈克吗？"话筒却传出温松华的声音："柳云，我是松华，香港那边情况如何？迈克回话没有？"柳云带着哭音说："没有他的音讯啊！都过去两个多小时了，十有八九是出事了。刘天石那个人，你知道是很狡猾的，尤其是干这种事，更是行家里手，我很难斗得过他！"

温松华道："看来是凶多吉少。你要沉住气，稳住阵脚，刘天石他现在困在香港，还无法对你构成威胁，我们再慢慢想办法对付他！"柳云说："松华，我不能在这儿干等着，我要去海州，把你救出来。有你在，我心里才踏实！"温松华吃惊地说："不行，你无论如何不能来海州，这是自投罗网！江宁和魏晋他们不会放过你，你可千万别干傻事啊！"

柳云坚决地说："我有办法避开他们的耳目，求求你别阻拦我，现在只能拼一下了。没有你，我活着也没有什么意思！"温松华真的慌了，他提高嗓门阻止："柳云，你这是胡闹！是飞蛾扑火明白吗？"柳云也语调决绝地大声说："就是死我也要和你死在一块儿。大不了被他们抓住，我就陪着你坐牢，陪着你上断头台！"温松华着急起来，以恳求的语调说："柳云，你听我一句劝……"柳云"咔嗒"一声挂断了电话。

专案组在徐铁军的努力下已经解决了监听温松华手机的技术难题，只要是他本人的手机，换什么卡都可以监听到。温松华和柳云的通话内容尽入江宁和魏晋耳中，江宁立即命令魏晋做好迎接柳云的准备。她作为温松华的挚爱，兼天石集团的股东，加上犯罪团伙的核心成员，将其缉捕归案至关重要。

刘天石获悉柳云欲潜往海州解救温松华的消息后，大为光火。因为他很清楚，她这一去，麻烦就大了。因为柳云不仅对他的行踪了如指掌，而且一旦她被专案组抓住，他就将处于更危险的境地。于是他立刻密令妹妹刘天羿，密切注意柳云的行踪，必要时可以采取极端措施，要赶在专案组没有发现之前把她解决掉。

海州国际机场，一架银灰色的空客轰鸣着降落在停机坪上。柳云脸上裹着纱巾，戴着墨镜，拖着旅行箱快步走出候机厅，乘坐出租车悄悄住进位置偏僻的安港假日酒店。

柳云的行踪自然逃脱不了专案组的视线，魏晋和房勇、尹颖从机场便紧紧跟踪着柳云，在她住进酒店后，密切地观察着。但他们没料到螳螂捕蝉黄雀在后，刘天羿也派手下老六和毛焰悄悄尾随着柳云。

温松华按照约定的时间，给柳云打电话。柳云在电话里告诉温松华，她已平安到达，住在安港假日酒店 1202 房间，然后问温松华如何见面。温松华吩咐柳云不要抛头露面，哪儿都不要去，就在房间里等着。柳云说她已经安排好了，蛇头随时可以接温松华出去，她要温松华抓紧时间，尽快见面。温松华犹豫再三，终于说晚上八点，老地方见。然后急忙挂掉手机，抽出SIM卡折断。柳云心领神会，她明白温松华所说的老地方就是她以前常和温松华约会的古炮台。

专案组虽然监听到温松华和柳云通话的内容，但对他们说的老地方却并不清楚。魏晋在监视柳云时，发现有鬼魅般的身影也在窥伺着柳云，马上向江宁报告。江宁立刻意识到是刘天石安排的人，极有可能将柳云灭口，他指示魏晋不要惊动对方，争取一网打尽。

刘天羿确定柳云已到海州并住进安港假日酒店后，命令手下大将老六和毛焰采取行动。老六对刘天羿说柳云住进酒店后缩在房间里不露面，很难下手。刘天羿说温松华肯定要和柳云见面，只要盯住柳云就不会有问题，正好趁他们会面时一并除掉。

夜幕降临，房勇在假日酒店大门前，目光警惕地巡视着四周。这时，一辆皮卡车停在了大门一侧。老六和毛焰坐在车里紧盯着大门口，柳云终于从酒店的旋转门里匆匆走出，钻进候在廊道上的出租车。出租车驶出酒店，开上海滨大道，皮卡车紧随出租车后，房勇开车不远不近地跟着。

此时温松华也离开了家门，开着车驶出院门。院门外，魏晋和尹颖连忙启动车紧紧跟上。

出租车停靠在海边，柳云从车上走下，神情紧张地环顾四周。

街道上，温松华边开车边看后视镜，他发现有人跟踪后，不觉撇了撇嘴角，然后突然急打方向盘，车子一声尖啸拐进旁边的胡同。后面的车来不及刹车，呼地冲了过去。魏晋咒骂一声，手忙脚乱地倒车。温松华三拐两拐便甩掉了魏晋和尹颖，轻松地完成了他的调虎离山之计。

魏晋久寻不到温松华，马上拨打房勇的电话，询问是否弄清楚温松华和柳云见面的地点。房勇回话说柳云已经在海边下了出租车，她和温松华会面的地点十有八九就是这里，但另有人跟踪，请求支援。魏晋遂驱车直奔海边。

柳云快步登上海岸边的古炮台，然后隐身在阴影里，焦急地望着古炮台下的石阶。老六、毛焰悄悄地向柳云接近。

温松华把车停靠在古炮台后的树丛里，然后从车上跳下，快步跑向古炮台。柳云不停地抬腕看表。温松华走到柳云身后轻唤一声："柳云……"柳云一惊，转过身和温松华紧紧拥抱在一起。

老六和毛焰蹑手蹑脚地靠近温松华和柳云，毛焰悄声问老六："六哥，怎么办？"老六抽出手枪瞄向温松华和柳云，恶声恶气地说："妈的，就成全他们吧！"

古炮台下，魏晋和房勇、尹颖呈包围之势向古炮台上接近。

古炮台上，老六扣动扳机，温松华和柳云身旁的粗大古炮筒上迸出一串火花。温松华大吃一惊，拔出手枪。老六再次扣动扳机，柳云上前一步挡住温松华，子弹击中了她的胸部。魏晋和房勇、尹颖飞身跃上炮台，喝令老六、毛焰放下武器投降，老六和毛焰举枪就射，魏晋和房勇、尹颖一齐开枪将老六、毛焰乱枪击毙。

尹颖见柳云中枪，欲上前搀扶受伤的柳云。却被一手搂着柳云，一手举枪对准她的温松华拒绝，尹颖只得站住。温松华搀扶着柳云走到栏杆旁，柳云呼吸已经急促。温松华声音凄哀地呼喊着："柳云，柳云……"柳云软软地靠在温松华的怀里，喘着粗气。栏杆下面的海面翻腾着浑黄的大浪。

魏晋跨步上前，对温松华说："结束了，别再负隅顽抗执迷不悟。"温松华突然用枪指着魏晋，歇斯底里地号叫着："站住！"魏晋不得不停住脚步。温松华垂下枪口，用嘶哑的声音说："我们终于又见面了，你是不是觉得挺遗憾。"魏晋把枪插进腰间的枪套里，沉声说："柳云伤得很重，要赶快去医院。"

温松华凄哀地笑了笑，说："你不认为这是最好的结局吗？"

魏晋没有说话，转脸命令房勇叫救护车。温松华仰起脸说："不用了，我们也该解脱了。"魏晋不无悲悯地注视着温松华。温松华奋力地抱紧柳云，不让她的身子往下滑。随后说道："魏晋，这是咱哥儿俩最后一次聊聊了，你说我这个人是不是特不配做你的师兄？"

魏晋冷冷地注视着温松华说："这话你应该去问师傅。"温松华神情一黯，声音变得沙哑低沉，说："我很明白，我根本就不配做你的师兄，更不配人民警察这个称号。我一直认为没有人能够战胜我，尤其是犯罪分子，可是我现在成了失败者。"魏晋字字如铁："是你自己打败了自己！你最大的敌人是你自己！"

温松华眼里流出了悔恨的泪水，颤抖着声音说："我这一生最大的渴望就是做一个英雄，在我生命就要终结的时候，我才明白，做一个英雄并不难，一次壮举就足够了。可是做一个正常的普通人却是多么不易，我最大的悲哀就是无法选择和不能制止，遗憾的是这个理儿我到现在才真正地明白。但一切都晚了，我想到另一个世界去求得师傅和那些无辜死去的冤魂宽恕，接受他们的惩罚。可他们在天堂，而我只能进地狱。魏晋，我只求你一件事，我知道江宁不会来见我，请你给江宁带个礼物，希望他不要对我太失望。"说着从怀里掏出一个 U 盘，他将 U 盘递给魏晋，"这是曾伟民给我的 U 盘，我并没有销毁，里面是刘天石和腐败官员，当然也有我的犯罪证据。"温松华说罢，抱起柳云，身子往后一仰，从栏杆上翻落。魏晋扑向前去，他伸出的手却没能抓住温松华。只见温松华和柳云的身体瞬间向大海坠落，海面上浪涛轰鸣。

三

江宁根据温松华提供的证据，向省公安厅报送了拘捕刘天石的请示报告。省厅批准了专案组的申请，下达了拘捕刘天石的命令。

江宁和魏晋研究抓捕刘天石的行动计划。江宁分析说："刘天石目前仍躲在香港，观察海州的动态和形势，所以不宜联系香港警方对其展开公开搜捕。一旦让他察觉下了拘捕令，就会彻底让他断绝退路，势必造成打草惊蛇的效应。说不定他就会逃离香港，像宗林那样寻求第三国的藏匿避身之处。如此一来，专案组就会很被动，再想抓他就很困难了。"所以他认为，"目前只有刘天羿清楚刘天石的藏身之处和踪迹，是否可以从刘天羿身上寻找到突破口。"

魏晋同意先抓捕刘天羿，然后顺藤摸瓜，擒获刘天石。江宁要求魏晋对刘天羿的抓捕行动要隐秘进行，绝对不能让刘天石发觉，否则就将前功尽弃。他指示尹颖借和杨冰同住之机，想办法查出刘天羿的下落，然后有的放矢，一举将其擒获。

尹颖接受任务后，开始留意杨冰的行踪，在一次跟踪中发现杨冰偷偷溜到一地下酒吧和神秘人物会面，她猜测十有八九就是刘天羿。

深夜时分，尹颖趁杨冰熟睡时搜查她的手提包，果然发现了一张纸条，正是刘天羿写给杨冰的所需物品单。但尹颖没有料到，杨冰对她是有防备的，悄悄在手提包封口处放置了防盗传感器，只要有人开包，传感器就会将警报传送到她贴在耳边的接收膜片上。杨冰被惊醒，她悄悄睁开眼睛，发现尹颖正在翻查她的包，她没有惊动尹颖，闭上眼睛假装睡着。

杨冰马上把尹颖的举动告诉刘天羿，刘天羿敏感地意识到专案组有可能要对她动手，为了能顺利逃出海州，她决定将计就计，让杨冰把尹颖引诱到设定的地点。

尹颖确定是杨冰在为刘天羿提供食物及生活用品后，向魏晋报告。魏晋指示尹颖，争取查出刘天羿的落脚点。

这天晚上，杨冰故意做出鬼鬼祟祟的样子让尹颖看到，然后匆匆出门。尹颖连忙跟踪上去，杨冰把尹颖引诱到一烂尾楼里。

刘天羿和马仔们用枪逼住尹颖，将其绑架，然后驱车逃向边境。遇到边防检查站时，刘天羿便亮出尹颖的警官证，以执行任务为借口蒙混过关。

　　魏晋发现尹颖失踪，立刻向江宁报告，江宁马上意识到尹颖出事了。但江宁在交给尹颖跟踪任务后，为保证她的安全，随时掌握她的动向，预先在她身上装了跟踪芯片。他马上让徐铁军查找尹颖的下落，庆幸的是跟踪器还在移动之中，并且是在边境地区，这说明尹颖还活着。魏晋立即和房勇、钟慧敏、徐铁军率警队奔赴边境。

　　黄昏时分，追捕警队在跟踪器的引导下，在边境线上堵住了刘天羿。而此时刘天羿和她的手下离界碑只有几百米了，马仔们兴高采烈地呼叫着扑向国境线。刘天羿持枪对准尹颖的脑门说："你的使命完成了，老娘送你回老家。"说罢欲扣扳机。

　　突然，枪响了，但倒下的是跑向国境线的马仔们。魏晋和队员们埋伏在界碑旁，喝令马仔们投降。马仔们面对黑洞洞的枪口，纷纷弃枪跪下举手投降。刘天羿大惊失色，和几个贴身马仔挟持尹颖为人质，逼迫警队让开通道。

　　钟慧敏丢掉枪支上前与刘天羿谈判。刘天羿叫嚣着说："没什么好谈的，再不让开就一枪崩了尹颖。"钟慧敏说："你不可能逃出去的，边防武警已经布下了天罗地网。你现在唯一的选择就是向法律低头，争取从宽处理。"刘天羿说："你少吓唬我，大不了就是一个死，有你们的尹警官陪着，老娘知足了。"魏晋在钟慧敏和刘天羿对话时，悄悄拧开了震爆弹，猛地投出，一声山崩地裂的巨响，一片炫目的白光罩住刘天羿和马仔们。

　　刘天羿和马仔们猝不及防，手中的枪震落在地，刺目的强光将刘天羿等照得像喝醉酒似的摇摇晃晃。钟慧敏乘机猛扑向刘天羿欲将其擒获，没想到刘天羿裤管里还藏着一把小手枪，当感觉到被钟慧敏擒拿时，抽出枪来对尹颖射击，钟慧敏挺身挡住射向尹颖的子弹，倒在地上。

魏晋怒了，猛地将刘天羿手上的枪踢飞，徐铁军一记直冲拳狠狠将刘天羿砸倒在地。尹颖发疯般扑向钟慧敏，哭喊着钟慧敏的名字，可是钟慧敏已经停止了呼吸。徐铁军悲痛地抱起钟慧敏，一抹如血的残阳，照耀在钟慧敏的脸庞上。所有的队员都庄重地向钟慧敏举手敬礼。

四

刘天羿落网后，摆出一副"侠女"的样子，不仅承认了自己所犯下的罪行，并且还主动揽下了所有的罪责。凡涉及哥哥刘天石，她一概否认，说事情都是她和高强干的，跟刘天石没有任何关系。刘天羿的目的很明显，就是帮刘天石把所有的事都扛下来，只要有哥哥这个顶梁柱在，就一切还有希望。

刘天羿的落网令刘天石大感恐慌，当他得知刘天羿被捕后，将所有的命案和违法行为全部都承担下来，拼死保全他，这才镇定下来。他对妹妹是了解的，从他们打打杀杀创业到如今，刘天石在妹妹的心目中高于一切，是刘家的顶梁柱。她认为只要有哥哥在，就有希望和未来，所以绝不会出卖他。刘天羿的落网对刘天石来说反而成了好事，如此一来，案子就可以在她身上了结。

刘天石是个极端自私自利的人，他对所有人都是利用关系，包括他的妹妹乃至相濡以沫的妻子杨冰，所以他毫无愧疚或是亲情之念。

由于刘天羿拒不交代刘天石的下落，刘天石在香港的线索彻底断了，这给专案组抓捕刘天石带来极大困难。而刘天羿揽罪让江宁有了一个大胆想法，就是采用"请君入瓮"之计。

身在香港的刘天石在温松华已死和刘天羿背锅的情形下，似乎又有了一线脱罪的希望。恰在这时，专案组放出结案的风声。刘天石向杨冰发出探询信息，杨冰给刘天石回话说事情的确全都摆平了。刘天石当然不会轻易相信已经平安的消息，他与邢向阳联系，要他进一步探听虚实。

专案组郑重向外宣布案件已结，同时海州市公安局召开了隆重的庆功大会。与此同时，江宁也使出"借力打力"之计策，故意不捅破杨冰的假面具，向其透露了"刘天羿和高强是罪魁祸首，是他们与温松华等人沆瀣一气给天石集团和刘天石抹了黑"的所谓内部审案情况，并说自己以前的确误会错怪了刘天石，等等。

邢向阳潜回海州后，与杨冰联系，尹颖发现后立刻向江宁报告，江宁指示尹颖稳住杨冰。邢向阳秘密上门与杨冰见了面，杨冰迫不及待地向邢向阳透露了从江宁那里得到的已经平安无事的信息。邢向阳随即将此信息报告给了刘天石。

刘天石仍然不敢相信专案组会就此结案，他要继续观察，专案组以前施放烟幕弹的教训他不能不记取。

江宁很清楚狡猾的刘天石不会轻易上当，于是以感谢海州市支持专案组工作为名宴请滕长青等相关领导。江宁在酒酣耳热之际以不经意的样子畅谈海州案，声称终于结案，可以喘口气了。

滕长青自然是乘机刺探情况，江宁说："已经结案，是刘天羿和高强欺骗刘天石，为非作歹，和刘天石并无关系。"滕长青马上向邢旭东报告了这一信息。邢旭东仍不放心，又向葛远祥打探消息是否属实。因为在周民的安排下，江宁也向葛远祥汇报了海州案子已结，所以葛远祥回复邢旭东说刘天石的确已经解脱。

邢向阳向刘天石发送信息，告诉刘天石可以回海州了。邢向阳的信息刘天石自是深信不疑，但为防万一，他还是以考察香港为名向赵部长汇报。赵部长没有异常表现，催促刘天石要抓紧海州自贸港的建设进程。

刘天石看到从赵部长到邢旭东、葛远祥、滕长青等的确安然无恙，仍稳稳地坐在台上，这才吃了定心丸，决定返回海州。

刘天石偕梅青乘飞机降落在省城国际机场。邢向阳接机，设宴为刘天石压惊，并安排刘天石拜见了父亲邢旭东。

刘天石仍像以前每次晋见大老板一样，除奉送一份厚礼外，还陪着老人家打了一场网球。虽然二人只字未提专案组和江宁，但刘天石从大老板谈笑风生和闲庭信步的洒脱精神状态中看到了信心和前途的光明，自然是备受鼓舞。

老爷子务虚，邢向阳务实，他提醒刘天石仍不能掉以轻心，回海州后要尽快让公司运转起来。只有把公司做大做强，产生更大的社会影响力才是最好的护身符。另外，他向刘天石传达了老爷子的指示，回去后不要再过问刘天羿的事，惹出来的事总要有人承担，不然也不好向社会交代。还有就是销毁一切与邢旭东、葛远祥、滕长青等官员的来往信函及电子邮件等信息证据，以免后患。刘天石自然是言听计从，全都欣然应诺。

刘天石在回海州之前，为确定绝对安全，派邢向阳先行探路，并让他给杨冰带去密函，指示她销毁一切涉案的证据。

魏晋通过技侦监控手段获悉邢向阳与杨冰接头后，迅速向江宁报告。江宁下令魏晋密捕邢向阳，审讯出刘天石要杨冰毁灭证据的情况，于是决定将杨冰拘捕归案。

杨冰遵从刘天石的命令，将刘天石和保护伞的来往信函以及天石集团与金融税务系统高管交易的证据予以清理销毁。就在她忙得不亦乐乎又烧又毁时，魏晋和房勇突然破门而入，将其拘捕。

江宁很快便通过监控掌握了刘天石已潜回到省城的信息。他一边让落网的杨冰和邢向阳向刘天石发送平安无事的信息，借以达到麻痹刘天石的目的，一边迅速布控，全天候监视刘天石。当他发现刘天石预订了次日回海州的机票后，决定将抓捕地点定在省城机场。因为在机场行动，一来刘天石无法携带武器，能避免其武力拒捕的危险，二来不惊动省城刘天石的保护伞和关系网，防止他们干扰影响对刘天石的审理工作甚至是销毁与刘天石勾结的犯罪证据，便于以后一网打尽。

机警的刘天石总感觉到周围有一丝异常的味道，他不由得又提高了戒备，缩在所住的五星级酒店房间里观察着。

魏晋率警队埋伏在酒店对面用望远镜监视着刘天石，可是久久不见刘天石有任何动静。魏晋抬腕看表，距刘天石所乘航班起飞时间只有不到一个小时了，仍不见刘天石露头。酒店到机场至少需要四十分钟时间，而且是在不堵车的情况下，难道刘天石有变化？

　　就在魏晋打电话请示江宁怎么办时，一辆标有红十字的救护车突然出现在酒店门前。刘天石头戴鸭舌帽，高高竖起的大衣领遮住大半张脸，急匆匆地跳上救护车。救护车如疯牛般在街道和马路上横冲直撞，遇到堵车便直接开上马路牙子，一路狂奔。

　　魏晋开车紧紧尾随，但终究没有救护车的冲劲，距离渐渐拉远，魏晋只得向埋伏在机场的江宁报告。

　　江宁接到魏晋的电话，立即布置警员控制住机场各个交通要道，严阵以待。刘天石乘坐的救护车终于进入专案组的包围圈。江宁没有仓促行动，因为机场旅客众多，为防止出现骚乱和误伤旅客，江宁决定在停机坪乘刘天石不备时突然将其拘捕。

　　刘天石和梅青顺利地走过安检线，平静地走过检票口，安然地穿过闸门，走向停机坪。庞大的波音客机发出轰鸣声，刘天石终于彻底放下心来，习惯性地仰脸望望蓝天，步伐轻松地欲迈上舷梯。江宁突然出现在刘天石面前，刘天石大吃一惊，目瞪口呆，还没等他回过神来，手铐"咔嚓"一声已戴在他的手腕上。

　　在刘天石落网的同时，江宁立刻通知海州市公安局和留守的徐铁军对所有涉案嫌疑人进行监控，因为一旦让他们知道刘天石被抓，就会逃之夭夭。

　　正如江宁所料，海州乃至省城的黑社会犯罪团伙成员都在观望着刘天石的动向，如果刘天石平安，他们也就高枕无忧了。而刘天石一旦出事，那就树倒猢狲散，大家各自逃命去吧。他们见省城方面一直风平浪静，误以为危机已经解除，并且他们对刘天石的能量也是很相信的。于是犯罪团伙的大小喽啰，便放心地又浮出水面，或聚餐饮茶，或到休闲娱乐场所放松久绷的紧张神经。

这些都为专案组的布控带来了极大的便利。

周民让江宁去医院看望女儿小敏，江宁婉言谢绝。省公安厅已向海州发出了总攻令，并任命他为总指挥，所以他一刻也不敢耽误。

省厅派出了一百五十名特警，连夜从省城开着防暴车辆赶往海州，根据专案组先前侦查的线索，特警们按图索骥，将涉案人员一一抓获。为防止黑社会集团暴力劫车和落网嫌犯逃跑，江宁带队连夜把犯罪分子数人从海州押赴省城。缉捕行动取得辉煌战果，共抓获黑社会骨干人员一百二十七人。刘天石苦心经营数年的犯罪集团顷刻之间土崩瓦解。

刘天石落入法网和其所苦心经营的黑社会犯罪集团大白于天下，媒体纷纷报道，引起极大的轰动。名列百强拥有数百亿资产的企业家竟然是靠着暴力起家的黑金帝国，声名显赫的海州首善剥去伪装后原来是臭名昭著的黑老大，人们惊诧的同时，也把目光投向了海州，期待着一探究竟。

刘天石大案被媒体冠之为"全国反腐打黑第一案"，这对专案组形成了巨大的压力。因为接下来的侦审、查获证据并不是一件容易的事，尤其是面对大恶若善、大奸若商、有着极为聪明大脑的所谓一代枭雄刘天石，将是一场十分艰难的攻坚战。

江宁明白，攻不下刘天石这座横亘在面前的顽石将意味着什么，且更要命的是他并没有必胜的把握。周民只丢给他一句话：不能让刘天石和犯罪分子服法，我们就解甲归田，一块去为彭光武、陈晓辉、钟慧敏守墓看老林子。江宁清醒地认识到，真正的较量才刚刚开始。

第三十八章　绝　唱

一

审理刘天石大案工作随之展开，省公安厅从全省各地公安机关抽调了近百名精兵强将，建成强大的刘天石大案联合专案组，向这个庞大的黑社会组织展开了最后的攻坚战。

专案组对刘天羿的审讯毫无进展，其手下只听命于她和高强，并不了解犯罪集团核心机密。而温松华已死，没有人掌握刘天石的犯罪证据。虽然有犯罪集团骨干人员供出刘天石涉黑，但提供不出确凿的事实依据。刘天羿下定了为哥哥顶缸承担一切的决心，拒不交代刘天石的罪行，温松华留下的 U 盘并不能形成定罪的完整证据链。

而对刘天石的审讯正如江宁预料的那样，毫无进展。

刘天石否认了所有犯罪指控，只承认包庇了妹妹刘天羿和高强，并在审讯中罗列了他作为优秀企业家对国家经济所做出的贡献和捐巨资从事慈善事业的累累功绩，声称是天下第一冤案。面对刘天石这样一个熟谙法律、油盐不进的"混世魔王"，没有足够的证据是难以让其认罪服法的。

江宁的第一仗便陷入困境，这最后的攻坚战被刘天石轻而易举便破解了。江宁明白，攻不下这最后的堡垒，也就意味着前功尽弃，刘天石仍有可能逃脱法律的制裁。他把主审刘天石的任务交给了魏晋。

魏晋在审讯中与刘天石打起了心理战，避开高强和刘天羿，把主攻方向放在了由刘天石操作的行贿官员上。刘天石果然中招，把一切罪责都推到了宗林身上。他以为宗林已逃到国外，没有宗林的指证，就无奈他何。显然缉捕宗林到案，就能形成完整的证据链。因为掌握刘天石及犯罪集团确凿证据的只有高强和宗林二人，刘天石实施犯罪全都是通过授意宗林和高强完成的。他只向宗林、高强发号施令，这也是为他日后万一发生不测盘算好的。

　　在刘天石拿高强作为挡箭牌，是为了推脱罪责诬陷他和刘天羿抱定袒护哥哥过关的情形下，宗林也就成了唯一的突破口。此时的宗林已潜逃至新加坡，而我国和新加坡并无引渡协定，行之有效的办法只有一个，那就是规劝动员宗林主动回国投案自首。

　　魏晋对宗林在刘天石团伙中扮演的角色进行了深入细致的了解，他是刘天石创业初期的伙伴，而且是他出的本金，所以公司可以说是他和刘天石共同创办的。因为宗林本性温顺，自然也就渐渐成了城府很深的刘天石的配角和附属品，其在犯罪团伙里也就被划入"温和派"的行列。他不仅没有直接犯过命案，而且对刘天石以黑护商以商养黑并不苟同，曾几次规劝刘天石无效后，便不得不慑于刘天石的淫威，随波逐流。

　　魏晋了解到宗林的基本情况后，有了一线希望，于是亲自登门，面见宗林的妻子夏露。夏露出身于干部家庭，其父曾任海州副市长，有着良好的家庭环境和修养，更重要的是她和宗林感情很深。宗林身为天石集团总经理，从不在外拈花惹草，对妻子可以说是忠心耿耿，用旁观者的话说，夏露在宗林面前说一不二。

　　宗林还是出了名的"妻管严"，他唯一没有遵从妻子命令的就是没离开天石集团和刘天石分手。原来夏露对刘天石涉黑早有察觉，要丈夫辞职离开，但宗林已是身不由己。加之刘天石靠上大老板邢旭东后权势熏天，宗林已丧失了独立自主的胆子。夏露自然也是看得明明白白，清楚和刘天石决裂将是多么严重的后果，也就不再勉强丈夫，走到哪儿算哪儿了。

魏晋的家访收到了意想不到的收获。当他发现夏露有争取过来的基础后，便诚恳地向夏露说明了来意，希望她能劝导宗林迷途知返，投案自首。可是夏露开始一口便回绝了魏晋，说她并不知道宗林的去向，自从他离家出走后，也从来没和家里联系过，她正准备向法院起诉和宗林离婚。

魏晋笑了，没有隐瞒地告诉夏露："你和宗林的来往电话以及电子邮件和微信专案组全都掌握，而且你让儿子去新加坡探望宗林的所有行踪专案组也一清二楚。按照法律条款，专案组可以立刻拘捕你儿子乃至你本人。之所以我们没有这么做，就是因为了解到宗林是在刘天石的胁迫下被动地触犯了刑律，属于可挽救的人，才网开一面，没有对你们母子依法采取措施。"夏露似有所动，默然不语地犹豫着。

魏晋接着劝导夏露说："逃亡在外，终究如孤魂野鬼，有家不能归，是人的最大不幸。只能让深爱的亲人在外漂泊，还要一生一世背负逃犯家属的恶名，你也许可以忍受这种折磨，可你的儿子呢？还有你的孙子，他们以后怎么办？"

夏露被魏晋说得脸上变色，连忙问："宗林回国投案自首真能宽大处理吗？"魏晋肯定地点点头，然后说："如果宗林有举证检举的立功表现，专案组会建议法院酌情从轻处罚的。"夏露看到了希望，马上表态愿意配合专案组说服宗林回来投案。

夏露随后联系宗林，向他转述了专案组的态度，希望他能把握住这最后的机会，回来投案自首，争取宽大处理。一向对妻子唯命是从的宗林这次却不敢有丝毫的大意，因为这是生死攸关的大事，再说这是妻子的真心话还是受到魏晋的胁迫，他也不能不打个问号，于是提出了面见魏晋的要求。

魏晋答应了宗林，率尹颖和房勇赶赴新加坡。

宗林重金雇用了两个保镖，来到了魏晋所住的宾馆。宗林对魏晋的厉害是领教过的，所以戒备心理很强，在交谈时，让保镖十分钟进一次房间，以确定他的安全。

魏晋用轻松的语调调侃宗林，使谈话的氛围渐渐由剑拔弩张变得亲切随和。宗林紧张的心理终于有所化解，让保镖进房的时间由十分钟延长到半小时，最后发展到一小时通一次问安电话。

魏晋随着气氛的缓和，话题也逐步深入，他严肃地向宗林阐明了回国不回国的利害关系和因性质不同所产生的不同结果，并一针见血地向宗林指出，任何一个法治国家都不可能庇护刑事犯罪分子。他落入法网是迟早的事，他已经跟随刘天石干了很多糊涂事，希望他别再糊涂下去，把握住立功赎罪的机会，让家人有个安定的未来。

宗林被魏晋晓之以理、动之以情的苦口婆心之词打动。他面对被刘天石数次加害、身陷囹圄仍义无反顾与刘天石和强权较量的铮铮铁汉魏晋，充满了敬意，终于答应回国投案。

二

宗林到案后供出了刘天石的所有犯罪事实和全部证据。

刘天石面对如山的事实和铁的证据仍不肯低头，与审讯人员大玩猫鼠游戏。

案件进入庭审阶段，刘天石以及其辩护律师与公诉检察官激烈交锋。他们并不知道宗林已经投案自首，于是向法庭申请宗林到庭举证对质，而他们认为宗林在国外，根本不可能出庭，如此一来，他们就掌握了主动权，企望施出杀手锏挽回败局。

江宁亲自与宗林谈话，希望他能出庭做证。宗林答应了江宁的要求，但他提出一个额外的条件，就是出庭时要背对着刘天石，因为他太害怕刘天石了。为了满足宗林背对刘天石的请求，魏晋想出了一个办法，以宗林伤病为由，让他坐着轮椅出庭。

又一次庭审在法官的击槌声中开始了，宗林出现在证人席上。刘天石和辩护律师目瞪口呆，因为他们没料到宗林能出庭而没做辩驳的预案，几个回合便被公诉检察官掷地有声的质问打蒙了，毫无还手之力。反应灵敏的刘天石突然大声抗议执法人员对宗林刑讯逼供，才致使他坐着轮椅出庭，显然是屈打成招，所有证词都是诬陷，应宣布无效。

宗林见刘天石在事实面前竟然耍赖撒泼。他直到此时似乎才真正了解心目中的"枭雄"原来是如此无耻，于是突然从轮椅上站起，面向刘天石说了最后一句话："刘天石，做过的事就要承认，我不再怕你了，因为你不是个男人。"

庭审在紧张而有序地进行着。公诉人和辩护人分别向被告人讯问，发问，法庭对起诉书指控刘天石组织、领导黑社会性质犯罪的事实进行调查。公诉检察官与首席辩护律师就证据的采集、真伪、是否完善进行了唇枪舌剑的辩论。法庭安装了多媒体示证系统，开通官方微博，最大限度地保障了案件审理过程的公正、公开和透明，体现了以审判为中心的法治精神。

宣判后，律师主动与检察官握手，并诚恳地表示，他作为一个律师输了，但法治赢了。检察官也坦诚地表示，他们都是在追求正义，感谢律师团队从另外一面在完善证据、巩固证据所做的努力和贡献。

证据确凿，事实俱在。法官击槌做出一审宣判，刘天石被判处死刑。刘天石在法官宣判后，不再大吼大叫，而是阴沉地盯着法官，手一指法官说："此人可诛！"法庭上顿时鸦雀无声，刘天石终于在最后时刻原形毕露。

刘天石黑社会案经媒体披露后，在海州引起巨大反响。受害人及家属终于等来了正义，纷纷向法庭提供了大量旁证。

在刘天石一审宣判的同时，大老板邢旭东被依法逮捕。其子邢向阳和葛远祥、赵部长、滕长青以及金融、税务、中石化等系统的代理人亦落入法网。

刘天石其实是个怕死的人，他递交了上诉状。

二审判决很快下达："维持原判，执行死刑。"刘天石彻底绝望，生命进入倒计时。

为了防止刘天石在执行死刑前出现意外，专案组委派房勇协助监所专职负责看管刘天石。刘天石却一反一审判决后的忧愁烦躁精神状态，变得愉快起来。他对谁都是笑脸相迎，不再挑衅看守民警，逢人便鞠躬，也不再玩绝食自残的活为难监所。用看守民警的话说，就像是"回光返照"。

在一次放风中，他悄悄对跟随在旁边的房勇说："房勇兄弟，你还记得抽过我的熊猫烟吗？"房勇一愣，不知刘天石是什么意思。在刘天石案发前，他的确跟着温松华、魏晋没少享受刘天石的茅台酒和熊猫烟。刘天石目不转睛地盯着房勇的衣兜，房勇明白过来，从衣兜里掏出香烟，抽出一根递给刘天石，说："这是违反监规的，下不为例啊！"刘天石忙点头哈腰："下不为例！下不为例！"房勇为刘天石点上火。

刘天石贪婪地连吸几口，然后美美地咂咂嘴，又压低嗓门说："房勇兄弟，咱做个交易如何？"房勇警觉："我说你别得寸进尺啊，你都这样了，不会是让我帮着你越狱吧？"刘天石忙说："不是不是！我怎么会害你呢！我知道你和我一样是个炒股迷，我可以给你一些参考意见，让你赚几个买烟钱。"

房勇的确有炒股的爱好，但他微薄的工资不允许他玩大的，也就是小炒怡情而已。刘天石接着说："我在号房里没事，也就是琢磨琢磨股市打发这最后的时光。我给你说个代码，你买这个股票，保准赚钱。"房勇有些不相信地看着刘天石："股市深似海，谁也不敢打这个保票。你别跟我开玩笑，我以后放风给你烟抽就是了。"刘天石拍拍胸口说："你放心，绝对是只赚不亏。我都是快死的人了，咋还会和你开这种玩笑。"

房勇来了兴趣，当然不是炒股赚钱，而是想起要探探刘天石的底，到底企图交易个啥。于是问道："如果这只股票赚了，你要我做什么？"刘天石说："请你转告魏晋，我想和他见最后一面。"

三

房勇试一试刘天石究竟是不是吹牛，按照他选出的新能源股票代码建仓，竟然真的小赚了一笔。房勇不得不对有"股神"之称的刘天石佩服起来，赶忙向魏晋汇报。

魏晋说刘天石是个有本事的人，只可惜聪明才智没用到正地方。房勇又向魏晋说了"交易"的事，既然打了赌，就不能食言，房勇请求魏晋去和刘天石见一面，并答应愿意用炒股赚来的这笔钱请刑侦支队全体干警吃顿大餐。

魏晋与刘天石在监所会见室见面了。刘天石说："你没想到我死前想见最后一面的人，是你吧？"魏晋说："你不提出见我，我也会见你的。"刘天石有些诧异："你想见我？"魏晋说："我也想在你死前讨教讨教选股的诀窍。"刘天石笑了。

魏晋问："听说你二审判决后进步很大呀！"刘天石说："知道了结果，也就不想着如果了。"魏晋说："我还听说你在号房里苦读学习，看了不少书，很是难得啊！"刘天石说："抓住生命的尾巴，我得弄清楚我为什么会死。"说着他突然背诵起《道德经》来，"道可道，非常道；名可名，非常名。无名天地之始，有名万物之母……"魏晋有些惊讶地看着刘天石，不知道他是什么意思。

刘天石接着又更让魏晋惊讶地背诵起林肯总统的就职演说，但他省去了其他段落，只背诵了林肯关于"民主、自由、法治"的论述。魏晋终于弄清楚了刘天石想表达什么，问道："你到现在还认为自己是无辜的？"刘天石肯定地点点头："是的。这是典型的对民营企业家的迫害，我是敢为人先的优秀企业家，最多十年就会为我平反昭雪。"

魏晋对刘天石至今仍不悔改的癫狂无知感到悲哀，冷冷一笑说："你这话应该去对那些死在你手上的无辜者和被你拉下水陪葬的同伙去说。"刘天石道："至少我是法治不健全的牺牲品。如果不是权大于法，如果不是受投机取巧急功近利的大环境影响，我就不会走到这一步。"魏晋道："石哥，我最后一次喊你石哥，你觉得现在说这些还有意义吗？我今天来见你最后一面，并不是以办案人的身份，而是兄弟的情分，你能不能别再玩这些虚头巴脑的花活，跟我说句实话，说说心里的话！"

刘天石显然被魏晋的一声"石哥"和恳切的言辞触动了，悲切地说："晋弟，谢谢你还把我当哥。说实话，我这几天晚上老是梦见松华和你，都是在我创业之初你们帮助关心我的场景，那时候咱们的关系是多么单纯美好啊！可是随着钱越挣越多，我的确就膨胀了。尤其是尝到利用权力财源滚滚的甜头，就忘乎所以了……"说着说着眼里不由泛起了泪花，哽咽着无法继续说下去。

魏晋见刘天石终于说了实话，于是道："石哥，你在创业之初的确是奋发向上的。可你并没有像那些优秀的企业家那样，靠着艰苦奋斗和改革开放的好政策发展壮大，而是用非法的手段攫取财富，最终走上了不归路。其实说句心里话，我也得到过你的关照，在升职进步上受过你的帮助。比如我担任大案队队长，你就在市领导面前说了我不少好话，这也算是我欠你的。我知道，你要见我，不会只是在我面前喊冤叫屈。你说吧，需要我做什么？"

刘天石听了魏晋一席坦诚的话，也就不再装了，说："是的，我是想求你一件事，希望你能答应我。"魏晋注视着刘天石，爽快地说："你说，只要我能办到。"刘天石道："你知道的，我老母亲已经年近九十了，她最喜欢的是杨冰，没有杨冰的陪伴，她无法生活下去。这一切罪孽都是我造成的，杨冰虽然帮了我，但的确没有参与人命案。你看能不能跟江宁主任通融一下，对杨冰从轻处理，我老母亲的确离不开杨冰。"

魏晋回答得很干脆："行，我会向专案组汇报你的意愿。据我所知，杨冰的确没有重大犯罪行为，只是通风报信和帮你销毁犯罪证据，而且到案后态度不错，有从宽从轻的条件。"

刘天石突然扑通跪在了魏晋面前。魏晋连忙上前搀扶，说："你这是干什么，起来！快起来！"

刘天石涕泪合流："晋弟，我和妹妹是靠着老娘摆摊养大的，要是有来生，我会像我妈那样做点小生意，平平淡淡度过一生……可现在说什么都晚了！"

法官在魏晋与刘天石会面之时来到了监所，他们是要为刘天石抽血做亲子鉴定。

原来，刘天石和梅青生有一子，尚不满周岁，因为是非婚生育，必须做亲子鉴定才能从刘天石被没收的资产里拨付孩子十八岁成年前的抚养费，法官担心刘天石不配合，所以趁着魏晋在，希望能做些说服刘天石的工作。

果然不出法官预料，刘天石拒绝了抽血鉴定的要求，说不希望让孩子背负他的耻辱，不然有他这个黑社会老大的父亲，孩子以后会受他的连累，无法在社会上立足过正常人的生活。

法官只得求助于魏晋。魏晋火了，痛斥刘天石说："你对不起老母亲，对不起杨冰，对不起所有被你伤害的人。现在还要做对不起襁褓中婴儿的事，你还是人吗？没有抚养费，孩子怎么生存？其实，孩子除了和你有血缘关系外，别的和你一点关系也没有。他会健康地成长，而且肯定比你有人性，比你有出息！"

刘天石不敢看怒气冲冲的魏晋，伸出了颤抖的胳膊。

四

2024 年 1 月 10 日，这是一个平淡却又有些不平常的日子。临近春节，年味越来越足，人们开始欢欢喜喜准备年货。

刘天石却没能度过这个疫情后的大年。法律如铁，对触犯它的人没有任何温情可言。最高人民法院下达了对刘天石的死刑执行令，刘天石在死刑判决书上签下名字的同时，也在捐献器官的自愿书上签下了自己的名字。自从和魏晋会面后，他就再也没说过一句话。

1月10日是雨夹雪的天气，雾气蒙蒙，寒气逼人。

凌晨时分，刘天石身穿军绿色棉大衣，戴着脚镣手铐走出号房。沉闷的脚镣撞击声在阴暗的监所甬道里响起，颇显阴森恐怖。刘天石不知是因为寒冷还是恐惧，不停地裹紧大衣。

审判大厅里，法警卸下了刘天石的脚镣手铐。法官宣读了死刑执行令，问刘天石还有什么遗言。刘天石仰起头说"有"，就一句话："希望中国成为一个民主、自由、法治的国家。"书记员记下了刘天石的遗言，刘天石审读后郑重其事地签上自己的名字。

谁也不清楚刘天石留下这句遗言的意图，是想说法律冤枉了他还是想说因为法治不健全才致使他走上犯罪的道路？他所说的民主和自由又有什么内涵？也许只有魏晋最清楚。

按照法定程序，宣布执行令后进入会见亲属环节。刘天石在见过杨冰、妹妹、梅青和儿子后，提出想单独再和杨冰说几句话。法官满足了他的请求。

会见室里，刘天石隔着铁栅栏紧紧抓住杨冰的手，一副难舍难离的样子。

杨冰说："石哥，你的手咋这么凉？"刘天石深情地注视着杨冰，柔声说："见到你，我的心是热的！"杨冰的眼里顿时就充满了泪水。刘天石以恳切的语调说："阿冰，我走后你再找一个疼你爱你的人吧，你还年轻！"杨冰感动，摇摇头说："不，我就带着儿子过，我心里不可能再有别人。"

刘天石有些神思恍惚的样子说："咱妈过了年就该过九十大寿了……"杨冰说："你放心走吧，我会好好照料她的。"刘天石的眼里也有了泪水。他抬起胳膊，轻轻揽住杨冰的脖颈，凝视着她问："阿冰，你还记得咱俩最喜欢的那首周华健的歌吗？"杨冰点点头。刘天石说："咱们再最后唱一次吧？"杨冰又点了点头。刘天石领唱，杨冰合唱。《其实不想走》的歌声在会见室里响起："其实不想走，其实我想留，留下来陪你每个春夏秋冬……"

杨冰哭成了泪人，对刘天石说："石哥，你走了我怎么办啊……"

刘天石仰起脸，声音坚定地说："我没有走，我每天晚上都会化作天上那颗最亮的星，看着你和咱妈幸福快乐地生活！"

刘天石与杨冰的诀别在浪漫中结束。但只有魏晋明白，他这么做的目的何在。刘天石死到临头，仍要捆绑住杨冰。他之所以如此，就是要杨冰继续专心伺候他的老母亲。

刘天石的死刑执行日，魏晋没有兴趣去观看刘天石在刑场上的表演，更没有心情去探究他生命最后时刻的内心世界。此时此刻，他和他的警队正肃立在彭光武和钟慧敏、陈晓辉的墓前。

默哀，敬礼。江宁和关山亲自托抬着巨大的花圈向烈士的遗像前缓步而行，魏晋率警队向空中排枪齐射。枪声和着阵阵松涛，呼啸着，回荡着，涌向无边无际的远方。

忽然间，雨住天晴，阳光透过云层，洒向生机勃勃的大地……

2024 年 11 月 1 日定稿于南京紫金山南麓

图书在版编目（CIP）数据

黑金 / 张成功著. -- 北京：作家出版社，2025. 6.
ISBN 978-7-5212-3528-9

Ⅰ. I247.5

中国国家版本馆 CIP 数据核字第 202502P4B6 号

黑　金

作　　者：张成功

责任编辑：韩　星

装帧设计：今亮后声

出版发行：作家出版社有限公司

社　　址：北京农展馆南里 10 号　　　邮　　编：100125

电话传真：86-10-65067186（发行中心）

　　　　　86-10-65004079（总编室）

E-mail:zuojia @ zuojia.net.cn

http://www.zuojiachubanshe.com

印　　刷：北京盛通印刷股份有限公司

成品尺寸：140 × 210

字　　数：430 千

印　　张：17.5

版　　次：2025 年 6 月第 1 版

印　　次：2025 年 6 月第 1 次印刷

ISBN　978-7-5212-3528-9

定　　价：62.00 元